SANKOFA

Doğan Akhanlı

Roman

Aus dem Türkischen von

Recai Hallaç

sujet verlag

CIP - Titelaufnahme in die Deutsche Nationalbibliothek

Doğan Akhanlı
Sankofa
Aus dem Türkischen von Recai Hallaç
ISBN 978-3-96202-102-3

Umschlaggestaltung: Kai Kullen
Satz und Layout: Sophia Baldauf, Deike Lübben
Lektorat: Susann Minter
Druckvorstufe: Sujet Verlag, Bremen

Printed in Europe
1. Auflage 2024

www.sujetverlag.de

PROLOG

Dezember 2013, Köln

Erst Jahre später, er war gerade dabei, ihr die Fotos zu zeigen, die er für die Ausstellung »Sankofa« ausgewählt hatte, erzählte der Oberleutnant seiner Frau Lisa, mit der er seit sechsundzwanzig Jahren verheiratet war, von der Rolle, die ein zu Tode Verurteilter in seinem Leben gespielt hatte. Damals war er ein Offizier, den man zum Wachkommandanten einer kleinen, zwischen Bergen verlorenen, türkischen Grenzstadt ernannt hatte. Kurz nach seiner Ankunft wurde ihm per Fax mitgeteilt, ein zu Tode verurteilter Häftling namens Tayfun Kara sei aus dem Militärgefängnis geflohen, gefolgt von der Anweisung, alle notwendigen Maßnahmen zu treffen. Es war Anfang Juni. Er führte mit einem Trupp Soldaten eine Razzia in dem Haus der Frau des Geflüchteten durch, die in der Kleinstadt lebte, und beschlagnahmte Bücher, Zeitungen und tausende Briefe, die Tayfun Kara aus dem Gefängnis an sie geschrieben hatte. Um einen Eindruck oder vielleicht einige Informationen über den Geflüchteten zu bekommen, begann er, diese zu lesen. Zweitausenddreihundertsiebzig Briefe. Je länger er las, umso stärker entglitt ihm sein eigenes Leben, jeder Brief nährte weiter die Zweifel über seine eigene Zukunft. Die Briefe waren nicht literarisch anspruchsvoll. Sie waren melancholisch, voller Trauer, begannen mit Anreden wie »Meine Geliebte«, »Meine Rose«,

»Mein Herz« oder »Mein Augapfel«, doch irgendwie waren sie voller Hoffnung und Zuversicht für die Zukunft.

Was den Oberleutnant besonders überraschte, war der unerschütterliche Glaube des Todeskandidaten an das gemeinsame Leben, das er mit seiner Frau aufbauen wollte. Versuchte er, sich in diesen Mann hineinzufühlen, sah er eine unendlich lange, dunkle Höhle ohne Ausgang vor seinem inneren Auge. Es war schier unbegreiflich. Der Kerl hatte es, wie auch immer, geschafft, einen fünfundachtzig Meter langen Tunnel aus einem Militärgefängnis mitten auf einer Tiefebene zu graben, zu flüchten und in die Berge zu verschwinden. Fünfundachtzig Meter klangen vielleicht als bloße Zahl nicht so groß, aber wenn man sich diese fünfundachtzig Meter als Erdmasse vorstellte, waren das Tonnen von Erde, Schlamm und Schotter. Damals, als ihm in der armseligen Kleinstadt der Bericht über die Flucht auf den Tisch gelegt wurde, war er aufrichtig verwundert darüber, dass es Leuten, die einen solchen Tunnel graben können, nicht gelingt, den Staat zu zerschlagen. Denn diese Institution, genannt Staat, mochte auf der einen Seite mächtig und unzerstörbar wirken, aber gleichzeitig war sie hohl. Ein Kartenhaus, das schon beim kleinsten Windstoß einstürzen würde. Das müsste das Phänomen sein, das man als Paradox bezeichnet: der unlösbare Widerspruch zwischen der Unfähigkeit, eine Revolution zu beginnen und der Fähigkeit, einen fünfundachtzig Meter langen Tunnel zu graben. Eigentlich müsste es leichter sein, fand der Oberleutnant, eine Revolution zu führen, als einen fünfundachtzig Meter langen Tunnel zu graben. Denn die Menschen in der Türkei dürften für diese Institution nicht das geringste Vertrauen und die bescheidenste Sympathie hegen.

Obwohl dieser Staat den Menschen viel Leid zufügte, sie auf einen Schlag massenhaft vernichtete, ins Gefängnis warf, ihnen das Leben unerträglich machte, versuchten sie den Anschein zu erwecken, dass Wörter wie Vaterland, Nation oder Staat mit unfassbarer Leidenschaft und Aufrichtigkeit ausgesprochen werden. Dabei gab es niemanden, dem der Staat keine Ohrfeige verpasst hatte. War es auch nicht ein seltsames Paradox, dass solche Strukturen, die eigentlich eine kurze Lebensdauer haben müssten, so lange fortbestehen konnten?

Du redest ja wie ein Linksradikaler, warf Lisa ein. Sie waren fast fertig mit dem Abendessen. In all den sechsundzwanzig Jahren hatte sie noch nie politische Aussagen aus dem Munde ihres Mannes gehört. In der Tat hatte der Oberleutnant zwischen sich und den Ereignissen, deren Zeuge er wurde, eine Mauer aus Fotografien gebaut. Er sah die Welt durch den Fotoapparat und auf den Bildern, nahm alles Geschehene so wahr, als hätte es mit ihm nichts zu tun, als wäre alles irgendwo da draußen. Die zweitausenddreihundertsiebzig Briefe, geschrieben von Tayfun Kara, alle mit dem Stempel »Gelesen« versehen, die Tage, in denen er die Bewohner der Kleinstadt verhörte, hatten sich in sein Gedächtnis geprägt wie Traumbilder einer nicht erlebten Vergangenheit. Als er in die Bergdörfer gereist war und Holzhäuser, in denen niemand wohnte, verfallene Grundschulen, die keine Schüler hatten, Felder, die niemand bestellte, fast vertrocknete Maulbeerbäume, alte Frauen, traurige Friedhöfe und schmale Ziegenpfade fotografierte, hatte er das alles als fiktive Erscheinungen wahrgenommen. Während er in einer weit zurückliegenden Zeit, wandelnd auf den Gipfeln der Unschlüssigkeit, auf dem Hügel der Stillen Wehmut in einer bezaubernden Landschaft einem Konzert lauschte, hatte er das Gefühl, die gespielten Melodien handelten von einer Welt, an der er nicht teilhatte. Dabei waren sie nichts anderes als eine Botschaft gewesen, eine Einladung in die Freiheit. Das begriff er erst jetzt, nach einem Vierteljahrhundert. Damals hatte er, die Melodie im Ohr und die Bergketten hinter dem Hügel der Stillen Wehmut, das Farbenspiel auf den Hügeln, den Goldstaub auf den Tälern und die zu den Hängen hin flitzenden Gazellen im Blick, unversehens gespürt, dass sein Leben nicht seine eigene Wahl war, sondern die Folge einer freiwilligen Selbstlosigkeit, um den Wunsch seines Vaters zu erfüllen. Es war diese Eingebung, die ihn von seinen Wurzeln und seiner Vergangenheit entfernte. Er bereute nichts, im Gegenteil, er war sehr glücklich. Dieses Glück hatte er Lisa zu verdanken. Sie erschien ihm wie eine göttliche Antwort auf die Frage, warum er auf diese Welt gekommen war und dieses Leben bis zum Schluss leben sollte. War es nicht ein traumhaftes Wunder, dass er Lisa gleich nach der Lektüre der Briefe begegnet war? Mit ihr verwandelte sich sein Leben in etwas, das tatsächlich eine Bedeutung hatte. Lisa war die einzige nicht fiktive Realität seines Lebens und es erfüllte ihn mit Stolz zu sagen, dass er sie noch wie am ersten Tag liebte. Er hatte gewusst, dass er eine entehrende Straftat begehen oder eine ausländische Frau heiraten musste, um aus der Armee entlassen zu werden, konnte es aber immer noch nicht glauben, dass er jemandem wie Lisa begegnet und dass aus dieser Begegnung eine lebenslange Beziehung geworden war. Einen Monat nachdem er sie kennengelernt hatte, verließ er die Türkei, und kaum in Deutschland angekommen, hatte er eine Arbeit gefunden und die Chance bekommen, eine Persönlichkeit wie Willy Brandt vor der Berliner Mauer zu fotografieren. Wer hätte ahnen können, dass diese Mauer, die im Hintergrund wie ein Monument der Hässlichkeit emporragte, noch vor dem Ende des Jahres Geschichte sein würde? Ein Jahr später war das Apartheidregime in Südafrika zusammengebrochen. Die Fotos, die er von Mandela vor seinem einstöckigen Backsteinhaus in Johannesburg-Soweto gemacht hatte, waren Dokumente des Zusammensturzes eines unerschütterlich anmutenden Systems und hatten deshalb eine historische Bedeutung. Aber wenn er jetzt zurückblickte, fühlten sich diese Fotos wie Fiktionen an, die sein Kopf produziert hatte. Seit jenem Tag erschienen ihm jedes Mal, wenn er den Namen Mandelas hörte, sein Rubinring, sein weißes Hemd und sein milchweißes Haar vor dem inneren Auge; dieses Wort erinnerte ihn an einen alten Bewohner eines vergessenen Grenzdorfes, der Satinstoffe, frische Feigen, Rosinen und feuerrote Granatäpfel verkaufte und niemanden mehr hatte, der seinen Namen noch kannte. Der Oberleutnant hatte im März des Jahres 1991, als in Jugoslawien alles den Bach runterging und Serben und Kroaten einander niederzumetzeln begannen, trotz der vielen Leichen, die auf den Straßen der Verwesung überlassen waren, nicht glauben können, dass dort ein brutaler Bürgerkrieg ausgebrochen war, bis sein Journalistenkollege, der sehr gut Türkisch sprach, getötet wurde. Nach seiner Rückkehr aus Sarajevo hatte ihn niemand gezwungen, im Frühjahr 1994 nach Ruanda zu gehen. Stattdessen hätte er mit Lisa am Rhein spazieren können. Die Kolonnen aus Frauen und Kindern, die in Ruanda vor dem Tod flohen, die Milizen, die mit ihren Kalaschnikows herumstolzierten, die Täter, die mit ihren Macheten ihre Nachbarn zerstückelt hatten und in deren Gesicht der Stolz des Massakers aufleuchtete, die Leichen, die in Geschäften, auf Märkten, auf großen Plätzen, in Straßen, Gärten und auf den Feldern verwesten, die Seen blutrot färbten und in Flüssen trieben, zu fotografieren, war nicht leicht. Lisa dürfte sich noch daran erinnern, dass er nach seiner Heimkehr Ende Juni die Wohnung tagelang nicht verließ.

Lisa erinnerte sich. Beinahe hätte Ruanda den Oberleutnant nicht nur Lisa, sondern sogar dem Leben entrissen. »Ich verstehe es nicht«, sagte der Oberleutnant, »warum ich Tayfun Kara nicht als eine Erinnerung an die Vergangenheit wahrnehme, sondern wie einen engen Freund, das verstehe ich einfach nicht.«

Lisa sah ihren Mann an und war überrascht, wie wenig sie über den Oberleutnant, mit dem sie ihre Seele und ihren Körper teilte, wusste. Als sie sich kennenlernten, hatte er zwar gesagt, er sei Offizier und wolle die Armee verlassen, aber alles hatte sich so schnell entwickelt, der Oberleutnant hatte sich in so kurzer Zeit von seiner Vergangenheit losgelöst, dass Lisa nur noch sehr selten daran dachte, dass er auch Mutter, Vater, Geschwister und Verwandte hatte. Vom ersten Moment an, in dem der Oberleutnant einen Fuß in Lisas Wohnung gesetzt hatte, hatte er eine Wand zwischen sich und seiner Vergangenheit errichtet, keinen Kontakt zu einem türkischsprachigen Menschen in der Stadt aufgenommen, und selbst im Schlaf kam kein türkisches Wort aus seinem Mund. Nach ein paar Jahren hatte Lisa sogar vergessen, dass er ein ehemaliger Offizier aus der Türkei war.

Das Interesse des Oberleutnants an der Türkei erwachte so schnell und schwindelerregend wie seine frühere Abnabelung. Er begann, türkische Filme nach Hause zu bringen, türkische Musik zu hören, am Sonntag türkische Zeitungen zu lesen. In manchen Nächten sah er sich im Internet türkische Komiker an und lachte schallend.

Der Oberleutnant lebte viele Jahre lang in der Wirrnis der realen und fiktiven Welt. Eines Morgens wachte Lisa in seiner engen Umarmung auf, löste sich behutsam heraus, um ihn nicht zu wecken, und beschloss, während sie den Kaffeeautomaten vorbereitete, die Gewohnheit des gemeinsamen Frühstücks, das sie in all den Jahren nicht entwickeln konnten, endlich zu etablieren. Sie machte Kaffee nach deutscher und Tee nach türkischer Art. Sie stellte Butter, Marmeladen, Pinien- und Akazienhonig auf den Tisch. Sie weckte ihren Mann mit einem Kuss. Jener wartete schon auf die Berührung ihrer Lippen und ließ sich nicht lange bitten.

Beim Frühstück fragte Lisa, warum er nicht eine Reise in die Vergangenheit unternahm, statt sie ständig zurechtzubiegen. Der Oberleutnant war gerade im Begriff, einen Schluck von seinem Tee zu nehmen. Erwartungsvoll sah er in die Augen seiner Frau. »Zum Beispiel«, sagte sie, »zu den Jahren, als du Oberleutnant warst. Du bist überallhin gereist, nur nicht in deine eigene Vergangenheit. Vielleicht ist es anmaßend von mir, das zu sagen, aber merkst du nicht, dass du dich, ohne mit der Wimper zu zucken, in die entferntesten Gegenden der Welt, in die blutigsten Fehden hineinbegibst, aber gleichzeitig deine eigene Vergangenheit vernachlässigst, während deine Jugend, die du in deinem Unterbewusstsein begraben hast, die ganze Zeit deine Aufmerksamkeit fordert? Was sagst du dazu, diesen jungen Offizier zu besuchen, der eigentlich seinen Weg nicht gefunden hat, aber den entschlossenen Soldaten mimt?«

Der Oberleutnant schaute noch tiefer in die Augen seiner Frau. Irgendwann lächelte er und fragte:

»Wann machen wir uns auf den Weg?«

[Sechsundzwanzig Jahre davor]

I

DIE FLUCHT

[Die Geschichte von Tayfun und Gülsen]

Juni 1987, Şavşeti
DER OBERLEUTNANT

Am Morgen des 6. Juni 1987 flohen acht Inhaftierte aus dem Militärgefängnis von Erzincan über einen fünfundachtzig Meter langen Tunnel, den sie selbst gegraben hatten. Unter ihnen befand sich auch Tayfun Kara aus dem Dorf Ibhirevil im Bezirk Şavşeti der Provinz Livane. So stand es in der Faxmeldung der militärischen Staatsanwaltschaft der Kommandantur der 3. Armee. In dem Schreiben wurde angeordnet, seine Frau, seine Eltern, und, wenn nötig, seine Verwandten zu verhören und das Ergebnis der Vernehmungen unverzüglich der militärischen Staatsanwaltschaft mitzuteilen.

Der Oberleutnant las zur Abendstunde die Faxmeldung und schickte einen Trupp Soldaten in das dreißig Kilometer entfernte Dorf mit dem Auftrag, die Eltern Tayfun Karas zu befragen; er selbst machte sich mit einem weiteren Trupp auf den Weg in die Kleinstadt, zum Haus von Gülsen Kara. Während das Haus umzingelt wurde, stand Gülsen mit einem Suppentopf an der Schwelle des geräumigen Wohnzimmers, in dem sie und ihre Eltern auch Gäste empfingen und aßen. Im Radio liefen die Nachrichten. Während sie die Suppe austeilte, hörte sie, dass der Ministerpräsident in Begleitung seiner Tochter und seiner Frau bei der feierlichen Eröffnung eines neuen Werks das Band durchgeschnitten hatte.

Sie füllte den Teller ihres Vaters, des berühmtesten und einzigen Zahnarztes, nicht nur in der Kleinstadt, sondern in der ganzen Gegend, dann den Teller ihrer Mutter und schließlich ihren eigenen – da klingelte es an der Tür. Ihre Mutter stand auf, um aufzumachen und sagte: »Um diese Zeit kann es nur die Goldene Tante sein.« Im Radio wurde jetzt von der Flucht von acht Terroristen aus dem Militärgefängnis von Erzincan berichtet. Gerade als der Sprecher sagte: »Der Gouverneur von Erzincan erklärte, alle Zufahrtsstraßen der Stadt seien gesperrt und Polizei- und Militäreinheiten seien zur Verfolgung der Geflohenen eingesetzt«, drangen schwerbewaffnete Soldaten in das Zimmer ein.

»Guten Abend!« sagte der Oberleutnant. »Wir müssen Ihre Tochter mitnehmen und das Haus durchsuchen. Ihr Schwiegersohn ist aus dem Gefängnis geflüchtet.« Noch bevor der Zahnarzt etwas erwidern konnte, sprach er weiter: »Frau Kara, Sie kommen mit uns mit.«

Das Verhör dauerte bis Mitternacht. Der Oberleutnant war aufgeregt, weil er die Verhörmethoden, die er auf der Militärakademie gelernt hatte, zum ersten Mal anwenden würde. Allerdings konnte er sich nicht entscheiden, mit welcher Methode er beginnen sollte. Er ordnete an, Gülsen in den einzigen fensterlosen Raum der Wache zu bringen, der auch als Verhörraum benutzt wurde, wo das Auge nichts außer nacktem Beton erblickte. Dem Wachsoldaten am Eingang befahl er, niemanden ohne seinen Befehl hineinzulassen, zog sich in sein Büro zurück und überlegte eine Weile, wie er vorgehen sollte.

Er holte sein Notizbuch hervor und notierte die Ziffer »1«. Danach setzte er einen Bindestrich, bevor er weiterschrieb: »Wenn der Erzincan-Flüchtige imstande war, einen fünfundachtzig Meter langen Tunnel zu graben und zu flüchten, wird er wohl auch die geistige Fähigkeit besitzen, sich vorzustellen, dass es nicht ratsam wäre, seine Frau über sein Vorhaben zu informieren. 2- Selbst wenn man annimmt, dass er so unklug gehandelt hat, sollte sich seine Frau gerade nicht in dem Haus ihrer Eltern innerhalb der Grenzen des Bezirks Şavşeti der Provinz Livane in meinem Zuständigkeitsbereich aufhalten, sondern irgendwo in der Nähe der Stadt Erzincan, um ihren geflüchteten Mann an einen sicheren, fernen Ort zu bringen. 3- Daraus folgt: Selbst wenn der Erzincan-Flüchtige seiner Frau irgendeinen Hinweis auf sein Vorhaben gegeben haben sollte, hat er bestimmt keine Details genannt. 4- Daraus folgt: Gülsen Kara zu vernehmen oder harte, illegale Methoden anzuwenden, wird keinen Nutzen bringen.«

Der Oberleutnant schwärzte das Wort »illegal«. Dieses Wort könnte nämlich zu Unannehmlichkeiten führen, missverstanden werden und dafür sorgen, dass er womöglich an einen viel entlegeneren Ort versetzt wird als den, wo er gerade seinen Dienst tat. In diesen entlegenen Orten ging es nicht so ruhig zu wie hier und die Zahl der Oberleutnants, die an solchen Orten ihr Leben lassen mussten, war beträchtlich. Er rief seine Ordonnanz und befahl, Gülsen Kara in sein Büro zu bringen.

»Jetzt sofort« sagte er, kaum dass Gülsen sein Büro betreten hatte, »werden Sie mir verraten, wo sich Ihr Mann befindet!« »Ich weiß es nicht«, antwortete Gülsen. »Und Sie müssten eigentlich wissen, dass ich es nicht weiß.« »Die Besserwisserei können Sie sich sparen«, gab der Oberleutnant zurück und bereute im selben Augenblick seine Worte. Gülsen musterte den Oberleutnant, der ungefähr in ihrem Alter sein mochte. Ein großgewachsener, dunkelblonder, gutaussehender Mann. »Warum sollte ich«, begann sie, »hierbleiben und darauf warten, dass ich festgenommen werde, wenn mich mein Mann über seine Flucht informiert hätte? Wenn Ihre Frau flüchten würde, würden Sie dann zu Hause auf sie warten? Hätte ich gewusst, dass er fliehen wird, wäre ich jetzt zumindest in Erzincan, damit ich ihm helfen kann.«

Der Oberleutnant war verblüfft. Die Frau sprach so, als hätte sie seine Notizen gelesen. »Nun hören Sie damit auf und versuchen Sie lieber, Ihre Haut zu retten! Sie ahnen nicht einmal, in was für ein Unheil dieser Flüchtige Sie stürzt, der Ihr Mann sein soll. Lassen Sie die Gedankenspiele sein und antworten Sie auf meine Fragen!«, sagte er und begann, im Zimmer auf und ab zu gehen. Er fragte Gülsen, wie lange sie schon mit dem Erzincan-Flüchtigen verheiratet war. Er fragte sie, warum sie noch bei ihren Eltern wohnte, obwohl sie verheiratet war. Fragte sie, ob sie sich, wenn auch nicht offiziell, getrennt hätten. Fragte, ob sie ein gutes Verhältnis zu der Familie des Erzincan-Flüchtigen habe. Fragte, ob es klug sei, ein Leben lang auf den Erzincan-Flüchtigen zu warten, obwohl gegen ihn schon die Todesstrafe verhängt wurde, und ob sie, angenommen, er würde nicht gefasst werden, bereit sei, ihr ganzes Leben auf der Flucht zu verbringen. Er fragte sie, in welchen Abständen sie den Erzincan-Flüchtigen besuchte. Fragte, ob bei ihrem Treffen im Besuchsraum ein Gendarm dabei war. Wann sie ihn zuletzt besucht habe. Was sie dabei besprochen haben. Da packte Gülsen die Wut: »Dieser Mann, den Sie ständig Erzincan-Flüchtiger nennen, ist mein Mann und er hat einen Namen, den er seit seiner Geburt trägt!«

Der Oberleutnant hatte in dem Qualifizierungskurs nach der Militärakademie alle Vernehmungsmethoden gelernt, von den sanftesten bis hin zu den härtesten, mit denen man den Widerstand der Verhörten brechen kann. Zwar hatten ihm manche dieser Methoden nicht behagt, aber das hinderte ihn jetzt nicht daran, lauter zu werden. »Sie sollen hier«, herrschte er sie an, »nicht mich belehren, sondern meine Fragen beantworten!«

Dann sah er aus dem Fenster der Gendarmenwache, die am Ausgang der Kleinstadt in einer Talsenke zwischen zwei Hügeln gebaut lag, und stellte fest, dass die Menschenschar auf dem vom Scheinwerferlicht erhellten Platz immer größer wurde, ursprünglich bestehend aus Gülsens Eltern sowie ihren Brüdern, die während der Razzia bei Gülsen im Clubhaus der Gemeinde Bridge gespielt hatten. Er wägte ab, inwiefern dieser Haufen die unteilbare Einheit von Staat und Nation gefährden könnte. Warum verhört man jemanden, wenn es nicht wirklich dazu dient, Informationen zu gewinnen? Auf diese Frage hatte er keine Antwort. Während weitere unangenehme Fragen sein Gehirn attackierten, meldete ein Soldat, das Durchsuchungsprotokoll zu den beschlagnahmten Zeitungen und Büchern, den Schulheften, die Gülsen alle aufgehoben hatte, und den Briefen Tayfuns sei fertig. Der Oberleutnant fand es ratsam, einen Blick auf das Protokoll zu werfen, bevor er mit dem Verhör fortfuhr:

Durchsuchungsprotokoll

Nach der Flucht der Person namens Tayfun Kara aus der Haftanstalt Erzincan wurde am Samstag, den 06.06.1987, zwischen 19:00 – 21:30 Uhr das Haus in der Straße der Republik im Bezirk Şavşeti, in der seine Frau Gülsen

Kara wohnhaft ist und das ihrem Vater gehört, durchsucht und das vorliegende Protokoll in drei Kopien angefertigt und unterzeichnet. 06.06.1987, 21:35 Uhr

Einhundertdreiundzwanzig Ausgaben der Zeitung Cumhuriyet

Zweihundertachtunddreißig Bücher türkischer und ausländischer Schriftsteller

Zweiundfünfzig Schulhefte in unterschiedlichen Größen und unterschiedlich dick

Zweitausenddreihundertsiebzig Briefe samt Umschlägen mit dem Stempel »gelesen«.

Der Oberleutnant fand die Anzahl der Briefe bemerkenswert und fragte Gülsen, wie lange ihr Mann im Gefängnis war. »Sechs Jahre, sechs Monate und fünf Tage!« antwortete sie. »Und wie oft schrieb er Briefe?« wollte der Oberleutnant wissen. »Jeden Tag«, sagte sie ohne zu zögern. »Wie geht denn das?« knurrte der Oberleutnant. »Wie kann man jeden Tag einen Brief schreiben?«

Er musterte Gülsen lange. Ihre braunen Augen. Ihr Haar, das auf ihre Schultern fiel. Und suchte in ihren Haarsträhnen nach der Antwort auf die Frage der 2.370 Briefe. Plötzlich sagte er, über seine eigenen Worte staunend: »Sie können gehen.« Die Erschöpfung in den Augen der beiden Soldaten, die für Gülsen verantwortlich waren und während des ganzen Verhörs stehen mussten, verwandelte sich in Erleichterung angesichts der Aussicht auf Schlaf. Beim Verlassen des Raumes hörte Gülsen den Oberleutnant noch sagen: »Verlassen Sie auf keinen Fall die Stadt.« Der Oberleutnant wies seine Ordonnanz an, den Feldwebel zu ihm zu zitieren. Dieser trat umgehend mit militärischem Gruß ein und empfing in Habachtstellung den

Befehl des Oberleutnants, Gülsen Karas Haus vierundzwanzig Stunden zu beobachten.

Als der Tag graute, war der Oberleutnant immer noch wach. In dem dreiunddreißigsten Brief, der mit »Guten Tag, meine Liebste« begann, hatte auch der Erzincan-Flüchtige die ganze Nacht kein Auge zugetan und »Alle schlafen / Ein eiskalter Winter jagt den anderen!« geschrieben. Genauso, wie Ahmed Arif gesagt habe, schliefen Wölfe, schliefen Vögel, schlief der Kerker, nur er könne nicht schlafen. Er denke ununterbrochen an Gülsen, könne dieses Verlies nur in Gedanken an sie ertragen, träume davon, sich in eine weiße Taube zu verwandeln, durch Gitter zu schlüpfen, in die Höhe zu fliegen und auf dem Dach des Hauses der Goldenen Tante hoch auf dem Berg zu landen. Gefangenschaft sei zwar ein schwieriges Handwerk, aber was eigentlich zähle, sei das Leben und die SEHNSUCHT.

Wenn er Sehnsucht in Großbuchstaben schreibt, dachte der Oberleutnant, leidet er wohl sehr stark. »Wer sind Arif und die Goldene Tante?« schrieb er in sein Notizbuch. »Muss ermittelt werden«, fügte er hinzu und las weiter:

»Selbst ohne das Blau kann man es aushalten, aber ohne dich ist es unerträglich. Ich liebe dich zu sagen, reicht mir nicht. Hätte ich meinen Glauben an Gott nicht verloren, hätte ich gesagt, du bist eine Gnade, ein Geschenk Gottes für mich. Und so gerne würde ich dir jetzt von der Brücke der brennenden Wünsche erzählen, so gerne meine Wörter zu einem Strauß aus Mohnblumen binden.«

»Soldat!« rief der Oberleutnant. »Noch einen Mokka!«

»Zu Befehl, Herr Kommandant!« hörte er eine Stimme von draußen.

Bis sein Mokka kam, verbrachte er mit dem Ausdruck

»Strauß aus Mohnblumen« ziemlich viel Zeit. Beim Lesen dieses Satzes war vor seinem inneren Auge gleich ein riesiger Strauß mit Mohnblumen erschienen und er hatte einen leichten Duft von Gräsern vernommen.

Er öffnete den vierunddreißigsten Brief. Er las die Anrede »Gülsen, meine Blume«. Der ganze Rest war bis auf die letzte Zeile mit schwarzem Kugelschreiber geschwärzt. In der letzten Zeile las er noch »Ich liebe dich«, dann hielt er den Brief gegen das Licht. In der fünften Zeile konnte er »isoliert«, in der siebten »meine Liebe«, in der sechsunddreißigsten »meine Seele« und in der dreiundsiebzigsten das Wort »verging« entziffern. »Das nennen die zensieren? Sie haben den Brief total verhunzt«, brummte er verärgert.

»Kennst du noch die Geschichte von Reşat aus dem Dorf Vel?« begann der nächste Brief ohne Anrede. »In den letzten Jahren habe ich viel Neues über ihn erfahren. Ich hatte dir ja geschrieben, dass seine Geschichte mit einer Verleumdung begonnen hat und der Geschichte von Seyran und Aziz im zweiten Band von »Memed mein Falke« sehr ähnelt. Ich meine die Seyran aus jenem Dorf auf einem Plateau, das wie ein seltsamer Wald aus roten, scharfen Feuersteinen aussieht, aus jenem Dorf, wo ansehnliche Pferde gezüchtet werden und Bäche zwischen den Feuersteinfelsen in die Tiefebene fließen. Die Seyran, von der Yaşar Kemal erzählt. Die Kraniche zogen zu allen Jahreszeiten sehr niedrig über dieses Dorf, so wie bei uns auch, trugen im Frühjahr die scharfen Düfte von Blumen, die zwischen den Felsen sprießen, in nördliche Länder, und im Herbst, wenn sie zurückkehrten, verteilten sie die Steppenwinde über das Tal und zogen in den Süden.«

Der Oberleutnant bedauerte, dass er seit seiner Ankunft

in Şavşeti die Kranichzüge, die zum Kaukasusgebirge oder den Saxarat-Bergen unterwegs waren, kein einziges Mal gesehen hatte und las weiter:

»In Seyrans Dorf taucht eines Tages ein Junge auf, fünf oder sechs Jahre alt, der Aziz heißt und von dem niemand weiß, wo er herkommt und wohin er will. Die beiden wachsen gemeinsam auf. Und dann geschieht das Unglück. Die drei Söhne des Aga entführen Seyran. Die Gendarmen greifen nicht ein. Der Unteroffizier hilft sogar bei der Entführung mit. Aziz ergattert ein deutsches Jagdgewehr. Er verfolgt die Spur der Entführer. Findet sie in einem Lehmhaus. Er stößt die Tür auf, kniet an der Schwelle nieder und erschießt alle – außer Seyran. Er bringt sie ins Dorf zurück. Gibt ihr einen Kuss auf die Stirn, macht sich auf den Weg in die Kleinstadt, stapelt Lumpen am Eingang der Gendarmenwache und zündet sie an. Dann erschießt er die Gendarmen, die fliehen, einen nach dem anderen. Am Abend desselben Tages wird ein Bataillon in die Kleinstadt geschickt. Der Schusswechsel dauert drei Stunden. Als Aziz seine Kugeln ausgehen, steigt er aus seinem Graben und läuft auf die Soldaten zu. Sein ganzer Körper wird durchlöchert.«

Der Oberleutnant staunte, dass man den Brief nicht zensiert hatte. Jetzt war ihm völlig schleierhaft, nach welchen Kriterien diese Leute arbeiteten, die am Ende den Stempel »Gelesen« auf die Briefe und Umschläge setzten. In sein Notizbuch schrieb er: »Eine Person, die für die Liebe den Tod riskieren kann«, während ihm die Augen und die Seele schwer wurden. Er beschloss, ein paar Stunden zu schlafen und rief zu seiner Ordonnanz, die vor der Tür wartete: »Soldat! Bereiten Sie mein Bett vor!«

Auch in den folgenden Tagen widmete sich der Oberleutnant der Lektüre der Briefe. Als sechs der acht Flüchtigen gefasst waren, hatte er schon die Hälfte der Briefe durchgelesen. Er hatte inzwischen vergessen, zu welchem Zweck er sie las, er ließ sich mitreißen von den Sätzen, die von leidenschaftlicher Liebe zeugten und ihm auch Einblicke in das Leben hinter Gittern gewährten. Bald überkam ihn das Gefühl, das seien seine Briefe, er selbst habe sie geschrieben. Gülsen, die jetzt in ihr siebenundzwanzigstes Lebensjahr eingetreten war, hatte aufgehört, die Ehefrau eines Mannes zu sein, den zu fassen sein Auftrag war, ein Objekt, das es zu beobachten galt. Sie hatte sich in eine Frau verwandelt, die nur in den Briefen des Flüchtigen existierte. Das Haar jener Gülsen in den Briefen war schwarz wie Kohle. Ihre Augen ein grünes Tal, auf das Goldstaub gestreut wurde. Bald sah er jedes Mal, wenn der Name Gülsen in den Briefen auftauchte, eine Gazellenherde, die auf einer endlosen Ebene auf die Ausläufer der Berge zulief. Er hörte auf, sich zu rasieren und aß kaum noch etwas. Das machte den Soldaten, der ihm jederzeit zu Diensten stand, sehr traurig, da er für ihn Gefühle hegte, die über die Achtung vor einem Kommandanten hinausgingen, Gefühle, die stärker und unergründlicher waren. Nun trat er ohne abzuwarten in sein Zimmer, sagte: »Ihr Frühstück wird kalt, mein Oberleutnant«, und manchmal rief er ihm zu: »Wenn es Ihnen zu viel Arbeit ist, kann ich Sie rasieren, mein Vater war Barbier.« »Ist gut, ist gut«, antwortete dann der Oberleutnant, nahm einen Schluck von seinem Tee und kehrte zurück in die Welt der Briefe.

Ende Juni stieß er in einem der Briefe wieder auf den Namen Reşat. In den Briefen stand zwar nicht geschrieben, warum Reşat in den Bergen lebte, aber sie legten nahe, dass er zu Unrecht verfolgt wurde. Was diesen Reşat ganz besonders machte, war die Unmöglichkeit, ihn in einem Gefängnis festzuhalten. Mehrere Male hatte man ihn geschnappt, jedes Mal war er aus dem Gefängnis entwischt, und seit seinem elften Ausbruch wurde er nicht mehr gesehen. Jahre waren seitdem vergangen, ohne dass man von ihm etwas gehört hatte, nicht einmal seine Geliebte im Dorf. »Im Gefängnis von Livane«, schrieb der Flüchtige, »habe ich einen Häftling getroffen, der sechs Monate lang mit Reşat in einem anderen Gefängnis gesessen hat.« Nur hatte Reşat überhaupt keine Ambitionen zu fliehen und war, im Gegensatz zu den Gerüchten, die über ihn im Umlauf waren, kein kämpferischer Typ. Er war ein stiller, zurückhaltender Mensch, der folgsam tat, was man von ihm verlangte. Eines Tages hatte man ihn zum Gericht gebracht, er kehrte nicht wieder zurück. Vermutlich wurde er von seinen Feinden in den Gerichtskorridoren umgebracht. Viel später hatte Tayfun Kara dutzende Menschen getroffen, die unterschiedliche Geschichten über Reşat erzählten. Diese hatten ihre Frauen oder Schwestern ermordet, erwiderten auf die Frage, warum sie im »Kittchen« saßen: »Ich habe meine Familie getötet, Bruder« und sahen sich selbst als »Opfer des Schicksals«.

Ein Insasse, der nach dem Memorandum vom 12. März 1971, mit dem der Generalstab die Regierung zum Rücktritt zwang, von seinem Vater ins Ausland geschickt wurde, damit er von politischen Unruhen verschont blieb, der dann sein Studium in Deutschland im letzten Semester abbrach und in die Türkei zurückkehrte, um die Revolution zu unterstützen, und nun seine Tage im Gefängnis mit

Abenteuerromanen fristete, erzählte von seiner Bekanntschaft mit Reşat ohne jede Schwärmerei, und es war seine Erzählung, die dem Erzincan-Flüchtigen am besten gefiel. Dieser Insasse war gleich nach seiner Ankunft in der Türkei verhaftet worden. Nach seiner Entlassung wurde er mit einem Ausreiseverbot belegt. Nach dem Militärputsch am 12. September 1980 wurde er wegen seiner Vorstrafe erneut verhaftet und wartete immer noch auf seinen Prozess. Er hatte Reşat in Köln kennengelernt. Dort hatte Reşat Tür an Tür mit der Sängerin gewohnt, die unter dem Namen »Nachtigall von Köln« bekannt war. In den Ford-Werken wurde er zum Arbeiterführer. Er war einer der Helden des berühmten Streiks 1973 bei Ford. Derjenige, der die Arbeiter aufstachelte und am ersten Tag des Streiks »Nieder mit den Kapitalistenbonzen!« rief. Er war gleich verhaftet worden und noch in derselben Nacht aus der Justizvollzugsanstalt Ossendorf ausgebrochen, von der es hieß, es sei unmöglich, von dort zu entfliehen. Er hatte sogar Mitglieder der Roten Armee Fraktion kennengelernt, die Deutschland den Schlaf raubten, einige von ihnen aus dem Gefängnis befreit, und war schließlich spurlos verschwunden.

»Ich werde nicht spurlos verschwinden«, ging der Brief weiter. »Falls es mir irgendwie gelingt, dem Strick oder der Gefangenschaft zu entkommen, werde ich mein restliches Leben in dei[redacted] verbringen.« »Das gibt's ja nicht!« brummte der Oberleutnant. Er hielt den Brief gegen das Licht. Er konnte es trotzdem nicht lesen. »Wahrscheinlich hat er in deinen Armen geschrieben«, mutmaßte er. »Oder in deinem Bett.«

Ein anderer Brief bestand aus wenigen aneinandergereihten Zeilen:

»Ich mache weiter Sport: Laufen

Ich lerne Englisch: I love you!

Ich schreibe meine Verteidigung: Die Zeit richtet über die Richter und der verfluchte Fleck auf der Stirn der wahren Schuldigen, denn das ist der Wille Gottes, wird niemals verblassen. Ich vermisse dich: Würde ich sagen, die Ketten sind verschlissen vor Sehnsucht nach dir, wäre Arif traurig.«

»Wer ist denn dieser Arif?« fragte sich der Oberleutnant. Er rief bei der Post an und ließ sich mit dem Haus des Herrn Zahnarztes verbinden. Gülsens Schwiegermutter Bibi, die dort gerade zu Besuch war, ging ans Telefon:

»Ich höre!«

Der Oberleutnant brabbelte etwas vor sich hin. Schließlich stellte er sich vor und sagte: »Ich wollte den Herrn Zahnarzt, nein, eigentlich seine Tochter Gülsen sprechen.«

Bibi wies ihn in ihrer georgischen Mundart zurecht: »Du traust dich, bei meiner Schwiegertochter, meiner Gülsen anzurufen?« Noch bevor der Oberleutnant wusste, wie ihm geschah, fuhr sie fort: »Ihr nehmt meine Schwiegertochter mitten in der Nacht auf die Wache, ihr bringt mein Sohnesherz zur Weißglut, prügelt ihn, bis ihm die Knochen brechen, könnt ihn nicht einmal festhalten, lasst ihn flüchten! Ihr quält uns, unsere Schwiegertochter, unser Dorf, unsere Nachbarn! So etwas nennt sich Staat? So etwas nennt sich Soldat? Gott soll euch die Knochen brechen! Gott soll euch Steine auf den Kopf regnen lassen! Woher soll ich wissen, dass ihr meinen Sohn nicht entführt habt? Woher soll ich wissen, dass ihr ihn nicht entführt und umgebracht habt? Woher soll ich wissen, dass ihr nicht seine Leiche vor die Tür legen werdet? Haben wir denn um euch gebeten? Wolltet ihr uns nicht Frieden bringen? Was habt ihr denn gebracht? Was ist das für eine Armee?«

Dann wurde es still. Der Oberleutnant hörte die Frage: »Bibi, mit wem redest du?« Dann sagte eine Stimme in den Hörer: »Hallo! Wen möchten Sie sprechen?«

»Ich hätte gern Gülsen Hanım gesprochen.«

»Bitte, am Apparat.«

»In einem der Briefe heißt es: Ich vermisse dich. Würde ich sagen, die Ketten sind verschlissen vor Sehnsucht nach dir, wäre Arif traurig. Wir ermitteln, wer Arif ist. Reine Formsache.«

Der Oberleutnant hörte Gülsen lachen. »Ein Dichter!« sagte Gülsen. »Ahmed Arif! Er hat sich auf ihn bezogen. Ist aus Diyarbakır.«

»Haben Sie ein Buch von ihm?«

»Ein Buch? Wenn ihr es nicht verbrannt habt, wird bestimmt eins im Lager der Wache sein!«

Der Oberleutnant wollte auch nach der Goldenen Tante fragen, aber die Wut in der Stimme Gülsens machte ihn unsicher. Er bedankte sich und legte auf. Er rief seine Ordonnanz und wies sie an, unter den beschlagnahmten Büchern nach Gedichtbänden eines Dichters namens Ahmed Arif zu suchen, sie ihm zu bringen und anschließend inkognito Informationen über die Goldene Tante zu sammeln.

Der nächste Brief begann mit den Worten: »Zurzeit beschäftige ich mich mit Bienenzucht. Auch wenn behauptet wird, die Bienenstöcke solle man aufstellen, wenn die Pflaumen in Blüte stehen, erzielen auch die, die im Herbst damit beginnen, gute Ergebnisse.« Nach Aufzählung der Gründe, warum das so sei, folgten Informationen über Bienenstöcke, Rahmen, Waben und Wachs, dann wurde ausführlich davon erzählt, dass die Bienenkönigin sich im Flug paart, zu Zeiten des Sultans »Mehmed der Eroberer« im Topkapı-Palast jeden Monat drei Tonnen Honig verbraucht wurden, unter dem Sultan »Süleyman der Gesetzgeber« sowohl Bienenstöcke als auch Honig besteuert wurden und im Grab eines Pharaonen in Ägypten seit dreitausendachthundert Jahren in einem Behälter Honig aufbewahrt wird, ohne dass er schlecht geworden sei.

»Gefängnis oder landwirtschaftliche Fakultät?« ummte der Oberleutnant. Seine Gefühle pendelten zwischen Wut und Neid hin und her. Es klopfte an der Tür. Der Soldat, der eintreten durfte, brachte ihm das Buch Ahmed Arifs mit dem Titel »Die Ketten sind verschlissen vor Sehnsucht nach dir«.

»Wenn ich von dir erzählen könnte, wenn es nur die Worte gäbe / Deine Abwesenheit ist der andere Name der Hölle / Mach bitte die Augen nicht zu, ich friere.« So endete das erste Gedicht. »Was für ein Dichter!« murmelte der Oberleutnant vor sich hin. Er las auch das nächste Gedicht. Dann das übernächste. Am Nachmittag hatte er alle gelesen und das Buch, sicher nur, weil es seine Pflicht erforderte, sorgfältig in seine Tasche gelegt, statt es ins Archiv zu schicken.

Er verließ die Wache und lief zu dem Hügel der Stillen Wehmut. Um seinen Hals hing eine gebrauchte Leica, Baujahr `68, die ihn sein komplettes erstes Gehalt gekostet hatte. Er hatte einen Artikel über Robert Capa gelesen und war von seiner unglaublichen Lebensgeschichte und seinen Fotos so beeindruckt, dass ihn die Neugier packte, ob die Zeit wirklich stehenbleibt, wenn er den Auslöser betätigt. Er hatte tausende Fotos gemacht, doch die Zeit war nicht stehengeblieben. Trotzdem nahm er die Kamera immer mit. Selbst wenn es ihm nicht gelang, die Zeit anzuhalten, konnte er immerhin spüren, dass er Zeuge der Zeit wurde. Mit jedem Schritt, der ihn von der Wache entfernte, ahnte er stärker, dass sein Leben ein geliehenes

Leben eines Oberleutnants in einem Roman war, dessen Namen zu erwähnen der Autor nicht als nötig erachtet hatte. Man lebt doch nicht das Leben eines Anderen, nur weil man Geld verdienen muss, beklagte er sich im Stillen, während bezaubernde Gefühle über ein anderes Leben, das er sich wünschen würde, sein Herz erfüllten. Wie Tayfun Kara, der die Tiefebene von Erzincan überquert hatte und in die Berge geflohen war, musste auch er unverzüglich den Tunnel graben, der ihn in ein Leben nach seinen Wünschen bringen würde.

Während er sich, mit sich selbst ringend, dem Hügel näherte, bemerkte er die Goldene Tante nicht, an der er vorbeilief und die einer wandelnden Statue glich. Die Gärten, die zum Tal hinabfielen, ihre Kirschbäume, deren Äste brachen, ihre Maulbeerbäume, die ihre Früchte nicht mehr tragen konnten, die Mohnblumen, die vor den Margeriten protzten, die prallgefüllten Rosen, die sich rötenden Mirabellen, die grün leuchtenden Sommeräpfel sah er nicht. Die schwarze Katze und den weißen Hund, die aus einem Napf fraßen, die Henne, die mit ihren Küken zu einem Spaziergang aufgebrochen war, die Kuh, deren unschuldiger Blick den Fleischer der Kleinstadt so gerührt hatte, dass er sie nicht schlachten konnte und die jetzt wie von Sinnen zurück in ihr Dorf trabte, sah er nicht. Den Kiefernwald, der auf dem gegenüberliegenden Hügel wie eine Mauer emporragte, sah er nicht. Vieles, was er durch den Sucher seiner Kamera gesehen hätte, sah er mit bloßem Auge nicht. Er lief weiter. Kurz vor dem Hügel war er immer noch mit der Frage nach seinem Platz in diesem Leben beschäftigt und zerbrach sich den Kopf darüber, ob es ihm genügte, um jeden Preis ein geregeltes Einkommen und einen angesehenen Beruf zu haben.

Er dachte an die Jahre zurück, die er an der Militärakademie verbracht hatte. Sein Vater pflegte zu sagen, die Parteien, das Parlament, sogar die Gerichte seien nur zum Schein da. Auch an der Akademie hatte es ähnlich geklungen. Für die Türkei waren die Stabsoffiziere verantwortlich. Ohne die Stabsoffiziere und ohne die türkische Armee mit dem fünftgrößten Heer der Welt wäre die Türkei kein Vaterland, sondern bloß ein gewöhnliches Stück Erde. Wenn die Militärstudenten, die die Chance bekommen hatten, in die Ränge der auserlesenen Persönlichkeiten der türkischen Armee aufzusteigen, sich dessen nicht bewusst waren, sollten sie unverzüglich, noch vor Beginn ihrer Ausbildung, die Armee verlassen und den Weg einschlagen, den ihr Schicksal für sie bereithielt.

Er hatte die Militärakademie mit der Bestnote abgeschlossen, und auch danach war ihm kein Fehler unterlaufen, der eine Entsendung in dieses abgelegene Grenzstädtchen rechtfertigen könnte. Trotzdem war er hier! Bis zu seiner Ankunft in Şavşeti hatte er nie gedacht, dass es in diesem Land Orte geben könnte, die so weit entfernt lagen. Er hatte so viele Gebirgszüge hinter sich gelassen, dass er irgendwann aufgehört hatte zu zählen. Die Berge folgten unablässig aufeinander, Straßen, deren Ende man erreichte, gesellten sich zu anderen und zogen sich immer mehr in die Länge. Als er endlich die Kleinstadt erreichte, kam er aus dem Staunen nicht mehr heraus. Ein seltsamer Ort war das, abgeschieden von der Welt, ein Ort, wo nirgends junge Menschen zu sehen waren. »Wo sind die Jugendlichen dieser Kleinstadt?« fragte er, doch niemand antwortete. Erst nach vielen Tagen erfuhr er, dass in den letzten sieben Jahren junge Leute zwischen achtzehn und fünfundzwanzig entweder verhaftet worden waren oder die Kleinstadt verlassen hatten.

Bald trafen aus schwer erreichbaren Bergdörfern Meldungen ein, in den Bergen seien bewaffnete Gruppen gesichtet worden. Der Oberleutnant informierte die Kommandantur und machte sich mit einem Trupp Soldaten auf den Weg, um die Gegend zu erkunden. In den Dörfern sprach er mit Dorfvorstehern, den letzten verbliebenen Hirten, die in den Bergen Schafe hüteten, mit Forstaufsichtsbeamten. Sie sagten, sie hätten keine Fremden gesehen, die bewaffnet herumliefen. Ein Hirte war einer bewaffneten Gruppe zuletzt vor sieben Jahren begegnet, sie war zur georgischen Grenze unterwegs. Er erzählte, die Gruppe habe die Grenze tatsächlich passiert, doch die georgischen Sicherheitskräfte hätten sie geschnappt, ihre Waffen beschlagnahmt und mit der Bedrohung »Sonst erschießen wir euch!« zurückgeschickt. Die gleiche Gruppe habe er sechs Monate später auf einem anderen Berg wieder gesehen. Dieses Mal waren sie unbewaffnet. Sie waren zu Fuß unterwegs, wieder nach Georgien. Und wieder wurden sie von georgischen Grenzsoldaten geschnappt, wieder gezwungen, über frisch gepflügte Felder zurückzumarschieren. Später hatte man diese Flüchtigen in einer Höhle festgenommen. Unter ihnen war auch Gülsen, die Tochter des Zahnarztes. Seitdem hatte er in diesen Bergen weder bewaffnete noch unbewaffnete Personen erblickt. Der Oberleutnant ging allen Anzeigen nach, fand aber kein handfestes Zeichen für die Existenz einer bewaffneten Gruppe.

Allmählich wurden die Meldungen immer rarer, dafür traf nun die Nachricht ein, in einem Dorf nahe der georgischen Grenze sei der ehemalige Dorfvorsteher, der als Denunziant bekannt war, ermordet worden. Als der Oberleutnant den Tatort erreichte, fand er das ganze Dorf in Trauer vor. Der tote Dorfvorsteher lag immer noch zusammengesunken unter dem Fahnenmast auf dem Schulhof. Sein Körper war steif. Die Augen waren offen. Die Frau des Opfers, fast achtzig Jahre alt, erzählte, bewaffnete Personen seien am helllichten Tag ins Dorf gekommen, hatten alle Dorfbewohner auf dem Schulhof versammelt und ihren Mann erschossen. Ihr Bericht wurde von anderen Augenzeugen bestätigt. Die bewaffnete Gruppe bestand aus fünf Personen, die unter dreißig waren. Unter ihnen war keine Frau, nein, sie hatten keine gesehen. Sie sprachen ein Türkisch, wie es Stadtbewohner sprechen. Auch untereinander hatten sie keine andere Sprache gesprochen. Sie hatten dem Dorfvorsteher vorgeworfen, ihre vor sieben Jahren in den Bergen getöteten Kameraden denunziert und so ihren Tod verursacht zu haben. Sie hatten im Namen des Volkes die Todesstrafe ausgesprochen, dem Dorfvorsteher die Augen verbunden und ihn standrechtlich erschossen. Sie hatten befohlen, die Leiche bis zum Eintreffen der Soldaten nicht zu entfernen, dann waren sie wieder verschwunden.

Als der Oberleutnant mit seinen Soldaten nach der Beerdigung des ehemaligen Dorfvorstehers zurückkehrte, waren schon längst Kommandoeinheiten nach Şavşeti und in alle Kleinstädte und Dörfer an der georgischen Grenze beordert worden.

Sie waren wieder da, die Zeiten, die man längst vergangen gewähnt hatte. Wie in jenen alten Zeiten tauchten Kommandoeinheiten in irgendeinem Dorf auf, die Dorfbewohner wurden auf einem Platz versammelt und mussten die Habachtstellung einnehmen, während der Kommandant mit einschüchterndem Blick und Gang über sein blaues Barett dozierte. »Warum«, fragte der Kommandant, »tragen wir ein blaues Barett?« »Denn«, sagte er,

»unser Barett ist blau, um unsere Verbundenheit mit der heldenhaften Tradition der Osmanischen Sturmreiter zu zeigen. Unser Barett ist nach rechts geneigt, um zu symbolisieren, dass wir uns auf die rechte Seite legen, wie es unsere Religion befiehlt, und diese zwei kleinen Schnüre, die hinten auf unseren Nacken fallen, symbolisieren die Binden unseres Leichentuchs und sind ein Beweis dafür, dass wir das Märtyrertum hoch ehren. Unsere Autorität kennt keine Grenzen, außer gegenüber Generalstab und Gott müssen wir niemandem Rechenschaft ablegen. Wir können, ganz nach Belieben, das Leben zum Paradies oder zur Hölle machen, wir können, ganz wie wir wollen, leben oder sterben lassen.« Auf die Rede des Kommandanten folgte gewöhnlich der Abtransport verdächtiger Dorfbewohner zum Verhör.

Im Sommer 1986 wurde dem Oberleutnant gemeldet, zu früher Morgenstunde sei ein Minibus von einer bewaffneten Gruppe gekapert worden, die mit dem Fahrzeug in Richtung Grenzdorf floh. Er informierte die Kommandantur, nahm zwanzig Soldaten mit und machte sich auf den Weg. Sie brauchten zwei Stunden, um den Tatort zu erreichen. Die Entführer müssen ein Fahrzeug gebraucht haben, um zur Grenze zu gelangen, mutmaßte der Oberleutnant. Wahrscheinlich war einer von ihnen schwer krank oder verwundet. Vermutlich würden sie den Minibus irgendwo in Grenznähe stehen lassen und versuchen, die georgische Grenze zu Fuß zu überqueren.

Sie machten sich auf die Suche und auf die Jagd. Den Minibus fanden sie tatsächlich in Grenznähe, dort, wo der Wald endete und die kahlen Hügel begannen. Wenig später sah man einen Hubschrauber, der oben am Himmel kreiste. Die Aktion blieb erfolglos. Die Kommandantur befahl die Rückkehr und der Oberleutnant fuhr mit den Soldaten zurück in die Kleinstadt, wo er um Mitternacht geweckt wurde. Es hieß, ein Terrorist sei gefasst worden und sollte nun verhört werden.

Der Oberleutnant empfing die Truppe mit den blauen Baretts, die die Festnahme durchgeführt hatte. Der Verdächtige war noch ein schmächtiges Kind, spindeldürr, mit einem zu Brei geschlagenen Gesicht und nicht einmal mit Muskeln ausgestattet, um eine 6,35 mm Pistole zu tragen. Als man ihn direkt in den Verhörraum bringen wollte, widersprach der Oberleutnant, man müsse die Person zuerst registrieren. »Später, Oberleutnant«, sagte der Kommandant der Truppe. »Wir registrieren ihn später! Falls es nötig sein sollte!« Der Mann mit dem blauen Barett hatte einen niedrigeren Dienstgrad als er selbst, aber er führte sich auf wie ein General.

»Es ist nicht gesetzeskonform, Leutnant«, hielt der Oberleutnant dagegen. »Da, wo ich die Befehlsgewalt habe, kann ich das nicht zulassen.« »Geht es um das Vaterland, ist das Gesetz nur ein Detail«, entgegnete der andere und musterte den Oberleutnant von Kopf bis Fuß. In seinem Blick lag sowohl Verwunderung als auch Drohung. »Registrieren!« sagte er dann und lief vor dem Festgenommenen zum Verhörraum, ohne dabei den Oberleutnant anzusehen. An der Tür blieb er stehen und schaute zurück. »Möchten Sie dabei sein, wenn ich den Verdächtigen verhöre, Herr Oberleutnant?« fragte er.

Der Junge wurde von zwei Kommandokämpfern mit blauem Barett auf einen Stuhl gesetzt. Der Leutnant bäumte sich vor ihm auf. Der Oberleutnant blieb lieber an der Tür stehen.

Der Leutnant fragte den Verdächtigen, welcher politischen

Bewegung er angehöre und im Namen welcher Organisation sie den Minibus gekapert hätten. Das Kind gab keinen Ton von sich. »Du Mistkerl!« donnerte der Leutnant. »Wir haben dir nicht die Augen verbunden, wir haben dich registriert, und damit sogar unser Oberleutnant bezeugen kann, dass wir hier im Rahmen der Gesetze verfahren, haben wir dafür gesorgt, dass er als Beobachter dabei ist. Wenn du jetzt in deinem halbtoten Zustand glaubst, du kannst dich retten, indem du schweigst, dann sage ich dir, dass du dich gewaltig irrst. Wenn du weiter schweigst, wirst du vielleicht freigelassen, aber zu Hause kommst du nie an. Diese Berge sind voller Wölfe und Bären. Wir schicken dich in die Dunkelheit hinaus, und du wirst dich nach dem Gefängnis sehnen. Jetzt ist deine Aufgabe, jede einzelne Frage von uns zu beantworten. Dann, wenn nötig, deine Strafe abzusitzen und danach in dein Elternhaus zurückzukehren. Los, ich gebe dir fünf Minuten Zeit!«

Auf eine Geste des Leutnants hin legte einer der Soldaten eine Schachtel Zigaretten und ein Feuerzeug auf den Tisch. »Nun wirst du in diesen fünf Minuten deine Zigarette rauchen und wenn ich zurück bin, anfangen zu erzählen. Wenn du zu reden beginnst, kommt auch dein Tee, und auch Wasser trinken und essen kannst du«, sagte er und befahl, dass einer der Kommandokämpfer bei dem Jungen bleibt und alle anderen den Raum verlassen. Den Oberleutnant, der immer noch an der Tür wartete, grüßte er übertrieben und lief hinaus in den Korridor. Nach ihm ging auch der Oberleutnant hinaus.

»Ich verstehe Sie und Ihren guten Willen, Oberleutnant«, sagte der Leutnant draußen, wieder übertrieben respektvoll. »Aber solche Leute wie der da drinnen respektieren die Gesetze nicht, so wie Sie es tun; bei denen kann man, bitte verzeihen Sie meine Direktheit, mit Ihrer höflichen Art nichts erreichen. Die sind immer so, zuerst schweigen sie, dann lügen sie. Bei manchen dauert dieser Prozess ziemlich lang, aber die Bruchlinie ist in allen Fällen mehr oder weniger identisch. Die Wahrheit, auch wenn es mir nicht zusteht, das zu sagen, Oberleutnant, die Wahrheit kann man nur auf diesem Wege erfahren.«

»Und wenn dieser junge Mensch da drin tatsächlich nichts über die Entführung des Minibusses weiß, wenn er die Wahrheit sagt«, widersprach der Oberleutnant, »dann wäre doch das, was ihn erwartet, ein großes Unrecht, nicht wahr?«

»Natürlich, Oberleutnant, aber wir sind für diese Arbeit ausgebildet und bis heute haben wir uns nie geirrt. Sie werden sehen, dass wir uns auch heute Nacht nicht irren. Wenn der mit dem ganzen Zeug nichts zu tun hätte, würde er weder Gott auslassen noch den Propheten und den Koran, würde schwören bis zum geht nicht mehr, würde heulen, würde sich abzappeln. Wir waren gezwungen, ihn ordentlich zu vermöbeln, er hat keinen Mucks von sich gegeben. Er weiß über alles Bescheid. Selbst wenn er den Minibus nicht selbst entführt hat, weiß dieser Mann bestimmt, wer es war und wo die sich verstecken. Als wir ihn geschnappt haben, war er mit einer Ziege unterwegs ins Dorf. Wer geht denn zu dieser Jahreszeit in die Berge, um eine einzige Ziege zu hüten? Wenn wenigstens die Ziege einer Ziege ähneln würde! Nur Gerippe, genau wie er selbst. Sie können jede einzelne Rippe zählen, Oberleutnant. Nun, Sie sind der Ranghöhere, ich würde mir Ihnen gegenüber keine Respektlosigkeit erlauben, aber ich erlaube mir, Ihnen zu raten, diesen Menschen hier in der Gegend, die sehr unscheinbar, sehr besonnen, sehr ruhig wirken, nicht zu sehr zu trauen.

Gut, die meisten sind Türken, die anderen Georgier und gut, sie sind Muslime. Aber, sie haben etwas Unangepasstes, da ist ein stiller Widerstand gegen unseren Staat und unser Vaterland. Warum das so ist, weiß ich nicht, das ist auch nicht meine Aufgabe. Ich bin auch von hier, mal unter uns, ich kenne deren Innerstes. Mein patriotischer Vater hat viel unter denen gelitten, ich weiß es. Dieser Schurke da drin, der sieht so klein und schmächtig aus und möglicherweise sieht man ihm sein Alter auch nicht wirklich an, aber wenn ich Ihnen jetzt erzählen würde, was mein Vater seinetwegen alles gelitten hat, dann würden auch Sie auf das Gesetz pfeifen und da reingehen und ihn windelweich prügeln, Oberleutnant. Wenn ich das alles sage, können Sie natürlich vielleicht an Dinge wie affektive Rache denken, aber ich habe diese Tage schon längst vergessen. Mir geht es um unser Vaterland und ich weiß, dass dieser Schurke auf jeden Fall schuldig ist.«

Bevor sie wieder den Verhörraum betraten, stellte sich der Leutnant mit dem blauen Barett vor. Als auch der Oberleutnant seinen Namen sagte, war der andere perplex. »Sind sie etwa der Sohn des Oberst Ulutürk?« fragte er.

Jetzt war der Oberleutnant verdutzt. Er liebte seinen Vater sehr, und gleichzeitig fürchtete er ihn. Auf die Frage: »Was will mein Sohn werden, wenn er groß ist?«, die Frage, die sich wöchentlich wiederholte, hatte er immer seine Antwort parat gehabt, hatte das Wort »Offizier!« selbstsicher hinausgeschossen, woraufhin der Vater gelächelt und gesagt hatte: »Bravo, mein Sohn!«. Auf die Freude des Vaters folgte seine lange Rede über die Familientradition.

Laut dieser Rede durfte die Tradition der Stabsoffiziere in der Familie niemals unterbrochen werden. Wenn dieses Land nun dieses Niveau erreicht hatte, hatte schließlich, ganz sicher, auch diese Familientradition dabei eine bescheidene Rolle gespielt. An der Intelligenz fehlte es ihm ja nicht. Er, der Vater, hatte nicht den geringsten Zweifel daran, dass sein Sohn die schwierigsten Prüfungen und Hindernisse erfolgreich meistern werde, um Stabsoffizier zu werden. Sein Sohn hatte die Gabe der Rede, seine Stimme klang angenehm, er konnte sich beherrschen, wenn er aufgeregt war. Er war ausgeglichen. Seine Fähigkeit, vielseitig zu denken, und sein Selbstvertrauen waren ausgezeichnet. Die Koordination zwischen Hand, Fuß und Auge, Aufmerksamkeit, Reaktionsgeschwindigkeit und Wahrnehmung, das alles war so ausgeprägt, dass er das Auswahlverfahren mit Bravour bestehen würde. Selbst sich zu bewerben für diese vortreffliche Organisation, die in allen Ländern der Welt ihresgleichen suchte, war etwas, was sich nicht jedermann trauen könnte. Sein Sohn sollte sich schon jetzt hinter die Ohren schreiben, dass es mit dem Eintritt in die Schule nicht getan war, sondern, ganz im Gegenteil, alles erst anfing. Sowohl vor der Schule als auch während der Schulzeit musste sein Benehmen tadellos und edel sein. Sich auf die Offiziersprüfung vorzubereiten, hieße, bildlich gesprochen, das Kamel samt Ladung zu schlucken. Also, Dutzende Militärbücher und Bücher zur Allgemeinkultur, Tageszeitungen, Wochen-, Monatszeitschriften und Jahresalmanache mussten gelesen, begriffen, eingehend studiert werden. Disziplin war unerlässlich. Geduld war unerlässlich. Verzicht war unerlässlich. Sein Sohn musste wissen, dass der Stabsoffizier seine Tage und Nächte in den Bergen und Tälern, in Kasernen und Heerlagern verbringt, und dass man sich am Abend weder dem Schlaf noch dem Amüsement hingibt, sondern weiter Bücher liest, sich über Karten beugt, auf Karten Kriege führt und

Schlachten gewinnt. Und vielleicht würde eines Tages ihr Sohn ihnen einen Glücksmoment schenken, den man in der Geschichte dieser Familie noch nicht hatte, indem er an die absolute Spitze unserer nationalen Armee, der saubersten und mächtigsten Institution unseres Landes, befördert wird.

Solche Worte des Vaters schüchterten ihn ein, statt ihn zu ermutigen, aber er hatte bereits in den Windeljahren gelernt, dass Gefühle fehl am Platz waren, wenn Erwachsene zu ihm sprachen. Sein Vater war, genau wie sein geliebter Großvater, ein sanftmütiger Soldat, der sich berufsbedingt hinter einer harten Maske versteckte. Wenn er heimkehrte, erzeugten seine Schritte in Militärstiefeln eine so starke Empfindung von bedingungsloser Autorität, dass er sich sogar im Bett wie ein Igel zusammenzog, bevor er einschlief. Dieser Vater, der ihm sogar mit seinen Schritten Angst einjagte, wurde manchmal plötzlich emotional, verwandelte sich in einen kuscheligen Teddybären. Der Oberleutnant wünschte sich damals, diese seltenen glücklichen Momente würden nie enden. Sein Vater hatte sämtliche Werke der klassischen türkischen Dichtung gelesen, sich von linken Dichtern ferngehalten, weil sie fast alle verboten waren, und sein Bücherregal mit übersetzten Gedichtbänden geschmückt. Vielleicht, um sich bei seinem Vater einzuschmeicheln oder vielleicht, um eine andere Tür in die Zukunft zu öffnen als das Offiziersdasein, hatte der Oberleutnant einmal gesagt, er wolle Dichter werden, wenn er groß ist. Sein Vater zögerte ein paar Sekunden lang. Sein Gesicht leuchtete auf wie in den Augenblicken, wenn er sich selbst laut Gedichte vorlas. »Dichter ist leider kein Beruf, mein Sohn«, sagte er schließlich. Wie nach diesem Satz das Leuchten in dem Gesicht des Vaters auf einen Schlag erlosch, wie es sich in ein Gesicht verwandelte, dessen Fähigkeit zu befehlen und seine Befehle durchzusetzen stark ausgeprägt war, sollte der Oberleutnant noch lange Jahre in Erinnerung behalten. »Der Beruf unserer Familie«, hatte sein Vater damals gesagt, »ist Soldat, ist der Dienst am Vaterland.« Er hatte seinen Vater angestarrt und gespürt, dass sein Scheitern bei der Aufnahme ins Militärgymnasium für die Familie, das Gelingen aber für ihn selbst eine Katastrophe sein würde. Sie gingen zurück in den Verhörraum. Wie der Leutnant es vorausgesagt hatte, antwortete der Verdächtige auf sämtliche Fragen. Er nannte den Namen seiner Organisation. In dem Qualifizierungskurs über Verhörmethoden, die der Oberleutnant vor seinem Dienstantritt besucht hatte, hatte er die aktuellsten Informationen über neue Organisationen, aufgespaltene und vereinigte politische Gruppierungen bekommen, aber über die Organisation, die dieser Verdächtige nannte, der eher einem kleinen Bündel als einem jungen Mann ähnelte, hatte er fast nichts gehört.

Aufgrund der Aussage, die jener tätigte, wurden in den Dörfern insgesamt zweiunddreißig Menschen festgenommen. All diese Bauern, von denen fünf die Mittelschule, die anderen die Grundschule absolviert hatten, die sich in den Sommermonaten in Teefabriken als Saisonarbeiter verdingten und deren Einkommen gerade noch zum Überleben reichte, machten identische Aussagen, als hätten sie sich abgesprochen, und gestanden, Mitglieder der Dev-Genç zu sein, einer Organisation, die bis zum Militärputsch 1980 in dieser Region zu einer Massenbewegung anwuchs. Keiner von ihnen war jedoch gewillt, mit dem entführten Minibus in Verbindung gebracht zu werden. Der Oberleutnant gewann den Eindruck, dass die Vernommenen die Ziele und Ideale der Organisation gut begriffen hatten. Sie wussten, dass ihr Gründer Mahir Çayan nach der Entführung und Ermordung des israelischen Generalkonsuls zusammen mit zehn weiteren Genossen getötet wurde. Sie erklärten, die Türkei sei ein halbkoloniales Land, das untergründig vom Imperialismus besetzt war. Es herrsche ein künstliches Gleichgewicht zwischen den Volksmassen und der Oligarchie, die die herrschenden Klassen vertrete, und das erste Ziel der Organisation sei es, dieses künstliche Gleichgewicht zugunsten des Volkes zu zerstören. In dem Kurs in Ankara hatte der Oberleutnant nicht so viel über diese Organisation erfahren. Er spürte, dass auch der Leutnant, der die Bauern verhörte, all dies nicht wusste.

Die zweiunddreißig Verdächtigen wurden dem Richter vorgeführt. Alle wurden verhaftet. Die Entführer des Minibusses wurden gefasst, bevor sie die Grenze überqueren konnten. Ein Hauptmann, der Jahre später einem seltsamen Mord zum Opfer fallen sollte, traf mit dem Auftrag, die Vernehmungen durchzuführen, in der Kleinstadt ein. Am selben Tag wurde dem Oberleutnant von der Kommandantur mitgeteilt, dass er für zwei Wochen zwangsbeurlaubt werde.

Er fuhr zu seinen Eltern nach Ankara. Seine Mutter war allein zu Hause, der Vater war aus der Region Diyarbakır noch nicht zurückgekehrt. Auch seine Briefe, die er in den ersten Monaten geschrieben hatte, trafen nicht mehr ein. Der Oberleutnant versuchte immer wieder, seinen Vater anzurufen, bekam aber immer die Antwort, er sei dienstlich unterwegs. An dem Tag, an dem er mit seinen Anrufversuchen aufhören wollte, rief Oberst Ulutürk an, erfuhr, dass sein Sohn in Ankara war und machte sich auf den Weg.

Das war das letzte Zusammentreffen des Oberleutnants mit seinem Vater. Oberst Ulutürk war weit entfernt von dem selbstsicheren Mann damals in alten Zeiten, dem Mann, der die Poesie liebte, sein Bücherregal mit klassischen Romanen füllte, seinem Umfeld ein Gefühl von Sicherheit vermittelte und Autorität ausstrahlte. »Wir haben uns geirrt«, sagte er im Gespräch mit seinem Sohn, »wir haben dieses Land gar nicht gekannt.« Er sagte lauter Dinge, die der Oberleutnant nie erwartet hätte, aus dem Mund seines Vaters zu hören. »Niemand«, sagte er, »niemand in der Region, in der ich als Oberst beauftragt war, den Terror zu beenden, spricht Türkisch! Wie kann es sein, dass ich als Oberst bis zu diesem Lebensalter dieses Wissen entbehrt habe? In dieser Region gibt es außer meinen Soldaten und Beamten niemanden, der meine Muttersprache spricht. Alle sprechen in einer Sprache, die wir noch nie gehört haben, und sie ist auch verantwortlich für den Teufelskreis, in dem wir gefangen sind. Nun, wenn es eine solche Sprache nicht gäbe, hätten wir auch dieses Problem nicht, aber es gibt diese Sprache, und in dieser Region, in der ich als Oberst den Terroristen den Garaus machen muss, bestehen alle darauf, Terroristen, Bauern, Handwerker, alle, diese Sprache zu sprechen. Wenn man uns so behandeln würde, könnten wir uns gedemütigt fühlen, wir könnten auch eine trotzige Haltung entwickeln und unbedingt unsere eigene Sprache sprechen wollen. Es ist eine große Lüge, dass alle Menschen, die innerhalb der Grenzen unseres Nationalpakts leben, Türkisch sprechen. Dass man uns dieses falsche Wissen eintrichtert, von der Grundschule an, dann in der Mittelschule, im Gymnasium, in der Militärakademie, das ist nichts anderes als Schwindel, als Betrug. Und was sind das für Grenzen der nationalen Verteidigung, und was ist das für ein Türkisch, dass ich in jenen Gebieten, in denen ich Oberst bin, nicht die Möglichkeit habe, diese Sprache zu verstehen!«

Sein Vater war nicht der, den er kannte, er war völlig aufgelöst. Der Oberst, den jener Leutnant in der Kleinstadt Şavşeti in den Himmel gelobt hatte und der Vater, dem er jetzt gegenüberstand, waren nicht die gleiche Person. Er hatte sich in einen traurigen, alten, angeschlagenen Mann verwandelt, der, wie er selbst auch, im Strudel des Zwiespalts herumgewirbelt wurde und nach einem Ausweg suchte.

Der Oberleutnant kehrte nach fünfzehn Tagen wieder nach Şavşeti zurück. Laut offiziellem Protokoll, das ihm vorgelegt wurde, hatte einer der Festgenommenen zu fliehen versucht, und weil er der Aufforderung zum Stehenbleiben nicht Folge geleistet hatte, wurde er auf dem Hügel der Stillen Wehmut erschossen.

Auf dem Hügel der Stillen Wehmut verlor sich der Oberleutnant in den Anblick der beiden tiefen Täler, die sich vor ihm ausbreiteten, und der Berge, die sich hintereinander aufreihten. Versunken betrachtete er die schneebedeckten, spitzen Berggipfel am Horizont, das Gebirgsgrün, das Dorf auf dem hohen Plateau zwischen den beiden Tälern. Er spürte nicht, dass die Goldene Tante, an der er vor einer Viertelstunde vorbeigegangen war, ohne sie zu bemerken, die Greisin, die ein fast einhundertjähriges Leben hinter sich hatte, näherkam. Vielmehr spürte er, dass er kurz davor war, sein Leben zu ändern.

»Sohnesherz!«

Er drehte sich zu der Stimme um und sah die alte Frau mit einem leichten Tuch auf dem Kopf.

»Sohnesherz!«, wiederholte sie, »wo kommst du her, wo gehst du hin?«

»Wenn ich das nur wüsste!« entgegnete der Oberleutnant.

»Nicht wissen ist manchmal nützlich, Sohnesherz.«

»Warum Mütterchen, warum soll es gut sein, nicht zu wissen?«

»Du lernst zu wissen.«

»Wo kommst du her, wo gehst du hin, Mütterchen?«

»Ich komme von zu Hause.«

»Danach frage ich nicht. Wer bist du? Woher kommst du? Ich frage nach deiner Familie, deiner Herkunft.«

»Eigentlich bin ich Deutsche, aber alle halten mich für eine Ahiska, Sohnesherz. Dann sind die Urussen gekommen, Sohnesherz, sie haben uns vertrieben. Soldaten sind gekommen. Einen Monat sind sie geblieben. Dann sind sie eines Morgens gegangen. Ilcas, haben sie gesagt, alle auf den Platz. Yığılış! Wir sind zum Yığılış. Sie haben gesagt, in fünf Stunden seid ihr raus aus dem Dorf. Wo sollen wir hin in fünf Stunden, haben wir gesagt. Sie haben gesagt, ist uns gleich. Wir haben gesagt, unsere Söhne sind beim Militär, im Dorf ist niemand außer Kanayahlils und Omas. Und die Çils und die Kinder. Wohin mit den Camuş, mit den Kühen, den Davars, den Ziegen, mit Mehl und Gerste, mit Pferd und Esel? Ist mir gleich, sagt der Urussensoldat. Wir haben uns versammelt. Sonst prügeln sie uns, bis sie uns die Knochen brechen, haben wir gedacht und sind eingestiegen. Viehzug. Schwarz. Aus der Nase kommt Rauch. Wenn ich lüge, sollen mir beide Augen erblinden. Die Köter haben geheult, als wir gegangen sind. Die Davars haben gemuht. Die Pferde haben gewiehert hinter uns her.«

Der Oberleutnant war die Sprache in der Region gewohnt, er konnte die Frau verstehen, aber von welcher Zeit sie sprach, blieb ihm ein Rätsel.

»Welche Vertreibung, Mütterchen?« fragte er. »Es ist

hundert Jahre her, seit die Russen weg sind. Von welcher Zeit sprichst du?«

»Es gab ja diesen Krieg!«

»Welcher Krieg, Mütterchen? Wir haben seit dem Unabhängigkeitskrieg nur einmal gegen die Griechen gekämpft, bei der Operation auf Zypern. 1974 war das.«

»Das meine ich nicht. Die Urussen haben sich ja mit den Deutschen geprügelt. Da war dieser Hitler oder wie der Kerl auch heißt, Gott soll ihm Steine auf den Kopf regnen lassen, dieser Deutsche, das meine ich.«

»Mütterchen, hast du im Zweiten Weltkrieg auf der russischen Seite gelebt?«

»Wo soll ich sonst leben, Sohnesherz? Unser Dorf ist auf der anderen Seite geblieben. Sie haben dazwischen die Kranze gezogen. Eine Hälfte des Dorfes ist dort geblieben, die andere Hälfte auf dieser Seite.«

»Wann denn, Mütterchen? Wann haben sie die Grenze gezogen?«

»In der Zeit des Kriegs. Nach dem Fliehflieh. Da sind doch die Soldaten gekommen; in Livane, in Şavşeti haben sie in den Dörfern alle Armenier geschlachtet. Zu uns haben sie es nicht mehr geschafft. Die Urussen sind gekommen, haben die Grenze gezogen, wir waren Türken, wir sind Urussen geworden. Ich bin eigentlich Deutsche, aber niemand weiß es.«

»Wie meinst du das, du bist Deutsche?«

»Du siehst diese Augen nicht? Bei wem gibt es solche Augen?«

»Sprichst du Deutsch?«

»Ein wenig. Seit fast 60-70 Jahren spreche ich es nicht, aber einiges weiß ich. Ich weiß Schön, ich weiß Hässlich, ich weiß Vertreibung. Milch, Brot, Pferd, Gerste, Katze, Hund und sowas weiß ich. Du auch?«

»Nein, Mütterchen, ich spreche nur Englisch.«

»Das ist ja auch nicht wenig. Eine Sprache ein Mensch, zwei Sprachen zwei Menschen.«

»Du sprichst, soweit ich es verstanden habe, von Ereignissen, die fast vor einem Jahrhundert stattgefunden haben. Sofern ich weiß, wurde die Grenze zu Russland zuletzt 1918 gezogen. Wie alt warst du damals?«

»Dreizehn.«

»Und wie alt warst du, als du geheiratet hast?«

»Fünfzehn.«

»Das heißt, du bist ungefähr 80. Hast du Kinder? Eine Familie?«

»Hatte ich, habe ich verloren. Mein Sohnesherz und mein Mannesherz haben sie in die Armee genommen. Im Dorf bin ich allein geblieben. Ich sage allein, aber ich habe meine Camuş, meine Davars, Hühner, meinen Köter, meine Katze. Sie haben alle geweint, als ich gegangen bin. Ich werde ihre Stimmen nie vergessen. Wir fahren und fahren und was sehen wir da, sie haben auch die Molokanen in den Zug gestopft.«

»Wer sind die Molokanen, Mütterchen? Waren sie auch Muslime?«

»Nein, sie waren Urussen.«

»Und warum haben sie die vertrieben?«

»Die haben Milch getrunken.«

»Wie bitte?«

»Sie haben sie fortgeschickt, weil sie Milch getrunken haben. Sie hatten niemandem was getan. Wir hatten auch niemandem was getan. Gott soll diesen Urussen den Tag verfinstern. Dann haben sie auch die Karapapaken in den Zug gestopft. Dann auch die Terekeme. Dann haben sie auch die Juden in den Zug gestopft. Dann auch die Kurden. Dieses Mal haben sie die Armenier nicht in den Zug gestopft.«

Der Oberleutnant hatte noch nie von den Molokanen, Karapapaken und Terekeme gehört. Er wusste auch nicht, dass im Kaukasus Juden und Kurden lebten.

»Mütterchen«, sagte er, »warum sollen Russen die Juden vertreiben, waren nicht ohnehin die Deutschen dabei, sie zu vernichten? Was haben ihnen denn Juden angetan?«

»Und was haben wir ihnen angetan, Sohnesherz? Mein Sohnesherz und mein Mannesherz waren beide beim Militär. Sie haben für die Urussen gekämpft. Was wollten sie von mir? Wenn sie gewusst hätten, dass ich Deutsche bin, wäre es in Ordnung. Sie wussten es aber nicht. Sie haben mich weggeschafft, weil ich eine Ahiska bin. Was haben sie von den Molokanen gewollt? Sie haben sie weggeschafft, weil sie jeden Tag Milch trinken. Sie haben sie früher auch weggeschafft. Sehr viel früher. Nach Kars. Dann haben sie sie zurückgebracht. Und dann in den schwarzen Zug geladen. Auch Kurden waren da. Wir sind gefahren, gefahren, der Herrschervater von Georgien hat gesagt, ich nehme keinen von denen. Wir sind gefahren, gefahren, gefahren, die Armenier haben gesagt, wir nehmen die Molokanen, die Ahiska, die Karapapaken, die Terekeme, die Kurden bringt ihr woanders hin. Wir sind gefahren, gefahren, niemand nimmt uns! Schließlich hat der Sultan oder wer auch immer in Usbekistan wohl gesagt, wenn sie Muslime sind, nehme ich sie.«

Der Oberleutnant warf der alten Frau einen ungläubigen Blick zu. Die Goldene Tante sagte, als hätte sie seine unausgesprochene Frage in seinem Blick gelesen: »Nun wirst du fragen, wenn du nach Usbekistan vertrieben wurdest, was hast du hier zu suchen?« Der Oberleutnant nickte.

»Wenn mein Sohnesherz und mein Mannesherz zurückgekommen wären, hätte ich hier nichts zu suchen.

Diese Usbeken, Gott soll ihnen den Tag verfinstern, diese Usbeken waren auch Muslime, aber sie haben uns nie in Ruhe gelassen.«

»Wie alt warst du, als du vertrieben wurdest, Mütterchen?«

»Wahrscheinlich vierzig.«

»Und wie hast du den ganzen Weg von Usbekistan hierher geschafft, Mütterchen?«

»Zu Pferde. Ich hatte einen Rappen.«

»Nach dem Ende des Kriegs?«

»Ja. Ich habe auch einen Ofen mitgebracht. Russischen Ofen. Aus Blech. Dann komme ich ins Dorf und sehe, die Camuş sind nicht da, die Köter nicht, die Katzen nicht, niemand. Ich bin zur Grenze, auf dieser Seite bellen die Köter, ich habe mir gesagt, ich gehe auf diese Seite. Bin gegangen. Meine ältere Schwester, sie war auf dieser Seite geblieben, ist tot, ihre Kinder sind noch da. Sie haben mich sofort erkannt. Natürlich sollen sie mich erkennen. Sie haben Goldene Tante, Goldene Tante geschrien und geweint.«

»Bist du die Goldene Tante, Mütterchen?« fragte der Oberleutnant erstaunt.

»Ja, Sohnesherz. Alle sagen Ela zu mir.«

»Was für ein Verhältnis hast du zu Tayfun Kara?«

»Ich bin seine Hebamme. Aber lass du dieses Kind in Ruhe. Er hat so viel gelitten. Du kannst ihn sowieso nicht fassen.«

»Woher weißt du, dass er geflüchtet ist?«

»Ich weiß es, Sohnesherz. Und wissen ist nicht gut.«

»Wenn du weißt, dass er geflüchtet ist, weißt du vielleicht auch, wo er sich gerade befindet.«

»Vielleicht weiß ich das. Aber ihr könnt ihn nicht fassen, macht euch nicht umsonst die Mühe!«.

»Wo lebst du, Goldene Tante?«

Die Goldene Tante zeigte auf die verschneiten Berge am Horizont. »Ganz am Ende ist dieser Berg mit kahlem Kopf, da lebe ich.«

»In Suloban?«

»Du hast es fast erraten, aber nicht ganz. Ziemlich weit oben, oberhalb der Eicha. Oben.«

Der Oberleutnant wusste, dass man in dieser Region den Wald als Eiche bezeichnet. Er suchte mit dem Blick den Horizont ab. Er sah kein Fleckchen Erde, wo es keine Eichen gab.

»Hier ist überall Eichenwald, Goldene Tante. Welchen Wald, welchen Hügel meinst du?«

»Du siehst nicht den großen Felsen dort? Es gibt doch die Tannen dort, das meine ich. Die Eicha. Du siehst nicht die Pechkiefer? Dort ist ein Hügel, dort.«

Der Oberleutnant sah über die beiden tiefen Täler, die sich vor ihm erstreckten, bis zum Horizont. Über die Bäche, die entlang der Täler flossen, die Hügel, die hinter den Tälern emporragten, über die Berge ganz hinten, deren Gipfel immer verschneit waren. Ganz weit hinten sah er einen riesigen Felsen, der einem Berg ähnelte, konnte dort aber das Dorf der Goldenen Tante nicht entdecken. Wenn der Erzincan-Flüchtige es irgendwann hierher geschafft hat und bei der Goldenen Tante Unterschlupf findet, kann man ihn unmöglich ergreifen, dachte er.

»Hast du jemanden, Goldene Tante? Kümmern sich die Kinder deiner verstorbenen Schwester um dich?«

»Nein, die sind auch fort. Niemand ist mehr im Dorf. Mein Köter und meine Katze sind auch tot. Ich habe eine Kuh, das ist alles. Ich habe auch einen Acker, aber ich bestelle ihn nicht mehr. Kein Ochse mehr, kein Pflug mehr, kein Pferd mehr, wie soll ich es machen?«

»Man kann doch nicht von einer Kuh und einem Acker leben, Goldene Tante. Wie deckst du deinen sonstigen Bedarf?«

»Weil ich weiß, bringt jeder was mit.«

»Was weißt du, Goldene Tante?«

»Ich weiß alles. Wer sein Geld, sein Gold, sein Silber, sein Küchengeschirr verloren hat, wer seine Kinder nicht mehr findet, kommt zu mir, ich sage ihnen, wo die sind.«

»Du bist also Wahrsagerin?«

»Weiß ich nicht, wenn man das Ela nennen will, dann ist es eben Ela.«

»Dann weißt du auch, wo sich Tayfun Kara befindet?«

»Das zu wissen, passt mir nicht. Lass du dieses Kind in Ruhe. Er hat so viel gelitten. Ihr könnt ihn sowieso nicht fassen.«

Sie unterhielten sich bis zum Sonnenuntergang. Die Bitte des Oberleutnants, sie fotografieren zu dürfen, schlug die Goldene Tante nicht ab. Der Oberleutnant stellte seine Kamera ein und beobachtete einige Sekunden lang die Goldene Tante, die vor der bunten Bergkette und dem Bergdorf Vel, dessen Häuser man aus dieser Entfernung nur mit Mühe ausmachen konnte, posierte. Als er den Atem anhielt und den Auslöser betätigte, verstand er, was es bedeutet, dass die Zeit stillsteht. Diese eingefrorene Zeit war ein Augenblick, der alle anderen Zeiten wegfegte. Der Oberleutnant sollte später sein ganzes Leben auf der Suche nach den eingefrorenen Zeiten verbringen.

Unter dem Vorwand der Aufklärung fotografierte er aus einem militärischen Wagen heraus, den er in der Nähe des Hauses von Gülsens Familie parkte, Gülsen, ihre Brüder, deren Zahl er sich nie merken konnte, ihre Mutter, ihren Vater, ihre Schwiegermutter, die hin und wieder zu Besuch kam, ihren Schwiegervater. Als er merkte, dass ihn die eingefrorenen Zeiten jeden Tag weiter von seinem Beruf und seinen Idealen entfernten, war es zu spät. Mit fünfundzwanzig beschloss er, die Armee zu verlassen. Das war jedoch nicht so einfach. Vor ihm lagen noch zwölf Jahre Pflichtdienst. Um seine Offizierslaufbahn zu beenden, musste er eine Straftat begehen. Er wies seine Ordonnanz an, ihm aus der Bibliothek das Beamtengesetz zu bringen. Als seine Ordonnanz mit der Meldung zurückkehrte, dieses Buch sei in der Bibliothek nicht vorhanden, regte er sich nicht auf. Er befahl, das Buch unter den konfiszierten Büchern zu suchen. Wenig später lag es auf seinem Tisch.

Er las Paragraph 48, Absatz 1, Unterabsatz A, Satz 5 des Beamtengesetzes Nr. 657. Im Absatz 2 des Gesetzes hieß es zwar zu aufgelisteten Straftaten: »Im Falle einer Verurteilung selbst zu einer Freiheitsstrafe von einem Tag und selbst, wenn diese Strafe in Geld umgewandelt, zur Bewährung ausgesetzt oder Straferlass gewährt wird, endet das Beamtenverhältnis.« Jedoch war er nicht imstande, auch nur eine dieser Straftaten zu begehen.

Ein Gefühl der Enge breitete sich in ihm aus. Er machte sich auf den Weg, um die Dörfer zu inspizieren. Er fotografierte verlassene Häuser, Ruinen von Grundschulen, Felder, bedeckt von einer dicken verfilzten Schicht aus Gras und Erde, kahle, fast ausgetrocknete Pflaumen-, Apfel- und Kirschbäume, alte Frauen, von Unkraut und Disteln befallene Friedhöfe, Trampelpfade, die sich in den Tiefen der Wälder verloren. In einem vergessenen Grenzdorf begegnete er einem Mann, dessen tiefe Furchen im

Gesicht verrieten, dass er aus einer anderen Zeit stammte und den alle mit Ausnahme der Goldenen Tante »Opa« riefen. Der Alte saß vor einem Laden, in dem Satinstoffe, Kekse, Lokum, Rosinen, Feigen und Granatäpfel verkauft wurden, in der Sonne und rauchte Tabak. Der Laden war blitzblank. Die Satinstoffe glänzten in allen Farben, die Rosinen und Feigen waren frisch. Der Mann erzählte Geschichten, ähnlich die der Goldenen Tante. Der Oberleutnant fragte ihn nach seinem Namen, nach dem Namen seines Dorfes. Wann er geboren wurde, wie alt er war. Nach dem Geheimnis der Satinstoffe, der Rosinen und Feigen, der feuerroten Granatäpfel. »Mein Name und der Name meines Dorfes ist Ohannes«, sagte der Alte. »Die Satinstoffe, Feigen, Rosinen und Granatäpfel sind hundert Jahre alt. Aber du kennst diese Zeiten und diese Einsamkeit nicht«, fügte er hinzu und schwieg. In diesem Augenblick stand die Zeit wieder still, und der Oberleutnant spürte die bedrückende Enge der eingefrorenen Zeiten. Nicht nur die Zeit zum Stillstand zu bringen war sehr schwer, sondern auch, sie wieder fließen zu lassen. Viele Jahre später sollte er in Deutschland den Zusammenhang zwischen den Wörtern »Armenier« und »Ohannes« begreifen, da war Opa Ohannes nicht mehr am Leben.

Gegen Ende August versank der Oberleutnant in Trübsinn. Sein Stimmungstief überwand er, als er zufällig auf ein Konzert auf dem Hügel der Stillen Wehmut stieß. Das Trio Mey Mustafa, Ney Nedret und Zurna Ziyo sang das Volkslied »Die Sonne geht auf in den Bergen, Geliebte, in Licht getaucht sind die Hänge«. Anfangs klang es wie ein gewöhnliches Volkslied, doch allmählich begannen Mey Mustafa, Ney Nedret und Zurna Ziyo durch ihre

Instrumente miteinander zu sprechen, einander zu antworten. Dem Oberleutnant ging durch den Kopf, dass in diese Kleinstadt an der Grenze nicht nur frischgebackene Oberleutnants, sondern auch Jazzmeister aus New Orleans verbannt wurden. Alle drei Musiker waren aus Şavşeti. Mey Mustafa war zwar blind, konnte aber Menschen erkennen, selbst wenn sie so weit entfernt waren, dass kein Auge sie sehen konnte. Ney Nedret war nicht nur Meister auf der Ney, sondern auch auf der Langhalslaute, und der erste Protestmusiker dieser Gegend. Zurna Ziyo war ein Meister auf der Klarinette, er lebte in Deutschland. Der Oberleutnant führte den Sucher seiner Kamera ans Auge und sah, bevor er das Klicken hörte, dass hinter dem Trio Gülsen mit ihrer Mutter, ihrem Vater, ihren unzähligen Brüdern, ihrem Stiefvater und ihrer Stiefmutter saß. Ihre Blicke waren nicht auf die Musiker gerichtet, sie schauten auf die Gebirgskette hinter dem Hügel der Stillen Wehmut. Die Berge schimmerten in allen Farben, und während er den Auslöser betätigte, leuchtete in seinem Kopf wie ein flüchtiger Blitz der Gedanke auf, die Ehe mit einer ausländischen Frau, die dieser Gülsen ähnlich sieht, könnte der Schlüssel zu seiner Freiheit sein. Es gab tatsächlich einen Paragraphen, der ihm ermöglichen würde, die Armee zu verlassen, ohne sich Schuld aufladen zu müssen. Paragraph 112, Absatz 3, Unterabsatz A des Personalgesetzes für die Streitkräfte Nr. 926 regelte: »Wer eine Person mit ausländischer Staatsangehörigkeit heiratet, gilt als ausgeschieden.«

In jenen Tagen, als Tayfun Kara allen Fallstricken entkam und Şavşeti erreichte, übergab der Oberleutnant Gülsen eigenhändig die Briefe. Beim Abschied prägte er sich Gülsens Augen und ihre herausfordernde Art sehr genau ein. »Es ist sicher, dass Ihr Mann hierherkommen wird oder schon längst gekommen ist«, sagte er. »Den Weg, über den er Sie erreichen wird oder erreicht hat, hat er bereits mit seinen Briefen geebnet!«

In den ersten Septembertagen machte er sich auf den Weg. Er fuhr an die Mittelmeerküste, holte einen ärztlichen Attest nach dem anderen, um seine Arbeitsunfähigkeit zu bescheinigen, und verbrachte die Zeit auf der Suche nach ausländischen Frauen, die ähnliche Augen hatten wie Gülsen. In der dritten Oktoberwoche erzählte ein Reiseführer auf dem Apollon-Tempel in Side, wie der Tempel wieder ans Tageslicht gekommen war. »Früher war hier eine ebene Fläche, bedeckt von der Erde, man sah nur die korinthische Spitze der Säule dort drüben«, sagte er. »Die Menschen benutzten diesen Stein, um auf den Rücken eines Esels zu steigen, dann sind deutsche Archäologen gekommen, sie haben gegraben und gegraben und aus dem Eselsstein ist dieser Tempel geworden.«

Der Oberleutnant sah, während er dem Fremdenführer lauschte, etwas weiter weg eine Frau, die gedankenversunken zwischen den Ruinen spazierte. Er lief auf sie zu, grüßte sie höflich und erzählte auf Englisch, reichlich ausschmückend, die Geschichte mit dem Esel, die er eben gehört hatte. Die Frau lächelte. Sie hieß Lisa. Ihre Augen waren grünblau. Sie war erschöpft. Es war ihr deutlich anzusehen, dass sie in tiefer Einsamkeit war. Lisa war überrascht, als sie erfuhr, dass er noch nie eine Freundin hatte. Sie spazierten zusammen durch die Stadt. Unter den Überbleibseln historischer Ruinen, die in der sengenden Sonne brannten, begegneten sie einem Paar, beide um die dreißig, von gleicher Größe, beide dunkelblond, auf der Suche nach dem Amphitheater. Nach ein paar Stunden sahen sie dasselbe Paar am Abend in einem touristischen Restaurant. Viele Jahre später sollte dem Oberleutnant einfallen, dass der Mann Tayfun Kara war.

Lisa und der Oberleutnant fuhren zusammen nach Antalya. Sie übernachteten im selben Hotel in getrennten Zimmern. Der junge Mann am Empfang meinte, der Oberleutnant sei türkischer Staatsbürger, und weil er mit der Dame, die er begleitete, nicht verheiratet sei, könne er ihnen kein Doppelzimmer geben. »Wenn Sie auch Ausländer wären, wäre es kein Problem«, sagte er. Sie insistierten nicht. Am Morgen des Abschieds frühstückten sie zusammen. Der Oberleutnant wollte sie zum Flughafen begleiten, doch Lisa meinte, sie würde von Istanbul aus fliegen und müsse erst dorthin fahren. Sie umarmten sich und wünschten einander Glück. Lisa wollte gerade in den Bus einsteigen, da drehte sie sich auf einmal um und sah in den Augen des Oberleutnants das Leben, das sie mit ihm führen würde. Dieses Gefühl war so mächtig, dass sie kein bisschen überrascht war, als der Oberleutnant einen Monat nach ihrer Rückkehr in ihre Heimat vor der Tür ihrer Wohnung am Rhein stand. Er hatte mit einem Koffer, dessen Inhalt aus Unterwäsche, Zahnpasta und Zahnbürste, einem Deutschlehrbuch, einem Wörterbuch und hunderten von nicht entwickelten Filmen bestand, an ihrer Tür geklopft und sprach nun den ersten deutschen Satz seines Lebens. »Ich bin zu dir gekommen«, sagte er. »Ich bin in dich verliebt.« Lisa nahm wortlos seine Hand und führte ihn herein. Ihre ganze Vergangenheit ließen sie zusammen mit ihren Kleidern auf den Boden fallen. In dieser Nacht warfen sie jegliche Scham über Bord und schliefen eng umschlungen ein, als sich draußen der Himmel erhellte.

Nach ein paar Monaten wurde der Oberleutnant bei der Zeitung, für die Lisa arbeitete, als Fotograf eingestellt. Sie heirateten. Er legte sich einen neuen Vor- und Nachnamen zu. Als er Willy Brandt vor der Berliner Mauer fotografierte, hatte noch niemand voraussehen können, dass die Mauer bald Geschichte sein würde. 1990, nach der Freilassung Mandelas, flog er nach Südafrika. Er fotografierte Mandela vor seinem einstöckigen Backsteinhaus in Johannesburg-Soweto. Mandela las eine englischsprachige Zeitung. Er trug einen Rubinring. Im selben Jahr unternahm er eine abenteuerliche Reise mit dem Reporter Egon Scotland von der Süddeutschen Zeitung – er sprach sehr gut Türkisch – nach Damaskus. Während Egon das erste Interview für die europäische Presse mit dem kurdischen Guerillaführer führte, der vor dem Militärputsch die Türkei verlassen und im Bekaatal ein Guerilla-Camp gegründet hatte, machte der Oberleutnant hunderte Fotos von Kämpferinnen. Zwei Monate nach dem März 1991, als Serben und Kroaten einander niederzumetzeln begannen, flog er mit einer Gruppe von Journalisten nach Zagreb. Am letzten Freitag im Juli traf die Nachricht ein, dass Egon Scotland in der Nähe des Dorfes Jukinac von serbischen Scharfschützen ermordet worden sei. Die Spur des serbischen Milizenführers mit dem Kriegsnamen »Kapetan Dragan«, der die Erschießung befohlen hatte und nach dem Krieg nach Australien floh, wurde erst fünfzehn Jahre später gefunden, und es mussten weitere zehn Jahre vergehen, bis ihm der Prozess gemacht werden konnte. Die Meldung über den Tod Egon Scotlands traf bald in

Deutschland ein. Lisa bat den Oberleutnant, sofort zurückzukommen. Er fuhr nach Köln zurück, machte sich aber im April 1992 wieder auf den Weg, um die Belagerung Sarajevos zu dokumentieren. Nach seiner Rückkehr gründete er seine eigene Fotoagentur. Seine Aufnahmen wurden auf den Titelseiten deutsch- und englischsprachiger Zeitschriften veröffentlicht. Im April 1994 war er in Ruanda. Er blieb hundert Tage dort. Ende Juni wieder in Köln angekommen, sprach er nicht, aß nichts und wenn man ihn etwas fragte, weinte er. Als er die Fotografien überall verstreute und versuchte, die Wohnung anzuzünden, sorgte Lisa für die Einweisung in eine Klinik.

Dort blieb der Oberleutnant bis Ende des Jahres. Nach seiner Heimkehr bat er Lisa, unter seinen Fotos aus Ruanda diejenigen auszusuchen, die einem Hoffnung machten. Lisa fand in hundert Tagen unter tausenden Fotos ein einziges, auf dem kein Blut zu sehen war: Da war ein Mann, von hinten aufgenommen, der am Ufer eines Flusses einen Jungen auf dem Rücken trug und im Begriff war, den ersten Schritt ins Wasser zu setzen, um ans andere Ufer zu kommen. Das Versprechen von Freiheit und Hoffnung am anderen Ufer war so groß, dass das Foto zu einem Sinnbild der Zukunft Ruandas wurde und in The New York Times veröffentlicht wurde. Der Oberleutnant tat etwas, was er noch nie getan hatte; er rahmte das Foto ein und hängte es in seinem Arbeitszimmer auf. Nun verbrachte er seine Tage damit, gewöhnliche Liebesfilme und durchschnittliche Krimis zu sehen, für Lisa zu kochen, abends mit ihr ins Theater zu gehen, das in ihrem Viertel lag, und hin und wieder am Rhein zu radeln. Am ersten Samstagabend im November besuchte er trotz des Widerspruchs

Lisas eine Veranstaltung, auf der eine Psychologin aus Ruanda als Rednerin auftrat. Ihre Tanten, Onkel, Cousins waren umgebracht worden, wie ihre Mutter, ihr Vater und ihr Mann auch. Sie erstickte fast an Schuldgefühlen, weil sie zusammen mit ihren zwei Töchtern überlebt hatte. Während der ganzen Rede waren ihre Augen feucht, aber sie verlor nicht die Fassung. Sie erzählte weniger davon, was sie während des Völkermords erlebt hatte, eher sprach sie über die Zeit danach. Als alles vorbei war, waren tausende hilfsbereite Menschen aus der nördlichen Hemisphäre nach Ruanda geströmt. Flüsse, Felder, Häuser, Kirchen, Gärten, alles war voller zerstückelter Leichen. Die, die aus dem Norden kamen, waren nicht nur Mitarbeiter von Firmen, die sich um Aufträge bemüht hatten, um Schulen, Kirchen und Häuser zu renovieren. Unter den verspäteten Rettern waren auch Friedensbotschafter, gutherzige Missionare, Sozialarbeiter, die Tag und Nacht arbeiteten, um den Überlebenden zu helfen, Erzieher, Lehrer, Therapeuten und Psychologen. Die Rednerin aus Ruanda hatte nie an dem guten Willen dieser Hilfsbereiten aus dem Norden gezweifelt, aber von Anfang an geahnt, dass die Therapiemethoden, die sie in ihren Ländern an Menschen anwendeten, die nach einer Trennung oder einem Jobverlust in eine Krise gestürzt waren, denen nicht helfen würden, die alles verloren hatten und nicht einmal mehr eine Kuh besaßen. Um ihre eigenen Wunden zu heilen und herauszufinden, ob ihr Leben noch irgendeinen Sinn hatte, hatte sie Psychologie studiert; sie hatte gespürt, dass der einzige Ausweg darin besteht, sich trotz allem an das Leben zu klammern. Zu versuchen, möglichst gut zu leben, ohne das Geschehene zu vergessen. Das war der einzige Weg, sich an den Tätern zu rächen. Was in Europa Ausweis und Kreditkarte für die Menschen war, war in Ruanda die Kuh. Die Entsprechung des Verlobungsrings, den man der geliebten Frau schenkte, war in Ruanda ebenfalls eine Kuh. Eine wiederkäuende Kuh war für die Witwen in Ruanda, die niemanden mehr hatten, ein Concerto Grosso Vivaldis aus »Die Vier Jahreszeiten«. Deswegen war die von verwitweten Frauen ins Leben gerufene Kampagne »Jeder Witwe eine Kuh« der erste Schritt für die Überwindung des Traumas, für den Beginn einer Therapie. Gegen Ende der Veranstaltung sagte die Frau: »Ich möchte Ihnen ein Foto zeigen, damit Sie die Komplexität und die Dimensionen des Geschehens erkennen können.« Und sie hielt das Foto des Oberleutnants hoch, das die Reportage »Ruandas Hoffnung« in The New York Times geschmückt hatte, das einzige Bild ohne Blut. »Der Mann auf dem Foto«, sagte die Psychologin, »ist mein Onkel. Mein Hutu-Onkel. Und das Kind auf seinem Rücken ist mein jüngster Tutsi-Bruder. Verstehen Sie jetzt, was mit uns geschehen ist? Mein Hutu-Onkel hat meinen Bruder nicht mit einer Machete umgebracht, sondern im Fluss ertränkt, und so hat die Welt das einzige humane, hoffnungsvolle Bild dieser hundert Tage in Ruanda gesehen.«

Der Oberleutnant sank auf seinem Stuhl zusammen. Man lieferte ihn ins Krankenhaus ein. Auf eigenen Wunsch wurde er in die geschlossene Abteilung der Merheim-Klinik eingewiesen. Es dauerte lange, bis er sich wieder erholt hatte. »Eine Weile«, sagte der Arzt, als er ihn aus der Klinik entließ, »sollten Sie nur Vögel, Bäume und Blumen fotografieren.«

Der Oberleutnant hielt sich an den ärztlichen Rat. In den unwegsamsten Dschungeln fotografierte er fremdartige Pflanzen und Vögel. Glänzend blaue Frösche mit giftiger Haut, Leoparden mit weit geöffnetem Maul, fünf Tonnen schwere Nilpferde, Spinnen mit weinrotem Rücken, deren Biss einen lähmte, drei Meter große Quallen, deren Berührung einen umbrachte, Kobras, die im Jahr fünfzigtausend Menschen töteten, Rosen, die an volle weibliche Lippen mit dick aufgetragenem Lippenstift erinnerten, Orchideen, die wie neugeborene Babys aussahen, Venusfliegenfallen in Kolumbien, die sich von Insekten ernährten, in Indonesien Blüten mit einem Durchmesser von neunzig Zentimetern, die den Geruch von Kadavern ausströmten, Pflanzen in Japan, die nur eine Minute und in Namibia, die tausend Jahre lebten.

Als er sich wieder richtig hergestellt fühlte, kehrte er nach Köln zurück. Doch lange blieb er nicht, er machte sich bald wieder auf den Weg. Er fotografierte den Augenblick, in dem drei Menschen in Sankt Petersburg die Sprengung eines Wolkenkratzers filmen wollten und zusammen mit dem Wolkenkratzer von der Erdoberfläche verschwanden, eine Katze, die zwei kämpfende Hunde trennte, eine zierliche Frau, die in Kopenhagen in Begleitung ihrer Tochter einen hünenhaften Mann angriff, der einer anderen Frau einen Fausthieb gegeben hatte. Im Central Park in New York fotografierte er Selma. Selma war über fünfzig, sie saß auf einer Bank und betrachtete die Menschen, die an ihr vorbeigingen. Er fragte sie, wie er nach Washington Heights in Manhattan kommen könne. Sie schloss aus der Aussprache des Oberleutnants, er sei Deutscher, antwortete direkt auf Deutsch und fragte ihn, wo er herkomme. Er lebe in Köln, sagte der Oberleutnant. Sie sei eigentlich deutscher Herkunft, sagte Selma, ihr Vater sei in Quirnbach geboren worden, hundert Kilometer von Köln entfernt, sie selber sei in Argentinien zur Welt gekommen und lebe seit 1960 in den USA. Die Worte Deutschland, Argentinien und USA erweckten in dem Oberleutnant das Gefühl, die Biographie dieser Frau könnte eine Zusammenfassung eines halben Jahrhunderts sein. Trotzdem versuchte er nicht, sie über ihre Vergangenheit auszufragen. Selma sei auch im Türkischen ein Frauenname, sagte er. Eine Weile unterhielten sie sich. Während der Oberleutnant ihr seine Karte reichte, bot er an, ihr die Gegend zu zeigen, falls sie eines Tages Deutschland, das Land ihrer Eltern besuchen möchte. »Kann sein«, sagte die Frau. »Sollte ich mir irgendwann vornehmen, nach Deutschland zu kommen, rufe ich Sie an.« Der Oberleutnant folgte der Wegbeschreibung Selmas, lief über die Saint Nicholas Avenue und kam am Audubon Ballroom an, wo Malcolm X 1965 während einer Zusammenkunft umgebracht worden war.

Eine Woche später war er am westlichen Ende der USA. In San Francisco begegnete er einem Cellisten wieder. Er schien die Jahre schnell durchlebt zu haben und spielte in trauriger Erinnerung an die Zeit der Belagerung ein Stück von Boccherini. Aus Sorge, die Magie nicht in Worte gefasster Geschichten zu zerstören, sagte er ihm nicht, dass sie sich schon einmal in Sarajevo begegnet waren. Als er im Aquatic Park vor der Bucht den Cellisten fotografierte, bemerkte er im Hintergrund die Insel Alcatraz auf seiner Bildfläche und fragte sich, was wohl aus dem zum Tode verurteilten Flüchtigen, der seinem Leben eine andere Wendung gegeben hatte, und aus seiner Frau geworden war. Er bereiste ganz Südamerika. In Argentinien besuchte er das Grab des blinden deutschen Kommunisten Lothar Hermann, der bei der Entführung Eichmanns eine entscheidende Rolle gespielt hatte und das Konzentrationslager El Vesubio. Er fotografierte die Mauer des Gebäudes, wo die deutsche Studentin Elisabeth Käsemann exekutiert wurde. Sie war 1977 entführt worden und man hatte ihre durchlöcherte Leiche acht Wochen später auf einem brachliegenden Gelände gefunden. Er fotografierte die Inschrift »Sie lebt in unserem Herzen«. Er fotografierte den neuen, in der DDR aufgewachsenen neuen Staatspräsidenten Chiles. Er fotografierte das Amtszimmer im Präsidentenpalast, wo Allende, der noch nie eine Waffe in die Hand genommen hatte, sich selbst einen Kopfschuss gab, um sich nicht der Junta ergeben zu müssen, und den Radiosender Magallanes, wo man seine Stimme zum letzten Mal hören konnte. Er fotografierte Joan Turner Jara, die Frau Victor Jaras, der es Jahre später gelang, sechzehn der Mörder ihres Mannes, dem man zuerst die Hände gebrochen hatte, ehe er mit 44 Kugeln ermordet wurde, vors Gericht zu bringen.

Als er nach Köln zurückkehrte, war seine Haut von Wind und Sonne gegerbt wie die der Ureinwohner Perus. Lange Zeit reiste er nicht mehr ins Ausland. Monatelang machte er ausgedehnte Spaziergänge am Rhein. Er entdeckte verschiedene Arten von Buchen, Birken, Erlen, Eichen, Weiden und Pappeln. In Berlin fotografierte er den dreihundert Jahre alten Maulbeerbaum, den die Hugenotten nach dem Dreißigjährigen Krieg aus Frankreich mitgebracht hatten, in Köln eine Taxifahrerin namens Maria, die ein gelbes Kopftuch aus Satin trug.

Anfang Januar 2014, an einem kühlen Sonntagnachmittag im Innenhof der Alten Feuerwache, deren Mauer die Verse Nazım Hikmets: »Leben! Einzeln und frei wie ein Baum und brüderlich wie ein Wald. Das ist unsere Sehnsucht«

schmücken, stand der Oberleutnant inmitten der traurigen Menschenmenge, in der sich auch Gülsen und ihre Tochter Damla befanden. Dort sollte er das Foto machen, das sich für ihn wie eine Zusammenfassung seines Lebens anfühlte.

Juni 1987, Şavşeti, das Dorf Ibhirevil
BIBI

In der Nacht, als Tayfun aus dem Gefängnis ausbrach, träumte die türkische Georgierin Bibi von ihm als ein von Ast zu Ast hüpfendes Eichhörnchen und wachte auf. Die Sonne war noch nicht aufgegangen und der Regen, der die ganze Nacht heruntergeprasselt war, hatte noch nicht aufgehört. Sie stupste ihren Mann an. »Steh auf!« sagte sie. »Unser Tayfun ist aus dem Mapus geflüchtet!« Ihr Mann, der nach dem Abschluss des Dorfinstituts mit einem Steinhammer, einem Hobel, einer Spritze und einer Packung Penicillin ins Dorf zurückgekehrt war und seit seiner Rückkehr als »Lehrer« angesprochen wurde, erwiderte: »Red keinen Unsinn, Frau, Träume werden nicht wahr, man kann dem Staat nicht entkommen!«

Bibi träumte oft von ihrem Sohn als Schmetterling oder Vogel, stupste ihren Mann an, nahm seine Belehrung, die mit »Red keinen Unsinn, Frau!« begann, nicht ernst, und noch vor Sonnenaufgang begann sie aufzuräumen, wechselte in dem Zimmer, wo sie damals ihren Sohn zur Welt brachte, die nicht benutzte Bettwäsche samt Decke, zündete, um das Zimmer zu wärmen, die Pechkieferscheite in dem Blechofen an, ging in den Stall, melkte die Kuh Gurbet, gab ihr währenddessen die neuesten Nachrichten über das Land und das Dorf wieder, erzählte von den Briefen ihres Sohnes, der seit sieben Jahren im Gefängnis war, besuchte die Hühner in ihrem Hühnerstall, sammelte ihre noch warmen Eier ein, schaltete das Radio in der unteren Etage des Hauses an und hörte die morgendlichen Volkslieder. Wenige Stunden später wurde der Lehrer wach, umringt von Düften gescheuerten Holzes, brennenden Kiens, von Milch, Tee, Spiegeleiern und Schmelzkäse, und während er die Treppen zum Erdgeschoss hinabstieg, stellte er sich vor, dass dort Tayfun und Bibi zusammen frühstückten, sah dann traurig auf den leeren Stuhl, wo sein Sohn hätte sitzen müssen, und brummte: »Seit Jahren immer die gleiche Geschichte, Frau. Langsam reicht es. Versteh doch endlich, dein Sohn kommt nicht zurück.«

»Doch«, sagte Bibi hartnäckig. »Ich habe nicht von einem Vogel geträumt, sondern von einem Tatarzena.«

»Wenn du nicht von einem Vogel, sondern von einem Eichhörnchen träumst, werden dann etwa die Gefängnistore aufgesperrt, Frau? Erblinden vielleicht Wärter und Soldaten? Es ist das Militärgefängnis von Erzincan, Frau! Wir waren doch da, wir haben es gesehen. Mitten auf einer Ebene. Gut, nehmen wir an, die Tore werden geöffnet, und die Soldaten und Wärter haben einen Sehsturz, und nehmen wir an, die Wächter, die den Militärflughafen schützen, werden einfach vom Schlaf übermannt, und unserem Sohn und seinen Freunden gelingt es, schlangengleich auf dem Boden kriechend, den drei Meter hohen Stacheldrahtzaun zu erreichen, der ja das Militärgebiet umzingelt, und sie schaffen sogar, diesen unpassierbaren Stacheldraht von oben oder von unten zu überqueren. Nur, und du hast es mit deinen eigenen Augen gesehen, wie viele Tage braucht man wohl, um diese unendlich weite Ebene zu durchlaufen? Wie soll man die Berge erreichen? Selbst wenn man sie erreicht, an welcher Küste soll man ankommen? Und selbst wenn man an einer Küste ankommt, hinter dir sind unsere Soldaten und Polizisten, vor dir das Meer. Nehmen wir an, du schwimmst und suchst Zuflucht bei den Russen, die Russen würden dich sofort festnehmen und ausliefern. Unser Sohn weiß das und begeht nicht solchen Leichtsinn. Also, warum sollte unser Sohn Tayfun, der, nehmen wir mal an, die Küste erreicht hat – vorausgesetzt, nach sieben Jahren Knast hat er immer noch ein Fünkchen Verstand –, ausgerechnet ins Dorf, ins Elternhaus kommen? Er geht nach Westen, Frau, sei doch vernünftig. Kommt er hierher, wird ihn jeder erkennen. Es gibt auch hinterhältige Menschen unter uns, jemand zeigt ihn an und er wird geschnappt. Würde unser Sohn eine solche Dummheit begehen?«

»Erzähl mir was du willst«, sagte Bibi. »Ich habe Tatarzena gesehen, Tayfun wird kommen, hierher!« Sie machte sich nichts daraus, dass der Lehrer ihr gar nicht zuhörte und fuhr fort: »Tatarzena ist vom oberen Ast der Eicha auf den unteren Ast gehüpft, und von dort weiter auf die Ulme.«

»Na und? Was sagt uns das, wenn das Tier von einem Ast auf den anderen und dann auf einen anderen Baum springt?«

»Nach dir ist auch dein Kopf in Rente gegangen«, antwortete Bibi.

Der Lehrer klang nun gekränkt: »Am frühen Morgen tun einem Beleidigungen gar nicht gut!« »Der obere Ast«, erklärte Bibi unbeirrt, »ist der Kerker in Livane, und der untere Ast ist der Tunnel!«

»Und?« Der Lehrer war an den Grenzen seiner Geduld angekommen. »Was heißt das?«

»Ist unser Pepela nicht vor genau neun Jahren, neun Tagen und neun Stunden aus dem Kerker in Livane geflüchtet?«

»Ist er.«

»War dieses Mapus nicht am Rande eines Abgrunds?«

»Doch.«

»War dieses Mapus nicht mitten im Militärgebiet?«

»Doch.«

»Gab es in diesem Mapus keine Wärter und keine Soldaten?«

»Es gab sie.«

»War dieses Mapus nicht umzäunt von Stacheldraht?«

»Das war es.«

»Ist Pepela von dort geflüchtet oder nicht?«

»Gut, ist er, aber was hat ihm das gebracht?«

»Habe ich in der Nacht seiner Flucht geträumt, dass Pepela ein Tatarzena war oder nicht? Ist er nicht in meinem Traum von dem oberen Ast der Eicha auf den unteren gehüpft?«

»Erstens, es heißt nicht Eicha, sondern Eiche. Wir sollten die Wörter korrekt aussprechen. Und wir benutzen im Türkischen nicht mehr das Wort Tatarzena, wir sollten lieber Eichhörnchen sagen. Und dieses Wort Pepela sollten wir auch nicht mehr gebrauchen. Wenn ein Spitzname unbedingt nötig ist, können wir ja Schmetterling sagen. Habe ich mich klar ausgedrückt?«

»Bring das alles den Kindern bei!« herrschte ihn Bibi an. »Erstens bist du schon in Rente und zweitens bin ich nicht deine Schülerin!«

»Das mag sein, Frau, aber das kann doch nicht als Argument benutzt werden, um unsere türkische Sprache so falsch zu verwenden, nicht wahr?«

»Erzähl mir was du willst, ich habe vor neun Jahren, neun Tagen und neun Stunden von einem Tatarzena geträumt und Pepela ist geflüchtet. Sonst habe ich immer von einem Vogel geträumt und er ist nicht geflüchtet, dann träume ich von Tatarzena und Pepela flüchtet. Heute oder morgen wird er hier sein.«

»Frau, du hörst mir nicht zu. Diese Dinge sind nicht so einfach, dass man sie mit Träumen erledigen kann. Wenn Träume die Probleme lösen könnten, bräuchte man unsere Institutionen der Legislative und der Justiz, die Regierung, die Armee, oder, was weiß ich, das Bildungssystem gar nicht mehr. Aber das Leben ist nicht so einfach, Frau. Wenn du von deinem Sohn als Eichhörnchen, Vogel oder Schmetterling träumst, heißt das noch lange nicht, dass diese Dinge geschehen. Und, nicht zu vergessen, unser Sohn hat sich gegen den Staat aufgelehnt! Es ist nicht vernünftig, dass er flieht und somit seine Revolte fortsetzt. Unser Sohn soll die Strafe seiner Taten in den Haftanstalten unseres Staats absitzen und als normaler Bürger in unsere Gesellschaft zurückkehren, etwas anderes können wir uns nicht wünschen, dürfen wir uns nicht wünschen.«

»Ich scheiße deinem Staat dreimal ins Maul und pinkele ihm fünfmal in den Hals! Wenn der Staat ein anständiger Staat wäre, hätte sich mein Pepela nicht gegen ihn aufgelehnt!«

»Frau, wir brauchen jetzt nicht zu früher Morgenstunde grundlos unseren Staat zu beschimpfen, nicht wahr? Nun, unser Staat hat lange Ohren, er hat die Kapazität, unsere Wohnzimmer, Schlafzimmer, Ställe und Hühnerställe, Felder und Weiler, Berge und Hänge abzuhören. Nun, wenn hier so unbedacht gesprochen wird, wäre nicht nur die unseres Sohnes, sondern auch unsere eigene Haltung eine Revolte, oder? Nun, also, wenn wir sprechen, ist es ratsam, unsere Worte sorgfältig zu wählen, denke ich.«

»Schön, während du denkst, gehe ich mal schnell zu

Gurbet«, sagte Bibi, und während sie vor ihrem Gang in den Stall in der Merek Gurbets Alaf zusammenmischte, beschlich sie wie eine flüchtige Ahnung das Gefühl, dass ihr Mann vielleicht doch recht haben könnte. »Selbst wenn du ein Mönch bist, kannst du nicht zweimal deinen Reis mit Fleisch essen«, murmelte sie, ohne zu merken, dass sie mit sich selbst sprach. Dann aber keimte in ihrem Herzen eine mit Angst durchmischte Hoffnung. Sie fand den Gedanken plausibel, ihr Sohn könnte ja auch fliehen, um seine Mutter nicht zu blamieren. In den Korb stopfte sie zuerst Heu und darüber getrocknetes Gras. Beim Zuziehen des Scheunentors nahm sie den Gebetsruf nicht wahr. Als sie das Stalltor öffnete, wurde sie von Gurbet mit tiefer Kuhstimme begrüßt. Sie fand es nicht nötig, Gurbet von den Nachrichten im Radio am Vorabend zu berichten. Lange sprach sie über Schmetterlinge, Vögel, Eichhörnchen, Eichen und Ulmen. Gurbet antwortete mit einem langgezogenen Muuuuh.

An jenem Junimorgen schaute Bibi nicht im Hühnerstall nach. Sie vergaß auch, ihr Morgengebet zu verrichten. Hätte der Lehrer beim Frühstück nicht gefragt: »Gibt es heute keine Eier?«, hätte sie auch später nicht daran gedacht. Sie konnte sich nicht entscheiden, ob es eher ein gutes oder ein schlechtes Omen war, dass sie das Gebet vergessen hatte. Sie fixierte den Punkt, wo der Morgenstern fast erloschen war und murmelte Gott eine Erklärung: »Wenn es dich gibt, wirst du auch wissen, warum ich es vergessen habe.«

An diesem Tag kehrte auch der Sekretär, der seit Jahren als verschollen galt, aus Deutschland zurück. Er war der erste aus dem Dorf, der nach Deutschland emigriert war, und seitdem hatte man nichts mehr von ihm gehört. Gerüchte, er sei in Deutschland zu großem Reichtum gekommen, habe neun Söhne von neun Frauen bekommen, alle Söhne hätten Deutschland verlassen und seien in neun verschiedenen Ländern Väter von je neun Söhnen geworden, hatten auch das Dorf erreicht. Als er am Morgen des 6. Juni ins Dorf kam, war er allein. Üblicherweise kam man mit einem roten Kleinbus der Marke Ford an, wenn man aus Deutschland zurückkehrte, er aber fuhr einen ziemlich heruntergekommenen Wagen unbekannter Marke, was die Dorfbewohner überraschte. Sie fragten ihn, ob er aus Alemanya oder aus Arabien zurückgekommen sei. Sie fragten nach dem Befinden der neun Frauen in neun verschiedenen Ländern und der je neun Kinder seiner neun Söhne. Der Sekretär entgegnete, er habe nicht geheiratet und habe keine Kinder. »Seit ich dort bin, arbeite ich in der Ford-Fabrik«, sagte er. »Wo ist Ford?« haben sie gefragt, »Welcher Ford?« fragte er zurück. Die Dorfbewohner richteten ihre Augen auf den Wagen unbekannter Marke, der eher Schrott als Auto war. Da begriff der Sekretär, dass seine Jahre in der Fremde vertane Zeit gewesen waren, ließ sich aber nichts anmerken. »Den roten Ford habe ich in der Heimat zurückgelassen«, sagte er. Die befremdlichen Blicke der Dorfbewohner machten ihm verständlich, dass er das Wort Heimat im falschen Zusammenhang benutzt hatte. »In der anderen Heimat«, grinste er. »Ob Dorf oder Köln, es gibt nur einen Größenunterschied«, sagte er. »Und dieses Kolonya, das ihr alle kennt, wurde dort erfunden.«

Eben deswegen hätten die Engländer die Stadt Cologne genannt, und wie man wisse, spreche man im Englischen das C als K aus. Türkoğlutürk, der in diesem georgischsprachigen

Dorf behauptete, seine Vorfahren stammten von den Türken Mittelasiens, protestierte: »Die Erfindung unserer Nation kannst du nicht den deutschen Giauren zuschreiben!« Er behauptete, Kölnisch Wasser sei eine Flüssigkeit, die durch die Beifügung unterschiedlicher Blüten zu unserem aus Pferdemilch gewonnenen nationalen Getränk Kımız entsteht. Die Unterhaltung zog sich in die Länge und so konnte sich der Sekretär erst am Nachmittag zu seinem Haus aufmachen, das Holzwürmer in eine Ruine verwandelt hatten. Mittlerweile waren sie auf Bekannte und Verwandte zu sprechen gekommen, die in Deutschland lebten. Als der Sekretär davon erzählte, dass Tayfun in Köln lebte, sahen seine Zuhörer einander verblüfft an. Der Sekretär habe ihn ein paar Wochen vor seiner Reise auf dem Platz gesehen, wo der berühmte Dom steht. Tayfun habe eine Rede vor einem deutschen Publikum gehalten, und der Sekretär sei voller Bewunderung gewesen, denn Tayfuns Deutsch sei besser als das aller Deutschen, die seit sieben Generationen Deutsche waren.

»Was ist denn Dom?« wollte einer wissen.

»Wie bitte?« fragte der Sekretär überrascht zurück.

»Du hast Dom gesagt, was ist Dom?«

»Der Dom, nun, ich erklär's mal so, ist eine Kirche, hundertmal so groß wie die Kirche im Dorf Tibet, aus Stein, deren Bau eintausend Jahre gedauert hat. Man sagt auch Kathedrale.«

»Kathedrale?«

»Ja.«

»Hundertmal so groß wie die Kirche des Dorfes Tibet?«

»Vielleicht zweihundertmal!«

Bevor er nach Hause lief, schaute der Sekretär bei Bibi vorbei und berichtete, dass es ihrem Sohn Tayfun gut gehe und dass er bald zurückkehren werde. Bibi konnte ihr Glück nicht fassen. Der Sekretär versuchte eine Erklärung dafür, warum er keinen Brief oder kein Geschenk von ihrem Sohn mitgebracht hatte, indem er sagte, die endgültige Rückkehr habe er Hals über Kopf beschlossen und keine Zeit mehr gehabt, Tayfun zu besuchen. Bibi hatte die Eingebung, ihr Sohn könnte ein Heiliger sein, der seine Erscheinung im Gefängnis zurücklassen und in Deutschland herumspazieren kann. Den Gedanken fand sie nicht abwegig. Sie musste nicht lange überlegen, mit wem sie über diese Möglichkeit sprechen sollte. Darüber können höchstens Gülsen oder die Goldene Tante Bescheid wissen, murmelte sie. Sie beschloss, in die Kleinstadt zu fahren und mit Gülsen zu sprechen. Wenn nötig, würde sie auch die Goldene Tante fragen. Der Sekretär wollte seine erste Nacht in seinem eigenen Haus verbringen, auch wenn es einer Ruine glich. Bibi zeigte Verständnis. »Dann geh hin und guck dir dein Haus an, und wenn du irgendwo einen Fußboden findest, der dich trägt und einen Schlafplatz, der nicht modrig ist, leg dich dort schlafen. Und bevor du schlafen gehst, komm vorbei und iss was«, sagte sie.

Bibi schaute dem Sekretär lange hinterher, bis sie den Lehrer bemerkte, der, begleitet von einem Trupp Soldaten vom Dorfplatz her auf das Haus zulief.

Die Soldaten durchsuchten das Haus. Dann nahmen sie den Lehrer mit und gingen. Einen Tag später wurde er freigelassen. Bibi freute sich, dass ihr Mann so schnell wieder zurückgekehrt war. Die nächsten Tage waren nicht angenehm. Ständig lief das Radio; der Lehrer war besorgt darüber, dass sein Sohn nicht unter den sechs von acht Flüchtigen war, die wieder gefasst wurden. Bibi aber, die seit der Flucht ihres Sohnes keinen Schlaf finden konnte, erfüllte es mit Hoffnung. Nachts lief sie durch alle Zimmer, schaute in der Scheune und im Hühnerstall nach, rief leise den Namen ihres Sohnes und fragte in die Dunkelheit, ob er da sei. Der Lehrer hörte die ganze Nacht Bibis Schritte, die von einem Zimmer zum anderen wanderten, brummte immer wieder vor sich hin: »Komm doch endlich her!« und wenn sie zurückkam, raunzte er: »Frau, was läufst du die ganze Zeit rum, wenn er kommt, wird er uns doch wecken, nicht wahr?« Bibi sagte nichts, schlüpfte angezogen leise unter die Decke, und bald stand sie wieder auf und begann erneut, durch die Zimmer zu gehen. Gegen Ende August, nachdem sie den Hühnerstall im Garten inspiziert hatte, spürte sie, während sie wieder alle Zimmertüren öffnete und in die Dunkelheit hineinsprach: »Tayfun, gib ein Zeichen, wenn du da bist«, einen Schmerz im Bauch, der sich wie Geburtswehen anfühlte.

Vor dreißig Jahren, in den letzten Apriltagen, hatten ihre Wehen eingesetzt. Das ganze Dorf bereitete sich auf das Frühlingsfest vor, Eier wurden gekocht und bemalt, Teig für Baklava und Katmer wurde ausgerollt, ein Backblech nach dem anderen, bestückt mit Teegebäck, Plätzchen und Kete wurde in den Ofen geschoben. Am ersten Mai ging Bibi zu früher Morgenstunde auf den Balkon, suchte im Himmel nach Anzeichen eines Sturms und sah weit in der Ferne, am Rande des Dorfes, schemenhaft die Silhouette der Goldenen Tante. Nichts deutete auf einen aufziehenden Sturm hin. Und der dunkle Fleck, der die Goldene Tante zu sein schien, näherte sich nicht, blieb regungslos. Bibi hatte schon am Vortag ihre Vorbereitungen für das Fest beendet, und da ihre Wehen allmählich nachließen, beschloss sie, an den Feierlichkeiten teilzunehmen.

Der Lehrer hatte sich schon rasiert, den Anzug angezogen und die Krawatte angebunden. Mit ihrem Proviant machten sie sich auf den Weg. Auf dem Schulhof empfing sie das fröhliche und laute Geschrei der Schüler. Wenig später versammelten sich auch die Erwachsenen auf dem Hof. Nach alter Gewohnheit wurde eine Kolonne gebildet. Die erste Reihe gehörte den Erstklässlern. Danach folgten die anderen Jahrgänge, sorgfältig nach Körpergröße geordnet. Nach ihnen kamen die alten Leute des Dorfes. Ganz hinten in dem Festzug waren die jungen Leute. Alle verheirateten Frauen trugen Kopftücher, die ledigen keine. Der Lehrer hielt eine Rede über die Bedeutung des Tages. Er unterstrich den Wert des Zusammenhalts und gab seinen Worten mit Zitaten von Kemal Atatürk Nachdruck. Nach seiner Rede setzte sich die Kolonne mit den Rufen: »Hoch lebe unsere Republik!« in Bewegung. Der Lehrer hatte den Klassensprechern eine Liste von Losungen gegeben, die skandiert werden sollten. Die meisten fingen an mit »Hoch lebe« und gingen weiter mit »unsere Nation, unsere Schule, unser Dorf«. Als sie sich der Wiese am Bachufer näherten, wo die Feier weitergehen sollte, rief der Sekretär, der damals Klassensprecher der ersten Klasse war und den Lehrer sehr mochte: »Hoch lebe unser Lehrer!«, obwohl der Satz nicht auf der Liste stand. Als der ganze Aufzug ihm das nachrief, wurde er mutiger und rief, den großen Hund meinend, der niemandem gehörte und vom ganzen Dorf gefüttert wurde: »Hoch lebe unser Mosi!«. Da brachen alle in Gelächter aus. Ein Kind, das Maisbrot liebte, rief: »Hoch lebe unser Lazut!«, ein anderes: »Hoch leben die Gurken unseres Dorfes!« Die Blumen, Rasen, Bäume, Haustiere, den Wind und die Schneestürme auf dem Berg Saxarat, die

Bären, Wölfe, Füchse und Wildschweine im Wald von Karadağ hochleben lassend, kam der Festzug auf der Wiese an. Während der Picknickvorbereitungen erschienen dunkle Schatten am Horizont. Decken wurden auf dem Boden ausgebreitet, Dreifüße aufgestellt, um Tee zu kochen. Noch bevor die jungen Leute mit Krügen zum Bach liefen, nahmen die dunklen Schatten eine Form an und wurden zu einem Stamm der Poşa, die wie Zugvögel im Herbst verschwanden und im Frühjahr wieder auftauchten. Diese Nomaden, die beim Sprechen die mittleren Silben der türkischen Wörter langzogen, konnten alles außer Landwirtschaft. Sie waren es, die Siebe aus Pferdeschweif, Seide und Nylon und hölzerne Eimer aus Buchenholz herstellten. Es waren ebenfalls sie, die Eichenholz zu Eimern für Sauerteig, zu Melkeimern und Dachschindeln verarbeiteten, Dolche, Handbeile und Brotmesser mit Knochengriff anfertigten und Amulettanhänger gestalteten. Sie verzinnten Krüge und Töpfe aus Kupfer, beschlugen die Pferde, flochten Körbe für Wolle und Brot. Der Lehrer, der bis zu diesem Augenblick die Ernsthaftigkeit eines Staatsbeamten bewahrt hatte, sah zu den Nomaden hinüber, die sich mit ihren Pferden, Eseln und Maultieren näherten und rief: »Hoch leben unsere Poşa!«. Seine Stimme überschlug sich und löste hier und da Gekicher aus. Das war derselbe Stamm der Poşa, der vor vielen Jahren Gülsen Karas Vater während eines Frühlingsfestes wie dieses mitgenommen und ein Jahr später, nachdem er bei ihnen alle Feinheiten des zahnärztlichen Berufs gelernt hatte, wieder zurückgebracht hatten. Gülsens Vater wurde von jenem Tag an »Der Zahnarzt« genannt und blieb bis zur Ausreise seiner Tochter aus der Türkei der einzige Zahnarzt in der ganzen Region.

Die Feier begann. Am Hunderennen nahmen alle Hunde außer Mosi teil. Das Wettrennen »Ei im Löffel« gewann der Hinkende des Dorfes. Den Zurnaspieler des Stamms begleitete der Dorfnarr, der mit seinem Mund alle Instrumente nachmachen konnte. Bibi sah von den Maisfeldern her einen Menschen in der Pose eines Romanhelden auf einem Rappen heranreiten und verspürte Wehen, die schneidender waren als die vorherigen. Es war die Goldene Tante, die sich schnell näherte.

Bis in den späten Nachmittag hinein wurde auf der Feier jede Art von Wettkampf ausgetragen, den man sich überhaupt vorstellen konnte – um die leckersten Baklava, um die Kete mit dem höchsten Buttergehalt, den längsten Schnurrbart, das bunteste Wickeltuch, den Teppich mit der höchsten Knotendichte, um den am feinsten bestickten Kanevas ... Bis die Goldene Tante zum ersten Mal seit ihrer Ankunft auf der Wiese sprach und verkündete, der Sturm werde bald losbrechen. In großer Eile packte man die Sachen zusammen und kehrte ins Dorf zurück. Noch vor Sonnenuntergang senkten sich die Wolken, die den Himmel bedeckten, auf die Dächer herab. Auf die fernen Blitze folgten andere, die Bäume zweiteilten und Winde, die sie samt Wurzeln herausrissen. Die Goldene Tante beruhigte Bibi, deren Wehen sich verstärkt hatten, indem sie ihr sagte, die Geburt werde am nächsten Morgen sein. Sie blickte damals auf ein halbes Jahrhundert Leben zurück, ihre Haare waren blonder als an jenem Tag, an dem sie viele Jahre später der Oberleutnant traf, und sie war längst für mehr als sechzig georgische und türkische Dörfer zur Ärztin, Wahrsagerin und Hebamme geworden. Wann die Goldene Tante zum ersten Mal erschienen war, wusste niemand mehr. Es war, als hätte sie schon seit Jahrhunderten in dieser Region gelebt und hätte sich das Wissen all dieser Jahrhunderte angeeignet. Sie war Analphabetin, sprach aber Russisch und alle Sprachen, die im Kaukasus gesprochen wurden. Sie führte ein Nomadenleben. Wenn sie ein Dorf betrat, hörte das endlose Zittern der Malariakranken auf, die Tuberkulosekranken, die Blut gespuckt hatten, husteten nicht mehr, Ehefrauen, die keine Kinder bekamen, wurden schwanger, beim Militär oder in der Fremde verloren geglaubte Männer kehrten zurück.

In jener stürmischen Mittwochnacht hatte die Goldene Tante vorausgesehen, dass Tayfun, der am zweiten Morgen des Monats Mai zur Welt kam, ein Leben wie ein Schmetterling führen würde, quirlig und unmöglich, ihn in einem geschlossenen Raum festzuhalten.

Die Siebziger Jahre, Şavşeti
TAYFUN

Tayfun verbrachte eine ruhige Kindheit. In seinen jungen Jahren las er als Gymnasialschüler »Die Mutter« von Maxim Gorki und war nach der Lektüre völlig aufgewühlt. Die Arbeitsbedingungen im Kupferwerk Murgul glichen haargenau jenen in den Fabriken, von denen in diesem vor hundert Jahren verfassten Roman erzählt wurde. Die Arbeiter magerten von Tag zu Tag ab, ihre Haut wurde matt und spröde, und noch bevor sie das Rentenalter erreichten, erstickten sie an Hustenanfällen. Tayfun bat den Literaturlehrer, der damals dank seiner Gedichte und auch seiner guten Beziehungen zu den Schülern in der ganzen Region zu einer Legende geworden war und den er viele Jahre später in Köln wiedersehen sollte, um weitere Bücher. Als er das Gymnasium absolvierte, hatte er bereits beschlossen, Sozialist zu werden. Er würde auf keinen Fall zulassen, dass die Geschichte sich wiederholt, und würde sein Leben der Befreiung der erstickenden Arbeiter widmen. Seit seinem Beschluss schenkte er den Lehrern, die im Unterricht ständig von den Eroberungen der Osmanen, den »Gräueltaten der russischen Barbaren«, dem Verrat der Griechen und Armenier erzählten, kein Gehör mehr. Sein Interesse am Philosophieunterricht wuchs.

Gebannt lauschte er jedem Wort seines Literaturlehrers, der im Unterricht nicht nur alte osmanische, sondern auch die moderne Literatur behandelte und Gedichte von Nâzım Hikmet, Ahmed Arif und Orhan Veli vortrug. Dass diese Gedichte verboten waren, gab dem Ganzen eine geheimnisvolle Würze, mit großem Eifer lernte er sie auswendig. Die Schüler des Gymnasiums hatten angefangen, verbotene Bücher von als links, sozialistisch, anarchistisch und kommunistisch geltenden Dichtern und Schriftstellern stolz unter den Arm zu klemmen. Unzählige neue Wörter fanden Eingang in die Sprache. Als sich die Lektüre verbotener Bücher wie eine Epidemie ausbreitete und der Literaturlehrer in eine entlegenere Kleinstadt verbannt wurde, stieg auf einmal die Spannung. Übergriffe fingen an. Das Haus des Mathematiklehrers wurde überfallen, der Chemielehrer wurde auf dem Weg zu seinem Dorf verprügelt, der Sportlehrer wurde mit einem Messer verletzt. Auch sie wurden verbannt. An den Protestaktionen nahm auch die Bevölkerung teil und die Leute schrien: »Die Lehrer nicht verbannen! Die Lehrer nicht schlagen!« In jenen Tagen hielt Tayfun seine erste Rede in der Öffentlichkeit. Die Haltung des Staates gegenüber den idealistischen und toleranten Lehrern bezeichnete er als Verbrechen. Seine Rede wurde von den jungen Leuten, die versammelt waren, um die Verbannten zu verabschieden, oft mit dem Ruf: »Oligarchie ins Grab, das Volk an die Macht!« unterbrochen. Bibi und die Goldene Tante waren auch da. Bibi fragte, wer dieser Kerl namens Oligarchie sei. Ohne zu zögern erwiderte die Goldene Tante, der sei ein Typ wie Stalin, mit einem Herz aus Stein. »Wer ist denn Stalin?« fragte Bibi. »Ein Georgier«, sagte die Goldene Tante, »Gott soll ihm den Tag verfinstern!«

Im Herbst desselben Jahres erreichte Tayfun in der zentralen Universitätsaufnahmeprüfung die nötige Punktzahl für die Hochschule für Erziehung und verließ Şavşeti. Er hatte bereits gehört, dass die Hochschule fest in den Händen einer Gruppe war, die sich »Graue Wölfe« nannte, doch er beschloss, sich trotzdem dort einzuschreiben, weil ihn ja niemand kannte. Nach einer Reise von drei Tagen kam er in Konya an. Bei der Einschreibung wurde er von jungen Männern mit hängenden Schnurrbärten umringt. Sie fragten ihn, woher er kommt, ob er ein Diener des Russen ist, ob er sein Land liebt und fragten nach den Säulen des Glaubens und des Islam. Nein, er war kein Diener des Russen und hatte keinen Grund, sein Land nicht zu lieben. Ja, er war Muslim und kannte die Säulen des Glaubens und des Islam und die Sure Ya-Sin auswendig. Sie prüften ihn, sagten: »Zähle die Säulen des Glaubens und des Islam auf!« »Die Säulen des Glaubens, erstens …«, begann Tayfun, »Der Glaube an Allah. Es gibt keinen anderen Gott als Allah. Zweitens …«, sagte er, »der Glaube an die Engel. Engel lehnen sich nicht auf, sündigen nicht. Sie sind nicht männlich oder weiblich. Sie gebären nicht, vermehren sich nicht, essen und trinken nicht. Drittens …«, sagte Tayfun, »der Glaube an die Bücher. Die Bücher, die Allah der Erhabene seinen Propheten offenbart hat, sind vier an der Zahl. Die Zabûr wurde David, Friede sei mit ihm, die Tora wurde Moses, Friede sei mit ihm, das Indschîl wurde Jesus, Friede sei mit ihm, und der Koran wurde unserem Propheten Mohammad offenbart. Viertens …«, sagte Tayfun, »der Glaube an seine Propheten. Der erste ist Adam, Friede sei mit ihm, und der letzte, Mohammad, Friede sei mit ihm. Fünftens …«, sagte Tayfun, »der Glaube an den Letzten Tag.

Jeder wird nach seinem Tod auferstehen und nach seiner Befragung ins Paradies oder in die Hölle gehen. Beide sind ewig. Für alle Ewigkeit werden die Muslime im Paradies und die Ungläubigen in der Hölle verweilen. Am Jüngsten Tag wird Mahdi der Erhabene erscheinen und Jesus, Friede sei mit ihm, wird auf die Erde herabkommen. Die Sonne wird im Westen aufgehen, starke Beben werden die Erde erschüttern und Zwietracht wird die Menschen erdrücken. Sechstens …«, sagte Tayfun, »der Glaube an das Schicksal. Gutes wie Böses kommt von Allah. Und die Säulen des Islam …«, fuhr Tayfun fort, »das Glaubensbekenntnis aussprechen, also zu sagen, Aschhadu an la ilaha illa-llah, wa aschhadu anna Muhammeden abduhu wa-rasuluhu. Zweitens, das Gebet. Drittens, die Armensteuer, viertens, das Fasten und fünftens, die Pilgerreise.«

Er bekam nicht nur die Erlaubnis, sich einzuschreiben, sondern auch, im Studentenwohnheim zu wohnen. Sie erklärten ihm die Regeln des Studentenwohnheims. Die Teilnahme an den Foren sei zwar keine Pflicht, sagten sie, aber es wäre zu seinem Vorteil. Sie zeigten ihm die Duschen, Toiletten und die Studienräume. Das Forum am ersten Abend wurde mit dem Marsch der Grauen Wölfe eröffnet und dem Marsch des Sieges beendet. Tayfun konnte die ganze Nacht nicht schlafen. Zu früher Morgenstunde verließ er das Wohnheim. Er lief ziellos durch die Stadt. Während er das Mausoleum Maulanas besuchte, kam er zu dem Schluss, dass seine Eltern verstehen würden, warum er sein Studium abbricht. Er lief zum Busbahnhof und kaufte eine Fahrkarte nach Ankara.

In Ankara wohnte er ein paar Tage bei seiner Tante, die in einem Armenviertel lebte und deren Mann als Nachtwächter arbeitete. Sein Cousin brachte ihn zum Kızılay-Platz, damit er den höchsten Wolkenkratzer des Landes betrachten konnte. Tayfun konnte seinen Blick von dem riesigen, dreiunddreißig Stockwerke hohen Gebäude nicht mehr lösen. Seinen Wunsch hineinzugehen, erwiderte sein Cousin mit dem Einwand, man würde sie nicht reinlassen: »Guck dir doch unsere Kleidung an, sie erlauben uns niemals den Eintritt.«

»Warum sollen sie uns nicht reinlassen, sind auch wir nicht Bürger dieses Landes?« widersprach Tayfun und schritt zum Eingang, und sein Cousin folgte ihm. Dort hielt sie niemand auf. Eine Weile musterten sie die Auslagen in den Schaufenstern des Kaufhauses Gima und verbrachten die Zeit bis zum Sonnenuntergang auf den Rolltreppen.

Am nächsten Tag besuchten sie das Einkaufszentrum »Kaufhaus des Sieges« und blieben vor dem Großen Kino stehen, vor dessen Eingang sich eine lange Schlange gebildet hatte. Tayfun las den Filmtitel: »Papillon«.

Die Matinee würde bald anfangen. »Lass uns reingehen«, meinte Tayfun. Sie kauften sich Brauselimonaden und zwei Tüten Sonnenblumenkerne. Der Film begann. Erst hörte man Schritte, dann erschienen schwarz bestiefelte Füße dreier Männer. Während auf der Leinwand der Schriftzug »Steve McQueen & Dustin Hoffman« erschien, sah man auf der obersten Stufe einer Treppe, die zum Eingang eines kasernenähnlichen Gebäudes führte und an eine Rednertribüne erinnerte, eine schwarzgekleidete Männerschar unterschiedlichen Alters in zeremoniellem Schweigen warten. Eine Trompete ertönte und schwieg. Der Mann in der Mitte der Gruppe begann zu sprechen: »Von nun an seid ihr Eigentum der Strafkolonie von

Französisch-Guayana. Auch nachdem ihr hier eure Gefängnisstrafe abgesessen habt, habt ihr nicht die Möglichkeit, frei zu sein. Ihr habt nur das Recht auf Leben. Frankreich hat euch aufgegeben. Frankreich hat sich mit einem Schlag euch allen entledigt. Vergesst Frankreich!«, sagte er, und man sah hunderte männliche Strafgefangene, die auf dem Kasernenhof unter gleißender Sonne splitternackt ausharren mussten.

Szenenwechsel. Tayfun sah Menschen, die von den Balkonen einer aus historischen Bauten bestehenden Stadt in die gleiche Richtung schauten, und zahlreiche Männer, die einheitliche khakibraune Kleidung und Säcke auf ihren Rücken trugen, begleitet von Soldaten mit aufgepflanzten Bajonetten. Eine sichtlich reiche Frau grüßte Dustin Hoffman, von dem man später erfahren sollte, dass er wegen Geldfälschung zur Zwangsarbeit verurteilt worden war. Kurz danach hörte man eine Frau in rotem Mantel und einem Barett »Papillon!« rufen. »Papillon, du kommst zurück, nicht wahr?« Da erschien auf der Leinwand das Gesicht Steve McQueens. »Ich komme zurück«, erwiderte er und hörte die Stimme des Mannes, der neben ihm herschritt: »Von dort kehrt man nicht zurück. Französisch-Guayana, diesem Ort, der von überall fünfhundert Kilometer entfernt ist, kann man nicht entkommen.«

Als der Film nach zweieinhalb Stunden zu Ende ging, war Tayfun wie betrunken und wollte den Saal nicht verlassen. Das Finale Papillons, dessen Fluchtversuche einer nach dem anderen scheiterten, sein Floß aus Kokosnüssen, die er in einen Sack gestopft hatte, und wie er sich vor der siebten Welle von den steilen Felsen der Teufelsinsel in den Ozean warf, und den Blick Dustin Hoffmans, der sich an die Gefangenschaft auf der Teufelsinsel gewöhnt hatte, während Papillon sich ans Floß klammerte und sich von den Wellen gen Horizont treiben ließ, vergaß Tayfun nie wieder. Auch nicht die Worte des Helden in diesem Film, der ihn zuletzt auf einem unergründbaren Fleck des Ozeans auf dem Floß zeigte: »Ihr Drecksäcke, ich bin immer noch am Leben, ich komme zurück!«

Nach dem Film wollte Tayfun nicht nach Hause. Sie gingen in den Park der Jugend, setzten sich auf eine Bank und verloren sich in dem Anblick der farbenfrohen Fontänen, die das Wasser noch höher hinaufschossen als das Riesenrad des Lunaparks. Als sie um Mitternacht nach Hause kamen, war Tayfuns Geld für die Heimfahrt schon aufgebraucht. Seine Tante seufzte innerlich, ließ sich aber nichts anmerken. Sie schickte ihren Mann zu ihrem alevitischen Nachbarn, dessen Gesicht von einem Brand gezeichnet war und ließ ihn das Fahrtgeld besorgen.

Zurück in Şavşeti bestellte Tayfun im Buchladen den Roman Papillon. Er traf sich mit seinem Freund Kunduz Akar, den er nach vielen Jahren in Deutschland wiedersehen sollte. Damals studierte Kunduz in Istanbul, und als er für die Sommerferien zurückgekommen war, hatte er gesagt, er wolle sein Leben dem Film und Theater widmen. Kunduz sagte Tayfun, dass man den Roman inszenieren könne. In den folgenden Tagen fuhr Tayfun immer wieder in das Dorf Vel und sprach mit Kunduz über eine Bühnenadaption. Er mochte dieses Dorf. Dort waren die Männer zurückhaltend und die jungen Frauen schön und verwegen. Wenn sie den Twist tanzten, der in dem Dorf noch nicht aus der Mode gekommen war, riefen sie, den Schauspieler mimend, der diesen Tanz in der Türkei bekannt gemacht hatte, »Zickezacke Hühnerkacke Twist Twist Twist«, »Hopsa«, »Glatzi«, »Schlacksi«, zogen Miniröcke an und riefen auch mal den Männern hinterher.

Kunduz schlug vor, nicht von einem Franzosen zu erzählen, den hier keiner kannte, sondern von Reşat, der immer wieder aus dem Gefängnis ausgebrochen war und jedem in dieser Region bekannt war. Die Geschichte sollte im Dorf Vel spielen. Die Gendarmen nehmen Reşat fest, weil er gestohlen haben soll und führen als Beweis die Baumwollflocken an, die zwischen dem Laden des reichen Bey im Dorf und Reşats Haus gestreut liegen. Sie fragen ihn, wo die geklaute Baumwolle sei, an wen er sie verkauft habe und wer seine Komplizen seien, bekommen aber keine Antwort. Sie bearbeiten seine Fußsohlen mit Knüppelhieben, bis sie aufreißen, bekommen trotzdem keine Antwort. Seine zwei Mittäter, zu deren Häusern auch Baumwollflocken geführt haben, haben schon gestanden, und ihre Füße sind ganz geblieben, warum bleibt er so hartnäckig und muss umsonst leiden? Reşat und seine zwei Komplizen werden verurteilt, und erst danach wird die Baumwolle in einem anderen Dorf, bei einem Verwandten des Bey gefunden, aber man erachtet es nicht als nötig, über die Sache neu zu verhandeln. Da geschieht es, dass Reşat wie eine Katze die Mauern hinaufklettert und sich von den steilen Klippen, auf denen das Gefängnis erbaut wurde, hinunter in den Fluss wirft. Weil das auf der Bühne nicht darstellbar wäre, zogen sie es vor, die Geschichte mit Rückblenden zu erzählen.

Die erste Vorstellung wurde im Dorf Vel in der alten Schule gespielt, die man in eine Theaterbühne umgewandelt hatte. In der Kleinstadt spielten sie im alten Kinosaal und in dem Dorf, wo die Goldene Tante lebte, auf einer auf der Weide aufgebauten Bühne. Der Eintritt war kostenlos. Man konnte freiwillig spenden, was man wollte. Lehrer, Krankenschwester, Pfleger und Hebammen warfen Geld in die Box, wer kein Einkommen hatte, brachte Eier mit. Das Geld und die Eier wurden unter den Schauspielern verteilt. Als Tayfun bei seiner Tante, die im Sommer zu Besuch kam, seine Schulden begleichen wollte, sagte sie: »Ich bin deine Tante, du Hund. Welche Schulden? Lass das, sonst prügele ich dich, bis dir die Knochen brechen!« Das Geld, das er seiner Tante nicht geben durfte, spendete Tayfun an das Haus des Volkes, das in jenem Jahr eröffnet wurde.

Das letzte Projekt der beiden Freunde war eine Bühnenadaption von Maxim Gorkis »Die Mutter«. Die ganze Sache würde stehen und fallen mit der Erlaubnis des Kaymakam als oberster Beamter des Distrikts. In jenen Jahren war es ausgeschlossen, dass ein Kaymakam den Mut aufbrachte, die Aufführung eines russischen Autors zu erlauben. Reşat und Kunduz wussten sehr wohl, dass dieser Bestseller nur in Großstädten wie Istanbul oder Ankara aufgeführt werden konnte. Sie schrieben die Geschichte um und ließen sie im Kupferwerk Murgul spielen. Sie verpassten den Figuren türkische Namen. Pavel hieß in ihrer Version Mustafa Kemal, seine Mutter Zübeyde. Der Kaymakam, dessen Vater dort gearbeitet hatte und noch vor seiner Rente blutspuckend gestorben war, konnte seine Tränen nicht zurückhalten, als er den Text las. In der Premiere saß er in der ersten Reihe und es riss ihn von seinem Stuhl, als er am Ende den Schauspielern applaudierte. Das war das Ende seiner Karriere. Er wurde in eine noch kleinere Kleinstadt verbannt, die mit keinem motorisierten Fahrzeug erreicht werden konnte. Man verabschiedete ihn mit einer traurigen Zeremonie, an der nicht nur die Bewohner der Kleinstadt, sondern auch die der umliegenden Dörfer teilnahmen. Jahre später sollte er bei einem Angriff einer kurdischen Guerillatruppe sterben.

In den folgenden Monaten folgte eine Demonstration auf die andere. Die einzige Straftat, die in der Region begangen wurde, war illegales Abholzen. Das Gefängnis in der Kleinstadt, dessen Tor meistens offenstand, diente dem wenige Wochen andauernden Kurzaufenthalt der Dorfbewohner, die ohne Erlaubnis Bäume gefällt hatten. Inzwischen hatten die Bauern den von jungen Leuten propagierten Widerspruch zwischen dem Anrecht des Staates auf unbegrenztes Abholzen und ihrem angeordneten Verzicht auf Brennholz begriffen und hatten ein offenes Ohr für Demonstrationsaufrufe. Jedes Mal vervielfachte sich die Zahl der Demonstranten aufs Neue; in der Kleinstadt mit dreitausendfünfhundert Einwohnern gingen nun Zehntausende auf die Straße. Als man entdeckte, dass das Frühlingsfest eigentlich ein Arbeiterfest war, fanden die Picknicks in Begleitung von Hoch-lebe-Rufen ein Ende. Tayfun hielt seine letzte Rede auf der Demonstration in Şavşeti, einen Tag vor seinem Geburtstag. Das Rednerpult war direkt gegenüber dem Balkon seines Onkels aufgebaut. Er war gerade gänzlich im Elan seiner eigenen Rede aufgegangen, als er Gülsen auf dem Balkon entdeckte, und plötzlich bekam die Tochter seines Onkels eine andere Bedeutung für ihn. Ohne den Blick von Gülsen, die ihn direkt anschaute, abzuwenden, versuchte er weiter zu sprechen, während sich sein Gehirn in zwei Hälften teilte. Seine Sätze voller Wut und Widerstand wurden allmählich poetischer. Ein Teil seines Geistes bildete politische Sätze, der andere machte Gülsen eine Liebeserklärung. Als er, hin- und hergerissen zwischen dem Traum der Revolte und dem Wunsch, Gülsen zu umarmen, seine Rede beendete, spürte er, dass er für dieses Mädchen sogar seine Ideale aufgeben könnte, und das wühlte ihn völlig auf. Es gelang ihm zwar, die Scham des Zweifelns beim Abgang vom Podest zu verjagen, aber seine Füße trugen ihn zum Balkon hin. In den folgenden Tagen suchte er unter irgendeinem Vorwand immer wieder die Wohnung seines Onkels auf. Jedes Mal sah er Gülsen tief in die Augen, schaffte es aber nicht, über seine Liebe zu ihr zu sprechen, nicht einmal in Andeutungen. Während sein träumerischer Blick auf Gülsen ruhte, sprach er von Ereignissen, die irgendwo in der Welt stattgefunden hatten, über die Revolutionen in China, Russland, Deutschland oder Frankreich, über das Liebesleben von Romanhelden, und brachte es nicht fertig, das Gespräch auf die Gegenwart zu lenken. Natürlich hatte Gülsen schon alles verstanden. Trotzdem wartete sie geduldig ab. Sie unternahm auch einige Versuche, ihm zu helfen, sich auszusprechen. Sie fuhr ins Dorf und besuchte ihn. Im Dorf fand man es nicht seltsam, dass die zwei jungen Menschen zusammen Ausflüge machten, auf der Weide picknickten, Brombeeren und Kornelkirschen sammelten, in den Bergen spazierten, schließlich waren sie Cousin und Cousine. Gülsen und Tayfun liefen über den Trampelpfad im Wald, oft Hand in Hand, und erreichten den Hügel unweit des Dorfes. Auf einmal fragte Gülsen, woran er gerade dachte. Tayfun zuckte zusammen und bildete aus Angst, zurückgewiesen zu werden, den dümmsten Satz seines Lebens: »Nichts! In diesen Bergen sind viele Bären und Wölfe, ich habe mich gerade gefragt, ob du keine Angst hast.« Gülsen lachte lustlos. »Na, du bist ja ein erwachsener Mann, da wo du dich anschickst, den Staat zu zerschlagen, wirst du mich wohl auch vor Bären und Wölfen schützen können«, sagte sie. Dann begann sie den Hügel hinunterzulaufen. Noch bevor Tayfun seine Verwirrung überwinden konnte, war sie verschwunden. Er lief ihr nach. Als sie wieder in Sichtweite war, saß sie an einem Bach. Er ging auf sie zu. »Du«, sagte er und schaute dabei in ihre Augen, »bist frech, bist aber wie das Wasser dieses Bachs.« Beim Sonnenuntergang kehrten sie zurück nach Hause. Die Nacht, in der sie gegenseitig ihre Herzschläge hörten, verbrachten sie am Ofen im Wohnzimmer, das von glühendem Kiefern- und Eichenholz erhellt wurde. »Mich bedrückt etwas«, sagte Tayfun gegen Morgen. Gülsen lächelte. Er, der Menschenmengen mit wenigen Sätzen in Aufruhr versetzen konnte, sprach einige Sätze, die mit »Also« begannen, sinnlos, verworren. »Ich«, sagte er dann, »also dich«, schickte er nach, »ich hoffe«, stammelte er und redete und redete, immer die Satzfetzen leicht variierend. Schließlich schritt Gülsen ein: »Wenn du sagen willst, dass du mich liebst, dann sag es endlich und bring die Sache hinter dich!« »Das wollte ich auch gerade sagen«, lachte Tayfun erleichtert im selben Augenblick, als es zu regnen anfing. Und drei Tage später, als der Regen wieder aufhörte, wurde er von einer Kommandoeinheit, die das Haus stürmte, festgenommen. Er verbrachte die halbe Nacht in Gedanken an Gülsen und mit Fluchtträumen in Untersuchungshaft im Gefängnis von Şavşeti am Hang der Hügel der Stillen Wehmut, zusammen mit fünfzehn anderen, die am selben Tag verhaftet worden waren. Um Mitternacht wurde die Tür der Zelle scheppernd geöffnet. Sein Name wurde vorgelesen und er wurde aufgefordert, herauszukommen. Man brachte ihn in einen Raum rechts auf dem Korridor. Der Kommandant der Kommandoeinheit mit den blauen Baretts, die in die Kleinstadt beordert worden waren, um

Vereine, Kaffeehäuser, Wohnungen und Häuser zu überfallen, die auch ihn festgenommen hatte, saß an einem Tisch und blätterte in einer Zeitschrift. Die Schreie während des Verhörs, das bis zum Morgengrauen andauerte, drangen durch Fenster, Schlüssellöcher und Schornsteine bis an die Betten der Schlafenden.

Einige Tage später wurde Tayfun ins Gefängnis Livane am Rande eines Abgrunds gebracht, das an Fürstenschlösser erinnerte. Gülsen beschloss, Tayfun zu heiraten, um eine Besuchserlaubnis zu bekommen, und sagte das ihrem Vater, ihrer Mutter und Bibi geradeheraus. Ihre Heirat wurde genehmigt. Alle notwendigen Formalitäten wurden erledigt, und es kam zur ersten und letzten Trauung im Gefängnis Livane. Dass ihre Eheschließung reibungslos ablief, hatten sie den in die Stadt neu versetzten stellvertretenden Gefängnisdirektor zu verdanken. Gleich nach seinem Dienstantritt stellte er fest, dass die Besucher der Inhaftierten im Stehen warten mussten, besprach das mit dem Direktor und meinte, dass im Besucherraum Sitzbänke aufgestellt werden sollten. Der Direktor schob diesen Vorschlag auf die Unerfahrenheit seines Stellvertreters und reagierte verständnisvoll. Mit komplizierten Argumenten erklärte er, dass keine Sitzbänke nötig seien. Doch der stellvertretende Direktor gab nicht auf. Er bat das Justizministerium um die Genehmigung und die nötigen Mittel für Besucherbänke. Auf sein schriftliches Gesuch bekam er keine Antwort. Er wandte sich an die reichste Bank in der Stadt und fragte, ob sie bereit wäre, Sitzbänke zu spendieren. Als auch die Bank weder positiv noch negativ reagierte, beschloss er während des Urlaubs seines Chefs, die Sache selbst in die Hand zu nehmen. An einem kühlen Mittwochabend nahm er drei auf lebenslänglich angeklagte Inhaftierte, einen Schmied, einen Schweißer und einen Maler, aus ihren Gefängniszellen mit und fuhr mit ihnen im Gefangenentransporter die Straßen ab. In jener Nacht wurden die eisernen, im Boden eingelassenen Beine der Sitzbänke an Haltestellen und im Stadtpark, aufgestellt von jener Bank, die nicht spendieren wollte, durchgeschnitten, und in den Besucherraum transportiert. Zwei der Bänke wurden im Eingangshof mit einem Mörtel aus Sand, Kieselsteinen und Zement am Boden befestigt. Sämtliche Werbung wurde spurlos beseitigt und die Bänke wurden dunkelgrün und dunkelrot überstrichen.

Der stellvertretende Direktor blieb bis zum darauffolgenden Sommer. Er überredete Tayfun, bei der Eheschließung, die an einem Frühlingsnachmittag stattfand, nicht den Parka der Revolutionären zu tragen, sondern einen Anzug, und lieh ihm sogar seinen eigenen Hochzeitsanzug. In seiner Rede sagte er, er empfinde es als eine Ehre, bei dieser Trauung dabei zu sein, diese Tage würden vorbeigehen und die Zukunft gehöre den beiden jungen Menschen, die einander lieben. Nach den Unterschriften erlaubte man dem frischvermählten Paar, unter Aufsicht eines Gendarmen eine Stunde lang miteinander zu sprechen.

Tayfun und Gülsen sollten aber erst in einem anderen Land zusammenkommen, und für eine gemeinsame Nacht sollten sie noch zehn Jahre warten müssen.

1977-1987, Şavşeti, Fatsa, Erzincan
DIE JAHRE DES WARTENS UND DER FLUCHT

Bibis Halluzinationen fingen an dem Tag an, an dem sie nach der Gefängnishochzeit ins Dorf zurückkehrten. Jede dunkle Erscheinung sah nun wie ihr Sohn aus. Reiter, die vorbeizogen, Bären und Wölfe, die sich verlaufen hatten, Wildschweine, die im Sommer über die Maisfelder herfielen, jeder Schatten und alles, was sich regte, war für sie nur noch Tayfun. Wäre der Lehrer nicht so geduldig gewesen und hätte er ihr nicht jedes Mal erklärt, in was für einem seelischen Zustand sie sich befand, könnte Bibi am Ende in der Irrenanstalt landen. Im Herbst 1978 weckte Bibi den Lehrer auf, sagte, sie habe von einem Eichhörnchen geträumt und teilte ihm überglücklich mit, Tayfun sei aus dem Gefängnis geflohen. »Frau«, sagte der Lehrer, »wenn man aus dem Gefängnis fliehen könnte, weil jemand von einem Eichhörnchen geträumt hat, hätte man schon längst ein Mittel erfunden, das einen von Eichhörnchen träumen lässt.« Seine Argumente, die er verständnisvoll aber entschlossen vortrug, konnten Bibi nicht überzeugen. Nach dem Frühstück machte sich der Lehrer auf den Weg zur Schule, dessen Direktor und einziger Lehrer er war, um die Feierlichkeiten für den Tag der Republik, der in jenem Jahr auf einen Sonntag fiel, zu leiten. Den ganzen

Weg über feilte er im Kopf an der Rede, die er auf der Feier halten würde.

Wie jedes Jahr begann die Feier mit der Nationalhymne. Eingeübte Gedichte wurden von Schülern in lautestem Ton und mit größtmöglicher Begeisterung vorgetragen. Wie jedes Jahr sagte der Lehrer in seiner Rede, die Republik sei ein »Geschenk unseres Atatürk für die Kinder und das ganze Land«. Die Kinder leisteten den Schwur, die Republik, die unteilbare Einheit von Vaterland und Nation und die Prinzipien und Revolution Atatürks unter Einsatz ihres Lebens zu verteidigen. Und in diesem Augenblick stellte sich ein Trupp Soldaten vor dem Schultor auf. Der Unteroffizier, der ihn anführte, trat ein und teilte dem Lehrer mit, sein Sohn sei aus dem Gefängnis von Livane geflüchtet, nun würden sie sein Haus durchsuchen. Während er zusammen mit den Soldaten auf sein Haus zulief, sah der Lehrer Bibi, die vor der Tür stand und in die Ferne schaute, mit einem Lächeln im Gesicht. Endlich hatte sie mit Hilfe ihrer Träume geschafft, Tayfun aus dem Gefängnis zu befreien.

Das war Tayfuns erste Flucht. Er kam nicht nach Şavşeti zurück. Die politischen Unruhen trieben ihn und Gülsen hunderte Kilometer auseinander. Gülsen blieb in Şavşeti, Tayfun ging in eine Kleinstadt am Schwarzen Meer namens Fatsa, die dank des linken Bürgermeisters berühmt geworden war. In den zwei Jahren, die er dort verbrachte, wurde der Sumpf trockengelegt, was niemand für möglich gehalten hatte, die Straßen wurden ausgebessert, Festivals mit namhaften Schriftstellern und Künstlern aus großen Städten organisiert, bis der Ort im April 1980 von Militäreinheiten umzingelt wurde. Zusammen mit einer Gruppe von Freunden ließ Tayfun die Haselnussgärten auf den Hängen am Rande der Kleinstadt hinter sich und ging in die Berge. Den Truppen, die mit Panzern über die Straßen der Kleinstadt rollten, wurde kein Widerstand entgegengebracht. Der Bürgermeister wurde in seinem Büro bei der Arbeit verhaftet. Eine Ausgangsperre wurde verhängt. Der ganze Ort wurde Haus für Haus durchsucht. Tausende Menschen wurden verhaftet und mit GMC-Militärfahrzeugen abtransportiert, denunziert von Spitzeln, deren Köpfe sich unter Zementsäcken mit Löchern für Augen und Mund verbargen. Bürgermeister Terzi Fikret starb fünf Jahre später im Militärgefängnis, während sein Prozess noch andauerte. Militäreinheiten, die in der Kleinstadt für eine tödliche Ruhe sorgten, jagten in den Bergen bewaffnete und unbewaffnete junge Menschen, die noch keine dreißig waren. Das Jagdrevier des Militärs erweiterte sich von Tag zu Tag.

Am Morgen des 12. September 1980, an dem ein General die Macht übernahm, der viele Jahre später in seinem Sterbebett dazu verhört werden sollte, war Gülsen bei Bibi zu Besuch. Als im Radio statt Volkslieder seltsame Märsche gespielt wurden, rannte Bibi in Gülsens Zimmer und weckte sie auf. »Steh auf!« sagte sie. »Steh auf, sie spielen keine Volkslieder.« Gülsen verstand nicht, was ihre Schwiegermutter meinte, doch sie vertraute ihr und wusste, dass es nie leeres Geschwätz war, was sie sagte. Wenn Bibi sie geweckt hatte, musste das einen Grund haben. Gülsen setzte sich neben das Radio, und als sie begriff, dass das Militär geputscht hatte, zog sie sich sofort an und verließ das Haus, bevor Bibi verstehen konnte, was geschehen war. Mehrere Monate lang ließ Gülsen nichts von sich hören.

Gegen Jahresende machte sich Bibi vor Tagesanbruch auf den Weg. Sie überquerte zwei Bäche, den Kiefer- und den Buchenwald. Sie lief über Berggipfel, auf die sich nicht einmal die Ziegen trauten, und klopfte an der Tür der Goldenen Tante, die in einem zweistöckigen Holzhaus wohnte, das sie, so erzählte man, selbst gebaut hatte. Sie fragte die Goldene Tante nach dem Schicksal Gülsens und ihres Sohns. Die Goldene Tante sagte, Gülsen könnte sich womöglich in einer Höhle bei einem nahegelegenen Dorf versteckt haben. Sie machten sich zusammen auf den Weg. Doch bevor sie das Dorf erreichten, war die Höhle, die Gülsen und sechs Genossen als Unterschlupf gedient hatte, gestürmt, und Gülsen zusammen mit den anderen in die Kleinstadt gebracht worden.

Als Bibi und die Goldene Tante die Kleinstadt erreichten, wurden gerade die bei Militäroperationen Festgenommenen aneinander angekettet auf den Straßen vorgeführt, begleitet von Lautsprecherdurchsagen, die die Bevölkerung aufforderten, auf ihre Töchter aufzupassen und behaupteten, männliche Terroristen würden die weiblichen zur Prostitution zwingen. Junge Frauen in Gülsens Alter weinten, die Männer waren verstummt. Das Gerede über Prostitution und Jungfräulichkeit zeigte Wirkung, und bald wandten sich die Familien von ihren Töchtern ab. Die Gerüchte erreichten auch Bibis Ohr. »Meine Schwiegertochter kann ganz nach Belieben eine Schlampe oder eine Revolutionäre werden, niemand kann sich da einmischen«, sagte Bibi nur.

Die Kunde von der Festnahme Gülsens erreichte Ende des Jahres auch die Berge um Fatsa. Tayfun verließ sein Versteck. Auf dem Weg zur Schwarzmeerküste geriet er in einen militärischen Hinterhalt und blieb bis zu seiner zweiten Flucht im Militärgefängnis Erzincan.

Gülsen besuchte ihren Mann zusammen mit Bibi und dem Lehrer im Gefängnis und konnte nur eine Stunde mit ihm sprechen. Es war Mai. Sie dachte, dass sie älter wurden, ohne ihre jungen Jahre genießen zu können. In einer Kabine im schummrigen Licht verflog die Zeit mit in Telefonhörer gesprochenen Wie-geht-es-dir-Fragen und Pass-gut-auf-dich-auf-Wünschen und das Ende des Besuchs krönten Bibis Flüche: »Gott soll diesem Staat den Tag verfinstern, er soll auf keinen grünen Zweig kommen!« Auf dem Rückweg machten sie in Livane am Flussufer Rast. Bibi hob den Blick auf das Gefängnis, das am Rande der Stadt oben auf einer Felswand zu hängen schien und sagte: »Wer von hier fliehen konnte, kann von überall fliehen.« In diesem Moment verspürte Gülsen eine bange Hoffnung. Das Stück Pide mit gewürfeltem Fleisch, das sie sich in den Mund schob, bekam plötzlich einen ganz besonderen Geschmack. »Du hast recht, Bibi«, sagte sie und umarmte sie. »Wer von hier fliehen konnte, kann von überall fliehen.« Der Lehrer sah die beiden verärgert an.

Anfang 1987 besuchte Gülsen ihren Mann an einem Festtag, an dem Besucher mit den Inhaftierten zusammensitzen durften, und spürte, dass er seine Flucht vorbereitete. Viele Jahre später sollte Tayfun Kara in seinem Roman Die Flucht auch über die Tage erzählen, als der Tunnel, den sie gruben, nach der Außenmauer noch fünfzehn Meter Länge erreicht hatte. Laut Maßschnur war er ungefähr fünfundsiebzig Meter lang. Jetzt durch den Tunnel die Flucht zu versuchen hätte nichts anderes bedeutet, als sich zur Zielscheibe für die Kugeln der Wächter auf dem Wachturm zu machen. Sie beschlossen, weitere zehn Meter zu graben und fingen an, die Stoffe, die ihnen zur Verfügung standen, zu Rucksäcken zu verarbeiten, zur Steigerung ihrer Kondition Sport zu treiben und leicht transportierbare Lebensmittel wie Kekse, Honig und Schokoladenaufstriche zu horten. Um den Fluchtplan nicht zu gefährden, beschlossen sie, von draußen keine Hilfe zu empfangen. Sie hatten so gut wie keine Aussicht auf Erfolg, doch das minderte nicht ihren Wunsch, auszubrechen. Die Qualität des Tunnels war nicht unbedingt schlechter als in den Kohleminen, die immer wieder einstürzten. Als sie die Decke der Toilette durchbohrten, um die herausgegrabene Erde zu entsorgen, stellten sie verblüfft fest, dass der Dachboden als Lager für Bauholz genutzt wurde, und bauten eine primitive Säge, um Stützbalken und sogar Schubkarren herzustellen, so dass es im Tunnel wie auf einer richtigen Baustelle aussah. Das Problem war jedoch nicht der Tunnel, sondern das, was darauf folgte. Auf dem Gelände, wo der Ausgang des Tunnels war, gab es nicht einmal einen Baum, hinter dem sie Zuflucht suchen könnten. Auf der rechten Seite, ungefähr zwanzig Meter von der Mauer entfernt, war eine längliche Baracke. Dort müsste wohl eine Tankstelle sein. Hundert Meter weiter fing der Stacheldrahtzaun an. Das Militär hatte es nicht als notwendig erachtet, hier Wächter aufzustellen, und hatte sich damit begnügt, zwei Wächter an einem zweiten, zweihundert Meter weiter gezogenen Stacheldrahtzaun patrouillieren zu lassen. Es dauerte zwanzig Minuten, bis diese an ihren Anfangspunkt zurückkehrten. Wenn sie es schaffen würden, auch den zweiten Stacheldrahtzaun unversehrt zu überwinden, könnten sie die zwei großen Pisten des noch im Bau befindlichen

Militärflughafens, das Militärgebiet, über dessen Ausmaße sie nichts wussten und den dritten Stacheldrahtzaun, der es umzäunte, hinter sich lassen, die Ebene von Erzincan überqueren und die Berge erreichen.

Tayfun wollte Gülsen bei ihrem Besuch andeuten, dass er flüchten wollte. Er wollte ihr sagen, dass sie unbedingt Şavşeti verlassen und in Istanbul untertauchen muss. Sollte ihm die Flucht gelingen, war es so gut wie sicher, dass Gülsen in Şavşeti verhört und gefoltert wird. Er war aufgewühlt, als er den Hof betrat. Es war ein sonniger Tag. Gülsen kam in einem luftigen, hellblauen Satinkleid und mit einem Blumenstrauß in der Hand in Begleitung eines Soldaten. Tayfun konnte seinen Blick von ihrem von welligem Haar umrahmten, strahlenden Antlitz nicht abwenden. Später, in den Tagen, die er nach seiner Flucht in den Bergen verbrachte, schöpfte er seine Lebensfreude von dieser Erinnerung an ihr Gesicht. In dem von Betonmauern umringten Hof, bewacht von Soldaten mit Gummiknüppeln, setzte sie sich lächelnd auf den Stuhl neben Tayfun. Ihre Hände, Augen und Knie fanden zueinander. »Willkommen!« flüsterten die einen, »Danke!« sagten die anderen. Als Tayfun ihr andeutete, dass er fliehen wollte, wich das Lächeln aus Gülsens Gesicht. Sie würde ihn lieber ein Leben lang im Gefängnis besuchen, als ihn irgendwann als ein blutiges Häuflein wiederzusehen. »Du wirst doch erschossen, kapierst du das nicht?« wollte sie ihm sagen. »Guck dir das hier an! Wie kann man aus diesem Gefängnis fliehen? Bist du wahnsinnig? Überall wimmelt es von Soldaten. Wer würde denn im Knast bleiben, wenn die Flucht so einfach wäre? Warum konnte in all den Jahren kein einziger Mensch fliehen? Und diejenigen, die es versucht haben, wurden sie nicht alle erschossen? Bist du etwa der Klügste von allen?« wollte sie ihm entgegnen, doch es gelang ihr nicht. »Ist all der Schmerz nicht genug?« seufzte sie stattdessen, während sich Tränen in ihren Augen sammelten. Eine Weile blieben sie stumm sitzen. Am Ende der Besuchszeit umarmte sie Tayfun, obwohl das verboten war. »Wenn du fliehst«, flüsterte sie ihm ins Ohr, »bringe ich mich um!« Tayfuns tiefer, trauriger Blick sollte sie bis zu jenem Moment, an dem sie zusammenkamen, Tag und Nacht verfolgen. Trotzdem bereute sie nie, dass sie so reagiert hatte. Zurück vom Besuch sagte sie zu Bibi: »Dein Sohn wird aus dem Gefängnis flüchten, nur dass du es weißt!« Bibi freute sich. Ja, fliehen sollte ihr Sohn, sie wollte ihn durch diese Tür hereinkommen sehen, das war ihr einziger Wunsch.

In der letzten Augustnacht des Jahres 1987 wurde an die Tür geklopft. Der Lehrer war in die Kleinstadt gefahren und noch nicht zurückgekehrt. Bibi machte auf und stand einem Kindheitsfreund Tayfuns gegenüber. »Bibi«, sagte Abidin, »ich habe jemanden mitgebracht, aber du musst ruhig bleiben!«

Seit Jahren hatte Bibi von diesem Augenblick geträumt; sobald sie Tayfun sah, fiel sie in Ohnmacht. Als sie wieder zu sich kam, war sie die glücklichste Mutter der Welt. Sie brachte ihren Sohn auf das Zimmer, in dem sie ihn geboren hatte. Um Mitternacht fiel Tayfun vor Erschöpfung in den Schlaf. Bibi wachte bis zum Morgengrauen an seinem Bett. Als Tayfun noch vor Tagesanbruch von dem Duft eines Milchkaffees geweckt wurde, fand er seine Mutter neben seinem Bett vor. Bibi brachte ihn in die Scheune und kam bei Sonnenaufgang zurück. Beim Morgengebet kamen ihr Zweifel, ob Abidin dieses große Geheimnis wirklich hüten könnte, und schaute nach dem Gebet bei ihm vorbei. Sie klopfte. Sich die Augen reibend, öffnete Abidin die Tür. »Du, Abidin, was für ein dummer Junge du bist! Warum bringst du diesen Türken zu uns nach Hause?« Abidin wunderte sich. Am Tag davor hatte er zur Nachmittagsstunde in Livane-Köprübaşı im Restaurant, wo Pide mit gewürfeltem Fleisch angeboten wurde, Tayfun gesehen und seinen Kindheitsfreund sofort erkannt. Sie hatten sich mit Blicken verständigt und Abidin war zum Reisebüro gegangen und bestellte ein Taxi nach Şavşeti. Seine Frau war auch dabei gewesen. Sie hatte Tayfun ebenfalls erkannt und die Gefahr gewittert. Als Abidin sich entfernt hatte, um ein Taxi zu bestellen, war sie an Tayfun herangetreten und hatte ihm gesagt: »Ich weiß, wer du bist. Steig nicht in den Wagen ein, ruiniere nicht unser Leben!« Tayfun wollte antworten, da war Abidin schon zurückgekommen und hatte »Steht auf!« gesagt. »Wir fahren nach Hause.«

Noch bevor sie in den Wagen eingestiegen waren, hatte ein Regenschauer eingesetzt, bald hatte der Motor geruckelt und blieb kurz danach still. Polizisten einer nahegelegenen Polizeiwache waren zu Hilfe geeilt. Um den Motor wieder zum Laufen zu bringen, hatte man den Wagen schieben müssen. Während Tayfun Schulter an Schulter mit den Beamten den Wagen geschoben hatte, hatte er für einen Moment vergessen, dass er auf der Flucht war.

Abidin konnte überhaupt nichts damit anfangen, was Bibi ihm zu dieser frühen Morgenstunde sagte. »Bibi«, sagte er, »was redest du da, bist du verrückt geworden? Weiß ich denn nicht, wen ich zu dir gebracht habe?«

»Du weißt es, aber der ist nicht Tayfun. Der ist Türke.«

»Bibi, bitte mach dich nicht lustig über mich!«

Bibi musste einsehen, dass ihr schlauer Versuch nichts

bringen würde, also beschloss sie, Abidin zu warnen: »Wenn du den Mund aufmachst, prügeln sie ihn, bis sie ihm alle Knochen brechen!«

»Ich halte den Mund, Bibi«, beruhigte sie Abidin.

Den September verbrachte Tayfun in der Scheune. Noch vor Sonnenaufgang besuchte Bibi ihren Sohn und vor Sonnenuntergang verließ sie wieder die Scheune. Abends nach Einbruch der Dunkelheit machte sie sich wieder auf zur Scheune, bis zu später Stunde unterhielt sie sich im Mondschein mit Tayfun und kehrte um Mitternacht zurück nach Hause. Wegen der Probleme, die ihr Sohn ihnen bereitet hatte, beklagte sie sich kein einziges Mal. Was die Goldene Tante bei Tayfuns Geburt gesagt hatte, hatte sich fest in ihrer Erinnerung eingebrannt. So erklärte sie sein Leben, das er halb im Gefängnis und halb auf der Flucht verbrachte, mit dem Schicksal und hatte sich damit abgefunden. Tayfun war nicht nur ein artiges Kind gewesen, sondern lernte alles auch sehr schnell. Bibi erzählte unter Schwur, dass Tayfun schon im Krabbelalter wie ein Erwachsener sprechen konnte und führte den Lehrer als Zeugen auf. So übertrieben war das nicht. Tatsächlich war Tayfun schon immer ein begnadeter Redner gewesen. Dabei mochte die pädagogische Methode des Lehrers eine wichtige Rolle gespielt haben. Dem Lehrer, der aus der Zeitung Cumhuriyet laut vorlas, die mit einem Lastwagen, der einmal die Woche bis zu den Grenzdörfern fuhr, ihr Dorf erreichte, lauschte nicht nur Bibi, sondern auch der kleine Tayfun. Als er zu sprechen begann, weinte er nicht »Wasser … Wasser …«, sondern bildete Sätze wie: »Mütter haben die Pflicht, ihren Babys Wasser zu geben!« Kurz danach begann er, sich immer auf den Schoß seines Vaters zu setzen, wenn dieser Zeitung las. Es konnte zwar nie geklärt werden, ob Tayfun eine Verbindung zwischen der Stimme seines Vaters und den komplizierten Strichen in der Zeitung erahnt hatte, aber eines Tages, als Bibi aus der Vorratskammer Maismehl holte, hörte sie durch die offene Tür Stimmen aus dem Zimmer und sah ihn auf dem Sofa, genau wie sein Vater laut in der Zeitung lesend. Das war am Vortag des Zuckerfestes, an dem der Lehrer von der Schule noch nicht zurückgekehrt war. Sie erzählte es am Abend dem Lehrer. Er glaubte ihr nicht. Er drückte seinem Sohn die Zeitung in die Hand. Tayfun las die Schlagzeile: »Prozess in Yassıada hat begonnen. Für den Ministerpräsidenten wird die Todesstrafe gefordert.« Tayfuns Art zu lesen, sein Tempo und die Betonungen, die er machte, waren haargenau wie die seines Vaters. Der Lehrer warf Tayfun freudestrahlend hoch: »Mein Sohn wird ein großer Mann werden!«

Nachdem er das Lesen gelernt hatte, entwickelte Tayfun eine weitere Gewohnheit. Er begann, die Texte der Lieder im Radio auswendig zu lernen. Der Ursprung seiner Zitate aus Liedern, die er viele Jahre später in seinen Briefen an Gülsen schrieb, lag in diesen Radiotagen. Mit den Händen zu arbeiten war dagegen nicht seine Stärke, was sich in seinem Erwachsenenalter bestätigte. Beim Spalten von Brennholz konnte er das Beil nicht richtig schwingen, sogar einen Nagel zum Aufhängen eines Handtuchs konnte er nicht ordentlich in die Wand schlagen. Was ihn am meisten interessierte, waren Rosen, rote Rosen. Die Rosen seiner Mutter. Wenn sich ihre Knospen eine nach der anderen öffneten, konnte er sie nicht mehr aus den Augen lassen und verbrachte die Rosenzeit bei ihnen, als wäre er nicht ein Kind, sondern der Gärtner des britischen Königshauses.

In Tayfuns glücklichen Scheunentagen machte der Wachkommandant immer wieder Hausdurchsuchungen bei Gülsen und Bibi, um dem Druck von oben mit konkreten Beweisen seines Dienstbewusstseins begegnen zu können und fertigte mindestens zweimal pro Woche Protokolle an, die er in einem Ordner aufbewahrte und in denen festgehalten wurde: »Aufgrund von Anzeigen wurden die Häuser bzw. Wohnungen der Frau, der Eltern und der Angehörigen sowie mögliche infrage kommende Unterschlüpfe des Flüchtigen Tayfun Kara, der am 6. Juni 1987 zusammen mit sieben weiteren Inhaftierten aus dem Militärgefängnis Erzincan geflohen ist, durchsucht, wobei der Flüchtige nicht angetroffen werden konnte und die Meldungen sich als Falschanzeige erwiesen.«

Trotz aller Bemühungen Tayfuns wollte sich Gülsen mit ihm nicht treffen. Sie wurde rund um die Uhr bewacht, alle paar Tage auf die Wache bestellt, wo ihr gesagt wurde, sie sollte vernünftig sein und nichts verheimlichen, falls sie ihren Mann lebend wiedersehen wollte.

Die Liebesbriefe, die Tayfun in der Scheune verfasste, wurden nun immer melancholischer und gezierter. Er, Tayfun, habe ja die unwegsamsten Berge bezwungen, die wildesten Flüsse überquert, sein unerreichbares Zuhause erreicht, worauf wartete also noch seine Geliebte, etwa darauf, dass er gegen die Drachen auf dem Berg Qaf kämpft, um seine Liebe unter Beweis zu stellen? Gülsen antwortete nicht auf seine Briefe und ließ ihm mitteilen, er solle geduldig sein, sie würden sich wiedersehen, wenn sie im Ausland sind. Tayfun war außer sich. Er bat Bibi, einen Kassettenrekorder für ihn zu besorgen, sprach einen sehnsuchtsvollen Liebesbrief auf Kassette und schickte sie ihr. Gülsen hörte sich jede Nacht in Tränen die Kassette an, lehnte aber ein Treffen mit ihm trotzdem ab. Tayfun steigerte sich zu einem letzten Erpressungsversuch und schickte Gülsen ihr Foto zurück, das er im Gefängnis bei sich hatte. Den einzigen Brief zu formulieren, den Gülsen ihm darauf schrieb, kostete sie unendliche Mühe. »Bist du verrückt geworden?« schrieb sie ihm. »Wenn du geschnappt wirst, nur weil du dem Wahnsinn nicht widerstehen kannst, mich zu sehen, wie kann ich dann weiterleben? Wie können deine Geschwister und deine Eltern weiterleben?« Sie zählte Argumente auf, von denen sie glaubte, sie würden ihn überzeugen. »Ab jetzt möchte ich weder einen Brief noch eine Kassette von dir erhalten!« Tayfun war enttäuscht, gab aber nicht auf und schrieb in seinem letzten Brief, einem Einzeiler, auf den er keine Antwort bekam: »Ich möchte wissen, ob du mich noch liebst oder nicht.« Während man Gülsen immer wieder zur Wache bestellte, wurde ein Netz gesponnen, um Tayfun auf sicherem Wege von Şavşeti nach Istanbul zu bringen. Mey Mustafa, Ney Nedret und Zurna Ziyo, Tayfuns Freunde von Kindesbeinen an, kamen als Trio in die Kleinstadt und teilten Gülsen während ihres Konzerts auf dem Hügel der Stillen Wehmut, dem auch der Oberleutnant in großer Bewunderung beiwohnte, heimlich mit, dass sie bereit seien, jede Hilfe zu leisten. Das taten sie in dem Moment, als Zurna Ziyo auf der Klarinette einen aserbaidschanischen Segah gespielt hatte und seine Zurna in die Hand nahm. Mey Mustafas »Weinende Braut« begleitete die Tränen der Frauen. Ney Nedret schritt auf die Ecke zu, wo Gülsen saß. Zuerst küsste er Bibi die Hand, dann Gülsens Mutter, den Zahnarzt und den Lehrer. Als er Gülsen umarmte, flüsterte er ihr zu, sie seien nach Şavşeti gekommen, um Tayfun mitzunehmen.

Der Plan, wie Tayfun nach Istanbul und von dort nach Deutschland gebracht werden sollte, war schon fertig. Für die Fahrt nach Istanbul waren ein gefälschter Ausweis und ein Fahrzeug organisiert. Entweder würden sie ihn in einem mit Sandsäcken beladenen Lieferwagen nach Istanbul schicken oder als viertes Mitglied ihrer Gruppe im Minibus mitnehmen.

Einige Tage, nachdem der Oberleutnant die Kleinstadt verlassen hatte, fuhr das Trio unter dem Vorwand, auf einer Verlobungsfeier zu spielen, ins Dorf Ibhirevil. Die Feier dauerte bis in die späten Nachtstunden. Henna wurde aufgetragen, es wurde reichlich gegessen und getrunken. Das zukünftige Brautpaar empfing die Glückwünsche. Laut Fluchtplan sollten auf der Feier nur Mey Mustafa und Zurna Ziyo spielen, und so suchte Ney Nedret im menschenleeren Dorf, weil alle auf der Feier versammelt waren, mit einem mitgebrachten Akkordeon die Scheune auf. Er wollte herausfinden, ob Tayfun immer noch einigermaßen Akkordeon spielen konnte. Er gab ihm das Instrument und die Aufgabe, ihn bei ein paar einfachen Liedern zu begleiten. Gegen Mitternacht verließ Ney Nedret ihn zufrieden.

Ein mit Holzverschlag vom Rest der Scheune getrennter Teil, wo Hacke und Schaufel, Sense und Rechen aufbewahrt wurden, wurde zu einem Betonbunker umgewandelt. Während des einen Monats, in dem Tayfun das Spiel auf dem Akkordeon übte, erwies es sich als sehr nützlich, dass er so viel Zeit in geschlossenen Räumen und Tunneln verbracht hatte. In diesem Bunker, wo man kaum tief atmen konnte, war seine Mutter seine einzige Zuhörerin. Bibi lauschte der Musik, während sie zu Gott betete, er möge ihren Sohn wohlbehalten nach Deutschland bringen.

Gegen Ende September verließ Tayfun bei Tagesanbruch die Scheune. Er stieg in den Minibus von Mey Mustafa, Ney Nedret und Zurna Ziyo, die am Ausgang des Dorfes auf ihn warteten.

In drei Kleinstädten, in denen sie rasteten, gaben sie Konzerte und erreichten nach einer vergnüglichen Reise mit reichlich Raki die asiatische Seite Istanbuls. Ney Nedret nahm ihn zu sich nach Hause mit. Als sie das Haus betraten, war beiden so zumute, als hätte sich die Erdachse verschoben. Ney Nedret war nicht nur Musiker, sondern auch ein begnadeter Keramikkünstler. Er genoss das Vertrauen seiner Nachbarn. Keiner von ihnen bemerkte etwas davon, dass die von ihm und seiner Frau Şirin betriebene Keramikwerkstatt seit dem Militärputsch als Koordinierungsbüro diente, um diejenigen, nach denen gefahndet wurde, ins Ausland zu bringen.

Die Verbindung zu Deutschland wurde aktiviert. Ein in Paris hergestellter, gefälschter Pass wurde von einem Kurier nach Istanbul gebracht. Gegen Mitte Oktober besorgte man ein Flugticket der Türkisch Airlines. Eine Woche vor der Abreise, an einem windigen Abend, kam am Tisch beim gemütlichen Rakitrinken auf dem Balkon das Gespräch auf die Farbe Blau. Die Diskussion, wo das schönste Blau der Erde zu finden sei, beschäftigte sie ziemlich lange. Ney Nedret behauptete, kein Blau komme an das des Mittelmeeres heran, seine Frau Şirin meinte: »Wenn man Blau sagt, denke ich nur an das Blau des Himmels.« Tayfun sprach ausführlich über das Geheimnis des Mittelmeerblaus. Er hatte das Mittelmeer noch nie gesehen, aber alle Bücher von Halikarnas Balıkçısı verschlungen, der seinen Verbannungsort zu einer neuen Heimat gemacht hatte. Auch unter dem Einfluss von Raki herrschte gegen Mitternacht Klarheit darüber, dass Tayfun seine letzten Tage in der Türkei am Mittelmeer verbringen sollte. Auf seiner Reise dorthin wurde er von Şirin begleitet. Alles lief gut. Sie konnten das ihnen entgegengebrachte Interesse des Mannes in einem Restaurant am Ufer von Side nicht deuten, dem Tayfun irgendwie bekannt vorkam und der Fotos von den beiden machte. Ohne einen Zwischenfall kehrten sie nach Istanbul zurück. Dann kam der Tag der Abreise. Zu früher Morgenstunde machten sie sich auf den Weg. Noch vor acht Uhr erreichten sie den Flughafen, der damals noch Yeşilköy hieß. Sie passierten eine strenge Ausweiskontrolle und Leibesvisitation. Die Zeit verflog schnell. Sie umarmten sich in der Hoffnung auf ein Wiedersehen in Istanbul. In der Schlange vor der Passkontrolle stand Tayfun vor einer Frau mit grünblauen Augen, die er vermutlich schon einmal gesehen hatte, und in dem Augenblick, als der Beamte den Ausreisestempel in seinen Pass setzte, drehte er sich um und winkte. Das war das letzte Bild, das in Ney Nedrets Erinnerung von ihm bleiben sollte.

Juli 1988, Şavşeti
GÜLSEN

Noch bevor das Flugzeug, das Tayfun nach Köln brachte, zum Landeanflug ansetzte, hatten Gerüchte längst auch Deutschland erreicht, von denen auch nach vielen Jahren niemand sagen konnte, wie sie entstanden waren und sich verbreitet hatten. Es hieß: »Tayfun ist nicht mehr unser Genosse. Den Tunnel in Erzincan haben wir gegraben, am Ende ist er geflüchtet, seine Flucht wirft Zweifel auf. Seit Jahren hat er keine Verbindung mehr zu unserer Organisation. Für seine Taten sind wir nicht verantwortlich.«

Seine Freunde, die ihn am Flughafen Köln/Bonn abholten, ließen diese Gerüchte durchschimmern, die ihm stark zusetzten. In seinen Briefen an Gülsen schrieb er: »Diejenigen, die solche Gerüchte in die Welt setzen, haben keine Ahnung von dem Ort, den man Gefängnis nennt. Im Gefängnis ist es ausgeschlossen, dass irgendwelche Leute einen Tunnel graben und andere durch diesen Tunnel fliehen. Das kann nur der, der von diesem Tunnel weiß.«

Wenn die Gerüchte Tayfun nicht so beschäftigt hätten, hätte Gülsen nichts auf sie gegeben. Doch Tayfun kam in seinen Briefen immer wieder darauf zurück, und die Traurigkeit, die jeden Buchstaben seiner Wörter umhüllte, zog auch sie in ihren Bann. Die Enttäuschung, die Tayfuns gefühlvollen Sätzen innewohnte, tat ihr im Herzen weh, und unwillkürlich weinend sprach sie zu sich selbst: »Es war richtig! Meine Entscheidung, ihn nicht zu treffen, war richtig.« Dann streckte sie ihre Hand nach der Kassette aus, die Tayfun in seinem Unterschlupf aufgenommen hatte, legte sie in den Kassettenspieler und hörte sie wieder und wieder ab:

»Hätte ich meinen Glauben nicht verloren, den ich als Kind hatte, würde ich mit der Unbedarftheit jener Zeit immer noch an Gott glauben, würde ich dir nicht den schönsten seiner neunundneunzig Namen, sondern seinen nicht vorhandenen hundertsten Namen geben: Gülsen. Wenn es dich nicht gegeben hätte, hätte ich die jahrelange Gefangenschaft nicht ertragen. Ich hätte nicht wie ein Maulwurf die Erde mit meinen Fingernägeln Zentimeter für Zentimeter gegraben. Hätte nicht die mit Stacheldraht umzäunte, endlose Ebene von Erzincan überqueren und dem peitschenden Wind in den Bergen und dem Hunger trotzen können. Ich war der Letzte, der den Tunnel verließ, und es war ein Regentropfen, der auf mein Auge fiel und mir Willkommen sagte. In diesem Moment dachte ich, dass dieser Regentropfen nicht ein Tröpfchen Wasser, sondern ein magisches Omen meiner Rettung war. In der Nacht unserer Flucht, als der Tunnel fertig war, den wir immer nachts gegraben hatten, dachte ich an dich. Als die Backsteinwand zwischen zwei Toiletten innerhalb weniger Stunden durchbrochen wurde, dachte ich an dich. Außer mir waren schon alle im Tunnel. Als ich den Fernseher ausschaltete und in den Tunnel hinabstieg, dachte ich an dich. Während ich im stockfinsteren Tunnel nach Luft ringend kroch, dachte ich an dich. Ich kann mich daran erinnern, dass ich meine Hoffnung, zu dir zu gelangen, verlor, als von vorne die Anweisung kam: Wir kehren zurück. Jeder zurück in seine Zelle! Ich kann mich daran erinnern, wie wir rückwärts krochen, unsere Rucksäcke, Jacken, Masken und Bandagen auf der Toilette zurückließen, unsere Schuhe von Schlamm befreiten, in die Zelle gingen, den Fernseher wieder laut aufdrehten, die Decken wieder glattstrichen, und wie der Kumpel, der als Letzter den Tunnel verließ, unter Tränen sagte: Vergesst die Freiheit! Die Flucht war ins Wasser gefallen. Denn der Projektor auf der Mauer erhellte ausgerechnet den Ausgang des Tunnels. Es war ausgeschlossen, dass die Wächter links auf dem Wachturm und rechts an der Tankstelle den Tunnelausgang nicht sehen würden. Zu allem Überfluss gab es noch die Wachtposten. Ein Fluchtversuch würde nichts anderes bedeuten als den Tod.«

Tayfuns Stimme klang traurig, als er sagte: »Wäre ich nicht geflüchtet, wäre ich mein Leben lang dazu verdammt gewesen, ohne dich zu sein, ich würde im Knast verkommen.« Da stoppte Gülsen das Band, um nicht laut schluchzen zu müssen, drehte Runden im Zimmer, dann hörte sie weiter.

Für Tayfun gab es kein Zurück. Die acht Flüchtigen beschlossen, ihre Rucksäcke zurückzulassen und nur das Nötigste mitzunehmen. Tayfun holte aus seinem Rucksack nur Gülsens Briefe und Fotos heraus. Er stopfte sie in zwei Plastiktüten und befestigte sie an seinem Hosenbund. Er stieg in den Tunnel hinab. Die Hoffnung, Gülsen wiederzusehen, wuchs in ihm erneut. Der Glaube daran, die Briefe und Fotos würden ihn unsichtbar machen und vor allen Gefahren schützen, wurde stärker, je weiter er im Tunnel vorankroch. Es war genau fünf Minuten vor Mitternacht.

In dieser wolkenlosen Nacht empfand Tayfun den Regentropfen, der ihm am Tunnelausgang aufs Auge fiel, als ein Vorzeichen seiner Rettung. Sollte er am Ende dieses seltsamen Abenteuers am Leben bleiben, Gülsen wiedersehen und sollten sie eine Tochter bekommen, würde er sie unbedingt Damla nennen: Tropfen.

Nach vielen langen Minuten erreichte er, darüber staunend, wie fein die Trennlinie zwischen Leben und Tod ist, den Schatten der Mauer der Tankstelle. Seine sieben Fluchtgenossen waren alle da. Sie ähnelten Wasserschildkröten, die versuchten, ans Ufer zu gelangen. Nach Stunden hatten sie die Wachtürme hinter sich gelassen, die Piste überquert, die am Militärflughafen für Hubschrauber reserviert war, und es geschafft, unter dem Stacheldraht hindurchzukriechen. »Die Erde und das Gras waren durchtränkt von deinem Duft, deinem sanften Wesen und deiner unwiderstehlichen Schönheit«, sagte die Stimme auf dem Band. Als sie beschlossen, ihre Einheitskleidung abzulegen, bemerkte Tayfun, dass er die Tüte mit den Briefen verloren hatte. Der Beutel mit den Fotos steckte aber noch in seinem Hosenbund, da wurde ihm wieder etwas leichter ums Herz. Mal kriechend, manchmal rennend, durchquerten sie dutzende Pisten, ließen den zweiten Stacheldrahtzaun hinter sich und erreichten schließlich die äußerste, unüberwindbar wirkende Umzäunung des Militärgebiets. Es sah zwar nicht so aus, als wären Wächter in der Nähe, aber über dieses drei Meter hohe Hindernis zu klettern schien unmöglich. Tayfun glaubte, sie seien am Ende ihres Weges angelangt. Sie suchten am Zaun entlang nach weicher Erde, die sie ausheben könnten.

Schließlich fanden sie ein Loch, durch das man leicht hindurchklettern konnte. Einer sagte, das hätten sie den Soldaten zu verdanken, die ins Bordell gingen. Es wurde gekichert, Tayfun erinnerte sich an die Tage des Frühlingsfests in seiner Kindheit und flüsterte vor sich hin: »Hoch leben unsere disziplinlosen Soldaten und unsere Huren!«

Jenseits des Stacheldrahts sah es aus wie im Finale des Films »Einer flog über das Kuckucksnest«. Der Horizont hatte sich zwar noch nicht rosa gefärbt, doch als Tayfun im Licht des Halbmonds und begleitet von einem milden Wind, der von den Bergen her über die Ebene wehte, zu rennen begann, fühlte er sich nicht nur wie jemand, der auf der Flucht ist, sondern auch wie ein Bote, der die Sehnsucht hunderter im Gefängnis zurückgelassener Häftlinge an ihre Mütter heranzutragen versucht.

»Als Hubschrauber anfingen, über der Ebene zu kreisen, waren wir zehn, fünfzehn Kilometer vom Gefängnis entfernt«, erzählte die Stimme auf dem Band weiter. Seit ihrer Flucht war eine Woche vergangen, und sie rissen immer noch auf dieser Ebene, die keinen Schutz bot, tagsüber Weizenähren aus, gruben in der Erde, legten sich hinein, bedeckten sich mit den Ähren und warteten auf den Einbruch der Dunkelheit.

Kaum hatten sie es geschafft, die Vorstadtviertel zu erreichen, meinte einer von ihnen, er werde in die Stadt gehen und im Hotel schlafen, und verschwand, ohne die Widerrede der anderen zu beachten. Später sollte er der einzige von ihnen außer Tayfun sein, der es nach Europa schaffte. Tayfun und die anderen versuchten, auf die Güterwaggons zu springen, die gemächlich auf den Gleisen entlangfuhren, doch es gelang ihnen nicht. Lastwagen, in die sie ihre Hoffnung gesetzt hatten, blieben nicht stehen. Immer wieder wurden sie von einem Hinterhalt überrascht. Beim letzten Hinterhalt gerieten sie ins Salvenfeuer und verloren einander aus den Augen.

Tayfun war jetzt ganz auf sich selbst gestellt. Nachts lief er, sich an Strommasten und Flüssen orientierend, tagsüber machte er Rast und versteckte sich. Er versuchte in den Bergen seinen Hunger mit Wurzeln, Gräsern, Baumrinden und Wildäpfeln zu stillen, die gerade allmählich reif wurden. Manchmal übermannte ihn der Hunger so sehr, dass er keinen Schritt mehr tun konnte, in Ohnmacht fiel und andere Dimensionen der Einsamkeit kennenlernte. Eines Tages, da hatte er schon Flüsse, Dörfer, Bergketten überquert, deren Namen er nicht kannte, war er ans Ende seiner Kräfte gekommen und bereits von vielen Menschen gesehen worden. Er entschied sich unversehens, auf die Landstraße zu gehen, wo das erste Auto, dem er zuwinkte, etwas weiter von ihm stehenblieb. Der Fahrer, gutgekleidet und um die dreißig, fragte ihn, wohin er wollte. »Wo Sie hinfahren, da will ich auch hin«, antwortete Tayfun, worauf der andere lächelte und ihn aufforderte: »Na dann steigen Sie mal ein!«

Der Mann war aus Ispir. Tayfun stellte sich mit dem Namen seines Vaters vor. Was er hier in den Bergen mache, wollte der Fahrer wissen. Bienenzucht, sagte Tayfun. Sein Großvater hatte der Familie die Besessenheit von Bienenzucht vererbt, und auch sein Vater besaß dutzende Bienenstöcke. Tayfun hatte als Kind, während er seinem Vater half, einiges über Bienenzucht gelernt und im Gefängnis jeden Zeitungsartikel über Bienen gelesen. Den ganzen Weg über unterhielten sie sich über Bienenzucht.

Der Fahrer aus Ispir war beeindruckt von Tayfuns umfangreichem Wissen. Jedes Mal, wenn ihm Tayfun etwas Neues erzählte, drückte er mit den Worten »Das ist ja unglaublich, mein verehrter Bruder!« seine Bewunderung aus. Als Tayfun mit seinem Bericht über die Entwicklung der Bienenzucht im Laufe der Jahrzehnte fertig war, waren sie schon am Ende ihrer Reise angekommen. Der Fahrer war voller Begeisterung: »Sie sind wie eine Enzyklopädie, mein verehrter Bruder!«

Nach vier Stunden Fahrt hatte sich Tayfun mehr als zweihundert Kilometer von der Gefahr entfernt. Kurz vor Ispir verabschiedeten sie sich. Der Fahrer wollte Tayfun zu sich nach Hause einladen. Tayfun lehnte dankend ab, mit der Begründung, er wolle seine Schwester und seinen Schwager besuchen. Die Nacht verbrachte er im Wald vor der Kleinstadt. Das Schwarze Meer erreichte er drei Tage später am Nachmittag. Es war sonnig und kühl, der Himmel war strahlend blau. An einer Tankstelle trank er Tee, aß geröstete Pistazien und stieg in einen Minibus ein, der zum Tanken herangefahren war. Er musste es noch bis zu seiner älteren Schwester an der Grenze zu Georgien schaffen, dann würde er auch nach Şavşeti, zu seiner Gülsen weiterfahren können.

Er traf seine Schwester nicht zu Hause an. Die Nacht verbrachte er im Freien. Am nächsten Tag stieg er in ein Sammeltaxi, das nach Livane fuhr. Der Fahrer fragte ihn, wo er hergereist sei.

»Istanbul«, antwortete Tayfun.

»Für wieviel?« wollte der Fahrer wissen.

Tayfun überschlug, um wieviel Prozent das Leben in den letzten sieben Jahren teurer geworden war und nannte eine Summe.

»Das geht nicht!« meinte der Mann. »Nie im Leben kannst du für so wenig Geld herkommen!« Dann fragte er Tayfun, was er arbeite. Er würde im Hotel arbeiten, sagte Tayfun, an der Rezeption.

»Wie viele Betten hat das Hotel?« war die nächste Frage, auf die Tayfun mit Hundert antwortete. »Ausgeschlossen« sagte der Fahrer. »Für ein Hotel mit hundert Betten nimmt man nicht so einen wie dich!« Es folgte die Frage nach seinem Lohn. Tayfun wusste zwar, dass ein Laib Brot vierzig bis fünfzig Lira kostete, als er ins Gefängnis ging, und sechshundert bis sechshundertfünfzig, als er flüchtete, doch das half ihm nicht, seinen Lohn mehr oder weniger richtig anzugeben. Einhundertfünfzigtausend, sagte er, was den anderen ärgerte: »Das kann doch nicht sein! Dieser Lohn für diesen Job, das kann nicht sein!«

So lief das Gespräch weiter. Der Fahrer fand keine einzige Antwort Tayfuns überzeugend und begann, ihn mißtrauisch und irgendwann auch böse anzuschauen. Tayfun merkte, dass seine Antworten überholt waren und begnügte sich damit, unschuldig zu lächeln, bis er eine Toilettenpause ausnutzte, um aus dem Auto zu steigen und in den Bergen das Weite zu suchen. Stunden später stand er auf dem Weg nach Livane. Er stieg in einen Minibus und fuhr bis Köprübaşı. Er betrat das Restaurant, bestellte sich Pide mit Käse, schaute aus dem Fenster und sah als erstes das Gefängnis von Livane auf der anderen Seite des Flusses, aus dem er vor vielen Jahren ausgebrochen war. Seine verblassten Erinnerungen lebten wieder auf und ihm kam der Gedanke, dass dieses Gefängnis kein Kerker war, sondern ein Ort, der ihm zu seinem Glück verholfen hatte. Der Ort, an dem Gülsen und er einander versprochen hatten, ein ganzes Leben miteinander zu teilen. Nach jenem Tag hatten sie sich kein einziges Mal allein sehen dürfen. Sie waren seit neun Jahren verheiratet, waren aber beide noch Jungfrau.

Zu dieser Stunde fuhr kein Minibus mehr zu dem Ort, wo seine Gülsen lebte. Und wenn er, verdreckt wie er war, ein Taxi nehmen sollte, würde das verdächtig aussehen. Da aber erschien plötzlich Abidin aus seinem Dorf, mit dem er in der Grundschule die Schulbank geteilt hatte. Zuerst verständigten sie sich mit Blicken, dann mit Worten. Während sein Freund damit beschäftigt war, ein Taxi zu bestellen, flüsterte seine Frau, die Tayfun kannte, ihm zu: »Steig nicht in den Wagen ein, ruiniere nicht unser Leben!« Den Rest kannte Gülsen bereits.

Gülsen war sich im Klaren über die Gefahr, die ihnen drohte und spürte, dass ein kleinster falscher Schritt von ihr eine Katastrophe bedeuten würde. Tayfuns Wunsch nach einem Treffen zu widerstehen war schwerer als in den Verhören nicht nachzugeben, aber sie hielt durch. Tayfun war bereit, jedes Risiko auf sich zu nehmen, weil es ihm gelungen war, einen fünfundachtzig Meter langen Tunnel zu graben, aus dem Gefängnis zu flüchten und immer noch nicht gefasst worden zu sein. Unbedingt mussten sich all seine Träume erfüllen, unbedingt wollte er das Blau erreichen, das für ihn gleichbedeutend war mit Freiheit und Liebe. Allerdings hatten auch Träume und das Blau eine Grenze. Auf einem Seil zu laufen, ständig in Gefahr abzustürzen, selbst die leichteste Akrobatik hatten einen Preis. Von jemandem, der rund um die Uhr bewacht wurde, konnte man keine Akrobatik erwarten. Tayfun war unerbittlich, mit dem stolzen Übermut eines Menschen, der es bis nach Şavşeti geschafft hatte, kam ihm nicht in den Sinn, dass es in Dörfern genauso gefährlich sein konnte wie im Gefängnis. Er glaubte, niemand würde den Sohn des Lehrers denunzieren, doch er irrte sich. Selbst wenn er sich nicht irren sollte, selbst wenn niemand im Dorf den Sohn eines Menschen, der ihm Lesen, Schreiben und Rechnen beigebracht hatte, verraten sollte, änderte das nichts an der Tatsache, dass er stets unter Beobachtung stand. Es war unverständlich, dass Tayfun nach all den Gefahren, die er überstehen musste, diese einfache Tatsache nicht begreifen konnte.

»Es war richtig!« murmelte Gülsen jedes Mal. »Meine Entscheidung, ihn nicht zu treffen, war auf jeden Fall richtig.« Dann erschien vor ihrem Auge Tayfuns Gesicht bei ihrem letzten Besuch im Gefängnis und sie begann zu schluchzen. »Blöder Kerl!« schimpfte sie schließlich laut, als würde Tayfun ihr gegenübersitzen. »Guck dir an, in welche Situation du mich gebracht hast!« Dann flüsterte sie wieder unter lautem Schluchzen: »Du bist kein blöder Kerl, du bist mein Ein und Alles, mein geliebtes Herz«, und schloss die Augen, bis sie schließlich erschöpft einschlief.

Gülsen verbrachte ihre letzten neun Monate und neun Tage in Şavşeti mit dem Tonband Tayfuns und den Briefen, die er ihr aus Deutschland schrieb. Oft besuchte sie Bibi, nahm die Briefe mit, die an den Sekretär adressiert waren, und kehrte in die Kleinstadt zurück. In jenem Jahr begann der Winter mit einem beunruhigenden gelben Schneegestöber. Es folgte ein Schnee, der in dichten Flocken fiel und einen schläfrig machte. Als die verschneiten Straßen unpassierbar wurden, war Gülsen bei Bibi und es war ihr nicht mehr möglich, in die Kleinstadt zurückzufahren.

Diesen Winter, in dem sich Schneehügel zwischen das Dorf und die Welt schoben, verbrachte Gülsen damit, an ihre Kindheit, an die Jugendjahre und an Tayfun zu denken, den es nun in eine unerreichbare Entfernung verschlagen hatte. Und an ihre Zeit in der Höhle.

Nach ihrer Festnahme in der Höhle liefen sie in Begleitung bewaffneter Soldaten wie gefesselte Sklaven zum Marktplatz der Kleinstadt. Man hatte sie in Handschellen an einen Freund angekettet, den sie sehr gern hatte. Sprechen war verboten. Kaum hatte ihr Freund »Etwas Geduld, auch diese Tage werden vorbei sein« geflüstert, bekam er von dem Feldwebel einen Kolbenhieb in die Magengrube verpasst. Er sank zu Boden und Gülsen warf sich entsetzt über ihn. In diesem Moment, in dem sie sterben, neu geboren werden und ihren Glauben wiedererwecken wollte, dass das Leben doch nicht so grausam war, senkte sich ein dichter Vorhang vor ihre Augen, der sie noch viele Jahre lang in eine Empfindung absoluter Einsamkeit verbannte. Trotz der Fürsorge und Solidarität ihrer Eltern, trotz der Liebe, die sie für Tayfun empfand, konnte sie sich ewig nicht davon befreien. Als Tayfun aus dem Gefängnis flüchtete, kam auch die Angst hinzu. Die Nachricht, er habe die Türkei wohlbehalten verlassen, veränderte nur die Farbe ihrer Ängste. Dass sie nicht daran zugrunde ging, sich nicht in tausend Teile auflöste, die sich nicht mehr zusammenfügen ließen, hatte sie dem sanften Gesicht ihres Vaters, selbst in seinen strengsten Momenten, und der liebevollen Beziehung zu ihrer Mutter und ihren Geschwistern zu verdanken.

Es dauerte Jahre, bis Gülsen die Bedeutung des Wortes

»Fremder« erfasste. In ihrer Kindheit gab es keine Fremden. Ihr Haus war Nacht für Nacht eine Bleibe für Bauern, die aus den Bergdörfern in die Kleinstadt kamen, um etwas Steinsalz, ein paar Säcke Mehl und ein paar Kilo Zucken zu kaufen. Diese netten, stillen Gäste hatte Gülsen nie als Fremde empfunden.

Die Bauern bezahlten für die Übernachtung, indem sie die Kinder mit Würfelzucker beschenkten, und die Kinder schliefen mit diesem süßen Ding, das sich in ihren Mündern auflöste, und den Gesprächen im Gästezimmer im Ohr ein. An manchen Abenden klopften so viele Leute an ihre Tür, dass auch das Zimmer, das sie mit ihren acht Geschwistern teilte, den Gästen zur Verfügung gestellt wurde und die Kinder mitten in der Nacht zu den Nachbarn gebracht wurden. Das waren aufregende Nächte, in denen die abgestandenen Kekse und der immerfort auf dem Küchenofen blubbernde Pascha-Tee köstlich schmeckten. Weil sie in der Grundschule gelernt hatte, dass die Armee das Volk vor den Feinden schützt, hatte sie auch keine Angst vor den Soldaten und mischte sich nach Schulschluss mit dem Ausruf »Ich will auch mitspielen!« unter sie, wenn sie auf dem Hof der Wache Fußball spielten. Die Soldaten wollten der Tochter des Zahnarztes, eine der bekanntesten Persönlichkeiten der Kleinstadt, diese Bitte nicht abschlagen, ließen sie als Torwart am Spiel teilnehmen und schoben ihr immer wieder den Ball sanft zu, damit sie ihn fangen und ein schallendes Gelächter ausstoßen konnte. Wenn Gülsen lachte, lachten auch die Soldaten. Bis sie zehn wurde, ging das so weiter.

In diesen Jahren wurden Ärzte, Kaymakams, Staatsanwälte, Richter und Lehrer in die Kleinstadt verbannt, die anders waren als ihre Kollegen, die vor ihnen da waren. Laut Gerüchten strebten diese Verbannten eine Gesellschaft an, in der man weder vor Müttern noch vor

Schwestern haltmachte und jeder Mann mit jeder Frau schlafen konnte, und folglich kannte diese Gesellschaft Begriffe wie Familie und Ehre nicht. Die Leute waren entsetzt. Sie dachten, die Neuankömmlinge würden Monster sein, doch sie irrten sich. Auch die Verbannten sahen aus wie sie selbst und da staunten sie nicht schlecht. Die verbannten Ärzte begannen, mit ihren Arzttaschen auf dem Rücken, zu Fuß zu den Dörfern zu marschieren und die Bauern zu untersuchen. Die verbannten Staatsanwälte, Richter und Kaymakams durfte jetzt jeder ohne Scheu in ihren Amtsräumen besuchen, und sich daran zu gewöhnen, fiel ihnen nicht leicht.

Mitte der siebziger Jahre, als Gülsen fünfzehn wurde, waren die jungen Menschen darüber informiert, was vor hundert Jahren in England, vor fünfzig Jahren in Russland, China und Deutschland und vor wenigen Jahren in Vietnam, Laos und Chile geschehen war. Sie diskutierten erhitzt darüber, ob die Türkei den Übergang zum Kapitalismus durch eine Revolution, wie es in Frankreich der Fall war, oder durch preußische Reformen wie in Deutschland schaffen könnte. In den Diskussionen darüber, ob die Türkei eine Kolonie, eine Halbkolonie oder eine Neukolonie war, konnte keine Einigung erzielt werden. Auch in der Frage, ob die Türkei eine Oligarchie, eine faschistische Diktatur oder ein totalitärer Staat in der Übergangsphase zum Faschismus war, konnte kein Kompromiss gefunden werden. In den erbitterten Diskussionen darüber, ob die Sowjetunion sozialistisch war, oder eine revisionistische Diktatur oder ein sozialimperialistisches Land, gab es mitunter auch Platzwunden an Köpfen und Augenbrauen.

Gülsen beteiligte sich nicht direkt an den Diskussionen,

doch bald zog der Begriff der »permanenten Revolution«, den Tayfun in seinen Reden oft benutzte, auch sie in seinen Bann. Den Marsch, »Gendarm, wir sind Sozialisten, wir sind deine wahren Freunde« sang sie begeistert mit, weil der Text ihre positiven Erfahrungen mit den Soldaten bestätigte, und sie glaubte mit ganzem Herzen, dass sie nichts Böses von ihnen befürchten mussten. Dieser Glaube währte bis zu der Demonstration am dritten Julisonntag 1978. An dieser Demonstration in der Kleinstadt nahmen viel mehr Leute teil als erwartet. Der Ort mit seinen dreitausend Einwohnern hatte eine einzige breite Straße, und die war zum Bersten voll, weil mit den Teilnehmern aus Dörfern und benachbarten Kleinstädten sich mehr als zehntausend Menschen zusammenfanden. Als gegen Mittag vor dem Regierungsgebäude die ersten Ansprachen gehalten wurden, war noch alles ruhig. Die letzte Gruppe von zweitausendfünfhundert Teilnehmern fand keinen Platz mehr auf der Hauptstraße und versuchte, den großen Platz über die unbefestigte Straße, die zum Hügel der Stillen Wehmut führte, zu erreichen, als die Versammlung fast beendet war. Und da war noch alles ruhig. In dem Augenblick, als das Ende der Demonstration bekanntgegeben wurde, hörte Gülsen das Geratter von Maschinenpistolen, sah aber nicht die fünf Toten, die auf der Stelle gestorben waren, und die dreißig Verletzten, die um ihr Leben rangen. In der Kleinstadt wurde der Ausnahmezustand ausgerufen und für die nächsten Tage eine Ausgangssperre verhängt. Die Opfer der Soldaten wurden in aller Stille beigesetzt. Auf die Kleinstadt und die Dörfer senkte sich ein Schweigen, das lange anhalten sollte. Die nächste Demonstration fand auf den Tag genau siebenunddreißig Jahre später zum Gedenken der in der

Kleinstadt wie in den Dörfern getöteten Menschen statt, an dem auch Damla, die dreiundzwanzigjährige Tochter von Tayfun und Gülsen, teilnahm.

Während der Wintermonate, die Gülsen bei Bibi verbrachte, blieben die Straßen unpassierbar. Der Lehrer verbrachte seine Zeit mit der Lektüre der Zeitungen, die ihm der Baggerfahrer mitbrachte. Weil der Imam nicht in die Moschee gehen konnte, hörte man morgens keinen Gebetsruf mehr. Für Bibi war das kein Problem. Ihre in Jahrzehnten geschulte innere Uhr funktionierte auch in Zeiten verschneiter Straßen, sodass sie jeden Morgen zur gleichen Zeit aufstand. Am dritten Morgen des Schneegestöbers musste sie auch den Lehrer und Gülsen wecken. Zusammen schaufelten sie den Weg zur Scheune frei.

Gülsen fragte, was die schalldichte Betonzelle in der Scheune zu bedeuten habe. »Tayfuns Musizierzimmer«, erklärte Bibi. Als Gülsen den Fuß in die Zelle setzte, in der sie einen Hocker aus Schilf erblickte, empfand sie einen Schauder. Sie trat aber hinein und schloss die Tür. In der Dunkelheit bekam sie Angst. Trotzdem ertastete sie sich zum Hocker und setzte sich. Sie erinnerte sich, dass Tayfun lange Jahre in dunklen Zellen und Tunnels verbracht hatte, und das trieb ihr Tränen in die Augen. Bevor sie wieder hinausging, trocknete sie sie. Der Lehrer und Bibi warteten mit festem Blick auf das Musizierzimmer auf sie.

Vor dem Schneefall hatten sie die Hühner vom Hühnerstall in den Stall gebracht, deshalb mussten sie sich keinen Weg zum Hühnerstall freischaufeln. Der Stall grenzte an ihr Haus. Man hätte ihn als ein zweites Wohnzimmer bezeichnen können. Die Kuh und die Hühner waren mit ihren Stimmen im Wohnzimmer allgegenwärtig und linderten ihre Einsamkeit. Sie gaben Gurbet ihr Futter. Der Lehrer kehrte zu seinen Zeitungen zurück, Bibi vollzog ihre rituelle Waschung für das Morgengebet und Gülsen machte mit dem auf dem Küchenofen köchelnden Wasser Tee, bevor sie in den Vorratsraum ging, um Mehl zum Brotbacken zu holen. Während sie den Teig knetete, achtete sie darauf, dass die Milch nicht überläuft, die sie auf den Küchenofen gestellt hatte. Als die Milch zu schäumen begann, machte sie Milchkaffee und rief: »Vater, soll ich deinen Kaffee gleich bringen?« Der Lehrer nickte, ohne den Blick von der Lektüre zu lösen.

So verliefen die Morgenstunden im Dorf, das Gülsen bis Ende März nicht verlassen konnte. Gegen Mittag fanden sich Tayfuns ältere Schwestern ein, abends kamen die Nachbarn, die am nächsten wohnten, und der Sekretär, um die Abendnachrichten zu hören, der auch, wenn sich die Gelegenheit bot, nach Neuigkeiten über Tayfun fragte. »Es gibt keine Neuigkeiten!« schnitt ihm Bibi dann kurzerhand das Wort ab, während der Geruch der Kartoffeln auf dem Küchenofen sich überall im Zimmer ausbreitete und jemand fragte, ob die Kartoffeln küla oder lıkıs seien. Ob die Antwort lıkıs oder küla lautete, änderte nichts an dem weiteren Verlauf der Unterhaltung, bei dem man übereinkam, dass die Kartoffeln aus Suloban die besten seien, und selbst die deutschen Kartoffeln ihnen nicht das Wasser reichen können. Damit das Gespräch nicht wieder auf Tayfun kam, tauschte Bibi mit Gülsen Blicke aus, die daraufhin für einen Moment verschwand und bald mit einem Tablett voller Pestillen mit Walnüssen und Maulbeeren zurückkam. Dann erzählte der Sekretär, der sich auf die Gefahr eines Atomkriegs fixiert hatte, zum wiederholten Male, er habe Deutschland, das zivilisierteste Land der Erde, verlassen und sei zurückgekommen, weil dieses Dorf von den Folgen eines Atomkriegs am längsten verschont bleiben würde. Er habe im Keller seines Hauses einen Atombunker aus Stahlbeton errichtet, und es sei unbedingt notwendig, dass alle seine Nachbarn ebenfalls einen Atombunker aus Stahlbeton errichten. »Wir«, warf Bibi die Gelegenheit beim Schopfe packend ein, »haben den Atombunker im Merek gebaut.«

Gegen Mitte Februar, an einem frühen Vormittag, hörten Bibi, der Lehrer und Gülsen jemanden »Hoch lebe unser Schneefall!« rufen, gingen zur Tür und sahen den Sekretär von den Wiesen auf das Haus zukommen. »Der Junge ist völlig meschugge geworden«, sagte Bibi. »Im tiefsten Winter feiert er das Frühlingsfest.« Der Sekretär kam mit einem Brief Tayfuns an: »Das hat gestern der Baggerfahrer mitgebracht.« Es war der achtzehnte Brief Tayfuns, der über den Sekretär eintraf. Am nächsten Tag gegen Mittag, sie war gerade damit beschäftigt, den Brief noch einmal zu lesen, klopfte es an der Tür. Gülsen versteckte die Seiten unter ihrer Bluse, machte auf und sah einen Sergeanten und drei Soldaten vor sich stehen. Der Lehrer saß auf seinem Sessel, wo er immer saß, und las Zeitung. Der Duft der Kartoffeln und des Tees auf dem Küchenofen hatte sich bis in die entferntesten Winkel des Hauses ausgebreitet. Das Haus wurde gründlich durchsucht. Es folgte die Frage, wem die Telefonnummer an der Eingangstür gehörte.

»Wir wissen es nicht«, antworteten Bibi und Gülsen.

»Wie kann das sein?« Der Sergeant wurde laut. »Wie können Sie nicht wissen, wem die Telefonnummer gehört, die an der Eingangstür Ihres Hauses klebt, wie können Sie das nicht wissen?«

Bibi und Gülsen blieben stur: »Wir wissen es nicht.«

Der Sergeant wandte sich an den Lehrer: »Wem gehört die Telefonnummer, die hier an der Tür klebt?« »Sie gehört meinem Sohn.« Der Lehrer war ein Mann, der noch kein einziges Mal in seinem Leben gelogen hatte und auch nicht wusste, wie man lügt, selbst wenn es um das Schicksal seines Sohnes ging. »Wo ist Ihr Sohn?« wurde gefragt. »Mein Sohn ist in Deutschland.« Gülsen und Bibi wurden nervös. »In welcher Stadt Deutschlands lebt Ihr Sohn?« wurde gefragt. »In der Stadt Köln.« »Gibt es eine Adresse von ihm?« wurde gefragt. »Es gibt sie, sie steht auf der Rückseite des Zettels, den Sie in der Hand halten.« »Sie kommen mit uns mit«, befahl der Sergeant.

Der Lehrer bat um Erlaubnis, seinen gestreiften Pyjama abzulegen und sich ordentlich zu kleiden. Es wurde ihm gewährt. Als er sein Zimmer verließ, hatte er seinen Anzug an, hatte sich rasiert und war bereit zu gehen. Bibi war immer noch genervt und sagte, als ihr Mann abgeführt wurde: »Nehmt ihn mit, nehmt ihn mit und lasst ihn nicht wieder frei!«

Das Schneegestöber war so unerbittlich, dass der Sergeant und die Soldaten den Lehrer am Ausgang des Dorfes aus den Augen verloren. Als der Lehrer eine Stunde später zurückkam, sagte Bibi: »Was ist das für ein Staat? Nicht einmal einen Lehrer kann er festhalten!«

Bibi ließ kein gutes Haar an ihrem Mann. Jener verteidigte sich mit den Argumenten: »Man kann doch nicht den Staat belügen, Frau. Und unser Sohn ist ja fern von jeder Gefahr, der Arm unseres Staates reicht nicht bis dorthin«, doch Bibi blieb ihm gram, bis die Straßen Ende März wieder frei wurden.

Im Frühjahr kehrte Gülsen in die Kleinstadt zurück, wo sie ein gewöhnliches Leben führte, aber nicht unglücklich war. Oft besuchte sie Bibi, holte bei ihr Tayfuns Briefe ab, ging zu ihren Nachbarn und plauderte über alles außer Politik, und hin und wieder nahm sie das Einkaufsnetz mit, in dem ihr Vater in seinen jüngeren Jahren Wassermelonen nach Hause brachte, und machte Besorgungen für die Küche. Sie konnte sich immer noch gut daran erinnern, wie aufgeregt sie damals mit ihren vier Jahren war, als ihr Vater mit einer Wassermelone nach Hause kam. Das überwältigende Rot, das den ganzen Tisch beherrschte, wenn die kugelrunde grüne Wassermelone in dem weißen Netz am Ende des Abendessens von ihrem Vater aufgeschnitten wurde, hatte sie nach all den Jahren immer noch vor Augen.

In der Jahreszeit der Wassermelonen kam das Trio Mey Mustafa, Ney Nedret und Zurna Ziyo in die Kleinstadt, um Gülsen nach Deutschland zu bringen. Sie konnten ihr nicht sagen, dass der Mensch, der den Pass und die notwendigen Unterlagen angefertigt hatte, die Gülsen am Eingang des Flughafens bekommen sollte, ein spanischer Anarchist war, der in Paris lebte. Denn nicht einmal Zurna Ziyo, der für den reibungslosen Ablauf des Transports der Unterlagen nach Istanbul gesorgt hatte, wusste etwas darüber. Sie sollte auch Jahre später erfahren, dass der spanische Fälscher eigentlich Maurer war. Er war mit den Geschichten seines Großvaters aufgewachsen, der im Spanischen Bürgerkrieg auf Seiten der Republikaner gekämpft hatte, hatte dann sein eigenes Leben der Unterstützung der Revolutionen in Südamerika gewidmet, hatte, noch bevor er achtzehn wurde, das Falschgelddrucken gelernt und es so weit getrieben, dass der Auslandsgeheimdienst der Vereinigten Staaten hinter ihm her war. Er hatte sehr starke Instinkte. Am selben Tag, an dem die Geheimdienstagenten in Barcelona landeten, brach er das Gelddrucken ab und flüchtete nach Paris. Nach einigen Monaten wurde er zwar in Zusammenarbeit der Geheimdienste dreier Staaten festgenommen, doch konnte in seiner Wohnung kein einziges Beweismittel sichergestellt werden. Auch die erweiterten Verhörtechniken hatten nicht ausgereicht, den Ort der Druckerei, wo die Dollars gedruckt wurden, herauszubekommen. Schließlich verhandelten sie mit ihm. Sie boten ihm zwei Millionen Dollar an, im Gegenzug sollte er keine Falschdollars mehr drucken. Sie kamen überein. Von dem Tag an, an dem die zwei Millionen Dollar auf sein Bankkonto überwiesen wurden, sah man auf dem Markt nie mehr falsche Dollars in dieser Qualität. Der Maurer spendete zwei Drittel des Geldes an die revolutionären Bewegungen in Südamerika, mit dem Rest baute er sich ein Haus in einem der östlichen Bezirke von Paris, verbrachte sein Leben mit der Lektüre von Romanen, dem Niederschreiben seiner Memoiren über seine Zeit als Falschgelddrucker, der Unterstützung politischer Gefangener nach deren Entlassung für den Aufbau eines neuen Lebens und fertigte hin und wieder für Flüchtige, die in Schwierigkeiten geraten waren, gefälschte Dokumente an.

Während das Trio Mey Mustafa, Ney Nedret und Zurna Ziyo nach dem Konzert auf dem Hügel der Stillen Wehmut durch Dörfer tourten, bereitete Gülsen ihre Flucht vor. Sie verabschiedete sich von ihren Eltern und Geschwistern und fuhr zu Bibi. In der letzten Nacht vor der Flucht wurde sie in die Scheune gebracht, wo sich früher Tayfun versteckt hatte. Der Lehrer und Tayfuns Schwestern verabschiedeten sich von ihr und kehrten heim, doch Bibi begrüßte zusammen mit Gülsen die Morgenröte. Sie verließen die Scheune vor dem ersten Gebetsruf des Tages. Bibi begleitete Gülsen bis zu der Kreuzung, wo Mey Mustafa, Ney Nedret und Zurna Ziyo auf sie warteten. Es wurde ein schneller und trauriger Abschied. »Lasst meine Schwiegertochter von niemandem wegschnappen!« sagte sie und stieß ihre berühmte Drohung aus: »Sonst prügele ich euch, bis euch die Knochen brechen!«

Sie ließen sie nicht wegschnappen. Auf dem Plakat, dass die Rückscheibe des Minibusses schmückte, hatten sie eine kleine Änderung vorgenommen:

»Das Quartett der Stillen Wehmut präsentiert:
Mey Mustafa
Ney Nedret
Zurna Ziyo
Darbuka Gülsen«

»Mal sehen«, sagte Zurna Ziyo, »ob dir deine Begabung auch beim Lernen der Darbuka helfen wird.« Gülsen bekam einen Schreck. »Ich steige lieber auf der Stelle aus als die Darbuka in die Hand zu nehmen«, sagte sie. Die Männer lachten. In den Kleinstädten, in denen sie mit Tayfun Rast gemacht hatten, spielten sie Konzerte, bis sie Istanbul erreichten. Den weiteren Verlauf der Flucht übernahm wieder Ney Nedret. Er und Şirin sagten ihr, dass sie Tayfun vor der Flucht nach Antalya in den Urlaub geschickt hatten und es für angebracht hielten, dass auch sie vor ihrer Abreise Urlaub machte, aber Gülsen hörte nicht auf sie. »Schickt mich so schnell wie möglich zu Tayfun rüber!« beharrte sie.

Am frühen Morgen des 29. Juli 1988 machten sie sich

auf den Weg. Als sie an jenem Freitagmorgen am Flughafen ankamen, war es noch nicht acht Uhr. Vor dem Aussteigen drückte Şirin Gülsen den gefälschten Pass und die gefälschten Unterlagen in die Hand und nahm ihr ihren richtigen Ausweis ab. Die Ausweiskontrolle und die Leibesvisitation waren auch dieses Mal streng und wieder verflog die Zeit schnell. Sie umarmten sich in der Hoffnung auf ein Wiedersehen in Istanbul. Genauso wie Tayfun lief auch Gülsen gemächlich zur Passkontrolle, die reibungslos verlief. Genauso wie Tayfun drehte sie sich um und hob die Hand zum Abschied. Auf Gülsens Gesicht lag ihr Lächeln, das sie selbst in den schlimmsten Momenten nicht verlor, und das letzte Bild in ihrer Erinnerung, das nie verblassen sollte, waren die roten Haare Şirins, die sie ein Vierteljahrhundert später in Köln besuchen würde.

Dezember 2013 | Köln
DIE NACHT DER WEISSAGUNG

Trennung macht den Menschen alt, das begriff Şirin erst fünfundzwanzig Jahre später. Als sie das Flugzeug nach Köln bestieg, waren ihre Erinnerungen noch sehr frisch und sie konnte sich dem Gefühl nicht erwehren, sich von Gülsen und Tayfun erst vor wenigen Tagen verabschiedet zu haben. Dass die Rückkehr der beiden so lange würde auf sich warten lassen, hätte sie nie gedacht. Sie reiste nicht in Begleitung ihres Mannes Ney Nedret. Aus einem Grunde, auf den niemand kommen könnte, wollte er nicht in das Flugzeug nach Köln steigen, denn Ney Nedret, dessen Haus seit Jahren Flüchtigen Unterschlupf bot, war selbst auf der Flucht vor der Wehrpflicht. Bis er fünfunddreißig wurde, hatte er den Wehrdienst immer wieder hinausgeschoben, weil er angegeben hatte zu studieren. Als er vom Konservatorium den Exmatrikulationsbescheid erhalten hatte, rettete er sich, indem er die Daten auf den früheren Studienbescheinigungen änderte. Das per Hand geschriebene Datum überdeckte er mit einer aus Deutschland importierten chemischen Substanz, die frisch auf den Markt gekommen war, überschrieb es mit einem Datum, das seinem Zweck dienlich war und machte eine Fotokopie des Dokuments. So gewann er weitere zehn

Jahre. Im zehnten Jahr, nach seinem schriftlichen Gesuch für eine weitere Aufschiebung, in dem er als Absender die Adresse seines Vaters in Şavşeti angegeben hatte, suchten Soldaten das Haus seines Vaters auf und fragten ihn, wo ihr Sohn sei. »In Istanbul«, sagte der Vater, kannte aber seine Adresse nicht. Er hatte sie nämlich noch nie gebraucht. »Was sind Sie für ein Vater?« schäumte der Sergeant, und es machte ihn regelrecht krank, die Antworten, die er bekommen wird, schon im Vorfeld zu kennen. Selbst diejenigen Väter, die ausnahmsweise wussten, in welcher Stadt ihre Söhne und Töchter lebten, zogen die Augenbrauen hoch und breiteten ihre Arme wie Adlerschwingen aus und bekamen einen Gesichtsausdruck, der ganz und gar nicht ehrlich war, wenn es um die Wohnadresse derselben ging, und diese Haltung war es, die dem Sergeant den letzten Nerv raubte. »Was ist das überhaupt für ein Land?« brummte er ständig vor sich hin. Und die Mütter taten so, als hätten sie die Frage nicht verstanden, oder fragten nur zurück: »Woher sollen wir das wissen?«

»Du fabrizierst für jeden gefälschte Dokumente, mach's doch auch für dich!« versuchte Şirin ihn zu überreden mitzureisen, aber Ney Nedret sagte nur: »Ich bin mit Tayfun in Istanbul verabredet.« »Blödsinn!« protestierte Şirin. »Es wird noch Jahre dauern, bis er nach Istanbul kommt.« »Macht nichts«, sagte Ney Nedret. »Die Zeit läuft ja nicht weg, ich kann warten.«

Er war eben nicht da, an einem ihr so wichtigen Tag hatte er sie allein gelassen, und so waren sie alle, die Männer aus Şavşeti, opportunistische Typen mit sanftem Gesichtsausdruck. Wann auch immer eine lebenswichtige Entscheidung getroffen werden musste, wollten sie am liebsten in ein Mauseloch kriechen, und wenn das nicht klappte, erfanden sie intellektuell klingende Ausreden, um sich aus dem Staub zu machen.

Das Flugzeug landete. Die Pass- und Zollkontrollen dehnten die Zeit unerträglich in die Länge. An der Stelle, wo eine Rolltreppe am Erdgeschoss ankam, jenseits der Absperrung, sah sie einen Mann mit grauem Bart ihr zuwinken. Zunächst verstand sie nichts, doch dann erkannte sie an den Augen des geschrumpften bärtigen Alten den jungen Mann, der bei ihnen gewohnt hatte. Sie hatte ihn damals zum Urlaub nach Antalya begleitet und am Flughafen Yeşilköy verabschiedet. Jetzt, da ihr gewahr wurde, dass es Tayfun war, der ihr zuwinkte, machte sie die Unerbittlichkeit eines Vierteljahrhunderts traurig. Wie von selbst betasteten ihre Fingerkuppen die Falten auf ihrem eigenen Gesicht. Noch bevor sie Zeit gefunden hatte zurückzuwinken, brachte sie die Rolltreppe ins Erdgeschoss.

Am Willkommensabend hatte sie keine Gelegenheit, mit Gülsen und Tayfun allein zu sein. Unzählige Gäste kamen, die nach Köln geflohen waren. Der Literaturlehrer, der damals in Tayfun die Liebe zur Literatur erweckt hatte, war mit seiner Frau, seiner erwachsenen Tochter und seinem Sohn da. Wenig später traf Zurna Ziyo ein, der seine Bayerntournee unterbrochen hatte. Deli Dumrul, der damals mit Gülsen in der Höhle festgenommen wurde und jetzt den ganzen Tag auf den Straßen von Köln »Die Internationale« sang, kam zusammen mit Saxarat vorbei. Schließlich kam Maria mit ihrer Tochter. Sie war die einzige Frau mit Kopftuch in der Gruppe. Sie war eine ungewöhnliche Person, geheimnisvoll, sie sprach nicht viel, liebte Tayfun und Gülsen aus tiefster Seele und vertraute ihnen blind. Außer mit den hier versammelten sprach sie mit niemandem Türkisch und erlaubte ihrer Tochter nicht, mit anderen Migranten als mit denen aus diesen Kreisen Kontakt zu haben. In einer Ecke des Wohnzimmers hatte man einen Tisch mit Speisen aus der Heimat gedeckt. Diejenigen, die über fünfzig waren, setzten sich mit ihren Tellern voller Börek, gefüllten Weinblättern und Hackfleischbällchen auf dem Sofa oder einem Stuhl nieder, falls noch einer frei war, und die Jüngeren aßen in einer Ecke im Stehen. Die meisten Männer tranken Raki, die meisten Frauen Rotwein, und die noch keine dreißig waren, zogen das Bier vor und sprachen untereinander auf Deutsch.

Es herrschte eine fröhliche Stimmung. Immer wieder wurden Witze erzählt, es wurde viel gelacht. Zurna Ziyo spielte auf seiner Klarinette eine Hicaz-Improvisation, Tayfun begleitete ihn mit Nâzım Hikmets Gedicht »Meine Heimat«. Auch die folgenden Gedichte handelten von der Heimat und da senkte sich Traurigkeit auf die Gesichter. Tayfun erzählte einen Witz über die Menschen in der Schwarzmeerregion und sorgte für Erheiterung.

Gegen Mitternacht war schon viel gegessen, viel getrunken und aufgeregt über die Türkei diskutiert worden. Bevor die Gäste gingen, wurde türkischer Mokka getrunken und die Kaffeetassen wurden zum Abkühlen umgedreht auf die Untertassen gestellt. Damla, die in einem anderen Zimmer mit ihren Freunden plauderte, wurde ins Wohnzimmer gerufen, damit sie den Kaffeesatz las.

Das Lesen des Kaffeesatzes hatte Damla in Şavşeti von der Goldenen Tante gelernt, als sie acht Jahre alt war. Das war ihre erste Reise in die Türkei, auch von ihrer Mutter, seit sie die Türkei verlassen hatte. Gülsen hatte sich umgehört und herausgefunden, dass es keine Probleme bei der Einreise geben würde, und so hatte sie sich nach zwölf Jahren, wieder gegen Ende Juli, doch dieses Mal zusammen mit Damla, auf den Weg gemacht. Der Flughafen, der vor zwölf Jahren Yeşilköy geheißen hatte, hieß jetzt Atatürk. Bei der Passkontrolle teilte ihr ein junger Polizist mit, es laufe ein Ermittlungsverfahren gegen sie, und bat sie, ihm zu folgen. Gülsen beruhigte ihre Tochter, sie brauche keine Angst zu haben, das sei nur eine Formalität. Was jedoch gar nicht nötig war, denn Damla konnte, auch wenn sie es wollte, sich nie fürchten, wenn ihre Hand in der ihrer Mutter lag. Zusammen mit dem Beamten liefen sie zur Flughafenwache. Der Polizist übergab Gülsen einem Beamten, der an einer Schreibmaschine saß und einen afghanischen Flüchtling verhörte, der am Flughafen gefasst worden war, leistete die vorgeschriebenen Unterschriften und verschwand. Das Verhör des afghanischen Flüchtlings dauerte Stunden. Während dieser Zeit wurden Gülsen und Damla, die irgendwann auf ihrem Schoß einschlief, nicht gefragt, warum sie da waren und ob sie etwas brauchten. Der Beamte verließ nach dem Verhör zusammen mit dem Flüchtling den Raum. Eine weitere halbe Stunde verging, ohne dass er zurückkam. Gülsen nahm die immer noch schlafende Damla auf den Arm und verließ den Verhörraum, dessen Tür offen stand. Auf dem menschenleeren L-förmigen Gang, der sich in Richtung Norden und Osten erstreckte, blieb sie stehen und schaute sich um. Wenn sie jetzt einfach gehen würde, würde es niemand bemerken. Sie warf einen Blick zurück in den Verhörraum. In dem Augenblick, als sie beschloss, ihre Tasche von dem Sofa zu holen, auf dem sie gerade gesessen hatte, und den Flughafen zu verlassen, erschien der Beamte auf der Ostseite des Ganges. Gülsen regte sich nicht. Der Beamte kam näher und wenige Schritte, bevor er bei ihr ankam, sagte er: »Willkommen in der Türkei!« »Danke!« sagte Gülsen mit erschöpfter Stimme. »Bitte tun Sie jetzt, was getan werden muss, damit wir endlich wissen, ob wir einreisen dürfen oder nicht.« »Das liegt nicht in meiner Kompetenz«, antwortete der Beamte. Dann setzte er sich an seinen Tisch. Er rief hier und da an und verbrachte viel Zeit am Computer.

Gülsen und Damla wurden drei Tage später freigelassen. Der einzige Grund der Ermittlungen gegen Gülsen, nämlich die Türkei auf illegalem Wege verlassen zu haben, war schon verjährt. An dem Tag ihrer Freilassung übernachteten sie bei Şirin. Am nächsten Tag machten sie sich mit dem Bus auf den Weg nach Şavşeti. Nach einer Reise von achtundzwanzig Stunden standen sie vor der Tür des Hauses auf jenem Platz, wo Tayfun damals seine Rede über die Rechte der Dorfbewohner in den Wäldern gehalten und zum ersten Mal in Gülsen die Frau seines Lebens erkannt hatte. Die große Menschenmenge vor zweiundzwanzig Jahren war natürlich nicht da, aber so leer war es auch nicht. Bibi, der Lehrer, Tayfuns Bruder und seine Schwestern, der Dorfvorsteher von Ibhirevil, seine fünf Beisitzer, ihre Frauen und Kinder, Gülsens Freunde aus der Kindheit und Schule, die nicht fortgezogen waren, die Goldene Tante und andere warteten seit einer Woche auf die Ankunft von Gülsen und Damla in der Kleinstadt.

Als die beiden aus dem Minibus ausstiegen, begann die Kapelle den Marsch »Sei willkommen, Mustafa Kemal Pascha« zu spielen. Es war zu erwarten gewesen, dass Mutter, Vater, Schwiegermutter, Schwiegervater, Schwager, Schwägerin, unzählige Verwandte und Freunde sie begrüßten, aber dass auch der Kommandant der Gendarmenwache, der seit zweiundzwanzig Jahren auf seine Entsendung in eine Großstadt wartete und mit diversen Protokollen über Tayfun und Gülsen zehn Ordner gefüllt hatte, der Kaymakam, der seit drei Jahren in der Kleinstadt arbeitete sowie seine Frau und seine fünfjährige Tochter, der Richter, der immer noch ledig war, der Staatsanwalt, der Bürgermeister, seine Frau und drei Kinder und die Dorfvorsteher und die Ältestenratsmitglieder der Dörfer, in denen Georgisch und Türkisch gesprochen wurden, zugegen waren, hätte sich Gülsen nicht im Traum vorstellen können.

Bibi, der Lehrer und einige der Verwandten, die aus den Dörfern herbeigeströmt waren, übernachteten bei dem Zahnarzt und seiner Familie. Während man beim Abendessen die Nachrichten hörte, während Tee getrunken, Kartoffeln und Früchte der Saison gegessen wurden, sprach die Goldene Tante kein Wort. Bis zur späten Stunde, als sich alle zurückzogen, wandte sie den Blick nicht von Damla ab. Zur Schlafenszeit sagte sie, sie würde noch vor Anbruch des Tages sterben und vererbe Damla alle Geheimnisse über verlorene Gegenstände, verlorene Seelen und die nebelverhangene Zukunft. Dann legte sie sich in dem geräumigsten Raum der Wohnung zum Sterben hin. Damla, ihre Mutter und ihre Großmütter verbrachten die Nacht bei der Goldenen Tante. Die ganze Nacht ließ die Goldene Tante Damlas Hand nicht los und tatsächlich tat sie kurz vor dem ersten Gebetsruf ihren letzten Atemzug. Damla hatte nicht begriffen, was los war, aber gespürt, dass die über hundert Jahre alte Goldene Tante sie sehr mochte. Warum die Erwachsenen weinten, als die Goldene Tante die Augen schloss, verstand sie auch nicht. Sie wollte auch weinen, ihr kamen aber keine Tränen.

Mit der größten Begräbnisfeier, die die Kleinstadt je sehen würde, wurde die Goldene Tante, wie sie es gewünscht hatte, im Garten ihres Hauses in den Bergen begraben, wo sie allein gelebt hatte. Ihr Haus war tadellos sauber. Der glänzende Fußboden duftete nach Lavendel, das Schlafzimmer nach Jasmin, das Gästezimmer nach Harz. Die schwarze Katze, die auf dem Kelim auf der Steinbank schlief, das letzte Lebewesen, mit dem die Goldene Tante zuletzt gelebt hatte, nahm Bibi in ihre Obhut.

Damla konnte an den Blicken der anderen erkennen, dass man sie immer wichtiger nahm, konnte es aber nicht deuten. Sie war ohnehin nicht besonders gesprächig. Nun hüllte sie sich gänzlich in Schweigen, was ihren Wert nur weiter steigerte. Als sich vor dem Haus in Şavşeti nicht nur Menschen versammelten, die ihre Gegenstände vermissten, sondern auch Verzweifelte, die nach Seelen suchten, die man nie mehr auffinden würde, begriff Gülsen, dass die einzige Lösung darin bestand, so schnell wie möglich nach Deutschland zurückzukehren.

An dem Willkommensabend in Köln las Damla für jeden einzelnen den Kaffeesatz und sorgte immer wieder für heiteres Erstaunen. Als die letzte Kaffeetasse an der Reihe war, sahen die im Wohnzimmer versammelten, dass Damla zögerte, der fröhliche Ausdruck aus ihrem Gesicht wich, ihre Hände von einem unaufhörlichen Zittern erfasst wurden, die Tasse aus ihren Fingern glitt und auf den Boden fiel. Ein Schweigen breitete sich aus. Zuerst sahen sich alle gegenseitig fragend an, dann flüchtete Damla, auf die jetzt alle Blicke gerichtet waren, in die Küche. Ihre Freunde folgten ihr. Nach ein paar Minuten suchte sie

Gülsen in der Küche auf und sah, dass Damla schluchzend weinte und es ihren Freunden nicht gelang, sie zu trösten. »Tochter«, sagte sie, »was hast du? Was hast du im Kaffeesatz gelesen?« Damla versuchte zu lächeln. »Ich habe nichts gelesen, Mutter«, sagte sie. Die Tasse ist mir aus der Hand gerutscht, du hast es doch selbst gesehen!« Gülsen kannte ihre Tochter gut, sie verstand, dass der Kaffeesatz keine Formen angenommen hatte, die ihr selbst, Damla und Tayfun Glück und Hoffnung verhießen, und fragte nicht weiter nach.

An den Weihnachtstagen gingen Tayfun, Şirin und Gülsen jeden Abend auf einen Weihnachtsmarkt, die in fast jedem Viertel der Stadt aufgebaut waren. Sie tranken Glühwein und aßen hier und da etwas. Şirin staunte immer wieder erneut, dass Tayfun trotz allem Unheil, das ihm zugestoßen war, seine Heiterkeit nicht verloren hatte. Ob er eine Bratwurst oder Pommes oder einen fettigen Döner aß, ob er seine Freunde zu einem Essen mit Raki eingeladen hatte oder mit ihr zusammen ins Kino ging, immer vermittelte er den Leuten um sich herum das Gefühl, er sei gerade mit der wichtigsten Sache seines Lebens beschäftigt, und verbreitete die Freude eines Kindes, das sich über seine Festtagskleider freut. So war es auch, wenn er Tabak rauchte. Das lustlose Inhalieren des Tabakrauchs, das bei Nikotinsüchtigen keine Seltenheit war, sah man bei ihm keineswegs, und außer an den tabaklosen Verhörtagen hatte er nie daran gedacht, mit dem Rauchen aufzuhören.

Auf dem Weihnachtsmarkt sprachen sie über Gott und die Welt, bis sie wieder bei Tayfuns Sehnsucht nach der Rückkehr in die Heimat landeten. Gülsen erinnerte sich an die Kaffeetasse, die Damla aus der Hand gerutscht war, und erschrak. »Red keinen Quatsch!« sagte sie. »Schon wieder diese alte Geschichte. Dir geht's wohl zu gut!« Tayfun lächelte nur und meinte, er habe in einem Buch über die Geschichte eines Mannes gelesen, der über See heimlich in sein Dorf zurückgekehrt sei, und was in einem Roman möglich sei, könne man auch im richtigen Leben schaffen. Er könne vielleicht nicht auf dem Landweg, aber über das Meer heimlich einreisen und einmal über die Grenze gekommen, brauche er bei einer eventuellen Ausweiskontrolle nichts zu befürchten. Gülsen brauste auf. Als sie Tayfun sagte, er habe jetzt eine Tochter, und müsse darüber nachdenken, was es bedeute, wenn er wegen seiner egoistischen Wünsche festgenommen werden sollte, sah sie, dass der Dampf des Glühweins sich wie ein dichter Nebel auf sein Gesicht legte. Tayfun schwieg. Dann meinte er: »Es stimmt zwar, was du sagst, aber bis zu einer Rückkehr sind noch sechs Jahre hin. Wer weiß, was in sechs Jahren alles passiert!« Gülsen erzitterte in dem Gefühl, dass der Tod um sie kreiste und jeden Moment an sie herantreten könnte. Sie sah Tayfun tief in die Augen. Diese Augen waren so unschuldig und kindlich, dass sie sagte: »Das Wort egoistisch nehme ich zurück. Aber wenn das, was du sagst, nicht nur Träumerei ist und du es ernst meinst, musst du Damla überzeugen und ihre Zustimmung bekommen.« Der Nebel auf Tayfuns Gesicht lichtete sich. »Lass das meine Sorge sein«, erwiderte er und sah sich im selben Augenblick in einem Boot, dass von der Insel Rhodos ins Blau des Meeres sticht und Kurs auf das Ufer von Marmaris nimmt.

Zu später Abendstunde erzählte er Damla von seinem Vorhaben. »Nein!« sagte Damla. »Ich will darüber nicht diskutieren. Auf keinen Fall!« Sie zog sich auf ihr Zimmer zurück und schloss die Tür ab. In den Formen, die der Kaffeesatz gebildet hatte und die ihr die Kaffeetasse aus der Hand gerissen hatten, hatte sie gesehen, dass die Tage ihres Vaters gezählt waren, und sie war jeden Tag in der Angst aufgewacht, er könnte nicht mehr am Leben sein. Sie begann zu weinen. Damit man sie nicht schluchzen hörte, biss sie in ihre Faust, bis es blutete. Nachdem sie sich beruhigt hatte, schlich sie ins Bad. Sie wusch sich das Gesicht und überdachte ihre Beobachtungen in letzter Zeit und die hellseherischen Fähigkeiten, die sie von der Goldenen Tante geerbt hatte. Es war ihr nicht entgangen, dass ihr Vater seit einiger Zeit ständig von der Heimat sprach, Volkslieder aus der Heimat hörte und die Gäste zwang, Filme, die in der Heimat gedreht worden waren, mit anzuschauen. Das war eine Art Krankheit und nach ihren Internetrecherchen war sie nun sicher, dass diese Krankheit, die bei ihrem Vater ausgebrochen war, »Heimweh« hieß. Sie betrachtete ihr Gesicht im Spiegel und zog es vor, zu duschen und wieder hergestellt aus dem Bad zu kommen. Lächelnd kehrte sie ins Wohnzimmer zurück. Ohne ihren Eltern die Gelegenheit zu einer Frage zu geben, sagte sie in fröhlichstem Ton: »Vater, ich habe vorhin auf meinem Zimmer nachgedacht. Es ist wirklich eine sehr gute Idee. Aber ich habe eine Bedingung. Meine Mutter und ich werden dich begleiten.«

Mutter und Tochter schauten sich in die Augen. Wortlos forderte Damla von ihrer Mutter Unterstützung für ihren Vorschlag.

»Das klingt tatsächlich hervorragend«, sagte Gülsen. »Nur, wenn wir auch mitkommen.«

Sie feierten bis in die Morgenstunden hinein. Als Raki und Wein ausgetrunken waren, zogen sie sich in ihre

Zimmer zurück. Gegen Mittag wachten sie auf, frühstückten gemeinsam und legten das Datum für die Rückkehr fest: 6. Juni 2014.

Drei Tage vor dem neuen Jahr verabschiedeten sie Şirin. In der Hoffnung, sich in Istanbul zu treffen, nahmen sie einander in die Arme. Als sie sich von Gülsen verabschiedete, spürte Şirin zum ersten Mal eine eigentümliche, unerklärliche Angst: das Gefühl, sie zum letzten Mal zu umarmen. Als sie mit Tayfun ausmachte, dass sie sich im Sommer auf Rhodos treffen, sagte sie: »Ihr seid das Wertvollste in meinem Leben.« Sie sah Tayfun in der Pose eines Seemanns an, der den Horizont beobachtet und fügte hinzu: »Dich in die Heimat zurückzubringen ist vielleicht riskanter als hierher zu schmuggeln, aber wir werden es schaffen, das ist hundertprozentig sicher!«

Auf dem Heimweg vom Flughafen schlug Damla vor, Silvester zu Hause unter sich zu feiern. Trotz ihrer Gabe der Weissagung konnte sie nicht voraussehen, dass diese Feier, die sie in wenigen Tagen erleben würden, die letzte Silvesternacht sein sollte, die sie zusammen verbrachten.

Dezember 2013, Köln
DER OBERLEUTNANT

Im ersten Monat des Jahres 2007, an einem kühlen, sonnigen Tag, ging der Oberleutnant aus dem Haus und geriet im Stadtzentrum mitten in eine Menschenmenge, die rot-orange-blaue Fahnen und das Foto eines Mannes trug, der sich auf dem Deck eines Schiffes in den Anblick der grünen Tiefe des Bosporus vertieft hatte. Die Menge schritt schweigend voran. Auf Transparenten stand auf Deutsch und Türkisch: »Wir sind alle Hrant, wir sind alle Armenier«. Der Oberleutnant sah sich um und versuchte, den Grund der kollektiven Traurigkeit zu ergründen. »Was ist passiert?« fragte er eine Frau. »Sie haben Hrant erschossen«, erwiderte sie flüsternd. »Wer ist Hrant?« fragte er und bekam als Antwort einen verwunderten Blick zurück. Während die Glocken des Doms läuteten, überflog der Oberleutnant das Flugblatt, das ihm jemand in die Hand gedrückt hatte und erfuhr, dass Hrant Dink vor einem Tag in Istanbul vor der Zeitung »Agos«, dessen Chefredakteur er war, ermordet wurde und der Mörder »Ich habe den Armenier kaltgemacht!« geschrien hatte, während er floh. Der Domplatz empfing die Menge mit einem Wind, der aus allen Richtungen zu wehen schien. Dem Oberleutnant fiel ein Mann auf, der an ihm vorbeilief mit einem Gesicht, auf dem seine ganze

Vergangenheit eingefurcht lag, dem Gesicht eines Heiligen oder eines Menschen, der für Jahre ans Kreuz geschlagen wurde. Er war nur Haut und Knochen und könnte jeden Alters sein. Beim Betätigen des Auslösers hörte er einen Mann von kleiner Statur, etwa in gleichem Alter wie er, dem ersteren sagen: »Bruder Enver, dieser Wind bringt dich um.« »Mach dir nichts draus, Tayfun!« antwortete jener, als der Oberleutnant den Sucher seiner Kamera erneut ans Auge führte. »Der Tod soll ruhig den Namen Wind tragen!« Der Oberleutnant erinnerte sich an den Mann in Begleitung einer rothaarigen Frau, dem er vor vielen Jahren in den Ruinen von Side, im Amphitheater und dem touristischen Restaurant begegnet war. Er ließ die Kamera sinken, sah Tayfun direkt ins Gesicht und hatte den Verdacht, der Flüchtige, der vor vielen Jahren sein Schicksal in andere Bahnen gelenkt hatte, könnte die Person sein, die gerade vor ihm stand und sich Sorgen um die Gesundheit »Bruder Envers« machte. Sein Blick suchte in der Menschenmenge nach Gülsen, deren Gesicht er sich damals eingeprägt hatte, konnte sie aber nicht entdecken. Er führte seine Kamera wieder ans Auge und fotografierte Tayfun, der ihm in diesem Moment unsterblich schien.

Zurück zu Hause ging er in sein Archiv im Keller. Er öffnete die Box mit dem Etikett: »Antalya-Side / 1987 September-Oktober«. Das heutige Foto Tayfuns verglich er mit dem, das er im Restaurant am Meer gemacht hatte. Obwohl zwischen den beiden Aufnahmen fünfundzwanzig Jahre vergangen waren, war es sehr wahrscheinlich, dass es sich um die gleiche Person handelte. Auf der Rückseite des alten Fotos las er: »Nedret und Şirin aus Istanbul« Er suchte im Internet nach Informationen über Şirin, fand aber keine. Dann gab er beide Namen ein und stellte überrascht fest, dass es sehr viele Paare gab, die Nedret und Şirin hießen. Eine Weile lief er im Raum auf und ab. Er öffnete die Schublade seines Schreibtisches. Umsonst suchte er nach einer Zigarette, er hatte schon vor langer Zeit das Rauchen aufgegeben. Er recherchierte weiter und fand hunderte Einträge über das Trio Ney Nedret, Mey Mustafa und Zurna Ziyo. Seine fünfundzwanzig Jahre alten Erinnerungen an das Konzert auf dem Hügel der Stillen Wehmut wurden wieder lebendig. Gegen Mitternacht fand er das Foto, das er 1987 geschossen hatte. Keiner der drei Musiker war der Mann, dem er in Side begegnet war. In die Suchmaschine tippte er den Namen Tayfun Kara und fand unzählige Einträge auf Deutsch. Die häufigsten Wörter, die zusammen mit diesem Namen auftauchten, waren »Taxi«, »Menschenrechte«, »Blau« und »Flucht«. Er klickte auf »Bilder« und überzeugte sich, dass es sich bei der Person, der er damals in Side begegnet war, um Tayfun Kara handelte. Wahrscheinlich, mutmaßte er, sind Şirin und Nedret Tayfun Karas Kindheitsfreunde aus Şavşeti. Im Telefonbuch von Köln fand er die Telefonnummer und Adresse Tayfuns. Er wählte die Nummer, entschied sich aber plötzlich dagegen, ihn anzurufen. Nicht nur wegen der späten Stunde, sondern auch, weil er nicht wusste, was er ihm sagen sollte. Sollte er etwa sagen: »Ich bin der Oberleutnant, der nach Ihrer Flucht aus dem Gefängnis Ihre Briefe beschlagnahmt und sich erdreistet hat, Ihre Frau zu verhören.« Er notierte die Adresse auf einen Zettel. Die Wohnung lag in Poll, unweit des Rheinufers. Am nächsten Tag fuhr er mit seinem Fahrrad dorthin und wartete in der Nähe der Haltestelle gegenüber dem Haus. Er musste nicht lange warten. Bald erschienen Tayfun, Gülsen und Damla am Hauseingang. Der Oberleutnant setzte sich seinen Helm auf und schaute ihnen hinterher, bis sie in die Straßenbahn Richtung Stadtzentrum einstiegen. Dann radelte er zum Ufer und fuhr Richtung Süden.

An jenem Abend zeigte er Lisa die Fotos von Tayfun. Tayfun war jetzt nicht mehr nur ein Begriff, so wie zu jener Zeit, als er die Aufgabe hatte, ihn festzunehmen; er war zu einem konkreten Menschen mit einem Gesicht und einem Leben geworden. Wenn er an jene Jahre zurückdachte, daran, wie treu dieser zum Tode verurteilte Mann seiner Frau geblieben war, welche Gelassenheit er an den Tag gelegt hatte und wie Hoffnungen, die in zweitausenddreihundertsiebzig Briefen beschrieben wurden, sein Leben verändert hatten, konnte er es immer noch nicht fassen. Er erinnerte sich noch daran, als wäre es erst gestern gewesen, wie ihm sein eigenes Leben entglitten war und an Tayfuns unerschütterlichen Glauben an das Leben, das er mit seiner Frau zusammen aufbauen wollte. Er selbst hatte über Jahre das Gefühl nicht besiegen können, alles um ihn herum durch einen Sucher, gefangen in einer Glaskugel, zu beobachten. Seine Begegnung mit der Goldenen Tante, die Verhöre, die er Gülsen unterzogen hatte, verfallene Schulen, nicht bestellte Felder, fast vertrocknete Obstbäume, traurige Friedhöfe, der Hügel der Stillen Wehmut, die Ruinen in Side, Willy Brandt, Mandela, Egon Scotland, die Belagerung Sarajevos, der Völkermord in Ruanda, sie alle waren konzipierte Fotomotive, die es in der Realität nicht gegeben hatte. Der Oberleutnant hatte nicht nur die Ereignisse, in die er hineingeworfen wurde, mit einer Wand von sich getrennt, sondern auch seine in einem schwindelerregenden Tempo abgelegte Vergangenheit. Er hatte von dem Tag an, an dem er Lisas Wohnung betrat, zu keinem türkischsprachigen Menschen in der Stadt Kontakt aufgenommen, und selbst wenn er im Schlaf redete, kein türkisches Wort gesprochen. Doch dann erwachte sein Interesse an der Türkei auf einmal und ohne jeden Grund. Er begann, türkische Filme zu sehen, türkische Musik zu hören, türkische Zeitungen zu lesen. In jenem Jahr, in dem er Tayfun begegnete, erfuhr er, dass er als Taxifahrer und Gülsen in einem Frauenhaus arbeitete. Beide waren politisch aktiv. Tayfun moderierte im Bürgerfunk die Sendung »Don Quijote« und organisierte politische und kulturelle Veranstaltungen. Am dritten Freitag im November überredete er Lisa, an einer dieser Aktivitäten teilzunehmen. Als sie am Veranstaltungsort ankamen, sahen sie Tayfun am Eingang an einem umzäunten Baum Rosen gießen. Gülsen stand neben ihm. Sie tauschten Blicke aus. Der Oberleutnant grüßte sie mit einem Kopfnicken. Es war ein seltsames Gefühl, einem Menschen wiederzubegegnen, den man vor fünfundzwanzig Jahren verhört hatte.

An einem Sonntagmorgen, an dem er umgeben von Kaffeeduft aufwachte, schlug Lisa eine kurze Reise in die Türkei vor, damit er seine zunehmend obsessiven Ängste überwinden konnte. »Warum unternehmen wir nicht eine Reise in deine Vergangenheit?«, fragte sie, als hätte nur der Oberleutnant ein Problem mit der eigenen Vergangenheit, »statt dass du sie ständig zurechtbiegst?« Der Oberleutnant schaute Lisa tief in die Augen und sagte nur: »Wann machen wir uns auf den Weg?«

Am Tag vor Weihnachten reisten sie ab. In Istanbul stiegen sie in die Maschine nach Kars um. Lisa fragte den

Oberleutnant, ob in Kars die Winter sehr hart sind. »Über Kars kann ich nichts sagen«, erwiderte er. »Aber ich erinnere mich gut an einen Winter in Şavşeti, der uns vom Rest der Welt abgeschnitten hat.« Kaum hatte er das Wort Şavşeti ausgesprochen, drehte sich ein Mann um, der vor ihnen saß und etwa fünfzehn Jahre älter als der Oberleutnant war, sagte auf Deutsch, er sei aus Şavşeti, habe früher in Deutschland gearbeitet und fragte sie, aus welchem Grund sie diese lange Reise auf sich genommen hätten. »Nur Tourismus«, antwortete der Oberleutnant knapp. »Das mag sein«, entgegnete der andere, »aber man kommt nicht nach Şavşeti, ohne einen zwingenden Grund zu haben. Ich habe eine Stadt wie Köln verlassen und bin zurück, weil mir klar geworden ist, dass ich hierher gehöre und nirgendwo anders leben kann.« »Wir kommen auch aus Köln«, sagte der Oberleutnant.

Der Mann stellte sich vor. Alle im Dorf würden ihn »Sekretär« nennen und er sei am 6. Juni 1987 ins Dorf zurückgekehrt. Er konnte den Tag seiner Rückkehr nicht vergessen, denn am selben Tag war Tayfun Kara, der auch aus seinem Dorf stammt und jetzt in Köln lebt, aus dem Gefängnis geflohen. Lisa und der Oberleutnant sahen einander verwundert an und sie flüsterte ihm ins Ohr: »Nichts im Leben ist Zufall.« Der Sekretär fragte sie, ob sie Tayfun und Gülsen kennen. Persönlich hätten sie sich noch nicht kennengelernt, aber sie hätten schon über die beiden gehört, erwiderte der Oberleutnant.

»Wo werden Sie in Şavşeti übernachten?« wollte der Sekretär wissen.

»Ich glaube, wir finden schon ein Hotel«, meinte der Oberleutnant.

»Auch wenn Sie keins finden, ist das kein Problem«, sagte der Sekretär. »Sie können bei mir wohnen. In meinem

Dorf, dreißig Kilometer von Şavşeti, habe ich ein riesengroßes Haus.«

Lisa kam der Gedanke, eine göttliche Kraft habe beschlossen, ihnen zu helfen, und lächelte. Sie schaute aus dem Augenwinkel den Oberleutnant an und sah, dass auch auf seinem Gesicht ein entspanntes Lächeln lag.

Bis sie in Kars landeten, waren sie fast Freunde geworden. Die detailreichen Informationen, die der Oberleutnant über Tayfun und Gülsen gab, hatten den Sekretär beeindruckt. Für einen Moment dachte er, die beiden würden vielleicht im Dorf auch Geschichten über Gülsen und Tayfun erzählen, weil die Leute sie hören wollten, so wie er es vor vielen Jahren getan hatte. Er fragte, wie sie von Kars nach Şavşeti kommen wollten. »Ich glaube, wir finden schon etwas, was dorthin fährt«, antwortete der Oberleutnant.

»Wahrscheinlich eher nicht«, meinte der Sekretär. »Aber das ist kein Problem, ich bringe euch mit meiner Klapperkiste nach Şavşeti.«

Stunden später ließen sie die Hochebene von Kars hinter sich, und hatten nicht das geringste Anzeichen eines Winters gesehen. Der Sekretär berichtete, seit zehn Jahren habe es in dieser Region nicht geschneit, die Winter seien immer mild verlaufen. Als sie durch eine Kleinstadt fuhren, die wie verlassen wirkte, zeigte der Sekretär auf ein Gebäude, das nunmehr eher eine Ruine war, und erzählte die Geschichte des Dorfinstituts, wo Tayfuns Vater Internatsschüler war. »Achtzig Prozent der Männer und Frauen aus Şavşeti, die Lehrer geworden sind, haben ihre Ausbildung in diesem Gebäude gemacht«, erklärte er.

»Können wir bitte anhalten?« bat Lisa. Der Sekretär sah sie fragend an. »Was für eine Tragödie, dass eine so wichtige Institution in der Einöde der Verlassenheit zerfällt«, sagte Lisa. Der Sekretär trat auf die Bremse.

Eine unergründliche Traurigkeit erfasste Lisa, während sie durch die offene Tür in das Gebäude ging, das Gezwitscher der Kinder aus tiefer Vergangenheit im Ohr. Sie betraten in allen drei Stockwerken des Betonbaus die Klassenräume und all die anderen, an deren Türen auf verrosteten Schildern »Labor«, »Atelier«, »Hausmeister«, »Lehrerzimmer«, »Schuldirektor« und »Studierzimmer« zu lesen war. Lisa hätte fast geweint: »Das ist ungerecht! Wie kann man einen solchen Ort dem Verfall preisgeben?« Der Sekretär fühlte sich schuldig, weil er die Gefühle einer Deutschen angesichts eines längst vergessenen Bauwerks nicht nachempfinden konnte, und setzte seine traurigste Miene auf. Der Oberleutnant blieb ungerührt, schließlich hatte er schon viele Länder gesehen, die einer einzigen Ruine glichen, Menschen, die jeden Halt verloren hatten. Trotzdem legte er seine Hand auf ihre Schulter und nahm einen Teil ihrer Traurigkeit in sich auf. Lisa beruhigte sich wieder. »Schade!« sagte sie. »Noch bevor wir den Schritt in die Vergangenheit getan haben, fällt sie schon auseinander.«

Lisa hatte ihr ganzes Leben in derselben Stadt, in demselben Viertel und in demselben Haus verbracht. Der Kindergarten, den sie besucht hatte, stand immer noch da. Keine der Schulen, auf die sie gegangen war, war abgerissen worden. Der Kiosk an der Ecke, wo man seit fünfzig Jahren Zigaretten kaufen konnte, war immer noch da, und sogar das Schild war dasselbe wie vor fünfzig Jahren. Die Bäckerei war noch da. Die Straßenbahnhaltestelle war zwar erneuert worden, stand aber noch an ihrem Platz. Das Stadttheater und die Brauerei waren auch noch da. Der Rhein hatte sein Flussbett nicht verlassen. Lisa wusste nicht, wie sie es deuten sollte, dass in dieser Kleinstadt, in der verbitterte Geister wohnten, eine Schule, die keine mehr war, ihr Herz so berührte, und überlegte sich, dass es ihr guttun könnte, nach ihrer Rückkehr eine Reise in die verborgenen Tiefen ihrer Seele zu unternehmen. Dabei hatte sie geglaubt, die Mühen dieser Reise nur auf sich genommen zu haben, um ihrem Mann zu helfen.

Die Ebene von Ardahan überquerten sie schweigend, die endlose Steppe bis zum Horizont vor Augen. Sie erreichten die Ausläufer des Berges Saxarat. Über eine sich zwischen Grassteppen und Bergen windende Straße kamen sie noch vor Sonnenuntergang in Şavşeti an. Lisa sagte, statt in einem Hotel würde sie gerne, wenn das möglich wäre, beim Sekretär zu Gast sein. »Başım üstüne!«, erwiderte der Sekretär, und weil er diesen türkischen Satz nicht so schnell ins Deutsche übersetzen konnte, sagte er nur: »Gern!«

Der Oberleutnant konnte nicht die geringste Ähnlichkeit zwischen der Kleinstadt in seiner Erinnerung und diesem Ort feststellen, über dessen Hauptstraße sie jetzt fuhren, und fragte den Sekretär, wo Gülsen Karas Haus, die Straße, die zum Hügel der Stillen Wehmut führt und die Gendarmenwache seien. Das Haus, in dem Gülsen mit ihrer Familie gelebt hatte, war spurlos verschwunden. Die Straße zum Hügel der Stillen Wehmut hatte man nicht verlegt, sie war aber jetzt von Betonbauten umgeben. Aber die Wache, auf der er damals gearbeitet hatte, stand immer noch neben dem Gefängnis. »Siehst du?« sagte der Oberleutnant frohlockend zu Lisa. »Es gibt auch Dinge, die immer noch da sind.«

Auf der Höhe der Wache angekommen, bat er den Sekretär, eine Pause von fünf oder zehn Minuten einzulegen. Er sagte, er würde die Wache gern allein besuchen, stieg aus und lief den Weg hinauf, die zu seinem ehemaligen Dienstort führte. Lisa sah ihm hinterher. Ihr Mann war ruhig. Seine Schultern zitterten nicht.

Den Eingang bewachten zwei bewaffnete Gendarmen. Er wolle mit dem Kommandanten sprechen, sagte der Oberleutnant. »Der Kommandant schläft«, antwortete einer der Wachen.

Der Oberleutnant erklärte, er sei vor vielen Jahren hier Kommandant gewesen und der einzige Grund seines Besuchs sei Nostalgie. Man hieß ihn warten. Nach ein paar Minuten wurde er hineingelassen. Auf seinem damaligen Sessel saß nun ein junger Mann von etwa fünfundzwanzig Jahren. Sie stellten sich einander vor. Der Oberleutnant erklärte ihm den Grund seines Besuchs und sagte, er wolle auf dieser Reise seine Vergangenheit und sein zukünftiges Leben für sich selbst greifbar machen. »Für mich«, entgegnete der junge Kommandant, »gibt es nur das Jetzt und die Zukunft.«

Dem Oberleutnant erschien der Kommandant wie der Zwillingsbruder seines damaligen Selbst. Er fragte ihn, wie die Lage in der Kleinstadt sei. »Sehr ruhig«, antwortete der Kommandant. »Die Leute unter dreißig kann man an den Fingern einer Hand abzählen.«

»Das überrascht mich nicht«, meinte der Oberleutnant. »Damals war es auch nicht anders.«

»Das letzte große Ereignis liegt fast dreißig Jahre zurück. Ein zum Tode Verurteilter aus dem Dorf Ibhirevil ist damals aus dem Gefängnis geflohen und konnte nicht gefasst werden, hat man mir erzählt.«

»Ich weiß«, sagte der Oberleutnant. »Der Kommandant, der ihn nicht fassen konnte, war ich.«

Beim Verlassen der Wache dachte der Oberleutnant, auch das Schicksal des jungen Kommandanten sei längst vorgezeichnet, auch er werde sich eines Tages an einem anderen Ort, weit weg von hier, wiederfinden. Er stieg in den alten Wagen ein, der immer noch vor sich hin brummte. »Man hat hier zwar die Häuser erneuert«, sagte er. »Aber die Zeit ist stehengeblieben. Seit ich weggegangen bin, hat sich hier fast nichts geändert.«

Als sie im Dorf Ibhirevil ankamen, hatte der Sekretär seine Nachbarn schon längst informiert. Sie fanden gerade noch Zeit, ihre Sachen auf die Zimmer zu tragen und einen Tee zu kochen. Einer nach dem anderen kamen die Nachbarn vorbei. Zuerst kam die Frau Abidins, der damals Tayfun in Livane-Köprübaşı getroffen und ins Dorf gebracht hatte und vor ein paar Jahren an einem Herzinfarkt gestorben war. Die zwei älteren Schwestern Tayfuns kamen mit ihren Männern und Kindern. Dann kamen der Dorfvorsteher, die Mitglieder des Ältestenrats, der Imam und der Direktor der Grundschule, die keinen einzigen Schüler hatte. Während der Sekretär die Kartoffeln in den Ofen schob, kamen Bibi und der Lehrer mit einem Blech Kete und einem Kupfereimer voller Joghurt. Der Lehrer schüttelte ihnen die Hand, und Bibi umarmte zuerst den Oberleutnant: »Willkommen, Sohnesherz!« Dem Oberleutnant stockte der Atem. Dann umarmte sie auch Lisa: »Willkommen, Tochterherz!«

Man setzte sich an den Tisch, gedeckt mit Kete, frisch aus dem Ofen geholten Kartoffeln, fast mehlig gewordenen

Äpfeln, allmählich austrocknenden Weintrauben, getrockneten Feigen und Walnüssen. Bei der Unterhaltung erfuhren die anderen, dass die Gäste keine Kinder hatten. Bibi erklärte das mit dem Willen Gottes: »Wenn der Allmächtige ihnen keine Kinder gegönnt hat, wird das einen heiligen Grund haben.« »Wir haben zwar einen Sohn«, sagte der Lehrer. »Aber seit Jahren haben wir ihn nicht gesehen.«

Der Lehrer war erfahren genug, um zu wissen, dass er damit das Gespräch auf seinen Sohn lenken könnte, und irrte sich nicht darin. »Auch wenn wir ihn gerade nicht sehen, wissen wir, wo er ist«, meinte der Sekretär und warf dem Oberleutnant einen Blick zu. Er habe zwar noch nicht die Gelegenheit gehabt, Tayfun persönlich kennenzulernen, habe aber von ihm organisierte Veranstaltungen, Konferenzen, Partys und Festivals besucht, sagte der Oberleutnant.

Die Gäste wurden gefragt, wie lange sie bleiben wollten. Sie wollten vor Silvester zurückfliegen, und bis dahin gern einen Wagen mieten und die Dörfer besichtigen, erwiderte der Oberleutnant. Es sei gar nicht nötig, ein Auto zu mieten, er stehe ihnen zu Diensten, warf der Sekretär ein. Bibi lud sie für den nächsten Morgen zum Frühstück ein und sagte, sie müssten hier unbedingt den Käse aus der Pfanne probieren.

Am nächsten Morgen besuchten sie Bibi und den Lehrer. Das Haus hatte drei Stockwerke wie auch das Holzhaus des Sekretärs. Den obersten Stock umringte auf drei Seiten ein Balkon, den man hier Ayvan nannte. Während Bibi mit ihren Töchtern das Frühstück vorbereitete, führte der Lehrer die Gäste durch das Haus. Er zeigte ihnen den Vorratsraum, wo die Lebensmittel für den Winter, Bottiche, Holzbehälter, Siebe und ähnliche Küchenutensilien aufbewahrt wurden. Über eine Treppe neben dem Vorratsraum stiegen sie in den ersten Stock. Sein Sohn wurde im letzten der vier Zimmer geboren, die ein enger Flur miteinander verband. Am Fenster stand ein Doppelbett. Links an der Ecke stand ein Blechofen, rechts ein Bücherschrank. Seit fünf oder sechs Jahren wurde ihr Haus bei Hausdurchsuchungen, die immer noch stattfanden, nicht mehr auf den Kopf gestellt, Zeitungen und Bücher wurden in Ruhe gelassen. Zur Vorbereitung auf die Rückkehr seines Sohnes hatte der Lehrer die Bücher, die Tayfun mochte, noch einmal gekauft. Der Oberleutnant suchte umsonst nach dem Gedichtband »Die Ketten sind verschlissen vor Sehnsucht nach dir« unter den Büchern. Er beschloss, nach seiner Rückkehr sein eigenes Exemplar per Post zu schicken. Er nahm den zweiten Band Yaşar Kemals »Memed mein Falke« in die Hand und überflog die Seiten, auf denen die Geschichte von Seyran und Aziz erzählt wurde. Dann bemerkte er in einer Ecke das Akkordeon. »Hat das Tayfun gespielt?« fragte er. Der Lehrer bejahte: »Aber es ist ungefähr dreißig Jahre her, seit er zuletzt darauf gespielt hat.«

»Hat er es hier in diesem Zimmer gespielt?«

»Nein«, sagte der Lehrer. »Zuletzt hat er es in der Scheune gespielt.«

Der Oberleutnant lächelte. Er freute sich, dass sich seine Annahme, Tayfun würde ins Dorf zurückkehren, bestätigt hatte. »Ich wusste es«, flüsterte er seiner Frau auf Deutsch zu. »Ich wusste, dass er hierher zurückkommt.«

Von unten rief Bibi, das Frühstück sei fertig. Umgeben von den Düften von geschmolzenem Käse, Butter, Tee und Brot stiegen sie die Treppe hinunter. Der Lehrer sagte, nach dem Frühstück wolle er den Gästen die Scheune zeigen. »Ja, das ist gut«, bestätigte Bibi. »Bring sie zu

Merek, damit sie den Atombunker sehen können.« Nach der Katastrophe in Tschernobyl sei auch diese Region verseucht, deswegen hätten sie für alle Fälle einen kleinen Betonbunker in der Scheune errichtet, erklärte der Lehrer.

Neben dem Ofen schlief eine schwarze Katze, die ganz offensichtlich alt war. Lisa konnte den Blick von ihr kaum wenden. »Das war die Katze der seligen Goldenen Tante«, sagte Bibi. Der Oberleutnant fragte, ob die Goldene Tante eine Verwandte von ihr war. »Sie war unser aller Mutter«, erwiderte Bibi.

»Aus welchem Dorf war sie?« wollte der Oberleutnant wissen.

»Kranzdorf«, antwortete Bibi.

»Sie meint, aus einem der Grenzdörfer«, ging der Lehrer dazwischen. »Ihr Haus liegt an der georgischen Grenze auf dem Gipfel eines Berges, wie ein Adlerhorst.«

»Kann man dorthin fahren?« fragte der Oberleutnant.

»Eigentlich schon. Aber ich weiß nicht, ob die Klapperkiste diesen Anstieg schafft oder unterwegs die Seele aushaucht«, sagte der Sekretär.

Bibi begleitete die Gäste nicht zur Scheune, weil sie für Tayfun, Gülsen und Damla Geschenke einpacken wollte. In Plastiktüten wickelte sie Schmelzkäse, Honig, Walnüsse, getrocknete Feigen und Äpfel. Sie holte Kopftücher mit bestickten Rändern aus ihrer Truhe und packte sie für Gülsen, Damla und Lisa ein. Schließlich verstaute sie alles in einen Stoffbeutel. Sie ging zur Tür und sah im Garten vor dem Haus, wo sich vierzehn Tage später unzählige Menschen zusammenfinden sollten, die Gäste zurückkommen.

Sie schafften es nicht bis zum Haus der Goldenen Tante an

der georgischen Grenze. Nach wenigen Kilometern Fahrt gab der Motor seinen Geist auf. Sie kehrten zu Fuß ins Dorf zurück und übernachteten beim Sekretär. Am nächsten Tag fuhren sie zu früher Morgenstunde mit einem roten Minibus der Marke Ford, der von den Bergdörfern kam, nach Şavşeti. Dort fragten sie den Fahrer, ob er sie ins Dorf der Goldenen Tante fahren würde. Er sagte zu und meinte, sie könnten zur Abenddämmerung zurück sein, wenn sie sich gleich auf den Weg machten. Sie kauften als Wegzehrung Brot, Oliven, Halva und Käse. Lisa wollte auch Kerzen kaufen. In den Geschäften fanden sie keine, aber der Buchhändler der Kleinstadt gab ihr drei große Kerzen, die ihm seine Verwandten aus Deutschland geschickt hatten und weigerte sich, dafür Geld anzunehmen.

Nach ein paar Stunden hatten sie schon das Dorf Vel und die Tibetische Kirche, deren Silhouette sie aus der Ferne sahen und die nur noch eine Ruine war, hinter sich gelassen. Je höher sie stiegen, desto tiefer wurden die Täler, und die Flüsse in den Talsohlen wurden schmaler, je weiter sie zu ihren Quellen hinauffuhren. Am Eingang eines Dorfes las der Oberleutnant auf einer Mauer den Schriftzug: »Enver Karagöz ist unsterblich«. Er erinnerte sich an den schlanken Mann, den er in Köln an Tayfuns Seite gesehen und fotografiert hatte, kam aber nicht auf die Idee, dass es sich um denselben Enver handeln könnte. Er bat den Fahrer anzuhalten und machte ein Foto davon.

Das Dorf Demirkapı, das auf einem riesigen Felsen thronte, erreichten sie gegen Mittag. Es wirkte völlig menschenleer, überall lag eine Schneedecke. »Früher«, sagte der Fahrer, »hatte man in diesen Monaten mehrere Meter hohen Schnee in dieser Gegend.«

Sie klopften an eine Tür nach der anderen, um jemanden zu finden, den sie nach dem Haus der Goldenen Tante fragen konnten. Schließlich trafen sie auf einen alten Mann, der ihnen den Hügel zeigte, auf dem sich das Haus befand, und den Weg, der dahin führte. Sie fuhren zwanzig Minuten lang über einen Weg, der immer schmaler wurde und an einem Ziegenpfad endete. Sie stiegen aus und kletterten hinauf bis zum Haus, das dort oben wie ein Schattenriss ragte. Tatsächlich erinnerte dieser Ort an einen Adlerhorst. Lisa durchfuhr der Gedanke, am höchsten Punkt der Welt angekommen zu sein und fragte sich, wie eine alte Frau hier mehr als hundert Jahre lang leben konnte. Die Tür war zu. Auf der Terrasse stand eine verrostete Säge und eine Axt, vor der Tür lag eine Schaufel. Um das Grab der Goldenen Tante zu finden, schaufelten sie den kleinen Gemüsegarten vom Schnee frei. Als das Grab freigelegt wurde, zündete Lisa alle drei Kerzen an. Der Fahrer wusste erst nicht so recht, was er mit der Kerze, die sie ihm reichte, anfangen sollte. Dann sah er, dass Lisa und der Oberleutnant ihre Kerzen aufs Grab stellten, tat es ihnen gleich, und rezitierte die Fatiha für die Goldene Tante, über die er inzwischen einiges erfahren hatte. »Sie war in der Tat eine weise Frau«, sagte der Oberleutnant leise. »Fast ist es so, als wäre sie mir begegnet, um mein Schicksal zu ändern.« »Dein Schicksal«, erwiderte Lisa, »hätte sich so oder so geändert. Wenn du das nicht gewollt hättest, hättest du die Briefe nicht gelesen.«

Nach ihrer Rückkehr in Köln verfassten Lisa und der Oberleutnant einen Brief, in dem sie über ihre Reise berichteten, und brachten ihn zusammen mit Bibis Geschenken zur Post.

Am Morgen des 4. Januar bereitete der Oberleutnant wie immer den Kaffeeautomaten vor, holte die Stadtzeitung aus dem Briefkasten, duschte, machte für Lisa eine Tasse Kaffee mit Milch und ging mit der Zeitung ins Schlafzimmer. Er wusste, dass Lisa wach war, aber auf einen Kuss wartete, um die Augen zu öffnen, und genoss die Ströme der Liebe, die unter ihren sich langsam öffnenden Lidern hervortraten. Er lächelte sie an und gab ihr den Kaffee und die Zeitung. Bald darauf lasen sie die auf Deutsch verfasste Anzeige, die ihnen beiden unwirklich erschien:

Seinen Traum, in die Heimat zurückzukehren, konnte er nicht verwirklichen.

Tayfun Kara

wurde am 2. Mai 1957 in Şavşeti geboren und ist am 3. Januar 2014 im Kölner Exil von uns gegangen.

Du warst ein realistischer Dichter unmöglicher Träume. Sogar Gift hast du getrunken, wie die Menschen in alten Zeiten, hast dich aber nie gebeugt. Und nie deinen Traum von einer gerechten Welt aufgegeben.

Seine Frau, Tochter und Freunde

Trauerfeier: 5. Januar 2014, Alte Feuerwache, Melchiorstr. 3, Köln, um 14:00 Uhr.

Im Saal herrschte eine traurige Stille, als der Oberleutnant und Lisa die Alte Feuerwache betraten. Sie setzten sich hinter Gülsen und Damla, die in der ersten Reihe Platz genommen hatten. In einer Ecke der Bühne standen auf einem Tisch mit einer blauen Decke ein Foto Tayfuns und rote Rosen. Die Veranstaltung begann mit der Kondolenzrede eines Kollegen Tayfuns. Dann wurde ein Stuhl auf die Bühne gestellt und darauf ein Akkordeon. Der digitale Bildschirm hinter der Bühne erhellte sich und es erschienen Mey Mustafa und Ney Nedret in einer Übertragung aus Istanbul. Während Mey Mustafa auf seiner Mey das Lied »Die Sonne geht auf in den Bergen« anstimmte, betrat Zurna Ziyo mit seiner Klarinette die Bühne. Eine Weile betrachtete er still das Akkordeon, grüßte es mit einem sanften Nicken, begann sein Klarinettenspiel und Ney Nedret gesellte sich mit seiner Saz zu den beiden. Auf einmal fühlte sich der Oberleutnant in vergangene Zeiten versetzt. Damals hatte er auf dem Hügel der Stillen Wehmut gedacht, dieses Trio bestehe aus Jazzvirtuosen aus New Orleans, hatte seine Kamera ans Auge geführt und hinter dem Hügel der Stillen Wehmut Bergketten in allen Farben entdeckt, und im selben Augenblick war der Gedanke, eine Heirat mit einer ausländischen Frau könnte der Schlüssel zu seiner Freiheit sein, in seinem Kopf aufgeblitzt. Unwillkürlich fasste er Lisas Hand. Sie schauten sich an. Lisa sah seine feuchten Augen und strich ihm über den Kopf. Der Oberleutnant griff zu der Kamera, die an seiner Schulter hing und fotografierte das Trio, das gerade das Lied beendete. Dann kam Saxarat auf die Bühne, teilte mit, dass Tayfun in seiner Heimat beigesetzt werde und las Damlas Abschiedsbrief an ihren Vater vor:

»Du hast mir beigebracht, einfach nur MENSCH zu sein. Die Freiheit hast du mir beigebracht, barfuß die Erde zu berühren, den Genuss, den Apfel vom Baum zu essen, statt ihn im Laden zu kaufen, hinauszugehen, sich zu amüsieren, statt in einem dunklen Zimmer wie »eingekerkert« zu sitzen, die Luft, das Wasser, das Feuer, die Erde zu lieben, den Menschen, den weißen wie den schwarzen, den blonden wie den mit schwarzen Augen, Bücher zu lesen, viele, unzählige Seiten, das Wort Hass zu vergessen, das Fleisch gut gewürzt und die Sardellen samt Gräten zu essen, den Raki pur zu trinken, nach dem Grillen unbedingt Holz zu sammeln und ein Feuer zu machen, am Lagerfeuer Liedern zu lauschen, zu philosophieren, Gedichte zu rezitieren, zu jeder Musik zu tanzen. Nicht immer nur ins Kino, sondern auch ins Theater zu gehen, auch mal ruhig bleiben zu können, zu lachen, bis mir die Tränen kommen, nie an Geld und Besitz zu denken, zu widerstehen, wenn Menschen andere Menschen peinigen, auch das hast du mir beigebracht.

Ich hoffe, du bist glücklich dort wo du bist. Hoffe, du bist an einem Ort fern von allem Bösen, einem Ort, wie du ihn dir immer erträumt hast. Tu alles was du willst, rauch auch deine Zigaretten, ich werde dir nicht mehr böse sein. Ich werde deinen ernsten Blick sehr vermissen, der deine Tagträume begleitet hat, werde die Erinnerung an dich jeden Augenblick in mir tragen und an dem Tag, wenn wir wieder zusammenkommen, dir alles haargenau erzählen, was hier in der Zeit nach dir passiert ist. Auf Wiedersehen!«

»Die meisten von euch haben Tayfun als einen Menschen kennengelernt, der sein Leben den Menschenrechten und der Vergangenheitsbewältigung gewidmet hat«, sagte Saxarat. »Wenn er länger gelebt hätte«, fuhr er fort und hob dabei Tayfuns Roman Die Flucht in die Höhe, »hätte er wahrscheinlich auch weitere Werke geschrieben. Diese Geschichte der Flucht, die er uns hinterlassen hat, ist nicht chronologisch verfasst. Sie ist wahrscheinlich auch nicht fiktional. Denn die Geschichte des Helden, dessen Leidenschaften, Hartnäckigkeit, Entschlossenheit und unglaubliche Schwärmerei an Tayfun erinnern, der mit den Worten Tayfuns verkörpert wurde und eine Seele bekommen hat, beginnt im Militärgefängnis von Erzincan, aus dem zu fliehen sich niemand trauen würde, der wirklich bei Verstand ist. Der zu Tode verurteilte Held des Romans mutet wie der Widerschein Tayfuns auf leicht gewelltem Wasser an. Dieser Widerschein ist zwar auch ein lebendiges Wesen, doch dieses Leben wurde ihm nicht von Gott oder von der Natur geschenkt, sondern mit veredelten Worten mit äußerster Sorgfalt geflochten. Er hat Träume und ist besessen von dem Wunsch nach Freiheit.«

Der Oberleutnant stand auf und lief nach vorne. Er drehte sich zum Publikum um, kniete nieder, um Gülsen und Damla zu fotografieren. Da sah er, dass der Stuhl rechts von den beiden leer war und daneben Maria und ihre Tochter Esra saßen. »Zwar steht es nicht in diesem Roman«, fuhr Saxarat fort, »aber an jenem Tag, an dem Tayfun aus dem Gefängnis flüchtet, werden in Şavşeti Wohnungen durchsucht. Auch Gülsen wird festgenommen. Tayfuns Briefe aus dem Gefängnis werden beschlagnahmt. Der damalige Wachkommandant, ein Oberleutnant, beginnt seine ganze Zeit damit zu verbringen, Tayfuns Briefe zu lesen. Später, als er Gülsen die Briefe zurückgibt, sagt er, Tayfun werde ganz bestimmt nach Şavşeti kommen, wenn er nicht unterwegs geschnappt wird. Tayfun hat es tatsächlich nach Şavşeti geschafft, aber es dauerte ein weiteres Jahr, bis er Gülsen wiedersehen konnte. Sowohl in seinem realen als auch in seinem erzählten Leben hat Tayfun unüberwindbare Gefahren bewältigt, und ist Gülsen, seinen Kameraden und seiner Heimat Şavşeti, wo er geboren wurde und aufgewachsen ist und die er mit brennender Sehnsucht im Herzen trug, treu geblieben. Vielleicht war die Unmöglichkeit, in diese ferne Heimat zurückzukehren, daran schuld, dass sein Herz zu schlagen aufhörte. Unter Heimweh, dieser schrecklichen Plage, haben wir schon viel gelitten. Auch unsere engen Freunde Enver Karagöz und Kunduz Akar sind von uns gegangen, ehe sie ihre Heimat wiedersehen konnten.«

Als Saxarat dann sagte: »Ich denke, wir müssen diesem Sterben in unerfüllter Sehnsucht nach der Heimat ein Ende setzen!«, rechnete niemand im Saal damit, dass er sich eineinhalb Jahre später zu Fuß auf den Weg machen würde, um sein viertausend Kilometer weites Dorf zu erreichen.

Nach seiner Rede setzte sich Saxarat auf den Stuhl neben Damla und Gülsen. Der Oberleutnant drückte auf den Auslöser. Dieses Foto sollte sechs Jahre später auf der Rückseite des Ausstellungskatalogs »Sankofa« erscheinen und in einem einzigen Bild die Geschichte der vergangenen Jugend des Oberleutnants erzählen.

2013, München
DER PROZESS

Am Abend des ersten Maisonntags empfing Lisa eine Eiseskälte, als sie in München aus dem Zug ausstieg. Die Straßen waren vereist. Trotzdem zog sie es vor, vom Hauptbahnhof zum Hotel zu laufen. In der Luft lag die Spannung des Prozesses, der am nächsten Tag beginnen sollte. Sie wollte Wort für Wort notieren, was in den Verhandlungen gesagt wurde, danach ihren Bericht, und wenn nötig, einen Kommentar schreiben. Obwohl es nur fünf Angeklagte gab, konnte niemand voraussagen, wie lange der Prozess dauern würde; er könnte schon nach zwei Jahren zu Ende sein, aber auch zehn Jahre dauern.

Der Gegenstand des Verfahrens war äußerst einfach und zugleich äußerst komplex. Zwei Männer und eine Frau hatten zusammen mit anderen, deren Namen ein Geheimnis blieb, eine rassistische Mordbande gegründet und im Laufe von elf Jahren neun Einwanderer in sieben verschiedenen Städten vom nördlichsten bis zum südlichsten Teil Deutschlands ermordet. Ihr zehntes Opfer war eine deutsche Polizeibeamtin. Die mumifizierten Leichen der zwei Serienmörder, die sich laut offizieller Darstellung umgebracht hatten, wurden in einem ausgebrannten Wohnmobil entdeckt. Man hatte im Gefährt zwar keinen Hinweis darauf gefunden, warum sie Selbstmord begangen hatten, aber immerhin eine Tatwaffe, die fast bei allen Morden eingesetzt wurde, eine Pistole der Marke Ceska Zbrojovka, Modell 83, Kaliber 7,65 mm Browning mit aufgeschraubtem Schalldämpfer. Die Tatsache, dass diese beiden Männer elf Jahre lang auf der Jagd nach Migranten gewesen waren und neun von ihnen ermordet hatten, wurde durch ein Bekennervideo bestätigt, das die Frau, die mit diesen Mördern ihre Ideale, ihr Herz und ihr Bett geteilt hatte, den Medien zuspielte. Dieses abscheuliche Video, in dem die Opfer verhöhnt wurden, offenbarte, dass die Morde von derselben Bande und von denselben Personen verübt wurden. In dem Video waren die Mörder so liebenswürdig dargestellt wie die Trickfigur Paulchen Panther, und sie konnten auch so humorvoll sein, dass sie über die neun ermordeten Menschen Witze machen konnten. Man hatte zahlreiche Experten eingesetzt, um die Morde aufzuklären, die modernsten Verhörmethoden angewendet, jede Wahrscheinlichkeit, jede Anzeige ausgewertet, doch einzig die Möglichkeit außer Acht gelassen, dass hinter den Morden Rechtsradikale und Neonazis stecken könnten. Verbreitet war die Auffassung, für diese mysteriösen Morde seien organisierte kriminelle Banden verantwortlich. Als in Köln das Lebensmittelgeschäft einer aus dem Iran stammenden Familie in die Luft gesprengt wurde und in der als »Türkenstraße« bekannten Keupstraße eine Nagelbombe detonierte, hatten Verantwortliche so selbstsicher erklärt, bei den Anschlägen hätten keine politischen Motive eine Rolle gespielt, dass Lisa gar nicht daran dachte, diese Aussagen könnten womöglich falsch sein. Sie war sofort Teil des gesellschaftlichen Konsenses über die Morde geworden. Laut diesem Konsens könnten die Morde eigentlich nur einer Abrechnung zwischen türkischen und kurdischen Organisationen geschuldet sein, doch weil nichts darauf hindeutete, ging es hier um gewöhnliche Verbrechen. Es konnten auch keine Rassisten gewesen sein, denn das war nicht die Art von Neonazis und Rechtsextremisten. Die Opfer dieser Mordserie waren im Kleingewerbe tätig, folglich wäre es vertane Zeit, dahinter politische Motive zu suchen. Mordopfer, die einander nicht gekannt hatten, unter denen kein Zusammenhang hergestellt werden konnte, waren mit denselben Waffen getötet worden, was ein klares Indiz dafür war, dass hinter den Morden die Mafia steckte, und wenn das Schweigen der Angehörigen der Opfer nicht in der Angst vor der Mafia begründet war, musste es sich um eine Abrechnung innerhalb der Familie oder um Motive wie »Ehrenmord« handeln.

Die Geschichte war lang. Unmöglich zu verstehen und zu erzählen. Sie ließ Lisa das Blut in den Adern gefrieren. Den ganzen Winter lang hatten Schuldgefühle ihr die Luft abgeschnürt und die kältesten und dunkelsten Wintertage der Nachkriegszeit hatten sich zu ihnen gesellt. Dann kam noch die Angst um ihren Mann hinzu. Wenn der Oberleutnant nur wenige Minuten zu spät heimkehrte, fuhr sie ihn an, wieso er so spät komme, warum er nicht angerufen habe, begann zu weinen und konnte ihrem Mann nicht wirklich erklären, warum.

An dem dritten dunklen und kalten Januarmorgen des Jahres 2013 schlug Lisa die Augen auf und hörte die Schritte des Oberleutnants zwischen dem Wohnzimmer und der Küche. Ihr Mann schaltete das Radio ein. Nach sechsundzwanzig Jahren Ehe konnte sie sich anhand der Geräusche aus dem Wohnzimmer oder der Küche ausmalen, was er gerade tat.

Selbst mit geschlossenen Augen konnte sie zusehen, wie der Oberleutnant in den oberen Teil der Kaffeemaschine, die an eine Sanduhr erinnerte, fünf Messlöffel Kaffeepulver füllte, den Gasherd anzündete, trotz der Kälte seine Sandalen anzog, die Tür angelehnt ließ und hinausging, um die Zeitungen aus dem Briefkasten zu holen, durch den Garten lief, mit den Zeitungen zurückkam, den Gasherd schwächer stellte, den Milchschäumer drei Finger hoch mit Milch füllte, den Einschaltknopf betätigte und die Kaffeetassen vom Regal nahm. Wenn der Oberleutnant sich der Schlafzimmertür näherte, würde sie die Augen schließen und sich schlafend stellen, damit er wie immer von Kaffeeduft begleitet an ihr Kopfende kommen, ihr über das Haar streichen und sagen konnte: »Steh auf, Lisa, sonst kommst du zu spät.«

Sie öffnete die Augen einen Spalt breit und in dem Glücksgefühl, das ihr der Kaffeeduft gab, lächelte sie den Oberleutnant an. Er lächelte zurück, reichte ihr den Kaffee, gab ihr einen Kuss auf die Stirn und ging in sein Arbeitszimmer. Während er in der Zeitung einen Artikel über die Stenografen im Parlament las, lief Lisa mit der Kaffeetasse in der Hand halbnackt vorbei und ging ins Bad. An jenem Morgen, an dem die Temperatur auf minus fünf Grad fiel, hatte der Oberleutnant seine Zeitungslektüre beendet und den Frühstückstisch gedeckt, als Lisa aus dem Bad herauskam. Sie frühstückten gemeinsam.

»Heute ist es sehr kalt und die Straßen sind vereist«, sagte der Oberleutnant. »Vielleicht fährst du lieber mit der Straßenbahn.«

Lisa fuhr immer mit dem Fahrrad zur Arbeit. Jeden Tag und bei jedem Wetter machte sie sich vom Süden der Stadt auf den Weg, fuhr gen Norden und erreichte je nach Wetter nach dreißig bis vierzig Minuten die Zeitungsredaktion, bei der sie arbeitete. Sie wollte ihre Gewohnheit nicht aufgeben und zog ihre Sachen an, die der Kälte trotzen würden. Kurz bevor sie sich auf den Weg machen wollte, überlegte sie es sich anders. »Du hast recht«, sagte sie ihrem Mann, »die Straßen sind sehr glatt, es könnte gefährlich sein, den langen Weg mit dem Fahrrad zu fahren.«

Nachdem sie fort war, rief der Sketchautor an, der den Oberleutnant wegen dessen Fotos aus aller Welt »Sankofa« nannte. Sie kannten sich seit Jahren. »Ich brauche deine Hilfe«, sagte der Autor. »Ich habe genug davon, blödsinnige Witze zu reißen. Ich habe ein seriöses Buchprojekt im Kopf. Ein gemeinsames Projekt mit dir. Wärst du dabei?«

»Erzähl!« sagte der Oberleutnant.

Der Sketchautor wollte ein fiktionales oder halbfiktionales Buch über einhunderteinundachtzig Grabsteine schreiben. Ein Buch mit einhunderteinundachtzig Fotos und einhunderteinundachtzig Geschichten.

»Und du« sagte der Autor, »kannst mit deinen Fotos eine Ausstellung machen. Die Ausstellung und das Buch können den gleichen Titel tragen: Sankofa.«

»Du weißt also, was Sankofa bedeutet?«

»Sonst hätte ich es nicht vorgeschlagen.«

»Wahrscheinlich habe ich in meinem Archiv bereits einhunderteinundachtzig Fotos aus einhunderteinundachtzig Ländern. Warum soll ich in dieser Stadt einhunderteinundachtzig Grabsteine fotografieren?«

»Weil in dieser Stadt einhunderteinundachtzig Sprachen gesprochen werden, und die Bewohner dieser Stadt kein Interesse zeigen, wenn die Geschichten nichts mit ihrer Stadt zu tun haben, selbst wenn sie sehr ergreifend sind.«

»Also muss unbedingt ein lokaler Bezug her?«

»Genau.«

»Bis wann muss ich fertig sein?«

»Bis Ende Sommer.«

»Geht in Ordnung«, sagte der Oberleutnant. »Ende Juni wirst du die einhunderteinundachtzig Fotos haben, die dich inspirieren können«, sagte der Oberleutnant.

»Danke dir!«

»Ich danke dir!«

»Mit welchem Friedhof würdest du anfangen?«

»Keine Ahnung. Ich war in dieser Stadt noch nie auf einem Friedhof.«

»Interessant«, meinte der Autor.

»Was ist daran interessant?« fragte der Oberleutnant.

»Es ist interessant, schon so lange in dieser Stadt zu leben und mit den Friedhöfen nichts zu tun gehabt zu haben.«

»Außer Lisa bist du der Einzige, zu dem ich eine enge Beziehung habe, und du lebst noch. Vielleicht deswegen« erwiderte der Oberleutnant.

»Das ist möglich«, sagte der Autor.

Tatsächlich kannte der Oberleutnant sowohl alle als auch niemanden. Obwohl er das Gefühl hatte, fast alle Bewohner dieser Stadt fotografiert zu haben, seit er hier angekommen war, gab es fast keinen, mit dem er einen gemeinsamen Abend verbringen konnte.

Nach dem Telefongespräch mit dem Autor recherchierte der Oberleutnant im Internet über die Friedhöfe in Köln und stellte verblüfft fest, dass es innerhalb der Stadtgrenzen sechsundfünfzig Friedhöfe gab. »Am besten«, sagte er zu sich selbst, »fange ich mit dem nächstgelegenen an.«

Dann ging er in sein Labor, um die Fotos, die er auf einer Ausstellung gemacht hatte, zu entwickeln. Ungefähr eine Stunde später kehrte er ins Wohnzimmer zurück und sah den Anrufbeantworter blinken. Er drückte auf den Knopf und hörte sich die unglaubliche Nachricht an:

»Ihre Frau hatte einen Unfall. Bitte machen Sie sich keine Sorgen und kommen Sie zum Universitätsklinikum.«

Der Oberleutnant starb tausend Tode, bis er in der Klinik Lisa begegnete. Ihr ging es gut. Beim Versuch, die Straße zu überqueren, um zur Straßenbahn zu kommen, war sie ausgerutscht und hatte sich das linke Schienbein gebrochen. Sie lachte. »Das ist die Strafe dafür, den Prinzipien nicht treu zu bleiben«, sagte sie und lachte wieder. »Die Ampel für die Fußgänger war grün. Gerade als ich rüberwollte, ist sie auf Rot gesprungen«, sagte sie lachend. »Guck, was die kurze Zeitspanne, als ich mich nicht entscheiden konnte, ob ich loslaufe oder nicht, mir eingebrockt hat«, sagte sie und lachte wieder. Ihr gebrochenes Bein war im Gipsverband. Mein Gott, du bist allmächtig, ging es dem Oberleutnant durch den Kopf, und er staunte nicht schlecht, dass er nun seit Jahren doch zum ersten Mal das Wort Gott gebraucht hatte.

An einem Tag, an dem es etwas wärmer wurde und die Temperatur auf null Grad stieg, sagte ihm eine Krankenschwester auf dem Gang, dass Lisa ihr Zimmer jetzt mit einer neuen Patientin teilte. Er betrat den Raum und sah noch vor der jungen Frau, die zwischen Serumflaschen in Bandagen lag, Maria, die ein gelbes Satinkopftuch trug und wirkte, als würde sie vor Trauer sterben.

Er erkannte sie sogleich. Als er einmal mit seinem Fahrrad zu einer Ausstellungseröffnung unterwegs war, war sein Reifen geplatzt, und er hatte das erste vorbeifahrende Taxi herangewinkt. Am Steuer saß eine Frau mit Kopftuch. Auf dem Beifahrersitz saß noch ein Mädchen, und die Fahrerin meinte, sie würde ihn zu der Adresse seines Wunsches bringen, wenn die Anwesenheit ihrer Tochter ihn nicht stört. Unterwegs hatten sie kein einziges Wort gewechselt. Irgendwann war der Wagen stehengeblieben und die Frau hatte zu ihrer Tochter auf Deutsch gesagt: »Komm bitte nicht zu spät nach Hause, Esra.« Nachdem das Mädchen ausgestiegen war, hatte der Oberleutnant seinen ganzen Mut zusammengenommen und die Fahrerin auf Deutsch gefragt: »Sind Sie Türkin?«, um danach wie eine Entschuldigung hinzuzufügen: »Ich frage nur, weil Ihre Tochter Esra heißt.« In den Augen der Frau, die ihn über den Rückspiegel ansahen, lag Wut, und es hatte nicht einmal geholfen, dass der Oberleutnant die Aufrichtigkeit seiner Entschuldigung mit den Worten betonen wollte: »Ich bin auch Türke, deswegen war ich neugierig.« Die Augen der Frau im Spiegel waren angriffslustig, sie wirkte wie eine Katze, die man grundlos getreten hatte.

Das ist dieselbe Frau, dachte er jetzt, während er sich auf dem Stuhl neben Lisa niederließ. Leise sagte er »Gute Besserung!« zu Maria. Die Taxifahrerin antwortete nur mit einem Kopfnicken.

Als der Oberleutnant auf dem Flur war, um Kaffee zu holen, traute er sich die Krankenschwester zu fragen, was der jungen Frau auf Lisas Zimmer zugestoßen sei. Sie entgegnete höflich, sie dürfe diese Frage nicht beantworten. Wieder unterwegs zum Zimmer mit dem Kaffee in der Hand, ging Maria wie eine Schlafwandlerin an ihm vorbei und verschwand aus dem Blick. Als sie aufs Zimmer zurückkehrte, trug sie kein Kopftuch und ihre pechschwarzen Haare fielen auf ihre Schultern. Sie war blass. Sie wirkte erschöpft.

Der Oberleutnant gab in sein Mobiltelefon die Wörter »Köln« und »Meldungen« in die Suchmaschine ein. Er las die Meldung über zwei junge Menschen, die angegriffen wurden. Der Vorfall ereignete sich, während oder nachdem ein junges Mädchen mit dem Codenamen E* und ihr Freund M* in einer Disco im Stadtzentrum waren. Die Ermittlungen, wann sie die Disco verließen und wann sie angegriffen wurden, dauerten noch an, Augenzeugen wurden zu Hilfe gerufen. Es gab nicht den geringsten Hinweis auf die Täter.

Lisa wurde am sonnigen zweiten Montag im Februar entlassen. Danach versuchte sie, an alle verfügbaren Informationen über den NSU-Prozess zu gelangen, dessen Beginn auf Mai festgelegt worden war. Sie wurde Mitglied auf Webseiten zur Solidarität mit den Opfern. Bevor sie sich mit den Familien und Angehörigen der Getöteten in Verbindung setzte, nahm sie jeden einzelnen Mord unter die Lupe.

Enver Şimşek, ein achtunddreißigjähriger Blumenhändler, der mit seiner Frau und seinen zwei Kindern in Nürnberg lebte, war das erste Opfer des NSU. Am Morgen des 9. September 2000 parkte er seinen Lieferwagen auf dem Parkplatz an der belebten Liegnitzer Straße, um Blumen zu verkaufen, und als er nach dem Sortieren der Blumensträuße in den Wagen steigen wollte, brach er nach Kopfschüssen aus nächster Nähe zusammen. Die Tatwaffe war eine Ceska 83. Drei weitere Schüsse wurden aus einer Pistole des Typs Bruni 315 abgefeuert, die ein Jahr später auch in Hamburg zum Einsatz kam. Die Angreifer machten ein Foto von dem schwer verletzten Şimşek und entfernten sich vom Tatort. Laut Tatortbericht stand die Schiebetür des Wagens offen. Die Blumen und Pflanzen waren voller Blut. Der Beamte, der den Bericht verfasste, interpretierte die umgestürzten Blumenkisten und blutgetränkten Blätter als Zeichen dafür, dass Şimşek lange um sein Leben gekämpft haben musste. Zwischen Blutlachen und umgestürzten Kisten fand er mehrere Patronenhülsen der Kaliber 6,35 und 7,65. Es gab keine Anzeichen für einen Kampf. Trotz der acht Schüsse, die auf ihn abgefeuert wurden, lebte er noch zwei Tage weiter, während seine Frau Adile Şimşek kämpfen musste, um ihren Mann im Krankenhaus sehen zu dürfen. Nach dem Tod ihres Mannes wurde sie zur ersten verdächtigen Kandidatin der Kriminalisten, die den Mord untersuchten. Viele persönliche Gegenstände der Familie, darunter Fotoalben, wurden als Beweismittel beschlagnahmt, Familienmitglieder wurden wiederholt vernommen und ihr Telefon wurde zehn Monate lang abgehört. Man zeigte Adile Şimşek das Foto einer Frau und behauptete, sie sei die heimliche Geliebte ihres Mannes gewesen. Der Tod ihres Mannes hatte ihr Leben ohnehin verfinstert. Dass sie nun auch noch als Verdächtige behandelt wurde, stürzte sie in Depressionen. Diese Verhöre, denen die Familien aller NSU-Opfer unterzogen wurden, hörten erst auf, als die Täter sich selbst zu erkennen gaben. Adile Şimşek kannte ihren Mann gut, sie kannte seine Freunde, sie wusste, mit wem er geschäftlich verkehrte. »Außer den Rassisten würde niemand meinen Mann töten«, sagte sie, wurde aber nicht ernst genommen.

Und keiner der Verantwortlichen hatte es als nötig erachtet, sich nach elf Jahren Verdächtigung bei ihr zu entschuldigen.

Am meisten beunruhigte Lisa, was nach der Ermordung von Theodoros Boulgarides geschah. Die deutsche Frau des ermordeten griechischen Migranten wurde nämlich nicht anders behandelt als die türkischen Witwen der Mordopfer. Boulgarides lebte seit seinem neunten Lebensjahr in München und hatte sein Schlüsseldienstgeschäft in der Trappentreustraße 4, wo er erschossen wurde, erst vor zwei Wochen eröffnet. In den Boulevardzeitungen konnte man nachlesen, wer hinter dem Mord steckte: die türkische Mafia. Die Verantwortlichen hatten beschlossen, dass die Täter unbedingt unter den Migranten aus der Türkei gesucht werden mussten. Unter dem Namen »Halbmond« wurde eine Sonderkommission gegründet, die aufgrund der ihr vorliegenden »Erkenntnisse« zu dem Schluss kam, dass die Morde von einer internationalen kriminellen Bande verübt wurden. Es war jedoch unklar, was mit diesen »Erkenntnissen« gemeint war. Auch Mitarbeiter von Ermittlungsbehörden, die als Zeugen verhört wurden, konnten keine überzeugende Erklärung liefern. Die Getöteten hätten auffallend viel Geld ausgegeben, stand in den Berichten. Dieses Opfer habe seinen Laden zum Verkauf angeboten, jenes habe Glücksspiele gespielt oder Betrug begangen, hatten sie aufgelistet, aber nichts gefunden, was diese neun Menschen miteinander verbindet. Immer wenn sie die Zeugenaussagen las, die sie mitgeschrieben hatte, staunte Lisa über die Vorurteile der Ermittlungsbeamten und hatte den Eindruck, sie hätten noch nie einen Migranten kennengelernt. Wenn also jemand ihren Mann während einem seiner

Spaziergänge am Rheinufer umbringen würde, dürfte man sich nicht wundern, wenn sie die Tat sofort den Kurden in die Schuhe schieben, nur weil er früher als Oberleutnant gedient hatte. Jede Ermittlung war der gleichen Logik gefolgt. Dieser Grieche, der wie ein Türke aussah, aber kein Türkisch sprach und die Migranten mit türkischen Wurzeln hatten in Deutschland bestimmt irgendetwas angestellt, sonst hätte man sie nicht umgebracht! Das war die einzig mögliche Schlussfolgerung. Ob die finanzielle Situation der Opfer gut oder schlecht gewesen war, änderte nichts an den Vorurteilen dieser Beamten. Als einzige Verbindung zwischen den neun Opfern hatten sie ihre türkische Muttersprache ausgemacht, nur der Fall Theodoros Boulgarides trübte das Bild und machte die ganze Sache undurchschaubar. Dabei gab es nicht wenige Menschen, die die Neonazis verbrannt und umgebracht hatten, oder noch umbringen wollten, nur weil sie Migranten waren. Bei den Brandstiftungen in Mölln und Solingen waren drei Frauen und fünf Mädchen gestorben. Lisa war zwar nicht so naiv zu behaupten, Deutschland habe sich von Rassismus befreit, war aber nie auf die Idee gekommen, sich mit den Kuriositäten zu befassen, die Mitte der neunziger Jahre in der Strafverfolgung sichtbar wurden.

Lisa spürte, dass ihre Angst von Tag zu Tag größer wurde. Mehrmals am Tag rief sie ihren Mann an. Der Oberleutnant bemerkte ihre Unruhe und versuchte, sie zu beruhigen, indem er sagte: »Ich habe schon so viele Gefahren überlebt, also werde ich es wohl auch schaffen, in Deutschland am Leben zu bleiben.« Sie hatten auch keine Nachbarn, die die Neonazis über seine Identität informieren könnten. Und wenn er mit seinem Fahrrad unterwegs war, sah niemand in ihm einen Türken. Lisas Ängste besänftigten sich bis zur nächsten Fahrt nach München, doch bei den Verhandlungen kamen die quälenden Gedanken wieder auf. Lisa konnte nicht verstehen, wie die Ermittlungen trotz der großen Zahl der Ermittlungsbeamten und Experten sich immer wieder in Sackgassen verirren konnten. Man hatte schließlich nicht nur jeden einzelnen Mord unter die Lupe genommen, sondern auch mögliche Zusammenhänge zwischen ihnen. Man hatte auch hochspezialisierte Fallanalytiker der USA um Hilfe gebeten. Das FBI hatte die Berichte der deutschen Kollegen über neun Morde gelesen und im Juni 2007 eine siebenseitige »Serienmord-Analyse« vorgelegt, die besagte, die einzige Verbindung zwischen den Morden sei Rassismus und Fremdenhass. Laut dieser Analyse wurden die neun Menschen umgebracht, weil sie aus der Türkei gekommen seien oder so ausgesehen hätten. »Der Mörder hegt aus unbekannten Gründen eine tiefsitzende Animosität gegen türkischstämmige Menschen«, schrieb das FBI und empfahl den Ermittlern, öffentlichkeitswirksam nach Personen zu suchen, die einen »Groll gegen Türken« hegten und zu den fraglichen Zeitpunkten an den Tatorten gewesen sein könnten. Doch selbst diese Einschätzung des FBI konnte die Sturheit der deutschen Strafverfolgungsbehörden nicht brechen, die Zeugenaussagen über die »zwei Männer auf Fahrrädern« zu ignorieren.

Jahre später schrieb Lisa wütend in ihrem Buch mit dem Titel »Die NSU-Morde«, das in den Monaten erschien, als die Pandemie, die in China begann, Europa erreichte: »Das Bemühen der Strafverfolgungsbehörden, aus Opfern Täter zu machen, ist inzwischen zu einer dogmatischen, unveränderlichen Linie geworden, und hat auch

Theodoros Boulgarides nicht verschont. Wir wissen, dass seine Witwe Yvonne Boulgarides wegen der ständigen Verhöre fast den Verstand verloren hat, in denen ihr Mann immer wieder mit Drogen, Glücksspielen und Prostituierten in Verbindung gebracht wurde. Wir wissen, dass ihr vorgeworfen wurde, ihren Mann umgebracht zu haben, als schließlich festgestellt werden musste, dass seine Vergangenheit sauber war. Yvonne war so erschöpft und gleichzeitig so sicher, dass ihr Mann von Rassisten umgebracht wurde, dass sie entgegnete: »Und damit es nicht auffällt, habe ich vorher sechs Türken ermordet.« Damit wollte sie die Aufmerksamkeit der Ermittler auf die Rassisten lenken, doch später hatte sie schlaflose Nächte. Jede Nacht ging sie mit der Angst ins Bett, verhaftet zu werden und morgens nach dem Aufwachen staunte sie, warum man sie inmitten der ganzen Unverfrorenheit, die die Behörden an den Tag legten, nicht verhaftete, obwohl sie ja ein Geständnis abgelegt hatte. Als dann eines Tages zwei Hünen vor ihrer Tür standen, die von sich sagten, sie seien Detektive, musste sie die Polizei anrufen, der sie eigentlich gar nicht mehr vertraute. Sie hatte Angst, dass diese Männer sie umbringen wollten. Der Beamte in der Polizeizentrale meinte, er werde gleich einen Einsatzwagen vorbeischicken, doch niemand kam. Eine halbe Stunde später waren ihre vermeintlichen Mörder immer noch da und sie war immer noch am Leben. Als sie die Polizei erneut anrief, wurde ihr gesagt, sie brauche keine Angst vor den Detektiven zu haben. Diese gaben an, sie seien für den Verein türkischer Kaufleute in Nürnberg tätig und würden die Serienmorde untersuchen. Später stellte sich auch heraus, dass es sich bei diesen Detektiven, die Yvonne Boulgarides mit ihren quälenden Fragen überhäuften, um Polizeibeamte handelte. Ihre Wohnung wurde mit Drogenhunden durchsucht. Als man nichts fand, nahm man ihren Schwager in die Liste der Verdächtigen auf. Die These war sofort zur Hand: Die Mörder hatten den falschen Mann getötet. Es war der Bruder, der krumme Dinger drehte. Ein unglaublicher Energieaufwand wurde an den Tag gelegt. Im Laufe der Ermittlungen wurden einhundertzwanzig Zeugen befragt, tausende Daten gesammelt, mehr als hundert Hinweise gefunden, doch das änderte nichts daran, dass die Täter im Dunkeln blieben.«

»Wenn man die Täter nicht ermitteln will, bleiben sie eben im Dunkeln«, schrieb sie sarkastisch in ihrem Buch. »Die Mörder, denen man elf Jahre lang nicht auf die Spur kam, waren offensichtlich müde und hatten begriffen, dass man sie nicht fassen würde, selbst wenn sie alle Migranten töten. In einem Wohnmobil, das sie in Brand gesteckt hatten, brachten sie sich um.«

Doch bis dahin war noch viel Zeit, und Lisa, die nach München fuhr, um der ersten Verhandlung beizuwohnen, dachte, während sie an jenem kalten Maiabend des Jahres 2013 in ihrem Hotelzimmer unter der Dusche stand, dass auch sie den Hinterbliebenen eine Entschuldigung schuldete. Sie hatte sich freiwillig gemeldet, um den Prozess zu beobachten. Sie hatte kein Kind. Sie hatte ihren Mann in Köln allein gelassen, hatte sich auf den Weg gemacht, um den Preis für ihre Blindheit, ihre Zögerlichkeit, ihre Vorurteile zu bezahlen und war in dieser kalten südlichen Stadt gelandet, die sie vielleicht sonst ein Leben lang nicht besucht hätte. Sie trocknete sich ab. Aus der Minibar mit drei Flaschen bayerischem Bier, zwei Flaschen österreichischem Weißwein à 0,2 Liter, Wasser und Saft nahm sie ein Bier heraus und legte sich im Bademantel aufs Bett.

Sie war müde. Sie wollte einfach den Kopf aufs Kissen legen und schlafen, doch bedrohende Schatten, die aus den gelesenen Anklageschriften, Ermittlungsunterlagen, Büchern und fiktionalen Geschichten herausgeströmt kamen, näherten sich ihrem Haus am Rhein. Wolken zogen sich am Himmel zusammen, ein Nieselregen setzte ein, ihr Mann, der seine Tage mit Fotografieren und Spaziergängen am Ufer verbrachte, kam zurück nach Hause, und Mörder, die im Vorgarten des Hauses auf der Lauer lagen, durchlöcherten ihn mit ihren Kugeln.

Lisa war erschöpft, als sie am nächsten Morgen zu sehr früher Stunde am Eingang des Gerichtsgebäudes ankam. Die Besucher hatten sich schon seit zwei Uhr morgens an die Schlange gestellt. Töchter, Söhne, Väter und Mütter der zehn Opferfamilien, die Mitglieder der Familie Arslan, die bei dem Anschlag 1992 in Mölln ihre Angehörigen verloren hatten, Aktivisten, die aus verschiedenen Städten Deutschlands angereist waren, um die Hinterbliebenen zu unterstützen, aber auch Neonazis, die den Angeklagten den Rücken stärken wollten und für ein Anschwellen der Nervosität sorgten, schafften es in den Gerichtssaal.

In dem NSU-Prozess, der am 6. Mai 2013 im Oberlandesgericht in der Nymphenburger Straße im Saal A 101 begann und vierhundertsiebenunddreißig Verhandlungstage dauerte, sollte es um zehn Morde, zwei Bombenanschläge und fünfzehn Banküberfälle gehen, sollten fünfhunderteinundvierzig Zeugen und sechsundfünfzig Sachverständige vernommen werden, fünfundneunzig Angehörige von Opfern von sechzig Anwälten vertreten werden, die vierzehn Verteidiger der fünf Angeklagten dreiundvierzig Befangenheitsanträge gegen die Richter stellen und zweihundertvierundsechzig Beweisanträge gestellt werden.

Die erste Verhandlung hatte kaum begonnen, da ging sie wieder zu Ende. Um 09:56 Uhr wurden zwei inhaftierte Angeklagte in den Verhandlungssaal gebracht. Und drei weitere Angeklagte, einer von ihnen unter Polizeischutz, nahmen ihre Plätze ein. Der Vorsitzende Richter stellte die Anwesenheit der Angeklagten, der Verteidiger, der Vertreter der Bundesanwaltschaft, der Nebenkläger und ihrer Rechtsbeistände fest und eröffnete die Verhandlung. Anwälte der Angeklagten stellten Befangenheitsanträge gegen den Vorsitzenden Richter. Das Gericht zog sich zur Beratung zurück. Nachdem die Richter in den Saal zurückkehrten, mussten sie eine Weile warten, bis der Rechtsanwalt seinen Platz einnahm. Der Vorsitzende Richter erklärte, wegen der zu behandelnden Befangenheitsanträge sei die Hauptverhandlung unterbrochen und auf den 14. Mai vertagt, damit die für den 7. und 8. Mai vorgesehenen Verhandlungen abgesetzt, und beendete den Prozesstag.

Nicht nur die Angehörigen der Opfer waren enttäuscht, sondern auch Lisa. Sie war bedrückt. Das dreiste Gebaren der Angeklagten, ihr unablässiges Kaugummikauen, hatte ihren Nerven zugesetzt. Sie hatte den Wunsch verspürt, ihnen ins Gesicht zu spucken, den Wunsch, sie würden auf der Stelle krepieren. Sie wusste nicht, ob das den Schmerz der Angehörigen der Opfer oder ihre eigenen Schuldgefühle lindern würde, doch stand es außer Frage, dass Rachephantasien eine erleichternde Wirkung hatten.

Sie ging ins Hotel, packte ihre Sachen und nahm den

Zug um 13:55 Uhr. Sie setzte sich ins Zugrestaurant, bestellte Sandwich und Kaffee, klappte ihren Laptop auf und tippte ihren Bericht für die Zeitung:

NÜRNBERG

Am Jahrestag des Angriffs auf Polen fingen sie an. In Nürnberg. Der Lieblingsstadt des Führers. Die Flugblätter, verteilt von Neonazis am Weltfriedenstag, enthielten Mordpläne und den Aufruf, die Molotowcocktails bereitzuhalten. Mit der Umsetzung ihrer Pläne hatten sie schon längst begonnen. Am 23. Juni 1999 war in der Pilsbar »Sunshine« ein Sprengsatz in einer Taschenlampe explodiert und hatte einen achtzehnjährigen Mann, dessen Eltern aus der Türkei eingereist waren, schwer verletzt. In Nürnberg. In der Stadt, wo damals den Nazis, den Kriegs- und Holocaustverbrechern der Prozess gemacht wurde. Dass die Mörder ihre Aktionen und Morde in dieser Stadt begannen und drei Menschen in dieser Stadt umbrachten, war Teil ihres Manifests.

Im zwanzigsten Jahrhundert hatten wir geglaubt, unsere erbärmlichste Vergangenheit hinter uns gelassen, uns mit unserer Schuld in der Nazizeit auseinandergesetzt und sie überwunden zu haben. Wir, die deutsche Gesellschaft, hatten gelernt, uns zu schämen. Das Problem besteht nicht darin, dass es Mörder gibt, die sich nach jenen blutigen Kapiteln der Geschichte sehnen und eine skrupellose, selbstgefällige, mit Vernichtungsphantasien geschmückte deutsche Identität wieder durchsetzen wollen. Das Problem ist vielmehr der beschämende Prozess, in den die Sicherheitsbehörden, beauftragt mit dem Schutz der Bürger und der Rechtsordnung, zusammen mit einem großen

Teil der Politik, der Medien, der Intellektuellen und der Gesellschaft hineingezogen wurden. Was verleitete die Sicherheitsbehörden nach dem Mord an Enver Şimşek am 9. September 1999 dazu, seine Frau Adile Şimşek zu verdächtigen? Ihr Kopftuch etwa? Wie viele Frauen, die ein Kopftuch tragen, haben seit Beginn der Migration ihre Männer getötet? Wie viele Frauen mit einem Kopftuch haben überhaupt laut Statistik das Geld ihrer Ehemänner gestohlen? Mit welchem Recht haben sich die Sicherheitsbehörden jahrelang ohne jedes Indiz erlaubt, die Familie zu terrorisieren? War es der Rechtsstaat, der ihnen dieses Recht gewährte, oder eher der Windhauch der überwunden geglaubten rassistischen Nürnberger Gesetze aus dem Jahr 1935, der unsere Gegenwart streift?

Ohne Zweifel haben die Beamten beim Verfassungsschutz und in allen anderen ermittelnden Behörden Tag und Nacht gearbeitet, um die Morde aufzuklären. Schließlich ist diese Gesellschaft weltweit berühmt für ihren sprichwörtlichen Fleiß. Trotzdem müssen wir fragen: Worauf deutet es hin, dass in der beliebten ZDF-Sendung »Aktenzeichen XY ungelöst« zwei »Schwarzköpfe«, die aus einem BMW ausstiegen, als Tatverdächtige präsentiert wurden, wenn nicht auf eine Manipulation durch die Sicherheitsbehörden? Wenn eine heiße Spur fehlt und das Opfer ein »Schwarzkopf« ist, muss dann auch der Täter ein »Schwarzkopf« sein? Was ist aus der elf Jahre lang beharrlich vertretenen These geworden, Şimşek habe seine Reisen in die Niederlande nicht als Blumenhändler unternommen, sondern als Drogenkurier? Und die »konkreten Zeugenaussagen« über die Verwicklung von Abdurrahim Özüdoğru in diese Drogengeschäfte? Hat ein Hochwasser all diese Aussagen mitgerissen und in die Pegnitz befördert, die Nürnberg in der Mitte teilt? Oder mischten sie sich unter die in Stücke zerrissenen Dokumente des Verfassungsschutzes, sodass sie das Tageslicht nicht erblicken konnten? Offensichtlich wird der Horizont unserer Expertenteams enger, wenn der Ermordete ein Migrant ist, ihr Vorstellungsvermögen schrumpft auf Begriffe wie »Ehrenmord« oder »Drogenhandel«. Schnell ist das Klischee zur Stelle, dass ihn entweder seine Frau umgebracht haben muss oder seine Geliebte. Gut, wenn das Opfer eine Frau ist, kann der Ehemann durchaus als Täter infrage kommen. Aber, ob Migrantin oder nicht, wie viele Frauen in diesem Land können mit einer Waffe umgehen? Und wenn die gleiche Waffe bei dem Mord an zwei Männern eingesetzt wird – warum erachten es unsere prächtigen Sherlock Holmes' nicht für nötig, hinter den Morden eine Organisation etwa mit dem Namen »Einsatztruppe Ehefrauen zur Ermordung der Ehemänner« (EEEE) zu vermuten? Es wurde die Phantasie entwickelt, dass Frau Özüdoğru, die eine Zeitlang von ihrem Mann getrennt lebte, ein Verhältnis mit einem anderen Mann hätte, und so wurde sie in den Kreis der »verdächtigen Personen« aufgenommen. Als das nichts brachte, wurden Drogenhunde eingesetzt. Das Gedächtnis des Kommissars, der die Hausdurchsuchung leitete, hatte zwar im Laufe der Jahre nachgelassen, er konnte sich nicht mehr erinnern, ob Özüdoğrus Wohnung durchsucht wurde. (Wenn ja, dann mit der Erlaubnis seines Vorgesetzten. Aber ein konkreter Grund dafür fiel ihm nicht mehr ein.) An das Durcheinander im Laden und in der Wohnung konnte er sich dennoch erinnern. Es stand außer Frage, dass er fleißig, entschlossen und sorgfältig war. Aber wenn es darum ging, angesichts der gewonnenen Erkenntnisse auch die richtigen

Fragen zu stellen, war er wohl nicht gerade Klassenbester.

Die einzige Verbindung zwischen den beiden Morden in Nürnberg, die sich den Sicherheitsbehörden anbot, waren die Neonazis. Dafür gab es konkrete Hinweise. An jenem Tag, an dem Enver Şimşek umgebracht wurde, war ein Elektroingenieur mit seinem Sohn unterwegs zum Recyclinghof, um Möbel zu entsorgen. Auf dem Rückweg, gegen 13 Uhr, sahen sie in der Liegnitzer Straße, wo Şimşek seinen Lieferwagen der Marke Ford parkte und Blumen verkaufte, zwei junge Männer, die sich rasch vom Fahrzeug des Blumenhändlers entfernten. Einer hatte eine Baseballkappe auf und beide waren unter dreißig. Als er später durch die Zeitung von dem Mord erfuhr, wandte er sich an die Polizei. Seine Zeugenaussage wurde nicht ernst genommen. Auch zu dem zweiten Mord gab es eine ähnliche Zeugenaussage. Eine Frau, die gegenüber der Änderungsschneiderei von Özüdoğru wohnte, hatte an jenem Nachmittag zwei Schüsse gehört, aus dem Fenster geschaut und zwei etwa gleichaltrige Männer gesehen, von denen einer gerade den Laden verließ.

Diese Männer kamen nicht aus dem »Süden«, sondern aus Jena, aus »Ostthüringen«. Nachdem sie Enver Şimşek ermordet hatten, mieteten sie ein Wohnmobil, nahmen ihre Fahrräder mit und machten sich auf den Weg. Kurz vor Weihnachten kamen sie in Köln an. Sie platzierten im Lebensmittelgeschäft eines iranischen Migranten in der Probsteigasse den Sprengsatz, der am 19. Januar 2001 explodierte. Sie kehrten nach Nürnberg zurück, ermordeten Özüdoğru und fuhren wieder gen Norden, nach Hamburg. Am 27. Juni 2001 ermordeten sie in der Schützenstraße in Hamburg-Bahrenfeld den einunddreißigjährigen Süleyman Taşköprü, der als Kind nach Deutschland gekommen war, im Obst- und Gemüseladen seiner Familie mit drei Kopfschüssen. Süleyman Taşköprü starb blutüberströmt in den Armen seines Vaters. Er hinterließ eine Freundin und eine zweijährige Tochter. Sein Vater beschrieb der Polizei zwei Deutsche, etwa fünfundzwanzig bis dreißig Jahre alt und 1,70 bis 1,75 Meter groß, die er in der Nähe des Tatorts auf Fahrrädern gesehen hatte. Deutsche hatte man von dem »Kreis verdächtiger Personen« ausgeschlossen, die Spur wurde nicht weiter verfolgt. Diesen »unverdächtigen« Tätern reichte es nicht aus, einen Obst- und Gemüsehändler zu ermorden. Es gab nämlich viele eingewanderte Händler in diesem Land. Sie fuhren nach München weiter und töteten zwei Monate später, am 29. August 2001, den achtunddreißigjährigen Habil Kılıç in dem Obst- und Gemüseladen seiner Frau. Mit zwei Schüssen. Seine zwölfjährige Tochter wurde zur Waise. Nun entstand die Notwendigkeit, zu den Tatmotiven »Ehrenmord« und »Drogenhandel« auch den »kurdischen Terror« hinzuzufügen. Die Serienmörder mit Wohnmobil und Fahrrädern ließen es sich nicht entgehen, Banken zu überfallen und Urlaub zu machen und gelangten am 25. Februar zum äußersten Norden Deutschlands. In Rostock-Toitenwinkel ermordeten sie um 10:20 Uhr den vierundzwanzigjährigen Mehmet Turgut in einem Imbiss. Mit drei Schüssen. Rechts auf den Hals, auf den Nacken und auf die Schläfe. Der Imbisswagen, in dem Turgut seit zwei Wochen arbeitete, besaß keine Telefon- und Internetverbindung. Wer die Mörder über diesen Imbiss informiert hatte, war ein Geheimnis.

Köln war für Bombenattentate reserviert. Es war ein

Wunder, dass bei dem verheerenden Nagelbombenanschlag am 9. Juni 2004 in der Keupstraße mit überwiegend türkischen Geschäften nur zweiundzwanzig Menschen verletzt wurden. Die Botschaft war nicht angekommen. Man musste zurück nach Nürnberg. Am 9. Juni 2005, dem ersten Jahrestag des Kölner Nagelbombenanschlags, wurde Ismail Yaşar in der Nürnberger Scharrerstraße mit fünf Schüssen ermordet. Er war fünfzig. Für die Nürnberger Zeitung war er nur dreihunderteinundvierzig Wörter wert. Die Spalte war eng, »Döner-Mord« musste als Überschrift reichen. Schließlich hieß das Opfer nicht Müller. Er verkaufte keine Nürnberger Bratwürste oder Wiener Schnitzel. Vier Zeugen hatten in der Nähe des Dönerstands die Täter mit ihren Fahrrädern gesehen. Eine Zeugin erkannte sogar einen der Radler in Nürnberg auf einem Video zum Nagelbombenanschlag in der Kölner Keupstraße wieder, wo er vor der Explosion der Bombe sein Fahrrad schob. Aber diese Zeugenaussagen widersprachen der Theorie. Selbst wenn es in Nürnberg nicht um ein Drogenkartell ging, musste hinter dem Mord unbedingt »eine türkische oder kurdische Drogenbande« stehen.

Der Ermittlungsprozess ist ein Prozess des Versagens der Sicherheitsbehörden. Das Problem sind aber nicht nur diese Behörden, die den Vorwurf der Mittäterschaft verdienen. Ignoranz, Gleichgültigkeit, rassistische Vorurteile, die trotz aller Auseinandersetzung mit der Vergangenheit nicht überwunden werden konnten, der strukturelle Rassismus, der in die Ecksteine der Institutionen eingesickert ist, haben auch uns unweigerlich zu Mittätern gemacht. Vielleicht sollte man den Prozess von München nach Nürnberg verlegen, das heutige Museum, wo den Kriegsverbrechern der

Prozess gemacht wurde, wieder in einen Justizpalast umwandeln und die Beamten des Verfassungsschutzes dazu verurteilen, die Bausteine ihrer Institution, die der Mörtel des Rassismus zusammenhält, einen nach dem anderen abzutragen. Vielleicht wäre das, wenn nicht ein rechtlicher, aber doch ein praktischer Schritt, um zukünftige Morde zu verhindern.

Als der Zug in Frankfurt hielt, hatte sie ihren Beitrag schon abgeschickt und kurz bevor sie in Köln ausstieg, hatte der Redakteur vorgeschlagen, den letzten Satz zu streichen, der Artikel sei zu lang. Lisa hatte keine Kraft zu diskutieren und sagte nur: »Gut, ihr könnt kürzen wie ihr wollt.« Zu Hause angekommen, hörte sie aus dem Wohnzimmer die Stimme des Sketchautors. »Sankofa«, sagte dieser, »du sagst mir Bescheid, wenn du die Fotos ausgewählt hast, und ich schreibe die Texte zu den Fotos, in Ordnung?« Lisa trat ein und gesellte sich zu ihnen, sie tranken Wein und hatten am gedeckten Tisch schon auf sie gewartet.

Beim Essen erzählte Lisa von der Verhandlung. Und die beiden Männer von ihrem Ausstellungs- und Buchprojekt. Nach dem dritten Glas ging Lisa schlafen. Sie träumte von zwei bewaffneten Männern, deren Gesichter sie nicht erkennen konnte, hatte plötzlich auch selbst eine Waffe in der Hand, zielte damit ohne zu zögern auf die Männer, und wachte in diesem Augenblick auf. Ihr Mann schnarchte neben ihr. Aus dem Wohnzimmer hörte man einen weiteren Schnarcher, offensichtlich hatte der Sketchautor die letzte Straßenbahn verpasst und schlief jetzt auf dem Sofa. Sie fühlte sich nicht wie jemand, der gerade aus einem Alptraum erwacht war, im Gegenteil. Diese Szene, in der sie auf die beiden Männer gezielt hatte, die ihren Mann erschießen wollten, hatte eine beruhigende Wirkung. Außer denen, die Polizisten in ihren Halftern tragen, hatte sie noch nie eine echte Pistole gesehen. Pistolen kannte sie nur aus Filmen. Trotzdem hatte sie das angenehme Gefühl, nicht ganz wehrlos zu sein. Sie schaute ins Gesicht ihres schlafenden Mannes, und bei der Vorstellung, dass draußen Menschen herumliefen, die ihren Mann umbringen wollten, nur weil er in einem anderen Land geboren war, sich darüber Gedanken machten, wie sie Sprengstoff und Pistolen mit Schalldämpfer besorgen könnten und Sprengvorrichtungen zusammenbauten, tat es ihr leid, zu früh aufgewacht zu sein. Sie umarmte ihren Mann und schlief wieder ein. Mit dem Ritual des Kaffeedufts und des Kusses auf ihrer Stirn wachte Lisa auf und sah in den Augen ihres Mannes, dass er den Artikel mit der Überschrift »Nürnberg« bereits gelesen hatte. Sie fragte ihn, wie er ihn fand.

Er finde ihn ein wenig aggressiv, meinte der Oberleutnant.

»Der ist überhaupt nicht aggressiv«, hielt Lisa kurzerhand dagegen. »Während du dich mit anderen Teilen der Welt beschäftigst, verlierst du aus dem Blick, was für Gemeinheiten in diesem Land geschehen, das ist alles.«

»Es geschehen keine großen Gemeinheiten. Nur weil ein paar Perverse wahllos Menschen töten, muss man nicht überzogene Bemerkungen machen.«

»Was ist denn daran überzogen? Hast du die Anklageschrift gelesen, hast du die Berichte der Untersuchungsausschüsse gelesen? Wenn du da einen Blick hineingeworfen hättest, dann hättest du gemerkt, dass der Mörtel des Rassismus die Mauern der Institutionen zusammenhält, die eigentlich da sind, um uns zu schützen.«

»Gut, aber nicht einmal die radikalen Linken, die ja

diesen Staat am schärfsten kritisieren, haben vermutet, dass Neonazis hinter diesen Morden stecken, nicht wahr? Du übrigens auch nicht.«

»Und genau das ist das Problem. Denn dieser Staat hatte einen gewissen Verlässlichkeitsstandard. Jetzt ist es aber offensichtlich geworden, dass dieser Standard gar nicht existiert hat, dass wir schlicht und einfach betrogen worden sind. Gegen diesen Betrug lehne ich mich jetzt auf.«

»Das verstehe ich, aber wenn du dich etwas behutsamer ausdrückst, mit etwas weniger Lärm, würde das vielleicht überzeugender wirken, glaube ich, oder irre ich mich? Was meinst du, wollen wir heute hier bei uns auf den Friedhof gehen? Also, Gräber besuchen, etwas frische Luft schnappen, und ich könnte ein paar Fotos machen.«

Der Oberleutnant schleppte Lisa von einem Ende zum anderen über den ganzen Friedhof. Aus völlig unverständlichem Grunde fotografierte er ein Grab, das nichts Besonderes an sich hatte, dann ging er an einem anderen vorbei, ohne es eines Blickes zu würdigen, blieb bei dem nächsten plötzlich stehen und begann wieder, Fotos zu machen. Den ganzen Nachmittag, bis zum Sonnenuntergang, konnte Lisa nicht erkennen, nach welchen Kriterien ihr Mann die Gräber auswählte. Doch an diesem leicht bewölkten Tag mit Temperaturen zwischen dreizehn und fünfzehn Grad und dem ab und an einsetzenden Nieselregen fühlte sie sich erholt, weil sie die Zeit mit ihrem Mann verbringen konnte.

Zur nächsten Verhandlung fuhr Lisa zusammen mit dem Oberleutnant. Sie nahmen an der Demonstration auf dem Karlsplatz gegen Rassismus teil. Der Oberleutnant schoss hunderte Fotos. Am nächsten Tag gelang es ihm, an der Seite seiner Frau als Pressevertreter den Saal zu betreten. Am 16. Mai fuhren sie nach Köln zurück. Die Verhandlungen wurden bis Ende des Monats ausgesetzt.

Am letzten Samstag im Juni begleitete Lisa ihren Mann bei seiner Arbeit zu seinem Projekt »einhunderteinundachtzig Gräber«. Sie fuhren mit ihren Fahrrädern zum Mülheimer Friedhof und blieben bis zum Nachmittag dort. Sie beschlossen, anschließend in der Keupstraße zu Abend zu essen. Unterwegs zum Ausgang fiel Lisa in einiger Entfernung die Silhouette einer jungen Frau auf, und sie berührte den Oberleutnant am Arm. Er erkannte sie sofort. Esra stand mit einem Bund gelber Rosen in der Hand an einem Grab. Sie wirkte wie im Delirium.

»Martin« sprach Esra wie zu sich selbst zwischen ihren bebenden Lippen. Anstelle der Worte, die sie sich auf dem Weg zum Friedhof ausgedacht hatte, sprach ihr Mund jetzt völlig andere Sätze. Je mehr sie versuchte, den Wörtern Töne zu geben, um so fremder kam ihr die eigene Stimme vor, und sie bekam Angst, weil sie befürchtete, das könnte auch ihren Geliebten befremden, und sprach flüsternd, dass sie es nicht verstehe, warum er gestorben und sie selbst am Leben geblieben sei, dass das Leben ohne ihn unerträglich und sehr bitter sei, und dann befürchtete sie, die Worte könnten im Jenseits als göttliche Chiffren ankommen und Martin könnte ihnen ganz andere Bedeutungen beimessen, und dann schwieg sie.

Esras Schweigen dauerte lange. Sie kniete am Grab nieder und bedeckte es mit den gelben Rosen. Als sie ohne Tränen zu einer langen Elegie ansetzte, drückte der Oberleutnant auf den Auslöser.

II

MARIA
[Die Geschichte von Maria und Esra]

Juni 2013, Köln
ESRAS ELEGIE

Nachdem du in den Himmel gegangen bist, Martin, habe ich, so wurde mir erzählt, noch lange im Koma gelegen. So lange, dass ich nicht einmal meine Mutter erkannt habe, als ich die Augen wieder öffnen konnte. Und die Polizisten, die auf mein Zimmer kamen, um mich zu vernehmen, habe ich nichts anderes sagen können als das, was meine Mutter schon gesagt hat. Wir sind kurz nach der Mensa angegriffen und schwer verletzt worden, und du hast dein Leben verloren, bevor du das Krankenhaus erreichen konntest. Es ist so schlimm, Martin, dass man das Leben, das man verloren hat, nicht wiederfinden kann.

Als die Polizisten hereinkamen, war meine Mutter an meiner Seite. Halbwach dachte ich in meinem Bett an dich, an deine unschuldige Miene beim Kiffen, an deine weichen Lippen, deine unbeholfenen Gesten, daran, wie gut dir die Hose steht, die dir am Hintern runterhängt und deren Hosenbeine am Boden schleifen. An deine Mutter, die dich wie ein edles Kristallglas behandelte und gleichzeitig so wirkte, als würde sie sich überhaupt nicht um dich kümmern, als sei es ihr völlig egal, was du tust. Daran, dass deine Eltern genau wie ich deine Abwesenheit nicht ertragen, dass das Leben, das uns glücklich machte, zusammen mit dem deinen erloschen ist und uns nur Überreste dieses Lebens geblieben sind.

Beängstigt sah meine Mutter auf die Kiste in der Hand eines der Polizeibeamten, als würde sie alle ihre Geheimnisse enthalten. Die Furcht in ihren Augen hat mich noch mehr beunruhigt. Die Polizisten haben mich nach meinem Befinden gefragt und mir dann die Schachtel überreicht, aus der mich eine Menge männlicher Fratzen schmierig anstarrten. Ich habe versucht, mich nicht zu fürchten und die Gesichter betrachtet, aber manche guckten so böse und hässlich, dass ich immer wieder den Blick gehoben und die beiden Beamten mit dem Ausdruck »Nein, der ist es auch nicht« angeschaut und gewünscht habe, dass sie mir die Schachtel wieder abnehmen, damit ich wieder an dich denken kann, an den Moment, als wir uns zum ersten Mal in die Augen geschaut haben. Aber Karin Schwarz und Gabriel García Türk, so hießen die beiden, haben geduldig gewartet. Sie wollten nicht einmal Stühle heranholen und sich hinsetzen. Sie wirkten ganz so, als versuchten sie aus dem Widerschein der männlichen Gesichter auf meinem Gesicht Hinweise zu gewinnen. Für einen Moment, Martin, habe ich mir vorgestellt, sie seien Figuren in einem Film oder einem Roman, und da bin ich zu Karin geworden und du zu Gabriel García Türk, und alle haben dich Gabo genannt, weil dein Name so lang ist. Und da haben wir aufgehört, ein Liebespaar zu sein und haben begonnen, uns wie Kollegen zu verhalten. Karin Schwarz und Gabriel García Türk hatten einen flüchtigen Blickkontakt, und mir ist klargeworden, dass sie füreinander ihr Leben opfern würden. Dann, ich weiß nicht, beim wievielten Foto es war, habe ich geschaudert. Karin Schwarz und Gabriel García Türk haben es bemerkt, das Foto aus der Schachtel genommen und einander angeschaut, und ich habe gesehen, dass meine Mutter leicht von ihrem Stuhl aufstand, einen Blick auf das Foto warf, am ganzen Körper zitterte, ihre Hände sich in zornige Fäuste verwandelten, ihr Gesicht erbleichte und ihre Augen sich mit Tränen füllten. Die tiefe Traurigkeit in ihren Atemzügen hat mich bedrückt, Martin. Dann hat sie mit Tränen in den Augen das Zimmer verlassen, während ich mir weiter die Fotos angeschaut habe. Mir war so, als wolle sie diese hässlichen Männerfratzen, die in ihre Seele eingedrungen waren, auf der Toilette auskotzen.

Meine Mutter war sehr bleich, als sie zurückkam. Wenn sie zu lächeln versuchte, sah sie so aus, als würde sie weinen. Schließlich landete ich bei dem letzten Männergesicht, habe den Blick gehoben und Karin Schwarz und Gabriel García Türk angeschaut und verwundert bemerkt, dass meine Mutter ihren gelben Satin nicht auf dem Kopf hatte.

Das Haar meiner Mutter ist so voll und so schwarz, du hättest dich daran nicht sattsehen können, wenn du nicht gestorben wärst und die Möglichkeit gehabt hättest, es zu sehen.

Als ich aus dem Krankenhaus entlassen wurde, Martin, musste meine Mutter ihre Ängste ein wenig überwunden haben, denn ihr gelber Satin war wieder auf ihrem Kopf. »Wenn du möchtest, können wir bei Tante Gülsen vorbeischauen«, hat sie mir gesagt und ich habe den Kopf geschüttelt. Denn, Martin, ich wollte mich in meinem Zimmer einschließen und nur an dich denken.

Zu Hause begleitete mich meine Mutter auf mein Zimmer. Ich war erschöpft. Ich setzte mich aufs Bett. Meine Mutter war auch erschöpft. Aber sie hat sich nicht hingesetzt, ist vor mir stehengeblieben. »Wenn dir nicht danach ist, zur Schule zu gehen, dann lass es«, hat sie gesagt. »Wenn du möchtest, können wir verreisen, in die Türkei oder wohin du auch immer willst. Ich spreche mit deinem Klassenlehrer.« »Wissen die in der Schule davon?« habe ich gefragt. »Ich glaube schon. Die Presse hat viel darüber berichtet. Dein Name stand nicht in der Zeitung, aber Martins Namen haben sie geschrieben. Die, die wissen, dass du seine Freundin bist, können es den anderen erzählt haben. Dein Lehrer wollte der Klasse sagen, dass du krank bist.«

Ich habe mir die Blicke meiner Klassenkameraden vorgestellt, Martin, und hatte Tränen in den Augen. Ein seltsames Schamgefühl hat mich ergriffen, und unwillkürlich habe ich gesagt: »Mutter, ich schäme mich so!« »Esra«, hat sie mich angefleht, »bitte schäm dich nicht. Wenn du dich schämst, werden diese niederträchtigen Kerle ihr Ziel erreicht haben.«

Ich wusste, dass ich mich nicht schämen sollte. Ein Arzt in der Klinik und später ein Psychologe sollten mir das gleiche sagen, aber ich habe mich weiter geschämt. Wie auch meine Mutter, die mich fest an sich drückte, wenn sie mich anflehte, mich nicht zu schämen. Die weinte, wenn sie mir sagte, ich solle nicht weinen.

Irgendwann war ich wieder so weit, dass ich zur Schule gehen konnte, Martin. Als kurz vor dem Bahnhof mein Telefon klingelte, war mir so, als sei alles wieder normal, und ich habe für einen Moment sogar vergessen, dass du gestorben bist.

Es ist ein so schönes Gefühl zu vergessen, dass du tot bist, Martin, ich kann es gar nicht beschreiben.

Wie immer bin ich beim dritten Klingeln rangegangen. »Hallo Mama« habe ich gesagt und gleich danach begriffen, dass ihre Worte »Hallo, Esra, ich wollte nur hören, ob du gut aus dem Bett gekommen bist« nur gesprochen wurden, weil ihr kein anderer Vorwand eingefallen ist.

Früher, Martin, habe ich geglaubt, meine Mutter würde immer um die gleiche Zeit anrufen, um tatsächlich zu hören, ob ich gut aus dem Bett gekommen bin. Das Leid, das uns zugestoßen ist, muss mich wohl reifer gemacht haben, Martin. Jetzt weiß ich, dass meine Mutter mich anruft, um nur meine Stimme zu hören. »Natürlich bin ich aufgestanden, Mama«, habe ich geantwortet wie zu den Zeiten, als du noch nicht tot warst. Dann kam die S-Bahn. »Die S-Bahn ist da, Mama«, habe ich gesagt, »ich muss einsteigen. Wir sehen uns heute Abend. Tschüss!«

Es war, als wäre die Zeit stehengeblieben, Martin. Die Bahn war so voll wie in den Zeiten mit dir. Ich fand einen Fensterplatz und habe wieder angefangen, die nach hinten vorbeiziehenden Bäume zu betrachten. Wie in den Zeiten mit dir suchte im vorderen Teil des Wagens eine Gruppe von fünf bis sechs Leuten nach jemandem, den sie mit ihren derben, beschimpfenden Witzen verletzen, beleidigen, mit dem sie sich anlegen konnten. Ein Junge von großer Statur und einer Hose, dessen Gürtel wie bei dir in der Mitte seines Hinterns lag, was ihn noch hässlicher und grober erschienen ließ, als er ohnehin schon war, entdeckte mich und kniff seinen Freund, der ihm ständig zustimmte. Ich dachte, dass sie mich wieder hänseln würden wie in den Zeiten mit dir, aber als sie einander etwas zuflüsterten, wurde mir klar, dass sie von unserem Unglück wussten und nichts mehr die Zeiten mit dir zurückbringen konnte. Ich bereute, nicht auf meinem Zimmer zu sein und dem Verlust der Zeiten mit dir nachzutrauern.

Die Bahn hielt und Mahmut stieg ein. Er setzte sich mir gegenüber. Ich erkannte an seinem Blick, dass er alles wusste. »Es tut mir sehr leid«, sagte er sehr respektvoll, hielt inne und fügte leise hinzu: »Mein herzliches Beileid!« Ich habe mich bedankt und gefragt, wie er es erfahren habe. »Du warst wochenlang nicht da«, sagte er. »Und die Zeitungen haben darüber berichtet.«

»Dann weiß es wohl jeder in der Schule?«

»Das ist möglich«, sagte Mahmut.

Am selben Abend, beim Schulschluss, hat mich Mahmut zu einem Konzert am Wochenende eingeladen. »Was für ein Konzert?« habe ich gefragt. »Türkische Kunstmusik.« Und als ich »Was ist türkische Kunstmusik?« fragte, hat er gelächelt und dabei die Lippen geschürzt wie du in den Zeiten, als du noch gelächelt hast. »Die türkische Kunstmusik ist unsere Musik«, sagte er. »Es wird ein Konzert sein, wo hauptsächlich Ilahi gesungen werden.« »Und was bedeutet Ilahi?« Da schürzte er wieder die Lippen so wie du. »Ilahi ist religiöse Musik. So ähnlich wie die Musik von diesem Bach.« »Und wenn es religiöse Musik ist, gibt es eine Kopftuchpflicht?« »Es ist keine Pflicht, wäre aber angebracht«, meinte Mahmut.

Diese Ilahi hatten mit Bach nichts gemein, Martin. Aber sie hatten etwas ungemein Angenehmes, etwas Melancholisches. Sowohl die Lieder auf der Bühne, als auch die Stimmung unter den Zuschauern war sehr berührend. Dich hätte es auch beeindruckt, wenn du bei mir wärst. Als eine sehr hohe Männerstimme »Meine

Liebe gehört dir, mabuduma« gesungen hat, haben so viele Frauen mit und ohne Kopftuch geweint, dass es auch dich völlig verblüfft hätte. Und sie weinten von ganzem Herzen, so dass ich mabuduma, ravzana, meth, şah-ı resul, didarına, müştak, yezdan, mahşerde nebiler und medet zwar nicht verstanden, aber beim Refrain »Durchströmt von deiner Liebe, entzückt von deiner Güte« auch zu weinen begonnen habe. Als die Sänger dann mit erhobener Stimme »Engel mit zierlichem Antlitz« sangen, erinnerte ich mich, dass du mich immer Mein Engel genannt hast, sang die Strophe »Koran, dir gilt meine Liebe« mit und spürte, dass mich Mahmut bewundernd anschaut. Und in diesem Moment hat mich die Angst überfallen, dass ich dich eines Tages vergessen könnte und als ich in dieser Angst zu schluchzen anfing, hat mich Mahmut kaum merklich an der Schulter berührt.

Ich hatte noch nie so viele Türken gesehen, Martin. Also Tante Gülsen und Onkel Tayfun meine ich nicht, auch nicht die Freunde der beiden. Also, Martin, die sind zwar auch Muslime, haben aber nichts zu tun mit den Türken, die ich dank Mahmut kennengelernt habe. Ihre Religion mag die gleiche sein, aber zu Hause bei Tante Gülsen redet man nicht über Religion, sondern eher über Bücher, und wenn du ihren Gesprächen lauschst, hast du den Eindruck, sie würden nicht über gedrucktes Papier sprechen, sondern von schutzbedürftigen Babys, so zärtlich behandeln sie ihre Bücher. Und wenn es ums Theater oder um Filme geht, sind sie wie Astronauten, die zwischen den Sternen reisen, so verwundert schauen sie einander an. Und dann beginnen sie, mir nichts dir nichts, im lokalen Dialekt ihrer Heimat zu sprechen, und dann senkt sich eine tiefe Traurigkeit auf ihren Blick, da wirkt selbst ihr Gelächter wie Weinen. Meine Mutter möchte diese traurige Heiterkeit mit ihnen teilen, aber ich erkenne, dass ihr Inneres nicht lacht.

Je älter ich wurde, desto mehr steckte mich diese verinnerlichte Schwermut meiner Mutter an. Wenn ich mit dir zusammen war, empfand ich nur Freude, kein Bröckchen Wehmut drängte sich zwischen uns. Aber wenn ich nicht mit dir war, gab es Momente des Gefühls, eine Hälfte meines Herzen würde bluten, auch wenn ich lachte, und ich konnte nicht verstehen, warum. Und nach deinem Tod habe ich mich in ein Bündel Trauer oder eher Angst und Verunsicherung verwandelt. Ich hatte ja meine Mutter, Tante Gülsen und Onkel Tayfun in meinem Leben, aber nicht einmal sie hatten mich und dich beschützen können, du bist tot und ich habe meinen Weg verloren. Die Menschen in der Welt, in die mich Mahmut hineingeschleppt hat, Martin, sind sehr herzlich, sehr angenehm, wärst du nicht gestorben und hättest du sie kennenlernen können, dann hättest du sie auch gemocht.

Wie auch immer, Martin, der erste Teil des Konzerts war zu Ende, wir waren auf dem Weg ins Foyer, da rief eine Frau Mahmuts Namen. Wir haben beide hingeguckt und Mahmut sagte überrascht: »Ach, Nuriye, du bist also auch hier!« »Aber natürlich«, hat Nuriye gesagt. »Gehen etwa nur Männer (da bemerkte sie, dass ich kein Kopftuch trug) und unverhüllte Frauen ins Konzert?«, hat sie dann spöttisch hinzugefügt. Das war natürlich eine sehr verzwickte Situation. Um sie zu entspannen, stellte mich Mahmut ihr auf Deutsch vor. Sie sagte, sie sei sehr erfreut, mich kennenzulernen, und sie war ein sehr hübsches Mädchen, Martin, mit Kopftuch, in Jeans, auf hohen Absätzen, sie hätte dir auch gefallen. Ihre Stimme war so wohltuend, so sanft, du hättest dich auf der Stelle in sie verliebt, wenn du da wärst. Sie fragte mich, auf welche Schule ich gehe. »Gymnasium«, sagte ich, »auf das gleiche wie Mahmut.«

Dann kam die zweite Hälfte des Konzerts, Martin. Nachdem wir bei jedem Lied unsere Tränen schon ausgeweint hatten, war es auch zu Ende.

Nuriye wartete am Ausgang auf uns. »Wollen wir zusammen was trinken?« fragte sie, als wir bei ihr ankamen. Ich schaute auf die Uhr, sagte, ich müsse meine Mutter anrufen und konnte mich nicht entscheiden, ob ich mit ihnen etwas trinken gehen wollte oder nicht. Ich holte mein Mobiltelefon heraus und rief meine Mutter an, Martin. Meine Mutter saß wohl direkt neben dem Telefon, denn sie nahm noch vor Ende des ersten Klingelns den Hörer ab. »Mama«, sagte ich, »das Konzert ist zu Ende. Wir wollen Kaffeetrinken gehen.« »In Ordnung«, hat meine Mutter zwar gesagt, aber ich habe gemerkt, dass sie ganz und gar nicht glücklich darüber war, dass ich mit Mahmut Kaffeetrinken gehe.

Auch Tante Gülsen gefiel es nicht. Bei jeder Gelegenheit lud sie mich zu sich nach Hause ein oder schickte Damla zu uns, und die beiden gaben sich Mühe, mich nicht allein zu lassen. »Mahmut mag ein guter Junge sein«, sagte Tante Gülsen, »aber er ist ziemlich wirr im Kopf. Menschen, die wirr im Kopf sind, vor allem Männer, werden dir nicht guttun, du darfst dich nicht von ihnen beirren lassen. Sie drängen sich zwischen dir und Gott, werfen dich aus der Bahn, und dann erkennst du dich selbst nicht mehr und fragst dich irgendwann, wie es so weit kommen konnte. Guck, deine Mutter macht sich ohnehin verrückt, und selbst wenn Mahmut ein guter Junge ist, wird deine

Mutter vor Kummer sterben, wenn du mit ihm so viel Zeit verbringst, und du stirbst auch vor Kummer, kannst nicht einen einzigen Tag weiterleben, du wirst untröstlich sein, und wir auch.«

Ich wollte Tante Gülsens Worte befolgen, Martin, aber eine Stimme in mir sagte: »Hör nicht auf sie, folge Mahmut!« Ich begann, mich mit Mahmut heimlich zu verabreden, und eines Tages ging ich mit ihm zu einem Treffen, bei dem die neunundneunzig Namen Allahs geehrt wurden. Ohne meiner Mutter Bescheid zu sagen.

Ich habe kein Wort davon verstanden, was der Imam, Muhammed Aziz hieß er, sagte, aber in mir regte sich etwas, mir war, als hätte ich Allah in mir gespürt. Ich bemerkte, dass die Zusammenkunft mitgeschnitten wurde und fragte, ob ich auch eine Kopie bekommen dürfte. Der Mann, den alle Imam nannten, war erst überrascht, doch dann sagte er Mahmut, mein Wunsch solle erfüllt werden. Wahrscheinlich dank der neunundneunzig Namen Allahs, Martin, fand ich den Mut, die mir von Mahmut ausgehändigte Kopie meiner Mutter zu geben. Wenn wir noch in den Zeiten mit dir leben könnten, Martin, hätte mir meine Mutter die Haare ausgerissen, aber seit deinem Tod ist auch sie sehr zaghaft, sehr vorsichtig mir gegenüber. Trotzdem sprühten Funken in ihren Augen, sie legte das Märchen »Der kleine schwarze Fisch«, das sie hunderte Male gelesen hatte, zur Seite und wir begannen, den unendlich langen Satz des Imams Muhammed Aziz Efendi über die neunundneunzig Namen Allahs zu hören:

Ihr also schickt euch an, den ersten seiner neunundneunzig Namen, seine Güte und sein Erbarmen, seine reichen Gaben, und dass er der einzige Besitzer und Herrscher des Universums ist, und dass er sehr weit entfernt von Fehlern, von Ignoranz, von Ohnmacht, von jedem Makel und ganz und gar rein ist, sein unbegrenztes Vermögen, dass er Sieger und Richter ist, seine Wohltaten, und dass er von Erschwernissen befreit und das Schwere leichter macht, dass er alles weiß und alles enger, beklemmender, offener, geräumiger, niedriger, erhabener machen kann, seine Hochherzigkeit und Gastlichkeit, dass er geringschätzt und verachtet, dass er gut hört und sieht, dass er herrscht und der Gerechtigkeit Genüge tut, dass er sich in komplizierten Angelegenheiten auskennt, den wahren Kern von allen Sachen kennt, das Vergehen nicht sofort bestraft, Milde walten lässt und Zeit gibt, gute Taten in seinem Namen mit noch Besserem belohnt, seine Erhabenheit, Hoheit und Größe, seine Herrlichkeit, seinen Segen, seine Gnade, seine Gunst und Barmherzigkeit, seinen Glanz, seine Präsenz jederzeit und überall, sein Wissen um ausnahmslos alles Unendliche, seine Einmaligkeit und Einzigartigkeit, dass er der Anfang des ersten Anfangs und das Ende des letzten Endes ist, seine Offensichtlichkeit und Verborgenheit, dass er mit Weitsicht die Dinge im Universum regelt, dass er die Buße annimmt und Sünden verzeiht, das Vergehen gerecht und verhältnismäßig bestraft, denjenigen bereichert, den er will, dass er nicht zulässt, Dinge, die Leid, Schaden, Heil und Vorteil bedeuten, erschafft, dass er Welten und die Gesichter und Gehirne und Herzen seiner Wahl ins heilige Licht hüllt, dass er den Weg weist und beglückt, beispiellose, einmalige, unnachahmliche und verwunderliche Welten erfindet und bis in alle Ewigkeit existiert in Zweifel zu ziehen?

Meine Mutter war auch beeindruckt, glaube ich, sie fing nämlich an, sich die Kassette über die neunundneunzig Namen Allahs immer wieder anzusehen und die neunundneunzig Namen auswendig zu lernen. Aber sie wollte, dass ich nicht mehr in die Mescit gehe. Eine Zeitlang gelang es mir, Mahmut mit verschiedenen Ausreden zu vertrösten, aber nach ein paar Wochen fragte er, als er mich nach der Schule in seinem Auto nach Hause fuhr: »Möchtest du eine Chutba hören? Es geht um Tövbe ve Istiğfar im Islam.« Ich hatte natürlich keine Ahnung, was Tövbe und Istiğfar bedeuten. Mahmut wusste es auch nicht, sagte aber: »Dort werden wir es erfahren.«

Wir gingen wieder in die Mescit Al-Quds. Mescit bedeutet kleine Moschee, Martin. Ohne Minarett und dem ganzen Drum und Dran. Gleich daneben hat Mahmuts Vater seinen Gemüseladen. Da sind auch andere Geschäfte. Dieser Laden, wo Import & Export dransteht, wo man zwanzig chinesische Batterien zum Preis einer einzigen deutschen Batterie kaufen kann, vielleicht erinnerst du dich, es gab ja diese Batterien, die sogar im MP3-Player nach ein paar Hip-Hop-Songs den Geist aufgegeben haben, du hast dich deswegen sehr über die Chinesen geärgert, Schlitzaugen, Gelbhäute, hast du gesagt, so ein bisschen rassistisches Zeugs halt, weißt du noch, genau, ich meine die Mescit, die ganz nah bei diesem Laden liegt. Weil ich damals natürlich nicht wusste, was Mescit und Al-Quds bedeuten, wurde mir auch nicht klar, dass dieser Ort eine kleine Moschee war. Aber jetzt weiß ich es. Al-Quds, Martin, bedeutet Jerusalem. Die Türken nennen diese Stadt Kudüs. »Al-Quds«, hat Mahmut erklärt, »ist persisch.« »Warum habt ihr keinen türkischen Namen gewählt?« habe ich gefragt. »Der Imam Muhammed

Aziz Efendi fand es so treffender«, sagte er. Nun, in dem großen Gebetsraum dieser Mescit Al-Quds saßen im hinteren Teil die Frauen, im vorderen die Männer. Beim Eintreten haben wir unsere Schuhe draußen gelassen und dann die überall mit Teppichen ausgelegte Mescit betreten. Am Eingang boten zwei Frauen, jünger als ich und den Kopf lässig mit einem Tüll bedeckt, Kölnisch Wasser und Bonbons an. Weil ich kein Kopftuch dabei hatte, wurde mir am Eingang eins gegeben. Mahmut ging in den Teil für die Männer, ich in den hinteren für Frauen. »Verehrte Muslime«, fing der Imam Aziz Efendi mit einer weißen Gebetskette in der Hand zu sprechen an. »Tövbe bedeutet, dass der Untertan von seiner Sünde und seinem Fehler ablässt, sich mit Gebet und Bitte an den Schöpfer wendet, ihn um Vergebung bittet und dass der Allmächtige seinem Untertan mit Vergebung und Gnade begegnet.« »Verehrte Gläubige!« hob er die Stimme an und kam, warum auch immer und welche Zeit er auch gemeint haben mag, auf die Prostituierten in der Nemrut-Zeit zu sprechen. Er sagte, sie hätten dünne Hemden angezogen und seien auf den Straßen spaziert, um aufzufallen. Ich habe nicht verstanden, was er meinte. Und dann geschah etwas ganz Seltsames, Martin. Muhammed Aziz Efendi führte die Fingerspitzen seiner rechten Hand zueinander, wie türkische Männer es machen, wenn sie über eine Frau »zuckersüß« sagen und sprach dabei: »Die Sache mit der Hand.« Er machte pantomimisch Häkeln, Anstoßen beim Weintrinken, Sich-vor-dem-Spiegel-Schminken nach und sagte noch einmal, das A gehörig in die Länge ziehend: »Die Sache mit der Hand«, wedelte mit der Hand in der Luft, als wolle er sagen: »Mach die Fliege!«, und schickte laut hinterher: »Und wo bleibt die Sache mit der Religion?« Für mich war er nichts als eine Witzfigur. Ekelhaft. Ich wusste nicht, ob ich lachen oder kotzen soll, Martin, aber dann habe ich mich umgeschaut und gemerkt, ob du es glaubst oder nicht, dass alle Männer und Frauen außer Nuriye mit ernster Miene zuhörten, und da habe ich nicht schlecht gestaunt. Aziz Efendi sagte sarkastisch: »Heutzutage ist das die neue Mode für unsere gläubigen Damen.« Es war nicht ganz klar, wen er damit anprangern wollte, aber ich hatte den Eindruck, dass er uns meinte, die Mädchen, die Frauen. »Zierpflanzen!« sagte er, holte tief Luft und eine Frau mimend, die ihre Brüste aufreizend umklammert, fügte er hinzu: »Die verhüllten Mannequins des Schönheitswettbewerbs auf dem Podium«, und auf einmal ist er sehr wütend geworden und hat gedonnert: »Was ist denn aus dir geworden, du!« Immer wieder sagte er am Ende seines Satzes »du«, und wie er das sagte, erinnerte an den türkischen Ministerpräsidenten. Wie der Ministerpräsident faselte er die ganze Zeit und verbog und zerquetschte die Wörter so sehr im Mund, dass ich fürchtete, die Buchstaben könnten sich dabei verletzen. Auch die Verhüllung habe eine Ehre, eine Würde, Martin, so hat er es gesagt. Als er dann »Steh doch deinen Mann zu deiner Verhüllung, Mann!« sagte, kam es mir vor, als würde er mich oder Nuriye meinen. Denn bei uns beiden schauten Haare unter dem Kopftuch ein wenig hervor. »Zwick nicht meine Religion, meinen Glauben, mein Gewissen und meine Würde!« hat er fast gebrüllt, ich habe wieder nicht verstanden, was er meinte. Und als er dann sagte: »Tu nicht Hazreti Ayşe im Herzen weh! Spiel keine Spielchen mit Hazreti Fatima!«, war ich völlig verwirrt.

Ich kannte weder das Wort Hazreti noch Ayşe noch

Fatima. Die einzige Ayşe, die ich kannte, war ein strohblondes deutsches Mädchen in meiner Klasse. Diese Ayşe hatte auch eine Zwillingsschwester. Ellen hieß sie und hatte genauso wie Ayşe sehr dichtes blondes Haar. Hätte es Ellen nicht gegeben, hätten die Lehrer Ayşe nie geglaubt, dass sie Deutsche war. Du wirst es jetzt nicht glauben, Martin, Ayşes Mutter, eine Pastorin, hat ihrer Tochter nur wegen der Frau des Propheten Muhammed diesen Namen gegeben. Und wenn du mich fragst, Martin, war das keine besonders gute Idee, denn Martin, du hast es ja auch Tag für Tag erlebt, dieses Land hat sich immer noch nicht daran gewöhnt, dass Mädchen, die Ayşe oder Esra heißen, Deutsche sein können, und das macht mich sehr traurig. Übrigens, meine Mutter verstehe ich auch nicht. Sie selbst heißt Maria, und was hätte dagegen gesprochen, dass ich, jetzt mal nur als Beispiel, Emma heiße? Emma hat auch eine schöne Bedeutung, Martin, wenn du nicht gestorben wärst, wenn du noch hier wärst, könnten wir zusammen der Spur des Namens folgen, den ich mir selber aussuche, wahrscheinlich würden wir auch seine Bedeutung gemeinsam entdecken und in der Freude, die uns diese Entdeckung gibt, uns fest umarmen und zusammen in die Lüfte steigen.

Dieser Hanswurst von Muhammed Aziz Efendi meinte mich und Nuriye, denn, Martin, es waren nur wir beide, die helle Kleidung trugen und deren Hosen wie an die Haut geklebt aussahen. Dieser Mann, Martin, du wirst es echt nicht glauben, befahl uns, die Wüstenkleidung anzuziehen, die Hazreti Ayşe und Fatima vor Ewigkeiten getragen haben. »Du sollst einen Tschador tragen, du, vergiss nicht, dass du ein Weib bist, du Weib!«, sagte er, wechselte dann plötzlich ins Arabische. »Aschhadu an la ilaha illa-llah«, sagte er und rief auf einmal: »Halt! Jetzt werden wir folgendes sagen: wa aschhadu annaka abdullahi wa Rasuluhu.«

Ich konnte natürlich all diese Dinge nicht verstehen, Martin. Mir kam es irrwitzig vor, aber das habe ich Mahmut nicht gesagt. Draußen, unterwegs zu Mahmuts Auto, habe ich meine Mutter angerufen. »Mama, also … wir waren im Café.« Da hatte ich Blickkontakt mit Mahmut und schämte mich, dass ich so offensichtlich gelogen hatte. Als ich dann sagte, ich hätte versehentlich mein Telefon ausgeschaltet, wurde meine Scham noch stärker. Schnell habe ich hinzugefügt, dass ich in zehn bis fünfzehn Minuten zu Hause sein werde.

Im Auto fragte mich Mahmut, wie mir die Chutba gefallen habe. »Es wurden schöne Dinge gesagt«, habe ich geantwortet, »aber die meisten habe ich nicht verstanden. Und warum sitzen wir überhaupt getrennt? Das verstehe ich auch nicht. Ich meine, Frauen und Männer.« »Im Islam ist es so«, meinte Mahmut. »Aber warum bedecken wir den Kopf?« habe ich weitergefragt. »Das ist Allahs Gebot«, erwiderte er, »um die Frauen vor bösen Männern zu schützen.« Dann erwähnte Mahmut in einem Ton, als könnte ich die Stimme Allahs nicht hören und allein er würde seine Botschaften rüberbringen, den einunddreißigsten Vers der Koransure »an-Nur«, wo es um Verhüllung gehe: »Und sag den gläubigen Frauen …«, sprach er, doch in diesem Moment war ich mir nicht sicher, ob er sprach oder jener allmächtige Geist, den man Allah nennt. Die Stimme jedenfalls gehörte ihm: »dass sie ihre Blicke zu Boden schlagen und ihre Keuschheit wahren und ihren Schmuck nicht zur Schau tragen sollen - bis auf das, was davon sichtbar sein darf, und dass sie ihre

Tücher um ihre Kleidungsausschnitte schlagen und ihren Schmuck vor niemand anderem enthüllen sollen als vor ihren Gatten oder Vätern oder den Vätern ihrer Gatten oder ihren Söhnen oder den Söhnen ihrer Gatten oder ihren Brüdern oder den Söhnen ihrer Brüder oder Söhnen ihrer Schwestern oder den Frauen oder denen, die sie von Rechts wegen besitzen oder solchen von ihren männlichen Dienern, die keinen Geschlechtstrieb mehr haben und den Kindern, die der Blöße der Frau keine Beachtung schenken. Und sie sollen nicht mit ihren Füßen fest auftreten, sodass ihre verborgenen Schmuckstücke erkannt werden. Oh, ihr Gläubigen, wendet euch allesamt reumütig Allah zu, auf dass ihr die Erlösung erreicht.« Mir wurde schwindlig. Mahmut sprach so lange und umständlich, dass ich fürchtete, in Ohnmacht zu fallen. Ich hörte auf, die Esra zu sein, die mit Mahmut im Auto unterwegs war, und kehrte zurück zu jener Esra, die mit dir in der türkischen Disco tanzte. Es kam mir vor, Martin, dass irgendwelche Leute hinter einer Spiegelwand uns beobachteten, während wir tanzten.

Viel später, Martin, habe ich erfahren, dass diese Männer vor Jahren auch meiner Mutter Böses angetan hatten, und mir nur deswegen Leid zufügten, weil ich meiner Mutter ähnlich bin und dich töteten, weil du mein Freund warst. Diese schreckliche Rede Mahmuts über Sitte und Moral scheint wohl Licht in das Dunkel deiner Todesnacht geworfen zu haben, denn ich fing an mich zu erinnern, was uns zugestoßen war.

Drei finstere Männer haben dich und mich in einen Raum hinter der Spiegelwand gezerrt. Ich schrie und du bist gestorben, während du mich verteidigt hast. In Mahmuts Auto, Martin, erinnerte ich mich an dieses letzte, schmerzvolle Zusammensein mit dir, stürzte aus dem Auto hinaus und rannte schreiend nach Hause. Ob Mahmut mir verdutzt hinterherschaute, oder etwas anderes empfunden hat, weiß ich nicht.

Als ich wach wurde, saß meine Mutter an meiner Seite und ich war glücklich. »Wie geht es dir, hast du schlafen können?« »Ja«, habe ich gesagt. »Entschuldige. Entschuldige, weil ich gelogen habe.« »Ich verzeihe dir, aber nur, wenn du es nicht wieder tust«, sagte sie und fragte dann: »Welche Mescit war das?« »Al-Quds«, sagte ich.

Am nächsten Tag sind meine Mutter, Tante Gülsen und ich zu Al-Quds gegangen, Martin. Ich habe im Auto gewartet. Als ich kurz danach bemerkte, dass Mahmut heraustritt und auf mich zukommt, habe ich fast auch leibhaftig gesehen, wie meine Mutter und Tante Gülsen wie verwundete Tiger fauchen, während vor ihnen Muhammed Aziz im Schneidersitz saß. »Ich habe es auch Mahmut gesagt«, sprach meine Mutter. »Ich möchte nicht, dass meine Tochter wieder hierher kommt. Sie ist noch ein Kind und ich kann keineswegs zulassen, dass Sie mir mein Kind wegnehmen. Selbst wenn ich dafür einen sehr hohen Preis bezahlen muss, lasse ich das nicht zu, verstehen Sie, Imam Efendi?« »Das ist ein Hort der inneren Ruhe, verehrte Frau Mutter«, entgegnete Muhammed Aziz beunruhigt. »Hier geschieht niemandem etwas Böses.« »Das mag sein«, ging Tante Gülsen dazwischen. »Wir wollen trotzdem nicht, dass unsere Tochter Esra hierher kommt!« »Aber natürlich, verehrte Damen«, erwiderte Muhammed

Aziz, weil er nicht so recht wusste, wie er zwei entschlossenen Frauen antworten sollte. »Im Islam gibt es keinen Zwang und das Recht der Mutter ist laut dem berühmtesten heiligen Hadith das höchste Recht und das Paradies liegt den Müttern zu Füßen! Der Wunsch einer Mutter ist für uns das höchste Gebot.« Muhammed Aziz hatte keine Chance, Martin. Meine Mutter und Tante Gülsen mögen Männer mit Gebetsketten und langen Bärten ganz und gar nicht, egal ob sie Muslime sind oder einer anderen Religion angehören.

In diesem Augenblick, Martin, war ich davon überzeugt, dass meine Mutter, die mir nicht ein einziges Mal wehgetan hat, sogar töten könnte, um mich zu schützen, und wurde von einem Strudel der Gefühle zwischen Bewunderung und Angst erfasst.

Zum Glück, dachte ich, Martin, zum Glück gibt es Tante Gülsen. Du hast sie auch kennengelernt, Martin, hast sie auch gemocht. Aber wenn du sie so gut gekannt hättest wie ich, Martin, würdest du sie nicht nur bewundern, sondern auch für sie dein Leben opfern, wie du es für mich getan hast. Meine Tante Gülsen hat ein Herz aus Gold. Sie fürchtet sich vor Mäusen und Schnecken, hat aber keine Angst vor Männern. Meine Mutter, wie soll ich es sagen, mag Männer kein bisschen. Außer einigen wenigen von ihnen wie Onkel Tayfun traut sie keinem Mann. Sie erlaubt ihnen nicht, in ihre Nähe zu treten. Tante Gülsen ist anders, sie unterscheidet nicht zwischen Mann, Frau, Kind, wenn sie jemanden mag, ist sie gleich lieb und zärtlich. Meine Mutter hört nur auf sie und Onkel Tayfun. Ich höre auch auf deren Wort. Onkel Tayfun sagt mir nicht oft, was ich tun und lassen soll. Seiner Tochter macht er auch keine Vorschriften. Manchmal, wenn Damla und ich auf ihrem Zimmer sitzen und unsere Geheimnisse austauschen, sagt er: »Ihr seid doch junge Leute, draußen wartet das Leben auf euch, und ihr zieht euch auf euer Zimmer zurück, verschmäht das Leben da draußen.« Tante Gülsen ist nicht so großzügig wie er. Immer wenn Damla und ich rausgehen wollen, werden wir ordentlich verhört: Wohin wollen wir gehen? Wen wollen wir treffen? Wann werden wir zu Hause sein?

Schließlich, Martin, stand Mahmut neben dem Auto und wir schauten uns an. In seinen Augen lag der Schmerz, mich verloren zu haben. In diesem Schmerz lag aber auch der Stolz, sein Leben Allah zu widmen. Hochmut, Überheblichkeit, Auserwähltheit verbargen sich in diesem leidenden Blick, was nicht nur für ihn, sondern auch für andere gefährlich werden konnte.

Vor vielen Jahren, Martin, als der Tag anbrach, der unser aller Schicksal bestimmen sollte, war auch ich durch das Klingeln des Weckers wach geworden, hatte aber meine Augen nicht geöffnet. Trotzdem, Martin, sah ich wie in einem Film, wie meine Mutter im Dämmerlicht die Hand nach dem Wecker ausstreckte, die Lampe an ihrem Kopfende anknipste, aus dem Bett stieg, ihr Nachthemd wie immer an die Badezimmertür hängte, auf den Knopf des Radios auf dem Badezimmerschrank drückte, wie einige Sekunden später das Geräusch des Wassers, das über ihren ganzen Körper streifte, sich mit der Musik vermischte, wie sie aus der Dusche trat, als der Song gerade ausklang, sich während der Nachrichten die Haare trocknete, sich im Spiegel beobachtete, das Radio ausschaltete und ins Schlafzimmer zurückkehrte, aus der Schublade des Kleiderschranks einen gelben Gebetsteppich herausholte und ihn auf dem Boden ausbreitete und zu beten anfing.

Der überwältigende Anblick meiner splitternackt betenden Mutter hätte auch dich trunken gemacht, Martin.

Dass meine Mutter nackt betete, kam mir logisch vor, Martin. Wenn Allah alles sieht und weiß, wird er natürlich auch unsere Nacktheit sehen und kennen, warum sollen wir sie verbergen? Ich stellte mich noch immer schlafend, als sie mit dem Gebet fertig war. Sie faltete den Gebetsteppich zusammen und legte ihn wieder in den Schrank, zog sich an, legte ihr gelbes Satinkopftuch an und tat so, als würde sie mich erst jetzt in ihrem Bett entdecken und wäre überrascht. Lange betrachtete sie mein Gesicht und seufzte leicht, als sie mir Küsse auf die Wangen gab.

Weißt du, Martin, es gab Momente, in denen ich mir wünschte, nie geboren worden zu sein. Du bist der einzige Mensch, mit dem allein zu sein, mit dem Liebe zu machen meine Mutter mir erlaubt hat. Wenn du nicht tot wärst, hätte ich dir jetzt gesagt, dass ich stolz auf dich bin, und ich würde mich noch einmal in die Verlegenheit in deinem Blick verlieben.

Die Reihe der Zufälle, die dich am Ende dein Leben kosteten, fing an jenem Morgen an, Martin. Zum ersten Mal an jenem Morgen kreuzten sich erneut die Wege meiner Mutter und Jan Bergers. Vielleicht habe ich es mir eingebildet, aber ich habe nie vergessen, dass ich den Namen Jan Berger zum ersten Mal an jenem Morgen, während sich meine Mutter die Haare trocknete, im Radio hörte. Und es gab viele Momente, in denen ich mich gefragt habe, ob all dies auch geschehen wäre, wenn ich diesen Namen nicht wahrgenommen hätte. Meine Mutter benutzt immer das Wort Sumpf, wenn sie von der Vergangenheit spricht, Martin. Und ich sehe dann einen Keller vor Augen, ohne Ausgang, voller wimmelnder Schlangen.

Meine Mutter hatte einen Fahrgast zum Bahnhof gebracht, von der Zentrale den Auftrag erhalten, einen gewissen Jan Berger zum Flughafen zu fahren, und hätte an der Kreuzung, wo der Fernsehturm ist, Mahmut, der in der Mescit Al-Quds seine Morgengebete zu verrichten pflegte und nach Hause unterwegs war, fast überfahren.

Von diesem Moment haben mir sowohl Mahmut als auch meine Mutter erzählt, Martin. Als Mahmut mir viel später davon berichtete, sagte er: »Am Steuer saß eine Frau mit einem gelben Kopftuch.« Am Abend dieses Vorfalls kam meine Mutter, um mich von der Schule abzuholen. Es war normal, dass du neben mir warst, aber auch Mahmut stand neben mir, und sowohl er als auch meine Mutter haben nicht im Entferntesten daran gedacht, dass sie die Helden dieses Beinaheunfalls waren und haben sich so verhalten, als würden sie sich zum ersten Mal begegnen.

Eine Viertelstunde nach dem abgewendeten Urteil kommt Mahmut wohlerhalten nach Hause und grüßt seine Mutter mit einem »Selamın Aleykum«, Martin. Und seine Mutter in schwarzem Tschador grüßt zurück: »Ve aleyna aleykum selam.« Dass die Türken sich auf Arabisch begrüßen, wusste ich nicht, bis ich Mahmut kennengelernt habe, Martin. Meine Mutter grüßt mich auf Deutsch: »Guten Morgen, Esra! Guten Tag meine Liebste!« Sehr selten sagt sie auch »Merhaba« oder »Günaydın«, aber niemals grüßt sie mich auf Arabisch. Arabisch ist eigentlich eine super Sprache! Wenn ich ehrlich sein soll, Martin, muss ich sagen, dass Arabisch eine großartige Sprache ist. Und der Koran ist ein interessantes Buch, Martin. Es gibt einem Seelenruhe und macht zugleich Angst. Um Mahmut nicht zu enttäuschen, habe ich es auf Türkisch Satz für Satz, Wort für Wort, Buchstabe für Buchstabe gelesen. Ich müsste lügen, wenn ich sagen würde, dass ich es verstanden habe. Ich habe trotzdem weitergelesen. Ich habe es mit der deutschen Übersetzung verglichen und mehrmals gelesen. Oft habe ich mir gesagt, schade, dass ich mich nicht mit dem zufriedengegeben habe, was ich in Rezitationen auf Arabisch gehört habe, es wäre besser gewesen, es gar nicht zu verstehen. Wenn man es nicht versteht, Martin, gibt man sich nur den Lauten, der Musik und der überwältigenden Harmonie hin und schmilzt in einem seltsamen Glücksgefühl nur so dahin.

Hör zu, Martin: »Vezkür fil kitabi meryem izintebezet min ehliha mekanen şerkıyya.« Als ich diesen Satz zum ersten Mal hörte, Martin, verstand ich nur das Wort Meryem, und aus irgendeinem Grund, der auch mir nicht klar ist, habe ich alles versucht, um eine türkische oder deutsche Übersetzung dieses Verses zu finden, und war schließlich im Internet erfolgreich. Wenn ich dir jetzt sage: »Vezkür fil kitabi meryem izintebezet min ehliha mekanen şerkıyya«, und dann auch noch sage, wie das auf Deutsch heißt, nämlich: »Erzähle, was in diesem Buch über Maria steht. Da sie sich zurückzog von den Ihren nach einem gen Osten gewandten Ort«, wirst du es bestimmt nicht glauben. Hab ich am Anfang auch nicht, und dann las ich die türkische Übersetzung und war zu Tränen gerührt: »Meryem'den söz et, hani o, ailesinden ayrılıp doğu yönünde bir yere çekilmişti.«

Meine Mutter, Martin, war nicht freiwillig an einen anderen Ort gegangen, sondern sie wurde entführt. An jenem Tag, an dem die Sache mit der Entführung angefangen hat, öffnet ihr ihre Mutter die Tür, als sie nach Hause kommt. Meine Großmutter hat jede Gelegenheit genutzt, um ihre eigene Angst auch meiner Mutter einzupflanzen und dafür immer von Allah, dem Propheten und dem Koran gesprochen. Nach den üblichen Begrüßungsformeln sagt sie meiner Mutter: »Zieh dich um und komm ins Wohnzimmer. Auch mein Bruder, dein Onkel, ist da.« Meine Mutter wird unruhig.

Wenn du nicht gestorben wärst, würde ich dir von diesen ganzen Gesprächen nie erzählen. Aber du bist tot, und jedes Wort, das einmal gesagt wurde, jeder Satz, jeder Monolog, jeder Dialog ist wichtig geworden.

Stell dir eine junge Frau in meinem Alter vor, Martin, die nichts anderes möchte, als ihr Leben nach eigenen Vorstellungen zu führen. Eine junge Frau, die mühsam ans Ufer krault. Dort angekommen, tritt einer auf ihre Hände und zerquetscht sie unter seinen Füßen, und jetzt muss sie wieder mit dem tosenden Wasser ringen. Denn, Martin, als meine Mutter »Willkommen, lieber Onkel!« sagt und ihm die Hand küsst und jener, das »O« ziemlich langziehend »Oh! Wie groß du geworden bist!« antwortet, lächelt meine Mutter schüchtern und – dir kann ichs ja sagen, du bist kein Fremder, Martin – kann auf einmal das Gewicht ihrer Brüste nicht mehr tragen.

Ich meine, Martin, wenn du nicht gestorben wärst, könntest du, das ist jedenfalls mein Gefühl, verstehen, was ich sagen will.

Meine Mutter ist nicht blöd, Martin. Ihr wird klar, dass man ihr ein Leben anbietet, das sie nicht will. Sie ist bereit, sich aufzulehnen, aber meine Großmutter hat sich schon längst in den Kopf gesetzt, ihre Revolte zu zerschlagen. Meine Mutter kann dann die ganze Nacht nicht schlafen. Sie grübelt über Fluchtwege, um sich aus der Sackgasse zu befreien, die sie gefangen hält, und da kommt ihr der Gedanke: »Wenn ich heiraten muss und keine Chance habe, mein Leben selbst zu bestimmen, dann kann ich wenigstens den heiraten, den ich liebe.« Und sie überredet Jan Berger, sie zu heiraten.

Wenn es die Zeit der Ritter wäre, Martin, würde Jan Berger, der vielleicht mein Vater sein könnte, auf seinen Rappen steigen und losreiten, um meiner Mutter wegen das Schloss des Tyrannen zu stürmen. Aber, wie du weißt, Martin, ist die Zeit der Pferde, Lanzen und der gezückten Schwerter schon längst vorbei, in unserer Zeit kann man die Probleme auch lösen, indem man miteinander redet. Genau das tut Jan Berger, der womöglich mein Vater ist, zieht in einen erbitterten Kampf gegen seine Eltern und verliert.

Über jene Tage habe ich mit Jan Berger nie gesprochen. Meine Mutter hat mir davon erzählt. Nach vielen Jahren begegnen sie sich wieder, und Jan Berger entschuldigt sich bei meiner Mutter für sein Verhalten damals. Er tut das in dem Augenblick, als er am Flughafen Köln/Bonn aus dem Taxi meiner Mutter aussteigt, nachdem er schon bezahlt und die Tür geöffnet hat. Meine Mutter muss mit den Tränen kämpfen. Sie schaut ihm direkt in die Augen und zappelt wie ein Fisch an der Angel. »Du brauchst dich nicht zu entschuldigen«, sagt sie. »Du warst noch ein

Kind, wir waren beide noch Kinder und sehr schwach.« Lange gelingt es Jan Berger nicht, die Autotür zu schließen und sich zu entfernen. Dann schafft er es aber doch sich zu sammeln und seine Visitenkarte, auf deren Rückseite er die Flugnummer und die Landungszeit seines Rückflugs notiert, meiner Mutter zu überreichen. Die Erscheinung Jan Bergers, die im Rückspiegel immer kleiner wird, schleudert meine Mutter in ihre Vergangenheit, die ich mir als einen Keller ohne Ausgang, voller sich windender Schlangen, vorstelle.

Noch lange Zeit, nachdem Jan Berger im Rückspiegel verschwunden ist, ringt meine Mutter mit den Erinnerungen an die Vergangenheit, Martin. Sie wird von dem fürchterlichen Gefühl überwältigt, dass sie, während sie in einer dunklen Gasse nahe Nollendorfplatz auf ihren Onkel wartet, plötzlich aufhört, sie selbst zu sein und sich in ihre eigene Tochter, in ihre Esra verwandelt, die nichts über ihren Großonkel, ihre Großmutter, ihren Großvater und über die Vergangenheit ihrer Mutter weiß.

Als wäre ich diejenige, die vor achtzehn Jahren darauf wartete, sich an ihre letzte Hoffnung zu klammern.

Viel später habe ich das erfahren, Martin, viel später. Nachdem schon alles geschehen war.

Dann sehnt sie sich nach meiner Stimme. Bevor sie vom Flughafen wieder abfährt, ruft sie mich an. In diesem Augenblick hebt jemand in Anzug und mit einer Laptoptasche die Hand.

Meine Mutter bleibt stehen. Ihr Fahrgast sagt, er möchte zum Dom, und in diesem Moment, beim dritten Klingeln, gehe ich ran: »Hallo Mama!« »Hallo, meine liebe Esra, ich wollte nur hören, ob du gut aus dem Bett gekommen bist.« Eigentlich weiß sie ganz genau, dass ich aus dem Bett gekommen bin, hat aber keine passende Ausrede für ihren grundlosen Anruf gefunden. »Natürlich bin ich gut aus dem Bett gekommen«, antworte ich. Da mischt sich in meine Stimme das Quietschen eines bremsenden Zuges. »Mama, ich muss einsteigen. Bis heute Abend. Tschüss!« Und lege auf.

Der letzte Fahrgast meiner Mutter, deren unterdrückte Erinnerungen hochgekommen sind, ist eine Geschäftsfrau im mittleren Alter, die unweit vom Rheinufer einsteigt. Meine Mutter fragt sie, wohin sie fahren möchte, da schürzt die Frau ihre Lippen und den Tränen nahe antwortet sie: »Nirgendwohin.« Eine Weile fährt meine Mutter schweigend weiter und biegt in die Straße ein, die durch den Wald zu den Seen führt. Während die Frau stille Tränen vergießend aus dem Fenster schaut, hält meine Mutter vor einer Konditorei am See. Sie lässt die Frau allein im Auto sitzen, geht in die Konditorei und kommt zehn Minuten später mit einem Tablett, auf dem Kaffee, Saft, Erdbeer- und Brombeerkuchen stehen. »Kaffee und Kuchen werden Sie vielleicht nicht trösten, aber ich wäre trotzdem glücklich, wenn Sie meine Einladung annehmen«, sagt sie ihrem Fahrgast. Die Frau bedankt sich. Nachdem sie ihren Kuchen gegessen haben, fahren sie lange ohne ein bestimmtes Ziel weiter. Meine Mutter sagt der Frau, sie würde sie gerne zu sich nach Hause einladen, falls sie nicht in ihre eigene Wohnung gehen möchte. Die Frau ist überrascht, sie antwortet nicht, widerspricht aber auch nicht. Meine Mutter kocht für sie, während die Frau duscht.

Beim Essen beginnt die Frau zu weinen. »Es lohnt sich nicht, dass Sie wegen Ihres Mannes Tränen vergießen«, sagt meine Mutter. »Ich weine nicht wegen meines Mannes sondern meines Freunds«, erwidert die Frau.

»Die Männer«, widerspricht meine Mutter, »sind Kreaturen, denen man nicht nachweinen sollte, schade um Ihre Tränen.«

»Ich bin aber schwanger und der Mann ist verheiratet«, antwortet die Frau.

Meine Mutter schweigt lange. Dann nimmt sie die Hände der Frau in ihre: »Schauen Sie, das Kind, das Sie in ihrem Bauch tragen, gehört Ihnen. Sie brauchen niemanden, um es großzuziehen. Wenn Sie niemanden haben, der Sie dabei unterstützt, dann bin ich da. Wenn Sie das Kind haben wollen und niemanden haben, wenn Sie sich als die Einsamste aller Einsamen fühlen, dann verspreche ich Ihnen, dass ich für Sie da bin.«

Die Frau ist verblüfft, und der dunkle Schatten auf ihrem Gesicht weicht dem schönsten Lächeln der Welt.

Ich habe es viel später erfahren, Martin:

Von dieser Frau ist die Pistole übriggeblieben, die sie sich besorgt hatte, um sich in den Kopf zu schießen.

Die Pistole, die wohl viel später benutzt wurde.

Wie auch immer, Martin, als ich in die S-Bahn einstieg, war es richtig voll. Trotzdem, şansım yaver gitti, wie die Türken sagen, also ich hatte Glück und fand einen Sitzplatz am Fenster. Ich habe versucht, die Bäume, die nach hinten flogen, zu beobachten. Denn etwas weiter vorne war eine Gruppe von fünf bis sechs Leuten, die sich ein Opfer suchten, um es mit ihren derben, vulgären Witzen zu verletzen, zu beleidigen. Der aalglatteste Typ unter ihnen wählte mich aus. Vielleicht weil ich ihn nicht beachtete und einfach aus dem Fenster schaute, oder vielleicht weil es ihn wütend machte zu spüren, dass er niemals, egal wie er sich anstrengt, eine Freundin wie mich haben könnte, zwickte er seinen Freund, der die Aufgabe hatte, sich bei ihm einzuschleimen, und sagte: »He, ist das nicht 'ne Türkin?« »Sieht so aus«, sagte der andere. Das Mädel, das denen nacheiferte und beweisen wollte, dass sie genauso frei und unverschämt sein kann wie die, dieses Mädchen mit einem kleinen Muttermal am Kinn, ging dazwischen: »He, was für'ne Türkin? Würde eine Türkin so blöd glotzen?«

Der Möchtegerngangster meinte: »He, vielleicht ist sie Kurdin«, da hielt der Zug an, die Türen gingen auf und Mahmut, der sich bald in den drohenden Zoff einmischen sollte, trat herein. Er setzte sich mir gegenüber und das Erste, was er zu hören bekam, war der Satz: »Wollen wir es versuchen?« »Komm, wir versuchen es«, antwortete der Schleimer und da fand es das Mädel, das bis dahin alle Grobheiten mitgemacht hatte, nötig, ihre Freunde zu bremsen. »He, macht keinen Quatsch!« sagte sie. »Übertreibt es nicht!«

Jetzt musste der Gangstertyp die Gefahr abwenden, seine Autorität zu verlieren, deshalb tönte er herum: »Halt dich da raus, Mädchen. Langes Haar, kurzer Verstand!« Doch das Mädel mit dem Muttermal hatte mindestens so viel Gassenerfahrung wie er und konterte auf Deutsch: »Verpiss dich, Arschloch! Wie redest du mit mir!« Dann machte sie auf Türkisch weiter: »Du hast den kurzen Verstand, Junge!«

Mahmut streifte die Gruppe kurz mit dem Blick, ich tat so, als würde ich das alles nicht sehen und nicht hören. Der Junge mit der Gangsterfrisur beschloss, den Anschiss, den er von dem Mädchen mit dem Muttermal bekommen hatte, auf meinem Rücken gutzumachen und rief mir provozierend zu: »Hey du!« Ich wusste nicht, was ich tun sollte, drehte den Kopf zu ihm.

Seine Frage: »Bist du Türkin?« versuchte ich abzuwimmeln, in dem ich den Kopf schüttelte. Die Gangsterfratze sagte mit einem schmierigen Lachen, einen Hip-Hopper nachahmend: »Und wie hast du dann verstanden, was ich gesagt habe?« Stimmt, er hatte mich ja auf Türkisch gefragt. Ich breitete die Arme aus, um zu signalisieren, dass ich ihn nicht verstehe, und schaute sofort wieder aus dem Fenster hinaus.

Der Typ wurde vulgärer: »Mal sehen, ob du auch nicht verstehst, wenn ich dir sage, ich mache dich Ficki Ficki!« Da hielt es Mahmut nicht mehr aus und fuhr ihn an: »Benimm dich, Kollege. Es ist schändlich, wie du redest.«

Der Nachahmer war überrascht. Mahmuts entschiedener Blick machte ihn für einen Moment unsicher, aber schließlich wurde die Angst, die sich in ihm regte, von seinem massigen Körper erdrückt und er plusterte sich auf: »Und was machst du, wenn ich mich nicht benehme?« Mahmut stand auf, sagte mit ruhiger aber überall im Wagen vernehmbarer Stimme, dass er Taekwondo-Kämpfer mit schwarzem Gürtel sei, ihn und seine Freunde warne, niemandem wehtun wolle und alle Anwesenden auffordere, Zeuge des Geschehens zu sein. Dann wiederholte er seine Worte auf Deutsch. Da stand ein sportlicher schwarzer Deutscher mittleren Alters auf, stellte sich neben Mahmut und sagte der Bande herausfordernd: »Er blufft nicht, er ist mein Schüler. Genauso wie ich hat auch er den schwarzen Gürtel. Euer Geprotze wird euch nichts nützen, merkt euch das!« Das letzte »Merkt euch das« sagte er in einem solchen Ton, dass sogar der Gangsterheini wie die Fenster der abbremsenden Bahn zitterte. Es war sehr klug von seinen Freunden, ihn von uns zu entfernen. Mahmut setzte sich wieder hin und bedankte sich bei dem schwarzen Deutschen. Auch ich nickte ihm dankbar zu. Der Mann lächelte nur und blieb bei uns, bis die Bahn hielt. Nachdem die unverschämten Typen ausgestiegen waren, bedankte auch ich mich bei dem Deutschen. Wieder lächelte er und stieg bei der nächsten Station aus. Da fand ich die Gelegenheit, mich bei Mahmut zu bedanken: »Danke, also sağ ol!« »Nichts zu danken«, erwiderte Mahmut. »Ich glaube, wir sind auf derselben Schule. Also, ich glaube, du gehst auch auf das Genoveva-Gymnasium in Mülheim, nicht wahr?« Da habe ich unwillkürlich gelächelt. Du hättest auch gelächelt, Martin, wenn du so etwas erlebt hättest und eine Frau für dich ihr Leben riskiert und dir dann gesagt hätte, dass sie auf die gleiche Schule geht. Mahmut bemerkte den flirtenden aber unschuldigen Ausdruck in meinem Blick, blieb aber innerhalb der Grenzen der Anständigkeit und sagte: »Eigentlich sehe ich dich jeden Tag, aber es gab keine Gelegenheit dich kennenzulernen.«

Danach entwickelte sich folgender Dialog zwischen uns, Martin:

»In welche Klasse gehst du?«

»In die 12. Und du?«

»Ich auch!«

»Bist du wirklich Taekwondo-Kämpfer?«

»Nein«, sagte Mahmut leise, sich umschauend. »Ich habe es nur gesagt, damit kein Kampf ausbricht.«

»Und wenn er doch ausgebrochen wäre?«

»Dann hätten die mich ordentlich verprügelt.«

Ich weiß nicht, ob er meine Bewunderung für ihn gespürt hat, aber ich fühlte eine ganz eigenartige Brise des

Glücks in mir, die mir völlig neu war. Plötzlich fand ich mich in dem unglaublich schönen Gefühl wieder, mich verlieben zu können. Auch Mahmut – da bin ich mir ganz sicher – ließ sich von dem Reiz der Vorstellung hinreißen, dass ich ihn lieben könnte und hatte Angst, weil er ahnte, das könnte ihn von seinen Idealen entfernen, die ihm sehr wichtig waren.

Mit diesen Ahnungen und Ängsten betraten wir den Schulhof und da hast du gleich »Esra« gerufen, und wir sind schuldbewusst lächelnd auf dich zugekommen. Ich habe euch einander vorgestellt und ihr beide habt behauptet, »sehr erfreut« zu sein, aber ich habe in euren Augen nicht die Spur einer Freude gesehen.

Ich wusste, dass meine Mutter nach Schulschluss auf uns warten würde, Martin. Ich erinnere mich an keinen einzigen Tag, an dem sie mich nicht von der Schule abgeholt hätte. Seit den Kindergartentagen ist das so. Wie ein Gesetz. Meine Mutter kommt immer viel früher und wartet, dass ich rauskomme. Sie wartet in ihrem Taxi, und wenn ich mich dem Schultor nähere, steigt sie aus und kommt auf mich zu. Ich weiß nicht, ob es Zufall war, aber an jenem Tag hat es Mahmut fertiggebracht, uns auf dem Gang zu begegnen und das Schulgebäude gemeinsam zu verlassen. Unterwegs zum Schultor war ich mir nicht sicher, wie ich Mahmut meiner Mutter vorstellen sollte. Bevor wir dort ankamen, stieg meine Mutter aus dem Auto aus und kam auf uns zu.

Wir haben uns umarmt. »Mama«, habe ich gesagt, »das ist Mahmut. Der, der mich heute Morgen vor den Türken gerettet hat.«

Mahmuts Blick ruhte auf dem Kopftuch meiner Mutter. »Nicht vor den Türken«, hat er mich korrigiert,

»vor den Taugenichtsen.« Meine Mutter war besorgt. »Was ist passiert?« hat sie gefragt, ohne zu merken, dass sie Deutsch gesprochen hat. Ich habe mich natürlich unsicher gefühlt. Den Satz, den ich mit »Einige …« angefangen habe, wollte ich mit »Türken« weiterführen, doch ich habe es runtergeschluckt und »Einige Taugenichtse haben mich angemacht« gesagt. »Danke, Sohn«, sagte meine Mutter. »Bitte, aber jeder hätte das Gleiche getan«, antwortete Mahmut. Meine Mutter hielt sich von jedem Menschen und auch jedem Laden fern, der einen türkischen Namen trug, aber an jenem Tag bot sie ihm an, ihn nach Hause zu fahren und fragte, wo er wohne. »Kalk«, sagte Mahmut und meine Mutter meinte: »Das liegt auf unserem Weg, wenn du möchtest, bring ich dich nach Hause.« Mahmut wollte nicht. In Mülheim habe er etwas zu erledigen, erwiderte er. Als du hinten und ich vorne eingestiegen waren, blieb mein Blick an Mahmut hängen, der uns hinterherschaute. Viel später habe ich erfahren, dass Mahmut jeden Tag nach der Schule in den Gemüsehandel seines Vaters und dann für das Abendgebet in die Mescit Al- Quds geht. Und während er nach dem Gebet voller Bewunderung dem in weißen Kaftan gehüllten Imam Muhammed Aziz lauscht, wie er mir erzählt hat, stellt er sich vor, wie er an den heiligen Orten betet, die er auf den Wandteppichen sieht, und das macht ihn so glücklich, dass er sich wünscht, dieser Augenblick möge nie enden.

Wenn du nicht gestorben wärst, Martin, würdest du dich daran erinnern, dass meine Mutter mich wie immer ermahnte, pünktlich zu Hause zu sein, als sie uns beide vor eurem Haus absetzte. Wir hatten unsere Hausaufgaben gemacht, du hattest einen Joint gedreht und auch mir gereicht. Ich fand den Geschmack wieder ekelhaft, ließ mir aber nichts anmerken.

Als ich wieder zu Hause war, rief ich einige Freunde an. Hin und wieder warf ich einen Blick auf den Fernseher. Dann kam plötzlich meine Mutter zurück. Eigentlich wollten wir gemeinsam ins Schwimmbad, ich hatte aber keine Lust, sagte ihr, ich sei müde, da wollte sie auch nicht allein hingehen. Ich fühlte mich ein wenig schuldig, aber sie meinte: »Ach komm, ist egal, wir machen uns einen schönen Abend.« Wir haben uns zusammen einen romantischen italienischen Film angeschaut und geweint. Denn, Martin, in dem Film gab es zwei Männer, die mich an dich und Mahmut erinnerten und die gleiche Frau liebten, am Ende des Films starben sie gemeinsam. Und immer, wenn ich seit deinem Tod Mahmut begegne, Martin, erinnere ich mich an den Film und staune darüber, dass Mahmut immer noch am Leben ist.

Nachdem wir den Tod der beiden Männer in dem Film genug betrauert hatten, stellte ich meiner Mutter eine Frage, die sie von mir nie erwartet hätte. Ich fragte sie, was sie über die Moschee denkt.

»Welche Moschee?« fragte sie zurück.

»Diese neue Moschee in Köln. Die man die Große Moschee oder so ähnlich nennt.«

Meine Mutter sagte: »Die Moschee ist ein Ort für Männer«, und signalisierte damit, dass sie kein ausführliches Gespräch darüber führen wollte. »Ich brauche keine Moschee. Es schadet aber niemandem, wenn es sie gibt. Unter so vielen Kirchen sieht eine Moschee mit Minaretten schön aus.«

Ihre Antwort fand ich nicht befriedigend. »Aber Mama, nicht nur die Rassisten lehnen die Moschee ab, sondern auch andere, die keine Rassisten sind.«

»Ach, was geht das uns an?« sagte meine Mutter kurz angebunden. »Kümmere dich um deine Schule. Es ist doch egal, wer sie haben will und wer nicht.«

Ich sah sie an und wechselte plötzlich das Thema:

»Mama, warum haben wir keine Verwandten?«

»Wieso sollen wir keine haben? Was ist mit Gülsen und Tayfun?«

»Also, Mama, ich meine genetische Verwandte. Warum haben wir keine genetischen Großmütter, Großväter, Tanten, Onkel? Ich habe nicht einen einzigen Cousin.«

Meine Mutter hob die Stimme, um deutlich zu machen, dass ihr das Thema nicht gefiel und um dieses Gespräch zu beenden. »Esra!« sagte sie, während ich sie unsicher anschaute. »Diese Frage kann ich jetzt nicht beantworten. Ich bin deine Mutter. Du musst mir vertrauen und warten. Es reicht für diesen Moment, wenn du weißt, dass du eine Mutter hast und es für uns beide besser ist zu denken, dass dein Vater tot ist oder dass wir ihn für tot halten.« Sie wirkte traurig und erschöpft und sah mich mit einem flehenden Blick an. »Wenn die Zeit reif ist, wirst du es erfahren, verstehst du, ich habe nämlich geschworen, dich nicht anzulügen. Zwing mich nicht, meinen Schwur zu brechen.«

Ich verspürte eine Aufwallung meiner Bewunderung für meine Mutter und umarmte sie.

»Ach, Mama«, sagte ich, »ich kann dir nicht einmal böse sein.«

»Deine Kleider riechen nach Esrar«, sagte meine Mutter, ohne meinen anhimmelnden Blick zu beachten.

»Was ist Esrar?« fragte ich unschuldig.

»Kiffen!« erwiderte sie.

»Ach so. Martin kifft manchmal«, sagte ich und tat dabei so, als würde ich die Aufregung meiner Mutter nicht verstehen. Aber sie wollte nicht so schnell nachgeben und fragte, wie oft du kiffst, und ich sagte: »Hin und wieder. Vielleicht einmal die Woche.«

»Und du? Hast du es auch probiert?«

»Ja, aber mach dir keine Sorgen, es hat mir gar nicht geschmeckt.«

Wie sehr hätte ich mir gewünscht, Martin, dass du ganz und gar nicht mutig gewesen wärst, dass du weggelaufen wärst, als diese dunklen Männer uns in dunkle Gänge geschleppt haben. Vielleicht hätte ich dich nicht geliebt, weil du geflohen bist, aber ich hätte dich auch nicht gehasst. Wenigstens wärst du am Leben, du würdest andere Frauen finden, vielleicht hättest du mit einer von ihnen Töchter bekommen, die deiner Mutter, Söhne, die deinem Vater ähneln. Vielleicht würdest du nicht einmal mehr kiffen, nachdem du Vater geworden wärst, vielleicht hättest du es reduziert, oder ganz aufgegeben, um kein schlechtes Beispiel für deine Kinder abzugeben. Vielleicht würden wir uns begegnen, wenn wir mit unseren Kindern am Rheinufer spazieren, wir würden uns grüßen und die Frau, die deine Frau wäre, würde vielleicht in meinen Augen lesen, dass wir einmal eine Beziehung hatten, die uns beide sehr glücklich gemacht hat, und am Abend würde sie zu Hause einen Streit anfangen. Du würdest gucken, als wolltest du sagen: »Welche Frau meinst du denn?« Aber weil deine Augen im Lügen weniger geübt sind als deine Zunge, würdest du deine Frau gänzlich auf die Palme bringen und eine völlig unnötige Familienkrise provozieren. Dabei hätte es völlig gereicht, wenn du gesagt hättest, natürlich, ihr seid vor sehr langer Zeit zusammen gewesen, dann hätte deine Frau in deinen Augen erkannt, dass die Liebe schon längst vergangen ist und wäre erleichtert.

Nun weiß ich, mein Schöner, mein Augapfel, mein Ein und Alles, dass all dies nicht mehr geschehen kann. Denn du bist gestorben und mir bleibt nichts anderes übrig als mich nach dir zu sehnen und deine Erinnerung in meinem Herzen zu tragen.

März 2012, Köln
DER REISENDE AUS DER VERGANGENHEIT

In Marias Alpträumen fiel meistens dichter Schnee, an ihrer Tür mit dem Milchglas erschienen Schatten und die kräftige Stimme eines Imams füllte den Raum: »Dem Willen Allahs des Erhabenen und der Sunna des Propheten folgend und dem großen Imam unseres Glaubens, Ebu Hanife ...« Maria gab sich große Mühe aufzuwachen und schwitzte, doch bis es ihr gelang, einen Schrei auszustoßen, blieben die dunklen Schatten und bedrohten sie weiter. Schweißgebadet wurde Maria im Dunkeln wach, und wenn es der Wecker war, der sie vor dem Alptraum gerettet hatte, griff sie nach ihm und stellte ihn aus. Dann knipste sie die Tischlampe an, stand auf, hängte ihr Nachthemd an die Badezimmertür und schaltete im Badezimmer das tragbare Radio an. Unter der Dusche hörte sie Melodien, die sich mit dem Rauschen des Wassers vermischten, das die letzten Reste des Alptraums fortspülte.

Am dritten Mittwoch im März hörte sie im Radio von dem Militärputsch in Mali. Sie trocknete ihr Haar, betrachtete sich im Spiegel und schaltete das Gerät ab. Im Schlafzimmer holte sie einen gelben Gebetsteppich aus dem Schrank, breitete ihn aus und betete. Danach legte sie den Gebetsteppich wieder zurück und ging leise auf Esras Zimmer.

Ihre Tochter war noch im Tiefschlaf, aber ihre Gesichtszüge entspannten sich, als ihr die Mutter einen Kuss gab. Maria seufzte. Sie setzte ihr gelbes Satinkopftuch auf und verließ das Haus. Auf dem Weg zum Stadtzentrum zeigte die digitale Anzeige im Auto 05:25 Uhr.

Auf der Düsseldorfer Straße nahm sie einen Fahrgast auf, den sie zum Hauptbahnhof brachte. Als sie danach wieder losfuhr, kam von der Zentrale die Meldung, ein gewisser Jan Berger wolle zum Flughafen Köln/Bonn. Sie nahm den Auftrag an. Es war eigenartig. Die Vergangenheit war für sie zwar ein unentrinnbarer Bunker, den sie mit Tonnen von Beton überschüttet, dessen Tor sie mit einer Eisenkette zugesperrt hatte. Ein Bunker, in dem alle ersticken sollten. Vielleicht gab es nur Einen, der aus diesem Bunker entkommen sollte, und das war Jan Berger. Trotzdem war sie nicht aufgeregt, dass sie ihn nach siebzehn Jahren zum ersten Mal wiedersehen würde. Weder beunruhigt noch besonders froh. Als sie seine Stimme zum ersten Mal im Radio gehört hatte, war sie auch nicht aufgeregt gewesen.

In diesem Augenblick war Jan Berger im Badezimmer fast fertig mit der Rasur. Er war früh ergraut. Der Kaffeeduft aus dem Wohnzimmer erinnerte ihn daran, dass er seine erste Zigarette noch nicht geraucht hatte. Er sah auf die Uhr. In einer Viertelstunde musste er fertig sein. Seine Haare waren noch feucht. Er trocknete sich das Gesicht ab, trug sein After Shave auf und kleidete sich in Anzug und Krawatte. Seit Jahren lebte er getrennt von seiner Frau und seinen Kindern. Selbst die Fotos seiner achtjährigen Tochter und seines zwölfjährigen Sohnes reichten nicht aus, um das Unglück zu verbergen, das jeden Winkel des

Hauses durchdrang. Während er seinen Kaffee trank, schaute er noch einmal auf die Uhr. In wenigen Minuten sollte das Taxi ankommen. Ohne auf das Klingeln zu warten, schüttete er den Rest Kaffee in die Spüle. Er spülte und trocknete die Kaffeetasse ab und stellte sie auf ihren Platz im Küchenschrank.

Er stieg die zwanzig Treppenstufen hinunter und hielt vor der Haustür Ausschau nach dem Taxi. Als er es entdeckte, lief er ruhig darauf zu. Maria stellte überrascht fest, dass Jan immer noch den gleichen Gang hatte wie damals. Ihr Herz schlug höher, als die Autotür geöffnet wurde. Sie bemerkte Jan Bergers leichte Unsicherheit, als sie den ersten Blickkontakt hatten, und baute eine schützende Distanz auf, indem sie fragte: »Sind Sie Herr Berger?« Jan Berger nickte und konnte es nicht verstehen, warum Marias Stimme lauter wurde, als sie sagte: »Dann steigen Sie doch ein!«

Sie bogen in die Hauptstraße ein. Ihre Blicke trafen sich oft im Rückspiegel, aber sie sprachen kein Wort miteinander, bis sie auf die Zoobrücke fuhren. Ungefähr auf der Mitte der Brücke fragte Jan, ob sie Deutsche sei.

»Ja«, sagte Maria. »Warum fragen Sie?«

»Einfach so. Bis heute bin ich noch nie einer Taxifahrerin begegnet, die ein Kopftuch trägt.«

»Es gibt immer ein erstes Mal«, entgegnete Maria. »Und ich bin noch nie einem Mann begegnet, der wie ein Türke aussieht und den mein Kopftuch befremdet. Und Sie? Sind Sie Deutscher?«

»Ja.«

»Ich vermute, Sie sind Journalist.«

»Das stimmt. Wie haben Sie das erraten?«

»Taxifahrer sind Menschenkenner. Ihnen sieht man

sofort an, dass sie Journalist sind. Schon Ihre gelbe Krawatte verrät, dass Sie einer sind.«

Dann schwiegen sie wieder und sahen sich immer wieder im Rückspiegel an. Als der Wagen am Eingang B des Flughafens hielt, waren beide erschöpft und traurig. Jan bezahlte und wollte das Wechselgeld nicht haben. »Stimmt so«, sagte er und öffnete die Tür. Gerade als er aussteigen wollte, zögerte er.

»Du bist Esra, nicht wahr?« fragte er. »Du bist Esra, die Esra, die ich kenne.«

Maria sah Jan in die Augen. Dann sprach sie mit einer Stimme, als würde sie ersticken: »Die Esra, die du kennst, ist tot. Jetzt habe ich eine andere Esra. Wer ich jetzt bin und unter welchem Namen ich lebe, spielt keine Rolle.«

»Doch. Sonst hätte ich nicht gefragt. Du bist schließlich meine erste große Liebe. 18 Jahre lang habe ich überall nach dir gesucht.«

»Anders ging es nicht«, sagte Maria mit Eisesstimme.

»Hast du mich sofort erkannt?«

»Habe ich.«

»Warum hast du es dir nicht anmerken lassen?«

»Das habe ich dir überlassen. Ich lebe schon lange in Köln, aber wir sind uns noch nicht begegnet. Ich verfolge aber deine Arbeit, höre mir deine Sendungen an. Du machst gute Sachen.«

»Danke! Hast du auch deinen Namen geändert?«

»Ja.«

»Darf ich den erfahren? Dass du eigentlich Esra heißt, sage ich niemandem weiter.«

Maria zögerte. »Ich heiße«, sagte sie dann fast flüsternd: »Ich heiße Maria.«

»Maria?« fragte Jan verblüfft.

»Ja. Mein Name ist Maria.«

Jan holte eine Visitenkarte heraus. Auf die Rückseite notierte er die Flugnummer und die Landungszeit seines Rückflugs und sagte, er würde sich freuen, wenn sie ihn wieder fahren würde. »Esra … äh … Maria« brachte er mit Mühe heraus: »Es tut mir sehr leid für alles. Bitte entschuldige.«

»Du brauchst dich nicht zu entschuldigen«, antwortete Maria. »Du warst noch ein Kind, wir waren beide noch Kinder und sehr schwach.«

Jan schloss die Tür. Während er auf das Tor B zuging, betrachtete Maria im Rückspiegel seine Gestalt, die sich in Richtung Vergangenheit entfernte. Diese überfiel sie plötzlich mit voller Wucht.

Damals lebte Maria unter dem Namen Esra, den sie Jahre später ihrer Tochter gab, in Berlin. Sie war der Inbegriff der Unschuld und hätte sich nie vorstellen können, dass ihr Leben auf den Kopf gestellt werden könnte. Sie nahm das Leben so wie es war, versuchte, ihre Eltern nicht zu verärgern, wollte so schnell wie möglich das Gymnasium beenden und studieren, damit ihr nicht das passierte, was einigen ihrer Freundinnen passiert war. Ihr größter Alptraum war, mit jemandem verheiratet zu werden, den sie nicht wollte. Das würde sie nie akzeptieren, eher würde sie das Elternhaus verlassen und spurlos verschwinden. Sie würde an einen sehr weiten Ort fliehen, wo ihr Vater sie nie finden könnte. Doch sie glaubte, einen guten Weg gefunden zu haben, damit es nie soweit kommt. Sie lernte sehr fleißig, half ihrer Mutter bei der Hausarbeit und war fügsam. Sie betete zusammen mit ihrer Mutter und trug immer ihr Kopftuch, wenn sie nicht in der Schule war oder sich mit ihrem Freund Jan Berger traf. An einem Junitag 1994 verabschiedete sie sich auf dem Nollendorfplatz von Jan, holte ihr blaues Kopftuch aus der Tasche und legte es sorgfältig an. Sie überquerte den Platz, lief schnellen Schrittes am Metropol vorbei, drehte sich um und betete, dass niemand sie ohne Kopftuch gesehen hatte. Ihre Mutter, die fest davon überzeugt war, dass selbst eine einzige Haarsträhne, die von einem Mann gesehen wird, ihrer Tochter große Qualen in der Hölle bereiten würde, und die ihr eigenes Kopftuch sehr fest anlegte, machte ihr die Tür auf. Sie nutzte jede Gelegenheit, um ihre eigene Angst auch ihrer Tochter einzupflanzen und sprach immer wieder in bedrohlichem Ton von Allah, dem Propheten und dem Koran. Nach der ersten Begrüßung sagte sie: »Zieh dich um und komm ins Wohnzimmer. Auch mein Bruder, dein Onkel, ist da.« Maria, oder die damalige Esra, wurde plötzlich unruhig. Um dieses Gefühl zu überwinden, fragte sie: »Welcher Bruder?« »Bilal«, antwortete die Mutter. »Habe ich etwa mehrere Brüder?«

Maria zog sich ein blaues Kleid an, das ihren Körper bis zu den Fußknöcheln verhüllte und hörte dabei die Stimmen ihres Vaters und ihres Onkels aus dem Wohnzimmer. »Es ist schlimmer als du denkst, die Geschäfte laufen schlecht«, hörte sie ihren Onkel klagen. »Vielleicht lass ich hier alles liegen und gehe nach Köln, oder vielleicht sogar nach Bergisch Gladbach.« »Hast du dort jemanden, den du kennst?« fragte ihr Vater mahnend. Ihre Mutter ging dazwischen: »Bilal, möchtest du noch einen Tee?« Maria warf noch einen letzten Blick auf ihr Bild im blauen Kleid im Spiegel und näherte sich den Stimmen. »Dort habe ich einen Freund, einen sehr ehrlichen, tiefgläubigen Hodscha«, hörte sie ihren Onkel sagen.

Als Maria an der Wohnzimmertür erschien, drehten sich alle nach ihr um. Sie konnte sich nicht entscheiden, ob sie zuerst ihrem Vater, der um die vierzig war und mit einer Gebetsmutze auf dem Kopf auf dem Sofa saß, oder ihrem Onkel, der noch keine dreißig war, ein bis zur Brust aufgeknöpftes weißes Hemd, einen schwarzen Anzug und einen riesengroßen Ring trug, die Hand küssen sollte. Während sie noch zögerte, nahm sie der Blick des Onkels gefangen, also sagte sie »Willkommen, lieber Onkel!« und küsste ihm die Hand.

»Oh Esra! Wie groß du geworden bist!« sagte der Onkel. Maria lächelte schüchtern und spürte auf einmal das Gewicht ihrer Brüste. Danach küsste sie die Hand ihres Vaters und führte sie an die Stirn.

Kurz stand sie vor den beiden Männern und folgte dann ihrer Mutter in die Küche. Die Mutter schien in Gedanken zu sein. »Setz dich Esra«, sagte sie. »Ich möchte mit dir reden. Du kennst Kazım, nicht wahr?«

Maria schnürte es das Herz zusammen. »Den Sohn deines Onkels väterlicherseits, den kennst du doch«, fuhr sie fort in einem Ton, als würde sie von etwas völlig Alltäglichem sprechen. »Der zwei Jahre älter ist als du. Der gerade im Dorf lebt. Wir waren ja letztes Jahr im Dorf.«

Sie sah die Unruhe in Marias Gesicht, sprach aber entschieden weiter: »Kurz gefasst, sie wollen dich auf Befehl Gottes und mit Einverständnis des Propheten mit diesem Kazım verheiraten.«

»Mutter!« antwortete Maria mit fester Stimme, die immer lauter wurde und in der weder Unsicherheit noch Angst mitschwangen. »Ich will es nicht. Ich will weder diesen Kazım noch irgendeinen anderen. Ich will nur studieren.«

Ihre Mutter ließ sich nicht davon beeindrucken. Schon seit langem hatte sie sich für den Fall, dass ihre Tochter nicht fügsam sein sollte, die Antwort zurechtgelegt. So sprach sie noch lauter als Maria: »Was sind das für Worte? Wie kannst du dir erlauben, dich gegen deine Mutter, deinen Vater, deine Familie, gegen Sitten und Bräuche aufzulehnen?«

»Das kann ich mir erlauben«, erwiderte Maria jetzt etwas leiser, damit man sie im Wohnzimmer nicht hören konnte. »Und wenn ihr mich dazu zwingt, laufe ich weg! Ich bringe mich um!«

Maria konnte in jener Nacht nicht schlafen. Die ganze Zeit überlegte sie, wie sie sich aus dieser Klemme befreien sollte.

Am nächsten Morgen bemerkte Jan die Unruhe in Marias Gesicht schon aus der Ferne, während sie die Treppen des U-Bahnhofs Nollendorfplatz hinaufstieg und gleichzeitig versuchte, ihr blaues Kopftuch in ihrer Tasche zu verstauen. Auf seine Frage, was passiert sei, antwortete sie: »Du musst was tun! Du musst unbedingt was tun! Sie wollen mich mit jemandem verheiraten, den ich nicht kenne und nicht will. Verstehst du? Tu was!«

Am Abend sprach Jan mit seinen Eltern darüber. »Versteht ihr nicht?« sagte er in höflicher Erregtheit. »Sie wollen sie mit jemandem verheiraten, den sie nicht will. Den sie nicht kennt. Sie ist in einer sehr schwierigen Situation, Mutter.«

»Natürlich, mein Liebling«, erwiderte die Mutter, »natürlich ist es sehr schrecklich, was ihr droht.« Sie betonte das Wort »schrecklich« so stark, dass Jan glaubte, jetzt müssten Worte darauf folgen, die sein und Marias Schicksal ändern würden. Aber seine Mutter sagte nur: »Leider kann man für Esra nichts tun.«

»Aber warum?« widersprach Jan entschlossen. »Ich liebe Esra, ich möchte sie heiraten.«

»Ich verstehe, mein Sohn«, sagte sie sanft. (Danach hasste Jan viele Jahre lang Frauen mit ähnlich sanfter Stimme, ohne zu wissen, warum.) »Ich verstehe. Du möchtest dem Mädchen etwas Gutes tun. Du kannst es aber nicht. Niemand kann das.«

»Mutter!« flehte Jan. »Ich möchte nicht ihr, sondern mir selbst etwas Gutes tun.«

»Das Gute für dich liegt aber nicht darin, sie zu heiraten«, antwortete seine Mutter, ohne »mein Liebling« zu sagen, um ihm klarzumachen, dass er keine Chance hat. Nun flehte Jan seinen Vater an, der von Anfang an schweigend zugehört hatte: »Vater, sag doch was!« »Es tut mir leid«, meinte jener. »Aber deine Mutter hat recht.«

Jan hatte zwar noch nie erlebt, dass sein Vater eine andere Meinung vertrat als seine Mutter, wollte aber trotzdem nicht aufgeben und wenigstens seiner Enttäuschung Luft machen, indem er »Vater!« rief. Doch seine Mutter versetzte ihm mit ihren Worten den letzten Schlag: »Das geht nicht, Jan. Du darfst deine Zukunft nicht für ein Mädchen ruinieren, das aus einer solchen Familie kommt. Sie sind, wie soll ich es sagen, anders.«

Als Maria am nächsten Tag Jan nach Schulschluss einholte, wusste sie eigentlich, dass er keine guten Nachrichten für sie hatte, denn in den Pausen hatte er es immer wieder geschafft, ihr aus dem Weg zu gehen.

»Hast du mit deiner Familie gesprochen?« fragte sie.

»Ja.«

»Und?«

»Sie wollen es nicht.«

»Was?«

»Sie wollen eben nicht, das ist alles.«

Maria blieb stehen. Sie sah zuerst in den Himmel, dann auf die Kastanienbäume, deren Äste im Wind zitterten, und schließlich auf das Gesicht Jans, der kurz vor dem Weinen war.

»Hast du ihnen gesagt, dass du mich liebst? Hast du ihnen das gesagt?«

»Ja, habe ich.«

»Wie hast du das gesagt?« schrie ihn Maria an. »Wie hast du gesagt, dass du mich liebst?«

»Ich habe gesagt«, brachte er mit Mühe heraus, mit Tränen kämpfend, »ich habe gesagt, ich liebe Esra, ich liebe Esra, habe ich gesagt.«

März 2012, Berlin
ZERSTÖRTES LEBEN

Als ihn später seine Frau verließ und die beiden Kinder mitnahm, kämpfte Jan Berger nicht einmal darum, seine Kinder einmal in der Woche zu sehen. Der Versuch, sich seiner Mutter zu widersetzen, hatte damals seine ganze Kraft aufgebraucht, und als Maria plötzlich aus seinem Leben verschwand, ergab es für ihn keinen Sinn mehr, um irgendetwas im Leben zu kämpfen.

Jetzt spürte er im Flugzeug, dass dieses Leben ohne jeden Widerstand ihn nicht glücklich machte. Zumindest hätte er seinen Eltern drohen können, von zu Hause wegzulaufen, oder hätte zusammen mit Maria bei seiner Großmutter, oder bei einer seiner Tanten oder Cousins Zuflucht suchen können. Sie würden wahrscheinlich ein armseliges Leben führen, ein Leben, das die Armut in kurzer Zeit zermürben und ruinieren würde, aber wenigstens würde er nicht zu den Schuldigen jener unbekannten Ereignisse gehören, die dazu führten, dass das Mädchen, das er als Esra liebte, Jahre später unter dem Namen Maria vor ihm erschien. Maria hatte es ehrlich damit gemeint, er brauche sich nicht zu entschuldigen, und tatsächlich hatte sie nicht die kleinste Andeutung gemacht, dass er sich etwas vorzuwerfen habe, hatte aber auch nicht die Enttäuschung und den Zorn in ihrer Stimme verbergen können, als sie sagte: »Die Esra, die du kennst, ist tot.«

Jan erinnerte sich an Marias damaligen zarten, zierlichen Körper und stieß einen tiefen Seufzer aus. Eine Frau mit rotgefärbten Haaren, die neben ihm saß und die Wolken betrachtete, spürte seinen Seufzer und drehte sich nach ihm um. Als sie die Träne bemerkte, die unter Jans Brille hinunterrann, beschloss sie, lieber weiter die Wolken anzuschauen.

Wie sehr sich Esra verändert hat, sprach Jan Berger leise zu sich selbst. Der Körper der heutigen Maria wirkte auch lebendig, energiegeladen, hatte aber nichts mehr von der Zartheit von damals, war sogar grob wie bei einem Legionär. Das machte sie zwar attraktiv, und Jan hatte auch die eigenartige Energie gespürt, die sie ausstrahlte, aber dass Esra eines Tages so aussehen würde, hätte er nie gedacht. Als sich ihre Blicke im Rückspiegel getroffen hatten, hatte er auf einmal Esras Augen gesehen, während sie ihn angeschrien hatte: »Wie hast du gesagt, dass du mich liebst?« Die Augen, nach denen er sich in all den Jahren gesehnt hatte, waren jetzt vor ihm, doch er hatte sich nicht getraut, sie darauf anzusprechen, bis sie am Flughafen ankamen.

Stunden später bemerkte Jan Berger nicht, dass seine rothaarige Sitznachbarin in dasselbe Café kam, in dem er bereits saß und an dem Nachbartisch Platz nahm. Eine junge Frau, die wie Esra aussah und ungefähr in ihrem Alter war, brachte Jan Kaffee und dem todtraurig wirkenden Mann, der ihm gegenüber saß, einen Cappuccino.

Die rothaarige Frau bestellte sich einen weiteren grünen Tee und lauschte dem Gespräch zwischen Jan und dem anderen Mann, von dem sie etwas später erfahren sollte, dass er Halil hieß. Sie hatte das starke Gefühl, diese beiden Männer würden gleich über etwas sprechen, das sie nicht verpassen durfte.

»In den Zeitungen steht, dass Sie insgesamt siebzehn Jahre im Gefängnis waren«, fing ihr Sitznachbar aus dem Flugzeug an. Stimmt es, dass Sie wegen guter Führung begnadigt wurden, obwohl Sie zu lebenslanger Haft verurteilt wurden?«

»Das stimmt«, sagte Halil.

»Sie haben vor achtzehn Jahren Ihre Schwester getötet. Können Sie davon erzählen?«

Die Frau horchte auf, obwohl das, was Halil jetzt erzählen würde, bereits kein Geheimnis mehr war. Sie sah ihn aufmerksam an. Er hatte nicht das Gesicht eines Mörders. Die zarten Gesichtszüge hatten sogar etwas Weibliches.

»Es ist eigentlich ein klassischer Fall«, antwortete Halil. »Es gibt nicht viel zu erzählen. Wir wollten meine Schwester mit einem Verwandten verheiraten, mit dem Sohn meines Onkels.«

»Wahrscheinlich nicht Sie selbst«, unterbrach ihn Jan. »Ihre Familie wollte das.«

»Ich war neunzehn«, erwiderte Halil. »Also fühlte ich mich verantwortlich für meine Schwester.«

»Wie alt war Ihre Schwester?«

»Siebzehn.«

»Siebzehn«, wiederholte Jan, ohne zu wissen, warum. Dann schaute er aus dem Fenster und sah eine junge Frau vorbeigehen, die etwa siebzehn sein mochte. Sein Blick streifte die rothaarige Frau und richtete sich wieder auf Halil. Für einen Moment fragte er sich, wo er diese Frau schon einmal gesehen hatte. Sie hatte ihren Tee völlig vergessen und widmete ihre ganze Aufmerksamkeit dem Gespräch der beiden Männer.

»Was hat Ihre Schwester getan, um den Tod zu verdienen?«, fragte Jan.

»Sie ist mit einem jungen Mann geflohen.«

»Können Sie sich an seinen Namen erinnern?«

»Ja«, sagte Halil. »Er hieß Eduardo.«

Die rothaarige Frau begann, Halil giftig zu fixieren, ohne es zu merken.

»Hätte es etwas geändert, wenn er nicht Eduardo, sondern Mahmut oder Ali geheißen hätte? Ich meine, hat es bei der Entscheidung der Familie, sie zu töten, eine Rolle gespielt, dass der Mann kein Türke war?« fragte Jan weiter. Die rothaarige Frau hielt den Atem an, um Halils Antwort nicht zu verpassen.

»Auch wenn er Türke gewesen wäre, wäre die Entscheidung die gleiche gewesen. Denn sie war von zu Hause weggelaufen und hat die Ehre der Familie verletzt.«

»Inzwischen ist viel Zeit vergangen. Ihre Schwester wäre jetzt fünfunddreißig, wenn sie gelebt hätte. Sie sind die einzige Person, die sagt, dass sie die Tat bereut, und auch bereit ist, das vor der Öffentlichkeit zu erklären. Sind Sie wirklich bereit, den Mord öffentlich zu verurteilen und die Kampagne gegen häusliche Gewalt zu unterstützen?«

»Ich bin bereit.«

»Was ist mit Eduardo passiert?« wollte Jan wissen. »Haben Sie ihn auch umgebracht?«

»Nein. Ich weiß nicht, was mit ihm passiert ist.«

Die beiden Männer bemerkten die feuchten Augen der rothaarigen Frau nicht, die auf sie gerichtet waren.

»Ich möchte Ihnen eine sehr private Frage stellen. Wenn Sie an Ihre Schwester und an Eduardo denken, wenn jemand ihre Namen erwähnt, was macht das mit Ihnen? Was fühlen Sie?«

Die rothaarige Frau sah, dass auch Halils Augen sich mit Tränen füllten. »Ich möchte weinen«, sagte Halil. »Nur weinen.«

Die rothaarige Frau holte eine Visitenkarte aus ihrer Tasche und schrieb auf die Rückseite: »Eduardo Molina Fuentes. Rheinische Kliniken Köln, Fachklinik für Psychiatrie und Psychotherapie, Wilhelm-Griesinger-Str. 174, 51109 Köln, Kontakt: Dr. Ali Kemal Gün«. Bevor sie das Café verließ, ging sie an den Tisch von Jan und Halil. Eine Weile sah sie in die feuchten Augen Halils, legte die Visitenkarte auf den Tisch und ging wortlos hinaus. Während Halil das Geschriebene las, schaute Jan Berger der Frau verblüfft nach und erinnerte sich, dass sie im Flugzeug neben ihm gesessen hatte.

Ein paar Wochen vor dem Tag der Abrechnung besuchte Jan Berger Dr. Ali Kemal Gün, um zu erfahren, was mit Eduardo Molina Fuentes passiert war. Dr. Ali Kemal Gün teilte ihm mit, dass er keine Informationen über die Patienten weitergeben dürfe, worauf ihm Jan ausführlich erklärte, warum er hier war. Schließlich gelang es ihm, Eduardo Molina Fuentes im Garten der Klinik aus der Ferne zu sehen, wo jener in Begleitung von zwei Krankenschwestern einen Spaziergang machte. Eduardo lief mit den Krankenschwestern bis zu dem Stacheldrahtzaun, kehrte zurück, setzte sich auf eine Bank, sah auf die Kastanienbäume, deren Blätter im Wind rauschten, und schien längst die Fähigkeit, seine Umgebung wahrzunehmen, verloren zu haben. Dr. Ali Kemal Gün war der Meinung, dass eine Entschuldigung Halils bei Eduardo Molina Fuentes nicht zur Heilung des Patienten beitragen würde und sogar die Therapie gefährden könnte. Schließlich hatte Halil nicht nur seine eigene Schwester umgebracht, sondern auch Eduardos Leben zerstört. Für eine solche Begegnung war es noch zu früh. Sie könnte die seelische Wunde des Patienten wieder bluten lassen, die möglicherweise kurz vor der Heilung stand. Er wollte Halils Bereitschaft, sich zu entschuldigen, nicht kleinreden, aber eine Bitte um Entschuldigung würde nicht genügen, Eduardo, der sich nach dem Tod seiner Geliebten freiwillig vom Leben verabschiedet hatte, wieder lebendig zu machen. Trotzdem würde er sich mit seinen Kollegen darüber beraten. Meistens hatte es eine positive Wirkung auf das Opfer, wenn der Täter seine Schuld gestand und sich eine Entschuldigung wünschte. Doch war der Inhalt des Geständnisses entscheidend. Die Wahrscheinlichkeit, dass das Opfer unaufrichtige Tränen als eine Kugel wahrnahm, die ihm durchs Herz geschossen wurde, war sehr hoch, und wenn man sich nicht sicher war, war es vorteilhafter, solche Konfrontationen zu vermeiden.

In der Nacht, bevor Maria Jan vom Flughafen abholte, hatte sie wieder ihren Alptraum, der ihr seit achtzehn Jahren zusetzte, wachte wieder mit einem stummen Schrei und schweißgebadet auf, rannte zu Esras Zimmer, öffnete leise die Tür und ging vorsichtig hinein. Esra lag auf ihrer rechten Seite und schlief. Sie zog die Decke zurück, schaute eine Weile die schlafende Tochter an, gab ihr einen sanften Kuss, deckte sie wieder zu, ging langsam und geräuschlos in ihr eigenes Zimmer, wo sie die Nachttischlampe ausschaltete und unter ihre Decke schlüpfte.

Am Flughafen angekommen, war Maria immer noch unter dem Einfluss ihres Alptraums und ärgerte sich, dass sie es immer noch nicht gelernt hatte, mit ihm zu leben. Sie sah durch die Windschutzscheibe ihres Wagens ein Flugzeug landen und dachte, dass Jan möglicherweise drinsaß. Nach ein paar Minuten bog sie in die Richtung ab, in die das Schild »Ankunft« wies und blieb nach dem Ausgang C stehen. Sie holte einen Parkschein, legte ihn ins Auto, ging hinein und sah auf der Anzeigetafel, dass die Maschine gelandet war. Sie musste nicht lange warten, bald erschien Jan Berger am Ausgang.

»Willkommen, wie war die Reise?« fragte sie ihn.

»Gut, danke!«

Sie liefen zu Marias Taxi. Sie öffnete den Kofferraum, und Jan legte seinen Rucksack und seinen Laptop hinein. Während er vorne einstieg, bemerkte sie zwei Männer in dunklen Anzügen durch den Ausgang C herauskommen. Beunruhigt kniff sie die Augen zusammen und beobachtete die beiden Männer, dann stieg sie ein, legte ihren Gurt an, startete den Motor und erinnerte Jan daran, dass er noch nicht angeschnallt war.

Bis sie auf die Autobahn fuhren, wussten beide nicht, wie sie das Gespräch anfangen sollten. Beide warteten, dass der andere den ersten Schritt machte. Schließlich gelang es Maria, das Schweigen zu brechen. »Erzähl mal von dir selbst«, forderte sie Jan auf. »Was machst du so außer Journalismus? Bist du verheiratet? Hast du Kinder?«

»Ich war verheiratet. Vor längerer Zeit. Ich habe zwei Kinder, einen Jungen und ein Mädchen.«

»Wie alt sind sie?«

»Acht und zwölf.«

»Sind sie bei dir?«

»Nein, bei ihrer Mutter. Ich darf sie an den Wochenenden sehen.«

»Seid ihr im Streit auseinandergegangen?«

»Ja.«

»Es ist bestimmt nicht leicht für dich.«

»Stimmt. Es ist nicht leicht«, sagte Jan und klang für Maria wie jemand, der ihr aus weiter Ferne zuruft.

»Was hast du gemacht? Hast du geheiratet?«

»Nein. Aber ich habe eine Tochter.«

»Wie alt ist sie?«

»Bald wird sie achtzehn.«

»Achtzehn?«

»Ja, achtzehn. Warum bist du überrascht?«

»Keine Ahnung«, sagte Jan. »Ich bin halt überrascht.«

Etwas später fuhren sie über die Zoobrücke über den Rhein und bogen nach Ehrenfeld ab. »Kannst du bitte am Kiosk halten?« bat Jan. »Ich muss Zigaretten kaufen.«

Maria hielt vor dem Kiosk. Während sie auf Jan wartete, fuhr ein schwarzer Mercedes vorbei und die Zeit verwandelte sich für Maria in eine Zeitlupenaufnahme. Auf dem Rücksitz sah sie ihren Onkel, den Bruder ihrer Mutter. Sie sah den Wagen etwas weiter vorne auf den Hof einer Fabrik mit dem Schild »Kordoner« fahren. Jan kam zurück, legte die Schachtel in seine Tasche, stieg mit einem schüchternen Lächeln ein und bemerkte etwas Seltsames in Marias Gesichtsausdruck.

»Ist was passiert?«

»Nein«, sagte Maria. »Wahrscheinlich ist mein Blutdruck gefallen. Ich habe gestern nicht gut geschlafen.«

Vor der Firma Kordoner wurde Maria etwas langsamer und sah, wie im Hof zwei Bodyguards die Türen öffneten und ihr Onkel ausstieg. Dann gab sie wieder Gas und sprach kein einziges Wort, bis sie vor Jans Haus ankamen. Er holte sein Portemonnaie heraus, doch Maria sagte: »Nicht nötig. Schenk ich dir.«

Als Jan immer noch bezahlen wollte, fuhr sie ihn an: »Ich habe doch gesagt, schenk ich dir, jetzt lass es mal gut sein!«

Er gab nach. Beim Aussteigen fragte er sie, wann sie sich wiedersehen würden. »Bald«, sagte Maria. »Ich habe deine Visitenkarte.«

Maria blieb eine Weile reglos sitzen, nachdem Jan ausgestiegen und hinter seiner Haustür verschwunden war. Sie hatte die Grenze der Angst schon vor Jahren überschritten, und ihre Gefühle konnten jetzt nicht mehr als Angst oder Panik bezeichnet werden. Sie glich eher einem erschöpften wilden Tier, das tief atmete. Sie trat aufs Gas und fuhr los, fuhr an Kordoner vorbei, trat auf die Bremse, klatschte sich ins Gesicht, drehte um, warf einen Blick auf den Hof, als sie am Tor von Kordoner vorbeifuhr, beschleunigte wieder, blieb kurz danach am Straßenrand stehen und stellte den Motor ab.

Vor achtzehn Jahren war Maria, die damals unter dem Namen lebte, den sie später ihrer Tochter gab, vor Freude fast verrückt geworden, als sie ihren Onkel Bilal auf sich zukommen sah. »Onkel, du bist eine Perle, du bist so wunderbar!« hatte sie immer wieder ausgerufen und ihren Onkel umarmt. Der Onkel hatte ihr nur gesagt: »Komm mit!« Sie waren in Seitengassen abgebogen und vor einem dunkelblauen alten Wagen stehengeblieben. Der Onkel hatte die Hintertür geöffnet und sie aufgefordert einzusteigen. Danach war er selbst eingestiegen und hatte Maria gesagt: »Jetzt fahren wir nach Bergisch Gladbach. Das wissen nur du und ich. Hast du verstanden?« »Ich habe verstanden, Onkel«, hatte sie geantwortet.

Sie fuhren unter einem strahlend blauen Himmel. Maria hatte das Gefühl, nicht nur in eine andere Stadt, sondern in eine glückliche Zukunft unterwegs zu sein. Noch nie hatte sie den Himmel so klar und hoffnungsvoll gesehen. In der Nähe von Köln wechselten sie von der A3 auf die A4. Maria sah die Schilder »Refrath« und »Ausfahrt«, stellte sich ihre Eltern mit sorgenvollen Gesichtern vor und hatte für einen Moment den Wunsch, ihren Onkel zu bitten zurückzukehren, blieb aber still. In Refrath, einem Stadtteil von Bergisch Gladbach, fuhr der Wagen in die Seitenstraßen. Der Onkel hatte während der ganzen Fahrt kein Wort gesprochen; nun brach er endlich sein Schweigen und sagte: »Ich bringe dich zu meinem besten Freund. Du kannst eine Weile dort bleiben. Er ist Imam, ein guter Mensch. Wenn dein Vater sich beruhigt hat, bringe ich dich zurück nach Berlin.«

»Die Schule … was ist mit der Schule, Onkel?« fragte Maria. »Vergiss jetzt die Schule«, erwiderte der Onkel. »Jetzt musst du dich vor allem verstecken. Wenn dein Vater erfährt, wo du bist, lässt er weder dich am Leben noch mich, weil ich dir geholfen habe.« Vor einem dunkelblau gestrichenen Haus blieb der Wagen stehen. Maria stieg aus und trat in die Welt der Alpträume hinein. Die Tür des Hauses wurde geöffnet und ein vollbärtiger Mann, dessen Gesicht zugleich an alles und an nichts erinnerte, begrüßte sie mit einer weißen Gebetskette in der Hand und bat sie herein: »Willkommen, Bruder Bilal, willkommen, Mädchen.« »Danke, Hodscha!« antwortete der Onkel. Er brachte sie in ein Zimmer und meinte: »Warte hier, Esra. Ich werde mit dem Hodscha etwas besprechen.«

In diesem Zimmer war alles weiß. Maria setzte sich aufs Bett und sah durch den Türspalt eine weiße Gebetskette, die an einer Hand hing. Der Imam und ihr Onkel sprachen flüsternd miteinander und schauten kurz in ihre Richtung. Irgendwann hatte sie einen kurzen Blickkontakt mit ihrem Onkel und versuchte, ihre Unruhe mit einem Lächeln zu überwinden. Der Onkel hatte bemerkt, dass Maria ihnen zuschaute, und schloss die Tür. Jetzt blieb sie allein zwischen den leeren Wänden. Von drüben hörte man Musik, eine Männerstimme sang die Gebetshymne »Meine Liebe gehört dir, Allmächtiger«. Die Hymne stimmte Maria traurig, sie stand auf, ging ans Fenster und schaute auf die menschenleere Straße. Da wurde die Tür geöffnet und ihr Onkel trat mit einem Grinsen herein. Er schloss die Tür hinter sich und sprach einen Satz, den Maria nicht verstand:

»Um dich schützen zu können, und das ist die Idee des verehrten Hodscha, muss ich mit dir eine Imam-Ehe schließen.«

Als Kind hatte sie die arabische Sprache immer beruhigt, wenn sie ihre Mutter beim Beten sprach. Aber die unverständlichen Worte aus dem Munde des Mannes mit der weißen Gebetskette beängstigten sie: »Euzu billahi's-Semii'l-Alimi mine'ş-şeytani'r-recim. Bismillah'r-Rahmani'r-Rahim« Ihre Angst wurde immer größer und sie hoffte, dass der Mann bald zum Ende kommen möge, während dieser weitersprach: »Ve enkihül eyama minküm ves salihıyne min ıbadiküm ve imaiküm iy yekûn fükarae yuğnihimüllahü min fadlih vallahü vasiun alim Sadakallahülazim«. Der Mann mit der weißen Gebetskette fixierte sie schließlich mit seinem Blick und begann: »Auf Befehl des Allmächtigen und mit dem Segen des Propheten …«, um wieder mit unverständlichen Worten weiterzusprechen. Maria sah ihren Onkel an. Bilal nickte ihr zu, und so nickte auch Maria.

»Und du«, wandte sich der Mann mit der weißen Gebetskette in einem Singsangton, als würde er eine Hymne singen, an Bilal: »Bilal bin Bekire, dessen Vertreter und dessen Selbst du bist, nimmst du sie?«

Das letzte Bild, das Maria von diesem Tag im Gedächtnis blieb, war ihr Onkel, der nickte.

Was darauf folgte, war eine weiße Finsternis. Eine Finsternis, die sie erblinden ließ, von der Welt, der Zukunft, von ihren Träumen fortriss, so finster wie das weiße Brautkleid, das sie sich anziehen musste. Weiße Wände, Bettwäsche, Decken, ein Glas weiße Milch neben ihrem Bett, die weiße Kleidung Bilals, die weiße Gebetskette des verehrten Imam, die weiße Stimme des weinenden Mannes, der immer noch »Meine Liebe gehört dir, Allmächtiger« sang, das Milchglas, ihre traurigen, beängstigten, reglosen Augen, die dieses Milchglas anstarrten, der Schatten, der sich ihr und der Tür näherte, der dichte Schnee, der jetzt einsetzte, das Gesicht Bilals, ihres Onkels, der die Tür öffnete und hereintrat und ihr eigener Schrei, sie waren alle eine weiße Finsternis.

Die Finsternis dauerte Sekunden, Minuten, Stunden, Tage, Wochen, Monate, Jahreszeiten. An einem verschneiten Wintertag betrat Bilal wieder grinsend ihr Zimmer. Er sah sie zusammengekauert und reglos im Bett liegen und näherte sich mit festen Schritten. »Aufstehen, Mädchen!« schubste er sie und spürte im selben Augenblick einen Schmerz im Bauch, wie er ihn noch nie gehabt hatte. Maria hatte mit einem jähen Ruck das Brotmesser, das sie zwischen den Händen hielt, in seinen Bauch gerammt.

Während Bilal mit einem Schrei, der ihm selbst fremd vorkam, zu Boden ging, fing sich die Finsternis in Marias Seele an aufzuhellen. Sie rannte aus dem Zimmer, in das sie die ganze Zeit eingesperrt war und rannte nach Hilfe rufend die Treppen hinunter.

Die Straßen waren leer. Sie begann, in ihrem weißen Nachthemd zu rennen. Die Bewohner des Viertels, die von ihren Fenstern die Schneeflocken bewunderten, dachten, diese junge Frau, die hilfeschreiend im Nachthemd rennt, könnte nicht real sein, sie hätten es sich nur eingebildet. Nur einer von ihnen, eine alte Frau mit weißem Haar, hatte die Geistesgegenwart, die Polizei anzurufen. Dann schaute sie wieder auf die Straße und sah Maria kraftlos auf dem Boden liegen und ein beigefarbenes Taxi, das sich näherte.

Der Taxifahrer, Marias künftiger »Bruder Tayfun«, fühlte ihren Puls, sah sich um und trug sie auf den Armen zu seinem Wagen. Unterwegs zum nächsten Krankenhaus rief er die 110 an und benachrichtigte die Polizei. Inzwischen riefen die Nachbarn des Imams, die seltsame Geräusche aus dessen Wohnung gehört hatten, die Polizei an. Die Beamten folgten den Blutspuren bis zu dem Zimmer, in dem Maria gefangen gehalten wurde, und sahen auf dem Boden die Blutlache und das Brotmesser.

Ihren ersten der später chronisch wiederkehrenden Alpträume hatte Maria in der Notaufnahme. In ihrem Traum war alles nur eine weiße Finsternis, die Wände, die Bettwäsche und Decken, die Milch neben ihrem Bett, Bilals Kleidung, die weißen Gebetsketten des verehrten Imam, die Stimme des weinenden Mannes, der »Meine Liebe gehört dir, Allmächtiger« sang, das Milchglas, ihre traurigen, beängstigten, reglosen Augen, die dieses Milchglas anstarrten, die Schatten, die sich der Tür näherten, der Schnee hinter dem Fenster, alles war weiß und finster.

Maria kam Schreie ausstoßend zu Bewusstsein und fand sich verbunden an Serumflaschen und unzähligen Kabeln wieder. Sie kannte ihren Namen und ihre Vergangenheit nicht mehr. Während sie versuchte, sich zu erinnern, wer sie war und was sie zwischen all diesen technischen Geräten zu suchen hatte, sprach in einem Verwaltungsraum die Ärztin, die sich um diese Frau ohne Namen und Identität kümmerte, mit Polizeibeamten. Der Zivilbeamte wollte wissen, ob er die Patientin befragen durfte.

»Nein, sie ist noch nicht soweit, Ihre Fragen beantworten zu können.«

»Wissen Sie, wie sie heißt?«

»Leider nicht. Sie spricht zwar, aber lautlos.«

»Wie meinen Sie das?«

»Lautlos eben. Nur mit den Augen.«

Für einen Moment wurde es still im Raum. Dann fuhr die Ärztin fort: »Ich würde gerne auch eine Frage stellen, wenn ich darf.«

»Natürlich, bitte!«

»Stimmt es, was in den Zeitungen steht?«

»Es stimmt. Alle Zeitungen haben darüber berichtet, auch die türkischen. Aber es gibt nicht den geringsten Hinweis darauf, wer sie ist. Dass sie auch nicht verwundet ist, macht die Sache noch komplizierter, das Blut, das an ihr klebt, gehört nicht ihr selbst. Es gibt aber auch keinen Verwundeten oder Toten. Kurz gesagt, es ist unklar, wer Täter, wer Opfer ist.«

Marias Schweigen dauerte mehrere Wochen. Inzwischen

hatten Gülsen und Tayfun längst das Vertrauen des Krankenhauspersonals gewonnen. Die beiden kümmerten sich so intensiv um Maria, als wären sie ihre engsten Verwandten. Dem Personal und der Leitung des Krankenhauses kam das sehr gelegen, sie wussten nämlich nicht, wie sie diese Patientin, von der sie nicht einmal den Namen kannten, entlassen sollten. Gülsen sagte der jungen blonden Ärztin, die sich von Anfang an um Maria gekümmert hatte, sie sei Sozialarbeiterin und sei in einem Frauenhaus in Köln tätig. »In den Augen Ihrer Patientin«, fügte sie hinzu, »liegt etwas, das typisch ist für Migranten aus der Türkei.« Die Ärztin war sichtlich überrascht. »Wie sind denn die Augen der Migranten aus der Türkei?« fragte sie. »Augen von Migranten schauen beunruhigt«, antwortete Gülsen. »Ihre Augen aber nicht«, lächelte die Ärztin. »Denn je besser ich Sie kennengelernt habe, umso entspannter sind sie geworden«, sagte Gülsen ebenfalls lächelnd. Die Ärztin bat Tayfun, an der Tür zu warten und bat Gülsen, sie in das Zimmer der Patientin zu begleiten: »Vielleicht kann Ihre These uns nützlich sein.«

Als die beiden Frauen das Zimmer betraten, fanden sie Maria halbsitzend vor, die Augen auf einen Punkt auf der gegenüberliegenden Wand gerichtet.

»Ich weiß nicht, wer Sie sind«, begann die Ärztin. »Aber ich kann mir vorstellen, dass Sie mich hören und meine Worte verstehen. Wir wissen nicht, wie Sie heißen, wir wissen auch sonst nichts über Sie. Wenn Sie nichts dagegen haben, würde ich Ihnen einen Namen geben. Einen einfachen, universellen Namen, den jeder sehr leicht aussprechen kann. Ich würde Ihnen gern den Namen Maria geben, aber vielleicht überschreite ich damit meine Grenzen.

Vielleicht sind Sie Griechin, vielleicht Iranerin, oder vielleicht Türkin. Aber, weil ich keine andere Möglichkeit habe, möchte ich Sie mit diesem Namen ansprechen und Ihnen etwas Wichtiges mitteilen: »Sie sind schwanger.«

Die Ärztin prüfte in Marias Gesicht, ob sie darauf reagierte oder nicht, schaute dann auf den Zettel, den sie in der Hand hielt, las diesen Satz in verschiedenen Sprachen und schließlich auf Türkisch vor: »Siz halimesiniz!«

»Frau Doktor wollte Ihnen sagen, dass Sie hamile sind«, korrigierte Gülsen. »Ich sage Ihnen das, damit Sie sie nicht falsch verstehen, falls Sie Türkisch sprechen.«

Die Ärztin stellte Gülsen ihrer Patientin vor und sagte: »Gesundheitlich geht es Ihnen gut. Bald werden Sie entlassen. Es wäre gut, wenn Sie davor eine Entscheidung treffen würden. Wir können nicht für Sie entscheiden, denn Sie sind bei Bewusstsein und ich habe den Eindruck, dass Sie verstehen, was ich Ihnen gerade sage. Wenn Sie das Baby nicht zur Welt bringen möchten, finden Sie bitte einen Weg, uns das mitzuteilen.«

Maria schwieg weiter.

Gülsen ging auf ihre eigene Art dazwischen. Ohne die Ärztin um Erlaubnis zu bitten, sagte sie auf Türkisch: »Hör zu, Mädchen, jetzt ist alles wieder gut. Niemand kann dir mehr etwas Böses tun. Schau, ich bin bei dir. Wenn du wüsstest, was ich alles durchgemacht habe, bevor ich hier angekommen bin, würdest du aus allen Wolken fallen. Guck, ich bin auch halimeyim, wie es Frau Doktor gesagt hat. Ich werde mein Kind in einem Monat bekommen, und du, wenn sich die Vermutung nach den Untersuchungen bestätigt, im Juni. Wenn du das Kind bekommen möchtest, dann hab keine Angst. Ich bin da, auch mein Mann ist da, der dich auf der

Straße gefunden hat. Ab jetzt bist du unsere Schwester, unsere Tochter. Vielleicht könnte ich vom Alter her nicht deine Mutter sein, aber auf jeden Fall deine ältere Schwester. So wie ich dieses Leben in meinem Bauch beschützen würde, genauso würde ich dich auch beschützen. Auch mein Mann würde das tun. Wir haben nie viel Geld, aber viele Freunde. Freunde, die es niemandem erlauben, dir Böses zu wollen. Du sollst überhaupt keine Angst haben. Du sollst jetzt denken, du bist gerade geboren worden und liegst jetzt im Schoß deiner Mutter. Du bist jetzt ein Baby an der Brust, und die ganze Verantwortung und alles, was nötig ist, ist meine Sache. Das übernehme ich. Wenn du möchtest, wirst du dein Baby in aller Ruhe zur Welt bringen. Zusammen mit meiner Tochter ziehe ich auch dein Baby groß, mein Kind. Du kannst eine Familie gründen oder auch nicht, ganz wie du willst. Ich kann deine Familie sein, mein Mann kann deine Familie sein, meine Damla, die ich hier in mir trage, kann deine Familie sein. Das Leben, das du in dir trägst, kann deine Familie sein.« Als Gülsen dann sagte: »Hab keine, aber gar keine Angst, mein Kind«, stieß Maria einen Schrei aus und begann zu weinen. Gülsen umarmte sie fest und sagte ihr immer wieder: »Weine, mein Mädchen, weine, das erleichtert.«

Bald hörten die Schluchzer Marias auf und sie schlief mit dem Kopf an Gülsens Brust ein. Die Ärztin konnte gar nicht fassen, was sie hier sah. Sie wusste zwar nicht, was Gülsen zu ihrer Patientin gesagt hatte, aber es war so bewegend, wie Maria den Schrei ausgestoßen und Gülsen fest umarmt hatte und an ihrer Brust eingeschlafen war, dass sie zu weinen begann und zum Waschbecken eilte, um sich das Gesicht zu waschen.

Gülsen sprach mit ihren Kolleginnen im Frauenhaus und organisierte für Maria ein Zimmer. Als Gülsen und Tayfun im Krankenhaus ankamen, hatte Maria schon ihre Sachen gepackt und wartete in ihrem Zimmer auf sie. Es lag eine traurige Stimmung in der Luft. Die Ärztin, die sich über Wochen bemüht hatte, Maria zurück ins Leben zu holen, wirkte erschöpft aber stolz. Die Formalitäten wurden schweigend erledigt. »Komm, Maria«, sagte Gülsen. Zutraulich streckte ihr Maria die Hand entgegen.

Die Nacht verbrachte Gülsen bei Maria im Frauenhaus. Maria wurde dort mit der achtsamen Hilfe Gülsens und anderer Frauen, von denen manche ähnliche Übergriffe wie sie erlebt hatten, auf die Geburt und die Zukunft vorbereitet. Immer wieder überfiel sie der finsterweiße Alptraum. Sie machte Spaziergänge mit Gülsen in Parks oder ging mit ihr einkaufen, und wenn sie allein war, spielte sie mit der pinkfarbenen Kleidung und den Spielzeugen, die Gülsen für das Kind ausgewählt hatte. Ihrem Baby, dass in ihrem Bauch immer größer wurde, erzählte sie die Geschichten, die ihr Gülsen tagsüber auf Deutsch vorlas. Ihre Lieblingsgeschichte war »Der kleine schwarze Fisch« von Samad Behrangi. Genau wie dieser kleine schwarze Fisch war sie nämlich am Ende der Geschichte spurlos verschwunden. Wie der kleine schwarze Fisch hatte sie sich nicht damit zufriedengegeben, was für sie vorgesehen war, und beschlossen, ihr Leben selbst in die Hand zu nehmen. Maria las fast jeden Tag die Geschichte des kleinen schwarzen Fischs, und fühlte sich sowohl glücklich dabei, als auch in den Fängen einer Traurigkeit, die sie nicht überwinden konnte. Manchmal las sie auch während der ärztlichen Untersuchungen. Dann reagierte sie kaum, wenn ihr gesagt wurde, das Baby sei gesund. In solchen Momenten griff Gülsen ein und jubelte in übertriebener Freude: »Hast du gehört, Mädchen, das Baby ist gesund und munter, was will man mehr!«, worauf Maria kurz von ihrem Buch aufschaute und Gülsen ein kleines Lächeln schenkte. Gülsen schöpfte neue Hoffnung, dass Maria ihre Lebensfreude nicht gänzlich verloren hatte.

Im Februar brachte Gülsen ihre Tochter Damla zur Welt. Während ihres Wochenbetts kümmerte sich Tayfun um Maria. Ab Mai sahen sich Gülsen und Maria wieder oft. Jedes Mal, wenn Gülsen mit ihrer kleinen Tochter bei Maria ankam, fand sie sie in dem Buch »Der kleine schwarze Fisch« lesend vertieft.

Kurz vor der Geburt ihres Kindes stieß Maria im Fernsehen auf den Film »Taxi Driver«. Als die junge Prostituierte im Film von ihrem Zuhälter aus dem Auto herausgezerrt wurde, ballten sich Marias Fäuste, und ihr Gesichtsausdruck veränderte sich von einer halb schlafenden, fügsamen Katze zu einem Puma, der kurz davor war, seine Beute zu zerreißen. Da klopfte Tayfun an die angelehnte Tür, bekam keine Antwort und warf schließlich einen Blick ins Zimmer. Er konnte seinen Augen nicht trauen. Ein Mensch, der so große Wut in sich trägt, hat sich ganz bestimmt nicht vom Leben verabschiedet, dachte er. Am Abend überraschte er Gülsen mit seiner Aussage, Maria könne als Taxifahrerin zu einer sehr starken Frau werden und ein glückliches Leben führen. »Sie weiß noch nicht einmal, wie sie heißt«, sagte Gülsen. »Und du hast schon einen Beruf für sie.«

Marias letzter Alptraum vor der Geburt glich fast den

früheren: weiße Wände und Bettdecken, die weiße Milch, Bilals weiße Kleidung, die weiße Gebetskette, die Stimme des weinenden Sängers, das Milchglas, ihre traurigen, beängstigten, reglosen Augen, Schatten, die sich der Tür nähern, der Schnee ... alles war wie immer. Doch dieses Mal war sie auch in ihrem Traum schwanger, und als sie schreiend aufwachte, lagen ihre Hände auf ihrem Bauch.

Die Geburt verlief ohne Schwierigkeiten. Maria legte das drei Kilo und 900 Gramm wiegende Baby auf ihre Brust und spürte, wie die Schmerzen der Vergangenheit verblassten. Die Hebamme und Gülsen waren bei ihr. Bald kam auch Tayfun mit einem Blumenstrauß.

»Die Mutter bekommt ihr erstes Geschenk von mir«, sagte Gülsen und reichte Maria ein Päckchen. Maria öffnete es und sah ein gelbes Kopftuch aus Satin. In den späteren Jahren benutzte sie dieses Kopftuch wie ein scharfes Schwert zwischen ihr und der Vergangenheit. Was dieses Schwert von ihr trennte, würde nie mehr zum Leben erwachen.

»Möchten Sie Ihrer Tochter einen Namen geben, Maria?« fragte die Hebamme.

Maria schaute auf. Erst sah sie die Hebamme an, dann Gülsen.

»Komm, Maria!« ermutigte sie Gülsen. »Gib deiner Tochter einen Namen!«

Die Hebamme, Gülsen und Tayfun sahen, wie Maria lächelte und ihre Lippen sich bewegten. Gülsen dachte, ihr würde gleich das Herz stehenbleiben.

»Sie heißt Esra.« sagte Maria.

Gülsen und Tayfun sahen einander ungläubig an. Dann

umarmte Gülsen Maria und sagte: »Ich habe mich nicht geirrt, du bist tatsächlich Türkin! Was für eine Freude! Sag mal, wie heißt du? Also wie ist dein richtiger Name?

»Maria« sagte sie. »Ich bin Maria.«

Nachdem Maria den Namen annahm, den man ihr gegeben hatte, begann sich ihr Verhalten zu ändern. Tayfun brachte ihr das Autofahren bei. Sie machte den Taxiführerschein. Als ihre Tochter Esra drei Jahre alt wurde, kam sie in den Kindergarten. Maria begann ihren Job bei dem Taxiunternehmen, bei dem Tayfun arbeitete. Sie arbeitete, bis sie Esra vom Kindergarten abholte, dann übergab sie Tayfun den Wagen. Ihr Leben im Frauenhaus endete einige Jahre später, als sie eine Wohnung in dem Haus mietete, in dem Tayfun und Gülsen wohnten. Die beiden wurden zu Marias Herzensfreunden, denen sie absolut vertraute.

Dezember 2013, Köln
TAG DER ABRECHNUNG

Die Vergangenheit, die Maria verbannt zu haben glaubte, war wieder zurück. Sie hatte nach achtzehn Jahren durch einen Zufall ihren Damm durchbrochen und Maria in einen dünnen Ast verwandelt, den die Winde hin und her trieben. Maria verfluchte die Ungerechtigkeit von Bilals Wiedereintritt in ihr Leben, er sollte eigentlich für immer wegbleiben, befand sich aber in dem etwa fünfzig Meter entfernten Gebäude. Sie richtete ihre Augen auf den Himmel und rebellierte beinahe gegen Gott. Ich sollte jetzt hineingehen, den Kopf des Mannes, der mein Leben ruiniert hat, mit der Brechstange zertrümmern, um wieder Frieden zu finden. Der Gedanke war so tröstlich, dass sie an die Brechstange unter ihrem Sitz dachte, den Wagen startete und sich auf das Eingangstor von Kordoner zubewegte. Fast am Tor angekommen, beschloss sie, die Vergangenheit hinter sich zu lassen und gab Gas.

Eine Viertelstunde später klingelte sie bei Jan Berger.
»Ja, bitte?« sagte Jan.

»Jan, ziehst du dich bitte an und kommst runter?«

»Natürlich.«

Maria nahm wieder Platz in ihrem Taxi und sah Jan herauskommen, sich umschauen und auf den Wagen zulaufen.

Er öffnete die Beifahrertür und stieg ein.

»Wohin?« fragte Jan.

»Zu deiner Tochter. Deiner Tochter Esra.«

Unterwegs rief sie über ihr Mobiltelefon Esra an.

»Hallo, Esra, ich bin's. Bist du zu Hause?«

»Ja. Warum?«

»Ich bringe eine sehr wichtige Person zu dir. Eine sehr wichtige. Ich rufe an, damit du dann nicht zu aufgeregt bist.«

»Gut, ich werde nicht aufgeregt sein. Wer ist das?«

»Dein Vater!«

»Was!«

Zehn Minuten später standen Maria und Jan vor der Wohnung. Esra empfing sie an der Tür.

»Du hast ja immer nach deinem Vater gefragt«, sagte Maria. »Dieser Mann ist dein Vater. Er heißt Jan Berger. Er ist Journalist.« Dann fragte sie Jan: »Wie alt bist du eigentlich?«

»Sechsunddreißig.«

»Sechsunddreißig, wirklich?«

»Ja, ich bin sechsunddreißig.«

Esra und Jan starrten sich unbeholfen an. »Was ist denn mit euch los?« sagte Maria. »Ihr wolltet euch doch die ganze Zeit kennenlernen. Bitteschön! Jan, das ist deine Tochter Esra. Esra, das ist dein Vater Jan!« Jan starrte seine Tochter immer noch wortlos an. »Also Mutter!« protestierte Esra. »So stellt man einen Vater doch nicht vor!« Dann wandte sie sich an Jan: »Also Vater, wirklich jetzt? Also ich bin echt erfreut!«

»Ich auch«, antwortete Jan Berger. »Für mich kam das auch völlig unerwartet. Ich habe es erst gerade eben erfahren, dass wir zu dir kommen. Ich bin also völlig unvorbereitet.

Nicht mal ein Geschenk hab ich mit.«

Maria hob die Augenbrauen: »Soll ich Vater und Tochter allein lassen, oder ist es in Ordnung, wenn ich bei euch bleibe?« Jan und Esra schauten sie verblüfft an.

Eine Weile saßen sie zusammen, ohne ein Wort zu reden. Schließlich bat Maria ihre Tochter, auf ihr Zimmer zu gehen. Esra freute sich insgeheim, sie wusste nämlich nicht, was sie zu diesem Mann, der ihr als Vater vorgestellt wurde, sagen sollte. Jan ging es auch nicht anders.

Maria kochte Tee, zog sich in ihrem Zimmer um und kam ohne Kopftuch zurück. Nach einem Glas Tee kochten sie zusammen. Es gab Frikadellen, Salat und Reis. Beim Essen drehte sich die Unterhaltung hauptsächlich um Esras Schule.

»Jan«, sagte Maria, nachdem sich Esra wieder auf ihr Zimmer zurückgezogen hatte. Nach einer kurzen Pause, die Jan signalisierte, dass jetzt etwas Wichtiges kommen wird. »Jan, ich habe es ernst gemeint, als ich dir sagte, dass wir damals noch Kinder waren und schwach. Nicht du hast mich damals enttäuscht, sondern meine Mutter. Jetzt sind wir beide erwachsen. Wir können uns verteidigen. Und jetzt brauchen unsere Kinder unseren Schutz. Du hast ja Kinder. Und ich habe meine Tochter. Es mag jetzt für dich seltsam klingen, aber meine größte Angst ist zu sterben. Ich habe Angst, weil ich nicht weiß, was dann mit Esra passiert. Ich habe zwar Nachbarn, die sich auf jeden Fall um sie kümmern würden, aber ich kann die Angst um Esras Zukunft trotzdem nicht besiegen. Wenn du etwas wiedergutmachen möchtest, Jan, dann kümmere dich um Esra, als wäre sie deine eigene Tochter, falls mir etwas passiert. Guck, Schwester Gülsen und Bruder Tayfun haben sich um mich gekümmert, obwohl sie damals nicht einmal wussten, wer ich bin.

Du kennst mich, du weißt wer ich bin. Ist es nicht viel selbstverständlicher, dass du dich um Esra kümmerst? Verlange ich zu viel von dir? Selbst wenn sie nicht deine Tochter sein sollte, gibt es genug Gründe dafür, nicht wahr?

»Ist Esra nicht meine Tochter?« fragte Jan.

»Vielleicht. Vielleicht aber auch nicht. Ich weiß es nicht. Biologisch gesehen bist du vielleicht ihr Vater, vielleicht auch nicht. Aber du hast sie nicht großgezogen. Das heißt, selbst wenn du ihr biologischer Vater bist, wird aus dir nicht so leicht ein Vater. Verstehst du? Aber auch wenn du kein Vater bist, bist du ein guter Mensch und kannst dich um Esra kümmern, so als wäre sie deine Tochter. Du kannst dir Esra als deine eigene Tochter vorstellen, nicht wahr? Selbst wenn sie es nicht sein sollte. Um die Wahrheit zu sagen, kann ein so schönes Wesen nur deine Tochter sein, nicht wahr?«

Jan sah, wie sich Marias Gesicht aufhellte, während sie von ihrer Tochter sprach. Jetzt lachte sie und fragte: »Möchtest du einen Vaterschaftstest?«

»Nein, möchte ich nicht«, antwortete Jan lächelnd.

»Versprichst du es, Jan? Versprich mir, dass du Esra beschützen wirst, wenn mir etwas zustößt.«

»Ich verspreche es. Aber dir soll jetzt bitte nichts mehr zustoßen, ja?«

Maria bekam Tränen in die Augen. Jan stand auf und umarmte sie. In diesem Moment kam Esra, sah die beiden in inniger Umarmung, und wartete still an der Tür. Dann kehrte sie geräuschlos wieder auf ihr Zimmer zurück.

»Bist du nicht neugierig auf deine Familie? Möchtest du, dass ich sie finde? Möchtest du wieder deine alte Identität annehmen?« fragte Jan.

»Nein. Es kann sein, dass ich eines Tages den Wunsch habe, meine Mutter und sogar meinen Vater wiederzusehen, aber nicht jetzt. Dieser niederträchtige Bilal und sein Helfershelfer sind immer noch am Leben. Ich möchte mit der Vergangenheit abschließen. Aber sie will nicht vergangen sein. Zum Beispiel begegne ich dir und dann ist mir, als sei alles erst gestern passiert. Ich habe große Angst vor diesem Gefühl.«

»Warst du in der Therapie?« fragte Jan. Maria löste sich aus der Umarmung und sah ihm ins Gesicht:

»Ja. Aber meine eigentliche Therapie war Esra. Ohne sie hätte ich nicht weiterleben können. Nicht weiterleben wollen. Ich hätte keinen Grund dazu gehabt.«

»Wie bist du Taxifahrerin geworden?«

»Ich habe es von Bruder Tayfun gelernt. Dass ich wieder Halt im Leben gefunden habe, verdanke ich Gülsen und Tayfun.«

»Esra, ähm, Maria, ich wünschte, ich wäre damals dein Taxifahrer gewesen.«

»Egal, das ist alles längst vorbei. Ich wollte eigentlich keine Verbindung mehr zu der Vergangenheit haben, weder eine gute noch eine schlechte, aber du hast meinen Plan durchkreuzt.«

»Wenn du möchtest, kann ich sofort aus deinem Leben gehen, ich kann auch die Stadt verlassen.«

»Nein. Du bist eine gute Erinnerung an die Vergangenheit«, sagte Maria und umarmte Jan kurz.

»Hast du später einen anderen Freund gehabt?« fragte Jan, weil ihm keine andere Frage einfiel.

»Einen Freund? Also einen Geliebten? Um zusammen ins Bett zu gehen oder so?« fragte sie zurück.

»Wie du es auch nimmst.«

»Nein. Ich reagiere immer noch allergisch auf Männer.« Da sah Jan auf seine Uhr und sagte: »Es ist spät geworden. Ich würde jetzt gehen.«

»Du kannst hierbleiben, wenn du willst«, antwortete Maria. Dann sah sie in seinen Augen einen Ausdruck, den sie richtig zu deuten glaubte und fügte hinzu: »Ich meine, du kannst hier im Wohnzimmer schlafen.«

»Ich sollte lieber nach Hause fahren. Ich glaube nicht, dass ich hier schlafen kann.«

»Wie du möchtest«, meinte sie und rief ihrer Tochter zu: »Esra, Jan geht.«

Esra erschien an der Tür. Sie dachte, Jan würde ihretwegen gehen und sagte: »Aber warum, Vater? Du kannst doch bleiben. Das ist für mich in Ordnung. Wenn du bei meiner Mutter übernachtest, habe ich nichts dagegen. Verstehst du? Also das geht mich gar nichts an. Schließlich ...«

»Esra!« fuhr Maria sie an.

»Ist ja gut. Ich hab doch nur meine Meinung gesagt.«

Ein paar Tage später war Maria mit ihrer Tochter unterwegs, als ein Mann über vierzig, mit einer Kamera um den Hals, die Hand hob. Der Mann hatte es eilig, das sah Maria in seinem Gesichtsausdruck. Sie hielt. Er öffnete die Tür und Maria sagte ihm, sie müsse ihre Tochter zum Friedensplatz bringen und könne ihn dann zu der Adresse seines Wunsches fahren. Er nickte. Unterwegs sprachen sie kein Wort miteinander. Dort sagte Maria ihrer Tochter: »Komm bitte nicht zu spät nach Hause, Esra« Kurz danach fragte sie ihr Fahrgast auf Deutsch, ob sie Türkin sei. Maria sah ihn im Rückspiegel gelangweilt an. »Ich frage nur, weil Ihre Tochter Esra heißt«, sagte der Mann in einem Ton, als wollte er um Entschuldigung bitten. »Ich bin auch Türke, deswegen war ich neugierig«, fügte er hinzu. Maria antwortete nicht, worauf er auf Türkisch sagte: »Entschuldigen Sie! Seit Jahren habe ich nichts mit Türken zu tun gehabt.«

»Ich auch nicht!« erwiderte Maria. Sie schwiegen. Hin und wieder schauten sie sich über den Rückspiegel an. Kurz vor dem Aussteigen meinte der Mann, er sei Fotograf und sei viel unterwegs gewesen. »Seit zwanzig Jahren spreche ich zum ersten Mal Türkisch«, sagte er. Auch sie spreche nur Türkisch, wenn es unbedingt sein müsse, erfuhr er dann von ihr.

Sie führten ihren Dialog auf Deutsch weiter. Er sagte, er sei eigentlich Offizier, würde aber seit seiner Ankunft in Deutschland als Fotograf arbeiten und sei mit einer Deutschen verheiratet. Beim Aussteigen äußerte er den Wunsch, sie zu fotografieren. Das Foto könne er ihr dann schicken, wenn er es entwickelt habe. Für einen Augenblick zögerte Maria und staunte über sich selbst, dass sie »in Ordnung« antwortete. Sie waren in der Nähe vom Neumarkt. Maria posierte vor ihrem Taxi mit offener Tür. Während sie fotografiert wurde, ging ihr durch den Kopf, dass dieser Mann außer Tayfun der erste war, dem sie vertrauen konnte, obwohl er Türkisch sprach. Trotzdem nannte sie ihm nicht ihre private Adresse, sondern die der Taxizentrale. Der Fotograf las den Namen »Maria« und bei dem Gedanken, nicht der Einzige zu sein, der seinen Vor- und Nachnamen geändert hatte, lächelte er.

Bis zu der Party zu Esras 17. Geburtstag geschah nichts, was ihr Leben durcheinanderbrachte. Sie feierten bei Gülsen und Tayfun und die Party glich in gewisser

Weise einem Jahrmarkt des abenteuerlichen Lebens. Die Wohnung war überfüllt mit Flüchtlingen, deren Blick ständig in Richtung Türkei wanderte, und erschöpften Arbeitern, die seit Jahren von einer Rückkehr träumten und bei jeder Gelegenheit betonten, dass sie nach ihrer Pensionierung auf jeden Fall in die Türkei zurückkehren würden. Egal wie anständig sie waren, man konnte sie sogar auf dem untersten Stockwerk hören. Maria wusste, dass es ein Wunder war, dass sie überlebt hatte, aber wenn sie den Lebensgeschichten der politischen Flüchtlinge zuhörte, war sie beeindruckt von der Zuversicht dieser Menschen, die es nach tausend Gefahren geschafft hatten, hier anzukommen, und ihre Lebensfreude nicht verloren hatten. Das optimistischste Mitglied dieser Gesellschaft, ein Lehrer namens Enver Karagöz, war an einem Frühlingsmorgen vor sechs Jahren gestorben. Seine Frau Damla, sein Sohn und seine Tochter, er drei und sie fünf Jahre älter als Esra, waren da. Bruder Tayfun sagte immer, niemand könne so gut Gedichte rezitieren wie Enver Karagöz. An den Abenden, die man zu jeder Gelegenheit veranstaltete, bei Grillpartys und Geburtstagsfeiern, auf politischen Demonstrationen mit wütenden Rednern, die Maria aus der Ferne, von ihrem Taxi aus beobachtete, legte sich auf einmal eine Ruhe über den Ort, wenn Mehmet Karagöz mit seiner leisen, heiseren Stimme am Mikrofon Nazım Hikmets Gedicht »Meine Heimat« anstimmte. Maria konnte trotz aller Mühe, die sie sich gab, nicht verstehen, worum es in dem Gedicht ging, obwohl sie es schon fast auswendig gelernt hatte. Trotzdem spürte sie, dass in dieser Stimme aller Optimismus und alle Hoffnungen für die Zukunft verborgen waren.

Enver Karagöz wurde seine Stimme geraubt, als Maria drei Jahre alt war. Nach dem Militärputsch am frühen Morgen eines 12. Septembers hatte man ihm in der Schule, in der er Literatur unterrichtete, kochendes Wasser in den Hals gegossen. Bruder Tayfun sagte, niemand könne Lorca, Neruda, Nazım Hikmet oder Forugh Farrochsad so gut rezitieren wie der Lehrer Enver. Auch der Fälscher aus Paris war da, der damals Tayfun geholfen hatte, die Grenze problemlos zu passieren. »Dieser Mann ist ein Tausendsassa«, sagte Bruder Tayfun. »Es gibt nichts, was er nicht kann.«

Er wurde immer als Pariser Anarchist bezeichnet. Eigentlich war er Spanier. Neben seiner Muttersprache sprach er Englisch, Französisch und ein wenig Türkisch. Doch es war sicher, dass er besser Türkisch sprach als Maria. »Er ist eigentlich Maurer«, sagte Bruder Tayfun, was sich Maria ganz und gar nicht vorstellen konnte. Der Spanier hatte die kleinsten Hände und die zartesten Finger, die Maria je gesehen hatte, und sie dachte, es sei unmöglich, dass er mit diesen Händen eine Mauer bauen könnte. Bruder Tayfun sagte: »Dieser Mann ist eine historische Persönlichkeit, die mit den Geschichten seines Großvaters aufgewachsen ist, der im Spanischen Bürgerkrieg auf der Seite der Republikaner gekämpft hat. Er hat sein ganzes Leben der Unterstützung von Revolutionen in Südamerika gewidmet.«

Die einzelnen Wörter, die Bruder Tayfun sprach, konnte Maria verstehen, doch wenn sie sich zu Sätzen formten, konnte sie nicht wirklich begreifen, was sie bedeuten sollten. Es war normal, dass jemand die Geschichten des Großvaters hörte, aber was ein Bürgerkrieg, der einmal in Europa stattfand, mit Südamerika zu tun haben sollte, wurde ihr nicht klar.

Die Feier dauerte bis Mitternacht. Man aß und trank, dann kam die Zeit für die Musik. Zurna Ziyo begann auf seiner Mey zu spielen und Tayfun stand auf und begann: »Und jetzt bist du fünfunddreißig«. Maria war erst überrascht, bis sie begriff, dass auch die Zeit der Poesie gekommen war. Sie wünschte, diese schöne Zeit der Musik und der Rezitation von Gedichten möge nie enden. In dieser Gesellschaft fühlte sie sich wohl. Niemand kümmerte sich um ihr Kopftuch. Niemand fand es seltsam, dass sie immer nur Deutsch sprach. Wie ein Ausbund von Traurigkeit beobachtete sie das Geschehen, und konnte, obwohl sie es versuchte, die Freude jener fernen Jahre, als sie Jan Berger heimlich traf, nicht wiederfinden. Später wurde es etwas ruhiger. Ihr Bruder Tayfun setzte sich zu ihr. »Bruder Tayfun«, fragte sie, »wie kommt es, dass ein so kultivierter Mann wie du als Taxifahrer arbeitet?« »Taxifahren ist ein Prozess«, erwiderte Tayfun. »Ein Prozess, in dem man alles, womit man im Leben nicht klarkommt, vergessen kann. Ein sehr nützlicher Prozess. Ein Prozess, in dem du deine Vergangenheit wie Salz auf die Straßen streuen kannst, während du Fahrgäste beförderst.«

Tayfun sprach ausführlich über diesen und andere Prozesse, zählte auf, was für Möglichkeiten ihnen innewohnen, ohne dabei zu ahnen, dass gerade ein Prozess begann, der auch ihn in die Ereignisse hineinziehen würde.

An einem Wochenende, an dem Esra mit Martin in die Disco gehen wollte, kam Maria erschöpft nach Hause, rief ihre Tochter an und erfuhr, dass sie noch bei Martin zu Hause war. Martins Vater wollte sie in die Disco fahren und sie würden gegen Mitternacht zurück sein. Maria ging unter die Dusche, trank ein Glas Tee und las noch einmal die Geschichte des kleinen schwarzen Fisches. Sie suchte im Fernsehen nach einer Sendung, die sie interessieren könnte, fand aber nichts. Sie konnte ihrem Drang, Taxi Driver wieder anzuschauen, nicht widerstehen, fiel aber noch vor dem Ende des Vorspanns im Sessel in den Schlaf. Als sie aufwachte, war der Film zu Ende. Sie schaltete den Fernseher aus, schaute in Esras Zimmer nach. Ihre Tochter war nicht da. Sie sah auf die Uhr. Esra hätte schon längst zurück sein müssen. Auf ihrem Mobiltelefon war auch kein Anruf in Abwesenheit. Sie rief Esra an. Ihr Telefon war ausgeschaltet und eine digitale Frauenstimme teilte ihr mit, der Anschluss sei vorübergehend nicht erreichbar. Sie rief Martin an, auch sein Telefon war ausgeschaltet. Besorgt rief sie nun Martins Eltern an. »Hallo, Martina, sind die Kinder bei dir?« fragte sie. Martina verneinte und sagte, dass sie eigentlich gegen Mitternacht wieder zu Hause sein wollten. Maria beendete das Gespräch, um die Polizei anzurufen, und in diesem Moment klingelte ihr Festnetztelefon. Es war die Polizei. Maria wurde schwindlig.

Unterwegs rief sie Jan an. Nach zweimaligem Klingeln schaltete sich die Mailbox ein. Sie hinterließ keine Nachricht.

Jan saß gerade an seinem Computer und war mit der Frage beschäftigt, wie er die Gewalt gegen Frauen thematisieren könnte, ohne eine ethnische oder religiöse Gruppe zu brandmarken. Er hatte ein Interview mit Dr. Ali Kemal Gün geführt, sich einen Film angeschaut, der in Deutschland und Europa fast alle verfügbaren Preise bekommen hatte, und war beunruhigt. Schon in der ersten Szene sah man einen widerwärtigen Mann, der offenbar der Ehemann war und aus dessen Worte nur Hass und Gewalt sprachen. Seine Frau war sehr schön. Ihre in Deutschland ansässige Familie hatte sie gegen ihren Willen mit einem erzkonservativen Verwandten aus einem Vorort Istanbuls verheiratet. So musste sie nach Istanbul, hielt aber die obsessive Eifersucht und die Prügel ihres Mannes nicht lange aus und floh zurück nach Deutschland zu ihren Eltern. Der Ehemann, dessen Stolz verletzt wurde, ließ nicht locker, folgte ihr nach Berlin, sicherte sich die Unterstützung ihrer Familie und begann seine Frau, die sich weigerte, sich mit ihm zu versöhnen, täglich zu belästigen. Es half auch nichts, dass die Frau Zuflucht in einer anderen Wohnung fand, und so endete der Film mit einem Mord und in Hoffnungslosigkeit. Jan sah es als Propaganda gegen Migranten, dass im Film alle Migranten negativ, dagegen alle Deutschen positiv dargestellt wurden und beschloss, den Film in seiner Sendung nicht zu erwähnen. Für einen Moment hatte er die Idee, von Marias Geschichte zu erzählen, verwarf sie aber sofort wieder. Bei einer Recherche im Internet stieß er auf eine Statistik unter dem Begriff »Ehrenmorde in Deutschland« und las, dass die Mordrate vor allem unter türkischen Einwanderern höher sei als in anderen Bevölkerungsgruppen. Auf einer anderen Seite las er eine Täteranalyse eines Professors, der über Männer recherchierte, die ihre Frauen, Partnerinnen und Schwestern getötet hatten, und der in seiner Biografie angab, Jeside zu sein. Er beschloss, den Professor zu interviewen. Er ging in die Küche, um Kaffee zu kochen, sah auf seinem Mobiltelefon auf dem Küchentisch, dass Maria angerufen hatte, und rief zurück.

»Hallo, Maria.«

»Komm bitte sofort zur Universitätsklinik! Beeil dich! Ich sterbe bald vor Angst!«

Am Morgen, der auf diese eiskalte Nacht folgte, setzte Tayfun Teewasser auf, ließ die Wohnungstür angelehnt und lief die drei Stockwerke hinunter, um aus dem Briefkasten die Zeitungen zu holen.

Auf dem Weg zurück in die Wohnung warf er einen Blick auf die Schlagzeilen. Dann goss er den Tee auf und ging duschen. Nach der Dusche weckte er Gülsen. Er blätterte in den Feuilletonseiten und las einen Artikel über Armin Mueller-Stahl, der vor einigen Jahren den Goldenen Ehrenbären bekommen hatte. Er kannte ihn aus dem Film Music Box, den er zusammen mit Gülsen gesehen hatte. Als Gülsen aus der Dusche kam, las er noch Zeitung. Sie frühstückten gemeinsam. Eine Stunde, nachdem Gülsen gegangen war, rief sie ihn an: »Fahr sofort zur Uniklinik«, sagte sie. »Ich fahre auch dahin.«

Gülsen erreichte die Klinik vor Tayfun. Sie sah Maria, die todtraurig vor dem Eingang der Notaufnahme auf und ab lief. Gülsen nahm sie in die Arme und wusste, dass sie gleich von einem unerträglichen Unglück erfahren würde. Maria fühlte sich mehr wie eine Betonsäule an als wie ein Mensch. Sie war völlig erstarrt und wimmerte immer wieder nur ein Wort: »Esra!«

Gülsen erschrak. Schließlich fasste sie Mut und fragte, was passiert sei. Maria erzählte schluchzend, ihre Tochter wurde in der Nähe der Uni verwundet gefunden und auch Martin sei schwer verletzt. Da traf auch Tayfun ein. Kurz nach ihm kamen eine blonde Frau und ein ansehnlicher Mann, der Tayfun an seine eigene Jugend erinnerte. Die Frau, die sich als Karin Schwarz vorstellte, sagte, sie seien Polizisten. Auch der Beamte stellte sich vor: Gabriel García Türk. Tayfun begrüßte beide lächelnd. Karin Schwarz und Gabriel García Türk sagten, dass sie mit Maria sprechen wollen, ließen Tayfun und Gülsen vor dem Eingang der Notaufnahme stehen und entfernten sich zusammen mit Maria und einer Krankenschwester entlang des Korridors, um einen geeigneten Raum fürs Gespräch zu finden. Was für ein schreckliches Schicksal, dachte Tayfun, Mutter und Tochter werden in einem Abstand von achtzehn Jahren im gleichen Alter angegriffen. Und in beiden Fällen weiß man nicht, wer der Täter ist.

Jan Berger traf Maria zusammen mit Martins Eltern im Warteraum. Auch Marias Nachbarn Tayfun und Gülsen waren da. Er umarmte Maria und begrüßte die anderen. Er sah einen Arzt auf sie zukommen und erkannte in dessen Gesicht, dass er eine schreckliche Nachricht für sie hatte. Er fasste Maria an den Schultern und zog sie an sich. »Es tut mir leid«, sagte der Arzt. Maria sollte sich auch später nie sicher sein, ob der Arzt tatsächlich diese Worte gesprochen hatte. Denn er schien keine Stimme zu haben. Maria sah, dass seine Lippen sich bewegten, aber seine Stimme konnte sie nicht hören. Auf diesen Lippen sah sie auch den Satz: »Martin konnten wir leider nicht mehr retten.« Sie sah, wie Martins Mutter zusammensackte und von Jan aufgefangen wurde, bevor sie auf dem Boden aufschlug. Während zwei Krankenträger herbeieilten, versuchte sie Martina zu helfen und zugleich Schreie ausstoßend zu erfahren, wie es Esra ging, aber niemand hörte sie. Als sie Jans Worte vernahm: »Esra lebt«, fiel sie in Ohnmacht.

Während der Zeit, die Esra im Krankenhaus verbrachte, schwor Maria, die Mörder nicht am Leben zu lassen. In der Presse wurden viele Spekulationen über die Tat verbreitet. Eine davon war, dass es die Rassisten gewesen seien, aber die Kölner Polizei ließ verlauten, dass die Indizien die Möglichkeit eines rassistischen Angriffs ausschließen, keine Spuren einer Schlägerei am Tatort gefunden wurden, dass Martin Weiss an einem anderen Ort angegriffen wurde und dass E* von den Tätern wahrscheinlich für tot gehalten und deshalb dort liegengelassen wurde. Als die Presse auch noch die Begriffe »Ehrenmord« und »italienische Mafia« ins Spiel brachte, wurde die Sache völlig undurchschaubar. Ein paar Tage später wurde in Berlin ein Mädchen in einem Koffer verbrannt, und die mediale Aufmerksamkeit richtete sich auf diesen neuen Fall. Das erschreckende an dem Berliner Mord war die Erkenntnis der Gerichtsmedizin, dass das Mädchen zwar unter dem Einfluss von Drogen stand, aber am Leben war, als sie in Brand gesteckt wurde. Beim Lesen dieser Meldung spürte Maria, wie eine bisher unbekannte Wut in ihr zu schäumen begann. Später, immer wenn eine junge Frau angegriffen wurde, flehte sie flüsternd: »O Allah, o al-Habîr, der du die innere Seite von allem kennst, zeig mir einen Pfad und erlaube mir das Leben zu nehmen, das du gegeben hast.«

Als Esra das Krankenhaus verließ, war der Vorfall längst vergessen. Auf der einen Seite versuchte Maria, Esra ins Leben zurückzuholen, und zugleich bereitete sie sich mit der Kraft der Wut, die in ihr wuchs, auf die letzte Schlacht vor, von der sie ahnte, dass sie bald beginnen würde. Sie machte es sich zur Gewohnheit, eine Stunde vor dem Morgengebet und abends nach der Rückkehr von der Arbeit zu joggen. Sie begann, ihre Freizeit in Turnhallen und Taekwondo-Kursen zu verbringen. Tom, der

Ausbilder für fernöstliche Kämpfe, bemerkte den Groll und die Aggression, die sich in Marias Seele angesammelt hatten. Obwohl er ihr oft philosophische Reden hielt, dass diese Abwehrkunst ein Mittel sei, um die Seele zu beruhigen und nicht, um sie rasend zu machen, spürte er auch, dass sich in Marias Leben etwas ändern musste, damit die Unruhe in ihrer Seele endete.

Am Abend des Tages, an dem Esra wieder in die Schule ging, lud Jan Maria zu sich nach Hause zum Essen ein. Jan trug eine Schürze und kochte in der Küche Pasta, während er im Radio den Bericht über den ersten Spielfilm über die Anschläge vom 11. September in New York und Washington hörte. Der Film »The Hamburg Cell« zeigte, wie ein Terrorist namens Ziad Jarrah bei der Entführung des United-Airlines-Fluges 93 half, der in Pennsylvania abstürzte. Maria kam pünktlich. Jan hatte bereits den Tisch gedeckt. Als sie sich setzten, fragte er Maria, was sie zum Abendessen trinken wollte.

»Wein«, antwortete Maria.

»Was bist du für eine Muslimin?«

»So ist das eben bei mir, Herr Berger!« hob Maria ihre Stimme an. »Und was bist du für ein Katholik? Du kennst nicht einmal den Weg zur Kirche! Jetzt lass das mal sein und erkläre mir, wie man Journalismus macht.«

Jan sah auf. »Seit fünfzehn Jahren versuche ich, das zu lernen«, erwiderte er. »So schnell kann ich es dir nicht erklären.«

»Ich meine es ernst«, sagte Maria.

»Und ich habe auch im Ernst geantwortet«, entgegnete Jan.

An diesem Abend erfuhr Maria von Jan, dass es zum Beispiel bei einem Interview wichtig ist, der anderen Person das Gefühl zu geben, dass man nicht gegen ihn ist. Da stand sie vom Tisch auf, ging zu Jan, der gerade an seinem Wein nippte, kniff die Augen leicht zusammen und sagte: »Erzähl mir noch einmal alles über Journalismus. Wenn ich zum Beispiel die andere Person zu Tode hasse, wie soll ich dieses Gefühl vermitteln? Das ist der Punkt!«

»Da du kein Journalist bist, musst du dieses Gefühl nicht vermitteln«, antwortete Jan und bemerkte, dass Marias Augen begannen, Funken zu sprühen, so fuhr er fort: »Gut, wenn du Journalist bist, musst du so tun, als hättest du keine eigene Meinung. Du bringst etwas rüber. Entweder versuchst du, durch das, was du vermittelst, eine Meinung zu erzeugen, oder du versuchst es nicht. Auch zu diesem Thema gibt es viele Tendenzen und Thesen. Soll ich dir jetzt von all denen erzählen?«

»Erzähle von deinen eigenen«, sagte Maria.

»In welchem Zusammenhang?«

»Nehmen wir an, du brauchst einen Termin mit dem Chef einer Firma, die dunkle Geschäfte betreibt. Wie gehst du vor? Was sagst du zum Beispiel am Telefon? Zum Beispiel möchtest du den Boss einer Firma, die Milch- oder Fleischprodukte herstellt, sprechen. Wie bringst du ihn dazu?«

»Kennst du einen solchen Boss?«

»Nein, kenne ich nicht.«

Jan erzählte von ein paar Möglichkeiten, um telefonisch einen Termin zu bekommen. Nach dem Essen wollte Maria das Gelernte ausprobieren. »Guten Tag«, sagte sie und tat so, als würde sie einen Hörer in der Hand halten. »Ich rufe von der Deutschen Welle an. Ich heiße Maria Magdalena. Könnte ich bitte Herrn Berger sprechen?«

Jan antwortete mit hoher Stimme: »Einen Moment bitte, ich sehe nach, ob er in seinem Büro ist.« Nach ein paar Sekunden Stille fragte er: »Von welchem Sender, haben Sie gesagt?«

»Deutsche Welle.«

Die hohe Stimme: »Einen Moment bitte … (ein paar Sekunden Stille) Worüber möchten Sie mit ihm sprechen?«

Maria: »Für eine Sendung über erfolgreiche türkische Unternehmer in Deutschland würden wir gern ein Interview mit ihm führen. Ich wollte fragen, wann Herr Berger Zeit für ein Gespräch hätte.«

Die hohe Stimme: »Können Sie bitte in einer Stunde wieder anrufen?«

Maria: »Natürlich, gerne. Vielen Dank!«

Beim Auflegen des imaginären Hörers lächelte Maria. Jan erwiderte ihr Lächeln. »Deine Arbeit ist ja leichter als meine«, sagte Maria.

Dann stand sie auf. Sie wollte Esra nicht lange allein lassen. Während sie sich anzog, teilte sie Jan mit, dass sie am nächsten Tag vorbeikommen werde, um ihn zum Flughafen zu bringen.

Am nächsten Tag kam sie nach der Rückkehr vom Flughafen nach Hause und nachdem Esra auf ihr Zimmer gegangen war, schaute sie sich die Szene »You Talkin' to Me?« des Films »Taxi Driver« an. In dem Augenblick, als Robert de Niro den Abzug betätigen wollte, drückte sie auf die Pausetaste. Lange sah sie Robert de Niros eingefrorenes Bild an. Gegen Mitternacht schaltete sie den Fernseher aus und ging ins Bett. Sie schlief ohne Alpträume durch und wurde früh wach. Sie duschte, breitete ihren

Gebetsteppich aus, und kurz bevor sie ihr Gebet beendete, erinnerte sie sich an den Tag, an dem die Polizisten mit vielen Fotos ins Krankenhaus kamen. Als Gabriel García Türk und Karin Schwarz eintraten, hielt sie fest die Hand ihrer Tochter. Maria sah die Schachtel mit den Fotos ängstlich an, als wären dort ihre Geheimnisse verborgen. Die Beamten fragten zuerst nach dem Befinden, dann baten sie Esra, sich alle Fotos sorgfältig anzuschauen. Mit jedem neuen Foto verwandelte sich die Unruhe auf Esras Gesicht zunehmend in Erschöpfung. Karin Schwarz und Gabriel García beobachteten sie geduldig im Stehen und suchten in ihrem Ausdruck nach einem Hinweis auf den Täter. Als Esra plötzlich schauderte, stand Maria leicht von ihrem Stuhl auf und warf einen Blick auf das Foto, das die Beamten aus der Schachtel herausnahmen und sich genau anschauten. Ihr ganzer Körper bebte, sie wurde blass und war den Tränen nahe. Sie spürte, dass sie gleich in Ohnmacht fallen könnte, ging auf die Toilette und kotzte Bilal, dessen Bild Esra hatte schaudern lassen, in die Toilettenschüssel.

»In diesem Moment«, bewegten sich jetzt auf dem Gebetsteppich ihre Lippen, »in dem Moment, als die Tränen meiner Tochter auf die weißen Rosen auf ihrem Schoß gefallen sind, spürte ich, dass ich den Glauben an dich verliere, und das machte mir Angst. Du bist allmächtig, wie kannst du so viele Fehler, Schmerzen, so viel Böses, so viel Schaden, so viel Unwissen und Bösartigkeit, so viel Schuld, so viele Sünden zulassen? Habe ich nicht für dich meine Gebete verrichtet? Habe ich nicht alle deiner Namen geduldig wiederholt? Ich habe Jahrelang darauf gewartet, dass du die Bösewichte bestrafst, verlangst du von mir, dass ich mich bis zum Jüngsten Tag in Geduld übe? Warum lässt du Bilal und seine Helfershelfer wieder meinen Weg kreuzen, obwohl ich doch bereit war, alles zu vergessen, was sie mir angetan haben? Warum hältst du sie nicht fern von mir? Warum schützt du nicht meine Tochter Esra? Warum lässt du zu, dass Martin zu Tode geprügelt wird? Was ist das für eine Prüfung, die du, o Allah, deinen Untertanen auferlegst? Ich habe sogar nach all dem Bösen, was mir mein Onkel angetan hat, meinen Glauben an dich nicht verloren. Als ich meine Tochter Esra geboren habe, habe ich geschworen, bis ans Ende meines Lebens mein Haar zu bedecken und fünf Mal am Tag zu dir zu beten. Habe ich etwa meinen Schwur gebrochen? Habe ich nicht an den Tagen, an denen ich krank war und nicht aufstehen konnte, meine Augen fest geschlossen, an dich gedacht und um deine Güte gebeten? Wie kannst du mir ein zweites Mal so weh tun? Du weißt doch, dass mir Esra mehr bedeutet, als mein eigenes Leben. Wenn auch alles Böse von dir kommt, warum lässt du dieses Böse nicht auf die Köpfe der Bösen regnen? Hast du mich in den Schoß meiner Mutter geschickt, damit ich nur leide und das Leben nicht ertragen kann? Sind auch deine Worte genauso unehrlich wie die der Menschen, genauso verlogen, genauso doppelzüngig? Du bist doch derjenige, der alles hört und alles weiß, so weißt du bestimmt auch, was am Tag der Abrechnung geschehen wird, noch bevor dieser Tag kommt. Weil du das ja alles weißt, bitte ich dich an diesem frühen Morgen schon um Vergebung. Lege Bilal und seinen Helfershelfern, egal ob sie dich anbeten oder nicht, an diesem Tag der Abrechnung eiserne Ringe um den Hals, die bis zu ihrem Kinn reichen, damit sie sich nicht rühren können. Ziehe vor und hinter ihnen Dämme hoch und raube ihnen die Sehkraft, damit sie das Unheil, das ich über sie und ihr Leben bringen werde, nicht sehen können. Beschere Martin Frieden im Jenseits und seiner Familie Kraft im Diesseits. Schütze den treuherzigen Mahmut vor Bösem, halte ihn davor zurück, einem anderen Wesen zu dienen als dir. Beschere Jan Berger und meiner Esra ein langes, glückliches Leben, Bruder Tayfun und Schwester Gülsen eine glückliche Zukunft und vergib mir meine Sünden, sollte ich den Tag der Abrechnung nicht überleben!«

Maria faltete ihren Gebetsteppich zusammen, legte ihn in den Schrank, dann nahm sie ihr gelbes Kopftuch ab. Aus dem Kleiderschrank holte sie ihr beigefarbenes Kostüm, das sie vor ein paar Tagen gekauft hatte, und breitete es auf dem Bett aus. Von den neugekauften drei Paar Schuhen griff sie zu denen mit den dünnen Absätzen, legte sie aber wieder ab. Sie nahm die Schuhe mit flachen Absätzen und hellbraunem Leder aus ihrer Schachtel und legte sie neben ihr Kostüm. Sie betrachtete eine Weile ihre Nylonstrümpfe, verglich ihre Farben mit denen ihres Kostüms und ihrer Schuhe und wählte die dunkelbraunen. Auf ihren Kopf, den sie vor ein paar Tagen hatte kahlrasieren lassen, setzte sie eine blonde Perücke und betrachtete ihr Gesicht ein letztes Mal im Spiegel.

Seit Maria wusste, dass ihr Onkel hinter dem Angriff auf Esra und Martin steckte, bestand das Leben für sie nur noch aus Rache. Gerade als sie gelernt hatte, zu ertragen, was man ihr angetan hatte, war etwas Schlimmeres passiert, was sie nicht ertragen konnte, und jetzt hatte sie kein anderes Ziel als diesem Bösen ein für alle Mal ein

Ende zu setzen. Sie vertraute sich ihrem Retter, ihrem Bruder Tayfun an. »Versprich mir«, sagte sie, »dass alles, was ich dir jetzt erzählen und worum ich dich bitten werde, unter uns bleibt, dass du niemandem, nicht einmal meiner Schwester Gülsen davon erzählst!« Tayfun bemerkte in Marias Blick, dass sein Leben, das bis dahin in geordneten Bahnen verlaufen war, aus den Fugen geraten könnte, sagte aber trotzdem ohne zu zögern: »Ich verspreche es, dein Geheimnis ein Leben lang für mich zu behalten.«

Maria begann zu erzählen, was geschehen war, bevor Tayfun sie an jenem verschneiten Wintertag gefunden hatte. Anfangs war sie sehr ruhig, sogar gefühllos, doch je länger sie sprach, umso mehr verlor sie die Kontrolle über ihre Tränen und schließlich konnte sie nur noch schluchzend weitersprechen: »Kannst du es dir vorstellen, Bruder Tayfun, dass mein Onkel nach so vielen Jahren wieder auftaucht und mein Leben verfinstert? Wenn du an meiner Stelle wärst, Bruder Tayfun, wenn es dir passiert wäre, was mir passiert ist, wenn ich dich im Schnee gefunden hätte, du Damla geboren hättest, und dann nach vielen Jahren, gerade als deine Damla achtzehn wird, diese Männer wieder auftauchen würden, mit denen du nicht einmal auf der gleichen Erde leben möchtest, die dir Dinge angetan haben, von denen ich dir nicht einmal erzählen kann, würdest du nicht auch wahnsinnig werden und dieser Sache endlich ein Ende setzen wollen? Jetzt, Bruder Tayfun, bin ich an diesem Punkt und muss dieser Sache den Schlusspunkt setzen. Also, entweder werden wir es zusammen tun und danach so weiterleben, als wäre nichts geschehen, oder ich erledige es alleine, und dann wirst du, Bruder Tayfun, sehr traurig sein, weil du mich an meinem

Tag der Abrechnung allein gelassen hast. Wenn du mich nicht in dieser Straße gefunden hättest, Bruder Tayfun, wäre ich dort vielleicht erfroren und mir wäre ein schlimmerer Schmerz nach all diesen Jahren erspart geblieben. Jetzt, Bruder Tayfun, da du mich vor dem Tod gerettet und mir ein Leben geschenkt hast, musst du mich auch an meinem Tag der Abrechnung beschützen. Du musst mir helfen. Ich habe meine Esra Schwester Gülsen und Jan Berger anvertraut, ich vertraue Jan nämlich. Solange dieser Kerl, der es nicht verdient, mein Onkel zu sein, am Leben bleibt, kann ich nicht weiterleben. Entweder wird er diese Welt verlassen oder ich oder wir beide! Es gibt keine andere Möglichkeit, Bruder Tayfun, es gibt keine andere Lösung. Es gibt ja diese Frau in der Türkei, sie heißt Nevin oder so ähnlich, genauso wie sie habe ich auch keine andere Wahl, Bruder Tayfun. Diese Frau, weißt du, ihr Mann geht zum Militärdienst und ein Scheißkerl ist die ganze Zeit hinter ihr her, vergewaltigt sie, und dann wieder und dann wieder, und sie erschießt ihn mit einem Gewehr, schneidet ihm den Kopf ab, wickelt den Kopf in ein Tuch und bringt ihn auf den Dorfplatz, und schmeißt ihn mitten auf den Platz und schreit die Männer wütend an, die vor den Männercafés hocken: »Jetzt werdet ihr mich nicht mehr Schlampe nennen!«, ja, die meine ich, ich bin in der gleichen Situation wie sie, Bruder Tayfun. Ihr schreibt ja Flugblätter und verteilt sie auf den Straßen, wenn irgendwo in der Welt ein Unrecht geschieht, und das wird mein Flugblatt sein, Bruder Tayfun, diesem Bilal das Leben zu nehmen, und das werde ich tun, egal ob du mir hilfst oder nicht, nur dass du es weißt!«

In diesen Worten »nur dass du es weißt!« steckte eine Kampflust, die Tayfun an seine eigene Jugend erinnerte. Als er an jenem fernen Morgen eines 12. Septembers von dem Putsch der Generäle erfahren hatte, hatte er nicht Angst verspürt, sondern Zorn. Zehn Tage später stürmte er mit elf Freunden die Bezirkswache; sie konfiszierten Waffen und forderten die Soldaten auf, den Befehlen nicht zu gehorchen. Er hielt seine Aktion als vollkommen legitim, denn Leute, die von niemandem gewählt und autorisiert waren, hatten sich zu Besitzern des Landes erklärt und die Macht an sich gerissen, was ihm und seinen Freunden das Recht auf Selbstverteidigung gab. Doch in den späteren Jahren hatte ihn der Gedanke immer wieder beschäftigt, dass die Aktion, die er mit der Entschlossenheit seiner dreiundzwanzig Jahre unternahm und bei der niemand verletzt wurde, auch anders hätte ausgehen und vielen Soldaten und seinen eigenen Freunden das Leben kosten können. Er erklärte der Idee, Gewalt sei der Motor der Geschichte und der sozialen Entwicklung den Krieg. »Gewalt kann zwar Dinge verändern«, sagte er in den Diskussionsveranstaltungen, zu denen er eingeladen wurde. »Aber man muss bezweifeln, ob diese Veränderung tatsächlich der sozialen Entwicklung dient. Seht euch die Sowjetunion an, also die Tatsache, dass eine Gewaltherrschaft durch eine andere ersetzt wurde. Vermeintlich wurden im Oktober 1917 unsere Träume verwirklicht, aber gleichzeitig war das auch der Beginn ihres Scheiterns, denn diejenigen, die jetzt die Macht hatten, haben sie nicht grundsätzlich anders eingesetzt als diejenigen, die sie auf den Müllhaufen der Geschichte geworfen hatten.« Tayfun hatte sich so sehr von der Gewalt entfernt, dass er sich nicht vorstellen konnte, jemandem wehzutun, und die Idee, jemanden umzubringen oder dabei zu helfen, überschritt die Grenzen seiner Vorstellungskraft. Aber er kannte auch die Grenzen seiner Toleranz. Damla war seine Toleranzgrenze. Esra auch. Esra war zwar nicht seine eigene Tochter, aber er spürte, dass er sich für sie genauso verantwortlich fühlte wie für Damla. Eine Weile schaute er Maria schweigend an. Ihm wurde klar, dass sie den Vorschlag, zur Polizei zu gehen, ablehnen würde. Schließlich sagte er: »Esra ist wie eine eigene Tochter. Ich bin dabei!«

In jenen Tagen, in denen Maria und Tayfun sich auf die Rache vorbereiteten, kümmerten sich Gülsen und Damla um Esra, die sich nichts mehr vom Leben erhoffte, und kurz davor war, den Verstand zu verlieren. Doch die beiden Frauen gaben nicht auf. Wenn Esra von zu Hause weglief, suchten sie sie überall und fanden sie auch schließlich: bei Mahmut zu Hause, im Park oder in verrauchten, stockfinsteren Diskotheken. Sie fanden sie auf dem Rasen am Rhein liegend, reglos wie eine Leiche. Und immer haben sie dafür gesorgt, dass Esra zu Hause war, bevor Maria von der Arbeit zurückkam.

Gülsen merkte, dass Tayfun ihr irgendetwas verschwieg. Er lächelte zwar noch wie früher, doch es war sehr seltsam, wie er in seinem Sessel saß und das Bild mit dem Kruzifix an der Wand anstarrte. Gülsen hatte das Bild auf dem Flohmarkt sehr billig erworben, nur damit die Wand nicht leer blieb.

Das Bild hielt Tayfun tagelang in seinem Bann. Danach tätigte er zwei Anrufe nach Paris. Ein paar Tage später fuhr er auch dorthin und traf den Fälscher, dem er seinen Pass verdankte. Nach seiner Rückkehr rief er die Firma Kordoner an und stellte sich als Journalist vor. Er erzählte, er arbeite für die Deutsche Welle und würde gerne zusammen mit seiner Kollegin Helga Schneider ein Interview mit Bilal Bey führen. Bilal Bey sei in Amsterdam und würde erst in einer Woche zurück sein, erfuhr er von der weiblichen Stimme am anderen Ende der Leitung. Das Gespräch in Amsterdam zu führen, könnte noch interessanter sein, meinte Tayfun. Die Frau versprach, den Wunsch ihrem Chef weiterzuleiten.

Wenige Stunden später erfuhr er, Bilal Bey sei bereit, ihn und seine Kollegin in seiner Suite in Amsterdam zu empfangen. Das Gespräch sollte in einem Hotel, ungefähr einen Kilometer vom Hauptbahnhof entfernt, stattfinden. Tayfun fand es geeignet, dass es sich um ein riesiges Hotel mit 200 Zimmern handelte. Die Innenarchitektur war im indonesischen Stil, die kleinste Suite maß 30 Quadratmeter, alle mit Balkon und Blick auf den Fluss. Wenn alles wie geplant lief, würde man nicht einmal bemerken, dass sie das Hotel betraten.

Noch vor der Morgendämmerung stand Tayfun auf, machte sich fertig und weckte Gülsen. »Ich muss los«, sagte er. »Ich bin am Abend wieder da. Wenn nicht, pass gut auf dich und Esra auf!«

Gülsen war noch im Halbschlaf und konnte nicht reagieren. Als sie hörte, dass die Wohnungstür geschlossen wurde, zwang sie sich aufzustehen und fand auf dem Tisch Tayfuns Notiz: »Mach dir keine Sorgen, auch wenn ich nicht zurückkomme. Pass gut auf unsere Tochter und Esra auf! Mach dir keine Sorgen, ich komme zurück.« Dass es um etwas Gefährliches ging, wurde ihr zwar klar, sie konnte sich aber nicht vorstellen, was das sein könnte. Sie ging zurück ins Bett. Es war unmöglich, wieder einzuschlafen. Sie stand auf und fragte sich, ob Maria, die in der Etage unter ihnen wohnte, schon zur Arbeit gefahren war.

Maria war bereit zu gehen. Sie ging in Esras Zimmer. Lange schaute sie das Gesicht ihrer Tochter an und konnte dabei ihre Tränen nicht zurückhalten. Das gelbe Kopftuch aus Satin legte sie neben Esras Kissen. Sie gab ihr einen sanften Kuss. Die letzten Worte, die sie sprach, bevor sie das Zimmer verließ, waren: »Bitte verzeih mir!«

Im selben Augenblick betete Mahmut in der Mescit Al-Quds zusammen mit dem Imam Muhammed Aziz. Nach dem Gebet setzten sich die beiden im Schneidersitz gegenüber. Muhammed Aziz rezitierte auf Arabisch die Sure Yasin. Mahmut hörte gebannt zu, die arabischen Worte ließen seine Gefühle anschwellen, und je stärker sie wurden, desto stärker wurde auch sein Wunsch, sich zu opfern. Als er Esra begegnet war, hatte er gedacht, nur ihre Liebe könne ihn aus der Sackgasse befreien, die ihn gefangen hielt, und später hatte er sich sehr dafür geschämt. Immer, wenn er an Esra dachte, dachte er zugleich an Allah, und immer, wenn er an Allah dachte, dachte er an Esra, und empfand dabei ein angstvolles Glücksgefühl. Wenn Esras Mutter sie nicht der Moschee entrissen hätte, hätte vielleicht Esra ihn von dort ferngehalten, vielleicht hätte er sie geheiratet und wäre ein guter Ehemann und Vater geworden. Als Esra aus seinem Leben verschwand, war ihm so, als würde ihm auch sein eigenes Leben aus den Händen gleiten. Ihn erwartete ein Leben, das nicht anders war als das seines Vaters. Mit Esra hätte alles anders sein können. Sie hätte ihm zeigen können, dass es auch ein anderes Leben gibt, das er noch nicht kennt. Dieses andere Leben musste jetzt – nicht dank Esra, sondern dank ihrer Mutter mit ihrem gelben Kopftuch – für immer ein unerreichbares Geheimnis bleiben. Während Mahmut zwischen dem Gedanken an Esra und seine verlorene Zukunft hin- und hergerissen war, sprach Muhammed Aziz: »Jetzt ist es deine Pflicht, mein Sohn, diesen Rucksack, der dir anvertraut wird, an dem Ort zurückzulassen, der dir gesagt wird, und der Allmächtige wird dich, deine Familie, deine Mutter, deine Geschwister, deine Zukunft und deine Vergangenheit beschützen.«

Mahmut verließ die Mescit mit dem Rucksack auf dem Rücken. Er stieg auf seine Vespa und fuhr auf die Innere Kanalstraße. An der Kreuzung zur Subbelrather Straße bemerkte er nicht, dass die Ampel von Gelb auf Rot umgesprungen war. Obwohl der Lastwagen, der auf ihn zufuhr, bremste, streifte er die rechts abbiegende Vespa auf der Höhe ihres Hinterrads, und Mahmut wurde von seinem Gefährt fortgeschleudert. Während der Fahrer des Lastwagens Mahmut erschrocken zu Hilfe eilte, wachte Esra auf und fand das gelbe Kopftuch neben ihrem Kissen und eine kurze Notiz, die sie nicht deuten konnte: »Vergiss niemals, dass ich dich liebe. Deine Mutter«.

Als Notarzt und Polizei an der Unfallstelle eintrafen, lag Mahmut noch bewusstlos auf dem Boden. Auf der Straße, die die Polizei inzwischen gesperrt hatte, bemerkte eine Beamtin den Rucksack und öffnete ihn. Erst konnte sie den Inhalt der Tasche nicht identifizieren, und als sie begriff, was es war, entfernte sie sich in Panik.

Später fand man Mahmuts Aussage, er habe nicht gewusst, dass sich im Rucksack eine ferngesteuerte Bombe befand, nicht überzeugend. Laut seiner Aussage habe der Imam Muhammed Aziz ihm den Rucksack gegeben und ihm aufgetragen, ihn in dem Zug nach Paris zurückzulassen und in Aachen auszusteigen. Er enthalte sehr wichtige gesegnete Schriften über den Islam, die er nicht zu kennen brauchte und er sollte von einem anderen Glaubensbruder aufgenommen werden, der so rein und tapfer war wie er selbst. Nun bestehe seine Aufgabe darin, den Rucksack im Wagen Nummer elf auf den Sitz Nummer elf zu legen. Das seien die Worte von Muhammed Aziz gewesen. Tatsächlich hatte man in Mahmuts Tasche eine Fahrkarte gefunden, die diesen Angaben entsprach.

Am selben Tag, an dem Mahmut den Zug nach Paris nehmen sollte, wurden in zwei Zügen – der eine nach Berlin und der andere nach Frankfurt – jeweils im Wagen und auf Sitz Nummer elf herrenlose Taschen gefunden. Beide waren durch einen Konstruktionsfehler im Sprengsatz nicht explodiert. Die einzige Bombe, die kein defektes Zündsystem hatte, war diejenige, die Mahmut bei sich trug. Die Identität der beiden Täter konnte dank der Kameras am Kölner Hauptbahnhof festgestellt werden. Der eine trug Jeans, ein weißes Hemd und trank Cola aus der Dose. Die leere Dose stellte er nicht etwa auf den Boden, sondern brachte sie zu einem Abfalleimer mit Mülltrennung. Die Boulevardzeitungen nannten ihn den »umweltbewussten Bombenleger«. Auch der zweite hielt sich an die Regeln. Die Kameras auf dem Bahnsteig hatten ihn mit seiner Zigarette im Raucherbereich erwischt.

Die beiden Bombenleger und der Imam Muhammed Aziz konnten nicht gefasst werden. Einer der beiden stammte aus dem arabischen Raum und tauchte später in Beirut auf. Er starb bei einem israelischen Angriff auf Libanon. Der zweite war deutscher Staatsbürger und wurde im Irak getötet, als er sich gerade auf einen Selbstmordanschlag vorbereitete.

Von Muhammed Aziz hörte man später nichts mehr. Die Mescit Al-Quds wurde geschlossen. Mahmut wurde wegen Beihilfe verurteilt. Im Januar 2015 wurde er freigelassen. Einige Monate später heiratete er eine Frau namens Linda, die zum Islam konvertiert war. In den Tagen, als es in den Berichten der deutschen Sicherheitsbehörden hieß, dass »kein verdächtiges Verhalten beobachtet wurde«, verschwand Mahmut plötzlich mit seiner Frau. Sein Vater informierte die Polizei, dass sie sich in der Türkei niedergelassen hätten. Informationen wurden von der Türkei angefordert, es trafen aber nie welche ein.

Zwei Jahre später wurde Linda von kurdischen Peschmerga im Haus einer ehemaligen jesidischen Familie in Mossul verhaftet und an Bagdad übergeben. Bei ihrer Vernehmung gab sie an, dass ihr Mann ebenfalls deutscher Staatsbürger sei und dass er möglicherweise bei dem Luftangriff getötet wurde. Sie sei zwar Muslimin, aber nur auf Wunsch ihres Mannes in den Irak gekommen. Mit radikalen islamistischen Organisationen habe sie nichts zu tun. Als sie an Deutschland übergeben wurde, war Mahmut immer noch verschwunden.

In Amsterdam parkte Tayfun sein Taxi in der Nähe des Hotels und gab Maria den gefälschten Ausweis auf den Namen Helga Schneider. Laut ihrem Plan wollte Tayfun die Beschäftigten an der Rezeption ablenken, damit Maria unbemerkt direkt zu Bilals Suite gehen konnte, deren Nummer die Mitarbeiterin seiner Firma unvorsichtigerweise genannt hatte.

Maria sah auf die Uhr. Es war elf vor neun. Sie fühlte sich nackt, weil sie ihr gelbes Kopftuch nicht anhatte. Sie trug eine dezente Schminke. Wenn alles gut lief, würde sie bald im ersten Stock die Suite einhundertelf betreten. Bilal würde sie wahrscheinlich mit seinem widerwärtigen Grinsen empfangen. Sie würde ihr Aufnahmegerät und Mikrofon aus der Tasche holen, mit Bilal ein wenig über seine Firma sprechen und ihn schließlich fragen: »Haben Sie, wenn sie von heute aus zurückschauen, je etwas erlebt, von dem Sie sich wünschten, dass es nie passiert wäre?« Bilal würde wahrscheinlich verneinen. »Gibt es tatsächlich nichts, was Sie bereuen?« würde Maria auf ihrer Frage bestehen. Bilal würde voraussichtlich mit fester Stimme erwidern: »Nein.« »Ich möchte Ihre Zeit nicht allzu lange in Anspruch nehmen«, würde Maria sagen, drei Umschläge aus ihrer Tasche ziehen und ihm reichen: »Bitte öffnen Sie diese Umschläge einen nach dem anderen und sagen Sie mir, ob sie die Personen kennen. Wenn nicht, ist alles gut, wenn doch, hätte ich ein paar weitere Fragen.«

Beim ersten Umschlag würde Bilal vielleicht grinsen, oder vielleicht beunruhigt sein. »Nein«, würde er voraussichtlich sagen. »Den jungen Mann auf dem Foto kenne ich nicht.« Angesichts des Fotos von Esra im zweiten Umschlag würde er bestimmt versuchen, sein leichtes Frösteln wieder mit einem Grinsen zu unterdrücken. Im dritten Umschlag würde er einen herzförmigen Anhänger finden, mit Jan auf der einen und der siebzehnjährigen Maria auf der anderen Seite. Er würde ungläubig, reglos den Anhänger anstarren, irgendwann wieder aufschauen und als letztes Bild seines Lebens den tiefen schwarzen Lauf einer auf seine Stirn gerichteten Pistole, Marias Finger am Abzug und seine zersplitternden grünen Kontaktlinsen auf seinen braunen Augen sehen. Wenn alles gut lief und es ihr gelang, das Hotel unversehrt wieder zu verlassen, würde sie kurz danach am vereinbarten Treffpunkt sein und würde mit Tayfun zurück nach Köln fahren.

Nichts lief gut. Noch bevor sie das Hotel betraten, bekam Tayfun auf seinem Mobiltelefon mit Prepaidkarte, das er sich nur für die Kommunikation mit Bilals Firma zugelegt hatte, die Nachricht, Bilal sei wegen dringender Geschäfte in die Türkei geflogen. Maria wurde wütend, Tayfun war heimlich erleichtert.

Schweigend fuhren sie nach Köln zurück. Maria arbeitete, bis sie Esra von der Schule abholte. Tayfun fuhr nach Hause und duschte. Beide riefen ihre Töchter an und beide sagten, sie wollten nur ihre Stimme hören.

Nach einigen Tagen meldete sich Bilals Firma mit einem neuen Termin: am Mittwoch, den 8. Januar in Bilals Büro.

Das war der Tag, an dem Tayfuns Leichnam in die Türkei gebracht wurde.

Vor acht Tagen wurde auf Damlas Wunsch Silvester bei Tayfun und Gülsen gefeiert. Maria hatte den ganzen Tag gearbeitet und schaffte es kurz vor dem Silvesterfeuerwerk zur Feier. Kurz nach ihr traf auch Saxarat ein. Es wurde viel gegessen, getrunken und gesungen. Um Mitternacht gingen sie mit ihren Sektgläsern hinaus. Sie wünschten sich ein glückliches neues Jahr und prosteten sich zu. Als der Geruch von Schießpulver sich zu verflüchtigen begann, ging man zurück in die Wohnung. Tayfun sagte, er müsse noch fünf Jahre warten, ehe er wieder in die Heimat fahren könne. Saxarat erzählte, auch er wolle in das Dorf zurück, in dem er geboren wurde, sei aber noch nicht sicher, wann und wie er das machen wolle. Vielleicht solle er den ganzen Weg zu Fuß gehen. Das würde nicht nur ihm selbst guttun, sondern auch helfen, den schon ewig dauernden Bürgerkrieg zu beenden. Die meisten der Anwesenden konnten mit dieser Aussage nichts anfangen.

Tayfun und Maria tauschten als Komplizen oft heimliche Blicke aus. Wenn nichts schiefging, würden sie acht Tage später den Mann, der das Leben von Maria und Esra ruinieren wollte, ins Jenseits befördern. Diese Komplizenschaft, die sie beide aufregend fanden, bedeutete aber auch, dass sie ihre Liebsten belügen mussten. Vielleicht deswegen schauten sie nach jedem Blickkontakt gleich wieder weg, um nicht ungewollt Zweifel an der Richtigkeit ihrer geplanten Aktion auszutauschen.

Tayfuns Tod brachte Maria völlig durcheinander. Sie spürte, dass sie ihren Glauben an Gott verlor. Sie legte zwar ihr Kopftuch nicht ab, hörte aber zu beten und zu fasten auf. Je mehr sie versuchte, ihren Onkel und alles Geschehene zu vergessen, umso lebendiger wurden ihre Erinnerungen, und sie konnte sich des Gefühls nicht erwehren, auf ihren Schultern statt eines lebendigen Kopfes eine Büste aus Bronze zu tragen. Die Beziehung zwischen Mutter und Tochter kehrte sich ins Gegenteil um. Da ihre Mutter Tag für Tag magerer und trauriger wurde, vergaß Esra zunehmend ihren eigenen Kummer und schenkte ihrer Mutter mehr Aufmerksamkeit.

Im selben Jahr schloss Esra das Gymnasium als drittbeste Schülerin der Schule ab. Selbst während sie sich auf das Abitur vorbereitete, rief sie nach der Schule sofort ihre Mutter an und gab sich alle Mühe, ihre Traurigkeit zu lindern. »Komm, lass uns zu Tante Gülsen gehen«, sagte sie, »lass uns ins Kino gehen, es läuft ein ganz toller Film, lass uns ins Theater gehen, da ist gerade ein Gastspiel aus der Türkei«, obwohl sie gar keine Zeit hatte. Maria lehnte keinen Vorschlag ihrer Tochter ab. Sie war zwar erschöpft, fühlte sich völlig kraftlos, aber es war ja nicht schwer, zu Tante Gülsen zu gehen, man musste nur die Treppe hinaufsteigen. Auch der Weg zum Theater war nicht weit. Trotzdem suchte Esra umsonst nach Zeichen von Lebendigkeit in Marias Gesicht.

Im Mai 2015, eineinhalb Jahre nachdem Tayfun an einem Herzinfarkt gestorben war, weckte Maria ihre Tochter am frühen Morgen und teilte ihr mit, dass sie sich auf eine lange Reise begeben würde. Sie wollte einen Geschäftsmann in die Türkei bringen. Mit seiner Familie. Der Mann war als Arbeiter nach Deutschland gekommen, ist hier reich geworden, und wollte nun eine nostalgische Reise in die Türkei machen. Er hatte beschlossen, ein Taxi nach Istanbul zu nehmen. Der Fahrpreis, den er zahlen würde, entsprach ihrem Lebensunterhalt von mehreren Monaten. Es war eine einmalige Gelegenheit. Sie hatte zugesagt. Spätestens in einer Woche wäre sie wieder da. Sollte unterwegs ein Unfall passieren und sie nicht zurückkommen können, musste Esra immer und auf jeden Fall auf Tante Gülsen hören!

Noch bevor Esra etwas sagen konnte, ging sie hinaus. Später rief sie ihre Tochter an, um ihr mitzuteilen, sie sei in Istanbul angekommen und wolle, wo sie schon mal hier sei, ein paar Tage Urlaub machen. Ein paar Tage später rief sie erneut an und sagte, sie habe ihren Urlaub etwas verlängert. Schließlich meldete sie sich am zehnten Tag wieder, um zu sagen, sie sei unterwegs und am nächsten Tag wieder in Köln.

Gegen Ende Mai, als Saxarat seinen Fußmarsch von

Köln in sein Dorf begann, berichteten Zeitungen, Bilal sei in einem Luxushotel in Istanbul erschossen worden. Die Zeitungen interpretierten den Vorfall als eine Abrechnung innerhalb der Mafia. Nach ihrer Rückkehr von ihrer Reise in die Türkei arbeitete Maria weiterhin als Taxifahrerin. Niemand sah sie wieder mit Kopftuch, aber sie versäumte es nicht zu beten und fastete im Ramadan.

2014, München
DER PROZESS

Einen Tag vor Weihnachten, am selben Tag, an dem Lisa und der Oberleutnant in die Türkei aufbrachen, betrat eine Abiturientin nach Schulschluss ein Lebensmittelgeschäft in einer ziemlich abgelegenen Straße in Köln. Ihr Vater stand an der Theke. Sie ging in den hinteren Aufenthaltsraum. Eine Ecke des Zimmers war durch eine Glaswand abgetrennt, in der sich ihr Vater um seine Buchhaltung kümmerte. Sie stellte ihre Tasche auf den Tisch, auf dem sie manchmal ihre Hausaufgaben machte und nahm eine Flasche Apfelsaft aus dem Kühlschrank. Sie wusste, dass ihr Vater in wenigen Sekunden lächelnd durch die Tür schauen würde. Es war ein Moment zeremonieller Glückseligkeit für Vater und Tochter. Er fragte sie immer, wie ihr Tag gewesen sei, sie sagte »Gut« und fragte nach ihrer Mutter. Zu dieser Stunde kochte die Mutter für den Abend. Beide wussten das, und doch schien es sie mit Zuversicht zu erfüllen, wenn es ausgesprochen wurde. Die Tatsache, dass seine Tochter jeden Tag wohlbehalten von der Schule zurückkehrte und seine Frau zu diesem Zeitpunkt zu Hause kochte, wertete der Vater als Beweis dafür, dass sie vor Jahren die richtige Entscheidung getroffen hatten, aus dem Iran zu fliehen. »Dann gehe ich mal zu meiner Mutter«, sagte die Tochter. »Ja, can«, antwortete der Vater.

Dieses Wort »can« benutzte er als letzte Silbe, wenn er seine Tochter ansprach. Tochtercan, mein Augapfelcan, mein Schatzcan, meine Rosecan, mein Herzcan … Er verfügte über ein unerschöpfliches Reservoir an Kosewörtern mit »can«, und wenn die Tochter in Gedanken dieses »can« als Leben oder Seele ins Deutsche übersetzte, musste sie heimlich lachen und wünschte sich zugleich, ihr Vater möge damit nie aufhören.

An diesem kalten, sonnigen Dezembernachmittag, als die Schülerin gerade ihren Saft austrinken und gehen wollte, betrat ein großer, schlanker Mann in weißem Hemd und Jeans mit langen lockigen Haaren mit einem Einkaufskorb den Laden, schaute sich um und stand eine Weile vor den Regalen mit den alkoholischen Getränken. Schließlich entschied er sich für eine Flasche Jack Daniel's. Er legte auch ein paar Tüten Chips in den Korb. An der Theke kramte er in seinen Taschen, sagte dann, dass er sein Portemonnaie zu Hause vergessen habe, stellte den Korb vor die Kasse und verließ mit schnellen Schritten den Laden. Der Vater folgte ihm hinaus, wollte ihm hinterherrufen: »Sie können später zahlen, nehmen Sie Ihren Korb mit«, aber der Mann war schon um die Ecke gebogen.

Als der Kunde bis zum Ladenschluss nicht zurückkehrte, stellte der Vater den Korb im hinteren Raum ab. Dann zog er die Rollläden des Ladens herunter und ging nach Hause. Der Mann kam weder einen Tag später noch in den folgenden Tagen.

Am dritten Freitag des neuen Jahres öffnete die ganze Familie in den frühen Morgenstunden den Laden. Die neunzehnjährige Schülerin ging in den Aufenthaltsraum, wo ihr Blick auf eine rote Christstollendose fiel, die mit weißen Sternen verziert war. Neugierig öffnete sie den Deckel der Dose. Sie war verblüfft, als sie darin eine kleine blaue Campinggasflasche sah. Sie drückte den Deckel wieder auf die Dose, öffnete eine Schublade und beugte sich auf der Suche nach einem Spiegel nach unten. Ihre letzte Erinnerung an diesen Tag war ein Knall, der ihr Trommelfell platzen und sie in Ohnmacht fallen ließ.

Die kleine Gasflasche, die die Mitglieder der NSU-Bande als »Bömbchen« bezeichneten, war explodiert, ihr Gesicht zerschnitten, die Haare und die Haut verbrannt. Als sie dreizehn Jahre später im Gericht aussagte, war auch Lisa im Saal. Das damalige Schulmädchen war jetzt eine zweiunddreißigjährige Ärztin, die den Anschlag mit klaren Worten beschreiben konnte und alle im Gerichtssaal bezauberte.

Laut Lisas Notizen vom 4. Juni 2014 wurde der Verhandlungstag im NSU-Prozess um 09:04 Uhr eröffnet. Der Vorsitzende Richter kündigte an, dass es an diesem Tag um die Blechdose gehen werde.

Die Zeugen warteten darauf, aufgerufen zu werden. Die Vertreter der Bundesanwaltschaft waren so ausgeglichen wie immer, die Anwälte der Angeklagten waren frech wie immer, und die Nebenkläger und ihre Anwälte besorgt wie immer.

Am Vortag hatte der Kriminalhauptkommissar ausgesagt, und Lisa war es nicht leichtgefallen, sich ein Urteil über ihn zu bilden. Ihm wurde gemeldet, dass in einem Lebensmittelgeschäft gegen sieben Uhr eine Explosion stattgefunden habe und eine Person schwerverletzt ins Krankenhaus gebracht worden sei. Als er den Tatort erreichte, war es immer noch kalt und dunkel. Die Straße war gesperrt. Mutter, Vater und Schwester der verletzten Person fuhren ins Krankenhaus, er blieb am Tatort. Die Bombe hatte den hinteren Raum vollständig demoliert. Der Kühlschrank war bis zu der Tür zu dem Verkaufsbereich geschleudert, ein hölzerner Schreibtisch mit eisernen Beinen und Schubladen war in Stücke gerissen worden, die Decke war zur Hälfte eingestürzt und für kurze Zeit war ein Brand ausgebrochen. Ihm fiel eine aufgerissene, verformte Dose auf, die sich als eine Christstollendose erwies. Die Dose war rot und mit weißen Sternen verziert. Nach der Spurensicherung fuhr er ins Krankenhaus. Die junge Frau war nicht vernehmungsfähig. Sie lag mit schweren Brandwunden im Koma. Zuerst dachte er, Fremdenfeindlichkeit könne als Tatmotiv ausgeschlossen werden, denn der kleine Laden hieß: »Lebensmittel/Getränkeshop Gerd Simon« und er kam nicht auf die Idee, dass die Besitzer Einwanderer aus Iran sein könnten. Selbstverständlich teilten er und seine Kollegen ihre Erkenntnisse dem Verfassungsschutz mit, und als sie herausgefunden hatten, dass die Ladenbesitzer Iraner waren, zogen sie auch die Möglichkeit in Betracht, dass hinter dem Anschlag eine iranische Organisation stecken könnte. Wegen eines möglichen politischen Tatmotivs übernahm der Verfassungsschutz die Ermittlungen. Schließlich waren die Inhaber Ausländer. Die Täter könnten sowohl Rechts- als auch Linksextreme sein.

Nach diesem Satz sprang ein Anwalt wütend auf und sagte: »Seit wann verüben Linksextreme Bombenanschläge auf Ausländer?« Lisa fand die Frage berechtigt.

Lisa verfolgte die Verhandlung von der Pressetribüne aus. Neben ihr saß ihre Kollegin Miriam, die sie seit ihrer Jugend kannte. Der rechte Teil der Tribüne war für

Zuschauer reserviert, die keine Journalisten waren. Von ihrem Sitzplatz aus konnte sie die Richter, die Angeklagten und die Zeugen beobachten, aber da sich der Bereich für die Nebenkläger und ihre Anwälte direkt unter der Tribüne befand, konnte sie sie nur auf den Videobildschirmen sehen, die rechts und links neben dem Vorsitzenden Richter an der Wand hingen.

In der Pause unterhielt sie sich mit Miriam, die ihr nach Christians Tod an einem Gehirntumor Kraft gegeben und sie davor bewahrt hatte, völlig zu verzweifeln. Sie fragte Miriam nach dem Befinden ihres Cousins Mahmud Fathi, seiner Frau Yasmina und deren Tochter, die sich in literarischen Kreisen einen Namen als Dichterin gemacht hatte. Ihnen allen gehe es gut, antwortete Miriam. Die Geschichte von Mahmud und Yasminas Flucht und Ankunft in Deutschland nahm in Sekundenschnelle Gestalt in ihrem Gehirn an, und sie dachte, dass es unmöglich sei, die Geheimnisse des Lebens zu kennen. Während die beiden Frauen sich an die vergangenen Tage erinnerten, ging die Pause zu Ende.

Auf dem Weg zum Saal dachte Lisa an den Frühling 1986, in dem sie erfuhr, dass ihr Mann Christian nur noch wenige Monate zu leben hatte. Sie widmete ihm ihre ganze Zeit, die aber in einem Krankenhauszimmer schnell verflog. Als Christian seinen letzten Atemzug tat, hatte sie nicht einmal die Kraft zu weinen. Auch als ihre Schwiegermutter »Mein Sohn!« schreiend in Ohnmacht fiel, als die Begräbnisvorbereitungen getroffen wurden, als sie die Kondolenzbriefe und -anrufe beantwortete, die Todesanzeige verfasste und die Einladungen für die Trauerfeier schrieb und zur Post brachte, weinte sie nicht.

Vier Monate nach dem Begräbnis wachte sie gegen

Morgen auf, starrte auf die sinnlose Leere zu ihrer Rechten, wo Christian zu schlafen pflegte, und fing zu weinen an. Am Morgen gelang es ihr gerade noch, bei der Arbeit anzurufen, um zu sagen, sie sei krank und könne nicht kommen. Den Tag verbrachte sie weinend im Bett.

Am nächsten Tag rief sie wieder die Zeitung an, um zu sagen, dass sie nicht kommen könne. An jenem Abend klingelte Miriam bei ihr. Lisa öffnete in ihrem Nachthemd die Tür, und als sie Miriam sah, begann sie wieder zu weinen. Miriam umarmte sie, streichelte ihr Haar, während sie alle Kosewörter der deutschen und persischen Sprache sagte, brachte sie ins Bett, kochte Kaffee für sie und bereitete ein Abendessen zu. Nach dem Essen ging sie mit ihr in die nächstgelegene Kneipe. Dort trank Lisa, bis sie nur noch lallte. Zurück zu Hause füllte Miriam die Badewanne, wusch sie, trocknete sie ab und blieb bei ihr, bis sie schließlich einschlief.

Es dauerte Monate, bis Lisa sich erholt hatte. Im Sommer 1987, als der Oberleutnant mit Tayfun Karas Briefen aus dem Gefängnis beschäftigt war, retteten Lisa und Miriam einen iranischen Flüchtling vor dem Tod. Er hieß Mahmud Fathi und war Miriams Cousin. Ende der siebziger Jahre war er Medizinstudent an der Universität Teheran, als alle politischen Bewegungen das Paradies auf Erden versprachen, dass Ruhollah Khomeini, der die Herrschaft des Schahs beendete, zurückkehrte. Er glaubte, von nun an würde niemand mehr wegen seiner politischen Ansichten verhaftet werden, die Folter würde aufhören und Frauen würden gleiche Rechte erhalten wie Männer. Es kam ganz anders. Mahmud Fathi, der damals erst zwanzig Jahre alt war, wurde bald Zeuge, wie Frauen auf der Straße wegen ihrer Kleidung verhöhnt wurden. Er glaubte, das sei nur vorübergehend und würde aufhören, wenn die Zeit des Aufruhrs vorüber war, aber die Dinge entwickelten sich nicht so, wie er es vorausgesagt hatte. Als Khomeini in seiner Freitagspredigt die Teheraner Universität erwähnte, witterten Fakultätsmitglieder und Studenten, darunter Mahmud, die Gefahr und veranstalteten eine Demonstration auf dem Campus. Die Demonstranten wurden von der Hisbollah angegriffen, Dutzende Studenten wurden gelyncht. Mahmud brach nach einem Schlag auf den Kopf zusammen. Seine Familie erfuhr tagelang nichts von seinem Schicksal. Sein Überleben verdankte er einer Nachbarstochter, einer Krankenschwester namens Yasmina. Er war bewusstlos, als er von seinen Freunden, die den Angriff überlebt hatten, ins Krankenhaus gebracht wurde. Yasmina erkannte ihn und versteckte seinen Ausweis, der zu seinem Tod hätte führen können, und als die Revolutionsgarden das Krankenhaus stürmten, um die Verwundeten zu identifizieren, bedeckte sie Mahmud Fathis Gesicht mit Bandagen, holte ihn heraus aus der Abteilung, wo die Studenten behandelt wurden und brachte ihn in eine andere. Die Verwundeten im Krankenhaus wurden verhaftet, die meisten wurden hingerichtet, viele wurden vermisst. Die mutmaßlichen Anstifter der Demonstration wurden verhaftet, die meisten wurden hingerichtet und viele wurden für immer vermisst.

Mahmud Fathi und Yasmina heirateten Ende desselben Jahres. Yasmina arbeitete weiter als Krankenschwester. Mahmud Fathi eröffnete ein Lebensmittelgeschäft. 1982 kam ihre Tochter zur Welt. Als sie fünf Jahre alt wurde, beschloss Mahmud, dass er in einem Land, das die eigene

Zukunft zerstört hat, nicht mehr bleiben kann und überredete seine Frau Yasmina, Iran zu verlassen. Die Fluchtvorbereitungen dauerten sechs Monate.

Sie brachen im Februar 1987 auf. Sie überquerten die türkische Grenze, ohne von den Grenzposten entdeckt zu werden. Als sie in Istanbul ankamen, rief Mahmud seinen Onkel in Köln an, der Iran vor Jahren verlassen, in München Germanistik studiert hatte und in Köln lebte. Seine Cousine Miriam, zwei Jahre jünger als er, ging ans Telefon. Er erklärte ihr seine Situation und sagte, er brauche Hilfe. »Ich werde tun, was ich kann, versprochen!« sagte Miriam.

Am selben Tag begann die Kette des Unglücks. Mahmud Fathi merkte, dass sein Portemonnaie nicht mehr in seiner Tasche war, als er das Große Postamt in Istanbul-Sirkeci verließ. Er wurde von panischem Schrecken gepackt und suchte bis zum Abend, ohne ein Wort Türkisch zu sprechen, nach einer Arbeit, mit der er genug Geld verdienen könnte, um am nächsten Morgen Milch für seine Tochter zu kaufen. Er fand keine und kehrte erschöpft in das Hotelzimmer in Aksaray zurück. Er verschwieg Yasmina, dass er sein ganzes Geld verloren hatte. Am nächsten Morgen stand er sehr früh auf und wurde erwischt, als er aus einem Kasten, der vor einem Haus abgestellt war, eine Flasche Milch stehlen wollte. Als sich herausstellte, dass er ein Asylbewerber aus Iran war, wurden die Formalitäten schnell erledigt, und er wurde auf den Rücksitz eines Autos gesetzt, das man für Abschiebungen bereithielt. Der Wagen war dunkelblau. Gegen Abend fuhren sie los. Es war eine sechzehnstündige Reise zur Grenze, und Mahmud Fathi wusste, dass man ihm am Ende der siebzehnten Stunde die Schlinge um den Hals legen und er in der achtzehnten Stunde sterben würde.

Das Auto, das ihn zur Grenze brachte, hielt an einer Raststätte. Er sah das Telefon auf dem Tisch, an dem die Rechnungen bezahlt wurden, und wusste, dass es seine letzte Hoffnung war. Die zwei Soldaten, die ihn begleiteten, setzten ihn an einen Tisch. Mahmud Fathi schaute sich um und stand auf, ohne die Soldaten um Erlaubnis zu fragen. Er ging zu dem Telefon und nahm den Hörer in die Hand. Er rief Miriams Nummer 0049 221 594 89 84 an. Ihm war bewusst, dass er am nächsten Tag die aufgehende Sonne nicht mehr sehen würde, wenn niemand ans Telefon ging.

Als er Miriams »Hallo« hörte, sagte er einen einzigen Satz: »Ich bin's, Mahmud Fathi. Ich bin in der Türkei, ich werde nach Iran abgeschoben!«

Miriam rief sofort Lisa an. Dann telefonierte sie mit allen Journalisten und einflussreichen Personen, die sie kannte, und bat sie darum, alles in ihrer Macht Stehende zu tun. Gleichzeitig nahm Lisa mit Hilfe Günter Wallraffs, mit dem sie vor längerer Zeit ein Interview geführt hatte, mit Amnesty International und dem Auswärtigen Amt Kontakt auf.

An der türkisch-iranischen Grenze stand die offizielle Prozedur kurz vor dem Abschluss, als das Telefon klingelte, und in diesem Moment empfand Mahmud Fathi das Klingeln als einen Ruf der Hoffnung, der sein Schicksal ändern würde. Der Gesichtsausdruck des Beamten, der ans Telefon ging, schien seine Hoffnung zu bestätigen, aber er dachte, dass eine verfrühte Freude Unglück bringen könnte, und ließ den Mund hängen. Er sah den Beamten an, der das Telefonat beendet hatte und sich ihnen näherte, und prüfte seine Vermutung erneut, konnte aber in diesem Gesicht weder etwas Positives noch etwas Negatives erkennen. »Tamam« sagte der Beamte, »kurtuldun, Allah yüzüne baktı.« Mahmud Fathi verstand die Wörter »Tamam« und »Allah«, wollte sich aber nicht zu früh freuen. Der Beamte lächelte. Man brachte ihm Tee, er wurde gefragt, ob er Hunger habe. Schließlich ließen sie ihn gehen. Es war kurz vor Sonnenaufgang.

Am Grenzübergang Gürbulak gab es niemanden, der eine andere Sprache als Türkisch sprach. Den Beamten, die ihn mit den Worten »Yallah! Git, git!« fortschicken wollten, antwortete er: »Istanbul! Istanbul!« und versuchte zu erfahren, in welche Richtung er gehen sollte. Sie zeigten ihm den Weg Richtung Westen. Ohne eine einzige Münze in der Tasche begann Mahmut Fathi zu rennen. Nach wenigen Kilometern wurde er langsamer. Er hob die Hand, um ein heranfahrendes Auto anzuhalten. Doch vierzig Kilometer weit, bis kurz vor Doğubayazıt, nahm ihn niemand mit.

Wäre er nicht an der Kreuzung zum Zentrum von Doğubayazıt stehengeblieben, wäre er vor Erschöpfung in Ohnmacht gefallen. Es war der 2. Juli 1987. Die Sonne stand kurz davor, im wolkenlosen Himmel den Zenit zu erreichen.

Zu jenem Zeitpunkt, als der Fahrer aus Ispir abbremste, hatten längst acht Männer, unter ihnen auch Tayfun Kara, fünfhundert Kilometer weiter westlich den Tunnel aus dem Militärgefängnis verlassen, waren im Mondschein, begleitet von einem wärmenden Wind gerannt und in Erzincan angekommen. Am Bahnhof hatten sie nach einer Möglichkeit gesucht, die Stadt gefahrlos zu verlassen, doch es war ihnen nicht gelungen, auf einen der Güterzüge aufzuspringen. Später verlor Tayfun bei einem Hinterhalt seine Freunde aus den Augen und war in den Bergen von Gümüşhane ganz allein geblieben. Nachts war er, sich an Strommasten und Flüssen orientierend, gelaufen und tagsüber hatte er sich im Gebüsch versteckt. Manchmal hatte ihn der Hunger so entkräftet, dass er keinen Schritt mehr tun konnte und in Ohnmacht fiel. Ihm wäre nie in den Sinn gekommen, dass der Mann, der ihn rettete, als er am Ende seiner Kräfte angekommen war, auch einen iranischen Akademiker auf der Flucht mitgenommen haben könnte. Mahmud Fathi öffnete die Wagentür und bevor er einstieg, stellte er sich unwillkürlich auf Persisch vor:

نام من علی فتحی است

Der Fahrer aus Ispir sah ihn fragend an, worauf sich Mahmud Fathi auf Englisch vorstellte und sagte, er sei ein Flüchtling aus Iran und wolle nach Istanbul. »Gerade fahren alle nach Istanbul«, antwortete der Fahrer auf Englisch. Er habe kein Geld, sagte Mahmud Fathi. »Das macht nichts«, erwiderte der Mann. »Ich habe nicht angehalten, um Geld zu verdienen.«

Sie legten eine Frühstückspause ein, und als sie sich wieder auf den Weg machten, fiel Mahmud Fathi in den Schlaf und wachte bis zum Busbahnhof von Erzincan nicht auf. Der Mann aus Ispir kaufte eine Fahrkarte nach Istanbul, prüfte seine Geldbörse, nahm die Hälfte des Geldes heraus, wühlte in seiner Aktentasche, fand einen Umschlag, legte das Geld in den Umschlag und weckte Mahmud Fathi: »Wir sind in Erzincan. Hier müssen wir uns trennen.«

Bis zur Abfahrt des Busses nach Istanbul blieben noch eineinhalb Stunden. In einem Restaurant am Busbahnhof aßen sie Döner und Reis. Dazu bestellten sie Ayran. Als sie sich trennten, kannte der Mann aus Ispir Mahmud Fathis Fluchtgeschichte und hatte beim Zuhören immer wieder ausgerufen: »Das ist ja nicht zu fassen!«.

Schließlich verabschiedeten sie sich voneinander. Der Mann aus Ispir, dessen Anzug und Wagen die gleiche Farbe trugen, gab Mahmud Fathi den Umschlag und die Fahrkarte. »Sollte ich eines Tages nach Deutschland kommen und sollten sich unsere Wege wieder kreuzen, kannst du mir deine neue Heimat zeigen«, sagte er. Mahmut Fathi wusste, dass er diesen Mann nie vergessen würde. Er setzte sich auf den Platz Nummer vier. Ein paar Minuten später saß ein junger Mann auf dem Sitz neben ihm und reiste mit geschlossenen Augen bis nach Istanbul.

Dieser junge Mann, der mit geschlossenen Augen bis nach Istanbul reiste, war einer der Flüchtigen, die mit Tayfun den achtzig Meter langen Tunnel gegraben hatten. Am Eingang der Stadt hatte er sich von seinen Freunden getrennt, hatte sich im Stadtzentrum in einem Dönerladen sattgegessen, war dann in ein Hotel gegangen und hatte die ganze Nacht geschlafen. Er hatte einen Ausweis bei sich, dem man schon auf den ersten Blick ansah, dass er gefälscht war. Er hatte in einer Boulevardzeitung, die im Gefängnis den politischen Gefangenen ausgeteilt wurde, einen »Musterausweis« entdeckt und diesen auf einen dünnen Karton geklebt. Diese Kuriosität hatte jedoch ihren Zweck erfüllt. Er hatte an der Hotelrezeption keinen Verdacht erregt. Als sie Istanbul erreichten, hatten sie fünf Personenkontrollen hinter sich. Mahmud Fathi zeigte die Papiere, die ihm die Beamten gegeben hatten, die ihn abschieben wollten. Niemand sah die Notwendigkeit, den jungen Mann neben ihm aufzuwecken.

Der Flüchtige rief in Istanbul die Nummer an, die ihm als einzige im Gedächtnis geblieben war. Wenn er dort niemanden erreichen sollte, würde er weiterfahren, den Evros schwimmend durchqueren und nach Griechenland flüchten. Das war aber nicht nötig. Der Arzt, mit dem er gut befreundet war, ging ans Telefon. Dieser hatte im Krankenhaus von Çapa gearbeitet, in den sieben Jahren seit ihrem letzten Treffen beim Militär gedient, zusammen mit einer Kommandoeinheit an Militäroperationen gegen kurdische Guerillas teilgenommen, verwundete Soldaten behandelt und anschließend wieder seine Arbeit im selben Krankenhaus aufgenommen. Er stotterte. Nun verschlug es dem Arzt vollständig die Sprache, als er die Stimme seines Freundes hörte. Sie waren Studienfreunde, und er hatte seit den Herbsttagen nach dem Militärputsch nichts mehr von ihm gehört. Als er in der Zeitung las, dass sein Freund aus dem Gefängnis geflüchtet war, war er glücklich und besorgt zugleich, und er hätte nicht gedacht, dass er so bald in Istanbul auftauchen würde. Er stotterte nicht, als er sagte: »Warte dort, wo du bist.«

Der Arzt holte den Flüchtigen in der Nähe des Krankenhauses ab und brachte ihn zu sich nach Hause. Er war unverheiratet, was die Sache unkomplizierter machte. Es gelang den beiden, zu ihren Bekannten in Frankreich, England und Deutschland Kontakt aufzunehmen, bekamen von ihnen aber nicht die erhoffte Unterstützung. Diese Bekannten hatten nämlich nicht die Möglichkeit, gefälschte Pässe herzustellen, versprachen aber, finanziell zu helfen. Der Arzt fragte sich um und erfuhr, dass ein Netzwerk in Aksaray Menschen ins Ausland schmuggelte. Er einigte sich mit dem Menschenschmuggler auf dreitausend Dollar für die Flucht nach Griechenland. Ende Juni kam die erwartete Nachricht.

In dem Kleinbus des Menschenschmugglers saß neben dem Flüchtigen auch eine kurdisch alevitische Familie aus Pazarcık mit einem fünfjährigen Kind. In einem Grenzdorf parkte der Schmuggler seinen Wagen fernab von der Hauptstraße. Die einzige Lichtquelle war die Mondsichel. Der Schmuggler kannte den Weg zur Grenze auswendig. »Mir nach«, flüsterte er. Sie machten sich auf den Weg. Um das Tempo zu erhöhen, nahm der Vater das fünfjährige Kind auf den Rücken. Sie ließen die Mais- und Reisfelder hinter sich und kamen nach etwa zwei Stunden dem Ufer des Evros sehr nahe. Der Schmuggler spitzte eine Weile die Ohren und prüfte, ob Militärpatrouillen in der Nähe waren. Dann befahl er ihnen, zu laufen. Der Lauf im Marathontempo dauerte zehn Minuten. Sie erreichten das Ufer des Flusses Evros, der im fahlen Licht des Mondes wie gegerbtes Leder aussah und wie ein Sumpf aus Schlamm dahinfloss. Sie schnappten ein wenig nach Luft. Der Schmuggler hatte das Boot bereits aufgeblasen. Sie sprangen in das Schlauchboot, und obwohl sie wegen der Strömung nicht genau den Punkt erreichen konnten, den sie wollten, landeten sie zwanzig Minuten später am gegenüberliegenden Ufer, im Dorf Nea Vyssa. Sie kauerten sich zusammen und warteten eine Weile. Ein Schatten tauchte auf und näherte sich. Der Schmuggler übergab sie einem anderen, mit dem er auf Kurdisch sprach, und ruderte gleich zurück. Der Schmuggler der griechischen Seite brachte sie zu einer leeren Hütte am Rande eines Fußballfeldes. Dort verbrachten sie die Nacht. Am nächsten Tag machten sie sich mit dem Bus auf den Weg, wurden aber gefasst, bevor sie Athen erreichen konnten. Sie wurden verhört und in ein Flüchtlingslager gebracht.

Das Flüchtlingslager in der Kleinstadt Lavrion, etwa eine Stunde von Athen entfernt, war Teil eines malerischen Resorts mit einem kleinen Hafen und Cafés am Wasser, wurde aber von den Einheimischen als ein Ort wahrgenommen, wo gefährliche Menschen lebten. Es war ein Dorn im Auge der türkischen Regierung, weil es hauptsächlich von kurdischen Flüchtlingen bewohnt wurde. Ankara forderte Griechenland immer wieder auf, das Lager zu schließen. Der Flüchtige, der in kurzer Zeit Griechisch lernen und zwei Jahre nach seiner Ankunft in Griechenland die erste Frau heiraten sollte, in die er sich verliebte, traf in diesem Lager einen geflüchteten Schauspieler. Der Schauspieler war niemand anderer als Saxarat, der viele Jahre später die Trauerrede für Tayfun hielt und beschloss, den viertausend Kilometer langen Weg zu seinem Dorf zu Fuß zu gehen.

III

SAXARAT

[Die Geschichte von Saxarat und Kunduz]

31. Mai 2015, Köln
SAXARATS LETZTER TAG IN DER STADT

Er sah aus, als wäre er einem Film über das Leben Christi entflohen. Er suchte die Straßen des Lebens ab, liebte Wein, Omar Khayyam und pathetische Filme, schrieb Gedichte und Erzählungen für kurzlebige Literaturzeitschriften, in denen er eine Sprache voller Symbole benutzte, die fast kein Leser verstand. Er hatte immer etwas Geheimnisvolles an sich. Denen, die nach einer Aufführung des Theaterstücks »Saxarat« nach seinem Namen fragten, erwiderte er: »Ich trage den Namen meiner Heimat und meines Berges: Saxarat.« Seine komplizierten und gefühlvollen Sätze erzählten oft von einem Reisenden, der unter der Sehnsucht nach seiner Heimat leidet und unentwegt versucht, zu seiner Geliebten zu gelangen. Von einem, dem die Wirklichkeit immer wieder ein Bein stellt. Jedes Mal diesem Bein ausweichend näherte er sich einer Kreuzung in einer großen Stadt. Als er dort ankam, sprang die Ampel auf Rot. An jenem warmen Frühlingsabend blieb er an der Ampel stehen. Für einen Moment trafen sich die Blicke dieses romantischen Reisenden und des Fahrers, der auf Grün wartete. Vielleicht war er ein sehr guter Mensch, dieser Fahrer, vielleicht war er verheiratet und unterwegs zu seinen geliebten Kindern. Doch sein Blick weckte in dem Reisenden die schlimmsten Erinnerungen. Jetzt war der Fahrer kein unschuldiger Familienvater mehr, sondern der bösartige Unteroffizier aus seiner Kindheit. In der Zwischenzeit schaltete die Fußgängerampel auf Grün, und normalerweise hätte der Reisende die Straße überquert, aber seine Erinnerungen nagelten ihn an das Pflaster, er konnte sich nicht bewegen, und das Zittern, das seinen Körper erfasste, hörte lange nicht auf.

Saxarats Empfindlichkeit gegen blendendes Licht ging auf die Zeit zurück, als Soldaten das Dorf überfielen. Es gab einen Imam, der von der Regierung geschickt wurde, und eine Moschee im Dorf. Das war eine Moschee ohne Gemeinde, denn in diesem alevitischen Dorf wurden die Gebetszeremonien in den Häusern abgehalten. Saxarat liebte die Musik, den rituellen Tanz und das Gefühl der Heiligkeit, das den Ort durchdrang. Er bemerkte die ständige Anspannung im Dorf, die Scheu vor den Soldaten und den ängstlichen Ausdruck in den Augen, aber er konnte sie nicht deuten. Eines Morgens weckte seine Großmutter Saxarat und seine Geschwister vor Sonnenaufgang. Bevor Saxarat begreifen konnte, was los war, machten sie sich in der Morgendämmerung auf den Weg zur Grundschule. Es regnete. Bald standen alle Dorfbewohner, Kinder, Frauen, Männer, Großmütter und Großväter, die nur mit Mühe laufen konnten, auf dem Hof der Schule. Die Frauen nach rechts, die Männer nach links, befahlen die Soldaten. Der Schulhof wurde von den Scheinwerfern der GMC-Militärfahrzeuge erhellt. Das Schweigen des Unteroffiziers war unheimlich. Er stand im Scheinwerferlicht einen Schritt vor den nebeneinander aufgereihten, bewaffneten Soldaten. Als er zu sprechen begann, verstand Saxarat kein Wort. Er klammerte sich an den Rock seiner Mutter. »Schau auf den Boden, hebe nicht den Kopf«, sagte die Mutter auf Kurdisch: »Û hişê gava te. Rakirina serê xwe.«

Sein Vater stand ihm direkt gegenüber in der Reihe der Männer. Als der Unteroffizier anfing, die Männer zu ohrfeigen, hob Saxarat unwillkürlich den Kopf und sah Entsetzen und Scham in den Augen seines Vaters. Der Offizier hob erneut die Hand, um seinen Vater ein zweites Mal zu Ohrfeigen. »Bav!« stöhnte Saxarat und seine Schreie, die sich mit den Regentropfen vermischten, hörten nicht auf, selbst nachdem die Soldaten mit den erwachsenen Männern das Dorf schon längst verlassen hatten. Einige der Männer kehrten nie zurück. Diejenigen, die unter zwanzig waren und zusammen mit seinem Vater und anderen Männern zurückkamen, verschwanden nach einer Weile. Es hieß, einige von ihnen hätten sich der Guerilla angeschlossen, andere seien ins Ausland gegangen. Jahre später, als Saxarat begann, die Gedichte von Nazım Hikmet auswendig zu lernen, vermischten sich die Erinnerungen an diesen regnerischen Morgen mit Bildern des rebellischen Denkers Scheich Bedrettin, der Jahrhunderte zuvor hingerichtet worden war. Nazım Hikmets Epos erzählte von dem Aufstand, den Scheich Bedrettin angeführt hatte. Achttausend der zehntausend Anhänger Bedrettins wurden getötet, und als er gefangen genommen und vor den Sultan gebracht wurde, war der Galgen bereits aufgestellt. Trotzdem verweigerte er dem Sultan den Gehorsam. Wenn es in den Versen von Nazım Hikmet zu regnen begann, wurde Saxarat in eine tiefe Einsamkeit voller Trauer gestürzt, und die Silhouette von Bedrettin, der in seinem weißen Gewand auf den Galgen zuging, verwandelte sich in das regennasse Gesicht seines Vaters.

Wie seine Geschwister, die vor ihm in die Grundschule kamen, verwechselte er bis zur fünften Klasse immer noch die Wörter Tag und Sonne, denn beide Wörter bedeuten auf Kurdisch roj. Im vierten Jahr, als er die Prügel des Lehrers satthatte, der Schläge als die grundlegende Methode der Erziehung betrachtete, und anfing, das Türkische mehr oder weniger zu verstehen, lernte er, dass die Muttersprache, die er zu Hause sprach, nicht existierte. Im fünften Jahr kam eine Lehrerin ins Dorf. Davor hatte sie in einer Kleinstadt unterrichtet, von der sie noch nie zuvor gehört hatten. Sie lernte in kurzer Zeit Kurdisch und gewann die Liebe der Kinder und Dorfbewohner. Saxarat begann, Türkisch zu mögen, weil er seine Lehrerin sehr mochte. Immer, wenn er sie besuchte, empfing sie ihn mit einem Buch in der Hand, das sie gerade las. Ein Jahr später wurde sie an einen anderen Ort verbannt. Bevor sie ging, schenkte sie Saxarat ihre Bücher. Während Saxarat die Mittelschule und das Gymnasium besuchte, las er viel lieber in diesen Büchern als in seinen Schulbüchern. Die Romane von Fakir Baykurt und Yaşar Kemal waren seine Lieblingslektüre. Als er Gogols »Tagebuch eines Wahnsinnigen« entdeckte, während er das Gymnasium besuchte, begann eine Abwanderung aus dem Dorf. Die Grundschule wurde geschlossen und zu einer Wache voller Soldaten umgewandelt. Als Saxarat aufgefordert wurde, sich für den Militärdienst anzumelden, war er wie von Sinnen. Ein Studium hätte ihn vorläufig davor gerettet, doch in der zentralen Universitätsaufnahmeprüfung hatte er keinen Erfolg. Er beschloss, das Land zu verlassen. Mit Hilfe seines älteren Bruders, der in Köln die deutsche Staatsbürgerschaft annahm, seinen Namen änderte und ein italienisches Restaurant eröffnete, überquerte er den Evros nach Griechenland und kam im Herbst 1988 in Deutschland an. Er lernte das Kochen von seinem älteren Bruder und führte ein Bohème-Leben, bis er aufhörte, Türkisch zu sprechen.

Sechs Monate nach seiner Ankunft lernte Saxarat Deli Dumrul kennen. Bald wurden beide gute Freunde. Deli Dumrul lief die ganze Zeit allein auf den Straßen und sang Die Internationale. Eine Zeitlang hatte er sich als Stadtguerrillero versucht. Es wurde erzählt, er sei Theoretiker einer linken Organisation. Er selbst sprach nie davon, aber laut Gerüchten hatte er den Verstand verloren, als er gefoltert wurde, und litt seit dem Hungerstreik, den er mehr als sechzig Tage lang durchhielt, an einer seltsamen Krankheit des Vergessens. Trotzdem hatte er seine Gabe, auf politischen Veranstaltungen lange und komplizierte Reden zu halten, nicht verloren. Er zitierte oft griechische Philosophen und französische Denker bis man ihn irgendwann unterbrach: »Jetzt reicht's aber Dumrul!« Was Saxarat an Deli Dumrul besonders interessierte, war dessen großes Interesse an der Literatur und umfangreiches Wissen. Es schien, als gäbe es keinen Schriftsteller, den er noch nicht gelesen hatte. Saxarats Lieblingsschriftsteller mochte er auch.

Deli Dumrul lehnte alle Vorschläge Saxarats ab, für die Literaturzeitschrift zu schreiben, zu deren Autoren jener gehörte. Er verriss die Artikel, die dort erschienen, und auch Saxarat musste harte Kritik einstecken. Ihre Freundschaft hielt bis zu jenem regnerischen Tag im neuen Jahrhundert, an dem Deli Dumrul sagte: »Ich scheiße auf die Kurden! Krepieren sollen sie alle!«

Sie aßen mit einem jungen Anwalt namens Tahir zu Abend, der aus Diyarbakır zu einem Treffen über ungeklärte Morde gekommen war. Es hatte rege Diskussionen gegeben und der Anwalt hatte in seiner Rede gesagt: »In Kurdistan hat inzwischen jeder Angst vor seinem eigenen Schatten. Während wir laufen, gucken wir ständig, ob uns jemand verfolgt. Wenn es so weitergeht, werden wir alle die Nackenhernie bekommen. Irgendwann habe ich sogar daran gedacht, mir einen Rückspiegel an der Schulter befestigen zu lassen.« Danach hatte es Gelächter im Saal gegeben.

In dem Restaurant, das sie nach dem Treffen besuchten, begann das gemeinsame Essen ruhig und ging fröhlich weiter, bis Deli Dumrul kurz vor dem Aufbrechen aus heiterem Himmel sagte: »Was soll dieses Wort Kurdistan, gibt es überhaupt einen solchen Ort?« »Bis die Republik gegründet wurde, gab es ihn«, antwortete der Anwalt aus Diyarbakır verärgert. Deli Dumrul wurde laut: »Du redest nur Unsinn!« »Wenn Sie einen Blick in die Protokolle des Parlaments in den Gründungsjahren der Republik werfen, werden Sie sehen, dass es kein Unsinn ist«, entgegnete der Anwalt. »Ich scheiße auf deine Parlamentsprotokolle, ich scheiße auf Kurdistan und auf alle, die Kurdistan sagen. Ich scheiße auf die Kurden! Krepieren sollen sie alle!« brauste Deli Dumrul auf. Ein unheilvolles Schweigen breitete sich aus. Saxarat schaute seinen Freund verblüfft an und sah in seinem Gesichtsausdruck plötzlich seinen Grundschullehrer. Er spürte, wie ihm das Atmen schwerfiel und sprang auf: »Wenn du deine Worte nicht auf der Stelle zurücknimmst, spreche ich weder mit dir noch mit anderen, die so über die Kurden reden, je wieder ein Wort auf Türkisch und kündige dir die Freundschaft!«

»Dann kündigst du sie halt!« sagte Deli Dumrul. Von jenem Tag an wurden sie nie wieder zusammen gesehen und Saxarat hörte auf, Türkisch zu sprechen.

Wenn man ihm etwas auf Türkisch sagte, antwortete er auf Deutsch, und denen, die kein Deutsch sprachen, sagte er auf Kurdisch oder Deutsch: »Bis man unsere Sprache und unsere Existenz anerkannt hat, weigere ich mich, eure Sprache zu sprechen.« Manche dachten, er sei verrückt geworden und tuschelten und lachten hinter seinem Rücken. Andere hielten den Kontakt aufrecht und hörten ihm zu, selbst wenn er eine Sprache benutzte, die sie nicht verstanden.

Viele Jahre lang hat niemand Saxarat Türkisch sprechen gehört. Eine Zeitlang blieb er fort. Laut einem Gerücht hatte er in einer kleinen Stadt, die für ihren Pferdemarkt bekannt war, einen Pizzaladen eröffnet. Tagsüber verdiente er Geld und am Abend schrieb er Gedichte. Eines Tages erschienen große, grobe Kerle und sagten ihm: »Wir lassen dich hier keine Pizza verkaufen!«

Selbst in solch einem abgelegenen Städtchen gönnte man ihm keine Ruhe. Saxarat spürte, dass auch eine Kompromissbereitschaft Grenzen hatte und er nicht bereit war, Zugeständnisse zu machen. Also fragte er sich um und erkundigte sich, von wem er mit dem gesparten Geld eine Pistole bekommen könnte, wie man eine Pistole lädt und den Abzug drückt, und an einem verschneiten Winterabend verschoss er seine ganze Munition auf das Auto der Männer, die ihn bedroht hatten. Danach ging er sofort zur Polizei und sagte, er wolle eine Selbstanzeige machen. »Worum geht es?« fragte ihn der Beamte überrascht. »Es geht darum, dass ich niemanden töten möchte und deswegen ein Auto getötet habe. Bitte schön, hier ist die Pistole! Sie brauchen sich keine Sorgen zu machen, sie ist jetzt leer.« Beunruhigt und ohne die Waffe anzufassen, stand der Beamte auf, verschwand für einen Moment und kam mit einem Beamten in Zivil und einem viel ernsteren Gesichtsausdruck zurück. Auch dieser fragte: »Worum geht es?« »Sogar in einem abgelegenen Städtchen wie hier gibt es welche, die unbedingt Ärger machen wollen«, sagte Saxarat. »Bis heute habe ich niemandem etwas angetan und mir ist klar geworden, dass ich auch in Zukunft niemandem etwas antun kann. Deswegen habe ich das Auto von irgendwelchen Möchtegernmafiosi angeschossen, die mich bedroht haben, und bin hergekommen, um mich zu stellen.«

»Sie haben das Richtige getan«, lobte der Zivilbeamte. »Da Sie uns ja auch ihre Waffe ausgehändigt haben, kann ich Sie in den Verhörraum bitten. Was möchten Sie gerne trinken?«

»Es wäre etwas unverschämt, wenn ich jetzt Wein sagen würde. Schließlich sind wir auf der Polizeiwache.«

»Das macht ja nichts«, erwiderte der Beamte. »Wir schauen mal.«

Tatsächlich wurden bald eine Flasche Wein, eine Thermosflasche mit Kaffee und Wasser in den Verhörraum gebracht. Der Beamte sagte, er dürfe während des Verhörs keinen Wein anbieten, würde aber nach dem Verhör die Situation neu bewerten.

Polizeibeamte, die an den von Saxarat beschriebenen Tatort geschickt wurden, bestätigten, dass das durchlöcherte Auto immer noch da war.

»Jetzt liegen eine Straftat und eine Tatwaffe vor«, sagte der Zivilbeamte. »Die Tatwaffe ist, wie Sie wissen, die Pistole, die Sie uns ausgehändigt haben. Und die Straftat besteht darin, dass Sie das Auto angeschossen haben. Weil sich niemand im Auto befand, weil Sie niemanden verletzt haben und kein Verdacht darauf besteht, dass Sie jemanden töten wollten, und weil Sie nur gegen das Waffengesetz verstoßen haben, müssen wir Sie vielleicht verhaften, vielleicht aber auch nicht. Bei mir erwecken Sie nicht den Eindruck, als könnten Sie die öffentliche Ordnung gefährden. Ich schlage vor, dass Sie erst Ihre Aussage unterschreiben und dass wir dann zusammen ein Glas Wein trinken. Danach können wir Sie, falls Sie es wünschen, nach Hause fahren. Ob die Staatsanwaltschaft eine Anklage erhebt oder nicht, muss sie entscheiden. Was sagen Sie dazu?«

»Sehr vernünftiger Vorschlag«, antwortete Saxarat.

Niemand erstattete Anzeige gegen Saxarat. Eine Woche später wurde ihm mitgeteilt, dass gegen ihn wegen des Verstoßes gegen das Waffengesetz eine öffentliche Klage erhoben werde. Saxarat brachte an der Tür seines Ladens ein Schild an, auf dem »Zu verkaufen« stand, kehrte im März nach Köln zurück und begann, wieder Türkisch zu sprechen. Als er erfuhr, dass der Architekt des Militärputsches im Jahre 1980 und siebter Staatspräsident der Türkei gestorben sei, freute er sich. Noch mehr freute ihn zu erfahren, dass der General bei vollem Bewusstsein war, als er zu lebenslänglicher Haft verurteilt wurde. Obwohl es ihm Sorge bereitete, dass die Friedensverhandlungen zwischen der Regierung und dem inhaftierten Guerillaführer abgebrochen wurden, hielt er an seinem Entschluss fest, zu Fuß in sein Heimatdorf zu gehen und bat die Staatsanwaltschaft, ihm die Strafe wegen Verstoßes gegen das Waffengesetz so bald wie möglich zu erlassen, weil er aus der Heimat eventuell nicht mehr zurückkehren werde.

Saxarats hartnäckiges Wesen beeinträchtigte die Sanftheit

seiner Sätze nicht, aber es war unmöglich gewesen, ihn von seinem Entschluss abzubringen. Auf den Ratschlag seiner Freunde, beim türkischen Konsulat einen Pass zu beantragen, hörte er nicht. In seinem Reiseausweis für Flüchtlinge stand der Vermerk »Gültig außerhalb der Republik Türkei«, und das könnte ihm an der Grenze tatsächlich Probleme bereiten. Selbst wenn man ihn nicht verhaften sollte, würde man ihm die Einreise verwehren. Die Bitten seiner Familie, die Warnungen seiner Freunde vor einer ewig langen Haftstrafe und die Tränen seiner Mutter nützten nichts. Saxarat teilte am letzten Maitag auf Facebook mit, dass er sich vom Kölner Domplatz zu seinem viertausend Kilometer entfernten Dorf zu Fuß auf den Weg machen werde.

Am Tag der Abreise Saxarats hörten der Donner und sintflutartiger Regen, die im Morgengrauen einsetzten, nicht mehr auf. Der Oberleutnant hatte seinen Kaffee getrunken und las in der Süddeutschen Zeitung einen Artikel über die Ereignisse, die mit dem Mord an dem achtzehnjährigen Schwarzen Michael Brown in Ferguson im US-Bundesstaat Missouri begannen. Die Entwicklungen, die Ferguson zum Brennpunkt der Rassismusdiskussionen machten, begannen am 9. August 2014, die Polizei wandte bei den Protesten nach dem Mord exzessive Gewalt an, die Fotos der weißen Polizisten, die ihre Hände und Knie auf die Hälse der schwarzen Demonstranten drückten, wurden fast weltweit auf den ersten Seiten der Zeitungen veröffentlicht, im Bundesstaat wurde der Notstand und eine Ausgangssperre ausgerufen und die Einheiten der Nationalgarde wurden nach Ferguson beordert. Als die Polizei einen weiteren schwarzen Teenager in der Nähe von Ferguson erschoss, weil er angeblich ein

Messer gezückt und sich seltsam verhalten habe, forderte Amnesty International die Vereinigten Staaten auf, die Polizeibrutalität zu beenden und entsandte zum ersten Mal seit ihrer Gründung eine Beobachtermission in die Vereinigten Staaten. Noch bevor sich die Lage beruhigte, sah sich Präsident Obama gezwungen, zur Ruhe aufzurufen, als der Polizist freigesprochen wurde, der in Cleveland einen zwölfjährigen schwarzen Jungen erschossen hatte, weil ihm angeblich die Spielzeugpistole in der Hand des Kindes verdächtig vorgekommen war. Bevor der Oberleutnant den Artikel beenden konnte, in dem es um den Zusammenhang zwischen der Bewegung Black Lives Matter – die in Ferguson begann und sich auf alle Bundesstaaten der USA ausbreitete – und der amerikanischen Sklaverei und der Kolonialgeschichte ging, klingelte das Telefon. »Guten Morgen, mein Liebster«, sagte Lisa. »Hast du gut geschlafen?« Wenn Lisa ihn am Vormittag anrief, begann sie immer mit dieser Frage. Trotz der Alpträume, die er in der Nacht gehabt hatte, antwortete der Oberleutnant, er habe gut geschlafen. »Erinnerst du dich an den Schauspieler, der den Namen Saxarat angenommen hat?« fuhr Lisa fort. »Theaterschauspieler. Für seine Rolle in der Aufführung Tagebuch eines Wahnsinnigen wurde er sehr gelobt, du weißt doch, von wem ich rede.« »Nein«, antwortete der Oberleutnant. »Dann wusstest du auch nicht, dass er Kurde ist?« »Nein«, sagte der Oberleutnant wieder. »Vor sechs Jahren wurde ja anlässlich des Mordanschlags in Solingen eine Inszenierung mit dem Titel Saxarat gemacht, und Saxarat war der Hauptdarsteller, und es hat tragisch geendet, weil der Regisseur Kunduz Akar auf der Bühne gestorben ist, wir sind doch zusammen hingegangen und du hast ihn fotografiert, in dem Moment, als er gestorben ist, eben diese Inszenierung meine ich. Den Hauptdarsteller der Inszenierung. Er hat beschlossen, zu Fuß zu seinem Dorf in der Türkei irgendwo an der syrischen Grenze zu laufen. Die Zeitung möchte, dass ich darüber schreibe. Aber alle Fotografen der Zeitung sind gerade unterwegs. Würdest du mich begleiten?« »Natürlich, gern«, sagte der Oberleutnant.

Sie trafen sich auf dem Domplatz, in einem Café, das vor allem von Journalisten frequentiert wurde. Es war kurz nach neun Uhr. Sie tranken ihren Kaffee und gingen zur Kathedrale. Sie erfuhren von Saxarats Freunden, die gekommen waren, um sich von ihm zu verabschieden, dass er in der Kathedrale zusammen mit seiner Großmutter Kerzen für ihre verstorbenen Verwandten anzündete. Lisa führte Interviews mit ihnen. Ein ziemlich stämmiger deutscher Freund, der Saxarat aus der Kneipe kannte, fand die Idee, den ganzen Weg in die Türkei zu laufen, interessant, sagte aber, dass er sich nicht sicher sei, ob Saxarat in seinem Dorf ohne Kölner Bier ein angenehmes Leben führen könne. Er respektiere Saxarats Entscheidung zur Rückkehr und unterstütze das Recht eines jeden Menschen, in seiner Heimat in Würde zu leben. »Saxarat ist unser Herz und unsere Seele«, sagte eine zierliche Frau. »Ein Teil unserer Seele geht mit ihm in die Heimat.«

In diesem Augenblick trat Saxarat aus dem Tor der Kathedrale, seine Großmutter an seiner Seite, mit einem roten Rucksack auf dem Rücken, einer zusammengerollten Isomatte und einem schwarzen Regenschirm in der Hand, den er auch als Gehstock benutzen konnte. Er trug eine alte goldfarbene Hose, und seine braunen Schuhe machten den Eindruck, als wären sie neu und würden auch nach einem langen Fußmarsch nicht drücken. Der Oberleutnant dachte, Saxarat trage Fesseln und keine Schuhe, und die Glocken der Kathedrale läuteten in diesem Augenblick nur für Saxarat. Er sah Lisa auf Saxarat zugehen und folgte ihr. Während er ihn fotografierte, stellte Lisa die Frage: »Vor wieviel Jahren sind Sie nach Deutschland gekommen?«

Er sei im Herbst 1987 nach Köln gekommen, antwortete Saxarat. Das war ein einfacher Satz, doch darin verbargen sich zahlreiche Geschichten über ihn und seine Freunde, die hier versammelt waren, um ihn zu verabschieden. Während er versuchte, Lisa zu erklären, warum er zu Fuß in die Türkei wollte, war ein Teil seiner Gedanken mit dem Regisseur Kunduz Akar beschäftigt, der im Mai 1999 auf der Bühne gestorben war.

1999, Köln
KUNDUZ AKAR UND DIE INSZENIERUNG »SAXARAT«

Saxarat und Kunduz Akar trafen sich zum ersten Mal auf dem Türkischen Filmfestival in Köln. Der leblose Körper eines Schriftstellers in einer Einzelzelle im Finale des Films »Der Fremde« erschütterte Saxarat. Der Schriftsteller hatte seine Fähigkeit zu schreiben verloren und war bei seiner Rückkehr in die Türkei an der Grenze verhaftet worden. Nicht nur Saxarat war ergriffen, alle im Saal saßen noch lange schweigend auf ihren Plätzen, nachdem die Lichter schon angegangen waren.

Im Publikumsgespräch nach dem Film sagte Kunduz Akar, dass »Der Fremde«, für den er das Drehbuch schrieb, der erste Film war, in dem er mitspielte. Eigentlich war er Theaterschauspieler und Regisseur. Ein Zuschauer fragte Kunduz, wie die Geschichte mit seiner Biografie zusammenhänge. Kunduz Akar sagte, dass das Drehbuch zwar ihm gehöre, aber nicht seine eigene Geschichte sei, sondern dass die Figur im Film die Situation und den Seelenzustand der Intellektuellen widerspiegelt, die nach dem Putsch vom 12. September 1980 ins Ausland gingen, und dass er ausgehend von verschiedenen Biografien eine neue Geschichte geschaffen habe. Seine eigene Exilbiografie sei, im Vergleich zu den anderen, nicht besonders tragisch.

Man habe ihn nur gefeuert, als er Regisseur am Stadttheater gewesen sei. Auf die Frage, warum in dem Film die Kurden kein einziges Mal erwähnt wurden, antwortete er, während seiner Zeit in Istanbul habe er außer dem Satz »Kurdara Azadi«, der auf Demonstrationen skandiert wurde und den kurdischen Melodien nichts über die Kurden gewusst, und er habe keine oberflächlichen politischen Botschaften geben wollen, deswegen habe er dieses Thema gemieden. »Vielleicht werden Sie es mir nicht glauben, aber ich habe erst in Deutschland die Gelegenheit gehabt, Bekanntschaft mit der kurdischen Sprache zu machen, obwohl mir damals in meinen jungen Jahren ein kurdischer Bauer das Leben gerettet hat«, sagte er, was bei manchen im Saal ein Brummen auslöste. Saxarat fand die Antwort ehrlich und hoffte in den folgenden Tagen, Kunduz möge ihn entdecken. Die Bühnenadaption von »Mem û Zîn« durch den Regisseur beflügelte Saxarats Hoffnung. Obwohl Cizre in jenen Jahren nicht für die unaufgeklärten Morde berühmt war, aktualisierte Kunduz das riesige Epos von Scheich Ahmed-i Hânî, das jener gegen Ende des siebzehnten Jahrhunderts im Masnavi-Stil geschrieben hatte und dreitausend Zweizeiler und sechzig Kapitel umfasste, so geschickt, dass es nicht nur um die Liebe zwischen Mem und Zîn ging, sondern auch um die aktuellen politischen Wirren. Saxarat ging nach der Vorstellung auf Kunduz zu, sah aber, dass er gerade Hülya umarmte, deren Schönheit ihn an seine Grundschullehrerin erinnerte, die ihm ihre Bücher geschenkt hatte. Auf die Umarmung folgte eine angeregte Unterhaltung, und so musste Saxarat an jenem Abend auf eine Begegnung mit Kunduz verzichten.

Später zog Saxarat in die Kommune, in der auch Kunduz lebte, und das ebnete ihm den Weg, seinen Traum zu verwirklichen. Kunduz war von Saxarats Migrationsgeschichte, seinem zerbrechlich wirkenden Wesen und seinem stolzen Auftreten beeindruckt und bat ihm die Hauptrolle in Nazım Hikmets Epos Scheich Bedrettin an. In den folgenden Jahren wurde Saxarat zu einem unverzichtbaren Schauspieler in Kunduz Akars Inszenierungen.

Dann kamen schwierige Zeiten. In Rostock-Lichtenhagen steckten hunderte Rechtsradikale ein Haus, in dem Vietnamesen wohnten, in Brand und verhinderten unter Beteiligung von Menschen, die ihnen zujubelten, dass Feuerwehr und Polizei eingreifen konnten. Die Bewohner der Kommune ließen Kunduz und seine Tochter May, die im Jahr des Mauerfalls geboren wurde, zu Hause, und fuhren gemeinsam nach Rostock, um gegen die Rassisten zu protestieren. Nach ihrer Rückkehr ließen sie Vater und Tochter wieder zurück und schlossen sich den hunderttausend Menschen an, die dem Aufruf der Kölner Musiker folgten, gegen Rassismus und Neonazis zu kämpfen. Sie dachten, mit dieser großen Demonstration die Rechtsradikalen eingeschüchtert zu haben, aber keine zwei Wochen später folgten die Brandanschläge von Mölln. In dieser kleinen Stadt nördlich von Hamburg steckten die Nazis zunächst ein Haus in Brand, in dem sechs türkische Einwandererfamilien lebten, dann setzten sie ihren Weg fort, gossen Benzin in den Flur des Hauses Nummer neun in der Mühlenstraße, in dem die Familien Aslan und Yılmaz wohnten, und zündeten es an. Als der Oberleutnant die Polizisten fotografierte, die mit Schlagstöcken auf die Menschen zugingen, die gegen den mehrfachen Mord protestierten, waren auch die Gesichter der internationalen Bewohner der Kommune mit im Bild.

Im Frühjahr 1993 adaptierte Kunduz Akar Christa Wolfs »Kassandra« für die Bühne. Die Rolle des Königs Priamos von Troja wurde von Saxarat gespielt, und Kassandra wurde von einer jungen Schauspielerin namens Kalliste übernommen, deren Namen »die Schönste« bedeutet und deren Eltern Einwanderer aus Griechenland waren. Diese junge und schöne Schauspielerin würde ihr Leben in Aufruhr versetzen. An einem Abend, als sie nach der Premiere des Stücks in einem Restaurant in der Nähe des Theaters saßen, spürte Saxarat, dass zwischen Kunduz und Kalliste irgendetwas lief. In gewisser Weise war Hülyas Abschied vom Tisch und ihre Heimkehr mitten im geselligen Beisammensein ein Zeichen dafür, dass er sich nicht geirrt hatte, und am nächsten Morgen erzählte ihm Hülya, dass ihr Mann letzte Nacht nicht nach Hause gekommen sei.

Am frühen Morgen desselben Tages starben in Solingen fünf Mitglieder einer Familie aus Sivas bei einem Brandanschlag. Nach einer kurzen Besprechung beschlossen die Bewohner der Kommune, nach Solingen zu fahren. Trotz der Trauer, die sie erstickte, nahm Hülya die kleine May auf den Arm und schloss sich ihnen an. Sie kamen am Nachmittag in Solingen an. Die Untere Wernerstraße, in der das Haus der Familie stand, war brechend voll. Der Oberleutnant war mit seiner Kamera und Lisa mit ihrem Mikrofon in der Menge. Auch der Dichter Hasret Gültekin, der fünf Wochen später im Hotel Madımak in Sivas umgebracht wurde und seine schwangere Frau Yeter waren da. Kunduz war immer noch verschwunden.

Am letzten Mittwoch im Juni sagte Kunduz, er werde

in die Türkei fliegen, um an dem Kulturfestival zu Ehren von Pir Sultan Abdal teilzunehmen. Eine Woche später meldeten die Nachrichtenagenturen, am 2. Juli 1993 sei in Sivas das Hotel Madımak, wo die Intellektuellen und Künstler übernachteten, von religiösen Extremisten angegriffen und fünfunddreißig Menschen, die meisten von ihnen Aleviten und Dichter, seien massakriert worden, unter ihnen auch eine niederländische Staatsbürgerin. Etwa eine Woche nach dem Massaker kehrte Kunduz nach Köln zurück. Er war auch in dem Hotel gewesen und hatte überlebt.

In den darauffolgenden Tagen waren sie alle mit dem Massaker beschäftigt. Eine Diskussionsrunde folgte auf die andere. Kunduz fing seine Reden oft mit den Worten an: »Der älteste von uns war ein sechsundsechzigjähriger Dichter und der jüngste ein zwölfjähriges Kind.« Am 1. Juli, dem Eröffnungstag des Festivals, wurden in Sivas Flugblätter verteilt, auf denen Aziz Nesin zur Zielscheibe gemacht wurde, der für die Veröffentlichung des Romans »Die satanischen Verse« von Salman Rushdie eintrat. »Dieser Ketzer darf unter dem Schutz unseres Gouverneurs in unserer Stadt frei spazieren, als wolle er die Muslime verhöhnen!« hieß es in dem Text. Einen Tag später, nach dem Freitagsgebet, begann der Marsch zum Kulturzentrum, in dem die Veranstaltungen stattfanden. »Sivas wird zum Friedhof für Laizisten!« wurde am häufigsten skandiert. Laut dem Bericht an das Innenministerium stieg die Zahl der Angreifer stündlich, und am Abend versammelten sich fünfzehntausend Menschen vor dem Hotel Madımak. Die Fahrzeuge davor wurden in Brand gesetzt, die Statuen in der Nähe, die als Götzen behandelt wurden, zertrümmert und ins Feuer geworfen, alle

Fenster des Hotels wurden zerstört. Der Brand des Madımak wurde von den Kameras einer Nachrichtenagentur aufgezeichnet, und einer der Angreifer rief: »Hier ist ein Höllenfeuer, das den Ungläubigen würdig ist.« Als das Feuer im Erdgeschoss des Hotels ausbrach, kletterte Kunduz zusammen mit einigen anderen auf das Dach. In allen Stockwerken des gegenüberliegenden Geschäftsgebäudes sahen sie Haufen von Steinen, Schutt und eine große Anzahl von Männern, die entschlossen waren, sie abzuschlachten. Sie strahlten einen Hass aus, der typisch für Menschen ist, die nicht wissen, was sie tun. Also zogen Kunduz und seine Begleiter es vor, ein Stockwerk tiefer zu gehen.

Als die Rekruten, bewaffnet mit Platzpatronen in ihren Gewehren, endlich in Sichtweite waren, war es zu spät. Während sie versuchten, vom Hotel aus die Ministerpräsidentin anzurufen, war plötzlich die Leitung stumm, und sie wurden von der Außenwelt abgeschnitten. Dann fiel der Strom aus, das Hotel wurde in Dunkelheit gehüllt. Überall war der Geruch von Gas und Rauch. Alevitische Barden und Musiker verbarrikadierten sich im Erdgeschoss, Dichter und Kurzgeschichtenautoren im ersten Stock und Essayisten und Romanciers im dritten Stock. Das Feuer verschlang alevitische Barden und Musiker, Dichter und Kurzgeschichtenautoren, Essayisten und Romanciers und erreichte das oberste Stockwerk, wo es nur noch einen Ausgang gab. Sie kletterten durch den winzigen dreieckigen Ausgang und retteten sich auf das Dach des Nachbargebäudes, aber dort wartete ein Mob mit Stöcken und langen Gewändern auf sie, schimpfte die jungen Mädchen und Frauen »Schlampen« und skandierte: »Geht dorthin zurück, wo ihr hergekommen seid, und verbrennt im Feuer der Hölle!«

Die Anwesenheit eines Polizeikommissars und einer fünfundachtzigjährigen Frau half ihnen nichts. Die Worte der Frau: »Mein Sohn, ich bin so alt wie deine Großmutter, wie kannst du nur solche Worte sagen?« machten die Stöcke schwingende Gruppe noch wütender. Dann wurde ein Fenster geöffnet und jemand rief ihnen zu: »Kommt hierher!« Sie kletterten durch das Fenster und Kunduz wurde sofort klar, dass ihre Retter rechtsextreme Männer waren. Eine Weile sahen sie sich schweigend an, bis ein Mann, der offenbar der Chef der Rechten war, die Frauen in ein Zimmer weiter hinten bat: »Bitte hierher, die Damen!« Dann befahl derselbe Mann seinen Leuten, alle stämmig und mit herabhängendem Schnurrbart, sodass man sich bei ihrem Anblick eines leichten Schauders nicht erwehren konnte: »Wir stellen uns vor dem Fenster auf!« Er senkte seine Stimme vom Befehlston in den einer Bitte und erklärte: »Wir stellen uns vor dem Fenster auf, damit der wütende Pöbel draußen nicht merkt, dass sich unsere Gäste hier verstecken.«

»Also bin ich Zeuge davon, dass wir unser Überleben einer Gruppe von Menschen verdanken, die in den siebziger Jahren dutzende Morde verübt haben. Was sagt ihr dazu?« fragte Kunduz. Im Saal herrschte Trauer um die Toten, niemand antwortete. Die Gruppe, die von religiösen Extremisten angegriffen und von Rechtsextremisten gerettet worden war, hatte Stunden später das ins Dunkel gehüllte Gebäude verlassen. Sie wurden in einem Mannschaftswagen zum Polizeipräsidium gebracht und Kunduz hatte überlebt.

Sechs Jahre später spürte Saxarat bei den Theaterproben, dass er dabei war, den Zusammenhang zwischen dem

Leben, das man Realität nannte, und dem Leben auf der Bühne zu begreifen. Bei der Trennung von Hülya Arslan und Kunduz Akar kannte er die Rolle der jungen Frau namens Kalliste, die den Regisseur bewunderte und zwanzig Jahre jünger war als er. In dem Stück »Saxarat« begann die Geschichte in der Nacht des 29. Mai 1993 wie im wirklichen Leben, aber die Beziehung zwischen der dort erzählten Geschichte und der realen Erfahrung war sehr subtil. Doch gleichzeitig waren sie identisch. Trotz der Unterschiede zwischen der Geschichte von Hülya und Kunduz im realen Leben und auf der Bühne, fiel es Saxarat schwer zu sagen, welche dieser Geschichten realer war.

Die Proben zu »Saxarat« begannen am Weltkunsttag. Das Ensemble hatte sich an einem langen Tisch versammelt und wartete darauf, dass Kunduz Akar zu sprechen begann. Kunduz arbeitete seit Jahren mit den gleichen Leuten. Auch Kartal, sein jüngerer Bruder im Rollstuhl, war immer bei den Proben dabei. Kartal beteiligte sich nicht an den Diskussionen, sondern führte nur Protokoll. Nach jeder Probe warf Kunduz einen Blick auf die Notizen seines Bruders und plante seine Strategie für den nächsten Tag. Am Tisch saßen die Schauspieler, unter ihnen auch Saxarat und Kalliste, der Dramaturg, der Bühnenbildner und der Musiker, drei Techniker, fünf junge Assistenten, die auch als Statisten arbeiteten, sowie fünf Hospitanten. Kunduz arbeitete seit zwei Jahren an diesem Projekt. Die Figur des Regisseurs wurde von Saxarat gespielt. Kalliste spielte mit ihrem wahren Alter die Tochter des Regisseurs und mit einer Maske, die sie zwanzig Jahre älter aussehen ließ, seine Geliebte.

»Eigentlich«, begann Kunduz, nachdem er technische Informationen über den Ablauf der Proben gegeben hatte, »habe ich mich an den Tisch gesetzt, um einen Roman mit den feinsten Details zu schreiben, weil ich das Glück und die Schuld des Überlebens in Sivas vor sechs Jahren nicht ertragen konnte, anstatt das, was mir widerfahren war, auf die Bühne zu bringen. Ich hatte nie eine andere Beziehung zur Kunst des Romans als die eines Lesers, aber ich konnte ja Theaterstücke schreiben, und so habe ich gedacht, dass ich auch einen Roman schreiben könnte. Ich habe die Handlung in das zukünftige Jahr 2013 getragen. Ich habe an meine Tochter May gedacht, die jetzt zehn Jahre alt ist. Ich habe mich gefragt, was die Ereignisse in Sivas für meine vierundzwanzigjährige Tochter im Jahr 2013 bedeuten werden. Was würde passieren, wenn May zum Beispiel im Juni 2013 mit ihrem Freund nach Sivas fahren sollte, und wenn sie versuchen sollte, Spuren dessen zu finden, was ihr Vater am 2. Juli 1993 dort erlebt hat?«

Kunduz schwieg, nahm einen Schluck von seinem Kaffee.

»Ich habe meinen Roman an dem Tag beginnen lassen, an dem meine Tochter May zusammen mit ihrem besten Freund Sokrat in Sivas ankommen. Nehmen wir mal an, dass diese beiden Kinder im Jahr 2013 ein Paar sein werden. Damit ihr versteht, wie unser Stück aussehen könnte, bitte ich euch, dem Anfang meines Romans, den ich übrigens nicht weiterschreiben konnte, zuzuhören.« Kunduz hob seine linke Hand und Kalliste begann zu lesen:

»In der Stadt wurden Sokrat und ich von einem Brandgeruch empfangen. Wenn wir den Platz überqueren und in die Richtung laufen, die mein Vater beschrieben hat, werden wir den Kastanienbaum finden, der ihn vor den Flammen gerettet hat. Wahrscheinlich.«

Kunduz hob die Hand erneut und Kalliste unterbrach das Lesen. »Ihr wisst alle«, sagte Kunduz, »dass mich von diesen höllischen Flammen nicht ein Kastanienbaum gerettet hat. Es waren Mitglieder einer extrem rechten, nationalistischen, antisemitischen Partei, die in den siebziger Jahren dreitausend Morde verübt hat. Ich wollte zwar alles detailliert und wahrheitsgemäß wiedergeben, machte mir aber Sorgen, dass zu viele Details den Leser verwirren könnten.« Dann hob er wieder die Hand und Kalliste fuhr fort:

»Immer wenn mein Vater ›wahrscheinlich‹ sagte, schaute er mir direkt in die Augen, ein Schatten von leichter Unruhe und Unsicherheit huschte über sein Gesicht, er schürzte seine Lippen und wirkte so unschuldig, dass ich das Gefühl hatte, nicht seine junge Tochter, sondern seine Mutter zu sein. Wie um zu beweisen, dass ich seine Tochter bin, schürzte ich auch meine Lippen und sah ihm direkt in die schwarzen Augen. Wir lächelten. Mir ging durch den Kopf, dass es nichts Schöneres im Leben gibt als zusammen mit meinem Vater zu lächeln.«

»Jetzt kommen wir zum wichtigsten Punkt«, sagte Kunduz. »Bis zum 29. Mai 1993 wusste ich über Solingen nur, dass dort rostfreie scharfe Messer hergestellt wurden. Nach dem Brandanschlag habe ich über die Stadt recherchiert, über die Geschichte der Stadt, über bedeutende Persönlichkeiten, die dort geboren wurden und so weiter, und ich bin auf eine Frau namens Jenny Gusyk gestoßen.

Sie hat im frühen zwanzigsten Jahrhundert bei Solingen gelebt und war die erste Frau, die die Universität in Köln besuchte. Ihre Wurzeln reichten bis in die Türkei. Sie war in Litauen geboren und wurde von den Nazis ermordet, weil sie Jüdin war. Sie ging als erste Frau und türkische Staatsbürgerin, die die Uni in Köln absolvierte, in die Geschichte ein. Ich dachte, ich könnte einen Roman schreiben mit dem Titel Jenny & May & Kalliste. Er könnte in drei Ländern, in Deutschland, Griechenland und der Türkei spielen. Es hat nicht geklappt. Es gibt zwar thematisch einen Zusammenhang zwischen den drei Frauen, aber das Buch hätte zu konstruiert gewirkt. Deshalb habe ich mich entschieden, die Geschichte zweier Städte zu erzählen.«

Er gab Kalliste wieder das Zeichen weiterzulesen:

»Mehrere Jahre nach jenem unheilvollen Abend des 29. Mai hatten mein Verlobter Sokrat und ich uns auf diese lange Reise begeben. Ich wusste, dass wir uns dem Ziel näherten. Gleich werden uns die Kastanienbäume begrüßen, von denen mein Vater immer wieder erzählt hat, und uns bis in die Vergangenheit meines Vaters begleiten, dachte ich. Dieser Gedanke erfüllte mich mit unermesslicher Freude und ich holte tief Luft.

»Geht es dir gut?« fragte Sokrat.

»Mir geht es gut«, habe ich geantwortet, vielleicht in meiner Muttersprache, oder vielleicht in seiner: Είμαι πρόστιμο.

Seit drei Wochen waren wir unterwegs. In Thessaloniki wohnten wir ein paar Tage bei seinen Verwandten, und am 29. Mai rief ich meine Mutter an. An diesem Tag wollte sie über die ermordeten Frauen und Mädchen an der Unteren Wernerstraße – und wir waren deren Nachbarn

– eine Rede halten. Ich wollte meiner Mutter sagen, dass wir in ein paar Tagen nach Sivas aufbrechen werden, habe aber gleich gemerkt, dass der Zeitpunkt ungünstig war. Die deutschen Stimmen, die ich im Hintergrund hörte, machten mir klar, dass die Gedenkveranstaltung begonnen hatte. Deshalb legte ich auf, obwohl ich mit ihr am liebsten stundenlang telefoniert hätte. Dann fand ich mich in der Welt einer irrealen Erinnerung wieder und dachte an den Tag zurück, an dem ich die Asylbehörde betrat. Das war aber nicht möglich, ich kam nämlich in Deutschland zur Welt. Wahrscheinlich hatte ich die Erinnerungen meiner Eltern verinnerlicht und sie in mir neu konstruiert. Es waren die frühen Morgenstunden. Die Wände des Raums in der Asylbehörde waren weiß. Uns begleitete ein Mann, der sowohl unsere Sprache sprach als auch die Sprache dieses Landes.«

»Das heißt«, unterbrach Kunduz, »es geht um eine Migrantenfamilie, die aus politischen Gründen aus der Türkei geflohen ist. Diese Familie wird im Zentrum unserer Aufführung stehen. Natürlich könnten wir auch eine Arbeiterfamilie nehmen, wie es in Mölln und Solingen der Fall war. Aber das Problem ist, dass ich noch nie einen Fuß in die Wohnung einer Arbeiterfamilie gesetzt habe. Ich weiß zwar, wie sie in dieses Land gekommen sind, wie sie es geschafft haben, auch ohne Sprachkenntnisse ein schönes oder hässliches, friedliches oder gewaltvolles Leben aufzubauen, aber dieses Wissen fußt nicht auf eigenen Beobachtungen, sondern nur auf den Texten, die ich über sie gelesen habe. Und das reicht nicht aus, Roman- oder Bühnenfiguren zu kreieren. Deshalb habe ich beschlossen, dass es hier um zwei Nächte gehen soll, die des 29. Mai und des 2. Juli 1993. Und auch, um mich selber zu einer Figur auf der Bühne zu machen. Wie ein Sündiger, der am Tag des Jüngsten Gerichts voller Angst die hauchdünne Sirat-Brücke überqueren muss, um das Paradies zu erreichen, und unten lodert das Höllenfeuer. Als ich mir mich selbst wie ein Sündiger auf der Sirat-Brücke vorgestellt habe, hat die Geschichte sofort Konturen angenommen. Jetzt geht es nicht mehr um zwei Massaker aus politischen Gründen in zwei Ländern, sondern um eine Geschichte von Liebe und Verrat.«

»Das heißt, diese zwei Ereignisse, die uns in diesen zwei Ländern sehr wehgetan haben, sind der Hintergrund unserer Geschichte«, fuhr Kunduz fort. »Wenn man so will, werden wir Charles Dickens' Roman ›Eine Geschichte aus zwei Städten‹ adaptieren und versuchen, durch eine Geschichte von Liebe und Verrat die Städte Solingen und Sivas miteinander zu verbinden. Stellen wir uns vor, dass wir in der Nacht zum 29. Mai, zur Stunde des Brandanschlags in Solingen in der Unteren Wernerstraße sind. In derselben Straße, etwa fünfzig Meter von dem Haus entfernt, das in Brand gesetzt wurde, wacht eine Frau vom Sirenengeheul auf, rennt zum Fenster, öffnet den Vorhang und sieht in dem Haus gegenüber eine Frau und einen Mann mit nackten Oberkörpern. Der Mann ist ihr Ehemann und die Frau ihre Schwester. Über diese drei Figuren können wir die unerträgliche Geschichte dieser zweier Städte erzählen. Und wenn ihr fragt, warum das Stück ›Saxarat‹ heißt: Saxarat ist eine Metapher und steht für die zwei Städte, die beide mit S anfangen, und für das Gefühl der verlorenen Heimat. Saxarat ist auch der Name des Berges, auf dem ich während meiner Jugend dem Tod entgangen bin, und es ist auch der Name des Dorfes, wo unser Hauptdarsteller, der die Figur des Regisseurs spielt, geboren wurde.«

Der Bühnenbildner ergriff das Wort. Er sagte, für eine Aufführung mit drei Zeitebenen brauche man drei Projektionsflächen. Die hinterste wäre für die Vergangenheit, die mittlere für die Gegenwart und die vordere für mögliche zukünftige Ereignisse. Sie könnten darüber hinaus auch ein Mittel sein, um die drei Zeitebenen räumlich voneinander zu trennen. Auf der hintersten würde man ohne Ton das Haus in Solingen und das Hotel in Sivas sehen, die 1993 in Brand gesteckt wurden. Auf der vordersten Projektionsfläche würde man wie in einem Spielfilm die dreiwöchige Reise der jungen Frau namens Eylül sehen, die sie mit ihrem griechischen Freund gemacht hat, um in die Vergangenheit ihres Vaters zu reisen. Die beiden würden über Thessaloniki nach Istanbul, von dort nach Ankara und von Ankara nach Sivas fliegen. Auf der mittleren Fläche würde man das Geschehen auf der Bühne stark vergrößert betrachten, übertrieben dramatisch, und zugleich würde das Publikum daran erinnert werden, dass sie im Theater sind und alles auf der Bühne nur eine erdachte Geschichte ist.

Der Musiker meldete sich zu Wort und sagte, er habe erst gedacht, den zweiten Satz von Schuberts »Der Tod und das Mädchen« vorzuschlagen, aber erstens sei diese Musik sehr bekannt und zweitens habe sie Polanski in seinem gleichnamigen Film schon benutzt, und das könne problematisch werden. »Die bekannte Melodie könnte von Vorteil sein«, führte er dann aus. »Aber die

Zuschauer könnten denken, wir machen es uns zu einfach. Und die Kritiker könnten monieren, es sei banal, einen Zusammenhang zwischen der Frau in Polanskis Film, die gefoltert wurde und ihren Folterer Jahre später zufällig an der Stimme erkannte, und den Opfern der Anschläge in diesen beiden Städten herzustellen. Also würde ich etwas Ähnliches nehmen, womit ich das gleiche Gefühl erzeugen kann, und würde Schubert vorschlagen. Ich habe schon eine Idee im Kopf.«

Eine in Deutschland aufgewachsene Hospitantin, deren Eltern aus Dersim eingewandert waren, meinte: »Die meisten, die in Sivas ermordet wurden, waren Aleviten. Könnte man da nicht an Semah-Musik denken? Schließlich ist Semah auch ein Gebetsritual für Aleviten.« Sie klang ein wenig beleidigt. »Das stimmt«, sagte der Musiker. »Daran habe ich tatsächlich auch gedacht. Aber in Sivas sind die Täter und in Solingen die Opfer Sunniten. Das macht die Sache schwer. Deswegen wäre eine Musik, die keiner Kategorie zugeordnet werden kann, besser für die Inszenierung.«

Es folgte eine Kaffeepause. Die Raucher eilten hinaus. Als sie alle wieder drin waren, erklärte der Kameramann, verantwortlich für den Einsatz von Kameras auf der Bühne, aber auch für den Mitschnitt des Probenprozesses, wie man die Kameras bedient. Sein Deutsch klang wie das der zornigen jungen Migranten.

Die Proben fingen am 14. April 1999 an und wurden oft begleitet vom Streit zwischen Kunduz und Kalliste. Es kam mehrmals vor, dass Kalliste in Tränen die Probe verließ. Manchmal folgte auf den Streit eine stürmische Umarmung, manchmal eine harmonische Zusammenarbeit. Es gab auch Tage, an denen Kunduz die ganze Truppe terrorisierte. Wenn er gekifft hatte, war er gutgelaunt und tolerant, doch an solchen Tagen endeten die Proben früher. An dem Tag, als er Kalliste zum letzten Mal zurechtgewiesen hatte, saß nach der Probe Saxarat neben ihm im Auto. »Erst hast du alles ruiniert!« schrie ihn Saxarat an. »Und jetzt versuchst du, deine Schuldgefühle loszuwerden, indem du Kalliste weinen lässt! Was soll das?«

Am Tag der Premiere fand sich das gesamte Team drei Stunden vor der Vorstellung im Theater ein. Kunduz machte die letzten Korrekturen. Mit Soundcheck, Maske, letzte Kontrollen des Lichts, der Kameras, des Filmmaterials und der Dias vergingen die drei Stunden wie im Flug. Beim Einlass für die ausverkaufte Vorstellung lief im schwach beleuchteten Zuschauerraum Schuberts Trio in Es-Dur für Klavier, Violine und Violoncello Nr. 2, D 929 (op. 100). Auf der dunklen Bühne standen drei dorische Säulen, auf denen drei Fackeln brannten. Schließlich erloschen die Fackeln und die Bühne wurde stockdunkel. Die Musik wurde ausgeblendet.

Mai 2015 - Oktober 2015
UNTERWEGS

Saxarat versuchte, Lisas Fragen zu beantworten, während er eigentlich von Erinnerungen überwältigt war. Damals war die Premiere ein größerer Erfolg, als sie es zu hoffen gewagt hatten. In dem Publikumsgespräch nach der Vorstellung kritisierte ein Zuschauer, dass religiöser Fanatismus und rechtsextreme Morde in den gleichen Rahmen gesetzt wurden, und sagte: »Ich habe den Eindruck, dass es in dem Stück eigentlich nicht um die politischen Morde geht, sondern um ein starkes Schuldgefühl, habe ich recht?« Kunduz beugte sich zum Mikrofon vor, um zu antworten, und stürzte auf den Boden. Saxarat sah, wie Kunduz' Frau und Tochter aufsprangen, und im selben Moment sah er auch das Blitzlicht der Kamera des Oberleutnants, und Kunduz, der auf der Bühne starb, wurde zu einem in Szene gesetzten, fiktiven Bild.

Wer weiß, ging Saxarat durch den Kopf, vielleicht wird irgendwann auch meine Rückkehr in mein Dorf als etwas Fiktives wahrgenommen. In dem Gefühl, das sei das letzte Interview, dass er der Presse gab, beantwortete er die Fragen sorgfältig und detailliert. Auf die Frage, ob er womöglich an der Grenze verhaftet werde, sagte er, eine Verhaftung würde er als eine ihm gegönnte Verschnaufpause empfinden und würde nach seiner Freilassung weiterlaufen.

Nach dem Interview zog Saxarat sein Manifest der Reise aus der Tasche und las vor. Das war ein Text ohne Großbuchstaben und Satzzeichen außer Punkt und Komma, und ohne Absätze.

»ich sage, es ist das recht eines jeden menschen, dort wo er geboren wurde, in würde zu leben, und beginne meinen 3.500 kilometer langen fußmarsch vom kölner dom in mein dorf saxarat in der hoffnung, er würde das gewissen der menschen empfindlicher machen für das schicksal der anderen. die würde des menschen liegt darin, denken und sprechen zu können. sie haben uns beides untersagt. deswegen haben sie nie begriffen, was wir denken. und eigentlich haben sie es auch bis heute nicht begriffen, was wir sagen. wir sind trotzdem würdevoll geblieben. wir denken und sprechen. im einundzwanzigsten jahrhundert, in diesem zeitalter des globalismus, werden die kurden, eines der ältesten völker mesopotamiens, immer noch übersehen. man lehnt es ab, kurdisch als unterrichtssprache zu akzeptieren. dabei haben wir rechte, die wir von geburt an besitzen. wir sind kurmanci. die sogenannten roten kurden. auch wenn wir kein heiliges buch haben, sind uns alle propheten heilig. aber unser glaube ist tausende jahre alt. deswegen sind wir den späteren religionen nicht gefolgt. seit mohammad sind vierzehnhundert jahre vergangen. seit jesus einundzwanzighundert jahre. wir pflegen immer noch einen glauben ohne moschee, ohne kirche. weil wir begriffen haben, dass es nur eine einzige göttlichkeit gibt, aber viele wege zu ihr. sie behaupten, ihr weg sei der einzige und der einzig richtige. so sperren sie uns die wege. es gibt ungefähr zwanzig nationalstaaten, die in vorderasien, in asien, im fernen osten, in nordamerika, im süden und westen europas entlang der ganzen geschichte die völker drangsaliert haben. sie sind heute immer noch so, wie sie gestern waren. diese nationalstaaten produzieren waffen. je mehr ich weiß, welche art von waffen in welcher menge produziert, an wen sie verkauft werden und wo und gegen wen sie eingesetzt werden, umso mehr verstehe ich, warum in den parlamenten der nationalstaaten geheime ausschüsse gebildet werden. die waffen sind zum töten da. jetzt ist es an der zeit, das unrecht, das den mesopotamischen völkern, den ältesten zivilisationen der erde, zugefügt wurde, wiedergutzumachen. was soll mit den mehr als drei millionen kurden geschehen. mein ganzes leben lang habe ich menschen kennengelernt, die mit der identität und der sprache eines nationalstaats gelebt haben. alle hatten eine zugehörigkeit zu dem ort, zu dem sie gehörten. natürlich hatte ich auch einen ort, an den ich gehörte, litt aber darunter, dass ich meine zugehörigkeit ablehnte. der unterschied zwischen uns war, dass ich mit einem pass lebte, den mir andere gegeben hatten. das war für mich nicht das problem. das problem war, nicht anerkannt zu werden. wenn man nur von einer farbe ausgeht, kann das zur farbenblindheit führen. das ist mir klargeworden. es macht keinen unterschied, ob das die deutsche oder die türkische farbe ist. mir ist bewusst, was wissenschaft und technologie in der konsumgesellschaft anrichten. ich habe beschlossen, all diesen machtzentren fernzubleiben. ich verlasse den weg, den die diktatur der mehrheit vorschreibt, und mache mich auf den weg, um zu zeigen, dass es auch ganz andere wege gibt. wir sind die letzte generation der tradition der zarathustra, der tradition der kurden, einer der ältesten völker mesopotamiens. nach so vielen massakern erleben wir auch noch ein kulturelles massaker, und da sage ich nur, die existenz von menschen, einer kultur, eines volkes zu verleugnen gehört sich nicht. das ist repektlosigkeit. ich laufe los, damit toleranz dazu führt, sich gegenseitig kennenzulernen, zusammenzufinden. dort wo anatolien endet und mesopotamien beginnt, werden vom westen raketen mit atomaren sprengköpfen aufgestellt. das ist die einzige waffe, die man dort in den letzten dreißig jahren noch nicht ausprobiert hat. ich bin der meinung, dass es nicht ethisch ist, den völkern durch bedrohung angst einzujagen. es ist mein gewissen, das dies sagt. ich mache mich auf den weg für die kriegsdienstverweigerung aus gewissensgründen. dieser weg ist die liebesgeschichte einer generation, die in diesen modernen zeiten das letzte vierteljahrhundert seines lebens dem widerstand gegen die leugnung widmet. ich liebe die erde so sehr, dass ich freiwillig zurück zur natur möchte. die kurden sind das einzige volk ohne industrie, ohne kapital und ohne einen nationalstaat. ich gehöre zu denen, die mit sehnsucht darauf warten, dass mesopotamien und die ganze region des kurdistan zu weinbergen und gemüsegärten wird. ich laufe los für die würde des menschseins. jeder schaut aus seinem eigenen fenster, und ich schaue aus meinem fenster auf das, was dahinter liegt. lass dich hören, wie man wasser, einen vogel, einen menschen hört. lass den wind wehen, dass man es hört. allen, von denen ich mich trenne, sage ich leb' wohl, allen, denen ich begegnen werde, sage ich sei gegrüßt und allen sage ich, ihr werdet immer in meinem herzen weiterleben. Saxarat.«

Zuerst verabschiedete sich Saxarat von seiner Großmutter, die mehr Tränen vergoss als der Regen. Von elf seiner in Köln lebenden, insgesamt zwölf Brüdern, und von seinen Freunden verabschiedete er sich, indem er jeden von ihnen einzeln umarmte. Begleitet vom Applaus begann er zu laufen. Er spannte seinen Regenschirm nicht auf, vielleicht weil er zu aufgeregt war, vielleicht aus einem anderen Grunde, und das machte alle traurig, die ihm hinterherschauten. Der Oberleutnant fotografierte die Freunde Saxarats, die ihm folgten, als seien sie seine Jünger, und dachte, dass der Regen kein Zufall war, sondern der Herzensfreund Saxarats, der ihn auf seiner ganzen Reise begleiten wollte.

Sie überquerten den Platz und liefen die älteste Straße Kölns entlang. Vor ihnen war eine Straßensperrung. Der Oberleutnant fotografierte die Menschen, die die Polizei zurückhielt und die wie Demonstranten aussahen. Saxarat bog in eine Seitengasse Richtung Rhein, und die, die ihm folgten, liefen hinterher. Über die engen Gassen der Altstadt aus der Zeit der Römer erreichten sie schweigend die Deutzer Brücke. Da blieb die Gruppe stehen. Saxarat spannte seinen Regenschirm auf, drehte sich ein letztes Mal um und winkte. Der Oberleutnant drückte auf den Auslöser. Der Nebel, der sich auf die Stadt senkte, verdichtete die Traurigkeit der Zurückbleibenden.

Die nächsten Tage verbrachte der Oberleutnant mit den Vorbereitungen der Fotoausstellung »Sankofa«. ann betrat er die Facebook-Gruppe, die von Saxarats Freunden gegründet wurde, um ihn auf seiner Reise zu unterstützen. Er begann, die Einträge zu lesen:

Saxarat: liebe oma, liebe freunde/freundinnen, liebe familie, ich bedanke mich sehr. bei mir, alles ist ok. nur etwas müde. ich melde mich morgen. schöne grüsse an alle...Saxarat

Ali: spas xawş kekemı...

Zilan: serkeftın..!,

Ismet: Gute Reise -oxurbo- Auf Wiedersehen - oxurbe Saxarat.

Ayşe: Grüß dich, cano, seit zwei Tagen habe ich nicht geschrieben. Wie geht es dir? Ich hoffe, alles ist gut. Wie geht es deinen Füßen? Was erzählen sie dir? Ich hoffe, es regnet nicht und alles ist gut. Ich rufe dich wieder an, cano. Habe es heute versucht, du bist nicht rangegangen. Alles Liebe, cano. Kuss. Gute Reise. Wir werden dir folgen, cano.

Faysal: Er ist unser Gewissen, wir gehen mit ihm! Kurdara azadi!

Berfin: Wo bist du? Wie geht es dir? Jin, Jiyan, Azadi!

Saxarat: meine freunde, ich bin begeistert, bleibe euch immer treu.

Berivan: Freunde, während der Wahlveranstaltung der Demokratischen Partei der Völker gab es zwei Explosionen, bevor der Co-Parteichef die Bühne betrat. 2 Tote und mehr als 100 Verletzte. Saxarat, kehr zurück!

Haydar: Die Fotos nicht verlieren! Speichere alle mit Namen, Datum und allem, später kannst du ein Fotoalbum machen und zusammen mit deinen Memoiren herausgeben.

Kemal: Die letzte Reise nach dem Ersehnten … ein Aufstand gegen Unrecht … für Menschenrechte. Viel Kraft deinen Muskeln … deinem Herzen, Saxarat.

Ali Haydar: Ich glaube, es wäre nicht verkehrt, wenn du die Wettervorhersage verfolgst und deinen Marsch und deine Pausen danach ausrichtest. Und hör auf die Sprache deines Körpers. Wenigstens bis du so richtig fit bist. Sei umarmt.

Hülya: Die Farben unseres Lebens sind verblasst, seit du weg bist, Saxarat. Bitte komm zurück.

Am achten Tag seines Fußmarsches schrieb Saxarat: »liebe freunde, ich bin im westerwald. starker regen. heute bin ich nicht gelaufen. ich habe mein prepaid datenvolumen verbraucht, wieder was aufgeladen, aber es klappt nicht. gestern abend wollte ich ein paar fotos und einige zeilen hochladen, konnte aber nicht. liebe grüße an euch alle. in einer kölner zeitung ist heute wohl etwas über mich erschienen, ich konnte es noch nicht lesen.«

Christiane: das ist ein sehr schöner Artikel ...

Axel: stimmt habe ich auch schon gelesen, und ist schon ein großer artikel

Faysal: AKP hat die Wahl verloren! HDP: 12,96. Wir sind im Parlament! Kurdara azadi!

Berfin: Jin, Jiyan, Azadi!

Zilan: Vorsicht, der Ottomane hat tausend Tricks!

Saxarat: ein paar stunden lang schien die sonne, ich bin gelaufen, über hügel, über felder. alles sehr still hier. zwischen zwei dörfern waren viele pferde, es war ein wunderbarer anblick. und zwei pferde auf einem feld fand ich wirklich wunderschön. sie haben mich sehr aufmerksam beobachtet. eine weile blieb ich stehen und habe sie angeschaut. als ich sie fotografieren wollte, sind sie losgelaufen, haben einen bogen beschrieben, sind wieder stehengeblieben und haben mich weiter beobachtet. dann haben wir uns gegenseitig angeschaut, ohne uns zu rühren. als ich sie wieder fotografieren wollte, haben sie wieder das gleiche getan. das hat mich gerührt. in berod hat mich ein mann ein paar hundert meter begleitet und mir den weg beschrieben, den ich laufen muss. ich habe mich bedankt, bin weitergelaufen und habe stimmen hinter mir gehört. ich habe mich umgedreht und zwei männer gesehen, die mir zuwinkten und ganz laut gott segne dich riefen. ich habe mich verbeugt und ihnen zurückgewinkt. eigentlich dachte ich, dass ich in richtung limburg laufen muss, zu einem ort namens hadamar. der mann in berod hat mich zu einem anderen kleinen ort namens hattert geschickt. also bin ich in diese richtung gelaufen. nach vier oder fünf kilometern habe ich gemerkt, dass die richtung nicht stimmt. dann, als ich von hattert richtung frankfurt bog, hat es angefangen zu regnen. ich musste lachen, sowohl über mich als auch über den mann in berod. seit tagen kann ich keine schuhe tragen und laufe in sandalen. meine füße sind klitschnass. macht nichts. ich bin über hachenburg gelaufen, das war ein umweg von zehn oder fünfzehn kilometern. die stadt liegt auch sehr hoch, den weg hochzuklettern war gar nicht so einfach. diese stadt im westerwald ist wirklich schön. ich wusste, dass sie sehenswert ist, deshalb bin ich froh, hier rast zu machen. gerade sitze ich an einem der fünf tische eines gasthauses: hotel restaurant zum weissen ross. ein typisch deutscher familienbetrieb, mit zimmervermietung direkt vor der kirche auf dem marktplatz. zehn meter entfernt von mir ist eine bühne aufgebaut. ich schaue und höre mir das konzert an. ich bin zwischendurch aufgestanden und habe das konzert treffpunkt heimat fotografiert. alles gute, bis später.

Baki: Hi Saxarat, du kannst unterwegs alevitische musik hören. sie wird dir kraft geben. pass gut auf dich auf.

Abdullah: alles gute

Sedat: Bravo lo, respekt.

Tekin: Ich habe mir zwei Tage freigenommen und bin mit dem Auto losgefahren, um Saxarat zu treffen. Wir haben uns in Herschbach getroffen, das ist ein kleiner Ort im Westerwaldkreis. Ich bin am Nachmittag in Herschbach angekommen. Saxarat hatte nur wenige Kilometer vor sich bis Herschbach. Sein Ziel war, von dort zum nächsten Ort zu laufen und dort zu übernachten. Dieser Ort heißt Wallmerod, etwa vier Kilometer von Herschbach entfernt. Wir haben beschlossen, am Rande des Waldes zu übernachten. Es war sehr schön dort, mit Blick auf Wallmerod. Der weite Blick hat in uns das Gefühl von Freiheit erweckt. Wir haben ziemlich viel Regen abbekommen. Hatten Wildtiere zu Gast, Hasen, Wildschweine, Rehe. Am Morgen haben wir gefrühstückt. Der erste Ort danach war Hundsangen. Dann kam nach ein paar Kilometern Malmeneich. In Malmeneich haben wir eine Zigarettenpause gemacht. Und, als wir am Morgen losgelaufen sind, sind wir bei Wallmerod an Weizenfeldern vorbeigelaufen. Ich dachte die ganze Zeit, ich muss Saxarat etwas schenken, hatte aber keine Idee, was. Er wird ja noch sehr lange laufen, und seine Last wird sich immer schwerer anfühlen. Also habe ich zwei Weizenähren gepflückt und sie sorgfältig in Papier eingewickelt. Als wir in Elz zu Mittag gegessen haben, habe ich sie Saxarat überreicht. Ich habe ihn gebeten, nicht nachzuschauen, was im Papier eingewickelt war. Er hat mein Geschenk ganz behutsam in die Tasche seines Regenmantels gesteckt. Ich war traurig, weil ich mich nach vielleicht dreißig Kilometern von Saxarat verabschieden musste. Ich hoffe, dass er auf seiner weiteren Reise immer wieder Leute findet, die ihn eine Zeitlang begleiten. Wir haben beschlossen, zum Abschied ein Bier zu trinken. Ich möchte nicht daran glauben, dass es unser letztes gemeinsames Bier ist. Vielleicht treffe ich Saxarat irgendwann wieder und wir trinken wieder zusammen Bier. In vielen Jahren, vielleicht. Wenn es ihm gelingt, hierher zurückzukehren. Wenn es mir gelingt, dorthin zurückzukehren.

In jenen Tagen, in denen der Oberleutnant an dem Ausstellungskatalog zu »Sankofa« arbeitete, hatte er wieder die gleichen Gefühle wie vor einer Reise. Von den Medien erfuhr er, dass die Syrer, die vor den heftigen Zusammenstößen in Tal Abyad geflohen waren und an der türkischen Grenze ausharren mussten, die Erlaubnis bekamen, über die Grenze zu gehen. So kamen an einem einzigen Tag fünftausendneunhundert Flüchtlinge in die Türkei. Am selben Tag starb der ehemalige Staatspräsident Süleyman Demirel mit einundneunzig Jahren. In der Gruppe der Freunde Saxarats entflammten heftige Diskussionen über Demirels Tod. Wenn einer schrieb, er möge in Frieden ruhen, antworteten andere, wieso Frieden, er solle in der Hölle schmoren. Einer meinte, er sei ein ausgezeichneter Politiker gewesen, dann konterte einer, er sei der Hauptverantwortliche für die Hinrichtung von Deniz Gezmiş und seinen Genossen. Wieder ein anderer meinte, im Vergleich zu den heutigen Politikern sei Demirel ein Musterbeispiel für Aufrichtigkeit. Dann folgten Aphorismen, die Demirel zu seinen Lebzeiten von sich gegeben hatte:

Dada: Wenn Sie mir sagen, ich soll mit einem Wort die Situation in der Türkei beschreiben, sage ich, gut. Wenn ich sie mit zwei Wörtern beschreiben soll, sage ich, nicht gut.

Esral: In der Sonne von gestern kann man die Wäsche von heute nicht trocknen.

Kemal: Die Ägäis ist kein griechischer See. Sie ist auch

kein türkischer See. Und vor allem, die Ägäis ist ohnehin kein See.

Ali: Man kann darüber diskutieren, ob er notwendig ist oder nicht. Aber wenn er notwendig ist, ist der Feminismus eine außerordentlich gute Sache. Wenn man die Probleme nicht problematisiert, gibt es keine Probleme mehr.

Fıko: Wenn es regnet, kann man nicht sagen: Ich bleibe trocken.

Ché: Was soll das bedeuten, kommunistischer Strom? Im Sommer kaufen wir Strom aus Bulgarien, im Winter verkauft Bulgarien uns Strom.

Der Oberleutnant tippte in die Suchmaschine das Wort »Saxarat« ein und dann auf »Karte«. Es schien keinen Ort unter diesem Namen zu geben. Er sah nach, durch welche Länder Saxarat laufen musste, um die Türkei zu erreichen. Das waren Länder, in denen er selbst während der Belagerung Sarajevos fotografiert hatte. Wenn Saxarat seine Route nach Google Maps bestimmen sollte, würde er in Kroatien über Zagreb nach Sisak laufen und die Grenze zu Bosnien und Herzegowina überqueren. Sisak war die Stadt, in der im Bürgerkrieg zwischen Serben und Kroaten der Journalist Egon Scotland von einem serbischen Scharfschützen erschossen wurde.

In der Erinnerung des Oberleutnants begannen Bilder ineinander überzugehen, und Geschehnisse, die einundzwanzig Jahre zurücklagen, füllten den Raum. Als sie sich trafen, um gemeinsam zu den kurdischen Guerillaeinheiten zu gehen, sagte Egon: »Ehrlich gesagt mag ich nicht besonders, auf Berge zu klettern. Ich betrachte die Gipfel lieber von unten.« Trotzdem machte er mit. Ihr Thema waren die Guerillakämpferinnen. Sie wollten versuchen, mit ihnen über deren Männer, Eltern und Kindern zu sprechen, nachdem sie sie zu Hause zurückgelassen hatten, um in den Bergen das Töten zu lernen. Die nötigen Kontakte waren schon hergestellt worden. Als Egon und der Oberleutnant Anfang 1991 in Damaskus ankamen, war man dort längst über ihre Ankunft informiert. Zwei Männer, streng und selbstsicher, denen man schon auf den ersten Blick ansah, dass sie Zivilpolizisten waren, begleiteten sie zu ihrem Hotel und teilten höflich mit, ihnen zur eigenen Sicherheit Bescheid zu sagen, wenn sie in der Stadt unterwegs sein wollten. Zwei Tage lang besichtigten sie, begleitet von den beiden Männern, die touristischen Orte von Damaskus. Am dritten Tag wurde ihnen gesagt, dass sie am Nachmittag an der Hotelrezeption warten sollen. Am späten Nachmittag kamen die Männer mit einer zierlichen Frau in Jeans, die sehr gut Deutsch sprach, und einem Taxifahrer, der später während der ganzen Fahrt den Mund nicht aufmachte, ins Hotel. Die beiden Begleiter blieben in Damaskus, die anderen machten sich auf den Weg in Richtung Beirut.

Als sie sich der libanesischen Grenze näherten, wurde es allmählich dunkel. Eine Weile warteten sie im Auto. Nach Einbruch der Dunkelheit sagte der Fahrer auf Deutsch: »Los!« Sie stiegen aus und überquerten die Hauptstraße. Sie gingen über ein paar Wassergräben und begannen, einen Abhang hochzuklettern. Nach etwa fünfhundert Metern merkten sie, dass sie nicht allein waren. Eine Truppe von Guerillakämpfern begleitete sie. Oft mussten sie eine Pause einlegen, weil Egon nicht Schritt halten konnte. Schließlich lud die zierliche Frau zu ihrem eigenen auch Egons Rucksack auf den Rücken. Am nächsten Tag erfuhren sie, dass diese Frau mit dem Decknamen Jiyan Kommandantin von fünfhundert Kämpfern war. Während Egon den Guerillaführer interviewte, fotografierte der Oberleutnant Kämpferinnen, die in wenigen Jahren nur noch auf Fotos und in den Erinnerungen ihrer Liebsten weiterleben würden. Der Guerillaführer, mit dem Egon sprach, wurde im Jahr 1999, im selben Jahr, in dem Saxarat aufhörte, Türkisch zu sprechen, in Nairobi von kenianischen Sicherheitskräften festgenommen und einer türkischen Kommandoeinheit übergeben, die mit dem Privatflugzeug eines Unternehmers nach Kenia geflogen wurde.

Die Filmrollen aus Syrien herauszubringen lief reibungslos. Nachdem sie über den gleichen Weg am Flughafen in Damaskus angekommen waren, erschien an der Passkontrolle ein Mann, der ausgezeichnet Deutsch sprach, und begleitete sie ins Flugzeug, ohne dass sie irgendeine Kontrolle passieren mussten. Manche der Fotos des Oberleutnants wurden in einer Fotozeitschrift unter dem Titel »Ich bin eine kurdische Frau« veröffentlicht. Bald darauf, im März jenes Jahrs, begannen die Kämpfe in Jugoslawien. In der zweiten Juliwoche flog der Oberleutnant mit einer Gruppe Journalisten, unter ihnen auch Egon Scotland, nach Zagreb. Am 26. Juli, kurz nachdem er vor dem Nationaltheater die Skulptur »Brunnen des Lebens« fotografierte, traf die Nachricht ein, dass Egon Scotland im siebzig Kilometer von Zagreb entfernten Dorf Jukinac von serbischen Scharfschützen angeschossen wurde. Er starb auf dem Weg ins Krankenhaus.

Der Oberleutnant fuhr über München nach Köln. Am 29. Juli 1991 war er dabei, als der Bayerische Landtag in einer Sondersitzung des ermordeten Journalisten gedachte. Die Trauer, die der Stuhl verströmte, auf dem ein Foto

Egon Scotlands und ein Blumenstrauß waren, vergaß er nie.

Der Kommandant einer serbischen paramilitärischen Einheit, der den Decknamen »Kapitän Dragan« trug und den Befehl zur Ermordung Egons gegeben hatte, wurde Jahre später festgenommen. 1969 war er mit seiner Familie nach Australien ausgewandert. Damals war er fünfzehn. Er änderte seinen Namen, lernte in jungen Jahren Methoden der schmutzigsten Kriegsführung und arbeitete in Tansania und Angola als militärischer Berater. Als der Bürgerkrieg in Jugoslawien ausbrach, flog er mit einem kleinen Flugzeug über den Atlantik, landete in Rijeka, gründete in einer kleinen Stadt namens Knin eine paramilitärische Einheit von tausend Kämpfern und begann, Kroaten zu jagen. Die Einheit hieß Kninjas, eine Kombination aus den legendären japanischen Kämpfern »Ninjas« und dem Namen der Stadt. Kninjas wurde in kurzer Zeit berüchtigt durch die Massaker, die sie verübte, und wurde als »Dragan und seine Kämpfer« bezeichnet. Als Jugoslawien zerschlagen wurde, lebte Dragan noch in Belgrad, doch weder bei den kroatischen noch an internationalen Gerichten wurde Anklage gegen ihn erhoben. In Den Haag war er kein Angeklagter, sondern Zeuge vor dem Kriegsverbrechertribunal in Jugoslawien. Er gab eine dreihundertseitige Zeugenaussage ab. Er war stolz und extravagant. Auf die Frage, was in Galina geschehen sei, sagte er, er sei nur stolz auf das, was er für Jugoslawien und Serbien getan habe.

Als die Nachricht vom Verschwinden einer deutschen Journalistin Zagreb erreichte, war der Oberleutnant gerade damit beschäftigt, im Nationaltheater Fotos zu machen. Zu diesem Zeitpunkt hatte Egon zusammen mit einem anderen deutschen Journalisten bereits das siebzig Kilometer von der Hauptstadt entfernte Galina erreicht. Sie hatten einen riesigen Aufkleber auf die Windschutzscheibe ihres Autos geklebt, auf dem »Presse« stand. Bei der Anfahrt ins Dorf Jukinac in der Nähe von Galina sahen sie zwei verlassene Autos und einen Panzer, dessen Kanone auf das Dorf gerichtet war. In diesem Moment wurde das Feuer eröffnet. Das erste Projektil zertrümmerte den Rückspiegel, das zweite mit einem Durchmesser von 7,9 Millimetern durchschlug den rechten Scheinwerfer, zerschmetterte das Notizbuch, in dem Egon gerade schrieb und zertrennte seine Bauchschlagader. »Keine Stahlweste«, prahlte Dragan einen Tag später gegenüber einem Reporter, »kann den Projektilen des Kalibers 7,9 unserer Roten Barette etwas anhaben.«

Im darauffolgenden Jahr wurden die Roten Barette wieder zum Inbegriff des Schreckens.

Jahre später kam eine australische Journalistin nach Deutschland, interviewte Zeugen, darunter auch den Oberleutnant, und veröffentlichte einen langen Artikel, in dem sie Dragans Verbrechen detailliert aufdeckte. Auf kroatischer Seite wurde ein internationaler Haftbefehl gegen ihn erlassen. Vor dem Gericht weigerte er sich, die Verantwortung für die Kriegsverbrechen zu übernehmen, die er begangen hatte. Die Ermordung von Egon Scotland sei eine primitive Anschuldigung, die mit militärischer Würde unvereinbar sei, er könne sie niemals akzeptieren, sagte er. Nach etwa zehn Jahren Haft in Australien wurde Dragan in den Tagen, als Saxarat den Fußmarsch zu seinem Dorf begann, an Kroatien übergeben.

Ein paar Tage später las der Oberleutnant, was Saxarat von unterwegs geschrieben hatte, der schon in Frankfurt angekommen war. Die Region Rhein-Sieg war etwas stressig gewesen für Saxarat. Er hatte schlechtes Wetter gehabt und auch der Verkehr auf den Straßen war anstrengend gewesen. Er fand es aber beeindruckend, dass man dort kilometerweit in die Ferne schauen konnte. Nun wollte er Richtung Bayern weiterlaufen. Sein Rucksack wurde ihm immer schwerer, doch das war ganz normal, schrieb er. Denn die Erinnerungen, die er in Köln zurückgelassen hatte, lasteten jetzt zusätzlich auf seinen Schultern. Aber man musste sich trennen können, auch wenn man die Menschen liebte, die man zurückließ.

Der Oberleutnant versuchte zu verstehen, warum Saxarat zu Fuß in sein Dorf zurückwollte, während es tausende Menschen gab, die aus der Türkei nach Europa fliehen wollten, während er weiterlas.

Aynur: Grüß dich, Saxarat, ich hoffe, dir geht es sehr gut und du läufst inmitten einer wunderschönen Natur. Ich hoffe auch, dass es deinen Füßen besser geht. Gute Reise. Ich rufe dich später wieder an. Pass sehr gut auf dich auf. Ich umarme dich.

Ayşe: Cano, ich grüße dich. Du schreckst vor nichts zurück, ich bewundere dich, cano. Ich frage mich immer wieder, wie du gerade aussiehst. Du bist bestimmt ein Teil der Schönheit der Natur geworden und siehst sehr gut aus vor dem wundervollen Panorama, in dem du läufst. Schade, dass es deinen schönen Füßen nicht gut geht, cano. Ich schicke dir telepathisch meine ganze positive Energie.

Saxarat: meine füße haben inzwischen eine neue hornhaut bekommen. die schmerzen sind minimal. ich glaube, ab jetzt wird es immer leichter. kleine muskelschmerzen sind normal, erschöpfung usw. ist alles auch in ordnung. ich glaube, heute abend kann ich voraussehen, wann ich in münchen ankomme. wenn ich morgen dachau erreiche, wird mir übermorgen alles leichter fallen. viele grüße.

Adnan: Ich habe Saxarat angerufen. Er ist in der Nähe von Dachau, hat er gesagt. Ich habe ihm nicht erzählt, woran ich denke, wenn ich von Dachau höre, und was dort alles passiert ist. Ich will ihm nicht den Spaß an seiner Reise verderben.

Faysal: Liebe Freunde, schon wieder ein Bombenattentat. In Suruç. Ein Selbstmordattentat. zweiunddreißig Tote, hunderte Verletzte. Kurdara azadi!

Berfin: Jin, Jiyan, Azadi!

Berivan: Saxarat, kehr um!

Ayşe: Wir Aleviten haben mit dem Islam ganz und gar nichts zu tun. Wir wurden immer wieder massakriert, immer wieder wurde unser Leben zerstört, alles unter dem Vorwand der Religion. Weil wir auf der Seite der Unterdrückten sind, weil wir die Musik und den Wein mögen, weil wir für Gleichberechtigung von Frau und Mann sind, weil wir Semah tanzen, behauptet man immer noch, dass wir »Die Kerze ist aus« praktizieren. Ich bin im Dorf aufgewachsen. Wo sollst du im Dorf eine Kerze herbekommen? Sie behaupten also, dass wir die Kerze auspusten und Gruppensex machen, alle zusammen, auch mit Mutter und Vater und Schwester und Bruder. Ich habe als Frau noch nicht einmal gelernt, wie man Sex mit einem Mann macht. Das ist nicht meine Schuld. So wurde ich erzogen. Aber hier in dieser Stadt, wo ich lebe, gibt es Menschen, die jede mögliche Art von Sex kennen. Das ist normal. Es ist normal, das eine Frau eine andere Frau liebt. Es ist normal, dass ein Mann einen Mann liebt. Es ist normal, dass eine Frau oder ein Mann sowohl Frauen als auch Männer liebt. Ich habe geheiratet, habe zwei Kinder bekommen, einen Jungen und ein Mädchen. Weiß aber immer noch nicht, was Sex ist. Wäre es schlecht, wenn ich das gewusst hätte? Wem hätte es geschadet? Wenn dieser Kopf mir gehört, diese Seele und dieser Körper mir gehören, wenn ich dann freiwillig mit einer Frau oder einem Mann oder mit beiden zusammen Sex habe, warum soll das eine Sünde sein? Wenn man über alevitische Orte, wo es keine Kerzen gibt, erzählt, dort praktiziere man »Die Kerze ist aus«, wenn man immer noch dieses Vorurteil verbreitet, ist das nicht eine Lüge? Ist das nicht Niedertracht? Wenn Gott ihnen den Mut dazu gibt, was ist denn das für ein Gott, dass er ihnen nicht Steine auf den Kopf regnen lässt, damit sie für immer verstummen? Verdient dieses Land der Lügen nicht den Aufstand? Ich frage euch das und warte auf eure Antwort. Liebe Grüße.«

Der Oberleutnant war in Ankara geboren und war in seinem Stadtteil Kavaklıdere niemandem begegnet, der von sich sagte, er sei Alevit. Wenn er nicht nach Deutschland gekommen wäre, wenn nicht am 2. Juli 1993 das Massaker im Hotel Madımak in Sivas verübt worden wäre, würde er vielleicht immer noch nichts über die Aleviten wissen. Aber dort hatte man vor aller Augen Menschen verbrannt und der Anführer des Anschlags war zum Bürgermeister gewählt worden. Das alles hatte der Oberleutnant fast wieder vergessen, doch nun entfernte Saxarats Fußmarsch die Staubschicht über den Erinnerungen und entfachte im Oberleutnant den Wunsch, sich wieder auf die Reise zu begeben.

Auf Ayşes Frage gab niemand eine Antwort. Saxarat berichtete, ein Freund aus der Kindheit habe ihn aufgespürt, indem er sich in der Kleinstadt unermüdlich durchfragte. Sie hatten Kaffee getrunken, gemeinsam gefrühstückt und auch ein wenig hanek gemacht. Der Oberleutnant hatte dieses Wort noch nie gehört. Womöglich bedeutete es soviel wie sich unterhalten. Er notierte es auf einen Zettel und beschloss, die Bedeutung zu recherchieren.

Unweit von der österreichisch-slowenischen Grenze schrieb Saxarat, dass er begonnen habe, Toni Morrison zu lesen. Er hatte auch beobachtet, dass die Österreicher sich gegenüber Fremden distanzierter verhalten als die Deutschen. Einer antwortete darauf, das habe damit zu tun, dass Hitler Österreicher gewesen sei. Ein anderer erklärte es damit, dass Österreich eine Bauerngesellschaft sei und ein dritter meinte, das sei die Folge des Traumas, sich – genau wie die Türkei – von einem großen Reich zu einem kleinen, politisch unbedeutenden Land verwandelt zu haben. In der Zwischenzeit waren die bewaffneten Auseinandersetzungen in der Türkei viel intensiver geworden und acht Soldaten waren in einem gepanzerten Fahrzeug, das zwischen den Bezirken Şirvan und Pervari in Siirt patrouillierte, mit einer ferngesteuerten Bombe getötet worden.

Während Saxarat sich der kroatischen Grenze näherte, machte sich der Oberleutnant mit seinem Auto auf den Weg. In München besuchte er Egon Scotlands Grab und legte einen Strauß von Wildblumen nieder. Er übernachtete in München. An Saxarat schrieb er auf Deutsch, er sei derjenige, der ihn vor dem Kölner Dom fotografiert habe und gern seine Reise ab Kroatien fotografisch festhalten würde.

Saxarat sah sich im Internet die Fotos an, die der

Oberleutnant geschossen hatte, las sich durch, was andere über den Fotografen geschrieben hatten und antwortete, er würde sich freuen und es als eine Ehre betrachten, sich auf der Reise von ihm fotografieren zu lassen. Er war kurz vor der kroatischen Grenze und lief eine Straße ohne Bürgersteig neben einem bewaldeten Hügel entlang. Es war ziemlich warm. Ein Streifenwagen überholte ihn, dann fiel ihm auch ein ziviler Wagen auf, der ihn im Schritttempo verfolgte. Bald darauf blieb der Streifenwagen stehen und drei Männer stiegen aus. Sie kamen auf Saxarat zu und fragten nach seinem Ausweis. Sie waren Grenzschutzbeamte und verhielten sich wachsam und angespannt. Saxarat nahm seinen Rucksack ab und holte seinen Pass heraus. Der Beamte, dem er den Pass gab, begann mit ihm Deutsch zu sprechen. Saxarats Entspanntheit und gutes Deutsch beruhigte zwar die Beamten, aber trotzdem stiegen sie mit dem Pass wieder ins Auto und führten lange Telefongespräche. Anschließend teilten sie Saxarat mit, sie würden ihn bis zur Grenze mitnehmen. Saxarat wollte die kurze Strecke lieber zu Fuß gehen, aber es wurde ihm nicht gestattet. Sie öffneten den Kofferraum, in dem eine langläufige Handfeuerwaffe lag und verstauten Saxarats Rucksack, Matte und Regenschirm. An der Grenze gaben sie ihm seine Sachen zurück und baten ihn höflich, zu warten. Sie gingen ins Grenzhäuschen, Saxarat hockte sich mit dem Rücken an die Mauer des Gebäudes und zündete sich eine Zigarette an. Als er die dritte Zigarette aus der Packung ziehen wollte, kamen die Beamten zurück. Da erreichte auch der Oberleutnant den Grenzübergang und sah Saxarat mit den Beamten sprechen. Er stieg aus, ging auf sie zu und stellte sich vor. Er sagte, eine Fotoagentur habe ihn beauftragt, Saxarats Reise zu dokumentieren.

Sein selbstsicheres Auftreten und seine deutsche Staatsbürgerschaft halfen dabei, dass die Beamten keine weiteren Fragen stellten und den beiden eine gute Reise wünschten.

Bevor sie die Grenze überquerten, unterhielten sich Saxarat und der Oberleutnant eine Weile. Saxarat sagte, er würde lieber allein laufen, sie könnten sich in den Ortschaften treffen, wo er eine Pause einlegen würde. Auf seiner Karte zeigte er seinem Fotografen die Strecke, die er laufen wollte. Der Oberleutnant notierte sich die Haltepunkte. Sie beschlossen, sich an der Tankstelle vor dem Dorf Dubrava Križovljanska zu treffen. Der Oberleutnant schoss das erste Foto Saxarats vor dem Schild »Willkommen in Kroatien«.

Gemeinsam passierten sie die kroatische Grenzkontrolle. Ein Grenzbeamter, der Englisch sprach, fragte Saxarat, wieviel Geld er dabeihabe. »In Kroatien werden Sie viel Geld brauchen«, meinte er. Saxarat zeigte ihm sein Geld. Der Beamte lächelte und wünschte ihm eine gute Reise. Er erachtete es nicht als nötig, den Oberleutnant nach seinem Geld zu fragen. Der Oberleutnant fuhr zur vereinbarten Tankstelle, ging in die Cafeteria und bestellte sich einen Kaffee. Eine halbe Stunde später fotografierte er Saxarat, der auf die Tankstelle zukam.

Der junge Mann namens Mario, der die Cafeteria leitete, war sehr gesprächig und mischte deutsche und englische Wörter, um seinen Gästen mitzuteilen, dass das Essen fertig war. Zuerst servierte er die kroatische Schafskäse-Spezialität Paški Sir, den luftgetrockneten Rohschinken Pršut und Oliven. Der Schinken wurde in dünne Scheiben geschnitten und der Käse in Dreiecke. Dann gab es Pašticada, laut Mario das kroatische Nationalgericht, das von seiner Mutter zubereitet wurde, und Kartoffeln. Zwei Tage zuvor hatte seine Mutter das Rindfleisch mit Rotwein, Knoblauch und mediterranen Kräutern mariniert und 24 Stunden ruhen lassen. Das Gericht, das sie drei Stunden kochte, enthielt auch Pflaumen, Karotten, Zwiebeln, Nelken und Kokosnuss.

»Allein für dieses leckere Essen hat sich die Reise schon gelohnt«, lobte Saxarat. Danach tranken sie einen Kaffee. Der Oberleutnant bestand darauf, ihn einzuladen. Sowohl Saxarat als auch der Oberleutnant machten Fotos von dem Essen, aber auch von Mario. Sie verabredeten sich im Dorf Veliki Lovrečan. Saxarat machte sich auf den Weg, der Oberleutnant schrieb Lisa eine E-Mail, teilte ihr mit, dass er sich mit Saxarat getroffen hatte und schickte ihr seine Fotos. Er schloss seine externe Festplatte, auf der sich die Fotos für seine geplante Ausstellung »Sankofa« befanden, an seinen Laptop an und blieb noch eine Stunde in der Cafeteria.

In Veliki Lovrečan wurde Saxarat von zwei Zivilbeamten aufgehalten, die mit einem Auto herangefahren kamen. Sein Pass wurde kontrolliert. Er musste lange warten. Die Beamten führten lange Telefongespräche und teilten ihm schließlich mit, sie hätten den Befehl erhalten, ihn zur Grenze zu fahren. Wie ein Déjà-vu wiederholte sich, was in Slowenien geschah. Der Kofferraum wurde geöffnet, und Saxarats Rucksack, Matte und Regenschirm wurden neben eine langläufige Handfeuerwaffe gelegt. Saxarat schrieb dem Oberleutnant eine Kurznachricht, dass man ihn zum Grenzübergang Kroatien-Slowenien bringe.

Am Grenzübergang zitierte eine Frau, die sehr gut Deutsch sprach, Saxarat in ihr Büro. Dem Oberleutnant wurde der Eintritt verwehrt. Die Frau fragte Saxarat mehrmals, die Frage jedes Mal anders formulierend, nach dem Grund seiner Reise. Sie war höflich. Saxarat antwortete geduldig und erzählte nach jeder Frage weitere Details. Die Frau meinte, die Antworten hätten sie nicht überzeugt. Sollte Saxarat nicht die Wahrheit sagen, könne sie sich gezwungen sehen, ihn zu verhaften. Saxarat erwiderte, er finde es nicht in Ordnung, bedroht zu werden, er habe keinen anderen Wunsch als dort, wo er geboren wurde, zu leben, und sein Fußmarsch in sein Dorf sei eine sehr persönliche Friedensbotschaft. »Wenn Sie weiter so drohen, können Sie sich am Ende gezwungen sehen, sich zu entschuldigen«, fügte er hinzu.

Die Frau war leicht verärgert. Sie sagte, sie würden seinen Computer und seine Fotos prüfen und ließ Saxarats Laptop und Kamera beschlagnahmen. Anschließend wurde er in einen anderen Raum gebracht, der von dem ersteren mit einer Glasscheibe getrennt war. Saxarat sah die Frau mit zwei Beamten hitzig diskutieren, auch wenn er ihre Stimmen nicht hören konnte. Nach einer Weile wurde er wieder in das Büro der Frau geholt. Die Frau teilte ihm mit, sie hätten die Fotos gelöscht, die Saxarat von der Wache gemacht hätte, und händigte ihm die Kamera und den Laptop aus. Während sie sagte, sie brauche sich für nichts zu entschuldigen, lächelte sie leicht. Sie gab Saxarat seinen Pass und wünschte ihm eine gute Reise. Aber Saxarat war immer noch verärgert über die Frau und über die Kroaten, so drehte er ihr den Rücken, ohne eine Antwort zu geben. Er sah den Oberleutnant in seinem Auto warten. Er berichtete ihm davon, was geschehen war und sagte, er habe beschlossen, entweder an der Tankstelle oder in Veliki Lovrečan zu übernachten. Der Oberleutnant wollte die Nacht in Zagreb verbringen. Er hatte festgestellt, dass man bis Zagreb nur eineinhalb Stunden fahren musste. Sie beschlossen, sich am nächsten Tag in Varaždin, der ehemaligen Hauptstadt Kroatiens, zu treffen.

Gegen acht Uhr abends kam Saxarat erneut an der Tankstelle mit Marios Cafeteria an. Veliki Lovrečan hätte er erst in der Dunkelheit erreicht. Er beschloss, in dem Dorf Dubrava Križovljanska zu übernachten.

Es war ein hübsches Dorf zwischen Mais- und Weizenfeldern mit weiß getünchten, einstöckigen Häusern. Die Hauptstraße war gerade asphaltiert worden. Saxarat ging die Fahrradspur entlang zu einer Bar und bestellte ein Bier. Eine Gruppe von zwei Männern und einer Frau am Nachbartisch fragte Saxarat, woher er kam und wohin er unterwegs war. Sie fanden Saxarats Antwort spannend und luden ihn an ihren Tisch ein. Saxarat trank langsam, er wollte sich nicht betrinken. Später kam ein Mann in die Bar, hörte Saxarat Deutsch sprechen und sagte in einem unbeholfenen Deutsch, er möge die Deutschen nicht. Danach fing er an, über die Deutschen zu fluchen. Saxarat antwortete ihm auf Kurdisch, worauf der Mann überrascht lachte und sich zu ihm an den Tisch setzte. Er bestellte sich ein weiteres Bier und bat Saxarat, ihn zu fotografieren. Saxarat erfüllte ihm die Bitte. »Nun mache ich ein Foto von dir«, sagte der Mann. Sobald ihm Saxarat die Kamera überreichte, schleuderte er sie gegen die Wand.

Am nächsten Abend sagte Saxarat in Varaždin dem Oberleutnant: »Er war ein krankhafter Typ. Der einzige Grund, warum er meine Kamera gegen die Wand schmiss, war, dass ich in der Tasche mehr Euros hatte als er.« Er hatte sofort die Polizei angerufen, und der Mann war aufgesprungen und geflohen. Die anderen am Tisch hatten auch die Bar verlassen, weil sie keine Zeugenaussage machen wollten. Der Beamte, den Saxarat am Apparat hatte, sprach Deutsch. Nach zehn Minuten kam ein ziemlich beleibter Beamter, der Englisch sprach, in Begleitung weiterer Polizisten. Saxarats Englisch reichte nicht aus, um über den Vorfall zu berichten. Die Beamten riefen irgendwo an und nach einiger Zeit kam die Frau, die Saxarat am Grenzübergang verhört hatte. Dieses Mal, um für ihn zu dolmetschen. Saxarat fasste zusammen, was geschehen war, und sagte, seine Kamera sei von einem rassistischen Kroaten, der die Deutschen hasst, zerstört worden. Dass er heute Abend hier sei, wäre auch die Schuld der Polizei. Er fühle sich hier nicht mehr sicher und verlange, dass sie ihn bis zur Grenze fahren. Die Frau sah ihn schuldbewusst an und versicherte ihm, er könne sein Zelt aufschlagen wo er möchte, niemand werde ihn mehr belästigen. Doch als Saxarat hinter einer Tankstelle sein Zelt aufbaute, kam wieder ein Polizeiwagen, und sie fragten ihn nach dem Ausweis. »Ihr seid schon die fünfte Kontrolle«, fuhr Saxarat die Beamten an. »Schämt ihr euch denn überhaupt nicht?« Am nächsten Morgen, nachdem er drei Stunden gelaufen war, wurde ihm von einem zivilen Jeep aus zugerufen. Saxarat tat erst so, als hätte er nichts gehört, doch als er gefragt wurde, ob er Deutsch spricht, antwortete er: »Es ist seit gestern das sechste Mal, dass ihr mich mit euren Kontrollen nicht in Ruhe lasst!« Daraufhin fuhr der Jeep los, ohne dass er nach seinem Ausweis gefragt wurde. Saxarat war dieser unaufhörlichen Kontrollen überdrüssig. Er legte sich in den Schatten einer Eiche am Rande eines Kornfeldes und flüchtete sich in das Blau des Himmels, bis er sich beruhigt hatte.

Während Saxarat berichtete, klingelte das Mobiltelefon des Oberleutnants. Es war Lisa. Sie fragte ihn, ob er wusste, dass Dragan Vasiljković nach Kroatien ausgeliefert wurde. Der Oberleutnant bejahte. Lisa teilte ihm mit, dass über das Auswärtige Amt ein Schreiben aus Kroatien gekommen sei, in dem mitgeteilt wird, dass der Prozess gegen Dragan in Split eröffnet und der Oberleutnant zu der Ermordung von Egon Scotland als Zeuge geladen werde. Der Oberleutnant war zwar nicht direkt Zeuge der Ermordung gewesen, dachte aber, dass seine Aussage wichtig sein könnte. Für einen Moment hatte er die Idee, direkt nach Split zu fahren, das fünfhundert Kilometer entfernt war, doch dann wurde ihm klar, dass seine Zeugenaussage ohne seine Fotos und Notizen nicht viel Gewicht haben würde, und beschloss nach Köln zurückzukehren. Er schilderte Saxarat die Situation. »Trotzdem«, sagte er, »würde ich das Finale deiner Reise gerne fotografisch festhalten.«

Saxarat sagte, er würde, falls ihm unterwegs nichts zustößt, voraussichtlich Ende November in Diyarbakır sein, und von dort würde er noch etwa eine Woche bis zu seinem Dorf brauchen.

Sie verabschiedeten sich in der Hoffnung, sich in Diyarbakır wiederzusehen.

Der Oberleutnant sah Saxarat hinterher, bis er außer Sichtweite war, und hielt mit seiner Kamera das letzte Foto von ihm auf dem europäischen Kontinent fest. Auf dem Foto lief Saxarat an einem klaren Tag auf einem weißen Seitenstreifen auf nassem, unebenem Asphalt, der von Pappeln auf der rechten und einem Stacheldrahtzaun auf der linken Seite begrenzt war.

Auf dem Weg zur türkischen Grenze sah Saxarat das Foto des dreijährigen syrischen Jungen Aylan Kurdi und war erschüttert. Aylan war einer der zwölf syrischen Flüchtlinge, die nach dem Untergang ihres Schlauchboots starben, als sie versuchten, über die Türkei nach Griechenland zu gelangen. Der Vorfall erregte weltweit große Aufmerksamkeit, und die Nutzer von Medien übten scharfe Kritik an den europäischen Ländern unter dem Hashtag: »Menschlichkeit an die Küste gespült«. Auch die Situation in der Türkei entwickelte sich gefährlich für Saxarat. Er mied Kommentare über die türkische Politik und teilte lieber seine Beobachtungen in den Ländern, durch die er lief.

Auf einer kurdischen Internetseite wurde Saxarats Reise mit der eines achtundzwanzigjährigen Australiers verglichen, der vor einigen Jahren im mongolischen Ulaanbaatar aufgebrochen war, um nach drei Jahren und drei Monaten in der ungarischen Hauptstadt Budapest anzukommen. Er hatte für den zehntausend Kilometer langen Marathonritt auf den Spuren des Mongolenfürsten Dschingis Khan dreizehn Pferde und Kamele benötigt und hatte seinen Hund dabei. Als er sein Ziel erreichte, war er einunddreißig Jahre alt. »Aber Saxarat, der in die kurdische Geschichte eingehen wird, hat weder Pferd noch Kamel noch Hund«, ging die Gegenüberstellung weiter. »Er ist auch nicht auf irgendjemandes Spuren unterwegs. Er folgt nur seiner eigenen Spur und möchte Saxarat, wo er geboren wurde, erreichen. Kann man sich eine berechtigtere Reise vorstellen als diese?«

Saxarat hatte sich vor drei Jahren zu dieser Reise entschlossen. Von jenem Tag an hatte er weder ein Auto bestiegen noch einen Bus oder eine Bahn, nicht einmal einen Aufzug. Er hatte auch Rolltreppen gemieden. Er ging nur noch zu Fuß zur Arbeit, blieb lange stehen, statt sich zu setzen, aß nur eine Mahlzeit pro Tag, schlief nicht mehr in seinem Bett, sondern auf der Erde und auf dem Gras, reduzierte die Schlafzeiten und gab sich Mühe, sich viel im Freien zu bewegen. Der Verfasser des Artikels schrieb, Saxarats Reise sei »die Liebesgeschichte einer Generation, die ihr Leben lang Widerstand gegen die Verleugnung der Kurden geleistet hat. Saxarat und seine Generation lieben die Erde ihrer Heimat so inbrünstig, dass sie freiwillig zur Natur zurückkehren würden.«

Während der Artikel in der virtuellen Welt von einem Land ins andere schnellte, ging Saxarat weiter, ausgestattet mit Regenschirm, Matte, Rucksack, tragbarem Zelt, Laptop, Karte, Ersatzhose und -hemd, Unterwäsche, Trinkschale, Schweizer Messer, französischem Feuerzeug, deutschem Campingkocher, verirrte sich im dichten Nebel in den montenegrinischen Wäldern, wurde von sintflutartigen Regenfällen aufgehalten, manchmal wollten ihn die Füße nicht mehr weitertragen, manchmal fand er kein Wasser zum Trinken, wurde in Serbien gut, in Rumänien schlecht behandelt, durchquerte Bulgarien, erreichte die türkische Grenze und gab dem Zollbeamten seinen Pass.

Der Beamte schaute den Pass und dann mit der Miene eines Kriegers den Mann vor sich an, der kaum mehr stehen konnte und aussah, als wäre er Büchern über Religionsgeschichte entflohen. Er stellte keine Fragen. Er tat so, als hätte er den Vermerk »Gültig außerhalb der Republik Türkei« nicht bemerkt, und setzte den Einreisestempel in den Pass, als wolle er Saxarats schlechten Erinnerungen an die Türkei mit einem Hieb den Kopf abtrennen. »Das war sehr aufmerksam von Ihnen«, sagte Saxarat ohne zu merken, dass er Deutsch sprach. »Tausend Dank!«

Dass Saxarat an der Grenze von niemandem empfangen wurde, stimmte seine Freunde in Köln sehr traurig. »Das heißt, in diesem ersehnten Land, in das wir jeden Tag hoffen, zurückkehren zu können, wartet niemand auf uns.« Es war wieder Saxarat, der sie tröstete. »Die Sehnsucht nach der Heimat«, schrieb er, »ist stärker als jede Erwartung und Hoffnung.«

Saxarat wurde auf türkischem Boden von niemandem begleitet. Bei Gebze trauerte er um Pippa Bacca, die dort vor vielen Jahren auf ihrer »Friedensreise« von dem Fahrer eines Lieferwagens vergewaltigt und ermordet worden war. Noch bevor er die Stadtgrenze Ankaras hinter sich gelassen hatte, wurde im Stadtzentrum ein Selbstmordattentat verübt. Hundertneun Menschen, die sich vor dem Hauptbahnhof versammelt hatten, um an der Demonstration für »Arbeit, Frieden, Demokratie« teilzunehmen, wurden getötet, hunderte wurden verletzt. Das Ministerpräsidialamt verhängte eine Nachrichtensperre. Es wurde eine dreitägige Staatstrauer ausgerufen.

Saxarat musste noch achthundert Kilometer laufen, um sein Dorf zu erreichen. Er hatte mehr als dreitausend Kilometer zurückgelegt und dabei acht Länder hinter sich gelassen. Und nun, angesichts der Attentate und dem immer unerträglicher werdenden Berg von Leichen begann Saxarat zu spüren, dass er im Begriff war, in den Abgrund der Verzweiflung zu stürzen. Da erschien eine Botschaft des Oberleutnants auf seinem Telefon: »Möchtest du, dass ich dich in Diyarbakır treffe?«

Oktober 2015, Şarkışla-Sivas
BÜHNENTRÄUME

Als Saxarat die Abzweigung nach Sivas erreichte, war er unentschlossen. Würde er über Sivas laufen, wäre sein Weg um zweihundert Kilometer länger. Das Finale des Theaterstücks Saxarat spielte in dieser Stadt. Er lief eine Weile auf der Hauptstraße des Bezirks Şarkışla. An einer Kreuzung mit einem ziemlich großen, mit Blumen geschmückten Brunnen bog er in Richtung Sivas ab und rastete an einem Abhang. Es war sonnig. Er breitete seine Matte aus, legte sich hin und schloss die Augen. In seinem Kopf begann Schuberts Musik zu laufen, die sie in der Aufführung verwendet hatten. Saxarat wartete in einer dunklen Ecke der Bühne, auf der drei dorische Säulen mit drei brennenden Fackeln standen, auf Kallistes Auftritt. Nach dem Ausblenden der Musik wurden Aufnahmen des Hauses in Solingen und des Hotels in Sivas, die in Brand gesteckt wurden, nebeneinander und ohne Ton auf die hinterste Projektionsfläche geworfen. In dem Augenblick, als sie ineinander verschmolzen, fiel auf die reglos vor einer der dorischen Säulen liegenden Frau ein blaues Licht. Sie trug eine Blumenkrone. Kalliste trat auf, im roten Kleid und ebenfalls mit einer Krone aus Blumen.

Bühne
29. Mai 1999
Kalliste, Saxarat, die ältere Schwester

Kalliste: (theatralisch) Ich bin aus Sivas. Wie meine ältere Schwester, der ich wehgetan habe und die hier liegt. Ich wurde in Thessaloniki geboren. Doch der Regisseur unseres Stücks (sie zeigt auf Saxarat) hat mich gezwungen, Schwester dieser vom Glück verlassenen Frau zu sein. Mir wurde mitgeteilt, ich würde dramatische Ereignisse verursachen. Allerdings habe ich noch keine Ahnung, was mit mir als Schwester dieser leblosen Frau passieren wird. Kalliste geht auf ihre Schwester zu.

Kalliste: (theatralisch) Der Tod ist eine schlimme Sache! Das sieht man ja an den Göttern. Wenn der Tod etwas Gutes wäre, würden zuerst die Götter sterben, nicht wahr? Mein Schmerz ist groß. Mein Schmerz ist Blut, Tropfen für Tropfen. Wach auf, meine schöne Schwester! Wach auf und verzeih mir! Ich hatte ihn geliebt, unabhängig von dir, trotz dir.

Saxarat: Stopp!

Saxarat geht von dem linken Teil der Bühne, wo er bisher reglos gestanden hat, in die Mitte.

Saxarat: (zu Kalliste) Du machst es sehr gut, sprichst aber ohne Akzent. Kann denn eine Griechin so perfekt Türkisch sprechen?

Kalliste: Noch ist es nicht klar, dass ich Griechin bin. Wenn diese tote Frau hier meine ältere Schwester sein soll, ist es richtiger, wenn ich ohne Akzent spreche.

Saxarat: Du hast zwar recht, aber wenn du mit Akzent sprichst, signalisierst du damit, dass du die Schwester mimst, um deine Schuld zu verbergen.

Schon mit deinen ersten Worten muss der Zuschauer spüren, dass du Hintergedanken hast.

Kalliste: Ich führe nichts im Schilde, ich versuche nur, ich selbst zu sein!

Saxarat: Hör zu, meine Schöne, wenn ein Ausländer ohne Akzent Türkisch spricht, beunruhigt das die Türken.

Kalliste: Du bist es, der Hintergedanken und Vorurteile hat! Was du bisher erlebt hast, verhindert, dass du objektiv sein kannst. Wenn die Leute das befremdet, ist das ihr Problem, nicht deins. Du bist Regisseur.

Saxarat: Du kennst unsere Leute nicht gut genug, meine Schöne. Wegen der nostalgischen Sehnsucht deiner Großmutter bist du immer gutmütig.

Kalliste: (wütend) Sag mir nicht ständig »meine Schöne«! Wenn ich gutmütig bin, dann bist du ein armseliger Mensch, der den Katastrophen, die er verursachen wird, nicht standhalten kann! Du bist ein Mann, ein würdeloses Geschlecht! Ihr schafft nur Böses, etwas anderes könnt ihr nicht! Uns habt ihr gezwungen, euch ähnlich zu werden, und jetzt ist es zu spät! Für alles ist es zu spät. Nun bleibt uns nichts anderes übrig als eine neue Erzählung für all das zu finden, was uns zugestoßen ist. Uns ein gutes Ende für Geschichten auszudenken, die schlecht enden. Die Fackeln sind erloschen, aber unsere inneren Fackeln verkohlen uns die Haut!

Projektionsfläche für die Zukunft, 2013
REISEBUS, TAG, INNEN

Aus einem Reisebus auf einer schmalen Straße in der Steppe sehen wir das Schild »Sivas 78 km.«, dann sehen wir Mays Gesicht. Neben ihr sitzt ein junger Mann.

May: Weißt du, Sokrat, in jener Nacht, als mein Vater mich in Schockstarre neben meiner Mutter hocken sah, hatte er geglaubt, auch ihre Haare hätten Feuer gefangen. Damals war ich noch sehr klein. Ich kann mich nur neblig daran erinnern. Geräusche von der Straße hatten mich geweckt. Es sah so aus, als würden unsere Vorhänge brennen. Schreiend lief ich ins Schlafzimmer meiner Eltern. Mein Vater war nicht da, meine Mutter lag bewusstlos auf dem Boden. Das war die Nacht, in der unsere Nachbarn umgebracht wurden. Wahrscheinlich war mein Vater den Nachbarn zu Hilfe geeilt. Ich hockte also heulend neben meiner Mutter und hörte, dass die Wohnungstür aufgebrochen wurde. Es war mein Vater. Er war in Panik. Er trug meine Mutter auf den Armen aufs Bett. Ich weinte ununterbrochen. Mein Vater rief einen Krankenwagen, versuchte, meine Mutter aufzuwecken, konnte es aber nicht. Er nahm mich auf den Arm und lief ans Fenster. Ich sah, wie meine Tante, die in dem Haus gegenüber wohnte, das Chaos auf der Straße verfolgte. Sie war völlig aufgelöst, ihr Gesicht brannte sich in mein Gedächtnis ein wie ein ewiges Foto. Dann klingelte es an der Tür. Mein Vater rannte mit mir auf dem Arm zur Wohnungstür. Er drückte auf den Türöffner, ließ die Wohnungstür offen und rannte wieder zu meiner Mutter. Drei Rettungsleute kamen, zwei Männer und eine Frau. Ich glaube, einer von ihnen war Arzt. Sie versuchten, meine Mutter zu wecken, aber sie wachte nicht auf. Sie legten sie auf eine Trage. Mein Vater fragte, in welches Krankenhaus sie fahren, sie sagten es ihm. Es dauerte Tage, bis meine Mutter zurückkam. Sie schwebte nicht mehr in Gefahr, hüllte sich aber in Schweigen und schien nicht mehr in dieser Welt zu sein. Sie konnte sich bewegen, konnte essen und trinken, reagierte aber auf nichts, als sei sie im Koma. Mein Vater sagte mir, Mutter könnte wieder so wie früher werden, wenn ich ständig mit ihr spreche, ihr Geschichten und Märchen erzähle.

SOKRAT: Was für Märchen?

May: Es war einmal, es war keinmal. In alter Zeit, die längst vorbei, lebte ein Mädchen namens May. Und sie hatte eine Mutter. Und sie hatte einen Vater. Und sie hatte eine Tante. Und sie hatte ein Teddybärchen, das sie ganz fest umarmte, wenn sie schlief. Eines Tages kam Mays Vater nicht nach Hause … (Wieder Mays erwachsene Stimme) Diese Art von Märchen. Kannst du dich an die Nacht der Brandstiftung erinnern?

SOKRAT: (aus dem Off) Nein, von dieser Nacht habe ich erst viel später erfahren.

DER FAHRER: (mit Blick auf die beiden im Innenspiegel): Ich habe ohne Absicht mitgehört. Kommt ihr aus Deutschland?

May: (aus dem Off) Ja.

DER FAHRER: (Sokrat meinend) Der Herr auch?

May (aus dem Off) Ja und nein.

DER FAHRER: Wie jetzt?

May (aus dem Off) Eigentlich ist (betonend) der Herr sowohl aus Sivas als auch aus Solingen.

DER FAHRER: Und dein Vater sagt nichts dazu, dass du mit einem fremden jungen Mann unterwegs bist?

May (aus dem Off) Erstens ist er kein fremder junger Mann, ich bitte sie. Er ist mein Verlobter, und er spricht gut Türkisch. Er versteht also alles, was wir jetzt sagen.

DER FAHRER: Aaaber das geht doch nicht, Mädchen! So etwas muss man gleich am Anfang sagen, damit keine Fehler passieren. Entschuldige, junger Mann!

SOKRAT: (aus dem Off) Ist nicht schlimm.

(Stimme aus dem Lautsprecher): Sehr geehrte Fahrgäste, auf unserem Weg von Istanbul nach Sivas legen wir jetzt an der Raststätte »Sorgun« eine Essenspause von einer halben Stunde ein. Der Tee nach dem Essen geht aufs Haus. Guten Appetit.

Der Bus fährt auf die Raststätte.

SOKRAT: Gibt es einen Grund, warum du May heißt?

May: (aus dem Off) Ja. Ich bin im Mai geboren, also im Mayıs auf Türkisch. Wäre ich im September zur Welt gekommen, hätte ich Eylül geheißen.

SOKRAT: Eylül bedeutet im Aramäischen »Monat der Weintraube«.

May: (aus dem Off) Du als Mann musst ja alles intellektualisieren!

SOKRAT: Gibt es das Wort intellektualisieren auf Türkisch?

Bühne
29. Mai 1999
Kalliste, ihr Mann, Saxarat, die ältere Schwester

Kalliste: Nur weil du Regisseur bist, musst du nicht den Intellektuellen spielen!

Saxarat: (ein wenig beleidigt) Das tu' ich überhaupt nicht, ich bin nur dagegen, dass Gefühle und Empfindungen mit gewöhnlichen Mitteln erzählt werden. Wenn sie nicht gewöhnlich sind, soll auch ihre Darstellung nicht gewöhnlich sein. Schließlich (er zeigt auf die Frau, die reglos auf dem Boden liegt) ... Schließlich ist hier ein Mensch, der es nicht mehr ausgehalten und sich für die nächsten hundert Jahre in den Schlaf gelegt hat, bis die Vorstellung vorbei ist.

Kalliste: Ich bezweifle, dass sie nach Ende der Vorstellung aufwachen wird. Aber ich wünsche es mir. Falls sie aufwacht … falls sie aufwacht, werde ich für sie mein Wertvollstes opfern.

Saxarat: Schweig! Das sind gefährliche Worte. Nicht einmal auf der Bühne darf man solche Schwüre leisten. Du bist nicht verantwortlich dafür, dass sie beschlossen hat zu schlafen. Das bin ich. Und ich kann nicht mein Wertvollstes opfern, damit sie aufwacht. Ich kann für sie nur mein eigenes Leben opfern. Falls sie aus ihrem hundertjährigen Schlaf aufwacht und mir verzeiht … Falls sie mir verzeiht …

Kallistes Ehemann tritt auf.

EHEMANN: (theatralisch) Seltsam! Diejenigen, die ich besonders gut behandelt habe, tun mir heute am meisten weh.

Saxarat und Kalliste schauen einander an.

EHEMANN: (weiter) Ein Sturm bricht los / In meinem Herzen / Wegen eines Dummkopfs. (Er schaut Saxarat an, dann seine Frau) Ich beiße mir auf die Zunge, um ihnen nicht die Köpfe abzureißen. KALLISTE: (verärgert) Ich erlaube dir nicht, meine lyrischen Gedichte gegen mich zu benutzen!

EHEMANN: (überhört sie, spricht zu Saxarat, theatralisch) Ich habe verloren. Du bist der Gewinner! Kalliste: Es reicht! Was willst du von mir?

EHEMANN: Meinen Sohn! Gib mir meinen Sokrat zurück!

Kalliste nimmt ihre Blumenkrone ab, lächelt.

Kalliste: (verblüfft und stichelnd) Aber wir hatten doch nie einen Sohn, Liebling!

Saxarat, Kalliste und der Mann schauen auf die Frau am Boden. Langsam gehen sie auf sie zu. Auf der mittleren Projektionsfläche für die Gegenwart sieht man eine Träne, die sich in dem Auge der Frau im Koma bildet und die Schläfe hinunterfließt.

KALLISTE: (theatralisch) Ihr gehört so sehr zueinander … Da habe ich mich gefragt: »Was kannst du denn tun, wenn sie so schön ist wie Aphrodite?« Haram ist mir jetzt Honig, haram ist mir die Biene. Haram ist die Liebe, haram ist mir Freundschaft!

Projektionsfläche für die Zukunft, 2013

REISEBUS AUF DER STRASSE NACH SIVAS, TAG, INNEN

SOKRAT: Was ist denn alles haram im Islam?

May (aus dem Off): Keine Ahnung. Es gibt so viel, was haram ist, ich könnte nie fertig werden, alles aufzuzählen.

SOKRAT: Zum Beispiel unsere Situation. Ist sie haram oder halal?

May: (aus dem Off) Ich würde sagen, die ist halal. Und für dich?

SOKRAT: Für mich ist sie auch halal.

May: (aus dem Off) Gibt es auch bei euch so viele Verbote?

SOKRAT: Meinst du die Orthodoxen oder die Katholiken?

May: (aus dem Off) Sind die Unterschiede so groß?

SOKRAT: Einerseits ja, andererseits gibt es keinen Unterschied. Ganz sicher sind die Katholiken im Rheingebiet toleranter als die Orthodoxen.

May: Erinnerst du dich an unsere Kindheit? Wir sagten »Schalom! Schalom!« und lachten uns kaputt, bis wir vom Lachen Bauchschmerzen bekommen haben. Was haben wir damals gelacht, als der Chinese »Schalom« gesagt hat, erinnerst du dich?

SOKRAT: Na klar. Wir haben gelacht, ohne zu wissen, warum. Aber immerhin haben wir dank dieser Komödie erfahren, was das Wort Jude bedeutet. Heute ist alles durcheinander. Ich meine, niemand würde glauben, dass deine Eltern Sunniten sind.

May: Mein Vater war vielleicht kulturell ein sunnitischer Muslim, aber er war Atheist. Und er war nicht der einzige sunnitische Atheist, der an dem Festival der Aleviten in Sivas teilgenommen hat.

SOKRAT: Das weiß ich. Und dass dein Vater nie vergessen hat, was dort passiert ist, weiß ich auch. May: (verblüfft) Woher weißt du das?

SOKRAT: Von meiner Mutter natürlich.

May: (verblüfft) Von deiner Mutter?

SOKRAT: Ja. Warum bist du so überrascht?

May: Nein, ich bin nicht überrascht. Es kam dir nur so vor. Egal, also ich las meiner Mutter ein Märchen vor. Der Fernseher lief. Mein Vater wollte, dass ich türkisches Fernsehen gucke, damit ich Türkisch lerne. Während ich meiner Mutter Janoschs »Oh, wie schön ist Panama« vorgelesen habe, habe ich im Fernsehen den Namen meines Vaters gehört und bin ins Wohnzimmer gerannt. Da war der Fernseher. Ein Gebäude brannte lichterloh. Da hat der Sprecher wieder den Namen meines Vaters ausgesprochen. (Stimme des Fernsehsprechers: Soeben erreicht uns die Meldung, dass Kunduz Akar, der neben Metin Altıok, Asım Bezirci, Muhlis Akarsu und Hasret Gültekin als Todesopfer bei dem Brand im Hotel Madımak in Sivas gemeldet wurde, im letzten Moment gerettet werden konnte.) Dann habe ich den schrecklichen Schrei meiner Mutter gehört, mir gefror das Blut in den Adern und ich bin ins Schlafzimmer gerannt. Es klingt vielleicht unglaublich, aber in dieser Nacht, in der mein Vater dem Tod entkommen ist, wachte meine Mutter aus dem Koma auf.

Bühne, 29. Mai 1999
Saxarat, Kallistes Ehemann, Kalliste, die ältere Schwester

Kalliste und Saxarat knien im hinteren Bereich der Bühne mit dem Rücken zum Publikum vor dem Ehemann, der ein Schwert in der Hand hält.

Saxarat: Was wird uns vorgeworfen?

EHEMANN: Die Schuldigen kennen ihre Schuld, auch wenn sie sie nicht gestehen!

Kalliste: Das ist doch absurd! Ich weiß nicht einmal, warum ich verhört werde und in welchem Stück ich mitspiele!

EHEMANN: (zornig / theatralisch) Halt den Mund, Weib! Wenn du deinen Kopf retten willst, sei still! Selbst wenn eure Zungen lügen, könnt ihr euer Gewissen nicht zum Schweigen bringen! Ich bin der Richter des Gewissens!

Saxarat: Ich leugne mein Glück nicht. Auch nicht meinen Schmerz.

EHEMANN: Das Gesetz des Gewissens befasst sich

nicht mit Leiden, sondern mit Verbrechen, an die man sich nicht erinnern will. Noch bevor ihr eure Schuld eingestanden habt, habt ihr angefangen, euch selbst zu bemitleiden und zu reden, als wärt ihr die Opfer.

Saxarat: Mein Schmerz ist echt. Mein Leiden ist echt.

Projektionsfläche für die Vergangenheit
29. Mai 1993
KALLISTES WOHNUNG, NACHT, INNEN

Gedämpftes Licht. Das Stöhnen zweier Menschen, die sich lieben. Saxarat und Kalliste. Das Innere des Hauses wird allmählich heller. Von draußen kommen Rufe: »Hilfe!« Sie hören auf, sich zu lieben und stehen auf. Sie gehen zum Fenster. (Zunehmende Sirenentöne) Saxarat öffnet das Fenster und sieht ein Haus in Flammen.

SAXARAT: (panisch) Oh mein Gott!

Saxarat richtet den Blick auf sein eigenes Haus auf der anderen Straßenseite. Die Vorhänge sind zugezogen. Doch während er hinschaut, wird der Vorhang geöffnet und Saxarat sieht den Schmerz im Gesicht seiner Frau, die ihren nackten Mann anschaut.

Projektionsfläche für die Zukunft, 2013
STADTZENTRUM VON SIVAS, TAG, AUSSEN

Platz der Republik. Atatürk-Denkmal. Das Schild »Sularbaşı, 11- Belediye Sk.«. Männer mit Vollbart und langen Gewändern. Bedrohliche männliche Gesichter. Geschäfte mit heruntergelassenen Rollläden. May und Sokrat laufen Hand in Hand.

May: Bei dem Herzinfarkt meines Vaters hat diese Straße eine unmittelbare Rolle gespielt.

Immer mehr Männer in langen Gewändern und mit Vollbart. (Rufe: »Allahu ekber«) May und Sokrat laufen weiter.

May: Mein Vater hat in dieser Straße den Brandanschlag auf das Hotel Madımak überlebt. Dann hat er ein Theaterstück mit dem Titel »Saxarat« geschrieben. Die Premiere war grandios. Nach der Vorstellung ... hat mein Vater ... (Jetzt bemerkt sie, dass die Männer sie und ihren Freund umzingeln.)

May: Was ist denn los hier? Verschwindet!

(Rufe aus der Menge): Wir wollen in unserem Sivas keine Schlampen und keine Ungläubigen!

May: Ihr dürft uns nicht beleidigen!

DIE MENGE: Schweig, du Schlampe, sonst schneiden wir dir die ungläubige Zunge ab!

May: (schreit) Kommt nicht näher! Nicht näher, sonst rufe ich die Polizei!

Die Straße aus der Vogelperspektive. Der Kreis wird immer enger und man hört die Menge skandieren: »Sivas wird den Ungläubigen zum Grab!«

May: (schreit): Polizei! Hilfe! Hier werden Menschen ermordet! Hilfe!

Sokrat bekommt einen Stockhieb auf den Kopf und fällt zu Boden. Man hört Mays Schreie.

May: (schreiend) Ihr niederträchtigen Kerle! Halt! Nicht schlagen! Polizei!

Aus der Vogelperspektive sehen wir die Menge in weißen Gewändern. May und Sokrat sind zwischen ihnen verloren. Wir hören weiter Mays Hilferufe.

Mays Schreie verwandeln sich in den Schrei ihrer Mutter auf der Bühne.

Bühne
29. Mai 1999
Alle Schauspieler

Die ältere Schwester wacht mit einem Schrei aus dem Koma auf. Saxarat, Kalliste und ihr Ehemann laufen zu ihr. Die drei Fackeln auf den dorischen Säulen fallen auf den Boden und entzünden die Vorhänge, die als Projektionsflächen an den Säulen hängen. Während die ältere Schwester sich aufrichtet, sinkt Saxarat zu Boden. Die Flammen breiten sich auf der Bühne aus. Die ältere Schwester, Kalliste und der Ehemann tragen Saxarat auf ihren Händen von der Bühne. Sie gehen mit langsamen, zeremoniellen Schritten. Dunkel.

Applauslicht. Tosender Applaus. Von links kommt der Ehemann und von rechts die ältere Schwester auf die Bühne und verbeugen sich. Kalliste kommt dazu. Saxarat ist nicht zu sehen. Die ältere Schwester schaut ungeduldig nach hinten. Als der Applaus den Höhepunkt erreicht, erscheint Saxarat. Sie wiederholen dreimal diese Reihenfolge. Beim letzten Mal schauen die Schauspieler nach der Verbeugung nach links. Sie warten. May und Sokrat rennen auf die Bühne. Während der Applaus noch lauter wird, hört man die Stimme eines Nachrichtensprechers im Radio:

In Sivas, in der Belediye-Straße, wo sich das Hotel Madımak befindet, wurden zwei junge Menschen angegriffen. Sokrat Kibaris, einer der angegriffenen Jugendlichen, war nach Sivas gekommen, um nach den Wurzeln seiner

Großmutter zu suchen, die in Sivas geboren wurde. Die junge Frau namens May, die ihn begleitete, ist die Tochter von Kunduz Akar, der 1993 den Brandanschlag auf das Hotel Madımak überlebte, bei dem fünfunddreißig Menschen getötet wurden. Der Theaterregisseur und Schauspieler Kunduz Akar starb am 29. Mai 1999 nach der Premiere seines Stücks »Saxarat« in Solingen an einem Herzinfarkt.

Oktober 2015, Diyarbakır
DAS VIERBEINIGE MINARETT

Als der Oberleutnant die Nachricht erhielt, dass Saxarat sich Diyarbakır näherte, flog er über Istanbul dorthin. Er hatte genug über die Stadt recherchiert und buchte ein Zimmer im gleichnamigen Hotel in Suriçi, einem der alten Viertel der Stadt. Seine Reise, die am frühen Morgen begann, dauerte lange. Erst um Mitternacht landete er auf dem Flughafen von Diyarbakır. Er nahm ein Taxi zum Hotel. Er aß das Sandwich mit Salami, das Lisa für ihn vor seiner Abreise gemacht hatte, und ging sofort schlafen. Er wachte im Morgengrauen auf. Sein Hotel war nur fünf Minuten vom Hasan Paşa Hanı entfernt. Im Internet hatte er gelesen, dass man dort sehr gut frühstücken konnte. Obwohl es Montag war, war der ganze Laden brechend voll. Während er darauf wartete, einen Sitzplatz zu finden, hatte er den Eindruck, dass man in Deutschland mehr Tische auf der gleichen Fläche aufgestellt hätte. Zuerst kam geschmortes Fleisch, dann Knoblauchwurst. Die servierten Käsesorten könnten selbst die Franzosen neidisch machen. Dann kamen würzige Pasteten und heiße Fladen, frisch aus dem Ofen. Nach dem Frühstück ging er zurück ins Hotel und surfte eine Weile im Internet. Die Hevsel-Gärten mit Hunderten von Vogelarten, vielen Säugetieren wie Otter, Füchse, Marder, Eichhörnchen und Igel, waren auch das Rast- und Schutzgebiet von Zugvögeln. Und sie waren ein Paradies für den indischen Hanf. Dieses offene Geheimnis wurde von den Sicherheitskräften entschlüsselt, und dreiundzwanzigtausend Cannabiswurzeln wurden Ende Mai bei Militäroperationen zerstört.

Der Oberleutnant legte sich für zwei Stunden hin, dann duschte er und verließ das Hotel. Er lief bis zum Urfa-Tor und bestimmte in seinem Kopf grob die Orte, an denen er Saxarat fotografieren würde. Bis zum Sonnenuntergang wanderte er um die Burgmauern herum. Sie waren wie eine Pinnwand, auf der Geschichte und Gegenwart miteinander verflochten und vereint waren, gefüllt mit Inschriften, die bewiesen, dass die Siege der Eroberer keineswegs von Dauer waren, mit politischen Slogans der siebziger und Graffiti der neunziger Jahre. Er aß in einem der Restaurants zu Abend, deren Namen mit dem Wort »Pilger« begannen: Hacı. Der Kellner verriet ihm, dass die gefüllten Rippchen aus den Rippen eines einjährigen Böckleins zubereitet wurden.

Die seltsame Stille in der Stadt wurde am Abend vor Saxarats Ankunft durchbrochen. Wieder aß er in einem der Restaurants mit »Hacı« im Namen. Die Nachrichten, die er dort im Fernsehen hörte, ließen vermuten, dass Diyarbakır am Rande von Unruhen und bewaffneten Konflikten stand.

Vor dem Schlafengehen telefonierte er mit Lisa und erfuhr, dass es in Köln bewölkt und die Temperatur auf sieben Grad gesunken war. »Wie laufen die Gerichtsverhandlungen?« fragte er. Lisa sagte, dass die Anhörungen zu den Morden an Kubaşık und Yozgat beendet seien.

»Weißt du«, sagte sie, »in diesem Land vertraut man dem Staat so sehr, dass die Angehörigen der Opfer auf Initiative der Familien Kubaşık und Yozgat vor der Ermordung der deutschen Polizistin unter dem Motto: ›Kein zehntes Opfer!‹ in Kassel demonstriert haben. Aber niemand hat auf diese Familien gehört. Wusstest du von dieser Demonstration?«

»Nein«, sagte der Oberleutnant.

»Und das ist der Punkt«, sagte Lisa. »Wenn bedingungsloses Vertrauen in den Staat mit rassistischen Vorurteilen kombiniert wird, schafft dies einen Zustand der Lähmung. Nicht nur in den staatlichen Institutionen, sondern auch in den Organisationen, die den Staat schon immer kritisiert haben. Auch bei den einzelnen Menschen. Was die Angehörigen der Opfer während der Ermittlungen durchgemacht haben, ist unerträglich. Bei der Anhörung sagte Gamze Kubaşık, wenn die Sicherheitskräfte dieses Landes die Aussage der Augenzeugin berücksichtigt hätten, die sich nach dem Mord an meinem Vater an die Polizei gewandt und eine Aussage gemacht hatte, wären die Mörder vielleicht sofort gefasst worden und hätten die Mordserie nicht fortsetzen können. Das ist genau das, was Gamze gesagt hat, und es war wahr. Am Tag des Mordes läuft nämlich die Frau zum Kiosk von Mehmet Kubaşık, um Zigaretten zu kaufen. Auf dem Weg dorthin sieht sie zwei Männer. Einer mit einer Baseballkappe auf dem Kopf. Der andere sitzt auf einem Fahrrad und schaut diese Frau mit so schrecklichen Augen an, dass sie erschrickt und die Straßenseite wechselt. Etwa eine halbe Stunde später, gegen 12:50 Uhr, sieht sie die beiden Männer vor dem Kiosk. Am Abend erfährt sie, dass der Ladenbesitzer getötet wurde.

Sie geht zur Polizei und sagt in ihrer Aussage, dass diese beiden Männer bestimmt drogenabhängige Nazis sind. Anders kann ich mir ihr Verhalten nicht erklären, sagt sie, denn das waren sehr unbeherrschte, sehr schreckliche Typen.«

»Es ist ja nicht zu fassen«, fuhr Lisa fort. »Unsere Sicherheitskräfte sind in der Lage, fünfundneunzig Prozent der Morde in diesem Land aufzuklären. Aber sie haben es nicht geschafft, diese NSU-Morde aufzuklären, die mit derselben Waffe verübt wurden. Und eine gewöhnliche Augenzeugin hatte den richtigen Verdacht. Diese beiden Männer und ihre Komplizen haben zwei Tage später in Kassel Halit Yozgat ermordet.«

Lisa schwieg eine Weile, dann sagte sie, dass sie sich am Wochenende das Stück »Die Lücke« über den Nagelbombenanschlag anschauen werde. »Wann kommst du zurück?« fragte sie anschließend ihren Mann. Der Oberleutnant sagte, wenn alles gut laufe, könne er am ersten Donnerstag im Dezember wieder in Köln sein. »Gibt es irgendeinen Grund, warum nicht alles gut laufen soll?« fragte sie. »Nein«, erwiderte der Oberleutnant, »ich habe es nur so dahergesagt.«

Am nächsten Morgen blieb der Oberleutnant nicht lange im Hotel. Er lief über Seitenstraßen und setzte sich in ein Teehaus. Gegen neun rief ihn Saxarat an und teilte ihm mit, dass er gerade auf das Urfa-Tor zulief. Zwanzig Minuten später war er schon zu sehen. Der Oberleutnant machte mit seiner Analogkamera ein Foto von Saxarat, als er gerade etwa hundert Meter hinter vier Kindern war, die im Schatten einer Akazie spielten. Anschließend machte er weitere Fotos mit seiner Digitalkamera. Im Hintergrund waren ein dicker Mann zu sehen, der den Eisenwarenladen im Erdgeschoss eines siebenstöckigen Mehrfamilienhauses betrat, eine Frau mit Kopftuch und Mantel, die die Straße überquerte, ein geparktes schwarzes Auto und ein Motorrad. Saxarat hatte seit ihrem letzten Treffen ein paar Kilo abgenommen, sein Bart war etwas länger geworden und er sah aus wie Jesus Christus auf dem Weg nach Golgatha.

Sie begrüßten sich. Der Oberleutnant fragte, wie die Reise gewesen war. »Nicht ganz einfach«, antwortete Saxarat. Während er bei Şarkışla im Freien schlief, wurde er wachgerüttelt. Irgendwelche Leute hatten gemeldet, dass in der Gegend eine als Jesus verkleidete Person herumläuft. Er wurde zur Polizeistation gebracht und verhört. Dort fanden sie den Grund seiner Rückkehr nicht überzeugend. »Hätte ich etwas anderes bezweckt, dann hätte ich doch dafür gesorgt, dass ich unentdeckt bleibe, nicht wahr?« hatte er den Polizisten gesagt. Sie hatten ihn eine Nacht auf der Wache festgehalten und wieder freigelassen. Danach wurde er fast in jeder Kleinstadt, in jedem Dorf angezeigt. Irgendwann hatte er genug vom Polizeigewahrsam und den Verhören. Er ging zum Polizeipräsidium in Malatya und informierte sie über den Zweck seiner Reise und seine geplante Reiseroute. Er fragte, ob es denn schädlich für das Land sei, dass er in sein Dorf lief, ob das ein Problem für den Staat und die Sicherheitskräfte darstelle. »Es ist kein Problem«, wurde ihm gesagt. »Das ist ein freies Land. Da Sie jetzt offiziell den Zweck ihrer Reise und ihre Reiseroute mitgeteilt haben, werden wir die notwendigen Anweisungen geben und Sie werden ungestört nach Diyarbakır kommen.« Tatsächlich wurde er danach in Ruhe gelassen.

»Hast du Hunger?« fragte der Oberleutnant. »Ich habe

auch noch nicht gefrühstückt und kenne eine Gaststätte in der Nähe meines Hotels, wo man sehr gut frühstücken kann. Aber wenn du möchtest, können wir zuerst hier einen Tee trinken.«

Nach dem Tee machten sie sich auf den Weg zum Hasan Paşa Hanı. Der Oberleutnant machte unterwegs Fotos von Saxarat. Als sie an der Gazi-Straße nach links abbogen, sahen sie die »Statue der Liebe«, auf deren Sockel vier Hände die Erde tragen. Saxarat wollte sich davor fotografieren lassen. Der Oberleutnant benutzte seine Digitalkamera.

Sie gingen die Straße entlang und setzten sich zum Frühstück in das Hasan Paşa Hanı in der Nähe der Großen Moschee. Einst hatte es hier zwei Ställe gegeben, in denen fünfhundert Pferde untergebracht werden konnten. Sie gingen durch das Tor mit einem niedrigen Bogen und einer kufischen Inschrift in einem quadratischen Rahmen und auf den Innenhof mit Restaurants, Cafés, Buchhandlungen und Geschäften mit allerlei Ziergegenständen und Antiquitäten. Sie stiegen über die Steintreppe in den zweiten Stock und setzten sich zum Frühstück. Ohne dass sie gefragt wurden, was sie essen wollten, wurden wie üblich geschmortes Fleisch, Knoblauchwurst und Käse serviert.

Nach dem Frühstück wollte Saxarat die armenische Kirche Surp Giragos sehen. Es war zwanzig vor elf. Sie liefen bis zur »Statue der Liebe« und bogen in die Straße Yenikapı. Sie näherten sich einer Ansammlung von Menschen, die wie eine Trauergemeinde wirkte. Der Oberleutnant fotografierte sie.

Mitten in der Menge stand ein Mann mittleren Alters

in grauem Anzug, türkisfarbener Krawatte und randloser Brille. Er hielt ein Schild in der Hand, worauf in roten »Ich bin das Erbe der Menschheit« und in weißen Buchstaben »Verteidige dein Erbe!« geschrieben stand, blickte in die Ferne und sprach in vier Mikrofone.

»Liebe Freunde«, sagte der Mann, dessen graue Haare und Bart ihm sehr gut standen, »vor Jahren haben wir alle mit Entsetzen die Aufnahmen von Taliban-Truppen gesehen, die die Buddha-Statuen in Afghanistan zerstört haben. Auch haben wir in den letzten Jahren mit Sorge und Trauer die Anschläge der barbarischen Gruppen der ISIS gegen das historische Erbe der Menschheit in Palmyra, Ägypten, und Sindschar, der Heimat der Jesiden, beobachtet. Und als türkische Gesellschaft haben wir immer gesagt: Mögen diese Dinge von uns fernbleiben. Doch leider gab es ähnliche Angriffe auf unsere historischen Denkmäler.

Liebe Freunde, leider haben sie vor zwei Tagen das vierbeinige Minarett, das Symbol Diyarbakırs, in seinen Fuß geschossen. Das vierbeinige Minarett ruft uns zu. Sie haben mir in den Fuß geschossen. Ich habe viele Kriege und Katastrophen, aber noch nie solchen Verrat gesehen, sagt es uns. Dieses historische Gebäude ist ein einzigartiges Werk in Anatolien. Und auf der ganzen Welt.«

Der Oberleutnant knipste ein Foto nach dem anderen, während er dem Redner zuhörte. Als dieser sagte: »Wir wollen keine Waffen, Konflikte oder Militäroperationen in dieser altehrwürdigen Region, die im Laufe ihrer Geschichte viele Zivilisationen beherbergt hat. Wir sagen, dass Kriege, Konflikte, Waffen und Militäroperationen aus diesem Gebiet fernbleiben sollen«, fotografierte er einen großen, gutgebauten Mann mit Schnurrbart und kariertem Hemd, einen sehr traurig wirkenden jungen

Mann mit einem Dreitagebart, ein junges Mädchen mit blonden Haaren, einer Jeansweste und Sonnenbrille, eine alte Frau mit einem Schal, die die Menge beobachtete, einen Jungen in einem grünen T-Shirt, zwei Dorfbewohner mit Mützen und die mit Mörsern verletzte Hufe des vierbeinigen Minaretts. Er hatte Saxarat völlig vergessen. Der Redner, von dem der Oberleutnant später erfuhr, dass er Tahir Elçi hieß, bedankte sich bei seinen Zuhörern und beendete seine Rede. Plötzlich fielen Schüsse und der Oberleutnant schaute in die Richtung, in die der Redner seinen Kopf gedreht hatte. Er sah einen Mann mit einer Waffe rennend auf die Gruppe zukommen. Eine schwarze Katze, die sich an der Tür eines Kebaprestaurants sonnte, rettete sich in Panik auf die andere Straßenseite und der Oberleutnant drückte auf den Auslöser. Der flüchtende Mann warf die Waffe, die er am Lauf hielt, weg und im selben Augenblick feuerten drei Männer, die sich hinter einem Kleinbus versteckten, auf ihn los.

Alles geschah sehr plötzlich, und während der Oberleutnant nach Saxarat suchte, sah er Tahir Elçi in voller Länge am Fuß des vierbeinigen Minaretts liegen. Die Menschen schrien und weinten. Der Oberleutnant fand Saxarat fünf Meter von Tahir Elçi entfernt kniend und stöhnend am Fuße der Mauer der Scheich-Mutahhar-Moschee, wo die alte Frau mit dem Kopftuch fünf Minuten zuvor gestanden hatte. Saxarats Augen waren auf die Stelle gerichtet, an der Tahir Elçi leblos lag, er stöhnte ständig und konnte nicht sprechen. Der Oberleutnant rief seinen Namen und bekam keine Antwort. Er schüttete ihm eine Flasche Wasser über den Kopf und bekam keine Reaktion. Er nahm Saxarats Rucksack auf den Rücken, umarmte ihn und zog ihn hoch. Saxarats seltsames Keuchen wollte nicht aufhören.

Er brachte ihn ins Hotel und legte ihn auf sein Bett. Aus seinem Koffer holte er die Medikamentenschachtel mit den Schlaftabletten heraus, die ihm sein Arzt mit dem Hinweis gegeben hatte, sie nur zu nehmen, wenn es unbedingt nötig war. Er füllte ein Glas mit Wasser und kam ans Bett. Saxarats Keuchen, begleitet von tiefem Atmen, hielt an. Er hob Saxarats Kopf hoch und sagte: »Bitte mach den Mund auf«. Er steckte ihm eine Schlaftablette in den Mund und sagte: »Bitte trink das Wasser!« Saxarat schluckte die Tablette.

Als Saxarats Keuchen aufhörte, verließ er das Zimmer. Er wollte gerade das Hotel verlassen, um zum Tatort zu gehen, da teilte ihm der Rezeptionist mit, dass eine Ausgangssperre verhängt worden sei. »Sie haben Bruder Tahir erschossen«, sagte der Mann. »Der Staat hat ihn erschossen, daran besteht kein Zweifel.«

»Wer ist Bruder Tahir?« fragte der Oberleutnant.

»Bruder Tahir ist Anwalt. Er ist aufrichtig. Er ist mutig. Hat immer die Menschen verteidigt. Hat immer die Rechte verteidigt. Hat das Minarett verteidigt. Hat die Moschee verteidigt. Hat die Kirche verteidigt. Hat die Synagoge verteidigt. Frauen hat er verteidigt, Kinder hat er verteidigt, Bäume hat er verteidigt, Tiere hat er verteidigt. Alles von Gott Geschaffene, lebend oder leblos hat er verteidigt. Deswegen hat man ihm das Leben genommen.«

»Wer hat ihm das Leben genommen?«

»Die Republik Türkei hat ihm das Leben genommen. Das steht fest. Ohne Zweifel!« antwortete der Rezeptionist herausfordernd mit fester Stimme.

»Ich war da«, sagte der Oberleutnant. »Ich habe den Mord gesehen. Wer ihn erschossen hat, habe ich nicht gesehen, aber den Mord habe ich gesehen.« Er sagte dem

Mann, dass er Journalist sei und erklärte ihm den Grund seiner Reise nach Diyarbakır. Wieder auf seinem Zimmer sah er, dass Saxarat tief schlief, und war erleichtert. Er rief Lisa an und erzählte ihr, was vorgefallen war. Er sagte, dass er ihr seine Fotos schicken werde und bat sie, gleich die Nachrichtenagenturen anzurufen. Die Fotos, die er am Tatort gemacht hatte, lud er auf sein Laptop und schickte sie Lisa. Dann ging er hinunter zur Rezeption und fragte den Rezeptionisten, bei wem er Informationen erhalten könnte. Der Rezeptionist besorgte sich schnell die Telefonnummern zweier oppositioneller Nachrichtenagenturen, eines Vereins und des Bürgermeisters und gab sie dem Oberleutnant. Weniger als eine Stunde später erfuhr er, dass in der Stadt bürgerkriegsähnliche Zustände herrschten und Tahir Elçi wahrscheinlich von den drei Zivilpolizisten getötet worden war, die auf den Mann mit der Waffe das Feuer eröffnet hatten. Er rief den Polizeichef an und bekam keine Auskunft. Er rief den Gouverneur an und bekam keine Auskunft. Der Bürgermeister konnte nicht mehr Informationen liefern, als er hatte. Er fragte den Rezeptionisten, ob er noch ein freies Zimmer hatte und buchte im selben Stock ein Zimmer für sich. Er trug seine Sachen dorthin, teilte Lisa mit, was er seitdem erfahren hatte, und ging unter die Dusche. Er stellte den Wecker, schlief eine Stunde lang und ging wieder hinunter zur Rezeption, um im Fernsehen die Nachrichten zu sehen.

Er hörte die offizielle Stellungnahme des Innenministeriums zu den Ereignissen im Fernsehen. Der Erklärung zufolge wurde am Samstag gegen 10:50 Uhr ein Taxi von der Anti-Terror-Einheit im Stadtteil Suriçi Balıkçılarbaşı angehalten und es wurde aus dem Inneren des Fahrzeugs eine Waffe auf die Beamten abgefeuert. Ein Polizist starb am Tatort, der andere Polizist in der Universitätsklinik der Dicle-Universität. Kurz darauf kam Tahir Elçi, Präsident der Anwaltskammer von Diyarbakır, der etwa hundert Meter vom Geschehen entfernt vor dem »Vierbeinigen Minarett« eine Presseerklärung abgab, im Schusswechsel mit den Terroristen ums Leben. Die Ermittlungen zu dem Vorfall dauerten noch an. Ab 13:00 Uhr wurde eine Ausgangssperre verhängt. Es kam zu heftigen Auseinandersetzungen zwischen den zur Gewährleistung der Sicherheit in der Region eingetroffenen Sicherheitskräften und den Mitgliedern der Terrororganisation. Es werde alles Notwendige getan, um den Vorfall schnellstmöglich aufzuklären und die Täter vor Gericht zu stellen.

Bis Mitternacht blieb der Oberleutnant an der Rezeption. Vor dem Schlafengehen schaute er bei Saxarat vorbei. Dieser schlief immer noch tief und fest, sein Gesicht war nicht mehr angespannt. Er lief auf sein neues Zimmer und legte sich angezogen aufs Bett. Bald schlief er ein.

Am nächsten Morgen fand er Saxarat nicht mehr auf seinem Zimmer. Erst war er beruhigt, weil der Rucksack immer noch neben dem Bett stand, doch als er die Notiz auf dem Tisch las, wurde ihm klar, dass er Saxarat nicht mehr finden würde. »Es gibt kein Dorf mehr zum Zurückkehren!« hatte Saxarat geschrieben.

In diesem Augenblick hatte Saxarat durch das Urfa-Tor die Stadt bereits verlassen. Wenn er jetzt die Hauptstraße nahm und nirgendwo abbog, könnte er eines Tages wieder in Köln ankommen. Nach rechts bog eine Straße ab, die in sein Dorf führte. Saxarat schaute nach links auf die Berge in der Ferne, in denen es vor Guerillakämpfern wimmelte.

Juli 2018, Urteilsverkündung, München
DER PROZESS

Nach drei Jahren hatte man von Saxarat immer noch nichts gehört. Im Frühjahr 2018 übergab der Oberleutnant die Fotos, die er auf den Friedhöfen gemacht hatte, an den Sketchautor, anschließend beschäftigte er sich tagelang damit, Collagen aus seinen Fotos anzufertigen, und versuchte, die Entwicklungen in dem Mordfall an Tahir Elçi aufmerksam zu verfolgen. Für ihn schien es kein Zufall zu sein, dass der große Mann, der ohne mit der Wimper zu zucken zwei Polizisten tötete, in Richtung der Straße flüchtete, auf der Tahir Elçi seine Presseerklärung abgab. Dass sein Finger während der Flucht nicht am Abzug seiner Waffe lag, lag nicht an seiner Panik. Als er die Waffe am Lauf packte und sie Tahir Elçi direkt vor die Füße warf, war das wie ein Signal für einen geplanten Mord. Keine der Dutzenden Kugeln, die drei gleichzeitig auftauchende bewaffnete Männer in Zivil aus nächster Nähe abgefeuert hatten, hatte den Flüchtenden getroffen. Tahir Elçi wurde nicht zufällig erschossen, er wurde Opfer eines vorsätzlichen Mordes vor laufenden Kameras und vor den Augen von Pressevertretern. Der Eindruck des Oberleutnants bestätigte sich bald. Das forensische Architekturteam des Goldsmiths College der University of London, das nach Diyarbakır kam, bewies, dass es sich bei diesen drei bewaffneten Zivilisten um Polizisten handelte und dass die Kugel, die Tahir Elçis Tod verursachte, von einem dieser Polizisten abgefeuert wurde. Die Situation war sehr kompliziert. Der große Mann, der die Waffe auf der Höhe von Tahir Elçi wegwarf und weglief – und der die schwarze Katze beim Weglaufen beinahe zerquetscht hätte – und eine zweite Person, deren Identität nicht ermittelt werden konnte, kamen gegen 10:50 Uhr mit einem Taxi in Suriçi Balıkçılarbaşı an. Zwei Mitglieder der Anti-Terror-Einheit näherten sich dem Taxi, um es zu überprüfen und fielen zu Boden, als aus dem Auto heraus auf sie geschossen wurde. In den Videoaufnahmen war zu sehen, dass drei Männer aus dem Taxi stiegen, einer von ihnen in Richtung Westen und die anderen beiden in Richtung Yenikapı-Straße rannten, wo die Pressekonferenz stattfand.

Die Experten des forensischen Architekturteams teilten die Zeit buchstäblich in kleinste Stücke, indem sie die Fotos und Videoaufzeichnungen Bild für Bild untersuchten. Nach ihren Erkenntnissen wurden insgesamt vierzig Schüsse abgefeuert. Die Kugel, die Tahir Elçi tötete, stammte wahrscheinlich aus der Waffe des mittleren dieser drei Zivilpolizisten mit der Kennung K2.

Während der Oberleutnant seine Aufmerksamkeit auf das Attentat auf Tahir Elçi und die Türkei konzentrierte, verbrachte Lisa mindestens drei Tage der Woche in München und den Rest ihrer Zeit mit Recherchen zu dem Fall. Zu Hause hatten sich die Rollen vertauscht, jetzt war Lisa an der Reihe, verrückt zu werden. Besonders nach den Anhörungen, bei denen die Inkompetenz der Polizeibeamten diskutiert wurde, begann Lisa ähnliche

Symptome zu verspüren wie der Leutnant nach seiner Rückkehr aus Ruanda. Wie früher rief sie den Psychologen an und sagte: »Diesmal rufe ich für mich selbst an, nicht für meinen Mann, mir geht es nicht gut.« Dabei spielte sie ständig mit den Telefontasten. »Was den Mord an Halit Yozgat von den anderen unterscheidet und die Mitschuld des Verfassungsschutzes verdeutlicht«, schrieb sie nach der Rückkehr von der Anhörung, in der es um den Mord in Kassel ging, »war die Tatsache, dass ein Agent des Verfassungsschutzes bei der Ermordung Yozgats anwesend war.« Nicht nur dieser Agent, der nicht einmal verdiente, dass sein Name genannt wurde, sondern auch alle Geheimagenten und Informanten sowie viele der rechtsextremen Zeugen erkrankten während ihrer Verhöre vor Gericht plötzlich an Amnesie. Und einige der Zeugen, die ihre Erinnerungsfähigkeit nicht verloren hatten, starben an den Tagen, an denen sie aussagen sollten, aus natürlichen und unnatürlichen Gründen, indem sie zum Beispiel in einem brennenden Auto, oder an diabetischem Koma, Herzinfarkt usw. starben. »Dabei lebten wir nicht in einem Hollywood-Blockbuster mit horrenden Produktionskosten«, schrieb Lisa, »sondern führten in diesem Land namens Deutschland einfach nur unser gewohntes Leben, und vor unseren Augen ereigneten sich wenig überzeugende Selbstmorde und seltsame Todesfälle. Ein einundzwanzigjähriger Mann mit rechtsextremen Ansichten verbrannte an dem Tag, an dem er vor den Ermittlern zu dem Mord an der Polizistin aussagen wollte. Seine ehemalige kroatische Geliebte, die ebenfalls in rechtsextremen Kreisen verkehrte, wurde neunzehn Monate später in ihrer Wohnung tot aufgefunden. Dieses junge Mädchen hatte nach forensischen Erkenntnissen einen Krampfanfall und später wurde diagnostiziert, dass eine Lungenembolie zu ihrem Tod geführt habe. Sie war erst zwanzig Jahre alt. Ihr neuer Freund, ein Jahr jünger als sie, starb plötzlich aus einem unnatürlichen Grund. Es konnte keine Fremdeinwirkung festgestellt werden. Der Kette der Zufälle fügten sich weitere unfassbare Glieder hinzu. Ein Mitarbeiter des Verfassungsschutzes und einer der wichtigsten Zeugen fiel ins diabetische Koma und verstarb. Zuletzt traf es eine alte Frau. Sie war bei klarem Verstand und bereit, über den Mord an der Polizeibeamtin auszusagen, aber ihr Leben währte nicht lange und ihr Herz blieb stehen.«

Am Tag der Urteilsverkündung rechnete Lisa damit, dass fast alle Opferfamilien im Gerichtssaal anwesend sein würden, doch sie konnte nur die Familien Kubaşık und Yozgat sehen. Die am vierhundertachtunddreißigsten und letzten Verhandlungstag verkündete Entscheidung war keine Überraschung, sorgte aber für Enttäuschung. Es wurde bereits erwartet, dass die Komplizin der beiden in dem Wohnmobil tot aufgefundenen Mörder zu lebenslanger Haft verurteilt würde. Als die anderen Angeklagten jedoch mildere Strafen erhielten als erwartet, feierten die Nazis im Publikum die Entscheidung mit Applaus. Unter den Nebenklägern herrschte Schweigen. Wer den Weihnachtskorb mit der Bombe im Laden der iranischen Familie in der Kölner Probsteigasse zurückgelassen hatte, blieb im Dunkeln. Denn die abgegebenen Beschreibungen ähnelten nicht den beiden im Wohnmobil tot aufgefundenen Mördern. Während des gesamten Verfahrens hatte der Verfassungsschutz das Gericht ständig behindert, anstatt es zu unterstützen. In diesem Land, wo über Jahre hinweg selbst die unnötigsten Dokumente nicht nur in

Regierungsbüros, sondern auch in Privathäusern aufbewahrt werden, wurden die Akten zu diesen Morden vernichtet. Lisa hatte gedacht, dass Geschichten wie diese nur in den Vereinigten Staaten während der Zeit von J. Edgar Hoover passieren könnten, der bis zu seinem letzten Atemzug an der Spitze des FBI blieb. In Deutschland könnte so etwas nie passieren, glaubte sie. Die Behauptung, dass es die Geheimdienstler selbst waren, die in Thüringen die Nazis organisiert hatten, konnte nicht geklärt werden. Alle waren davon überzeugt, dass die Bande, deren Morde durch das Gerichtsurteil bestätigt wurden, nicht aus nur drei Personen bestehen konnte. Doch hatte es etwas Beruhigendes, dass sie als eine dreiköpfige Truppe dargestellt wurde. Zwei von ihnen waren tot, die dritte wurde zu lebenslanger Haft verurteilt, es bestand also kein Grund zur Sorge. Trotzdem gab es viele Fragen, deren Antworten offenblieben. Es war zwar zu erwarten, dass Mörder die Keupstraße in Köln kannten, die »Türkenstraße« mit ihren winzigen Dönerläden, Juwelieren, Suppenläden, Konditoreien, Friseursalons, Tabakläden und Geschäften, auf deren Schildern meist »Import & Export« steht und die alles Mögliche verkaufen, Hauptsache billig. Doch wer hatte ihnen die Adresse des Ladens gegeben, der von iranischen Einwanderern in einer abgelegenen Straße betrieben wurde, wo niemand außer den Anwohnern seinen Standort kennen konnte, den Hinweis auf einen Straßenverkäufer auf freiem Feld am nördlichsten Zipfel Deutschlands, auf den Blumenhändler und den Schneider in der abgelegenen Straße in Nürnberg, auf die Kioske in Dortmund und Hamburg, auf den Lebensmittelverkäufer und dem Schlüsseldienst in München? Was machte der Geheimdienstagent am Tatort, als Halit

Yozgat im Internetcafé ermordet wurde? Lisa war sich sicher, dass dieser Mann aus dem Schlamm der Lügen geboren wurde. Denn bei der Untersuchung des Mordes in Kassel stellte Goldsmiths Forensic Architecture, das auch den Mord an Tahir Elçi in Diyarbakır untersucht hatte, fest, dass der Geheimagent des Verfassungsschutzes den Mord an Halit Yozgat auf jeden Fall mitbekommen haben musste. Nachdem dieser Mann bemerkte, dass er sich während des Mordes am Tatort befand, den er angeblich nicht gesehen hatte, entschloss er sich, von dort zu verschwinden, anstatt seine eigenen Behörden und die Polizei zu informieren. Er konnte jedoch nicht verhindern, dass er als verdächtige Person festgenommen wurde. Sein Haus und sein Büro im Verfassungsschutzamt wurden durchsucht, es wurden zahlreiche rechtsextreme Propagandamaterialien, Drogen und Kugeln gefunden, und er wurde nicht nur wegen des Mordes an Yozgat, sondern auch wegen anderer Morde verhört. Sein Spitzname war »Kleiner Adolf«. Am Tag der Ermordung von Enver Şimşek sagte ein Freund von ihm, er sei mit ihm im Kino gewesen, doch später stellte sich heraus, dass auch dieser Freund nicht vertrauenswürdig war. In den Tagen, als sein Freund, der für ein Geldtransferunternehmen arbeitete, mit dem Mobiltelefon des Unternehmens aus Nürnberg und München telefonierte, wurden in diesen beiden Städten die Morde an Enver Şimşek und Habil Kılıç begangen. Ein weiterer seltsamer Zufall war, dass die beiden mit dem Revolver der Marke Rossi, Modell 27, Kaliber 38, der der Firma gehörte, Scheibenschießen übten. Es ging nicht um die Schießübungen, sondern um die Fortsetzung der Reihe von Zufällen. Dieser Agent wurde nicht entlassen, sondern in eine Beamtenstelle in die Dienste des Kasseler

Regierungspräsidenten Walter Lübcke berufen. Der Regierungspräsident wurde am 2. Juni 2019, ein Jahr nach Abschluss des NSU-Prozesses, aus nächster Nähe auf der Terrasse seines Hauses hingerichtet, mit einer Kugel aus einem Revolver der Marke Rossi, Modell 27, Kaliber 38. Nach Angaben der Behörden stand der Mörder, der den Mord zugab, in einer »dienstlichen« Beziehung zu diesem Geheimagenten. Der Agent wurde nicht festgenommen.

Der Oberleutnant bemerkte, dass Lisas Artikel immer härter wurden, und als er ihren Kommentar, dass die Geheimdienste an den Morden beteiligt gewesen seien, noch vor der Veröffentlichung las, warnte er, dass dieser an eine Verschwörungstheorie grenzte. Lisa wurde wütend: »Wenn es um die Türkei geht, bist du bereit, alles zu glauben. Aber Deutschland ist völlig in Ordnung. Das ist doch auch ein Staat! Auch hier gibt es viele Nazi-Überreste und Rechtsextremisten, die innerhalb des Staates Drecksarbeit leisten.«

»Das mag zwar sein«, antwortete der Oberleutnant in sanftem Ton, »aber die Regierung ist damit nicht zufrieden. Immerhin haben sie jemanden zum zweiten Leiter des Verfassungsschutzes ernannt, dessen Eltern aus der Türkei stammen.«

Lisa war zwar nicht überzeugt, änderte aber trotzdem ihren Artikel leicht ab und warf den Sicherheitskräften lediglich »Blindheit« vor. Der Prozess hatte sie überfordert, und nach der Urteilsverkündung wollte sie in einem Land Urlaub machen, in dem es keine politischen Morde gab. Sie entschieden sich für Neuseeland. Am Vorabend der Reise stürmte ein australischer Rechtsextremist zwei Moscheen in Christchurch, der größten Stadt auf der Südinsel des Landes, und tötete einundfünfzig Menschen. Lisa beschloss, ihren einmonatigen Urlaub zu

Hause zu verbringen. Fahrradtouren mit dem Oberleutnant, Spaziergänge, regelmäßiges Kochen und Besuche bei Freunden taten ihr gut. Als sie eines Sonntagmorgens mit Kaffeeduft aufwachte, überreichte ihr der Oberleutnant den Kaffee zusammen mit einem Interview, das in der Süddeutschen Zeitung veröffentlicht wurde. Das war ein Gespräch mit dem Generalsekretär des Zentralrats der Juden in Deutschland, der zum Präsidenten des Amtes für Verfassungsschutz Thüringen ernannt wurde, in einem Bundesland, wo Rechtsextremisten immer stärker wurden. Sie war erfreut, ihre Gedanken über eine Institution, die sie im Laufe des Prozesses immer wieder geäußert hatte, in den Sätzen eines Präsidenten dieser Institution bestätigt zu sehen. Der Oberleutnant saß auf der Bettkante und wartete geduldig, bis sie das Interview zu Ende gelesen hatte. »Wir sind zurück in den alten Zeiten«, sagte Lisa und blickte von der Zeitung auf. »Wir drückten unser rechtes Auge so lange zu, bis wir einen jüdischen Deutschen finden mussten, der uns aus der Scheiße rettet. So wie wir damals den Generalstaatsanwalt Fritz Bauer gefunden haben, der Deutschland nach dem Krieg verändert hat.«

IV

DIE ERMITTLUNG

[Die Geschichte von May und Tom]

Dezember 2019 - Februar 2020
MAY

DIE BLONDE BRAUT

May konnte es nicht fassen, dass die Ereignisse, die mit der Begegnung zweier junger Menschen in Buenos Aires ihren Lauf nahmen, schließlich zu ihrer eigenen Geschichte werden konnten. Sie war mit Geschichten aufgewachsen, hatte ihre Kindheit in Theatern verbracht, hatte Dutzende Tragödien, Dramen, Melodramen neu konzipiert, aktualisiert und bei ihrer Inszenierung mitgewirkt. Selbst während sie das Stück, das ihrem Vater das Leben kostete, neu verfasste, hatte sie es geschafft, ihre Emotionen im Zaum zu halten. Sie hatte genügend Erfahrung. Trotzdem hatte sie es nicht voraussehen können, dass »Die Ermittlung«, ein Stück über eine historische Begebenheit, die mit ihr persönlich nichts zu tun hatte, sie so sehr mitnehmen könnte. Es gab bereits eine Idee und Memoiren, Tagebücher, Fotos und Dokumente, die diese Idee unterstützten, aber noch keine Geschichte. Es gab nur die Zeit, die Gleichzeitigkeit, die verschiedene Ereignisse, die miteinander nichts zu tun hatten, miteinander verband. Selbst die Ankunft in dieser Stadt war jetzt ein Teil des Stücks. Die Zeit hatte die Regie übernommen und sie in eine dreißigjährige, weinerliche Frau verwandelt, die in einem fremden Land auf den Flug nach New York wartet.

Die Theaterfigur namens May hat zwar eine Mutter und einen Onkel, die ihr Trost spenden könnten, und einen Geliebten, an dessen Schulter sie ihren Kopf lehnen könnte, aber sie sind alle weit weg. Ihr Vater ist vor zwanzig Jahren gestorben. Sie bedauert, dass sie die Feder der Blonden Braut nicht dabeihat, die ihr immer Glück bringt, glaubt sie jedenfalls.

Die Blonde Braut wurde im Garten des Hauses, das ihre Mutter »Die Vereinten Nationen« nannte, Opfer eines Angriffs. Dies war ein mehrstöckiges Haus am Rande der Stadt, am Waldrand, das einst von linken jungen Leuten besetzt worden war, und May war das erste Baby, das in dieser Kommune geboren wurde. Es gab eine Gemeinschaftsküche, ein Wohnzimmer, einen Garten und einen Hühnerstall. Ein Huhn, zwei Hunde und mehrere Katzen konnten auf ihre Weise genug Chaos anrichten, selbst wenn sie bei den wöchentlichen Vollversammlungen ihre Meinung nicht äußern oder abstimmen konnten. Mays Onkel väterlicherseits, der im Rollstuhl saß, hatte die gelbe Henne mit seltsamen Gewohnheiten im Wald gefunden, als sie noch ein Küken war, und sie den Bewohnern der Kommune unter dem Namen Die Blonde Braut vorgestellt. Die Blonde Braut ließ sich das gemeinsame Frühstück und die Grillpartys im Garten nicht entgehen, liebte Nudeln, trank Tee und Kaffee aus der Tasse und pickte die Butter direkt aus der Dose. Sie lebte nicht in dem für sie gebauten Hühnerstall, sondern schlief auf dem Baum und legte oft ihre Eier dort ab. Am liebsten saß sie auf dem Kühlschrank oder im Bücherregal. Sie war ein Landstreicher, liebte das Bier und war schnell betrunken. Wenn sie betrunken war, konnte sie nicht auf den Baum klettern.

Manchmal legte sie ihre Eier sogar auf einem Teller. Es gelang ihr jedes Mal, die häufigen Fuchsangriffe abzuwehren. An einem kalten Wintertag überlebte sie auch den Angriff eines Wiesels, verlor aber dabei alle ihre Federn. May und ihr Onkel pflegten und fütterten die Blonde Braut, die aus Angst Durchfall bekam, drei Wochen lang in ihren Zimmern.

Eines Nachmittags im tiefsten Winter klopfte es an der Tür. May, damals ein quirliges, fröhliches Mädchen von zehn Jahren, machte auf. Eine junge Frau sagte, sie wolle mit ihren Eltern sprechen. May sagte, ihre Eltern seien nicht zu Hause und ihr Onkel könne mit dem Rollstuhl nicht so schnell zur Tür kommen, aber sie könne sie in sein Zimmer bringen. Sie gingen zusammen zu dem Onkel. Die Frau entschuldigte sich bei dem Onkel und sagte, es sei etwas Schlimmes passiert. Sie habe am Waldrand ihren Hund abgeleint, und der habe das Huhn angegriffen. May rannte weinend die Treppe hinunter und fand die Blonde Braut leblos im Gras liegen. Der Onkel versuchte sie zu trösten, indem er sagte, dass Gott die Blonde Braut ins Paradies geholt habe. Dort werde die Blonde Braut weiterleben und sie würden sich zu gegebener Zeit wiedersehen. May beruhigte sich für einen Moment. Dann fragte sie, was das Paradies sei. »Das Paradies«, antwortete der Onkel, »wie soll ich es beschreiben, es ist ein Himmel, der nur aus Blau besteht.« May sah ihren Onkel zweifelnd an und sagte entschlossen: »Nein! Die Blonde Braut war sehr unartig. Gott nimmt unartige Mädchen wie mich und unartige Hühner wie die Blonde Braut nicht mit ins Paradies!« »Doch, doch«, beharrte ihr atheistischer Onkel. »Gott ist nicht blöd. Er hat die Blonde Braut definitiv in seinen Palast im Paradies mitgenommen.

Die Blonde Braut wird im Paradies weiterhin Eier legen und ihre Eier werden auf den Kopf des Hundes fallen.« »Geil!« sagte May. Die türkischen Wörter wie harika oder şahane, die dem »Geil« entsprechen könnten, kannte sie noch nicht.

Von der Blonden Braut blieben nur ihr letztes Ei und ein paar weiße Federn übrig. Ihr Leichnam wurde im Rahmen einer Zeremonie unter Beteiligung aller Delegierten der »Vereinten Nationen« beigesetzt. Ihr letztes Ei wurde in ein Glas mit Alkohol gelegt und May ausgehändigt.

Nach dem Tod ihres Mannes wollte Mays Mutter nicht mehr in Köln bleiben. Sie zogen nach Berlin und mieteten eine Vierzimmerwohnung im Erdgeschoss eines im Krieg beschädigten und originalgetreu restaurierten Altbaus in Kreuzberg. May legte das letzte Ei der Blonden Braut auf ihren Schreibtisch und hielt sie weiterhin in ihren Erinnerungen wach, indem sie jeden Morgen murmelte: »Sie war wirklich so ein verwöhntes, ungezogenes Huhn.«

Trotz der neunzehn Jahre, die seit dem Tod ihres Vaters vergangen waren, konnte sie sich des Traums nicht entziehen, dass er jeden Moment von seiner Tour zurückkehren oder auf der Bühne, wo er zusammengebrochen war, sich langsam wieder aufrichten würde, genau wie die Figuren, die in jedem Stück sterben und in der nächsten Vorstellung wieder zum Leben erwachen. Die neuen Nachbarn in Berlin fanden es zunächst seltsam, akzeptierten dann aber, dass der Mann im Rollstuhl nicht ihr Vater war. Der Onkel bestand darauf, alles selbst zu erledigen und nahm keine Hilfe an, außer von May. Onkel und Nichte gingen oft an der Spree spazieren.

Nach dem Abitur studierte May in Mainz Theaterwissenschaft und Germanistik und anschließend Philosophie in Granada. Mit 22 wurde sie Dramaturgin und Dramatikerin. Sie begann, mit einem berühmten Regisseur zu arbeiten, der politische Stücke inszenierte. Die Premiere der letzten Inszenierung von »Deutsche Soldaten« fand in der ersten Dezemberwoche statt. Das Stück wurde auf der Grundlage der Aussagen von deutschen Soldaten inszeniert, die im Zweiten Weltkrieg gefangengenommen wurden. Sie bestritten zwar nicht, dass sie an Massakern teilgenommen hatten, sagten aber, das sei eine notwendige Folge der Befehlstreue gewesen. Auf der Bühne bildeten Zehntausende vergilbter Papiere riesige Hügel. Die Schauspieler hoben irgendein Papier auf und lasen den Text darauf vor. Das taten sie ganz sachlich, ohne jede Betonung in der Stimme. Je neutraler der Lesestil wurde, umso deutlicher hörte man die Schreie, die aus den Protokollen aufstiegen. Das absurde Element in der Inszenierung war die Videoinstallation, die das Spiel begleitete. Während auf der Bühne die Wehrmacht angeprangert wurde, liefen auf Bildschirmen, die hinten und an den Seiten aufgestellt waren, Bilder des gescheiterten Putschversuchs in der Türkei. Sie zeigten Soldaten, die auf Zivilisten schossen, und Zivilisten, die Soldaten lynchten. Es war eine unerträgliche Vorstellung. Bis zum Applaus waren nur dreißig der ursprünglich dreihundert Zuschauer geblieben. Das änderte jedoch nichts daran, dass »Deutsche Soldaten« auch im darauffolgenden Jahr, in dem May nach Buenos Aires flog, immer ausverkauft war.

Nach der Premiere fuhr May wieder nach Hause. Weihnachten feierte sie mit ihrem Onkel Kartal und ihrer Mutter

Hülya. Bis Silvester erholte sie sich von der intensiven Arbeit des vergangenen Jahres, indem sie viel schlief, sich mit ihrer Mutter und ihrem Onkel unterhielt, gelegentlich las und Spaziergänge am Kanal machte.

Ein paar Stunden bevor das Jahr 2019 begann gingen Mutter und Onkel aus dem Haus, um an der Silvesterparty an einem Theater teilzunehmen. Als sie gegen Morgen zurückkamen, fanden sie May in dem Dossier des Stücks »Saxarat« lesend vor. May war vertieft in den Text und wollte sich nicht mit ihnen unterhalten. Auch als die beiden sich auf ihre Zimmer zurückgezogen hatten, arbeitete sie weiter an dem Dossier. Sie fand es nicht unpassend, dass die Figur des Regisseurs am Ende auf dem Boden zusammenbricht. Ihr Vater war als Bühnenfigur ein verzweifelter Mann, der sich der Macht der Lust unterworfen und seine Frau betrogen hatte. Der Verlauf der Handlung hatte ihn in diesen Sumpf hineingezogen. Nun blieb ihm nichts anderes übrig, als auf der Bühne zu sterben, um sich vor den Angriffen zu schützen. Sie fragte sich, wie groß wohl der Verrat ihres Vaters im wirklichen Leben war, der ihn in Schuldgefühlen ertränkte. Sie konnte sich an keine »Tante« an der Seite ihres Vaters erinnern. Die einzige Frau, die sie damals »Tante« nannte, war Sophia Kibaris. Sokrats Mutter. Der Gedanke an sie ließ sie leicht erzittern. Sie hatte nämlich Sokrat und Tante Sophia seit ihrem Umzug nach Berlin kein einziges Mal gesehen. Für einen Moment dachte sie, dass sie sich vielleicht in Sokrat verlieben könnte. Zwar waren sie wie Bruder und Schwester aufgewachsen, aber weil sie keine Geschwister waren, sprach nichts gegen die Liebe.

Bei Sonnenaufgang ging sie schlafen. Noch am Vormittag wachte sie auf. Ihre Mutter schlief noch, ihr Onkel trank Kaffee und las Zeitung. Sie zog sich an und ging hinaus. Außer den Bäckereien waren alle Läden geschlossen. Sie kaufte französisches Baguette und ging nach Hause, wo ihre Mutter gerade unter der Dusche stand.

Beim Frühstück brachte sie es nicht fertig, ihre Mutter und ihren Onkel Fragen über das Stück »Saxarat« zu stellen, obwohl sie über den Inszenierungsprozess gern etwas erfahren hätte. Stattdessen fragte sie: »Gibt es Neuigkeiten über Saxarat?« Dieses Wort sorgte am Tisch für ein bedrücktes Schweigen. Schließlich sagte ihr Onkel, Saxarat sei in Diyarbakır angekommen und werde seit dem 28. Dezember 2015 vermisst.

ANGST

Anfang des nächsten Jahres lud May ihre Mutter zum Abendessen ein. Nach dem Essen gingen sie in eine Raucherkneipe. Sie bestellten Weißwein. Die Mutter zündete eine Zigarette an und versuchte, den Rauch so auszupusten, dass er nicht zu ihrer Tochter zog, und das schien sie zu beunruhigen. »Ganz entspannt«, sagte May. »Es stört mich nicht.« Hülya lächelte ihre Tochter an. May traute sich wieder nicht, das Gespräch auf das Stück »Saxarat« zu lenken. »Woran denkst du gerade?« fragte sie ihre Mutter, die woanders zu sein schien.

»An Şirin«, sagte Hülya. Şirin und Hülya hatten sich im ersten Jahr an der Mittelschule kennengelernt. Bis sie das Gymnasium absolvierten, teilten sie alle ihre Geheimnisse miteinander und versprachen, ein Leben lang Freunde zu bleiben. Nach dem Militärputsch am 12. September 1980 trennten sich ihre Wege. Şirin verliebte sich in einen Musiker, der unter dem Namen Ney Nedret berühmt geworden war und zog nach Istanbul. Die Trennung erschütterte Hülya zutiefst, sie wurde verschlossen, igelte sich buchstäblich ein.

Sie trug die Bücher, die sie zusammen mit Şirin mit großem Genuss gelesen hatte, auf das Dach. Die Fotoromane, die beide zum Kichern und Weinen gebracht hatten, und die Modezeitschriften verbrannte sie im Ofen. Zwei Jahre hintereinander scheiterte sie in der zentralen Universitätsaufnahmeprüfung. Dann tauchte ihr Onkel auf, der Bruder ihrer Mutter, der vor langer Zeit nach Deutschland ausgewandert war. Er hatte eine stolze Ausstrahlung. Er verdiente nicht nur viel Geld, sondern hatte auch sehr gut Deutsch gelernt. Neben Pralinen und Nescafé hatte er auch viele Bücher mitgebracht. Hülya blätterte in diesen deutschsprachigen Büchern, von denen sie kein einziges Wort verstand. Das Geheimnis der Seiten versöhnte sie mit Büchern. Sie bedrängte ihren Onkel, ihr Deutsch beizubringen. Der Onkel schenkte Hülya die Bücher, die er mitgebracht hatte, und tat alles, um ihr beim Deutschlernen zu helfen. Er schickte Hülya ein Sprachlern- und Grammatikbuch. Dann ein Wörterbuch. Und auch illustrierte Übungsbücher und Sprachlernkassetten. Sein nächster Besuch fand in einem Sarg statt. In seinem Testament hatte er verfügt, dass sein Acker verkauft werden soll, um Hülyas Studienkosten zu decken, wenn sie die Universitätsaufnahmeprüfung besteht.

Danach widmete Hülya ihre ganze Zeit der Vorbereitung auf die Prüfung. Schließlich erreichte sie eine sehr hohe Punktzahl, die ihr ermöglichte, an die Fakultät ihrer Wahl zu gehen. Sie entschloss sich, Germanistik zu studieren. Ihre Entscheidung verblüffte nicht nur ihre Familie, sondern alle im Dorf. Ihr Haus verwandelte sich in einen Rummelplatz. Es kamen der Dorfvorsteher, der Imam, der Grundschulleiter, zwei Lehrer sowie der Bezirksgouverneur. Ihm folgten der Richter und der Staatsanwalt von Şavşeti. Dann der Kommandeur der Polizeistation und der Forstdirektor in Begleitung seiner Frau. Es kamen die Nachbarn und auch Leute aus den Bergdörfern, um dieses

Mädchen mit der höchsten Punktzahl, die jemand aus dieser Region je erreicht hatte, zu sehen. Dann kam die Goldene Tante. Hülya genoss voller stolzer Freude diese Aufmerksamkeit und beugte sich dem Druck, etwas Nützliches zu studieren. Sie schrieb sich an der juristischen Fakultät ein. Nach dem Studium und Praktikum kehrte sie ins Dorf zurück, um auf die Richterprüfung zu warten. Ihr Großvater und ihre Großmutter, die sie großgezogen hatten, waren noch am Leben und rüstig. Ihre Erinnerungen an das Massaker in der Kleinstadt im Jahr 1979 waren noch immer nicht verblasst. Mit dem Mut einer angehenden Richterin wandte sie sich an die Gendarmerie und bat um Auskunft über den Vorfall. Der neu ernannte Wachkommandant teilte ihr mit, dass alle Dokumente und Informationen in Livane sein sollten. Hülya fuhr nach Livane. Dort teilte ihr die Gendarmerie mit, dass Akten, die zehn Jahre zurückreichen, an die Heeresleitung geschickt wurden. Sie reichte eine Petition bei der Heeresleitung ein und erhielt die Antwort: »Hiermit teilen wir Ihnen mit, dass in unseren Archiven keine Informationen zu dem Vorfall gefunden werden konnten, den Sie in Ihrem Antrag mit der Nummer 422059 angegeben haben.«

Hülya erinnerte sich, dass die Ansprachen an jenem Tag vor dem Regierungsgebäude begannen und Tausende von Menschen aus benachbarten Kleinstädten auf dem Platz versammelt waren. Gegen Ende der Demonstration hatte sie großen Durst und ging zu Şirins Wohnung, um Wasser zu trinken. Zusammen mit ihr beobachtete sie die Kundgebung aus dem Fenster mit Blick auf den Platz. Das Chaos nach dem Schießbefehl des Kommandanten, den Lärm des Salvenfeuers, der in den Kiefernwäldern und Bergen rund um die Stadt widerhallte, die Schreie und die tiefe Stille, die darauf folgte, hatte sie nie vergessen.

Hülya legte die Richterprüfung erfolgreich ab, wurde nach Diyarbakır berufen und verbrachte dort ein paar Jahre ohne Probleme, bis ihr am ersten Arbeitstag nach dem Opferfest eine dicke Akte vorgelegt wurde. Sechs Angeklagte behaupteten, gefoltert worden zu sein. Der Staatsanwalt hatte die Berichte der forensischen Medizin gelesen, mit den Angeklagten gesprochen und mit eigenen Augen die Spuren von Zigarettenverbrennungen in Form eines Halbmonds oder des Kürzels »T.C.« für die »Republik Türkei« gesehen. Anschließend hatte er gegen die Beamten, die die Folteropfer verhört hatten, wegen Amtsmissbrauchs Anklage erhoben.

Hülya nahm den Fall an. Am späten Abend klopfte es an ihrer Tür. Sie öffnete und wurde von drei Männern angegriffen. Noch bevor sie begreifen konnte, was geschah, fand sie sich mit zugeklebtem Mund an einen Stuhl gefesselt wieder. »Entweder du liebst dieses Land oder du verlässt es!«, sagten die Männer. Sie sagten: »Entweder du bist eine anständige Türkin und dienst deinem Land, oder du wirst an deiner Möse aufgehängt!« drohten sie ihr. »Entweder du tust, was wir sagen, oder man findet nicht einmal deinen Kadaver!«

Der Schock der Angst und Demütigung hielt noch lange an, nachdem die Männer das Klebeband von ihrem Mund und ihrem Körper entfernt hatten und gegangen waren. Das Zittern in ihr hörte nicht auf, selbst nachdem die Urinspuren an ihrem Rock und ihren Beinen getrocknet waren. Sie konnte sich bis zum Morgen nicht bewegen. Am nächsten Tag duschte sie eilig, zog sich an und verließ die Stadt.

Sie fuhr nach Istanbul. Dort wechselte sie drei Taxis, stieg an einer ziemlich weit von Şirins Haus entfernten Stelle aus, bog in abgelegene Straßen ein und wanderte stundenlang umher, bis sie sicher war, dass niemand sie verfolgte. Als sie schließlich an der Tür von Şirin ankam, lagen ihre Nerven blank und ihre Weinkrämpfe hörten lange nicht auf. Şirin gab sich alle Mühe, sie zu beruhigen. Sie führte Hülya ins Badezimmer und hörte, wie die Wohnungstür geöffnet wurde. Sie rief Ney Nedret zu, er solle nicht ins Badezimmer kommen und bat ihm, Tee zu kochen. Als die beiden Frauen aus dem Badezimmer herauskamen, gab Şirin ihrem Mann ein Zeichen, dass er nichts sagen soll. Hülya legte sich aufs Sofa und schlief gleich ein, ohne einen Schluck von ihrem Tee getrunken zu haben. Gegen Mitternacht schlug sie die Augen auf und sah, dass Şirin und Ney Nedret bei ihr saßen. Sie aß die Suppe, die ihr gereicht wurde. »Ihr solltet jetzt auch schlafen gehen«, sagte sie, machte die Augen zu und war nach wenigen Minuten eingeschlafen. Ihre Gastgeber blieben noch eine Weile bei ihr. Sie knipsten die Lampe an der Dunstabzugshaube in der Küche an und zogen sich zurück in ihr Schlafzimmer.

Einige Stunden später klopfte es an der Schlafzimmertür. Şirin wachte auf. »Ich bin's«, flüsterte Hülya und trat ein, ohne auf eine Antwort zu warten. Şirin schob ihren Mann zur Seite und machte Platz für Hülya. Sie umarmte Şirin fest und spürte die Nässe ihrer Tränen. Eng umschlungen schliefen sie ein.

Am nächsten Morgen bemerkte Ney Nedret nicht, dass im Bett eine zweite Frau schlief. Er ging ins Wohnzimmer, sah, dass auf dem Sofa niemand mehr lag, kehrte beunruhigt ins Schlafzimmer zurück und betrachtete lange die beiden Frauen, die im Dämmerlicht wie ein einziger Körper aussahen. Leise machte er die Tür zu und ging ins Wohnzimmer. Er rauchte eine Zigarette und kochte Tee. Als die beiden Frauen aufwachten, war der Frühstückstisch schon gedeckt.

Beim Frühstück besprachen sie gemeinsam die Situation. Erst nach langen Diskussionen konnten sie Hülya endlich überzeugen, einen Pass zu beantragen und mit einem Touristenvisum das Land zu verlassen.

Jetzt geizte sie mit den Wörtern, als sie ihrer Tochter in der Kneipe von ihrer Vergangenheit erzählte. Sie berichtete zwar ausführlich über Ney Nedret und Şirin, aber über den Vorfall in Diyarbakır verlor sie nur einen einzigen Satz: »Nachdem man mir gedroht hat, bin ich eine Weile bei Şirin und Ney Nedret geblieben, dann habe ich die Türkei verlassen und bin nach Köln gekommen.«

Hülya gab in ihrem Asylantrag an, dass sie Deutschlehrerin sei, und verschwieg, dass sie als Richterin gearbeitet hatte. In Diyarbakır sei sie, während sie dort als Lehrerin gearbeitet habe, von Männern, von denen sie annehme, dass sie Zivilpolizisten seien, bedroht worden und habe fliehen müssen, um ihr Leben zu retten, sagte sie. Nach der Bewilligung ihres Antrags gab sie in verschiedenen Vereinen Deutschunterricht für Asylanten, und nachdem sie genug Erfahrung gesammelt hatte, fing sie an der Volkshochschule Köln als Deutschlehrerin an. In dem Jahr, in dem sie sich an der Fakultät für Germanistik einschrieb, traf sie in Köln erneut auf die Brüder Kunduz und Kartal Akar.

Zwischen den beiden Brüdern gab es fünf Jahre Altersunterschied, aber schon als Kinder waren sie sehr eng miteinander. Weil ihr Vater Lehrer war, wurden sie, gemessen an den Verhältnissen im Dorf, relativ modern erzogen. Dass ihr Haus zweistöckig und im oberen Stockwerk von drei Seiten von einem Balkon umgeben war, war zwar keine Besonderheit im Dorf, doch nur dort gab es zwei Toiletten. Ein Zimmer war für die Bücher reserviert, und dort hing ein Porträt Atatürks. Einmal die Woche wurden die Ausgaben der Zeitung, die sie abonniert hatten, ins Dorf geliefert. Im Winter mussten sie noch länger auf die Zeitung warten, manchmal einen Monat, manchmal sogar zwei. Die Zeitung befriedigte nicht nur das Bedürfnis der Familie nach Informationen, sondern war das wichtigste Element der politischen und kulturellen Bildung im Dorf. Sie wurde von Nachbar zu Nachbar weitergereicht, und sorgte bei den allabendlichen Treffen für Gesprächsstoff. War der Winter hart und kam die Zeitung seltener im Dorf an, entstand eine Diskrepanz von sechs Monaten zwischen den Gesprächen in den oberen und unteren Vierteln des Dorfes. Während man im oberen Viertel über die jungen Menschen sprach, die hingerichtet wurden, waren im unteren Viertel die Hingerichteten immer noch auf der Flucht.

Nach der Grundschule gingen die Brüder Kunduz und Kartal in einem anderen Ort in das Internat, in dem auch ihr Vater seinen Abschluss zum Lehrer gemacht hatte. Dieser Ort lag hinter den Bergen und dort waren die Winter noch strenger. An einem bitterkalten Wintertag gerieten sie mit einer Gruppe von zwölf Schülern auf dem Rückweg ins Dorf auf dem Berg Saxarat in einen Sturm. Sie ignorierten die Sturmwarnung eines kurdischen Dorfbewohners, den sie am Fuße des Berges trafen, und das Angebot, in seinem Dorf zu übernachten, und liefen weiter. Ein paar Stunden später begann plötzlich ein Schneesturm, in dem zehn Kinder starben. Kunduz und Kartal verdankten ihr Überleben diesem Dorfbewohner. Er wusste nämlich aus jahrelanger Erfahrung, dass auf dem Berg ein Sturm ausbrechen würde, also versammelte er die Männer des Dorfes und machte sich mit ihnen auf den Weg. Stunden später fanden sie Kunduz und Kartal lebend vor, einander in den Armen liegend. Die anderen Kinder konnten sie nicht mehr retten. Die Toten und Überlebenden wurden in einem Militärfahrzeug in ihre Dörfer gebracht. Hülya war damals acht Jahre alt und hegte eine große Leidenschaft für Kartal. Als sie das Militärfahrzeug anfahren sah, schrie und weinte sie: »Kartal ist gestorben, der Schnee hat Kartal verschluckt, Kartal ist tot!« Ihr Großvater versuchte umsonst, sie zu beruhigen. Dann hielt das Fahrzeug mit angeschalteten Scheinwerfern inmitten von Schnee und Nebel. Kunduz und Kartal stiegen aus. Während Kunduz sich mit schuldbewussten Augen umsah, stürzte Hülya zu Kartal und rief: »Mein Kartal! Du bist zurück! Du bist zurück!«

Der Kuss zwischen Hülya und Kartal Akar ereignete sich in jener klaren, mondbeschienenen Nacht. Hülya zeigte auf den Halbmond und fragte Kartal: »Wollen wir zusammen dahin gehen?« »Ja«, sagte Kartal lustlos. Hülya hörte aber nicht auf zu fragen.

»Wann?«

»Wenn wir groß sind.«

»Wann werden wir groß sein?«

»Bald.«

»Dann wirst du mich heiraten, nicht wahr?«

»Klar.«

»Und weißt du, was passiert, wenn man heiratet?«

»Nö.«

»Sie küssen sich.«

»Wer küsst sich?«

»Die, die geheiratet haben.«

»Warum?«

»So ist es halt, wenn man heiratet. Wenn man heiratet, küsst man sich.«

»Woher weißt du das?«

»Ich weiß es halt.«

»Wie küssen sie sich?«

»Sooo ...«

»Ich habe zwar deinen Vater geheiratet, aber der Erste, den ich geküsst habe, war dein Onkel Kartal.«

»Nicht schlecht. Da warst du nicht ganz so anders als mein Vater, oder?« lachte May.

»Ich war ein Musterbeispiel für Monogamie, dein Vater für Polygamie. Ich hatte mein Leben lang nur deinen Vater als Mann. Ich hoffe, du nimmst nicht deinen Vater als Vorbild.«

»Wahrscheinlich werde ich irgendwo zwischen euch beiden landen«, sagte May.

Nach ihrem Einzug ins Haus der Kommune lief die Beziehung zwischen Hülya und Kunduz einige Jahre lang sehr gut. Christa Wolfs »Kassandra« entwickelte sich zu ihrer Katastrophe. Als sie nach der Premiere des Stücks in einem Restaurant in der Nähe des Theaters saßen, spürte Hülya die Vibrationen zwischen Kunduz und der jungen Schauspielerin Kalliste, verließ den Tisch und kehrte nach

Hause zurück. Als sie aufwachte, war die andere Betthälfte noch leer. Am Morgen nach dieser Nacht, in der ihre Seele trauerte, gaben die Nachrichtenagenturen bekannt, dass fünf Mitglieder einer Einwandererfamilie aus Sivas von Neonazis verbrannt wurden. Sie erinnerte sich, dass sie wegen der Abwesenheit ihres Mannes im Begriff war, in einem Meer der Traurigkeit zu ertrinken. Da Kunduz nicht nach Hause zurückkehrte, nahm sie May, die sie in dieser Kneipe gebeten hatte, von ihrer Vergangenheit zu erzählen und damals noch keine vier Jahre alt war, mit in die wütende Menge. Als ihr Mann drei Tage später nach Hause kam, stellte sie ihm keine einzige Frage. Sie weinte nicht und ließ sich nicht einmal anmerken, dass sie über seine Rückkehr überrascht war. Sie zog sich in ihr eigenes Zimmer zurück und hielt die Tür immer geschlossen. Am letzten Mittwoch im Juni war es Kunduz, der das Schweigen brach. Er kündigte an, dass er nach Sivas in der Türkei fliegen werde, um an dem Kulturfestival zu Ehren von Pir Sultan Abdal teilzunehmen. Er schrieb: »Ich hoffe, selbst wenn du mir bei meiner Rückkehr nicht verzeihen solltest, dass du dein Schweigen beendest und wir vielleicht einen Weg finden, um die schlimmen Folgen einer Trennung für uns alle drei zu verhindern.« Hülya, die glaubte, bis zur Rückkehr ihres Mannes einen klaren Kopf fassen und eine vernünftige Entscheidung treffen zu können, sah sich gezwungen, Kunduz am Flughafen zu empfangen, als er lebend nach Deutschland zurückkehrte.

Auch die Bewohner der Kommune, Kölner Exilanten und sogar Deli Dumrul, der jedes seiner Stücke verriss, kamen, um Kunduz zu begrüßen. Kunduz erschien am Ausgang, mit einer Hand schob er seinen Koffer und trug in der anderen Hand fünfunddreißig rote Rosen zum Gedenken an die fünfunddreißig Verstorbenen. May lief auf Kunduz zu, und Hülya sah Kalliste zum Parkplatz zurückgehen. Jetzt war Kalliste aus der Gemeinschaft ausgeschlossen, deswegen machte es Hülya in diesem Augenblick nichts aus, dass sie selbst eine betrogene Frau war.

Am Flughafen umarmte sie Kunduz und sie verbrachten die Nacht zusammen im Bett. »Wie schön, dass du wieder da bist«, flüsterte sie ihm immer wieder zu und sah gleichzeitig Kalliste vor sich, die ihr am Flughafen kaum merklich gewinkt hatte und gegangen war. Schon bei der ersten Begegnung mit Kalliste hatte Hülya geahnt, dass diese Frau ein Chaos in ihrem Leben anrichten würde. Damals hatte sie noch die Macht, Kalliste aus ihrem Leben zu verbannen. Das Interessante war, dass sie diese Macht nicht genutzt hatte. Vielleicht kam das, was man Schicksal nannte, immer genau an diesem Punkt ins Spiel, an dem die Menschen sich nicht in den Lauf der Dinge einmischten.

Die gemeinsam verbrachte Nacht reichte nicht aus, um ihre Beziehung zu retten. Der Aufruhr in Kunduz Akars Seele hörte nie auf. Er führte seine leidenschaftliche Beziehung mit Kalliste weiter und ging bei jeder Gelegenheit auch mit anderen Frauen ins Bett. Ihre Beziehung hielt jedoch formell bis zu dem Tag, an dem Kunduz auf der Bühne an einem Herzinfarkt starb.

Hülya glaubte, ihre Erinnerungen an die Vergangenheit hätten keine große Bedeutung für ihre Tochter, aber sie irrte sich. May spürte den Schmerz zwischen den Zeilen und verbrachte die nächsten Tage damit, die Dossiers ihres Vaters gründlich zu lesen. Sie beschloss, dem Text der

Inszenierung treu zu bleiben. Sie sprach mit ihrem Onkel darüber, mit dem inzwischen pensionierten Intendanten des Stadttheaters, mit dem Dramaturgen, dem Bühnenbildner, den Assistenten, aber auch mit jedem anderen Menschen, der mit ihrem Vater etwas zu tun gehabt hatte. Sie las die Probenprotokolle und die Notizen ihres Vaters durch, sah sich die Videoaufzeichnung der Premiere an, die zugleich die letzte Aufführung blieb, und dachte wieder einmal, dass das Theater dem Publikum viel realere Fakten erzählte, indem es die ganze Realität des Lebens von der Bühne fegte. Es lag eine unglaubliche Schönheit und ein verführerischer Charme darin, bereit zu sein, an dieses ungelebte Leben zu glauben, obwohl man wusste, dass alles Fiktion war. Die Figur des Regisseurs, der seine Frau mit ihrer Schwester betrogen hatte, erlitt im Finale einen Herzinfarkt und brach auf der Bühne zusammen. May gefiel, dass ihr Vater der Griechin Sophia Kibaris in den politischen Unruhen vor einem Jahrhundert eine positive Rolle zugewiesen hatte. In dem Stück »Saxarat« verwandelten sie selbst und Sokrat sich in Liebende auf der Suche nach ihren Wurzeln, und Tante Sophia in eine anatolische Oma, die vor hundert Jahren aus ihrer Heimat verbannt worden war. Wahrscheinlich, dachte May, reichte die Vergangenheit von Tante Sophia bis nach Anatolien zurück, wie bei Hunderttausenden im Exil lebenden Griechen.

May schwankte zwischen Wut und Bewunderung für ihren Vater, verwandelte sich häufig in ein zehnjähriges Mädchen und verfiel in Weinkrämpfe. Nachdem sie sich monatelang mit Texten, Bildern und Notizen herumgeschlagen hatte, beschloss sie nun, das Stück neu zu inszenieren.

DER REGISSEUR

May rief den Regisseur an, mit dem sie seit Jahren zusammenarbeitete: »Wenn du gerade in Berlin bist, was hältst du davon, uns heute Abend zu treffen? Wir können zusammen etwas essen und dann ins Theater gehen.« »Ich würde mich sehr freuen«, sagte der Regisseur. »Ich wollte ohnehin über eine Sache mit dir reden.«

Sie trafen sich in einem italienischen Restaurant in der Nähe des Berliner Ensemble. Beide bestellten Weißwein. Der bald siebzigjährige Regisseur, der für seine Stücke bekannt war, in denen es allesamt um politische Themen ging, war ein Meister darin, klassische Theaterstücke mit realen Helden zu vermischen. Obwohl die Zuschauer sich über die Kastration des Originaltextes ärgerten, erlebten sie ihre eigenen Nöte in dem Spiegel, der ihnen vorgehalten wurde und hatten das Gefühl, dass sie sich an den Hoffnungen festhalten konnten, die ihnen hinter dem Spiegel geboten wurden. Nach dem Ende der Vorstellungen applaudierten sie so lange, bis ihnen die Hände schmerzten. Das Geheimnis, warum alle Stücke, in denen er Regie führte, immer ausverkauft waren, lag in seinem Charisma. Stücke, für die sich sonst niemand interessieren würde, wurden plötzlich zu einem Ereignis, wenn er daran beteiligt war. Der Regisseur machte keinen Unterschied zwischen alten Bauarbeitern, die ihr Leben im Zementstaub, und den berühmtesten Schauspielern des Landes, die ihre Jahre im Bühnenstaub verbracht hatten, und verlangte von beiden die gleiche Leistung. Wenn die Proben vorbei waren und die Aufführungen begannen, erkannte May, dass der Unterschied zwischen Profi- und Amateurschauspielern verschwunden war, und sah den Regisseur bewundernd und manchmal verliebt an. Der Regisseur grinste kokett und sagte: »Das ist Theater, ein Ort, an dem die Schauspieler auf die gleiche Höhe getrimmt sind und Realität und Utopie eins werden!«

»Weißt du was?« begann der Regisseur, nachdem der Kellner ihre Bestellung aufgenommen hatte und gegangen war. »Gestern Nacht bin ich aufgewacht, und weißt du, woran ich mich erinnert habe? ›Die Ermittlung‹ von Peter Weiss war meine erste Regiearbeit, und jetzt möchte ich das noch einmal, aber anders inszenieren. Das war es aber nicht, woran ich mich erinnert habe. Natürlich erinnert man sich an seine erste Regie, auch wenn man dement wird. Ich habe mich daran erinnert, dass mein erster Regieassistent ein junger Mann aus der Türkei war. Er war fünf oder sechs Jahre jünger als ich und hieß Kunduz.«

»Wie bitte?« fragte May, plötzlich ganz blass geworden. »Hast du Kunduz gesagt?«

»Ja.«

May war außer sich. »Wie kann das sein? Das ist doch ...« begann sie, konnte aber ihren Satz nicht beenden. Sie konnte es nicht fassen, ihr Herz schlug höher, dann folgte ein Schweißausbruch und dann kamen ihr die Tränen. Sie stand auf und nahm den Kopf des verblüfften Regisseurs zwischen die Hände. »Einen besseren, großartigeren Regisseur als dich hat dieses Land noch nie gesehen und wird es auch nie sehen«, sagte sie und gab ihm einen Kuss auf die Stirn. »Außer meinen Vater!« fügte sie hinzu, während sie sich wieder auf ihren Stuhl setzte.

Der Regisseur begriff nichts, wollte May aber Zeit lassen. »Es ist unglaublich, dass du meinen Vater gekannt hast«, murmelte May vor sich hin. »Während ich mich darauf vorbereite, das Stück neu zu inszenieren, das meinem Vater das Leben gekostet hat, treffe ich einen Regisseur, der das Theater wie einen Pesterreger benutzt und hofft, der Zuschauer könnte sich verändern, wenn er die Pest überlebt. Und mir kommt nicht in den Sinn, dieser Regisseur könnte meinen Vater kennen. Wie blöd von mir!«

Der Regisseur war erfahren genug, um zu wissen, dass May eigentlich nicht sich selbst geißeln wollte, sondern einfach glückstrunken war. »Das ist ein unglaublich schöner Zufall, May«, sagte er. »Was für ein Glück, mit Vater und Tochter im Abstand von einem halben Jahrhundert Theater machen zu dürfen!«

May lachte jetzt unentwegt. Sie hatte erst einen Schluck von ihrem Wein getrunken, fühlte sich aber wie jemand, der einen Liter Wein auf ex intus hatte. Sie wischte sich mit einem Taschentuch die Nase ab, trocknete ihre Tränen und sagte: »Ich liebe dich, weißt du das? Das wollte ich dir schon immer sagen, aber ich dachte, du würdest es missverstehen. Obwohl du vom Alter her mein Vater sein könntest, bist du schließlich ein Mann, habe ich gedacht und es dir nicht gesagt. Aber jetzt sage ich es, denn du bist mir so nah, dass du es nicht falsch verstehen würdest. Ich möchte, dass du weißt, dass ich dich liebe.«

Der Regisseur spürte, wie er rot wurde, und lächelte. Schon bei ihrer ersten Begegnung hatte ihn Mays Schönheit, wie sie in Romanen des magischen Realismus beschrieben wird, überwältigt. Die ersten Monate waren schwierig. Der Regisseur dachte oft, er könne seine Frau, der er vierzig Jahre lang treu gewesen war, bedenkenlos verlassen. Es dauerte lange, bis er mit seinen Gefühlen, die sich mit Schuldgefühlen vermischten, klarkam, sich sammelte und seine Emotionen unterdrücken konnte. May tat so, als bemerkte sie nichts. Immer wenn sie in den Pausen in der Theaterkantine allein sitzen wollte, war sie wie ein strahlender Heiligenschein von jungen Männern umringt, was es dem Regisseur unmöglich machte, an sie heranzukommen. Er war ein Mann, der keine Tabus kannte, aber wann immer er sich May als seine Geliebte vorstellte, blieben ihm sofort die Schuldgefühle im Hals stecken, er schimpfte über sich selbst: »Fick dich, du Bastard, du Perverser«, ging hinaus, hetzte auf den Straßen irgendwohin, trank eine Tasse Kaffee und versuchte sich von den Gefühlen zu befreien, die ihm zusetzten. Bei der Uraufführung von »Marat, was ist aus unserer Revolution geworden?« spürte er, dass die quälenden Gefühle allmählich nachließen. In Hamburg, während der Arbeit an der »Büchse der Pandora« über die Huren, Zuhälter und Drogendealer auf der Reeperbahn, über Pizzaverkäufer, die Sexsüchtige rund um die Uhr mit Essen versorgen, die extrem linken jungen Mädchen, die behaupten, dass dieses Viertel der sicherste Ort der Welt sei, und die Bewohner, die seit sieben Generationen in diesem Viertel leben, war in seinen Augen keine Spur mehr von Verliebtheit. Als er »Medea« in Stuttgart inszenierte, verklangen seine verzehrenden Leidenschaften völlig. Während dieser Arbeit sah er immer wieder das gleiche Bild vor sich. Das Gesicht eines jungen Mannes, der sich von weit her auf den Weg nach Deutschland gemacht hatte, verwandelte sich in Kunduz'

Gesicht. Es war seltsam, dass er in all diesen Jahren nicht geahnt hatte, dass May die Tochter dieses Kunduz war. Als sie »Deutsche Soldaten« probten, bereiteten dem Regisseur seine Gefühle für May keine Probleme mehr, sie waren fast wie Vater-Tochter oder Onkel-Nichte geworden.

»Ich habe nie daran gedacht, dass du die Tochter von Kunduz Akar sein könntest«, sagte der Regisseur. »Aber jetzt erkenne ich doch Ähnlichkeiten. Jedenfalls sind deine Haare so dunkel wie die deines Vaters.«

»Exakt«, antwortete May.

»Und warum heißt du nicht Akar, sondern Arslan?«

»Weil meine Eltern nicht verheiratet waren.«

Ihre Unterhaltung zog sich immer mehr in die Länge, und sie verpassten die sechsstündige Aufführung »Galileo Galilei - Das Theater und die Pest«. Bis Mitternacht saßen sie zusammen. Der Regisseur gab sich alle Mühe, sich an möglichst viele Details seiner Zusammenarbeit mit Kunduz zu erinnern. »Ich heiße Kunduz, bin Ihr Assistent. Ich bin gekommen, um von Ihnen zu lernen, wie man Theater macht«, hatte damals Mays Vater gesagt. Damals wollte in Deutschland niemand wissen, was in der Vergangenheit passiert war. Für den Regisseur dagegen war das Theater sowohl ein Sanatorium, wo er Ruhe fand, als auch ein Ausdruck seines Widerstands gegen die Vergangenheit dieses Landes, und er war entschlossen, diesen Widerstand ein Leben lang aufrechtzuerhalten. May sah den Regisseur mit verliebten Augen an, wie damals, als sie zusammenarbeiteten. »Ich liebe dich wirklich«, sagte sie. »Ich dich auch«, erwiderte der Regisseur, verlegen wie damals in jenen längst vergessenen Tagen. »Ich dich auch, May.«

»Jetzt kommen wir zur Sache«, sagte May. »Ich möchte zum ersten und vielleicht zum letzten Mal ein Stück inszenieren, aber ich traue mich nicht wirklich, das allein zu machen.« Sie holte das Stück »Saxarat« aus ihrer Tasche. »Würdest du dieses Stück mit mir inszenieren und die Rolle des Regisseurs übernehmen?«

»Blödsinn«, antwortete der Regisseur. »Ich bin Regisseur, kein Schauspieler.«

»Wenn du wirklich daran glaubst, was du bis jetzt gesagt und getan hast, musst du zusagen«, ließ May nicht locker. »Du hast mir alles beigebracht, was ich über Theater weiß. Wenn du es für normal hältst, einen Bauarbeiter zum Schauspieler zu machen, warum sollte es dann nicht genauso normal sein, dass ich einen Regisseur bitte, in meinem Stück einen Regisseur zu spielen?« Ein Lächeln, das als Ausdruck dafür gedeutet werden könnte, dass er ins Leben gekommen war, um diesen Moment zu erleben, formte sich auf den Lippen des Regisseurs. »Okay«, sagte er. »Ich fühle mich geehrt. Allerdings habe ich ein wichtigeres Angebot für dich.«

May verstand aus dem Klang der Stimme, dass der Regisseur wieder einmal ein verrücktes Projekt hatte. Der Regisseur sagte: »Hör mal, ich möchte die Eichmann- und Auschwitz-Prozesse gemeinsam inszenieren. Das Thema ist in beiden Fällen die Vernichtung der europäischen Juden, die Vernichtungslager, die Gaskammern. Die Banalität, von der Arendt spricht, ist in beiden Fällen relevant. Warum bringen wir diese beiden Fälle nicht wie einen einzigen Fall auf die Bühne? Wir haben ja ›Die Ermittlung‹ von Peter Weiss, basierend auf den Protokollen des Auschwitz-Prozesses. Wir können durchaus die Vernehmungsprotokolle von Eichmann in Verbindung mit diesem Stück verwenden. Wir können die Auswirkungen beider Fälle in Deutschland und Israel vergleichen, und nicht nur die Täter sichtbar machen, sondern auch das Schweigen der Opfer.«

Der Regisseur wollte die historischen Persönlichkeiten, die in beiden Prozessen eine Rolle spielten, durch drei Charaktere darstellen. Er war sich ziemlich sicher, wer die beiden ersten sein sollten. Als dritte Figur hatte er an Hannah Arendt gedacht. Es könnte das Stück stärker machen, dass sie eine Frau und Philosophin war, aber es wäre zu einfach, wenn alle drei Deutsche wären. Die dritte Figur sollte ein Israeli sein. Sie mussten jemanden finden, der nicht allzu bekannt war, aber eine wichtige Rolle im Eichmann-Fall spielte, und Mays Aufgabe war es, diese dritte historische Figur für das Stück zu finden. Ob es eine Frau oder ein Mann war, spielte keine Rolle.

»Welche sind die beiden, bei denen du sicher bist?« fragte May.

»Fritz Bauer. Du weißt, wer das ist, nicht wahr?«

»Den Namen habe ich gehört. Generalstaatsanwalt, nicht wahr?«

»Ja. Dieser Jurist ist der Mensch, der den Widerstand der deutschen Gesellschaft gegen die Konfrontation mit der Vergangenheit gebrochen hat.«

»Und die zweite Figur?«

»Der blinde Kommunist Lothar Hermann, der Eichmann in Buenos Aires aufgespürt hat. Oder seine Tochter Silvia. Silvia wäre eigentlich besser, aber ich konnte nicht genügend Informationen über sie finden. Du wirst recherchieren müssen.«

»Wann fangen wir an?«

»Sofort.«

»Und wo wird es inszeniert?«

»Falls es uns gelingt, gleichzeitig in drei Städten. In Frankfurt, Jerusalem und Buenos Aires.«

»Wann?«

»Im Mai 2020.«

»In anderthalb Jahren in drei verschiedenen Ländern. Ist die Zeit nicht ein wenig knapp?«

»Nein. Wenn du die Recherche rechtzeitig abschließt und wenn wir gemeinsam einen guten Text entwickeln, wird uns der Rest leichtfallen. Die Vorbereitungen in Jerusalem und Buenos Aires sind bereits abgeschlossen. Während du recherchierst, kann ich die Inszenierung von ›Saxarat‹ organisieren. So können wir beide Projekte machen.«

»In Ordnung«, sagte May.

»Ach so«, sagte der Regisseur, als sie sich verabschiedeten. »Versuch bitte, die Tochter von Peter Weiss zu erreichen. Sie heißt Nadja und ist Regisseurin und Schauspielerin am Orion-Theater in Stockholm. Frag sie mal, ob sie Zeit hat. Wenn nicht, ruf Sabiha an und biete ihr die Rolle an.«

»Welche Rolle?«

»Die Rolle einer Frau, die den Holocaust überlebt hat.«

»DIE ERMITTLUNG«

May kannte die Bedeutung von Peter Weiss fürs Theater. Doch hatte sie weder die Möglichkeit gehabt, »Die Ermittlung« auf der Bühne zu sehen, noch hatte sie es geschafft, seinen Roman »Die Ästhetik des Widerstands« bis zum Ende zu lesen. Im Internet sah sie die erste Version des Stücks, die zwei Stunden, neunzehn Minuten und achtunddreißig Sekunden dauerte. Sie machte sich ausführliche Notizen und sammelte auch eine Fülle von Informationen über Fritz Bauer. Er wurde im Alter von fünfundsechzig Jahren, noch vergleichsweise jung, tot in seiner Badewanne aufgefunden. Er war eine bedeutende Figur bei der Verfolgung von NS-Verbrechen und spielte eine entscheidende Rolle bei der Organisation der Auschwitz-Prozesse in Deutschland. Zwei Jahre nach Bauers Tod kniete Bundeskanzler Willy Brandt während seines Besuchs in Warschau vor dem Denkmal für die Opfer des Warschauer Ghettos nieder. Diese Geste war eine symbolische Anerkennung der deutschen Schuld. Die Fotos dieser beiden Männer, deren Wege sich während der Jahre des Kriegs und des Holocaust in Schweden kreuzten, lud May in den Ordner »Widerstand« hoch.

Bevor sie eine Nachricht an Peter Weiss' Tochter schickte, recherchierte sie im Internet. Sie erfuhr, dass Nadja auf Russisch Hoffnung bedeutet und Peter Weiss sich von dem gleichnamigen Roman André Bretons inspirieren ließ, als er seiner Tochter diesen Namen gab. In einem Dokumentarfilm fand sie ein Interview mit Nadja Weiss. Nadjas Haar war genauso schwarz wie ihr eigenes. Unwillkürlich dachte sie daran, dass diese Frau ihr zwanzig Jahre älteres Ebenbild war. Nadjas dunkle, leicht schielende Augen schienen vielmehr auf ihre Kindheit zu schauen, als in die Kamera, und aus jedem ihrer Worte sprach die Sehnsucht nach ihrem Vater. Sie erzählte über die Stille, die das Werk ihres Vaters prägte, und sagte, sie suche nach Möglichkeiten, dieser Stille Töne beizufügen. Ein rhythmisches Geigenspiel könnte vielleicht von der Stille der angsterfüllten Schreie, der Gaskammern und der Krematorien erzählen. Schließlich lautete der Untertitel des von ihrem Vater geschriebenen Stücks »Die Ermittlung«: »Oratorium in 11 Gesängen«. Strukturell gesehen war dies eine verständliche Anspielung auf Dantes Göttliche Komödie. Ihr Vater wusste, dass die fiktive Göttliche Komödie mit den Abschnitten »Inferno«, »Purgatorio« und »Paradiso« in Auschwitz Realität wurde.

Nadja wollte die Premiere ihrer neuen Inszenierung des Stücks am Jahrestag der Uraufführung machen und teilte May mit, dass sie bei deren Projekt nicht dabei sein könne.

May rief Sabiha Türk an. Diese sehr talentierte und attraktive Frau konnte nur mit Mühe Türkisch sprechen und flippte bei der kleinsten negativen Anspielung auf Migration aus. May hatte sie bei den Proben für »Medea« kennengelernt. Sie sei früher Nationalistin gewesen, hatte damals Sabiha gesagt, eine türkische Nationalistin. Der verblüfften May hatte sie dann erklärt, warum und wie sie es war. »Bist du etwa die Heldin des Monodramas Annes Schweigen?« hatte May gefragt. »Ja«, hatte Sabiha gesagt und erzählt, dass ihre Mutter bis kurz vor ihrem Tod verschwiegen hatte, dass sie Armenierin war und ihre Tochter mit einer türkischen Flagge in der Hand auf nationalistische Demonstrationen mitgenommen hatte.

May erzählte Sabiha ausführlich von dem Projekt. »Du kennst ihn ja besser als ich«, sagte sie, den Regisseur meinend. »Vielleicht besetzt er nicht Silvia, sondern Fritz Bauer mit dir. Deshalb wäre es gut, wenn du dich auch mit ihm befasst.«

Gleich nachdem sie aufgelegt hatte, fragte Hülya, die das Telefongespräch ihrer Tochter mitgehört hatte, woran sie gerade so enthusiastisch arbeitete. »Ich frage, weil der Name Fritz Bauer gefallen ist. Auch dein Vater hat sich damals mit ihm befasst.«

»Mit wem hat sich mein Vater damals befasst?« fragte May erstaunt.

»Mit Fritz Bauer. Im Keller liegen mehrere Ordner über ihn.«

»Ordner über Fritz Bauer? Wie meinst du das?«

»Ordner, die dein Vater angelegt hat. Ich wusste nicht, was ich mit denen anfangen soll, deshalb habe ich sie nach seinem Tod in den Keller gebracht.«

»Warum hast du das nicht vorher gesagt? So etwas hält man doch nicht geheim!«

»Woher sollte ich wissen, woran du arbeitest? Wenn du gefragt hättest, hätte ich es gesagt.«

»Was ist sonst noch in diesen Ordnern?«

»Keine Ahnung. Recherchen über ganz viele Leute, Theatertexte, Notizen aus den Proben, Entwürfe für Inszenierungen, die er nicht mehr machen konnte, Drehbücher, für die er keinen Produzenten fand …«

Viele Stunden später hatte May das Archiv ihres Vaters mehr oder weniger durchgesehen. Sie hatte den Eindruck, dass ihr Vater bereits vor Jahren Vorbereitungen für die Inszenierung des Stücks, das sie jetzt machen wollten, getroffen hatte. Es konnte nicht anders sein; ihr Vater musste wahrscheinlich auch über Fritz Bauer und andere historische Persönlichkeiten recherchieren, um »Die Ermittlung« zu inszenieren. Es gab eine Vielzahl von Biografien, die auf die eine oder andere Weise mit dem Thema zu tun hatten. Alle waren in separaten Ordnern abgelegt. Der erste Abschnitt enthielt Fotos, die folgenden Abschnitte waren den Lebensläufen der betreffenden Persönlichkeiten gewidmet. Dann kamen Zeitungsausschnitte, Dokumente und schließlich handschriftliche Notizen. Wie viele Jahre hatte ihr Vater wohl gebraucht, um diese Informationen zu sammeln, als es noch kein Internet gab? Die Kopien, die offensichtlich aus Bibliotheken stammten, die Faksimiles, die von Archiven gesendet wurden, und die Korrespondenzen mit Institutionen waren sorgfältig abgeheftet.

May prüfte die Informationen und Fotos, die sie in den Ordnern fand, durch Recherchen im Internet. Auch im Netz fand sie das Foto von Lothar Hermann, das sie in dem Ordner »Der blinde Mann aus Buenos Aires« gesehen hatte. Lothar Hermann schien durch seine runden Brillengläser sorgenvoll auf die Welt zu blicken. Er hatte im Konzentrationslager Dachau sein Augenlicht verloren. Schließlich wurde er freigelassen, weil seine jüdische Identität nicht nachgewiesen werden konnte. Er verließ Deutschland und lernte seine zukünftige Frau Marta in den Niederlanden kennen. Zuerst zogen sie nach Uruguay und dann nach Argentinien, wo sie sich in der Vorstadt Olivos, etwa zwanzig Kilometer nördlich von Buenos Aires, niederließen.

Ein paar Tage später hatte May ihre Recherchen zum »Blinden Mann aus Buenos Aires« abgeschlossen und konnte einen Text für den Regisseur verfassen:

»Damals konnten Kriegsverbrecher unbehelligt in Buenos Aires leben. 1954 lernt Silvia, die dreizehnjährige Tochter Lothar Hermanns, im Kino einen jungen Mann namens Klaus kennen. Klaus stellt Silvia seinem Onkel vor. Lothar Hermann vermutet, dass dieser angebliche Onkel eigentlich nicht Onkel, sondern Vater des jungen Mannes ist und Adolf Eichmann heißt. Dieser ›Onkel‹ arbeitet bei Mercedes-Benz Industria Argentina S.A. und heißt angeblich Ricardo Klement. Er ist verheiratet und hat vier Kinder. Die Familie wohnt in Vicente López, einem Vorort von Buenos Aires. Lothar Hermann schreibt einen Brief an Fritz Bauer und informiert ihn. In jenen Tagen bereitet sich Fritz Bauer darauf vor, Anklagen gegen Holocaustverbrecher zu erheben. Doch die meisten seiner Kollegen sind immer noch Nazis. Misstrauisch gegenüber den deutschen Inlands- und Auslandsgeheimdiensten, entscheidet sich Bauer dafür, die Informationen aus Buenos Aires auf geheimen Wegen an israelische Beamte weiterzuleiten. Im März 1958 bekommt Lothar Hermann Besuch von einer Person, die sich als Vertreter Fritz Bauers vorstellt und die ihm mitteilt, dass alle Kontakte über ihn laufen werden. Er gibt Hermann eine Adresse in New York für die Korrespondenz. Er heißt Ephraim Hofstaedter Elrom und ist ein erfahrener Polizist, der als Verhörspezialist in der Abteilung für schwere Verbrechen in Jerusalem tätig ist. In seinem Bericht notiert er, dass Lothar Hermanns Angaben über Eichmann unbedingt ernstgenommen werden müssen und man keine Zeit verlieren darf. Die Familie Hermann bereitet sich nämlich darauf vor, ihre Tochter, um deren Sicherheit sie besorgt sind, in die USA zu schicken, fügt Elrom hinzu. Zwei Jahre später wird Eichmann auf dem Heimweg von Mossad-Agenten entführt. Er wird zu einer Villa mit dem Codenamen »Tira« im Norden von Buenos Aires gebracht. Dort wird er an ein Metallbett gefesselt und verhört. Man fragt nach seiner Hutgröße, die Antwort lautet ›einundsechzig‹. Dann wird nach seiner Kleidergröße gefragt, die Antwort lautet ›vierundvierzig‹. Man fragt nach seiner NSDAP-Mitgliedsnummer, die Antwort lautet ›889.895‹. Seine SS-Nummer wird abgefragt, die Antwort lautet ›45326‹. Zehn Tage später wird ihm eine Dosis Betäubungsmittel injiziert. Er wird von israelischen Agenten mit diplomatischen Pässen am Flughafen in das Flugzeug ›Bristol Britannia‹ gebracht. Am 11. Mai 1960 landet die Maschine nach einem Flug von fünfzehntausend Kilometern in Tel Aviv. Am 11. April 1961 beginnt der Prozess. Hinter einem kugelsicheren Käfig sitzt Eichmann in der Pose eines gewöhnlichen Beamten und behauptet, kein Anführer, sondern ein Befehlsempfänger gewesen zu sein. Er ist die Verkörperung der ›Banalität des Bösen‹, wie es Hannah Arendt beschreibt. Am 11. Dezember 1961 wird Eichmann zum Tode verurteilt. In der Nacht zum 1. Juni 1962 wird das Todesurteil vollstreckt. Der Prozess lenkt nicht nur die Aufmerksamkeit der ganzen Welt auf Jerusalem, sondern bringt auch die Verbrechen in den Konzentrations- und Vernichtungslagern ans Tageslicht. Nach der Entführung Eichmanns wird Lothar Hermann von der argentinischen Polizei unter dem Vorwand verhaftet, er sei der weltweit gesuchte ›Todesengel‹ Josef Mengele. Nach einem einmonatigen Verhör wird er freigelassen. Er fühlt sich erleichtert, weil er seine Tochter Silvia vor einem Jahr in die USA schicken konnte.

Vater und Tochter sehen sich nie wieder. Silvia kommt nur einmal nach Buenos Aires, für die Beerdigung ihrer Mutter Marta. Seitdem hat man nichts mehr von Silvia Hermann gehört. Es wird vermutet, dass sie in einem der US-Bundesstaaten Kalifornien, Alabama oder New York lebt.

DER GENERALKONSUL

May beschäftigte sich in den folgenden Tagen mit verschiedenen Inszenierungen des Stücks »Die Ermittlung«, die in verschiedenen Jahren aufgeführt worden waren. Sie las alle verfügbaren Kritiken. Sie führte Telefonate mit den Mitgliedern der Theaterensembles. Sie traf sich mit einem Bühnenbildner, der in Berlin lebte. Abends ging sie mit ihrer Mutter ins Kino. Sie kehrten spät nach Hause zurück. Ihr Onkel Kartal telefonierte gerade. May zog sich in ihr Zimmer zurück. Als die Lichter im Wohnzimmer ausgeschaltet wurden, war May immer noch wach.

In dem Ordner, in dem sie gerade blätterte, gab es wenige Fotos, aber ziemlich viele Zeitungsausschnitte. Ihr Vater hatte seine handgeschriebenen Notizen in einem Umschlag gesammelt, den er mit dem Titel »Generalkonsul Ephraim Hofstaedter Elrom« versehen hatte. Sie erinnerte sich daran, dass sie denselben Namen bereits in anderen Ordnern gesehen hatte. Sie suchte das Wort »Ephraim« auf ihrem Computer. Sie hatte recht. Das war die Person, die sich in Buenos Aires gegenüber Lothar Hermann als Vertreter von Fritz Bauer ausgegeben hatte. Es gab auch einen anderen Ephraim, der seine Beteiligung an der Entführung von Eichmann bestritt. Er hatte einen anderen Nachnamen. Es musste ein merkwürdiger Zufall sein, dass beide Verhörspezialisten waren. Aber das Leben war ohnehin eine Abfolge von Zufällen. Vor allem, wenn es um ihren Vater ging. Bevor sie in seine Vergangenheit eintauchte, kamen Zufälle nicht so geballt auf sie zu. Jetzt aber genügte es, irgendein Papier oder ein Foto in den Ordnern anzusehen. Ein Wort, eine Erinnerung, ein Bild konnte sie in verzweigte Labyrinthe führen. Manchmal gab es in diesen endlosen Gängen noch komplexere Knäuel von Fragen, die auf sie warteten. Diese beunruhigenden Ordner waren wie die Matroschka-Puppen der Russen. Eigentlich hätte sie diesen Ordner, den sie gerade in der Hand hielt, schließen und für immer vergessen sollen. Sie hatte einen schönen Job, einen attraktiven Freund in Köln, eine Mutter, die immer noch auf sie aufpasste, einen Onkel, den sie genauso liebte wie ihre Mutter, und einen Regisseur an ihrer Seite, mit dem sie gern zusammenarbeitete und der ihr das Gefühl gab, jemand Besonderes zu sein. Sie könnte dem Regisseur sagen, dass sie für das Stück keine dritte Figur brauchten und sich so aus der Situation herauswinden.

Sie knipste das Licht aus und legte sich schlafen. Gegen Morgen wurde sie wach. Sie bemerkte das Licht, das aus dem Wohnzimmer drang, stand auf und fand ihren Onkel beim Lesen. »Guten Morgen, Onkel«, sagte sie. »Konntest du nicht schlafen?«

»Doch«, sagte Kartal. »Ich habe sogar gut geschlafen. Aber so ist es eben, wenn man älter wird.«

»Meine Mutter ist genauso alt wie du, aber sie schläft noch. Warum wirst du immer so früh wach?«

»Deine Mutter arbeitet. Ich arbeite seit Jahren nicht mehr. Ich mache nichts anderes als lesen und mich mit euch zu unterhalten. Aber ich klage nicht.«

Ihr Onkel klagte nie. Er hatte ständig ein trauriges Lächeln im Gesicht. In den bedrückendsten, aber auch glücklichsten Momenten schien eine Hälfte seines Gesichts zu lachen, während die andere weinte. Vielleicht sah er deswegen so kindhaft unschuldig aus. Für May war ihr Onkel ein Symbol absoluter Unschuld.

»Hat dir mein Vater von seinen geplanten Projekten erzählt, als du sein Assistent warst?« fragte May.

»Aber natürlich. Er hat mir fast nichts verheimlicht.«.

»Hat er auch von dem Stück ›Die Ermittlung‹ erzählt«?«

»Das Stück von Peter Weiss?«

»Ja. Wollte er es inszenieren?«

»Ja.«

»Warum?«

»Weil er es wichtig fand.«

»Ich verstehe aber nicht, warum Peter Weiss für meinen Vater oder für dich wichtig sein soll. Warum interessiert der Holocaust dich und meinen Vater?

»Warum interessiert er dich?«

»Weil ich von hier bin.«

»Hat es nur in Deutschland einen Völkermord gegeben? Oder meinst du, es soll einen nur interessieren, was in seinem eigenen Land passiert ist? Interessieren dich Dinge, die mit Deutschland nichts zu tun haben, etwa nicht?«

»Doch, mich interessieren auch andere Dinge. Aber das ist anders.«

»Was ist anders?«

»Auschwitz ist anders.«

»Genau deswegen interessiert uns dieser Ort und jedes Theaterstück, jeder Film, jede Initiative, die mit diesem

Ort zu tun haben. Eben weil Auschwitz anders ist, müssen sich auch andere damit befassen. Andere wie du und ich.«

»Gut, mein Vater hat sich für Peter Weiss, für ›Die Ermittlung‹ und für Auschwitz interessiert, oder ihr beide habt euch dafür interessiert. Aber warum hat eine Person Namens Ephraim Hofstaedter Elrom euch beschäftigt?«

Ihr Onkel sah May lange schweigend an. »Elrom«, sagte er dann, »ist eine Geschichte für sich. Eine, die deinen Vater nicht kaltlassen konnte. Wenn du nun den Ordner gefunden hast, musst du alles sorgfältig lesen, was drinsteht.«

»Und hat diese Geschichte auch mit dir zu tun?«

»Zum Teil, nur am Rande.«

»Zum Teil, nur am Rande?«

»Genau!«

»Und weißt du etwas über diesen Elrom?«

»Ja, wenn auch nicht so viel wie dein Vater.«

»Also zum Teil?«, fragte May süffisant lächelnd.

»Zum Teil«, antwortete Kartal ebenfalls lächelnd.

»Na dann los, erzähl!«

»Elrom ist ein ganz interessanter Mann. Eigentlich ist er Pole. Er hat seine Eltern und seine Schwestern im Holocaust verloren. Er selbst hat überlebt, weil er lange vor dem Krieg nach Palästina ausgewandert ist. Nach der Gründung des Staats Israel wurde er Leiter der Ermittlungsabteilung der Kriminalpolizei.«

»In meinen Recherchen bin ich auf Informationen gestoßen über die Rolle, die Elrom bei der Festnahme von Eichmann gespielt hat«, unterbrach ihn May. »Es gibt Behauptungen, dass er der Kurier war, der die Verbindung zwischen Fritz Bauer und dem Mossad herstellte. Und dass er sich als Karl Hubert ausgab, als er den Kommunisten Lothar Hermann traf, der Eichmann aufgespürt hatte. Stimmt das?«

»Das weiß ich nicht. Soweit ich weiß, war Elrom nach der Entführung und Überführung Eichmanns nach Jerusalem Teil des Ermittlungsteams. Nach Eichmanns Überführung nach Israel wurde nämlich die israelische Polizei neu strukturiert. Elrom wurde dann stellvertretender Leiter der Spezialeinheit Büro 06, die mit den Ermittlungen betraut wurde.«

»Woher weißt du das alles?«

Ihr Onkel hatte dies aus einem Zeitungsinterview erfahren. Nach Elroms Ernennung zum Generalkonsul in Istanbul wurde er in einem Interview gefragt: »Was war das interessanteste Ereignis, dem Sie als ehemaliger Polizeichef begegnet sind?« Er antwortete: »Ohne Zweifel ist es der allgemein bekannte Fall Eichmann. Für mich war der aufregendste und interessanteste Teil meiner zwanzigjährigen Karriere in der Polizei die geheime Operation zur Entführung Eichmanns aus Argentinien und seine Überführung nach Israel, und dass ich mit der Fertigstellung des Ermittlungsdossiers und der Sammlung von Beweisen über die Vernichtung der europäischen Juden beauftragt wurde.«

»Hast du diesen Zeitungsausschnitt?«

»Nein. Wenn er noch existiert, dann in den Ordnern deines Vaters. Ich archiviere nicht.«

»Wie kannst du dich an all diese Einzelheiten erinnern?«

»Ich benutze mein Gedächtnis anstelle eines Archivs.«

»Ist das die einzige Erklärung dafür?«

»Ja. Reicht das nicht aus?«

»Onkel, jetzt weichst du aber aus. Seitdem ist fast ein halbes Jahrhundert vergangen, aber du erinnerst dich an das Interview, das er damals gegeben hat. Nun sag mir doch, was wir gestern zum Frühstück gegessen haben!«

Kartal schürzte die Lippen, so wie es ihr Vater damals auch getan hatte. May liebte diesen Anblick.

»Wir sind eine Gesellschaft, die alles auswendig lernt«, sagte ihr Onkel. »Unser ganzes Bildungssystem trainiert uns nur zum Auswendiglernen. Wir merken uns so viele unnötige Dinge, dass in unserem Gedächtnis kein Platz mehr bleibt für Dinge, die wirklich wichtig sind. Aber, um ehrlich zu sein, habe ich den Generalkonsul nicht vergessen, weil er das erste ausländische Mordopfer war. Nach seiner Entführung hat sich viel verändert. Vielleicht habe ich ihn deswegen nicht vergessen.«

»Na endlich kommst du zum Punkt«, sagte May, als ihre Mutter das Wohnzimmer betrat. »Ihr unterhaltet euch ja ohne Kaffee, ohne Tee«, sagte Hülya und lief in die Küche. Bald darauf ertönten Geräusche, die verrieten, dass sie Teewasser aufsetzte. Als sie wieder erschien, sagte sie: »Wenn das Wasser kocht, könnt ihr Tee machen, ich gehe unter die Dusche.«

May umarmte ihren Onkel. »Tausend Dank, Onkel!« sagte sie. »Es hilft mir so viel, was du mir erzählt hast.«

»Nicht übertreiben!« antwortete er lächelnd. »Ich bin dir dankbar, dass du mich zu dieser frühen Stunde nicht alleingelassen hast.«

»Ich bin dir noch mehr tankta«, sagte May, und sie fingen beide an zu lachen. Hülya hörte ihr Gelächter und merkte, dass Onkel und Nichte wieder das Tankta-Spiel machten. Dieses Spiel hatte zwischen den beiden begonnen, als die Gelbe Braut noch am Leben war und May das Wort »dankbar« noch nicht richtig aussprechen konnte. Wahrscheinlich würden sie es ihr Leben lang weiterspielen.

Bald machte das kochende Wasser mit seinen unverkennbaren Geräuschen auf sich aufmerksam, May ging in die Küche, kam zurück mit dem Tee für sich und ihren Onkel und sagte: »Was hältst du davon, dass wir den Tag zusammen verbringen. Wir können ja am Kanal spazierengehen.«

»Werden wir einfach so laufen, oder werde ich verhört?«

»Beides. Wir laufen und unterhalten uns. Es gibt tausend Fragen, die ich dir stellen möchte. Über meinen Vater. Über dich. Über euch.«

Sie wollte mit ihrem Onkel über die Erzählung ihres Vaters mit dem Titel »Zwei Brüder« sprechen. Diese begann mit der Rückkehr der beiden Brüder, die auf eine Internatsschule gingen und auf dem Heimweg einen Schneesturm überlebten, und stimmte weitgehend mit den Erinnerungen ihrer Mutter überein. Die Brüder erlangten Berühmtheit, in den entlegensten Dörfern, sogar in der Kleinstadt sprach man von ihnen. Nach den Ferien wurden sie in der Schule mit einer offiziellen Zeremonie empfangen. Die Zeremonie, an der der Schulleiter, alle Lehrer und Schüler teilnahmen, begann mit dem Hissen der Flagge und der Nationalhymne. Anschließend wurde die Flagge auf Halbmast gesenkt, und der Schulleiter erklärte in seiner Rede die Verstorbenen zu Märtyrern und die beiden Brüder zu Veteranen. Er rief die Schüler dazu auf, die Einheit von Vaterland und Nation zu verteidigen und schloss seine Rede mit einem Zitat aus der Ansprache Mustafa Kemal Atatürks an die Jugend: »Die Kraft, die du brauchst, fließt in deinem edlen Blut.«

May durchforstete die Wörterbücher, um den Satz zu verstehen. Trotzdem wurde ihr nicht klar, was mit dem

»edlen Blut« gemeint war und was für eine Beziehung zwischen Blut und Kraft bestand.

Auf ihrem Spaziergang machten sie eine Pause auf der Admiralbrücke. Der Onkel starrte auf das ruhige grüne Wasser des Kanals und May spürte, dass er in seine Erinnerungen versunken war. Sie fragte ihn, ob er die Erzählung »Zwei Brüder« kannte. Er kannte sie. »Und was bedeutet der Satz: Die Kraft, die du brauchst, fließt in deinem edlen Blut?« fragte May.

»Das ist doch ein Spruch Atatürks.«

»Gut, aber was bedeutet das?«

»Nichts. Er möchte nur sagen, dass das Blut der türkischen Nation besonders ist. Mach dir nicht so viele Gedanken darüber.«

»Aber warum schreibt das mein Vater nieder? Es muss doch irgendwie wichtig sein.«

»Stimmt, das war auch nicht unwichtig. Der Schuldirektor hat uns in Schutz genommen, indem er aus dieser Rede Atatürks, die man eigentlich als rassistisch bezeichnen kann, zitiert hat. Er wollte nämlich sagen, diese beiden Brüder sind Türken, in ihren Adern fließt ein besonderes Blut, niemand soll sie belästigen.«

»Wer hat euch denn belästigt?«

»Das Internat war ein Hort der Gewalt«, sagte Kartal. »Wenn dein Vater nicht so mutig und vor allem so vorausschauend gewesen wäre, wären wir vielleicht nicht mehr am Leben. Ich übertreibe nicht, es war wirklich so. Es war wie beim Militär. Morgens hat man uns angebrüllt: ›Aufstehen!‹ Wir alle haben gemeinsam gefrühstückt, sind zum Unterricht gegangen, haben gemeinsam zu Mittag gegessen, gemeinsam die Hausaufgaben gemacht, an Musikkursen teilgenommen, wurden über Krankheiten und Medikamente aufgeklärt. Wir haben etwas über Impfungen, Maurerarbeiten, Schlosserei und Möbelbau gelernt, also über nützliche Dinge, die im Dorf wichtig sind, haben zusammen Sport gemacht, an Wochenenden Volleyball oder Fußball gespielt … Das alles war schön. Es gab aber auch hässliche Seiten des Lebens im Internat.«

Kartal schwieg. Während dieser wenigen Sekunden des Schweigens erinnerte er sich an die Nacht des Tages, an dem er den 800-Meter-Lauf gewonnen hatte. Vier Schatten zogen ihn von seinem Hochbett herunter, noch bevor er seinen Bruder zu Hilfe rufen konnte. Sie hielten ihm den Mund zu und zerrten ihn zu den Toiletten. Sie waren eine Gang, die die ganze Schule terrorisierte, und wollten ihm Angst einjagen, weil er den Lauf gewonnen hatte.

»Sie haben mich angegriffen, weil sie deinem Vater nicht gewachsen waren«, sagte Kartal. Danach konnte die Spirale der Gewalt nicht mehr gestoppt werden. Sein Bruder hatte den Anführer der Gang ordentlich vermöbelt. In derselben Nacht, als die Gruppe versuchte, den Schlafsaal zu überfallen, war er mit einem Eisenstab bewaffnet auf sie zugegangen und hatte sie herausgefordert: »Wer will, dass sein Kopf zertrümmert wird, der soll kommen!«

»Und dann flüsterte uns ein Mitglied dieser Gang zu, da waren dein Vater und ich an einem Wochenende von einer Wanderung in den Bergen zurückgekommen, sie würden uns im Schlafsaal mit Messern attackieren. Wir haben sofort die Schule verlassen und sind ins Dorf zurückgekehrt. Dein Vater hat das Gymnasium in Istanbul abgeschlossen, hat ein Stipendium für Theaterregie bekommen und ist für zwei Jahre nach Berlin gegangen.«

»Ich weiß«, sagte May. »Was er in Berlin gemacht hat,

weiß ich auch.«

»Du weißt es?«

»Ja. Er war nämlich der Assistent des Regisseurs, mit dem ich zusammenarbeite.«

»So ein Zufall! Ich bin auch in Istanbul aufs Gymnasium gegangen. Ins Internat. Dein Großvater hat die Hälfte seines Einkommens für meine Bildung ausgegeben, damit ich auf die Schule gehen konnte.«

Kartal war ein gehorsamer Junge. Er hatte Schwierigkeiten, die Wut seines Bruders auf den Staat zu verstehen. Er war zufrieden damit, für die Schule zu lernen und abends im Schlafsaal Bücher zu lesen. Er wollte so schnell wie möglich das Gymnasium abschließen und der erste Arzt des Dorfes werden. Während sein Bruder einerseits sein Studium am Institut für deutsche Sprache und Literatur an der Fakultät für Literaturwissenschaften der Universität Istanbul fortsetzte und gleichzeitig als Assistent eines berühmten Filmregisseurs und Schauspielers arbeitete, fühlte Kartal sich nicht von Neid ergriffen, sondern war stolz auf ihn.

Sie standen immer noch auf der Admiralbrücke. »Diese schöne Zeit dauerte bis Mai 1971«, sagte Kartal. »Dann wurde der israelische Generalkonsul Elrom entführt.«

»Warum?«

»Um die Freilassung von drei zum Tode verurteilten Studentenführern zu erzwingen. Die Generäle hatten die Kontrolle über die Regierung übernommen und eine fünfzehnstündige Ausgangssperre in Istanbul verhängt. Die Busse, Züge und Bosporusdampfer standen still. Der Flughafen wurde geschlossen. Es wurde angekündigt, dass diejenigen, die auf die Straße gehen, erschossen werden.

Tausende von Menschen wurden verhaftet und Bücher in Lastwagen zur Papierfabrik gebracht und vernichtet. Unter den Verhafteten waren berühmte Schriftsteller, Journalisten, Künstler, Professoren, die als Kommunisten galten, Offiziere, von denen man vermutete, sie würden mit den Linken sympathisieren. Doch das alles hat nichts genützt. Der Generalkonsul wurde fünf Tage nach seiner Entführung in einer Wohnung tot aufgefunden.«

»Wann war das nochmal?«

»1971. Im Mai.«

»Und dann?«

»Dann ... Das ist eine lange Geschichte. Aber in diesem ganzen Chaos hielt sich dein Vater von den politischen Kämpfen fern.«

»Zum Glück«, sagte May. Ihr Onkel nickte. »Auch nach dem Militärputsch am 12. September 1980 hatte er Glück«, fuhr er fort. »Da wurden eine halbe Million Menschen verhaftet und verhört. Dein Vater war nicht unter ihnen. 1984 unterzeichnete er dann einen Aufruf mit dem Titel »Beobachtungen und Forderungen zur Demokratie in der Türkei«. Hätte er das nicht getan, hätte er vielleicht am Stadttheater weiterarbeiten können. Es waren tausenddreihundert Intellektuelle, die diesen Aufruf unterzeichneten. Ja, er wurde zwar entlassen, hatte aber wieder Glück. Mit einem Programm des Deutschen Akademischen Auslandsdienstes ging er nach Deutschland.«

May kannte den Rest. Ihr Vater wurde zum unverzichtbaren Schauspieler am Stadttheater Köln, wenn für eine Figur ein fremder Schauspieler gebraucht wurde. Nach dem Umzug in eine Kommune am Waldrand holte er seinen Bruder nach Deutschland, gründete eine eigene

Theatertruppe und inszenierte Stücke auf Deutsch und Türkisch. Die meisten seiner Schauspieler waren Laien: Arbeiter, die vor einigen Jahren nach Deutschland gekommen waren und deren Hoffnungen von Jahr zu Jahr schwanden. Nach der Premiere von »Mem û Zîn« begegnete er Hülya, deren Schönheit ihn schon als Kind in seinen Bann gezogen hatte. Den Altersunterschied von acht Jahren sahen sie nie als ein Problem an, waren sich aber unsicher, wie Kartal auf ihre Beziehung reagieren würde.

»Mutter hat erzählt, dass sie als Kind nicht in meinen Vater, sondern in dich verliebt war«, sagte May. »Stimmt das?« »Das macht man aber nicht«, ärgerte sich Kartal. »Man soll doch nicht alles ausplaudern!«

Sie liefen bis zur Zossener Brücke und auf der anderen Seite des Kanals wieder zurück. Unterwegs kehrten sie in einer Pizzeria nahe der Admiralbrücke ein, bestellten eine Pizza mit Thunfisch und eine mit Schinken, tranken einen Espresso und gingen anschließend nach Hause. Kartal zog sich in sein Zimmer zurück.

Während sie einen Ingwertee kochte, fragte sich May, warum der getötete Generalkonsul für ihren Vater so wichtig war. Sie ahnte, dass die Sache direkt oder indirekt mit ihm zu tun haben musste und vielleicht sogar seinem Leben eine andere Wendung gegeben hatte. Denn das Treatment eines Drehbuchs, das ihr Vater geschrieben hatte, begann mit dem Satz »Dies ist die Geschichte, wie die radikale Linke ihre Unschuld verloren hat«. Dieser Satz könnte auch ein Eingeständnis ihres Vaters sein, seine eigene Unschuld verloren zu haben. Wenn er sich nicht als Teil der radikalen Linken betrachtet hätte, hätte er sich auch nicht für ihre Unschuld interessiert. Da er sein

Leben damit verbracht hatte, Dokumente und Informationen über den Verlust der Unschuld zu sammeln, musste es eine emotionale Verbindung geben, die ihn sein ganzes Leben lang mit der Entführung und Ermordung des Konsuls beschäftigt hatte. Sie ging in ihr Arbeitszimmer und las das Treatment erneut, dem ihr Vater die Überschrift »Der Generalkonsul« gegeben hatte. Die Entführung des Generalkonsuls war hier ziemlich detailliert beschrieben:

»Am 17. Mai 1971, einem Montag, klingelt es an der Tür des Mehrfamilienhauses »Seyhan«, in dem der israelische Konsul Elrom wohnt. Der Hausmeister fragt die vier jungen Männer, von denen einer einen Strauß mit vier roten und vier weißen Nelken in der Hand hält, wer sie seien. Die Männer antworten, sie seien gekommen, um den Arzt zu besuchen, und als die Tür geöffnet wird, zwingen sie den Hausmeister, indem sie ihm eine Pistole an den Bauch drücken, sie zu seiner Wohnung zu führen. Die Wohnung des Hausmeisters besteht aus einem winzigen Zimmer. Der Hausmeister wird nach den Bewohnern des Hauses befragt. Die Männer erfahren, dass in der gegenüberliegenden Wohnung die verwitwete Frau eines Generals wohnt, der im Krieg an der Seite Atatürks gekämpft hat. An der Tür des Generals wird mit dem Pistolenkolben geklopft. Die Tür wird von der Köchin geöffnet. Unter Drohung mit der Waffe betreten sie die Wohnung. Die Wände sind mit Fotos des Generals geschmückt, die ihn mit Atatürk zeigen. Die Aktivisten erklären der Witwe und ihrer Tochter, die aufs Gymnasium geht, dass sie gekommen sind, um den israelischen Konsul zu entführen, ihnen keinen Schaden zufügen werden, und dass sie großen Respekt vor dem verstorbenen General haben. Es beginnt ein angespanntes Warten. Schließlich betritt der Generalkonsul das Haus. Er wird von niemandem begleitet. Die jungen Männer wollen ihn in die Wohnung des Generals zwingen. Der Generalkonsul ist ein starker, gutgebauter Mann und wehrt sich. Sie schlagen ihn mit dem Pistolenkolben auf den Kopf. Er wird ohnmächtig und wird in die Wohnung geschleppt. Mit Kölnisch Wasser kommt er wieder zu Bewusstsein. Ihm wird das blutige Hemd aus- und ein Hemd des Generals angezogen. Seine Hände und Füße werden mit einem Nylonseil gefesselt. Auch die Hände und Füße der Witwe, der Tochter und der Köchin werden gefesselt und ihre Münder mit einem Klebeband zugeklebt. Der Generalkonsul wird mit einem groben Stoff umwickelt, mit dem Pelzmantel der Witwe und Bettdecken zugedeckt. Damit er atmen kann, wird das Gesicht frei gelassen. Am selben Tag findet man vor dem israelischen Generalkonsulat ein Flugblatt: Als Gegenleistung für das Leben von Elrom wird gefordert, dass alle Revolutionäre sofort freigelassen werden, und es wird eine Frist von drei Tagen gesetzt. Andernfalls werde Elrom erschossen. Die Regierung antwortet mit einer harten Erklärung und kündigt an, dass diejenigen, die in die Entführung verwickelt sind, zum Tode verurteilt werden und dass dieses Gesetz auch rückwirkend angewendet wird. Der kurze Brief des Generalkonsuls erreicht an dem Tag, an dem die Frist ausläuft, seine Frau Elsa: »Dear Elsa / I am with the Front of Liberation of the Population of Turkey./ I am O.K./ Do not worry./ Love./ Ephraim«. Elsa Elrom appelliert direkt an die Entführer: »Als eine Mutter, die ihren einzigen Sohn in einem furchtbaren Flugzeugunglück verloren hat, wende ich mich an euch. Der einzige Mensch, der mir im Leben geblieben ist, ist mein Mann. Ohne ihn wird das Leben keinen Sinn mehr haben. Ich hoffe, dass Sie mich nicht länger leiden lassen. Bitte lassen Sie meinen Mann frei.«

Am 22. Mai 1971 wird der Generalkonsul im Mehrfamilienhaus »Hamarat« tot aufgefunden. Seine Mörder verstecken sich im Dachgeschoss der Villa eines sehr berühmten Filmregisseurs. Dieser Regisseur gewinnt 1982 mit seinem Film »Der Weg« die Goldene Palme in Cannes und wird als einer der bedeutendsten Regisseure des türkischen Kinos angesehen. Er wird wegen Beihilfe und Unterschlupf für diejenigen, die den Generalkonsul entführt hatten, zu zwei Jahren Gefängnis und Verbannung verurteilt und wird sofort nach seiner Freilassung wegen des Mordes an einem Richter während der Dreharbeiten zu seinem Film über das Elend der Baumwollarbeiter verhaftet. Nachdem er fünf Jahre seiner neunzehnjährigen Haftstrafe verbüßt hat, werden gegen ihn aufgrund verschiedener von ihm geschriebener Artikel unzählige Klagen erhoben. Während eines Hafturlaubs flieht er mit Hilfe seiner Freunde zuerst auf eine griechische Insel, dann in die Schweiz und schließlich nach Frankreich und stirbt 1984 in Paris an Krebs, nachdem er seinen letzten Film gedreht hat.

Danach hat sich alles entwickelt wie in einer griechischen Tragödie.«

DIE DRITTE FIGUR

Nach Darstellung des Leiters des Teams, das Eichmann befragte, war Elrom ruhig, geduldig, mit einem ausgezeichneten Gedächtnis ausgestattet, in der Lage, das Wesentliche vom Unwesentlichen zu trennen, ohne den Überblick über das Gesamtbild zu verlieren, fähig, den Vorfall bis ins kleinste Detail zu analysieren, schnell im Denken und im Treffen von Entscheidungen. Er war das wichtigste Mitglied des fünfzigköpfigen Ermittlungsteams, das Eichmann im Gefängnis von Jagur in der Nähe von Haifa verhörte. Historiker und Überlebende der Konzentrations- und Vernichtungslager wurden aus ganz Israel herangezogen. Die Mitarbeiter des Büros 06 standen vor Tagesanbruch auf und arbeiteten mindestens achtzehn Stunden, bevor sie Feierabend machten. Die meisten Überlebenden konnten die Last ihrer Erinnerungen nicht ertragen und brachen häufig in Tränen aus, einige von ihnen fielen in Ohnmacht. Nur wenige konnten trotz allem die Nerven behalten. Sie blieben ruhig und kritisierten die anderen wegen ihrer Schwäche in einem solch historischen Moment. Neun Monate lang sammelten die Ermittler Beweise aus zwölf verschiedenen Ländern, von Russland bis Amerika, von Polen bis England. Sie nutzten dabei nicht nur die offiziellen Kanäle, sondern führten auch geheime Untersuchungen durch. Sie beschafften Mikrofilme über die Vernichtung der europäischen Juden, auf denen sie Eichmanns Unterschrift in Korrespondenzen bezüglich der Tötungen in den Konzentrationslagern entdeckten. Die Experten des Untersuchungsteams, deren Leben von der Aufdeckung unglaublich mysteriöser Morde geprägt war, waren immer wieder erstaunt, wenn sie Einzelheiten der Verbrechen erfuhren. Denn während ein Brief von Paris im polnischen Oświęcim nach mindestens drei Wochen ankam, wurden sie mit Dokumenten konfrontiert, die bewiesen, dass zwei Drittel derjenigen, die in einem Transportzug von Paris verschickt wurden, nach zweiundsiebzig Stunden in derselben polnischen Stadt im Konzentrationslager Auschwitz ermordet wurden. Sie konnten das Tempo der Vernichtungsmaschinerie nicht fassen.

May leitete ihre Informationen per E-Mail an den Regisseur weiter und schlug Ephraim Hofstaedter Elrom als dritte Figur vor. Sie hatte bei ihrer Internetrecherche dreitausendsechshundertfünfzig Seiten Verhörprotokolle und Tonaufnahmen gefunden. Sie bemerkte, das Stück könnte auch mit dem ersten Tag der Vernehmung Eichmanns beginnen.

29. Mai 1960, Jagur (Haifa), Ermittlungsbüro 06:

Leiter der Vernehmung: Am 29. Mai 1960, gegen 16:45 Uhr sehe ich Adolf Eichmann zum ersten Mal. Hauptkommissar Ephraim Hofstaedter Elrom und ich befehlen, Eichmann hereinzuholen. Wir sind beide aufgeregt. Sogar Ephraim Hofstaedter Elrom, der jederzeit sehr beherrscht ist, kann seine Unruhe nicht verbergen. Als Eichmann vor uns die Habachtstellung einnimmt, bin ich enttäuscht. Was hatte ich wohl erwartet? Wohl einen

Nazi von kräftiger Statur, wie man ihn aus den Filmen kennt, mit einem kalten, stechenden Blick, der auf einen herabschaut und einem Angst einjagt. Aber die Kreatur, die vor mir steht, ist ein normaler Mensch. Mit kurzem Haar, etwas größer als ich, ziemlich mager. Ein ganz anderer Mensch als der, den ich von den Unterlagen kannte, und seine Banalität ist schier unerträglich.

Während May auf die Antwort des Regisseurs wartete, fragte sie einmal ihre Mutter, warum ihr Onkel im Rollstuhl saß. »Hatte er einen Unfall?« wollte sie wissen.

»Nein, er hatte keinen Unfall«, erwiderte Hülya. »Er wurde in Tabutluk verkrüppelt. Alle Schriftsteller, Intellektuelle, Künstler, die du kennst, waren schon einmal da.«

»Was bedeutet Tabutluk?«

»Ich kann es als ›Haus der Särge‹ übersetzen«, sagte Hülya. Das war nicht das einzige Wort, das für ein paar Generationen etwas sehr Schmerzhaftes bedeutete und ihren Nachkommen wiederum nichts sagte. Wäre sie Kunduz nicht in Köln begegnet, oder hätte Kartal nichts mit diesem Ort zu tun gehabt, hätte sie wahrscheinlich nie erfahren, dass das Gebäude »Sansaryan Han«, gleichbedeutend mit Tabutluk, die Zusammenfassung der letzten hundert Jahre in der Geschichte der Türkei war. Hundert Jahre waren nicht übertrieben, sondern eher zu bescheiden geschätzt. Dieses imposante Bauwerk existierte seit der Zeit des Sultans Abdülhamid, mit seinen schmalen Räumen, blendenden Glühbirnen und finsteren Kerkern mit kniehohem Toilettenabwasser, beherbergte unzählige und nicht erzählbare Erinnerungen. »Ich fasse es kurz«, sagte Hülya. »Tabutluk war das bekannteste Folterzentrum, auch Sansaryan Han genannt. Anstelle deines Vaters haben sie versehentlich deinen Onkel verhaftet.«

»Und dann?«

»Dein Onkel wusste, dass sie eigentlich deinen Vater haben wollten, hat aber nichts gesagt. Sie haben ihn aus dem Fenster geworfen, aber er ist nicht gestorben.«

»Warum wollte die Polizei meinen Vater?«

»Wegen Beihilfe und Unterschlupf für die Terroristen.«

»Dann muss es wohl mein Vater gewesen sein, den man als Assistenten von Yılmaz Güney erwähnt, der die Leute bei sich versteckt hat, oder?«

»Ich weiß es nicht, ich habe ihn nicht danach gefragt.«

»Warum fragst du so etwas nicht? Du hast doch mit ihm zusammengelebt.«

»Hab ich eben nicht gemacht. Wenn du unbedingt die Einzelheiten erfahren willst, sprich mit deinem Onkel.«

Das tat May dann auch. »Leider kann ich nicht mehr dazu sagen, als deine Mutter es bereits gesagt hat«, antwortete er. Es stimmte, dass er im Zusammenhang mit dem Mord an dem Generalkonsul verhaftet worden war. Auch wusste er, dass er nicht derjenige war, den die Polizei suchte. Aber er wusste nicht, was er denen sagen sollte, die ihn verhörten. Deswegen konnte er die Fragen nicht beantworten, die ihm gestellt wurden. Die, die ihn verhörten, interpretierten sein Schweigen als einen entschlossenen Widerstand eines Revolutionären und erhöhten die Dosis der Folter immer weiter. Eigentlich müssten sie soweit ausgebildet sein, dass sie wissen, dass ein normaler Mensch diese Schmerzen nicht mehr ertragen kann. Aber offensichtlich waren sie doch nicht ausgebildet, und als sie die Hoffnung aufgaben, von ihm etwas zu erfahren, warfen sie ihn aus dem Fenster.

DIE VIERTE FIGUR

Am jüdischen Festtag Jom Kippur machte sich May auf den Weg nach Frankfurt, um sich mit dem Regisseur zu treffen, als ein Rechtsextremist die Synagoge in Halle angriff. Er konnte die Tür der Synagoge nicht öffnen und tötete anschließend eine Frau und einen zwanzigjährigen Mann und verletzte mehrere Menschen. Als sie den Regisseur am Bahnhof in Frankfurt traf, war dieses Attentat ihr erstes Gesprächsthema. Die Aussagen der Behörden, dass der Täter geistig nicht stabil sei, regten den Regisseur auf. »Eben!« sagte er, »Würden sie in einem Land, das für den Holocaust verantwortlich ist, rechtsextrem werden, wenn sie bei Verstand wären?« schäumte er.

Beim Kaffeetrinken sagte der Regisseur, er könne sich Elrom als dritte Figur vorstellen. May fragte ihn, was er von der Idee halte, das Stück in vier Städten, zum Beispiel auch in Istanbul zu inszenieren.

»Das wäre zuviel«, erwiderte der Regisseur prompt.

»Warum?

»Denn die Rolle Istanbuls in dieser Geschichte ist sehr klein.«

»Das stimmt, aber die Geschichte Ephraim Hofstaedter Elroms geht noch weiter. Ephraim verliert nicht nur Eltern und Schwester beim Holocaust. 1967 stirbt sein Sohn bei einem Flugzeugunglück. Ephraim verliert seine

Lebensfreude und gibt seinen Beruf als Polizist auf. Die israelische Regierung schickt ihn als Generalkonsul nach Istanbul.«

»Und? Das weiß ich, das steht doch auch im Text.«

»Im Mai 1971 wird er in Istanbul von einer linksradikalen Organisation entführt.«

»Wirklich? Wieso denn?«

»Um zu verhindern, dass der Rudi Dutschke der Türkei erhängt wird.«

»Der Rudi Dutschke der Türkei?«

»Ja. Sein Name war Deniz Gezmiş.«

Mays Mutter pflegte zu sagen, dass Deniz Gezmiş mit seinem Dreitagebart, seinem Parka, seiner stolzen Haltung, seinen feuchten Augen, seinem ungebändigten Haar und seinem scharfen Verstand eine Ausstrahlung hatte, die Tausende in seinen Bann zog, wenn er die Hand hob und zu sprechen begann. Noch zu Lebzeiten wurde er zur Legende. Dann verschwand er für einige Monate. Selbst nachdem er sich von den Studentenprotesten zurückzog, wurden in den Zeitungen ausgeschmückte, übertriebene Geschichten über ihn veröffentlicht. Auch als er vier amerikanische Soldaten entführte, blieb sein Mythos unbeschädigt. Die Freilassung der entführten Soldaten hatte eine Welle der Sympathie ausgelöst. Dann wurde das Kriegsrecht ausgerufen, das Militär zwang die Regierung zum Rückzug, und unter der Führung der Generäle wurde eine neue Regierung gebildet. Wenig später wurde Deniz Gezmiş zusammen mit seinen Freunden, mit denen er hingerichtet werden sollte, gefangen genommen. Eine Gruppe junger Leute hatte den israelischen Generalkonsul Ephraim Hofstaedter Elrom entführt, um sie zu retten.

Der Konsul hatte keinen Personenschutz und lebte in einem Wohnhaus, in dem Mittelklassefamilien und Künstler wohnten.

»Und dann?« fragte der Regisseur. »Wurde der Generalkonsul freigelassen?«

»Nein. Er wurde am 22. Mai 1971 tot aufgefunden. Das war der erste Mord der radikalen Linken.«

»Wo hast du all diese Informationen her?«

»Aus den Ordnern meines Vaters, von meinem Onkel, meiner Mutter und aus dem Internet.«

»Aus den Ordnern deines Vaters, von deinem Onkel, deiner Mutter und aus dem Internet?«

»Ja. Mein Onkel sagt, dass niemand mehr am Leben ist, der direkt mit der Entführung des Generalkonsuls in Verbindung steht. Fast alle, die mit der Entführung zu tun hatten, wurden gefasst. Sie entkamen aber aus dem Gefängnis, setzten ihre Aktionen fort, also sie setzten ihr eigenes Leben aufs Spiel, um ihre zum Tode verurteilten Freunde zu retten, und wurden schließlich alle getötet. Und die Todesurteile wurden vollstreckt. Mein Onkel sagt, der Einzige, der die Hintergründe kennt, sei nach dem letzten Putschversuch aus der Türkei geflohen.«

»Wohin?«

»Nach Deutschland.«

»Konntest du herausfinden, wo er ist?«

»Ja.«

»Und? Wo lebt er?«

»In Berlin.«

»Das ist ja wunderbar. Er könnte die vierte Figur sein.«

»Vielleicht«, sagte May. Dann sammelte sie all ihren Mut und fuhr fort: »Aber vielleicht ist mein Onkel besser für die vierte Figur geeignet. Stell dir einen gelähmten

Mann in einem Rollstuhl vor, der am Rande der Bühne sitzt und still das Geschehen verfolgt. Und erst am Ende des Stücks wird enthüllt, dass er versehentlich anstelle seines Bruders festgenommen wurde. Ein Mann, der niemanden beschuldigt, niemanden verurteilt, nur still dasitzt. Wie wäre es, wenn die ganze Geschichte auf das Schweigen meines Onkels aufgebaut wäre?«

»Lass uns das im Kopf behalten«, erwiderte der Regisseur.

UNTERWEGS

Gegen Ende des Jahres waren die Vorbereitungen abgeschlossen, und May hatte die gesamte Literatur über das Stück, das sie aufführen wollten, studiert. Ihr Onkel Kartal ließ sich leicht überzeugen, die Rolle der vierten Figur zu übernehmen. Anfang Dezember flog sie nach Israel. Sie besichtigte die Orte, die mit dem Eichmann-Prozess zu tun hatten. In Tel Aviv knüpfte sie Verbindungen zu ihren Kollegen. Sie fuhr nach Haifa, um das Jagur-Gefängnis zu sehen, wo Eichmann verhört wurde. Von dort aus fuhr sie nach Jerusalem und besuchte das Gerichtsgebäude in der Bezalel-Straße 11, wo der Eichmann-Prozess stattfand. Sie besichtigte auch das Holocaust-Gedenkzentrum Yad Vashem. Sie verbrachte mehrere Stunden in der ständigen Ausstellung. Sie wanderte zwischen den Steinen und Felsen im Tal der Gemeinden. Sie kniete vor einem Baum nieder, auf dem der Name des Diplomaten Selahattin Ülkümen stand, der 1942 in Rhodos zweiundvierzig Juden gerettet hatte. Am späten Abend kehrte sie nach Tel Aviv zurück. Am nächsten Tag flog sie mit einem Zwischenstopp in Madrid nach Buenos Aires. Sie blieb bis zum letzten Samstag im Februar in der Stadt. Sie suchte nach der Fabrik, in der Eichmann unter einem falschen Namen gearbeitet hatte. Sie fuhr in den Vorort nordwestlich des Stadtzentrums. Sie freute sich, dass das

Kino York nicht abgerissen worden war, und schlug ihren argentinischen Kollegen vor, die Premiere in diesem historischen Gebäude zu machen. Am Samstag brach sie frühmorgens mit einem Mietwagen auf und besuchte nach einer siebenstündigen Fahrt die Gräber von Lothar und seiner Frau Marta in Coronel Suárez, einem Vorort fünfhundert Kilometer entfernt von Buenos Aires. Die Einheimischen des Ortes hatten lange nicht gewusst, wer der blinde Mann mit der Sonnenbrille war, der bis 1974 in bescheidenen Verhältnissen lebte und welche Rolle er in der Geschichte spielte. Vor dem Grabstein lag ein Kranz, dessen weiße und rote Nelken verwelkt waren. Sie schaute auf die Uhr. Das Wetter war immer noch heiß, feucht und drückend. Für einen Moment erwog sie, die Nacht in der Stadt zu verbringen. Als sie den Friedhof verließ und ins Auto stieg, hatte sie sich jedoch bereits entschieden, nach Buenos Aires zurückzukehren. Um Mitternacht erreichte sie ihr Hotel. Sie rief Tom an, den sie vor sechs Monaten bei der Premiere von »Saxarat« kennengelernt hatte. Nach dem Ende des Gesprächs schlief sie erschöpft ein. Am nächsten Morgen hatte sie überall Schmerzen. Nach einer schnellen Dusche schaltete sie den Fernseher ein und hörte die Nachrichten, während sie ihre Sachen in den Koffer packte. Sie erfuhr, dass das Coronavirus Italien erreicht hatte. In der Lombardei wurden sechzig neue Fälle gemeldet, und nach dem Tod eines achtundsiebzigjährigen Mannes wurde die Region unter Quarantäne gestellt. Sie rief ihre Mutter an. Die Epidemie war auch in Deutschland angekommen, doch ihre Mutter sagte, es bestehe kein Grund zur Sorge, da sie nur in einer einzigen Stadt aufgetreten sei. Sie fragte nach dem Befinden ihres Onkels.

»Er ist gerade bei mir«, sagte die Mutter. »Möchtest du ihn sprechen?«

»Natürlich«, antwortete May.

Ihr Onkel bat sie, nach Berlin zurückzukehren. Er klang sehr besorgt. »Hör zu, May«, sagte er, »Dieses Virus ist so furchtbar wie die Pest. Es wäre besser, wenn du so schnell wie möglich zurückkommst.«

»Es gab noch keinen einzigen Fall auf diesem Kontinent, Onkel.«

»Doch, bestimmt, nur wurde es noch nicht bemerkt. Bitte komm zurück. Die Sache ist sehr ernst.«

Nach dem Telefongespräch ging sie zum Frühstück. An der Rezeption bestellte sie ein Taxi für ein paar Stunden später, um zum Flughafen zu fahren. Dann ging sie in ihr Zimmer zurück und rief den Regisseur an. Sie wusste, dass er in Istanbul war. Er war wie immer enthusiastisch und aufgeregt. Er schien außer Atem zu sein, als würde ihn jemand verfolgen. Wenn May wüsste, mit wem der Regisseur in Istanbul zusammengetroffen war, würde ihr der Atem stocken. Ein Regisseur, der wohl zu den wichtigsten Theatermachern in der Türkei gehörte, war bereit, mit ihnen zusammenzuarbeiten. »Es ist nicht zu fassen!« sagte der Regisseur. »Er hat schon vor fünfzig Jahren ›Die Ermittlung‹ inszeniert!«

»Was ist daran so ungewöhnlich?« fragte May.

»Keine Ahnung, ich hatte mit allem gerechnet, aber nicht damit.«

»Weil du Europäer bist. Das ist das Problem. Genau das meinen wir, wenn wir vom Eurozentrismus sprechen.«

»Wen meinst du mit Wir?«

»Schwarzköpfe wie ich.«

»Jetzt lassen wir mal diese ideologische Diskussion beiseite, ich habe nämlich einen Vorschlag.«

»Bitte.«

»Dieses Virus könnte all unsere Pläne durcheinanderbringen. Wir brauchen einen Plan B.«

»Was meinst du damit?«

»Ich schlage vor, dass wir ›Die Ermittlung‹ etwas verschieben und sofort ein Stück mit dem Titel ›Dekameron, die Pest und der Belagerungszustand‹ inszenieren. Wir können mit Boccaccios ›Dekameron‹ anfangen, wo es um die Pestepidemie in Florenz im 14. Jahrhundert geht und zum Schluss Camus' ›Belagerungszustand‹ mit dem gescheiterten Militärputsch in der Türkei im Jahr 2016 verbinden. Damit würden wir, bevor das Virus so richtig zuschlägt dem Publikum sagen, dass das, was wir jetzt erleben werden, im Grunde genommen nichts Neues ist, und wir würden die Menschen vor den Phänomenen warnen, die bei früheren Pestepidemien aufgetreten sind. Wenn du gleich nach Berlin kommst, könnten wir die Premiere schon im Mai machen, glaube ich.«

»Ich kann mich jetzt nicht um die Pest kümmern!« sagte May verärgert. »Such dir einen anderen Dramaturgen dafür!«

Der Regisseur blieb gelassen. »Was ist los?« fragte er. »Was hat diese Geschichte mit dir gemacht?«

May erzählte von ihren Recherchen, ihrer Reise und von ihrem Telefongespräch mit Tom.

»Ich ziehe meinen Vorschlag zurück«, sagte der Regisseur. »Um die Pest sollen sich andere kümmern.«

»Du bist ein sehr verständnisvoller und guter Mensch«, sagte May.

Da wurde an die Tür geklopft. Ein Hotelangestellter

teilte ihr mit, dass das Taxi auf sie warte.

Eine Stunde später kam May am Flughafen Ezeiza an. Sie konnte es kaum erwarten, in das Flugzeug nach New York zu steigen, das sie zu ihrem Freund Tom bringen würde.

Mai 2019 - Februar 2020
TOM

Mai 2019, Köln
Black is beautiful

May und der Regisseur präsentierten ihre gemeinsame Inszenierung des Stücks »Saxarat« erstmals am letzten Sonntag im Mai in Köln. Nach der Premiere kamen während der Feier im Foyer zwei Männer auf May zu. Der junge, dunkelblonde Mann trat näher. Er lächelte. Ohne ein Wort zu sagen, betrachtete er May eingehend. Nach einigen Sekunden erkannte May anhand des leichten Zögerns in den braunen Augen des Mannes, dass er Sokrat war. Sie umarmte ihn. Gleichzeitig sah sie in die Augen Toms hinter Sokrat und dachte, dass es die schönsten schwarzen Augen seien, die sie je gesehen hatte. Sokrat stellte Tom als seinen Nachbarn vor. Als May zur Begrüßung ihr Champagnerglas hob, zitterten ihre Hände.

Als die Nacht zu Ende ging, war sie in Toms Bett. Am Morgen kam er in einem überall zerrissenen T-Shirt und in Boxershorts mit einer riesigen, dampfenden Kaffeetasse in der Hand ans Bett. »Hast du gut geschlafen?« fragte er. »Und wie!« antwortete May.

Er reichte ihr die Kaffeetasse: »Du trinkst den wahrscheinlich mit Milch, habe ich gedacht.«

»Warum hast du das gedacht?«

»Frauen in deinem Alter trinken meistens mit Milch.«

»Hast du schon hunderten von Frauen morgens Kaffee gebracht, dass du eine Statistik hast?«

»Ach nein«, lachte Tom. »Mit dieser Hautfarbe kann man nicht hunderten von Frauen Kaffee bringen.«

Zunächst begriff May nicht, was Tom meinte. Dann sah sie ihn von Kopf bis Fuß lange an. Ohne auf die Hautfarbe einzugehen, sagte sie mit stolzer Miene: »Ein Mann, der das Glück hat, mir Kaffee ans Bett zu bringen, hat sehr gute Aussichten, überall in Deutschland jeder Frau Kaffee zu bringen.«

»Ich stimme dir voll und ganz zu«, erwiderte Tom verschmitzt.

Nach ein paar Sekunden Schweigen sagte May: »Du bist der Nachbar und ein guter Freund meines Kindheitsfreundes, das weiß ich. Aber wer bist du eigentlich?«

»Ich bin schwarz. Du hast bestimmt den Satz Black is beautiful schon gehört.«

»Habe ich. Aber ist das das Einzige, was du über dich sagen kannst? Ich gebe zu, ich war von deinen schwarzen Augen fasziniert, aber ohne das Gespräch gestern Abend wäre ich nicht in deinem Bett gelandet. Und übrigens, meine Augen sind auch schwarz! Mein Vater war, wenn es um Hautfarbe geht, nicht weniger schwarz als du.«

»Trotzdem bist du auf den ersten Blick weiß. People of Color könnte man vielleicht auch sagen, je nach Situation.«

»Willst du damit sagen, ich soll aufstehen und gehen?« entgegnete May gereizt.

»Nein, das will ich nicht sagen. Ich wollte nur wissen, ob es dir klar ist, mit wem du im Bett warst.«

»Jetzt spinnst du aber total!« fuhr May ihn an. »Wenn sich zwei Menschen frei dafür entschieden haben, miteinander ins Bett zu gehen, sind es nicht nur die Körper und die Seelen, die sich vereinigen, auch Farben vermischen sich miteinander!«

»Das war eine tolle poetische Antwort«, sagte Tom.

»Gut, jetzt erzähl etwas von dir. Wer bist du eigentlich?«

»Auf jeden Fall bin ich gut fünfzehn Jahre älter als du. Ich bin in einer deutschen Familie aufgewachsen, als Adoptivkind. Ich habe meine leiblichen Eltern bis heute nie gesehen. Ich weiß nicht, wer sie sind. Ich bin auch nicht neugierig! Seit meinem achtzehnten Lebensjahr lebe ich alleine in dieser Stadt. Natürlich hatte ich auch Freundinnen und so weiter.«

»Ich bin bereit, die Einzelheiten zu hören«, sagte May emotionslos.

»Für dein nächstes Theaterprojekt?«

»Verpiss dich!« zischte May, stieg aus dem Bett und begann, sich hastig anzuziehen. Tom umarmte sie. »Entschuldige!« sagte er immer wieder. »Entschuldige, das war ein blöder Witz.«

Seine aufrichtige Bitte um Entschuldigung konnte May nicht aufhalten. Sie deutete ihm mit einem Handzeichen an, dass sie seine Entschuldigung annahm und verließ die Wohnung.

Tom war es gewohnt, verlassen zu werden. Er hatte immer kurze Beziehungen gehabt, aber eine so kurze wie diese noch nie. »Seltsame Frau«, sprach er zu sich selbst. »Ich habe ihr gesagt, dass es nur ein Scherz war, habe mich entschuldigt, sie ist trotzdem gegangen. Das heißt«, führte er seinen Monolog weiter, »sie wollte ohnehin gehen, das heißt, sie wollte keine langfristige Beziehung.« Doch statt ihn zu trösten, setzte ihm sein Monolog weiter zu. Er hatte einen ewig langen Sonntag vor sich, und das bedrückte ihn. »Wenn diese Schönheit noch hier wäre«, setzte er seine Rede fort, »an diesem Sonntagmorgen, an dem auch zur Abwechslung mal die Sonne scheint, könnten wir von Park zu Park und dann an den Rhein spazieren, bis Bonn radeln, dort das Beethoven-Haus besichtigen oder ins Museum gehen, dann könnten wir in einem spanischen Restaurant Tapas essen, und wenn sie nach Berlin zurück möchte, würde ich sie natürlich zum Bahnhof begleiten, ihr zuwinken, bis der Zug nicht mehr zu sehen ist und schön traurig wieder nach Hause kommen. Und mich später, während ich an meinem Rotwein nippe, sogar glücklich fühlen, weil wir uns ja wiedersehen werden.« Jetzt aber gab es die Hoffnung des Wiedersehens nicht, und die Blutegel der Erinnerung hatten angefangen, raunend »ruf deine Mutter an … ruf deine Mutter an« in seinem Körper herumzuwandern und, an seine Schlagadern geklebt, sein Blut zu saugen. Wäre May nicht gegangen, müsste er sich nicht mit seinen leiblichen Eltern, deren Gesichter er nicht kannte, und seinen Pflegeeltern abplagen.

Der Kerl, den er als Vater kannte, ähnelte einem erbärmlichen fünftklassigen Hollywood-Statisten, war äußerst verantwortungslos, gefühllos und empathielos und verdiente es nicht, dass man sich an ihn erinnerte. Die einzige Funktion dieses Schurken zu Hause war es, seine leiblichen Söhne und seinen Adoptivsohn zu verprügeln. Dass er mit seinem angeeigneten Wissen eine Rakete zum Mars schicken könnte und Astronauten für die NASA ausbildete, hinderte ihn nicht daran. Dieser unbeholfene Kerl, der in seinem sozialen Leben auf der Nullskala feststeckte, führte ein in sich gekehrtes Leben, ohne seine Frau Eli, seine zwei leiblichen und seinen adoptierten Sohn, seine reinrassigen Pferde, Schäferhunde, Bulldoggen und seine Katzen wahrzunehmen. Seine Erziehungsmethode, die sich auf

Schläge beschränkte, war widerlich. Er lungerte herum, als wäre er nicht ein weltweit angesehener Physikprofessor, sondern ein zu jeder Tageszeit betrunkener Landstreicher. Er schien nicht mit seiner Frau Eli verheiratet zu sein, sondern mit seinem Dodge Polara Cabrio. Baujahr '70! Dreihundertvierundsechzig PS! Mit Verdeck! Wenn er sich auf den Fahrersitz setzte, war er stolz und übermütig wie jemand, der den Nobelpreis gewonnen hatte. Es war unmöglich, einen solchen Menschen zu lieben oder zu hassen.

Eli war anders. Sie hatte versucht, Mutter zu sein, war aber gescheitert. Selbst die Liebesbekundungen dieser blassen deutschen Frau, die Tom das Leben zur Qual machten, waren kaum zu ertragen. Wenn Eli ihn umarmte und ihm sagte: »Du bist mein Sohn, du bist mir näher als meine leiblichen Söhne«, verwandelten sich ihre Arme in einen Ring aus Feuer und Tom erstarrte. Eli war auch unfähig, ihre leiblichen Kinder und ihren Mann zu lieben. Dass der Physikprofessor so selten und bald gar nicht nach Hause kam, dürfte auch mit dieser Unfähigkeit zu tun haben. Trotzdem war Eli eine Frau, die es geschafft hatte, nicht nur ihre leiblichen Söhne, sondern auch ihren adoptierten Sohn, wenn auch unter ständiger Prügel, großzuziehen. Ihren leiblichen Söhnen sagte sie: »Meine weißen Rosen, meine weißen Tauben«, und zu Tom: »Meine schwarze Maulbeere«. Dieses Wort hinterließ auf Toms Zunge jedes Mal einen unangenehmen Geschmack.

Die ständigen Anspielungen auf die Hautfarbe wurden zunehmend erstickend, und das Wort »schwarz« erinnerte Tom nur noch an Schmerz, Elend, Tod und Massaker. Zum Beispiel kamen Nachbarn zu Besuch, und wenn sie neben zwei weißen auch ein schwarzes Kind sahen, fragten sie verdattert: »Ist das auch Ihr Sohn?« Es gab sogar welche, die nichts von der Abschaffung der Sklavenmärkte gehört hatten. Manche beschäftigte die Frage, mit wem es Eli wohl getrieben hatte, um diesen »Bastard« zu gebären. Wenn die leibliche Mutter dieses Kindes kein Lebenszeichen von sich gab, gab es nur zwei Möglichkeiten: Entweder war diese Frau gestorben, als sie ihn zur Welt brachte, oder es gab keinen Mann, den sie als Vater ihres Kindes hätte präsentieren können. Vielleicht hatte seine Mutter ihn nie gebären wollen. Es mochte Gründe geben, warum eine Mutter ihr Neugeborenes auf die Straße setzt oder zur Adoption freigibt, die verständlich, gerechtfertigt oder akzeptabel sind. Trotzdem durfte man ein schutzloses Baby in dieser kalten Gegend der nördlichen Hemisphäre nicht einem solchen Leben aussetzen.

All dies kam in Tom hoch, nachdem May ihn abserviert hatte und nach Berlin zurückgekehrt war. Er begann, Schritt für Schritt in Erinnerungen an eine lange Reise zu versinken, die in der Stadt Tuscaloosa im Bundesstaat Alabama ihren Anfang nahm.

Als der Professor an jenem frühen Morgen den metallisch honigfarbenen Dodge startete und aus dem Auto ein Lärm wie von einem Lastwagen dröhnte, hielt Eli sich die Ohren zu. Der Professor warf ihr einen finsteren Blick zu, berührte dabei kurz das watteweiche hydraulische Lenkrad, lenkte das Auto auf die Straße, und würdigte sie, die verstimmt neben ihm saß, keines weiteren Blickes, selbst nachdem sie die unbekannten Kleinstädte, die man nicht einmal in den amerikanischen Filmen erwähnte, dann Baltimore, das sich bemühte, die Erinnerungen des amerikanischen Bürgerkriegs zu bewahren, hinter sich gelassen und schließlich die sich im Nebel abzeichnende Silhouette von New York gesehen hatten. Er hatte die Kinder auf dem Rücksitz ignoriert, die klagten, dass sie pinkeln mussten oder Hunger und Durst hatten. Sie waren ohne Zwischenstopp in New York angekommen. Sie fuhren in den Bauch des Überseedampfers »France« und parkten den Dodge im Laderaum, der von der Ordnung des amerikanischen Märtyrerfriedhofs geprägt war. Als sie auf das Deck gingen, war Tom erstaunt zu sehen, dass die immer kleiner werdenden Wolkenkratzer von New York viel höher und imposanter waren als der Professor. Mitten auf dem Ozean sagte der Professor plötzlich: »Wir fahren nach Istanbul. Und wir haben noch einen weiten Weg vor uns, also benehmt euch.« Doch auf diesem zwölfstöckigen, siebenundsechzig Meter und siebenundneunzig Zentimeter hohen, dreihundertfünfzehn Meter und dreiundfünfzig Zentimeter langen Ungetüm mit seinen unzähligen Masten und Rettungswesten gab es kaum eine andere Möglichkeit, sich die Zeit zu vertreiben, als allerlei Unfug anzustellen.

Tom erkannte erst nach vielen Jahren, dass die Bilder dieser Reise von Alabama nach Istanbul und später nach Hamburg, die sich in sein Gedächtnis eingeprägt hatten, in Wirklichkeit die Erinnerungen seines älteren Bruders waren. Am Tag ihrer Ankunft auf dem europäischen Kontinent, während des Sonnenuntergangs, veränderte sich das endlose Blau des Ozeans von einem blassen Gelb zu Linden-, Bernstein-, Zitronen-, Gold- und schließlich Safrangelb, bis sie den Hafen von Le Havre an der Küste der Normandie erreichten. Von dort aus fuhren sie, ohne Paris, Wien, Belgrad und Sofia Beachtung zu schenken, nach Istanbul. In Istanbul erwartete sie ein Souterrain in der Nähe des deutschen Konsulats. Zum Glück dauerte ihr Leben in diesem Souterrain nicht ewig, einige Jahre später zogen sie nach Hamburg. Dort begannen die wöchentlichen, rituellen Prügelstrafen. Man musste seinen Fehler gestehen, das war eine eiserne Regel, aber für die drei naiven Jungen, die sich ihrer Fehler nicht bewusst waren, dauerte es Jahre, bis sie die Bedeutung der Lineale, die auf ihre Fingerspitzen knallten, der Ohrfeigen, die auf ihren Gesichtern explodierten und der Schläge mit dem Gürtel, die ihre Körper blau und lila färbten, erkannten. Aus irgendeinem Grund war es jedes Mal Tom, der gestehen musste. Während seine beiden misshandelten älteren Brüder in einer Ecke zusammengekauert und weinend verharrten, wurde er weiter befragt und mit Linealen, Ohrfeigen und Schlägen traktiert. Manchmal gelang es ihm, ohnmächtig zu werden und sich dem Ganzen zu entziehen. Aber oft beruhigte sein Geständnis, begleitet von Tränen und den Schwüren, es nie wieder zu tun, den erschöpften Physikprofessor und Eli, die vom Schlagen müde geworden waren. Dann zogen sich die Eltern in ihr Schlafzimmer zurück und die drei Brüder fielen, einander umarmend, in den Schlaf.

So ging es weiter und Tom begann die Grundschule. Es war eine Schule am Ufer des Isebekkanals, wohin die deutschen Kinder der Mittelschicht geschickt wurden. Sowohl Eltern als auch Kinder waren mit korrekten Umgangsformen vertraut, aber auch dort wurde die Hautfarbe zu einem ständigen Thema. Toms Grundschulzeit war geprägt von Kindern, die ihn als »Schoko« verspotteten und den Prügeleien mit ihnen. Eli, die Tom bei jeder Gelegenheit bestrafte, verwandelte sich plötzlich in eine wütende

Löwin, die ihr Junges verteidigte, wenn ihr Adoptivsohn in der Schule schikaniert wurde. »Ihr!« brüllte sie in den Schulfluren, »ihr könnt meinen Sohn, mein geliebtes Kind, nicht so rassistisch, abscheulich angreifen. Wenn ihr es tut, dann reiße ich euch alle in Stücke!«

In diesen Momenten verwandelte sich Eli für Tom in eine Mutter, die er umarmen und küssen wollte, und er wollte ihr sagen: »Mama! Du bist die schönste, großartigste und tapferste Mutter der Welt!« Sie liefen Hand in Hand nach Hause. Noch bevor sie in der Küche ankamen, fand Eli einen Grund, sich aufzuregen. Am Tisch zwang sie dann ihren Sohn, unbedingt noch dieses und jenes aufzuessen. In Toms Mund dehnten sich die Bissen ins Unerträgliche aus und manchmal musste er erbrechen. Umgehend kümmerte sich dann der Professor um die Angelegenheit. Er schleppte Tom in den Keller. Der Keller kannte keine Jahreszeiten, dort war es immer kalt. Er kannte das Licht nicht, dort war es immer dunkel. Das Wort Empathie hatte er noch nie gehört, er war gefühllos. Der Keller kannte das Wort Erbarmen nicht, er war erbarmungslos. Im Keller tauchte in den Händen des Professors ein ähnlicher Gürtel auf, wie ihn die amerikanischen Soldaten bei der Landung in der Normandie trugen. Als sie diesen düsteren Ort verließen, war Toms Körper voller blauer Flecken. Es wäre völlig in Ordnung gewesen, diesem Kerl namens Ferdinand mit dem Professorenabzeichen ordentlich den Hintern zu versohlen. Aber Tom verspürte nicht einmal Lust, den Professor zu verprügeln. Dabei wäre es ihm ein Leichtes gewesen, nicht nur ihn, sondern fast alle in dieser Stadt zu schlagen. Schließlich hatte er den schwarzen Gürtel. Schon vor Jahren hatte er den zehnten Dan erreicht. Er hätte den Professor nur mit dem Finger anschubsen können, um ihn ins Jenseits zu befördern. Aber der Kerl war sowieso schon drüben. Ob Gott ihn tief in die sieben Sphären des Himmels verschickt hatte, ihn am Ufer der himmlischen Flüsse aus Honig und Milch wohnen ließ, oder in die brodelnden Kessel der Hölle geworfen hatte, oder ihn auf einem Bein zwischen Himmel und Hölle ausharren ließ, wie die Kinder, die man zur Strafe in einer Ecke des Klassenzimmers oder der Küche stehen ließ, war unklar.

Eli war anders. Sie hatte versucht, aus einem schwarzen Kind ein Kind in der Farbe ihrer leiblichen Söhne zu machen. Womöglich hatte sie gehofft, Tom könnte sich eines Tages in ein Kind mit heller Haut und blondem Haar verwandeln, wenn sie das Thema Hautfarbe ständig ansprach. Sie hatte unzählige Kämme geopfert, um die lockigen Haare ihres Adoptivsohnes zu glätten. Mit der Anzahl der gebrochenen Kämme erhöhte sich auch die Zahl der Ohrfeigen und Fußtritte. Toms Haar hatte die ständigen Angriffe satt, wollte sich aber trotzdem nicht fügen. Deshalb murmelte Eli immer wieder vor sich hin, während sie die Kämme in seinen Haaren brach: »Ziege, störrische Ziege.« Wenn sie es jedoch vierundzwanzig Stunden lang aushalten könnte, keine Unruhe zu stiften, würden sich seine lockigen Haare zwar nicht glätten und die Haut würde nicht heller werden, aber er würde das schreckliche Wort Hass nicht brauchen, und diese verdammte Empfindung des Hasses würde sein Leben nicht in einen unerträglichen Alptraum verwandeln. Tom hatte sich sehr darum bemüht, sich bei Eli beliebt zu machen und von ihr akzeptiert zu werden. Doch an dem Tag, an dem sie versuchte, ihm sein Erbrochenes mit einem Löffel in den

Mund zu schieben, begann er nach Wegen zu suchen, so schnell wie möglich von zu Hause wegzukommen. Aber bis ihm das gelang, vergingen mehrere Jahre, in denen sich Elis Wortschwall »Schwarzes Kind« in den Refrain eines rhythmischen Rap verwandelte und ihn quälte.

Am zweiten Freitag im Juni, in den frühen Morgenstunden, klingelte das Telefon, als er gerade dabei war, seinen Kaffee im Bett zu trinken. Der Bildschirm seines Smartphones leuchtete mit der Aufschrift »May« auf.

»Hallo Tom! Ich hoffe, ich habe dich nicht geweckt. Ich habe deine Stimme vermisst.«

»Nein, nein. Ich bin ein Weggefährte der Hähne. Ich stehe zur gleichen Zeit auf.«

»Warum, Tom? Hast du Kummer?«

»Das kann man so sagen. Ohne dich zu sein tut weh, nur dass du's weißt.«

»Ohne mich zu sein?«

»Ja. Das ist ziemlich unerträglich.«

»Ohne dich zu sein auch, Tom.«

»Super. Und ich war traurig, weil ich dachte, die Sehnsucht ist einseitig.«

»Sie ist nicht einseitig, Tom.«

»Was hast du alles gemacht, seit du mich verlassen hast?«

»Ich habe dich nicht verlassen, Tom, das weißt du doch. Ich bin nur zu meiner Mutter nach Berlin gefahren.«

»Du bist nur zu deiner Mutter nach Berlin gefahren?«

»Ja. Wie geht es dir, seit ich weg bin?«

»Geht so. Komm, mach dich auf den Weg.«

»Was hältst du davon, wenn ich mich jetzt sofort auf den Weg mache?«

»Das wäre wunderbar!«

May duschte eilig, hinterließ für ihre Mutter und ihren Onkel die Notiz: »Ich fahre nach Köln, passt auf euch auf«, machte sich ein Käsebrötchen für unterwegs, erreichte den Zug um 06.40 Uhr, kam um 12.35 Uhr am Hauptbahnhof Köln an und eine halbe Stunde später bei Tom.

Tom empfing sie strahlend.

Sie sprachen nicht miteinander. Sie zogen sich schweigend aus und liebten sich. Danach schlief May ein und Tom betrachtete ihr Gesicht. Er fragte sich, was er der Welt Gutes getan hatte, um eine solche Schönheit zu verdienen. Dann las er in der taz, die er abonniert hatte. Anschließend versuchte er, sich in seiner Phantasie Gesichter für seine leiblichen Eltern auszumalen.

Wann immer Tom an seine leiblichen Eltern dachte, konnte er sich ihre Gesichter nicht vorstellen. Er sah die Gesichter der Menschen, die ihn in der Klinik adoptiert hatten. Seine erste richtige Erinnerung war ein blaues Wasser, das zwischen zwei Ufern floss, und Eli hatte ihm gesagt, dass man dieses Wasser Bosporus nennt. Mehr war ihm von Istanbul und dem Bosporus nicht im Gedächtnis geblieben.

Der Professor war ein schweigsamer Mann, der Tom nie in den Arm nahm. Ein sehr großer, dürrer Mann mit runder Drahtbrille, der manchmal über sie und manchmal durch sie hindurchsah, ohne Tom zu sehen. Er frühstückte, signalisierte mit einer Geste, dass es Zeit war zu gehen, und Eli begleitete ihn zur Tür. Beim Abschied küssten sie sich beiläufig. Er trug mit sich selbst auch das Schweigen und die Anspannung fort. Es dauerte eine ganze Weile, bis er in den Dodge einstieg, den Motor startete, rückwärts auf die Straße fuhr und sich entfernte, während das

Käsesandwich in Toms Hand in der Luft hängenblieb. Erst breitete sich am Frühstückstisch eine fröhliche Stimmung aus, dann kamen die Streiche der Gebrüder, und schließlich folgte Elis unzeitige und lästige Melancholie mit endlosen Tränen, Kopfschmerzen und grundlosen Ausbrüchen. Toms Brüder wussten nicht, wie sie Eli beruhigen sollten und machten sich aus dem Staub. Tom blieb bei seiner Mutter und wartete darauf, dass sie sich wieder fasste. »Du!« schrie ihn Eli zornig an. »Du schwarzes Kind, du undankbares Kind, du dummes Kind, das nicht weiß, was aus ihm mit seiner schwarzen Haut geworden wäre, hätte ich es nicht als Mutter aufgenommen, du respektloses, unverschämtes Kind, bist du zur Welt gekommen, um mein Leben zu ruinieren?«

Schon in diesem zarten Alter spürte Tom, dass Eli ein Problem mit ihm, und dieses Problem gleichzeitig nichts mit ihm selbst zu tun hatte. Elis Krise zog sich in die Länge, sie entriss ihm das Sandwich, warf es auf den Boden und schimpfte weiter auf das schwarze Kind. Wenn Elis chronische Exzesse, die in Istanbul begannen und sich in Hamburg fortsetzten, nicht gewesen wären, hätte es Jahre gedauert, bis Tom bemerkt hätte, dass seine Haut dunkler war als die seiner Brüder. Eines Tages, als Eli wieder ihre Krise hatte, stürzte Tom ins Badezimmer und schaute in den Spiegel. Um das Problem von Grund auf zu lösen, griff er nach dem Bimsstein, der am Rand der Badewanne lag, und begann, sich unter dem Begleitgesang »schwarzes Kind« das Gesicht abzureiben.
»du schwarzes Kind,
du undankbares Kind,
du dummes Kind,
das nicht weiß,

was aus ihm mit seiner schwarzen Haut geworden wäre,
hätte ich es nicht als Mutter aufgenommen,
du respektloses,
unverschämtes Kind,
bist du zur Welt gekommen,
um mein Leben zu ruinieren?«

Als seine Stirn zu bluten begann, kam Eli, immer noch in ihrer Krise gefangen, ins Bad und fiel bei dem Anblick des blutenden Toms in Ohnmacht. So wurde der Bimsstein zu einer bedrohlichen Verteidigungswaffe für Tom, bis er die Grundschule beendete.

May schlug die Augen auf und sah, dass Tom seine Faust fest auf seine Stirn drückte, wie damals den Bimsstein. »Tom«, flüsterte sie besorgt. »Tom, geht es dir gut?« Tom sah sie voller Liebe an, und in diesem Blick erkannte sie seine Gebrochenheit. »Tom«, wiederholte sie, »was ist los mit dir?«

Tom versuchte zu sagen: »Mir geht's gut«, doch seine Worte wurden zu einem keuchenden Schluchzen, und aus seiner Nase begann ein blutiger Eiter zu sickern, den er auch in seiner Kindheit nicht hatte stoppen können. Als May ihn umarmte, schluchzte er: »Ein schwarzes Kind soll man nicht in einer weißen Familie aufziehen! Das ist unfair!« May drückte seinen Kopf an ihre Brust und streichelte sein Haar. Toms Schluchzen ließ nach, seine Seufzer wurden weniger, der blutige Eiter aus seiner Nase hörte auf zu fließen, seine Augenlider wurden schwer, und schließlich schlief er ein. Nach einigen Minuten öffnete er die Augen wieder. Er war nicht mehr das verletzte, schmerzgeplagte kleine Kind, sondern wieder der verschmitzt lächelnde Tom. Er nahm die Hände von May, die immer noch seine Haare streichelten, in seine und sagte: »Lass uns heiraten. Ich nehme auch gerne deinen Nachnamen an. Ich werde zu Tom Arslan!«

»Okay!« sagte May. »Wenn wir es schaffen, die Geheimnisse zwischen uns aus unserem Leben zu verbannen, dann ja!«

Am Abend gingen sie ins Residenz Filmtheater, um »I Am Not Your Negro« zu sehen. James Baldwin war für May ein amerikanischer Schriftsteller, für Tom war er ein Prophet.

(Ein weiterer Prophet für Tom war Muhammad Ali.)

»Es soll nicht wie Angeberei klingen«, sagte er, »aber ich kenne alles, was Baldwin geschrieben hat, und alles, was über ihn in jeder Sprache geschrieben wurde.« Er hatte so viele Bücher, Filme und Fotobände, dass er seine Wohnung als James-Baldwin-Museum zur Verfügung stellen könnte. Dann hätte er auch die Funktion des Museumsführers übernehmen und seinen Besuchern erzählen können, dass James Baldwin am 2. August 1924 in Harlem in New York geboren wurde, im Alter von siebzehn Jahren seine Homosexualität entdeckte, dass er trotz seines scharfen Verstandes nicht an der Universität zugelassen wurde, dass er in allerlei Jobs arbeitete, um Geld nach Hause zu bringen, und mit Robert Kennedy, Martin Luther King, Malcolm X und Medgar Evers befreundet war, die alle Opfer von Attentaten wurden. Dann könnte er davon erzählen, dass James seine friedlichsten Tage in Istanbul verbracht hatte. Das war kein Märchen. Die Freundschaft zwischen James und dem Schauspieler Engin Cezzar war keine Fiktion. Diese beiden waren Blutsbrüder. Jimmy liebte Istanbul. Istanbul war zum Beispiel ein Ort, an dem du nicht erschossen wurdest, während du mit einem Weißen Kaffee trankst. Er sprach die Sprache dieser Stadt nicht, aber das machte ihm nichts aus. Istanbul war die Stadt, wo er sein Buch »Ein anderes Land« schrieb. Der Fotograf Sedat Pakay hatte Hunderte von Fotos von Jimmy gemacht, und er hatte auch einen kurzen Film mit dem Titel: »James Baldwin - Aus einem anderen Ort« gedreht. In diesem Film wacht Baldwin auf, reckt sich, öffnet die Vorhänge, schaut auf Beykoz am anderen Ufer, auf den Bosporus, auf Passagierschiffe, Tanker, Fernsehantennen, kratzt sich den Rücken, verschwindet kurz aus dem Bild, kehrt im Bademantel zurück, zündet sich eine Zigarette aus dem Paket auf dem langbeinigen Hocker neben dem Bett an und beginnt zu rauchen, tut so, als ob er auf seine Armbanduhr schauen würde, drückt die Zigarette aus, bevor er sie zu Ende geraucht hat, wirft einen kurzen Blick in die Kamera, bevor die Szene wechselt und er in das Gedränge auf dem Eminönü-Platz eintaucht, dem Treffpunkt und Futterplatz der Stadttauben. »Das kann nicht sein!« unterbrach May »Wie kannst du so viele Details über Istanbul kennen? Warst du damals nicht noch ein Kind?«

Sie standen vor dem Residenz Filmtheater.

»Ich bin ein regelmäßiger Besucher von Istanbul«, sagte Tom.

»Was?«

»Es gibt ja diesen Nachbarn im zweiten Stock, diesen Sketchautor. Ich bin nach Istanbul gefahren, um seinem Gerichtsverfahren beizuwohnen. Und später war ich oft dort, um Spuren von Baldwin zu suchen.«

»Wo du schon mal da warst, hättest du auch Spuren

meines Vaters suchen können«, sagte May lächelnd.

»Das können wir dann gemeinsam machen. Ich bin ja dein zukünftiger Mann.«

»Kommt gar nicht in Frage! Du bist ein alter Mann. Wenn ich in deinem Alter bin, bist du schon längst tot. Mit wem soll ich dann das Kind machen?«

»Ihr seid aber wirklich eine Generation von Karrieristen. Ihr seid nur auf Erfolg aus! Früher wurden Frauen mit vierzig Großmutter, nicht Mutter. Ihr feministischen Frauen habt es geschafft, euch sofort von der Verantwortung für das Gebären und Aufziehen von Kindern zu befreien, Respekt! Wer macht denn bitte mit vierzig noch Kinder? Wenn du es ernst meinst, ist unser Schlafzimmer, zum Beispiel gleich nach dem Film, die ganze Nacht für die Fortführung unserer Gattung reserviert.«

»Tom!«

»Und das Bett ist frisch bezogen.«

»Toooom!«

»Okay, alles klar. Nieder mit dem Sexismus!«

Der Film war nicht dazu geeignet, für die Fortführung der Gattung zu sorgen. Schweigend verließen sie das Kino. Schweigend kehrten sie nach Hause zurück und schliefen, ohne ein Wort über den Film zu verlieren, einander umarmend ein.

Am nächsten Morgen wachte May mit dem Duft des Kaffees auf. Während sie sich die Augen rieb, dachte sie an den Film »I Am Not Your Negro«. »Wie seltsam«, sagte sie. »Ein Land wie die USA, das einen so großen Beitrag zur Demokratisierung Deutschlands geleistet hat, behandelt einen Teil seiner eigenen Bürger so ungerecht.«

»Nichts ist seltsam daran«, widersprach Tom. »Die Indianer und Schwarzen waren schon immer die Juden Amerikas.«

»Gut, aber dort hatte niemand die Idee, nicht einmal die schlimmsten Rassisten, Gaskammern für Schwarze und Indianer einzurichten, oder?«

»Das stimmt auch wieder«, meinte Tom. »Auf diese Idee sind sie nicht gekommen, aber sie haben das Land über Jahrhunderte hinweg in ein Konzentrationslager für Schwarze verwandelt. Nach dem Bürgerkrieg, als die Sklaverei abgeschafft wurde, haben sie Schwarze massenhaft festgenommen und zur Zwangsarbeit gezwungen, nur um das System der Sklaverei aufrechtzuerhalten. Es besteht eine direkte Verbindung zwischen der grausamen Vergangenheit der USA und der Überfüllung von Gefängnissen mit Schwarzen.«

Sie verbrachten das Frühstück damit zu analysieren, wie Nord- und Südamerika von europäischen Kolonisatoren und Einwanderern ausgeplündert wurden. Nach dem Frühstück spazierten sie durch den nahegelegenen Park. Sie sprachen über Politik, Filme, Bücher, Klatsch aus Boulevardzeitungen, sogar über Fußball und über den chronisch bedauernswerten Zustand des Fußballvereins Köln mit dem Ziegen-Emblem, aber sie verloren kein Wort über ihre Vergangenheit. Auch beim Abendessen blieb es dabei. Danach begannen sie, eine Krimiserie im Fernsehen anzuschauen, brachen jedoch nach der Hälfte ab und schalteten den Fernseher aus. Sie gingen hinaus. Auf der Hauptstraße tranken sie in einem Weinlokal Rotwein. Das Lokal war anfangs ziemlich voll und laut. Nach ihrem ersten Glas wurde es ruhiger und weniger überfüllt, also bestellten sie eine weitere Runde. Nach dem dritten Schluck sagte Tom: »Eigentlich wusste ich schon als Kind, dass meine Mutter weiß ist, aber wenn ich sie mir vorstelle, erscheint mir irgendwie zuerst eine schwarze Frau vor den Augen. Sagen wir mal, eine ziemlich dunklere Version von dir.«

»Red keinen Blödsinn, Tom!« wies ihn May zurecht. »Wenn man die Freundin mit der Mutter vergleicht, ist das kein Kompliment, sondern nur ein Ausdruck dafür, wie eng die Männlichkeit mit Dummheit verknüpft ist.«

»Wie eng die Männlichkeit mit Dummheit verknüpft ist? Wow!«

»Bitte fang nicht schon wieder an, Tom. Du nervst.«

»Ich nerve?«

»Genau!«

»Wahrscheinlich stelle ich mir meine Mutter als Schwarze vor, weil ich eine Mutter brauche, die Eli ganz und gar nicht ähnelt. Wenn meine Mutter schwarz wäre, gäbe es ja kein Problem. Eine schwarze Familie würde sich für ein schwarzes Kind nicht schämen. Und ich wäre dann vielleicht nicht zur Adoption freigegeben worden. Vorausgesetzt, ich bin nicht das Kind einer Nutte.«

»Nenn deine Mutter nicht eine Nutte, Tom. Mutter ist Mutter.«

»Aber es gibt doch Nutten.«

»Es gibt auch Zuhälter. Ein Beruf, in dem viele Männer Karriere machen.«

»Du bist ja richtig verärgert! Mein Vater ist also Zuhälter und meine Mutter Nutte. Na dann, viel Glück!«

»Red keinen Blödsinn, Tom! Hör jetzt auf, dich zu quälen, und fang stattdessen an, deine Mutter und deinen Vater zu suchen. Ich zum Beispiel weiß, wer meine Eltern sind, aber meinen Vater kenne ich nicht gut genug, und der Versuch, ihn kennenzulernen, tut mir gut. Es könnte auch dir guttun. Komm, lass uns nach diesem Glas nach

Hause gehen. Du fängst an, deine Eltern zu suchen, und ich setze meine Reise in die Vergangenheit meines Vaters fort. Was hältst du davon?«

»Super Idee«, sagte Tom und sein Gesicht erstrahlte wieder mit dem charmanten Lächeln, das May so glücklich machte.

Auf dem Weg nach Hause klingelte Mays Mobiltelefon. May erkannte am Klingelton, dass ihre Mutter anrief.

Juli 2019, Hamburg
DER FRIEDHOF

Tom hatte May sein Alter mit einem Rabatt von ungefähr zehn Jahren angegeben, als er sie kennengelernt hatte. Jetzt aber wollte er der zwanzig Jahre jüngeren, zwanzig Jahre klügeren May gestehen, dass er fast fünfzig war.

Leicht angetrunken zu Hause angekommen, setzte sich May an ihren Computer. Tom wollte sie in Ruhe ihre Sachen erledigen lassen und ging ins Schlafzimmer. Auf der Suche nach einem angenehmen Zeitvertreib warf er einen Blick auf seine Bücher, entdeckte aber keines, das diesen Wunsch erfüllen könnte. In allen ging es nämlich um Sklaverei, Kolonialismus, Rassismus, Antisemitismus oder Islamfeindlichkeit.

Er ging zurück ins Wohnzimmer und sah, dass May immer noch in der virtuellen Welt war. »Magst du Tee oder Kaffee?« fragte er, erhielt aber keine Antwort. Er füllte den Wasserkocher auf und schaltete ihn an. Er griff zu seinem Mobiltelefon und ging wieder ins Schlafzimmer, um dort das Kochen des Wassers abzuwarten. Als es bald zu sprudeln begann, kümmerte sich weder May darum, die gerade im Internet Informationen über Fritz Bauer las, noch Tom, der auf die Tasten seines Telefons drückte, um seinen fünf Jahre älteren Bruder anzurufen.

»Tom«, rief May aus dem Wohnzimmer. »Ich muss zurück nach Berlin.«

Tom legte sein Telefon beiseite und rief ihr zu: »Ist etwas passiert? Habe ich schon wieder etwas falsch gemacht?« May kam an die Schlafzimmertür. »Nein, Tom, red keinen Quatsch. Vorhin hat mir Mutter am Telefon gesagt, dass mein Onkel krank ist. Ich sollte ihn nicht allein lassen.«

»Gut, meine Schöne.«

»Kannst du bitte dieses Wort ›meine Schöne‹ aus deinem persönlichen Wörterbuch streichen?«

»Natürlich, meine Schöne. Sofort!«

»Tom!«

Am nächsten Vormittag stand Tom am Fenster und beobachtete das Eichhörnchen, das von Ast zu Ast in den beiden hohen Pappeln vor seinem Fenster sprang. Auch May sprang mal hierhin, mal dorthin wie eben dieses Eichhörnchen. Er hatte sie gefangen, aber sie festzuhalten war nicht so einfach. Dazu musste er nicht nur so flink sein wie Sokrats schwarze Katze, sondern auch genauso klug. Also musste er die Telefonnummer, die er zu wählen begann, als May noch hier war, erneut wählen und mit seinem Bruder sprechen.

Nach einem kurzen Smalltalk sagte er seinem Bruder: »Ich rufe dich an, um zu erfahren, was du alles über mich weißt.«

Der Bruder schwieg und überlegte eine Weile. Zuerst dachte er an seinen toten Vater. Er war sehr religiös, sehr autoritär und sehr intelligent. Dann dachte er an seine Mutter Eli, die ihre Pferde, Hunde und Katzen mehr liebte als ihre Kinder. Er erinnerte sich an den Tag, an dem Tom auf Elis Arm nach Hause gebracht wurde. Eli legte das Baby auf das Sofa, verkündete ihren beiden Söhnen, das sei ihr neuer Bruder, und wies sie an, nett zu ihm zu sein. Tom war ein Baby, das ständig lachte. Viel später erzählte Eli, dass Toms Mutter eine deutsche Migrantin in Amerika war und sein Vater ein Afroamerikaner, der sich irgendwann aus dem Staub gemacht hatte. Warum seine Eltern Tom adoptierten, obwohl sie schon zwei Söhne hatten, wusste der Bruder nicht. »Vielleicht wollte mein Vater sich überzeugen, dass er ein guter Christ war, und meine Mutter, dass sie ein guter Mensch war, vielleicht wollten sie zeigen, wie frei von Rassismus sie waren, als Deutsche im ziemlich rassistischen Alabama, oder vielleicht bloß aus Angeberei«, mutmaßte er. »Oder vielleicht, weil deine Mutter Deutsche war, ich weiß es nicht.« Seine Mutter hatte erzählt, sie seien nach Deutschland zurückgekehrt, weil sie ständig rassistisch angemacht und bedroht worden seien. Ob das wirklich stimmte, konnte der Bruder nicht beurteilen. Schließlich war es auch in Deutschland nicht so einfach, ein schwarzes Kind großzuziehen, wenn auch nicht so schlimm wie in Alabama. Wenn wirklich Rassismus das Problem gewesen wäre, hätten sie nach New York gehen und sich in Brooklyn niederlassen können.

»Eli hatte mir auch ein paar Sachen hinterlassen, kannst du dich daran erinnern?« fragte Tom.

»Natürlich. Weil du sie nicht haben wolltest, habe ich sie in den Keller gebracht.«

»Die sind also noch alle da, du hast sie nicht weggeworfen?«

»Natürlich nicht. Ohne deine Erlaubnis darf ich sie doch nicht wegwerfen, die gehören ja nicht mir. Aber ich habe auch vermutet, dass du eines Tages danach fragen würdest.«

»Das ist ja sehr vorausschauend. Würde es dir passen, wenn ich dich nächstes Wochenende besuche und gucke, was ich von Eli geerbt habe?«

»Aber klar doch, ich würde mich sehr freuen.«

Am nächsten Wochenende mietete Tom einen Volkswagen Passat Kombi und fuhr nach Hamburg. Sein Bruder lebte mit seiner Frau und Tochter in einer Fünf-Zimmer-Wohnung im obersten Stockwerk eines alten Gebäudes gegenüber dem Eingang Nord der Hamburger Messe. Nachdem sie sich eine Weile unterhalten hatten, ging Tom auf den winzigen Balkon, um zu rauchen. Sein Bruder folgte ihm, obwohl er nicht rauchte. Er fragte Tom, ob er eine Freundin habe. Da kam aus der gegenüberliegenden U-Bahn-Station ein junges Mädchen heraus, lief zur Ampel und wartete, um die Straße zu überqueren. »Ja«, sagte Tom. »Sie ähnelt diesem Mädchen an der roten Ampel, ist aber ungefähr zehn, fünfzehn Jahre älter.« Der Bruder schaute hinunter, und das Mädchen winkte ihm zu. »Das ist meine Tochter«, sagte er, worauf beide schallend lachten.

Bald darauf klingelte es an der Tür. Es war die Nachbarin, die mit ihrer Familie ein esoterisches Leben führte und sich jeden Tag ohne Ausnahme über den Lärm beschwerte. Sie habe gerade ihr Kind schlafen gelegt, man möge bitte etwas leiser lachen, sagte sie. Wenige Minuten später traf Toms Nichte ein. Zum Abendessen gingen sie in ein Fischrestaurant im Karolinenviertel, von dem sein Bruder behauptete, es sei das einfachste und köstlichste Fischrestaurant der Welt.

Als sie wieder zu Hause waren, zog sich Toms Nichte,

die May ähnlichsah, in ihr Zimmer zurück. Bis Mitternacht verbrachten sie zu dritt einen fröhlichen Abend, ohne Kindheitserinnerungen wachzurütteln. Toms Schwägerin war redselig. Sie war in diesem Viertel geboren, aufgewachsen und zur Schule gegangen. Niemand konnte die Dynamik des Wandels im Viertel so schnell auf den Punkt bringen wie sie. Sie begann mit den Worten: »Während die Armen in die äußeren Bezirke verdrängt worden sind«, und endete nach einer ausführlichen Analyse damit, dass die Marktstraße zu einem Ort für junge Unternehmer geworden war. Es sah zwar auf den ersten Blick so aus, als seien mit der Armut auch die Drogenhändler verschwunden, aber das war irreführend, denn die Veränderung betraf nur die Art der Drogen. Früher wurden in dieser Straße billige Drogen verkauft, aber mit der Veränderung des Kundenprofils hatte sich auch ihre Qualität geändert. Reichen Leuten schienen die Drogen nichts anzuhaben. Selbst wenn sie drogenabhängig waren, liefen ihre Geschäfte irgendwie gut. Die Armen kamen trotz all der Beratungsstellen und Kliniken fast nie auf einen grünen Zweig, nur sehr wenige konnten sich aus diesem Kreislauf befreien. Eigentlich wurden die Probleme nicht gelöst. Die armen Menschen zogen nur wie Nomaden von einem Viertel ins andere. Die Attacken gegen die Bundeskanzlerin, nur weil sie für die Flüchtlinge die Tore geöffnet hatte, bedeutete für die Schwägerin nichts anderes, als dass diese Gesellschaft in der Scheiße steckte. »Wenn selbst diese kleine menschliche Geste dieser Frau zu viel für diese Gesellschaft ist«, sagte sie, »heißt das, dass diese Gesellschaft zwar Luxusautos, Autobahnen und Gebäude aus Glas und Stahl bauen kann, aber immer noch nicht gelernt hat, menschlich zu sein. Nach den

Gesetzen aller europäischen Länder ist es kein Verbrechen, einen Ertrinkenden zu retten, sondern, im Gegenteil, ihm die Hilfe zu verweigern. Aber wenn Afrikaner im Mittelmeer ertrinken und diejenigen, die versuchen, sie zu retten, wie Verbrecher behandelt werden, dann bedeutet das, dass dieser Kontinent längst tot ist und darauf wartet, beerdigt zu werden.«

Die Worte seiner Schwägerin machten Tom glücklich, gelegentlich zwinkerte er seinem Bruder zu, um ihm anzudeuten, wie großartig er dessen Frau fand.

Nachdem sie an der westlichen Welt kein gutes Haar gelassen hatte, ging die Schwägerin schlafen. Die beiden Männer blieben allein zurück, konnten aber das Gespräch nicht fortsetzen. Während der Stille, die eine ganze Weile dauerte, hörte der Bruder die herzzerreißenden Schreie des kleinen Tom aus dem Keller des Hauses. Tom sah es seinem Bruder an und sprach zum ersten Mal seit seiner Ankunft von dem Professor, indem er fragte, wo sie ihn begraben hätten und ob die Gräber der Eltern nebeneinander seien.

»Nein«, erwiderte der Bruder. »Das eine Grab ist in Bergstedt, das andere in Ohlsdorf. Möchtest du sie besuchen?«

Tom zögerte. Er konnte nicht abschätzen, welche Emotionen an dem Grab des Professors in seiner Seele hochkochen würden. Tom war es nie gelungen, ihn zu verstehen. Der Professor war eine einzigartige Persönlichkeit, wie ein Elektron in der Quantenphysik, deren Experte er war. Ort und Richtung dieses Elektrons konnten nie genau bestimmt werden. Während dieser Schurke seinen Tee schlürfte und eine Zeitschrift voller Grafiken und mathematischer Formeln las, offenbarte er scheinbar seine aktuellen Koordinaten, war aber bereits längst verschwunden. Dieser Mann, der ihn immer wieder verprügelte und in seinen Dodge verliebt war, war gleichzeitig derjenige, der seinen Studenten den Quantensprung, das Heisenbergsche Unschärfeprinzip, den Wellen-Teilchen-Dualismus und Schrödingers Katze so einfach und verständlich erklären konnte, als würde er über ein Omelett-Rezept sprechen. Er war nicht beunruhigt über die Begrenztheit seines theologischen Universums auf die Vorstellung »Gott ist Gott und wird angebetet«, zwang seine Kinder mit der Peitsche in die Kirche und verdarb ihnen die Sonntage. In der eindimensionalen Umgebung namens Kirche war es nicht möglich, wie ein Elektron zu springen und auf die Ebene Gottes zu gelangen. Es gab dort auch kein Mittel gegen Langeweile. Zum Zeitvertreib konnte man nur heimlich zur Orgel auf die zweite Etage hinaufschleichen und den gläubigen Katholiken auf den Kopf spucken. Gott sei Dank wurden sie während dieser konspirativen Frechheiten nicht von dem Professor erwischt und ihre Partikel wurden nicht in die Unendlichkeit des Kosmos verstreut.

Wenn aus ihm ein gottloser Atheist geworden war, wer war dafür verantwortlich, wenn nicht der Professor? Dieser verfügte zwar über die Pigmentmoleküle, um zu begreifen, dass das Rot rot war und das Grün grün, aber für Tom war er farbenblind. Den Unterschied zwischen Schwarz und Weiß kannte er zum Beispiel nicht. Wenn es um eine schwarze Katze oder ein weißes Tuch gehen würde, könnte man sagen, eine Katze ist eine Katze und ein Tuch ist ein Tuch. Aber wenn es um Rassismus geht, kannst du nicht einfach sagen, ein Mensch ist ein Mensch. Es gibt sehr wohl einen Unterschied zwischen einem schwarzen Adoptivkind, das sich ständig Anspielungen auf die Hautfarbe anhören muss und einem weißen Professor aus Hamburg, der sein ganzes Leben in einem Elfenbeinturm verbracht hat. Das hätte eigentlich auch der Professor wissen müssen, aber er löste die Probleme wie eine Gleichung in der Mathematik. Als Tom in der Schule verprügelt wurde und mit blutender Nase nach Hause kam, analysierte der Professor die Lage, schickte sich gar nicht erst an, ihm Ratschläge wie »Junge, geh diesen blöden Typen aus dem Weg« zu geben, sondern kaufte ihm sofort Boxhandschuhe, brachte ihm schnell die Grundschläge Cross, Haken und Aufwärtshaken bei, und danach war es nicht Tom, dessen Nase blutete, sondern es waren diejenigen, die ihn provozierten. Das mochte Tom an ihm, insgeheim war er auch stolz auf ihn. Er bewunderte ihn auch, als er ihn noch als seinen Vater empfand, bevor die Zeit des Prügelns anbrach. Der Professor hatte ein unglaubliches Gehirn. Wenn es ihm nicht gelang, eine Sprache in einer Woche zu lernen, bekam er überall Pickel. So war dieser Professor. Er spielte zum Beispiel Geige. Selbst wenn er sie nicht so gut spielen konnte wie Yehudi Menuhin, hätte er diesen gutaussehenden, nach TV-Shows schmachtenden David Garrett vor Eifersucht in den Selbstmord treiben können. Oder er spielte Klavier, wie dieser zierliche Fazıl Say, dessen Blick sowohl beim Spielen als auch beim Sprechen die Horizonte erkundet. Er spielte Gitarre wie Paco Peña, dessen Finger wie Eichhörnchen von Ast zu Ast springen. Er spielte Sitar wie der verstorbene Ravi Shankar. Wer weiß, was er unbemerkt sonst noch spielte. Einmal kam er mit einem Trio aus Klarinette, Saxophon und Trompete, und egal, welches Instrument er blies, es kam ein Furzgeräusch wie aus dem Auspuff seines Autos heraus. Als Eli die Nase zuhielt und das Gesicht verzog, drückte der Professor die Klarinette, das Saxophon und die Trompete gnadenlos in der Presse platt. Tom hatte das beobachtet, und als er gefragt wurde, welches Instrument er spielen wollte, hatte er ohne zu zögern »Trompete« geantwortet. Das war eine der klügsten Entscheidungen seines Lebens. Seine Brüder, die am Klavier und an der Geige nicht in der Geschwindigkeit Fortschritte machten, wie es sich der Professor gewünscht hatte, mussten nämlich die Gürtelhiebe am eigenen Leibe erleiden. Schließlich konnte der älteste Bruder die Geheimnisse des Klaviers teilweise erkunden, aber der mittlere Bruder hatte das Handtuch geworfen, bevor er die Note E erreichte.

Dieser Professor, der vorher kein Wort Türkisch sprach, lernte während der Fahrt auf dem Überseedampfer sämtliche Verb- und Zeitformen, Adverbien, Pronomen, Präpositionen und viele Feinheiten der Sprache, für die ein normales Gehirn Jahre brauchen würde, und eine Woche nach seiner Ankunft in Istanbul machte er mit seiner Feilschkunst auf Türkisch den schlitzohrigen Händlern im Großen Bazar das Leben schwer. Bald begann er, seine Vorlesungen auf Türkisch zu halten und half damit den sprachlich weniger begabten Schülern mit begrenzten Englischkenntnissen. Wenn er doch nur seinen Gürtel heimlich im Atlantik versenkt hätte, ohne dass die Besatzung und die Passagiere des Schiffs es bemerkt hätten, oder wenn sein Verstand ihm gesagt hätte: »Kinder brauchen auch Berührung und Umarmung, Herr Professor!«, dann hätte Tom jetzt keine Schwierigkeiten, seinen Namen auszusprechen und sein Grab zu besuchen.

»Lass uns nur zu Eli gehen«, sagte Tom. »Den Professor können wir das nächste Mal besuchen.«

Am nächsten Morgen luden sie die Erbstücke von Eli in den Passat und begaben sich auf den Weg zum Friedhof. Sie machten einen Zwischenstopp beim Blumenhändler und ließen einen großen Lilienstrauß binden. Mit weißen Lilien. Sein Bruder hatte ihm gesagt, dass Ohlsdorf mit mehr als zweihunderttausend Gräbern möglicherweise der größte, prächtigste und am besten gepflegte Friedhof der Welt sei. Hier ähnelte es eher einem Nationalpark mit allerlei Eschen, Buchen, Kastanien, Platanen, Kirschbäumen, Pinien, Wacholderbäumen und verschiedenen Arten von Kiefern als einem Friedhof. Als sie sich dem Grab näherten, begannen Toms Augen zu tränen, während blutiger Eiter aus seiner Nase rann. Sein Bruder bemerkte das. »Tom«, sagte er, »lass uns das verschieben, du siehst nicht gut aus.« Tom wischte sich Tränen und die Flüssigkeit von seiner Nase mit einem Taschentuch ab und antwortete: »Nein, nein, es geht mir gut. Wenn ich es nicht bis zum Grab schaffe, kann ich Eli nie mehr besuchen.«

Sie liefen weiter. Zwei Männer, die vor einem Grab knieten und gleich als Vater und Sohn erkennbar waren, schienen in ihren eigenen Schatten verloren zu sein. Unwillkürlich drehte sich Tom zu ihnen um und las den Namen »Hatice Arslan« auf dem Grabstein. Eine plötzliche Erschütterung, die in seinen Haaren begann, durchlief seinen ganzen Körper bis zu seinen Fersen. Er vermisste May. Dann fragte er sich, welche Geschichte sich wohl hinter dem Namen Hatice Arslan verbarg, die Vater und Sohn gemeinsam weinen ließ. Womöglich lag in den Tränen von Vater und Sohn die Verzweiflung zu wissen, wer für den Tod der Mutter verantwortlich war. Vielleicht waren Hatice Arslan und ihr Mann wiederholt zum Jugendamt gegangen und hatten gesagt, dass ihr Sohn krank war und sie Hilfe brauchten. Vielleicht hatte es über die Jahre hinweg keine Gesundheitseinrichtung gegeben, an deren Tür sie nicht geklopft hatten. Vielleicht hatten weder die Psychologen mit ihren mit Diplomen übersäten Wänden noch die Kriminologen, die komplexe Verbrechen lösten, noch der Richter, der darüber entscheiden konnte, ob man den Jungen in eine Klinik schicken sollte, den Zustand des Kindes erkannt, der an einem Morgen im Mai mit seinen starken Fingern den Hals seiner Mutter umklammern sollte, sodass sie alle das Kind, das seinen Vater nicht als Vater, seine Mutter nicht als Mutter und seinen Bruder nicht als Bruder wahrnehmen konnte, seinem Schicksal überließen. Und vielleicht hatte sich das Kind, das nicht zu dieser Welt gehörte, an jenem Maimorgen an den Hals seiner Mutter geklammert, hatte ihr das Leben genommen, und eine unheilbare Trauer hinterlassen. Es wäre auch verständlich, wenn Hatice Arslan mit der Verantwortung und der Kraft einer Mutter sich der Illusion hingegeben haben sollte, ihren schizophrenen Sohn allein durch ihre unerschöpfliche Liebe und Fürsorge heilen zu können. Verständlich wäre es auch, dass sie gehofft hatte, die Finger, die sich um ihren Hals geschlossen hatten, würden sich lösen, bevor sie erstickte. Sie war eine Mutter und konnte nicht anders denken.

Eli hatte Glück gehabt, dass er, Tom, nicht schizophren war. Sonst hätte er sie vielleicht vor ihrer Zeit ins Jenseits befördert und sich nicht einmal schuldig gefühlt. Tatsächlich hatte er sich ihren Tod innig gewünscht, und sein Wunsch war viele Jahre später in Erfüllung gegangen. Als Eli starb, hatte er sich aber nicht gefreut, stattdessen hatten ihn Schuldgefühle geplagt, als hätte er sie mit den eigenen Händen erdrosselt. Wenn Eli ihn geliebt hätte,

hätte er alles gemacht, damit sie glücklich ist, er hätte für sie sogar die ganze Welt bis in die entlegensten Ecken niederbrennen und dann wie der Kaiser, der Rom in Brand steckte, ein Liedchen trällern können. An jenem Tag, an dem klar wurde, dass Eli unheilbar erkrankt war, verpisste sich der Professor wie ein Quantenobjekt plötzlich und ohne Abschiedsbrief in eine andere Galaxie, und da war natürlich Chaos im Haus vorprogrammiert. Großeltern, Tanten und Onkel kamen vorbei und taten ihr Bestes, um Ordnung in das Durcheinander zu bringen. Die drei Jungen wurden gegen Übernahme der Pflegekosten in drei verschiedene Familien geschickt. Tom hatte das Pech, in einer Familie zu landen, in der das Wort Toleranz noch nie gefallen war, und als er das erste Mal frech wurde – obwohl man schon tausend Zeugen gebraucht hätte, um es als Frechheit zu bezeichnen – zögerten sie nicht, ihn sofort zurückzuschicken, weil eine winzige chinesische Schale zu Bruch gegangen war. Am Tag seiner Rückkehr aus dem Exil war Eli aus der Klinik entlassen worden und wartete auf ihn. Sie wirkte ruhig und umarmte ihn inniger als sonst. Wenn er jetzt behaupten würde, dass diese Umarmung einer der wenigen Momente war, in denen sie wirklich Mutter und Sohn waren, würde sein Bruder, der neben ihm lief, ihm nicht glauben. Es war aber wirklich so. Mutter und Sohn umarmten sich und schliefen zwölf Stunden lang eng aneinander gekuschelt, während sie sich gegenseitig »mein Sohn« und »meine Mutter« zuflüsterten. Am nächsten Morgen kehrte Eli in den Zustand zurück, von dem er kurz gehofft hatte, dass er nun für immer der Vergangenheit angehörte. Er sah ein, dass sein Schicksal sich niemals ändern würde, und wurde von einer Traurigkeit ergriffen, die sich bald in eine Melancholie verwandelte. Er versank in den Sumpf namens Depression. Dieser Sumpf war keine Schlammpfütze, aus der man mit einem hingestreckten Ast entkommen konnte, sondern eher ein Wartezimmer zwischen Himmel und Hölle. In diesem Dazwischen konnte man weder sterben noch leben. Es waren Elis ständig wechselnde Launen, die ihn in diesem Wartezimmer festhielten. Eigentlich war nicht er das Problem, aber Eli war ganz anderer Meinung. Aus ihrer Perspektive war es ihr schwarzer Sohn, der mit dem Leben nicht zurechtkam, und um diesen schwarzen Sohn in die Gesellschaft zu integrieren, war es notwendig, ihn in Kliniken zu sperren, in denen die Jungen, die ihre Mütter getötet hatten, untergebracht waren.

So geschah es auch. Nach arglistigen Täuschungen, Besprechungen und Entscheidungen wurden Dokumente unterzeichnet, die Toms Schicksal bestimmen sollten. An einem schönen, ruhigen Tag wurde an die Tür geklopft, und eine Gruppe von ernst dreinblickenden Beamten, stolz auf ihre ehrenwerte Aufgabe, drängte herein. Bevor Tom fragen konnte, was los sei, fand er sich in einem Irrenhaus in der schönen Schweiz mit ihren legendären Bergen, Tälern und Seen wieder. Im Irrenhaus war von Barmherzigkeit keine Rede, und es gab keine Grenzen für die Menge der verabreichten Pillen. Angeblich hatte diese Anstalt den Ruf, die beste auf der Welt zu sein, und es hieß, sie könne selbst den verrücktesten Menschen zum klügsten machen. Die Krankenschwestern und Ärzte dieser Anstalt sprachen Deutsch äußerst langsam, äußerst verständlich und äußerst höflich. Sie brauchten viel Zeit, um einen Satz zu beenden. Schnell lernte Tom, die bitteren Pillen nicht zu schlucken oder gleich wieder auszukotzen.

Und bei der ersten Gelegenheit machte er sich aus dem Staub. Von Bahnhof zu Bahnhof gelangte er ohne Ausweis und ohne Geld bis nach Hamburg. Dort lief er zu dem Haus, den der Schurke mit dem Professorenabzeichen vor seinem Verschwinden gekauft hatte, schlich sich durch ein offenes Fenster hinein und legte sich in seinem Zimmer im Dachgeschoss schlafen.

Als Eli ihn am Morgen in seinem Bett fand, zögerte sie natürlich nicht, zum Hörer zu greifen und die Behörden zu informieren. Und die Behörden zögerten nicht, eine ganze Autoladung mit einer vollständig ausgerüsteten Sicherheitstruppe zu schicken.

Auf seltsame Weise war Tom nicht entmutigt von den fortlaufenden Einweisungen in die Irrenanstalt. Kaum im Irrenhaus angekommen, ergriff er wieder die Flucht, schaffte es bis nach Hamburg und legte sich in seinem Zimmer schlafen. So ging das jahrelang weiter, bis Eli aufgab und ihm sagte: »Na gut, dann bleib hier. Aber wie willst du weiterleben? Ich bin nicht imstande, dir eine Mutter zu sein.«

Plötzlich schien die Sonne über Hamburg, die dunklen Wolken waren besiegt! Tom wusste nicht, wie er sein Leben weiterführen sollte, aber da er bisher überlebt und Eli ihr Hobby als Mutter aufgegeben hatte, konnte er sich jetzt auf die Entdeckung des Lebens begeben. Wie der Kolonialist Christoph Kolumbus könnte er in Richtung des Kontinents rudern, auf dem er geboren wurde, oder dem Kurs des Kolonialisten Vasco da Gama folgen, das Kap der Guten Hoffnung umfahren und die

Westküste Indiens erreichen. Wie Magellan könnte er alle Längengrade hinter sich lassen und vielleicht, diesmal freiwillig, nach Hamburg zurückkehren, in das Haus, das dieser Schurke mit dem Professorenabzeichen vor seinem Verschwinden gekauft hatte, oder eben gar nicht mehr zurückkehren, wenn er keine Lust darauf hatte.

Tom folgte nicht dem Kurs der Kolonialisten. Einige Jahre vor Elis Tod machte er sich auf den Weg und kam in der Stadt an, die für ihren Karneval und ihren Dom berühmt ist. Noch am ersten Tag in der Stadt traf er am Rheinufer Sophia Kibaris, die vielleicht zehn, vielleicht fünfzehn Jahre älter war als er. An einen Baum gelehnt war er gerade dabei zu überlegen, wo er die Nacht verbringen könnte. Sophia Kibaris schien seine Gedanken gelesen zu haben, denn sie sprach ihn an: »Junger Mann, ich habe den Eindruck, dass du gerade erst in die Stadt gekommen bist, dass dich etwas betrübt und dass du Hilfe brauchst.«

Tom sah sie an. »Das stimmt tatsächlich«, sagte er. »Woran hast du erkannt, dass ich kein Geld habe und niemanden, den ich in dieser Stadt kenne?« »An deinen Augen«, sagte Sophia. »Meine Großmutter, die mich großgezogen und mir Türkisch beigebracht hat, guckte genauso, wenn sie nicht weiterwusste.«

»Ich bin eigentlich aus Thessaloniki«, sagte sie dann und erzählte, dass ihre Großmutter in den 1920er Jahren aus der Türkei nach Griechenland zwangsumgesiedelt wurde. Und Muslime aus Thessaloniki waren gezwungen, in die Türkei zu gehen. Dann fasste auch Tom seine eigene Situation zusammen.

Damals lebte Sophia in einem Vorort der Stadt, und ihr Sohn Sokrat war erst vier Jahre alt. Sophia bot ihm zwei Alternativen an: ihr eigenes Zuhause oder das besetzte Haus. Sie hatte kein Gästezimmer, aber sie konnte gut kochen. Sie wusste, dass es im besetzten Haus ein freies Zimmer gab, aber das Essen dort war nicht so besonders. Tom entschied sich für das besetzte Haus und begann dort noch am selben Abend sein neues Leben. Wenn ihn jemand fragte, woher er komme, antwortete er: »Ich bin von hier, ich bin Kölner.« Obwohl einige komisch grinsend auf seine Haut schauten, hörte er nach einer Weile nur noch selten die Frage nach seiner Abstammung.

»Hier sind wir«, sagte sein Bruder und blieb vor einem Grab stehen. Tom fühlte sich entspannt, während er die Inschrift auf dem Grabstein las. Er legte die Blumen respektvoll auf Elis Grab und sagte: »Eli, du warst so unerträglich, aber du hast dich sehr bemüht, eine Mutter zu sein.« Stunden später, auf dem Rückweg nach Köln, rief er May an und sagte ihr, dass er sie liebte.

Bevor May antworten konnte, wurde die Verbindung unterbrochen. Später erhielt sie eine Kurznachricht von Tom: »Ich weiß nicht, ob du mich gehört hast. Ich bin unterwegs. Mir geht es gut. Wollte nur sagen, dass ich dich liebe.«

May hatte den ganzen Tag gearbeitet und war kurz davor, ihre Recherche über Silvia Hermann abzuschließen, als ihr Telefon vibrierte. Sie sah Toms Nachricht: »Bist du wach?« und rief ihn an.

Tom erzählte ihr von seiner Reise nach Hamburg, dem Karolinenviertel, der Wohnung seines Bruders gegenüber der Messe und dem herrlichen Ausblick auf die Stadt. Er erzählte auch von seiner Nichte, die May ähnlichsah, und seiner intelligenten Schwägerin, die noch radikalere Ansichten hatte als er selbst. Er erzählte von dem Friedhof und von Hatice Arslans Grab. »Es war ganz seltsam«, sagte er. »Es hat sich angefühlt, als wäre ich nicht am Grab von Eli, sondern als hätte ich Verdis Requiem besucht. Der Vorhang ging auf, die Bühne war lichtdurchflutet, die Vergangenheit wurde sichtbar, verständlich, erfassbar, man konnte ihr vergeben oder sie verfluchen. Jetzt ist die Frage, ob dieses Phänomen namens Vergangenheit oder Erinnerung sich in einen Hammer verwandelt, der einem auf den Kopf fällt.«

Dann erzählte er von den Sachen, die Eli hinterlassen hatte. Die Mappe mit dem Aufkleber »Mein Sohn Tom« hatte ihn sehr berührt. Diese Frau namens Eli, die ihn die ganze Zeit gequält hatte, hätte alles über seine Vergangenheit vernichten können, aber sie hatte es nicht getan. Im Gegenteil, jedes Dokument, jedes Schriftstück, die ihn betrafen, hatte sie aufgehoben und chronologisch abgeheftet. Gut, er wusste, dass er in Alabama geboren wurde, das war ja kein Geheimnis. Und er ahnte, dass er gleich nach seiner Geburt zum Kauf angeboten wurde. Er wusste auch, dass sie nach New York, dann nach Istanbul und dann nach Hamburg umgezogen waren. War es nicht seltsam, dass er all dies wusste, aber seinen eigentlichen Namen nicht kannte?

»Du hast recht, Tom, das ist wirklich seltsam.«

»Möchtest du wissen, wie ich eigentlich hieß?«

»Aber natürlich.«

»Mike Thomas Parker.«

»Mike Thomas Parker?«

»Richtig.«

»Hat es dir gutgetan, deinen eigentlichen Namen zu erfahren?«

»Und wie, meine Schöne!«

»Kein Sexismus, Tom, nenn mich nicht meine Schöne!«

»Du bist aber einfach schön, was kann ich da machen? Wer sonst hat diese persischen Augen?«

»Red keinen Quatsch, Tom!«

»Diese vollen Lippen, diesen verführerischen Blick, diese wohlgeformte Nase?«

»Tom!«

»Tut mir leid, meine Schöne!«

»Toooom!«

»Okay! Okay! Wann kommst du nach Köln?«

»Bald.«

»Dürfte ich um ein Synonym des Wortes Bald bitten?«

»So bald wie möglich.«

»Dürfte ich bitten, dieses So bald wie möglich zu konkretisieren?«

»Sobald ich mit meiner Arbeit fertig bin.«

»Man ist nie fertig mit der Arbeit, das weißt du, oder?«

»Das stimmt auch wieder, Tom.«

»Du könntest ein konkretes Datum nennen, glaube ich, habe ich recht? Du nennst mir ein konkretes Datum und im Gegenzug warte ich auf dich, wäre das was?«

»Das wäre super, Tom. Wollen wir sagen, nächstes Wochenende?«

»Aber ja, sehr gern!«

May blieb noch ein paar Stunden wach. Die Suchmaschinen wussten nichts über den Verbleib von Silvia Hermann. Silvias Cousins und Cousinen waren nicht mehr am Leben. Sie fand zwei Fotos der Familie Hermann aus den fünfziger Jahren, die Silvia zwischen ihren Eltern zeigten. Sie fand ein einziges Foto, auf dem sie allein zu sehen war. Auf dem Foto saß die dreizehnjährige Silvia in ihrer weißen Schuluniform an ihrem Schreibtisch und machte Hausaufgaben. In der virtuellen Welt war sie nicht mehr älter geworden. Sollte sie noch leben, müsste sie jetzt neunundsiebzig sein. May fand es eigenartig, dass alles Mögliche über Eichmann, über den Prozess und dessen Bedeutung, über die Diskussionen in Israel und in Deutschland zu finden war, aber nichts über Silvia nach dem 11. September 1960. Man wusste nur mit Sicherheit, dass ihre Eltern sie irgendwohin geschickt hatten, wo ihr die Nazis nichts anhaben konnten, und alle Historiker kamen darin überein, dass dieser Ort die USA sein musste.

Juli 2019, Köln
»EXILE IS A HARD JOB«

Am frühen Morgen brach May von Berlin auf, um ein wenig Abstand zu den Geheimnissen ihres Vaters zu gewinnen und die Aufregung und Freude zu teilen, mit der Tom begann, seine leiblichen Eltern zu suchen. Es war kühl. Köln empfing sie mit feuchter Hitze von fünfunddreißig Grad. Als sie bei Tom ankam, war sie verschwitzt. Sie duschte, trank eine Tasse Kaffee, ein Glas Orangensaft, ein paar Gläser Mineralwasser und legte sich auf das Sofa. »Ist es nicht seltsam, wie wir uns begegnet sind Tom?« fragte sie. »Wenn du nicht der Nachbar von Sokrat wärst, mit dem ich meine Kindheit verbracht habe, würden wir uns heute nicht kennen.«

»Genau.«

»Bist du glücklich, dass du mich kennengelernt hast?«

»Bin ich.«

»Wie geht es Sokrat?«

»Gut, er hat beschlossen, Lehrer zu werden, wie seine Mutter.«

»Das ist keine schlechte Entscheidung. Sokrat wird ein genauso guter Lehrer wie Tante Sophia.«

»Genau.«

»Ist es nicht ein seltsamer Zufall, Tom, dass ich auf der Suche nach meinem Vater bin und du nach deiner Mutter?«

»Genau.«

»Mir kommt aber deine Reise in die Vergangenheit völlig normal vor, meine eigene aber eigentlich unnötig.«

»Sie ist nicht unnötig. Sonst würdest du es nicht tun.«

»Das stimmt auch wieder.«

»Genau.«

»Hast du über deine nächsten Schritte nachgedacht?«

»Habe ich.«

»Und? Was wirst du tun?«

»Erst werde ich nach meiner Mutter suchen. Immerhin kenne ich jetzt meinen Namen.«

»Möchtest du sie finden?«

»Was für eine Frage. Natürlich möchte ich das.«

»Das ist eine wunderbare Entscheidung.«

»Genau.«

»May?«

»Ja?«

»Es gibt eine Ausstellung mit dem Titel: Exile is a hard Job. Wollen wir hin?«

»Das ist ein großartiger Vorschlag!«

Als sie Nachmittag mit Fahrrädern zu dem Museum direkt neben dem Dom fuhren, war es immer noch sehr heiß und schwül. In der Ausstellung war für May der Raum »Deniz Gezmiş« ein Ort, der sie die Bedeutung der Worte »Ironie des Schicksals« erahnen ließ. Noch bevor sie diesen Raum betraten, hatte das Schicksal begonnen, »seine Netze zu knüpfen«, wie es ihre Mutter ausdrückte. Vor dem Gemälde »Apollon-Tempel«, das den Beginn der Ausstellung markierte, hörte sie das Gespräch eines Paares unwillkürlich mit. »Erinnerst du dich, Lisa?«, sagte der Mann mit Lederjacke, Mütze und zwei

Kameras um den Hals. »Wir sind uns zum ersten Mal dort begegnet. Da hatte ich dir die Geschichte über den Esel und diese korinthische Säule auf diesem Gemälde hier erzählt. Das hatte ich bei einem Reiseführer aufgeschnappt.« Weil die Frau ihn verständnislos anschaute, fuhr er fort: »Erinnerst du dich nicht? Bevor die Archäologen den Tempel ausgegraben haben, hat man nur die Spitze der Säule gesehen, und die Menschen sind darauf geklettert, um auf den Rücken eines Esels zu steigen, deswegen nennen die Leute dort diese Säule Eselsstein. Und da hatten wir ein Paar gesehen, dass das Amphitheater gesucht hat, ein Paar um die dreißig. Und am Abend haben wir die beiden in einem Restaurant angetroffen. Der Mann war Tayfun Kara. Natürlich hätte ich nie gedacht, dass jemand nach seiner Flucht aus dem Gefängnis erstmal in der Türkei Urlaub macht, bevor er ins Ausland flieht. Manchmal finde ich es seltsam, dass ich mit diesem Mann nie ein Wort gesprochen habe, obwohl er eine entscheidende Rolle dabei gespielt hat, dass ich jetzt ein ganz anderes Leben führe. Und jetzt finde ich es seltsam, dass dieser Eselsstein als Gemälde vor mir hängt.« Während May die Worte »Gefängnis«, »Flucht« und »Tayfun Kara« für sich einzuordnen versuchte, schaute sie gebannt auf die eingestürzte Säule auf dem Gemälde, das die Vergangenheit der Heimat ihres Vaters zusammenzufassen schien. Das Bild erinnerte den Betrachter an die Vergänglichkeit der Zivilisationen. Daran, dass nichts ewig existieren konnte. »Als die Seldschuken nach Anatolien gekommen sind, lebten dort sechzehn Millionen Menschen«, sagte der Mann mit den Kameras. »Mit ihnen kamen noch zweihunderttausend dazu. Nach achthundert Jahren, im Jahr 1914, hatte Anatolien immer noch sechzehn Millionen Einwohner. Das heißt, in diesen achthundert Jahren gab es so viele Kriege und Massaker, dass die Bevölkerung nicht gewachsen ist.«

May glaubte, in diesem Mann den Fotografen zu erkennen, der ihren auf der Bühne tot umgefallenen Vater fotografiert hatte. »Ich muss meine Mutter anrufen«, sagte sie zu Tom und suchte sich eine ruhige Ecke zum Telefonieren. Bei ihrer Mutter war besetzt. Tom kam auf sie zu und fragte: »Was ist denn los? Ist was passiert?« »Nichts«, antwortete May. »Ich erzähle es dir, wenn wir zu Hause sind.«

Als sie zur Ausstellung zurückkehrten, standen Lisa und der Oberleutnant nicht mehr vor dem Bild. Eine Frau sprach zu einer Gruppe von etwa zehn Leuten: »Wir wollten den abstrakten Bildern, Collagen und anderen Werken über Deniz Gezmiş einen eigenen Raum widmen. Deniz Gezmiş war ein wenig wie Rudi Dutschke und ein wenig wie Ulrike Meinhof. Denn wir haben den Eindruck gewonnen, dass die Hinrichtung von Deniz Gezmiş und seinen zwei Genossen im Mai 1972 für die Künstlerin eine sehr spezielle, sehr intime und zutiefst bewegende Bedeutung hat.«

May betrachtete die Fotos und Skizzen und spürte, wie das Leiden der Künstlerin angesichts der drei errichteten Galgen auch sie erfasste. Sie schaute auf die gerahmten Grafiken, die auf Kraftpapier gezeichnet waren, das früher von Metzgern verwendet wurde. Die Grafiken bestanden aus drei Kreisen und einer senkrechten Linie. Die drei Kreise, die wie Stempel in verschiedenen Schattierungen aussahen, repräsentierten die Köpfe der drei jungen Männer. Die senkrechte Linie zeigte die Distanz zum Tod, während in jedem Rahmen die Nacken der drei jungen

Männer der Todeslinie näherkamen. In der letzten Grafik dominierte die safranbraune Farbe, die den Tod repräsentierte, das gesamte Bild. Sie spürte eine leichte Übelkeit. Die Werke der Künstlerin Nil Yalter begannen um sie herum wie wirbelnde trockene Blätter zu tanzen. »Wollen wir eine kurze Pause machen?« schlug sie Tom vor. »Mir ist etwas schwindlig.«

Nach der Pause fand May keine Erleichterung in ihrer trüben, von Nebel durchdrungenen Seele. Lange blieb sie vor dem Werk namens »Toprak Ev« stehen. Es gab etwas Weibliches an diesem Nomadenzelt, eine traurige Ahnung der langsam schwindenden Freiheit der Nomaden, die dem sesshaften Leben widerstanden, eine Metapher für ein alternatives Zuhause, einen avantgardistischen Aufstand. Anschließend stand sie vor einer Videoinstallation, die die Verwandlung vom Mann zur Frau zeigte. Sie bewunderte die Vorahnung und den Mut der Künstlerin, die schon damals die Existenz von Geschlechtern jenseits von Mann und Frau entdeckt hatte. Ein Kunstwerk, das in seiner Entstehungszeit nicht verstanden, ignoriert und möglicherweise als unsittlich angesehen wurde, konnte Jahre später aktuell werden und sich zu einem ernsthaften politischen und künstlerischen Manifest entwickeln.

Nach dem Besuch der Ausstellung setzten sie sich ins Restaurant des Museums. »Bis jetzt habe ich noch nie erlebt, dass in Köln Werke eines türkischen Künstlers ausgestellt wurden«, sagte May. »Diese Künstlerin aus Paris hat wohl darauf gewartet, dass ich mich mit der Vergangenheit meines Vaters befasse, um mit ihrer Arbeit über Deniz Gezmiş nach Köln zu kommen! Warum hast du zum Beispiel vorgeschlagen, dass wir diese Ausstellung besuchen? Wusstest du etwas über die Ausstellung? Nein. Hast du gewusst, was dich hier erwartet? Nein. Hattest du schon den Namen Deniz Gezmiş gehört? Nein. Bis vor kurzem wusste ich auch nichts über ihn. Wie kann es sein, dass all dies jetzt zusammenkommt und mich zwingt, mir über eine Vergangenheit, die eigentlich nichts mit mir zu tun hat, den Kopf zu zerbrechen?«

»Das ist ganz einfach«, antwortete Tom. »Du erlebst das alles deswegen so intensiv, weil du dir über diese Dinge den Kopf zerbrichst. Wenn du dich nicht für die Vergangenheit deines Vaters interessiert hättest, hättest du in dieser Ausstellung ganz andere Dinge gesehen und es hätte dich nicht so mitgenommen. Es gibt unsichtbare Bande zwischen den Notizen deines Vaters, dem Stück, das ihr inszenieren wollt und sogar meiner Entwurzelung. Die Fäden des Schicksalsknäuels sind nicht anders als das Netz einer Spinne. Die Vibrationen, die die Fliege im Netz erzeugt, erreichen sofort die reglos lauernde Spinne. In diesem Fall bist du die Spinne, und ich bin die Fliege, und du frisst mich auf!«

Da traten der Mann mit den Kameras und Lisa durch die Tür und setzten sich ganz hinten an einen Tisch. »Siehst du dieses Paar, das gerade reingekommen ist?« fragte May. »Ich glaube, dieser Mann ist derjenige, der den letzten Atemzug meines Vaters festgehalten hat.«

Tom schauderte. »Was meinst du mit: den letzten Atemzug festgehalten?« fragte er.

May antwortete ihm nicht, stand auf und ging auf Lisa und den Oberleutnant zu. Mays Worte, was auch immer sie gesagt hatte, veranlassten den Mann und die Frau am Tisch, sich Tom zuzuwenden. Tom fühlte sich verpflichtet, seine Hand vage zu heben, um sie zu grüßen. Auch sie hoben vage die Hände. Dann standen sie auf und kamen gemeinsam mit May auf Tom zu, zwei Stühle hinter sich herziehend.

Am selben Tag gegen Mitternacht
SCHWARZES MÄDCHEN

Als sie gegen Mitternacht nach Hause kamen, war May völlig erschöpft. Sie tranken zusammen ein Glas Wein. Tom wollte die Gläser erneut füllen, doch May stand auf, putzte sich die Zähne, wünschte Tom eine gute Nacht und ging schlafen. Sobald sie ihren Kopf auf das Kissen legte, schlief sie ein.

Tom blieb noch einige Stunden wach. Er konnte es immer noch nicht fassen. Der Mann, der sich an ihren Tisch setzte, hatte nichts von einem Offizier an sich. Er war ein eingefleischter Fotograf mit seinen zwei am Hals hängenden Kameras. May wollte alles über den Moment wissen, als ihr Vater auf der Bühne starb, aber weder Lisa noch der Oberleutnant konnten ihr etwas erzählen, was sie noch nicht wusste. »Es ist unmöglich, einen solchen Moment festzuhalten!« sagte ihm May und fragte ihn, warum, mit welcher Vorahnung, aus welcher Motivation heraus er damals aufgestanden und auf die Bühne zugegangen war, um genau in dem Augenblick, als ihr Vater das Mikrofon in die Hand nehmen wollte und zusammenbrach, auf den Auslöser zu drücken. »Das ist wohl ähnlich wie der Instinkt einer Katze, die nur nach Zuneigung verlangt und wild wird, wenn sie eine Taube sieht«, versuchte der Fotograf eine Erklärung.

Ein toller Kerl war dieser ehemalige Offizier. Irgendeine unerklärliche Ahnung hatte ihn damals aufstehen und im richtigen Moment den Auslöser betätigen lassen. Das war alles. Manche erklärten das mit Erfahrung, er selbst wusste aber nicht, warum er es getan hatte. Er wollte es auch gar nicht wissen, denn er befürchtete, er könnte nie mehr fotografieren, wenn er seine Beweggründe kennen würde. Seit Jahren hatte er auch kein Foto gemacht, das der Rede wert war, obwohl er ständig mit seinen beiden Kameras unterwegs war. Sein Finger und seine Seele waren erschöpft, Fotomotiven nachzujagen. Jetzt wollte er nur noch die Ausstellung mit dem Titel »Sankofa« machen. Vielleicht in diesem Museum, in dessen Restaurant sie gerade saßen, vielleicht woanders.

Tom, der ein Experte für die Geschichte der Afroamerikaner war, tat nur so, als würde er es nicht wissen und fragte: »Was bedeutet Sankofa? Ist das eine Metapher?« Dann fügte er hinzu: »Es gibt einen Jazz-Song namens Sankofa.« Der Fotograf war völlig überrascht: »Wirklich? Das ist ja wunderbar! Wie heißt der Musiker?«

»Wilson heißt sie«, antwortete Tom. »Cassandra Wilson.«

Keine dreißig Sekunden später hatte der ehemalige Offizier den Song gefunden, hielt sein Telefon den anderen am Tisch entgegen und sagte: »Hier, lasst uns den hören!«

»Oh Sankofa, hoch in den Himmeln schwebst du / Meine Seele wird dir bald folgen / Zurück zum Mond von gestern / Wird er sich an mich erinnern? / Zurück zur Sonne von gestern / Sie wird mich wiederbeleben / Den Geist neu entfachen / In die Zukunft und hoch im Wind / Sankofa fliegt wieder und wieder.«

»Das ist Sankofa!« sagte der Oberleutnant. »Ein

mythischer Vogel, den jeder in Ghana kennt. Ein Vogel, dessen Kopf nach hinten gewandt ist. Ein ständig rückwärts schauender Vogel, der beim Blick in die Vergangenheit auch die Zukunft sieht.«

Den Satz »Ein Vogel, der beim Blick in die Vergangenheit auch die Zukunft sieht« ließ sich Tom noch einmal durch den Kopf gehen. Er prüfte die Aussage anhand seiner eigenen Situation. Auch ihm ging es eigentlich darum, in die Vergangenheit zu reisen, um seine Zukunft zu gestalten. Wenn es nur um eine Zukunft ohne Vergangenheit ginge, gäbe es kein Problem. Schließlich hatte er seit seinem Umzug nach Köln keinen Kontakt mehr zu Eli, zum Professor, zu seinen Brüdern und zu allen anderen in seinem früheren Leben gehabt. Er hatte versucht, so zu leben, als hätte er keine Vergangenheit. Aber dieses Unheil namens Vergangenheit kümmerte sich nicht einmal um ihre eigene Bedeutung. Wie eine Eule saß sie jede Nacht an seinem Bett, sprang ihm auf die Brust, verwandelte sich in einen Dämon und ließ ihn atemlos zurück. Dieser Dämon grinste boshaft und weigerte sich zu verschwinden. Man müsste einen Weg finden, ihm eins in die Fresse zu hauen, aber die Vergangenheit hatte nicht einmal eine Fresse, in die man hauen könnte.

May schlief immer noch, während Tom sich quälte. An dem Punkt, an dem er sich so klein wie eine Handvoll Lumpen fühlte, schüttelte er sich und ging unter die Dusche. Danach warf er einen Blick ins Schlafzimmer. Dass May immer noch schlief, war ein Glücksfall. Er durfte sie nicht stören. Er öffnete seinen Laptop und ging auf Websites, auf denen Menschen nach ihren Eltern, Geschwistern oder anderen Verwandten suchen. Er durchlief die notwendigen

Schritte, gab die angeforderten Informationen aus seiner Geburtsurkunde ein und drückte auf »Senden«.

Dann ging er auf den Balkon, so geräuschlos wie Sokrats Katze. Er drehte sich einen Joint. Er war zufrieden mit sich selbst. Er hatte getan, was er tun musste, hatte seine Verantwortung erfüllt. Während das Brodeln und Aufschäumen in Toms innerer Stimme zunahm mit den Worten: »Jetzt ist seine Mutter, diese Schlampe, dran! Es ist auch egal, wenn die Schlampe keinen Mucks von sich gibt! Er ist bis jetzt ohne Mutter ausgekommen!«, sprang Sokrats schwarze Katze aus den Büschen, kletterte auf den Baum vor dem Balkon, huschte bis zur äußersten Spitze eines Astes, sprang und landete auf seinem Schoß. Ihr Fell glänzte im Licht des Halbmonds. »Oh Schwarzes Mädchen«, sagte er auf Griechisch: »Es scheint, der Herr Sokrat Kibaris schläft noch, sonst würden Sie sich nicht zu mir herablassen.«

So war das immer. Er war sich bewusst, dass er von Schwarzes Mädchen wie ein Ersatzteil behandelt wurde. Wenn Sokrat schlief oder nicht zu Hause war, drang Schwarzes Mädchen durch den Balkon ein, und wenn die Balkontür geschlossen war, machte sie mit ihrem Miauen einen Riesentamtam. Doch wenn Sokrat zu Hause war, schaute sie Tom nicht einmal beim Vorbeigehen an. Streunte Schwarzes Mädchen im Garten, konnte Tom an ihrem Verhalten erkennen, dass Sokrat zwei Minuten und achtunddreißig Sekunden später nach Hause kommen würde. Sie, die gerade noch summende Fliegen mit Luftsprüngen hierhin und dorthin jagte, blieb plötzlich stehen, spitzte die Ohren mitten im ganzen Durcheinander von Stimmen und Geräuschen nach den Schritten ihres Besitzers und rannte schnell wie ein Blitz zum Gartentor. Tom sah ihre Umarmungen und Spiele an der Gartentür und hörte ihre gegenseitigen Liebeserklärungen. Die Zeremonie des Aufstiegs in den vierten Stock, bei dem Schwarzes Mädchen sich auf jeder Treppenstufe streicheln ließ, dauerte eine ganze Weile.

Schwarzes Mädchen hatte mit ihrer Eifersucht sämtliche Freundinnen Sokrats verjagt. Sie drängte sich im Bett zwischen die beiden, zerkratzte die Arme und Beine der Frauen, wenn sie nicht vollständig zugedeckt waren, zerriss ihre Nachthemden, machte ihr Geschäft auf ihre Kleidung. Die letzte Freundin blieb hartnäckig, es war nicht leicht, sie zu vertreiben. Kratzen im Gesicht, Zerreißen von Unterwäsche und Beschmutzen ihrer Kleidung reichten nicht aus. Schwarzes Mädchen servierte sogar eine sterbende Maus auf ihren Omelett-Teller, aber die Frau blieb. Sie warf eine zerschmetterte Taube, zwei Eichhörnchen und sogar einen großen Hasen zu Sokrats Füßen, musterte ihn grimmig und ausgiebig, und als die Frau immer noch nicht fort war, verschwand sie selbst. Zehn Tage lang blieb sie weg. Tom fand sie am letzten Freitag im August, in einer Vollmondnacht, wie ein Häufchen Elend auf seinem Balkon schlafend vor. Er stieg in den vierten Stock, um Sokrat Bescheid zu sagen. Sokrats Freundin, die er auch heiraten wollte, war gerade bei ihm. »Schwarzes Mädchen ist bei mir, mach dir keine Sorgen«, sagte Tom. Dieser gewöhnliche Satz genügte, dass Sokrat zu schluchzen begann. Seine Freundin lächelte zunächst verblüfft, dann breitete sie die Arme aus und deutete an: »Was ist denn hier los, das geht jetzt aber zu weit!« Bei ihrer nächsten Andeutung »Wie du dich aufführst wegen einer blöden Katze!« warf sie ihm auch einen verächtlichen Blick zu.

Sokrat schaute auf und antwortete mit einem missbilligenden Blick, der auch »du bist unbarmherzig« bedeuten könnte. Natürlich brachte das die Frau auf. »Du willst mir wohl sagen, ich sei unbarmherzig?« donnerte sie. »Diese eifersüchtige Katze hat meine Slips zerrissen, habe ich was gesagt? Nein! Sie ließ mir kein Kleid übrig ohne Pisse, ohne Kacke, habe ich den Mund aufgemacht? Nein! Hat diese mörderische Katze Mitleid mit der Maus gehabt, die sie auf meinen Omelett-Teller gelegt hat? Nein! Hat dieses wilde Tier Erbarmen mit der armen Taube gehabt, die nur noch einen Flügel hatte? Mit den Eichhörnchen, die so entzückend von einem Baum auf den anderen springen? Mit dem süßen Hasen? Warum soll sie jetzt die Ausgeburt an Unschuld sein und ich schuldig, sie das arme Opfer und ich Täter?« Sokrat schaute wieder auf und erwiderte mit einem Blick, den man auch als »Lass mich in Ruhe« deuten könnte. Jetzt flippte seine Freundin völlig aus. Um nichts Falsches zu sagen oder keine falsche Entscheidung zu treffen, räumte sie sich das Recht ein, ein paar Schritte auf und ab zu gehen. Plötzlich streckte sie die Hand nach ihrer Handtasche aus und hoffte, Sokrat würde besorgt und aufgeregt ausrufen: »Was machst du, meine Liebste, bist du verrückt?« Sokrat zeigte aber keine Anzeichen von Aufregung. So war sie natürlich gezwungen, die Tasche liegen zu lassen und einen Schritt zu dem Schrank zu machen. Dabei murmelte sie deutlich hörbar vor sich hin: »Jetzt reicht's mir aber!« »Reg dich nicht auf, meine Liebste, komm, setz dich, es ist alles gut«, oder etwas Ähnliches sagte Sokrat nicht. In diesem Augenblick war er nämlich ganz woanders und sein einziger Wunsch war, sein Schwarzes Mädchen so bald wie möglich wiederzusehen. Doch diese empathiearme Frau war nicht imstande, ihn zu verstehen, verlor allmählich jedes Maß und machte äußerst unangemessene und unflätige Bemerkungen wie etwa: »Diese undankbare, respektlose, freche schwarze Katze hat unser Leben ruiniert.« Sokrat bewahrte seinen Anstand, hielt an seiner leidenden Miene fest und wandte seinen Blick von den aufgereihten Katzenfutterdosen in einer Ecke des Zimmers nicht ab. So blieb der Frau nichts anderes übrig als ihre Sachen zu packen. Sie faltete ihren Pullover zusammen und legte ihn irgendwo ab. Sie sah sich lange um. »Was soll ich groß einpacken, ich hab ja fast gar nichts« sagte sie je nach Wahrnehmung des Hörers zwischen Flüstern und einem Schrei auf der Dezibelskala, dann verschwand sie aus dem Blick, und Tom hatte den Eindruck, dass sie jetzt langsamer lief, während er darauf wartete, dass sich die Situation beruhigte. Sie kam zurück, ihre Unterwäsche mit und ohne Spitze in der Hand, trat in Sokrats Sichtfeld und legte sie behutsam auf das Sofa, als wären sie eine antike chinesische Vase. Sie faltete ihre Höschen in verschiedenen Farben feierlich, wie man es in den Filmen mit den amerikanischen Flaggen tut, in Dreiecke, ihre BHs in zwei Teile und ihre Unterhemden und T-Shirts in Quadrate. Mit noch langsameren Schritten machte sie sich auf den Weg ins Schlafzimmer und kam wieder zurück. Mit einer Ernsthaftigkeit, als würde sie einen Märtyrer begraben, trat sie in Sokrats Radar. Während sie ihre Röcke quadratisch faltete, gab es keinen Zweifel daran, dass sie den Rekord für die sorgfältigste und gleichmäßigste Faltung gebrochen hatte. Dann verschwand sie wieder in den Tiefen des Schlafzimmers und kam erschöpft mit ihren Jeanshosen heraus. Auch diese faltete sie. Ihre Leistung hatte nachgelassen. Sie suchte nach einem Stoffbeutel oder vielleicht einem Rucksack, um die Kleidung hineinzulegen. Während sie suchte, fluchte sie in den derbsten Schimpfwörtern der deutschen Sprache. Sokrat hatte von seiner Mutter eine Fülle von Flüchen gelernt, also bewahrte er Ruhe. Die Frau stopfte verzweifelt ihre Sachen in zwei Stofftaschen. Sie wünschte Sokrat ein glückliches Leben mit seiner Katze. Als sie an Tom vorbeiging, sagte sie: »Auf Wiedersehen, Nachbar. Pass auf die verrückten Flüchtlinge auf, auf diesen hier und auf den, den du gerade bei dir hast!« Sokrat fand es unangebracht, das Schwarze Mädchen als »verrückten Flüchtling« zu bezeichnen. Die Frau stieg ein paar Stufen hinunter. Dann blieb sie stehen, drehte leicht den Kopf zu Tom und reckte den Hals. »Wenn du ein wenig Verstand hast« rief sie ihm zu, »dann verlass auch du diese beiden!«

Kaum waren ihre Schritte verklungen, legte Sokrat seine leidende Miene ab. Mit der Entschlossenheit eines Bandenanführers, der die Zentralbank ausrauben möchte, griff er zu einer Dose Katzenfutter und sagte: »Lass uns gehen!« Sie stiegen hinunter zu Toms Wohnung. Schwarzes Mädchen war jedoch nicht gleich bereit, sich zu versöhnen. Bitten um Entschuldigung in deutscher Sprache, Situationsanalysen und distanzierte Liebeserklärungen reichten nicht aus. So war Sokrat gezwungen, in seine Muttersprache zu wechseln und schickte SOS-Signale an sämtliche griechische Dichter, die es seit Homer gegeben hatte. Er rief zunächst Homer zur Hilfe und sah in der Ilias den rettenden Anker. Er rezitierte aus dem Epos, hielt sich an den Rhythmus und das Tempo von vor zweitausendfünfhundert Jahren. Er sprach von Achilles' Zorn, Helenas anmutiger Schönheit, Paris' unzüchtigem Benehmen, Kassandras Prophezeiung »Bringt dieses Pferd nicht in die Stadt«, Hektors Tod vor den Mauern und dem Fall Trojas.

Schwarzes Mädchen ließ sich nicht beeindrucken, wedelte nicht einmal mit dem Schwanz. Sokrat wechselte zur Odyssee. Er wollte wohl eine Parallele zwischen den Abenteuern des nach zehn Jahren Krieg heimkehrenden Odysseus und dem zehntägigen Abenteuer seiner Katze ziehen. Auch das ließ Schwarzes Mädchen kalt. Er rezitierte dreiundachtzig Gedichte der Dichterin Sappho von Lesbos, worauf Schwarzes Mädchen leicht die Augen öffnete. Sokrat fühlte sich dadurch ermutigt und dachte wahrscheinlich: Dichterinnen scheinen zu helfen, also sollten wir nach Byzanz gehen.

Was er auch tat. Damit seine Katze verstand, was für eine bemerkenswerte Frau die Dichterin, Komponistin und Nonne Kassia aus Konstantinopel war, erzählte er ihr deren Lebensgeschichte. Schwarzes Mädchen öffnete die Augen etwas weiter, zuckte mit den Ohren und schaute ihn an, als ob sie sagen wollte: »Alles schön und gut, aber wo bleibt das Gedicht?« Sokrat ignorierte dies. Es war keine leichte Aufgabe, nach ihren Gedichten in den Kellern der Nationalbibliothek von Athen zu suchen und sie in das pontische Griechisch zu übersetzen, damit Schwarzes Mädchen es verstehen konnte. Nicht einmal »Die kleine Rose« von Jannis Ritsos weckte großes Interesse bei ihr. Während Sokrat vor Rührung Tränen in den Augen hatte, wedelte Schwarzes Mädchen nur leicht mit dem Schwanz. Langsam reichte es Sokrat. Er beendete seinen Vortrag mit der Inschrift auf dem Grabstein von Nikos Kazantzakis.

Schwarzes Mädchen schien endlich zu erkennen, dass sie dabei war, ihre Grenzen zu überschreiten, denn sie erhob sich und miaute. Es dauerte etwa zehn Tage, bis sich die Beziehung zwischen Sokrat Kibaris und Schwarzes Mädchen normalisierte. Die Futternäpfe im vierten Stock wurden in Toms Wohnung gebracht. Die Balkontür blieb offen, bis Schwarzes Mädchen endgültig in ihr Zuhause zurückkehrte.

Während des Friedensprozesses verbrachte Sokrat die Nächte bei Tom auf dem Sofa. Die beiden überwanden ihre Differenzen mit Hilfe der Rembetiko-Musik. Wenn May da war, behandelte Schwarzes Mädchen sie nicht wie eine Fremde. Dass sie sich hartnäckig vor den Bildschirm stellte, wenn May etwas lesen wollte, oder sie mit ihren Pfoten auf der Tastatur beim Schreiben unterstützte, könnte als Zeichen des Mitgefühls gedeutet werden. Obwohl ihre Arten unterschiedlich waren, hatten beide große Augen und es schien fast so, als ob zwischen ihnen genetische Verbindungen bestünden.

Am nächsten Tag begrüßten Tom und Schwarzes Mädchen gemeinsam den Morgen. Schwarzes Mädchen schlief auf seinem Schoß. Nachdem Tom eine halbe Flasche Wein geleert und zwei Joints geraucht hatte, legte er die schlafende Katze behutsam auf das Sofa, ohne ihre Träume zu stören. Das Display seines Mobiltelefons leuchtete auf. Er klickte auf die eingegangene E-Mail in seinem Posteingang.

Nächster Tag, Sonnenaufgang, Köln
DIE MUTTER NAMENS SELMA

Es war einfach unglaublich, dass er auf eine E-Mail, die er um Mitternacht geschrieben hatte, schon am nächsten Morgen bei Sonnenaufgang eine Antwort erhielt. Sämtliche Sterne, die seit dem Urknall entstanden waren, kreisten um ihn, sein Schwindelgefühl wollte nicht nachlassen. Es war einfach unglaublich. Da gab es eine Frau namens Selma in der Stadt Selma in Alabama, die behauptete, möglicherweise seine Mutter zu sein. Diese Frau namens Selma in Selma hätte ihm nicht unbedingt schreiben müssen, aber sie hatte es getan. Wenn sie ihm nicht geschrieben hätte, könnte er nach einigen Wochen die Rolle des Waisenkindes, das auf digitalen Pfaden seine Mutter sucht, aufgeben, May heiraten, die deutlich jünger und deutlich klüger war als er selbst, hin und wieder Eli, und wenn er ihm irgendwann verzeihen sollte, auch den Professor besuchen, und die Zeit würde einfach weiterfließen, ohne sich um seine Mutterlosigkeit zu kümmern.

Es war einfach unglaublich, dass dieser Fotograf, der mit seiner Lederjacke und zwei Kameras um den Hals von einem Ölgemälde zum nächsten Aquarell, von einer Skizze zur nächsten Grafik, von einer Zeltinstallation zur Performance hüpfte wie das Schwarze Mädchen im Garten auf der Jagd nach Fliegen, Mäusen, Tauben und

Eichhörnchen, eigentlich Offizier war. Dabei hinterließ er den Eindruck, als könnte er jeden anderen Beruf ausüben, aber auf keinen Fall Soldat sein. Dass der Fotograf und seine Frau keine Kinder hatten, war dagegen verständlich. Seit achtundzwanzig Jahren zog er mit seiner Kamera los, von einem Land zum anderen, wenn irgendwo Ärger und Kämpfe und Chaos ausbrachen. Als die sowjetische Armee beschloss, sich zurückzuziehen, nachdem sie fünfzehntausend Soldaten verloren und mindestens hunderttausend Afghanen getötet hatte, machte sich der Fotograf an einem Karnevalstag auf den Weg. In Kabul fotografierte er Flugabwehrraketen, die Rauchschwaden hinter sich ließen, einen ausgebrannten Panzer, einen brennenden Militärtransporter, zwei Militär- und drei Frachtflugzeuge und ein Passagierflugzeug, die letzten Infanteristen, Panzer- und Flugabwehreinheiten, die die Stadt verließen, sowie Soldaten in Herat, die die verbleibenden Raketen auf Traktoranhänger luden, Frauen in Masar-i-Sharif, deren Köpfe bald verschleiert sein würden, und Müllsammler in Kandahar, die nicht explodierte Bomben am Straßenrand einsammelten. Als er zurückkehrte, wackelte die Berliner Mauer, also nichts wie hin. Und von dort aus zu den Tuaregs. Von Algerien aus nach Libyen und weiter nach Mali. Das war immer noch nicht genug, also weiter nach Nigeria, und da er schon mal da war, gleich weiter nach Burkina Faso, dann bis an die westlichste, dann östlichste und dann südlichste Spitze des Kontinents, und dann nach Libanon, um auch den Nahen Osten nicht zu vernachlässigen, und nach Kurdistan, weil die Kurden unterdrückt wurden, ins ehemalige Jugoslawien, das in der Scheiße steckte, zum friedlichen Oslo, zum erschöpften Kigali, nach Kongo mit seinen unzähligen Flüchtlingen, nach

Santiago, sowohl dem chilenischen als auch dem kubanischen, nach Buenos Aires, nach Macondo, bis in die USA. Es gab wohl auch niemanden, der ihn dazu zwang. Es war seine freie Entscheidung, wie ein verrückter Stier über die Erde zu traben, und dabei noch Zeit zu finden, mit seiner Lisa ins Theater zu gehen. Es war durchaus möglich, dass dieser Fotograf auch seiner leiblichen Mutter und seinem leiblichen Vater begegnet war. Sie hatten sich bestimmt irgendwo getroffen und ihre Fotos warteten nun irgendwo in seinem Archiv darauf, ans Licht gebracht zu werden. Wahrscheinlich war May deswegen völlig erschöpft schlafen gegangen, weil sie von den unglaublichen Reiserouten dieses Fotografen, der wie der Vogel Sankofa nach hinten schaute, während er nach vorne flog, überwältigt und überfordert war.

Die Wirkung, die diese Reiserouten auf Tom hatten, könnte man mit dem Wort »Doping« beschreiben. Es fühlte sich an, als wäre er in einen mit Kokain gefüllten Sack gefallen. Er war zu einem Feuergeist geworden, voller Tatendrang. Das hatte auch Nachteile. Obwohl er jemand war, der den Datenschutz sehr ernst nahm, keine Bücher bei Amazon bestellte und Überweisungen mit einem Kugelschreiber ausfüllte, hatte er sensible Daten eingegeben, die niemals in die virtuelle Welt gelangen sollten, und eine Nachricht verfasst, die wie folgt zusammengefasst werden könnte: »Ich suche meine Mutter, die mich in Selma, Alabama, USA, geboren hat.« Dann hatte er keinen Moment gezögert, auf »Senden« zu klicken.

Wenn der Sketchautor im zweiten Stock links das erfahren würde, würde er sich die Haare raufen. Dieser Nachbar lachte nicht viel, konnte keine Witze machen, war klein und schweigsam. An den Abenden, an denen er nicht festgenommen wurde, und an den letzten drei Tagen der Woche schrieb er Sketche für die drei Komiker in der Nachbarschaft. Für den einen schrieb er politische, für den anderen vulgäre und für den dritten sarkastische, die beim Lachen zu einer Gesichtslähmung führen könnten. Er wurde sehr oft festgenommen. Dabei war er ziemlich »weiß«. Wie ein Deutscher. Wenn er ein »Schwarzkopf« wäre, könnte er vielleicht in einem seiner politischen Sketche schreiben: »Rassismus ist nicht der Sohn der Rassen, sondern ihr Vater.« Radikal war er auch nicht, sein Denken war eher zusammengestückelt. Er vertrat sowohl marxistische, als auch liberale und auch konservative Ansichten. In seiner Anwesenheit durfte niemand ein böses Wort über Frau Bundeskanzlerin sagen. Er wurde förmlich wütend. Er nahm an Montagsdemonstrationen, Dienstagswachen, Mittwochskundgebungen und Donnerstagsforen teil. Dabei fand er immer einen Platz unter denen, die während dieser Aktivitäten festgenommen wurden, und verbrachte jede Woche einige Stunden damit, auf den Polizeistationen auszusagen. Der Mann hatte etwas an sich, das die deutschen Sicherheitskräfte fuchste. Es war schon so oft passiert, dass während einer Demonstration gegen irgendetwas die Bullen, Schulter an Schulter und vollständig ausgerüstet, ihre eigene Gewaltbereitschaft ignorierten und diesen Nachbarn, der mit der Unschuld eines Gandhi marschierte, am Kragen packten. Freitag, Samstag und Sonntag waren seine Arbeitstage. Er ging nicht ans Telefon, verließ nicht sein Zimmer und schrieb. Vor sechs Jahren fuhr er in die Türkei, um über irgendeine Sache zu forschen. Die Lage dort war damals noch nicht so katastrophal wie jetzt. Weil er den gleichen Namen trug wie ein Journalist, der über den türkischen Kanzler dies und jenes gesagt und sich dann nach Europa verflüchtigt hatte und den die türkische Polizei überall suchte, wurde er festgenommen und ins Gefängnis gesteckt. Tom las, während er am darauffolgenden Morgen seinen Kaffee genoss, in der taz von der Festnahme, informierte seine damalige Schweizer Freundin, seine Nachbarin auf der gleichen Etage, die Anwältin war und den Journalisten, der eine Etage höher wohnte, und sie hatten zusammen das ganze Viertel in Aufruhr versetzt: »Sie haben unseren Nachbarn verhaftet!« Dann gingen sie zum Theater des Viertels. »Hier werden wir für den Nachbarn eine Solidaritätsveranstaltung machen, unentgeltlich und mit freiem Eintritt!« Zu der Veranstaltung gleich am nächsten Abend kamen die Leute mit ihren Instrumenten, ihren unveröffentlichten Gedichten, ihren Geschichten und Romanskizzen. Die Schlange der Besucher erstreckte sich bis zur Kirche. Jeder wollte ans Mikrofon, alle wollten etwas sagen. Toms Schweizer Freundin eröffnete den Abend mit ihrer sehr humorvollen und sympathischen Moderation, sprach langsam und ruhig in ihrem eigenen Akzent und streute dabei auch feine Witze ein, die zu ihrem Herkunftsland passten. Doch die erste Musikgruppe saß schon vorzeitig auf der Bühne und begann, ihre Streich- und Zupfinstrumente zu stimmen. Das ermutigte die Derwischtanz-Gruppe vom Imam Hüseyin, sodass auch sie auf die Bühne stürmte. Hinten im Saal stimmte ein Mann, dessen Haare noch nie Bekanntschaft mit einem Kamm gemacht hatten und der ständig vor dem türkischen Kiosk an der Kreuzung herumstand, mit einer Bierflasche in der Hand Nazım Hikmets Gedicht »Du bist wie ein Skorpion, Bruder« an, aus einer Ecke hörte man Rembetiko, in der Schlange vor der Tür versuchte jemand, es auf einer schrill geblasenen Trompete Miles Davis nachzuahmen, von der Hinterbühne drangen Stimmen des armenischen Frauenchors, der für seinen Auftritt probte, und diese Jahrmarktstimmung dauerte bis zum Sonnenaufgang. Selbst dann hätten sie nicht aufgehört, wenn nicht die Tontechniker gestreikt hätten. Ein ähnliches Durcheinander fand eine Woche später in mittelgroßen Sälen Kölns statt, und einen Monat später in großen. Vor dem Dom hielt man eine stetige Mahnwache mit der Devise »Lasst den Nachbarn frei!« und jeden Donnerstag gab es Diskussionsforen. Diese revolutionäre Atmosphäre übertrug sich bald auf Berlin, Hamburg, Frankfurt, sogar auf Bergisch Gladbach. Als der Gerichtstermin feststand, wurde sofort eine internationale Delegation zusammengestellt, die sich vor dem Gerichtsgebäude in Istanbul versammelte, um bei der Verhandlung des Nachbarn präsent zu sein. Dieses Istanbul hatte nichts mit Toms Kindheitserinnerungen zu tun. Die Straße namens »Istiklal« war rund um die Uhr ein apokalyptisch anmutender Treffpunkt für eine unüberschaubare Menschenmenge. Mit den Rufen »Lasst den Nachbarn frei!« stellten sie Istanbul auf den Kopf und konnten schließlich mit dem Nachbarn zurückkehren. Kaum hatte sich die Situation beruhigt, da wurde der Nachbar aufgrund der gleichen Namensverwechslung erst in Rom und dann in Granada verhaftet, wo er Urlaub machen wollte. Das war sogar für die besonnene Frau Kanzlerin zu viel. »Ihr könnt meinen Staatsbürger nicht einfach so verhaften und verhaften lassen!«, donnerte sie in Richtung des türkischen Kanzlers.

Natürlich wurde dadurch der Kampfesmut der Unterstützer weiter entfacht. Immer mehr Menschen setzten ihre Worte und Instrumente, ihr Geld und ihre Zeit für die Freilassung des Nachbarn ein, nicht nur die taz, sondern auch die FAZ berichtete über ihn auf der ersten Seite, die Verhaftung wurde zu einem international beachteten Ereignis, und als sie sogar in der Hauptstadt Jakutiens bekannt wurde, kam schließlich der Nachbar, wenn auch nicht wie Gandhi, aber doch als eine ziemlich berühmte Persönlichkeit zurück. Verständlicherweise legte er sich eine neue Beschäftigung zu: Beratung für willkürlich Verhaftete. Folglich konnte er nicht mehr an Montagsdemonstrationen, Dienstagswachen, Mittwochskundgebungen und Donnerstagsforen teilnehmen, und die Honorare für seine Texte stiegen leicht an. Laut Vermieterin konnte er seine Miete rechtzeitig bezahlen. Gerüchte, er sei an jedem Mittwochabend im Biergarten, donnerstags im Weinkeller, samstags in der Gaststätte »Agora Meyhanesi«, mal allein, mal in Begleitung einer Dame, verbreiteten sich jeden Tag von Haus zu Haus, von Straße zu Straße bis in die entlegensten Ecken der Nachbarschaft. Während die große Mehrheit Verständnis für diese Veränderung hatte, gab es auch solche wie den Mann, der vor dem türkischen Kiosk an der Ecke herumstand, die enttäuscht waren. Wenn dieser den Nachbarn sah, warf er ihm giftige Blicke zu. Oft begnügte er sich nicht damit, sondern brauste auf: »Ich habe für dich, als die dich verhaftet haben, Tag und Nacht Nazım Hikmets Gedicht vorgetragen, nur weil du es magst. Wie kannst du den Kampf aufgeben und dich so gehenlassen? Ab jetzt kriegst du kein Nazım Hikmet von mir, lass dir das gesagt sein!« Um zu zeigen, dass er es ernst meinte, rezitierte er anschließend ein Gedicht von Brecht. Der arme Kerl wusste nicht, dass der Nachbar auch Brecht mochte.

Als aus der Stadt Selma die E-Mail eintraf, brannte nur

bei diesem Nachbarn noch Licht. Bestimmt versuchte er, wer weiß welchen imaginierten Menschen, tragische, dramatische oder humorvolle Geschichten anzudichten.

Die Frau hatte Tom auf Deutsch geschrieben: »Du bist wohl mein Sohn.« Sie hatte ihn gleich geduzt. Eigentlich hätte er die E-Mail, noch bevor er den zweiten Satz gelesen hatte, auf die Müllhalde der digitalen Welt befördern und sich zu May ins Bett legen können. Beim Aufwachen wäre dann alles vergessen gewesen. Aber er wollte die lästige Suche nach der Mutter endlich hinter sich bringen und las weiter.

»Alles, was du über dich angibst, sind unerschütterliche Beweise, dass du mein Sohn bist. Solltest du trotz dieser Beweise nicht mein Sohn sein, möchte ich dennoch wissen, wer du bist. Es ist jetzt mein größter Wunsch, dein Gesicht zu sehen, dich kennenzulernen. Ich könnte jetzt sofort zu dir kommen. Aber ich habe gedacht, dass lieber du gleich morgen zu mir kommen solltest. Schließlich bin ich deine Mutter, und ich habe die nötigen Mittel, um die Kosten deiner Reise zu übernehmen. Ich hoffe, dass dieser Vorschlag deinen Stolz nicht kränkt.«

Dann hatte die Frau über sich selbst erzählt. Ihr Vater war im Westerwald in einem kleinen Ort namens Quirnbach geboren, das für seinen Pferdemarkt berühmt war. Als sie nach San Francisco kam, war sie siebzehn Jahre alt. Der Krieg war seit vierzehn Jahren vorbei. Es waren vier Jahre vergangen, seit Rosa Louise Parks aus Alabama verhaftet wurde, weil sie sich geweigert hatte, ihren Sitzplatz in einem senfgelben Bus für einen weißen Fahrgast zu räumen. McCarthy, der unzähligen Menschen das Leben zur Hölle gemacht hatte, war seit zwei Jahren tot. Im selben Jahr hatte Eisenhower die Armee nach Arkansas geschickt, damit neun Teenager eine »weiße« Schule besuchen konnten. Noch waren es vier Jahre bis zum Attentat auf John F. Kennedy. Immer wieder wurden Schwarze umgebracht. Die USA war das Land der Gewohnheiten und Wiederholungen. In Georgia und vielen anderen Orten hatte nicht nur die Polizei, sondern jeder Weiße das gesetzlich verbriefte Recht, einem vorbeigehenden Schwarzen verdächtiges Verhalten zu unterstellen, ihn bei Bedarf zu erschießen und dann im Rahmen der Notwehr ungestraft davonzukommen. Sheriffs hielten irgendein Auto an, erschossen schwarze Jugendliche mit ihren 38 Kaliber Smith & Wesson Revolvern und reagierten ihre angestaute Wut ab. Die Geschichte schenkte solchen Ereignissen und schwarzen Jugendlichen, die mit abgesägten Laufgewehren erschossen wurden, keine Beachtung. Um in die Geschichtsbücher aufgenommen zu werden, musste man entweder Martin Luther King in Memphis sein oder Robert, der Bruder des Präsidenten, der in Los Angeles durchsiebt wurde. Die Geschichte war unbarmherzig, sie behandelte Menschen, die nicht berühmt waren, genauso wie die Soldaten der Alliierten, die an der Landung in der Normandie teilgenommen hatten, und die der Roten Armee, die Berlin eroberten. Diese Soldaten gingen nicht mit ihren Namen, sondern als »Unbekannter Soldat« in die Geschichte ein. Europa war im Zweiten Weltkrieg buchstäblich im Dreck versunken, war ein Sumpf aus Blut, Schlamm, Morast und Schmerz. Europa hatte nicht nur das Leben der Menschen zerstört, sondern sie auch in Staub und Gas erstickt. Die Neue Welt sollte aus seiner Asche geboren werden, und so geschah es denn auch. Deutschland hatte kapituliert, und der Mann namens Hitler beging Selbstmord in seinem Bunker in der Wilhelmstraße, um zu verhindern, dass ein scharfer Pfahl in seine Brust gestoßen wurde. Für die Mutter aus Alabama war es ein Glücksfall, nicht in Europa geboren worden zu sein, eine wunderbare Fügung des Schicksals. Mit siebzehn Jahren dieses Land der Möglichkeiten und Freiheiten betreten zu können, war Gottes Gnade. Es war ein Segen. Damals befand sie sich im Frühling des Lebens. Dieses freie, demokratische Land versprach ihr eine Zukunft, in der sie ihr Leben unbeschwert führen konnte.

Das waren die Träume seiner Mutter aus Alabama, als sie nach San Francisco kam. Nach ihrer endlos langen Reise wurde sie dort von ihrer Cousine Selma empfangen. Selma war so wunderschön und verhieß eine so wunderbare Zukunft, dass sie bei der Registrierung in der Flüchtlingsbehörde ihren Namen ohne zu zögern als »Selma« angab. Selma war ein Name, der die Identität eines Menschen nicht sofort preisgab. Mit diesem Namen und ihrer hellen Hautfarbe könnte sie wahrscheinlich ein Leben führen, ohne die Aufmerksamkeit oder den Zorn anderer auf sich zu ziehen, ohne größere oder kleinere Unannehmlichkeiten erdulden zu müssen. Sie könnte eine Familie gründen und ein ruhiges Leben führen. Neben ihrer deutschen Muttersprache sprach sie auch sehr gut Spanisch. Als es feststand, dass sie in die USA gehen würde, hatten ihre Eltern sofort einen Englischlehrer engagiert. Obwohl sie bis zu ihrer Ankunft in den USA niemanden außer ihren Lehrer gehabt hatte, mit dem sie Englisch sprechen konnte, hatte sie bei der Einreise keine Probleme gehabt. Nun ja, die Amerikaner hatten die Angewohnheit, die Wörter im Mund wie Kaugummi auszudehnen, und das, was sie hier hörte, hatte herzlich wenig mit der Sprache zu tun, die sie zu Hause gelernt hatte, aber sie konnte sich trotzdem irgendwie mit ihnen verständigen. Es war nicht überraschend, dass sie die High School mit der besten Englischnote in der gesamten Schule absolviert hatte, denn sie hatte die Struktur, die Grammatik, die Zeitformen und alle möglichen Feinheiten dieser Sprache sehr gut erfasst, auch wenn sie dieses Wissen im Alltag nicht wirklich gebrauchen konnte. Ebenso wenig überraschend war es, dass sie sich zwar nicht an der Berkeley University, aber immerhin an der San Francisco State University einschreiben konnte.

Seine Mutter Selma sprach von dem Jahr 1964, von jenem Jahr, in dem Mario Savio, ein Sohn sizilianischer Eltern, an der Berkeley University, der damals vielleicht angesehensten und konservativsten Universität der Welt, als Anführer der Free Speech Movement auftrat. In diesem Jahr hatte sie an der Universität Mike Thomas Parker kennengelernt. Bis zum Umzug nach Alabama hatte sie mit ihm eine wunderschöne Zeit verbracht. Zwar hatten sie es nicht geschafft, an Martin Luthers Märschen »Selma nach Montgomery« teilzunehmen, aber die 68er Bewegung hatten sie nicht verpasst. Sie nahmen an jeder Demonstration teil, gegen den Vietnamkrieg, für das Wahlrecht der Schwarzen im Süden ... In all diesem Chaos waren ihr und ihrem Freund Mike Thomas Parker nichts zugestoßen.

Noch nicht! Seit sie zu studieren begonnen hatten, waren so viele Schwarze getötet worden, dass selbst der sanftmütige Mike Thomas Parker von Tag zu Tag radikaler wurde. »Meine Situation war anders«, schrieb seine Mutter. »Ich war schließlich eine Art Flüchtling in den USA. Selbst wenn ich es versuchte, konnte ich meine Dankbarkeit diesem Land gegenüber nicht abstreifen. Mein Verstand war zornig, aber nicht meine Gefühle. Wenn ich ein in Amerika geborener Schwarzer wäre wie Mike Thomas Parker, könnte ich auch Feuer und Flamme spucken, wenn meine ›Brüder‹ umgebracht werden.« Sie kannte die schallende Ohrfeige des Rassismus nicht. Ihre Eltern schon. In Europa. Hier war aber nicht Europa. Das hier war ein Land der Weißen, und sie war weiß und genoss ziemlich viele Privilegien.

So berichtete es die Mutter namens Selma. In Oakland, gegenüber von San Francisco, war die Black Panther Party for Self-Defense schon gegründet. Anfangs hatte sie ein bescheidenes Ziel. Sie patrouillierten durch die Viertel, um die Schwarzen vor Polizeigewalt zu schützen. Dann riefen sie dazu auf, sich zu bewaffnen. Dann verweigerten sie den Militärdienst. Dann forderten sie die Freilassung aller Schwarzen aus den Gefängnissen. Dann forderten sie Entschädigungszahlungen von Weißen an die Schwarzen als Ausgleich für die jahrhundertelange Ausbeutung und Unterdrückung. Sie wurden immer stärker.

Huey Percy Newton, einer der Gründer der Black Panthers, wurde im Oktober 1967 in Oakland angeschossen und verhaftet. Selma und Mike Thomas Parker lernten Eli und ihren Mann bei den Protestaktionen gegen Newtons Verhaftung kennen. Diese beiden waren extra aus Alabama nach Kalifornien gereist, um an der Demonstration teilzunehmen. Selma hatte gleich erkannt, dass Eli Deutsche war. Weder Eli noch ihr Mann, ein Physikprofessor, der an der University of Alabama lehrte, fanden es befremdlich, dass sie mit Mike Thomas Parker zusammen war. Bald wurden sie gute Freunde. Bei jeder Gelegenheit kamen Eli und ihr Mann nach San Francisco, oder sie selbst fuhren nach Alabama. Um nicht wie Viola Gregg Liuzzo ermordet zu werden, durchquerten sie die Südstaaten ohne Pause.

So konnten sie ihr Studium unbeschadet abschließen.

Die USA war das Land der Gewohnheiten und Wiederholungen, und es waren die Jahre, in denen J. Edgar Hoovers beim FBI das Sagen hatte. An Hoovers Seite würde Reinhard Gehlen wie ein Lehrling wirken, und Lawrenti Beria könnte höchstens sein Gehilfe sein. Als die Kennedy-Brüder aus dem Weg geräumt wurden, übernahm das FBI die Ermittlungen, aber wenn Hoover es nicht wollte, war es unausweichlich, dass die Morde im Dunkeln bleiben mussten, selbst wenn einer der Ermordeten ein Mr. President war. Wenn Hoover den Namen einer Person aussprach, hatte der Betroffene keine Chance, eines natürlichen Todes zu sterben. Nach Hoovers Ansicht waren die Black Panthers die größte Bedrohung aller Zeiten für die USA. Deswegen wurde der einundzwanzigjährige Fred Hampton in den frühen Morgenstunden mit zwei Kopfschüssen getötet, während er neben seiner schwangeren Frau im Tiefschlaf lag. Das FBI hütete sich davor, Frauen zu erschießen. Deshalb erschienen FBI-Agenten in Filmen aus Los Angeles für das Publikum äußerst sympathisch und charismatisch. Hoovers Konzept hatte den Leuten derart Angst eingejagt, dass selbst diejenigen, die sich von den Black Panthers fernhielten, an der Trauerfeier mit fünfzigtausend Menschen teilnahmen. Zwei Jahre später hatte die Zahl der getöteten Black Panthers bereits die Vierzig überschritten. Später wurde öffentlich bekannt, dass hinter diesen Morden das von Hoover seit 1956 umgesetzte Cointelpro-Konzept stand. Dank der Linken, die geheime Dokumente aus dem FBI-Büro stahlen. Sie hatten befürchtet, ebenfalls auf der schwarzen Liste zu stehen, als sie erfuhren, dass ein geheimer Krieg gegen diejenigen begonnen wurde, die Sympathien für die Black Power Bewegung hegten, die das Wort »Negro« in die Geschichte verbannte. In jenen Tagen wurde Selma schwanger von Mike Thomas Parker. Sie planten, woanders hinzuziehen, vielleicht nach New York. Da erwies es sich als Glücksfall, dass sie Eli und ihren Mann Ferdinand kennengelernt hatten. Der Physikprofessor bot Mike Thomas Parker an, als sein Assistent an der University of Alabama zu arbeiten. Für die Universität war Ferdinand unverzichtbar, man konnte ihm keinen Wunsch abschlagen. Es war ein großartiges Angebot, aber für den schwarzen Mike Thomas Parker war es undenkbar, von San Francisco nach Alabama zu ziehen. Er hatte zwar nicht unrecht, aber Ferdinand erinnerte ihn daran, dass die Universität, an der er arbeitete, eines der wichtigsten Zentren des schwarzen Widerstands war. Immerhin konnte man sagen, dass seit 1963 Fortschritte erzielt worden waren. Der Einfluss rassistischer Gouverneure wie George Corley Wallace, der trotz der Bundesgesetze versucht hatte, die Einschreibung von zwei schwarzen Studentinnen an der University of Alabama zu verhindern, wurde selbst in Alabama schwächer. Warum also sollte Mike Thomas Parker nicht einen weiteren Meilenstein setzen und zum Assistenten von Prof. Dr. Ferdinand Schneider an der University of Alabama werden, um dort später als Professor zu unterrichten?

So zogen sie, bevor Selmas Bauch größer wurde, nach Selma in Alabama. Elis und Ferdinands Rat folgend heirateten sie vor dem Umzug. Denn damals waren Eheschließungen zwischen Schwarzen und Weißen in Alabama immer noch verboten. In Selma, in einem Stadtteil, wo nur Schwarze wohnten, wurde eine weiße Frau zwar nicht gerade als eine Selbstverständlichkeit angesehen, trotzdem waren sie mit ihrem Leben zufrieden. Das Glück, angehender Vater zu sein und sogar eines Tages Professor werden zu können, spiegelte sich auf Mike Thomas Parkers Gesicht wider. Politische Begriffe verschwanden zunehmend aus seinem täglichen Sprachgebrauch und wurden durch mathematische, physikalische und astronomische ersetzt.

Die Geburt verlief normal. Sie brachte ihren Sohn am ersten Freitag des Jahres 1970 zur Welt und gab ihm wegen ihrer Liebe zu Mike Thomas Parker denselben Namen. In die Geburtsurkunde trug sie ein: Name: Mike Thomas Parker, Vater: Mike Thomas Parker. Mutter: Selma Parker. Geburtsort: Selma, Alabama, USA. Geburtsdatum: 2. Januar 1970. Eli verliebte sich sofort in den kleinen Mike Thomas Parker. »Wie schmerzhaft«, sagte sie, »so einen Sohn nicht bekommen zu können!« Dabei hatte sie zwei Söhne, einer schöner als der andere. Aber Eli war eben so, sie würde sich sogar in einer grünen Oase über das Fehlen eines Sandsturms beklagen.

Diese schönen Tage dauerten sechzehn Monate. Als sie an einem Dienstagmorgen im Juni von Schüssen aufwachte, lag Mike Thomas Parker blutüberströmt am Boden. Der kleine Mike Thomas schrie und weinte. Statt zu ihrem toten Mann rannte sie mit dem Instinkt einer Mutter zu ihrem kleinen Sohn. Der Hieb eines Gewehrkolbens warf sie zu Boden. Als sie wieder zu sich kam, war ihr Mann tot, ihr Sohn in einem Waisenhaus, sie selbst war verhaftet worden und wurde verhört wegen des Mordes an einem weißen Polizisten in einer Stadt, von der sie noch nie gehört hatte, in einem Bundesstaat, wo sie noch nie gewesen war und von dem sie nicht einmal wusste, in welcher Ecke Amerikas er sich befand. Ihre Zunge war wie gelähmt. Ununterbrochen weinte sie. Sie weinte, wenn man nach ihrem Namen fragte, nach den Namen ihres Mannes und ihres Sohnes, und wenn man ihr schilderte, was für ein Verbrechen sie begangen haben sollte. Vielleicht, weil sie auf die Fragen nur mit Tränen geantwortet hatte, oder vielleicht, weil keine Anhaltspunkte für eine Anklage gefunden werden konnten, wurde sie nach sechs Monaten wieder freigelassen. Man erwies ihr die Aufmerksamkeit, ihr mit einem »Sorry, mom« einen Zettel mit der Adresse des Friedhofs und des Waisenhauses zu überreichen. Schließlich war das ein demokratisches Land. Hier hatte man gute Chancen, am Leben zu bleiben, selbst wenn der Ehepartner völlig grundlos exekutiert wurde, und vorausgesetzt, man hatte die weiße Hautfarbe. Nach ihrer Freilassung klopfte sie zuerst an die Tür des Waisenhauses, doch da wurde ihr mitgeteilt, dass ihr Kind gleich nach seiner Aufnahme von den amerikanischen und deutschen Staatsbürgern Prof. Dr. Ferdinand Schneider und seiner Frau Elisabeth Schneider durch Vorlage der erforderlichen Dokumente adoptiert wurde und dass sie die USA verlassen hatten.

An jenem frühen Julimorgen wachte May von den Schreien Toms auf, die sich in ihre Träume hineinmischten. Sie knipste das Licht am Kopfende an. Sie sah, dass dort, wo Tom liegen musste, niemand lag und eilte ins Wohnzimmer. Während sie sich zu Tom auf den Boden setzte und ihn umarmte, fiel ihr Blick auf den Bildschirm des Laptops und sie las die letzten Zeilen der E-Mail Selma Parkers an Tom: »Trotz all meiner Versuche habe ich seitdem von Eli und Ferdinand nichts mehr gehört. Ich habe Alabama verlassen, wohne jetzt in New York. Ich warte sehnsüchtig auf dich. Deine Mutter.«

»Tom, was ist los, reiß dich zusammen!« sagte sie und drückte seinen Kopf an ihre Brust. Da klopfte die Anwältin, die gegenüber wohnte, in ihrem Nachthemd an die Tür. Danach kamen auch der Sketchautor, der Journalist und Sokrat. Als Schwarzes Mädchen, das ganz offensichtlich in anderen Vierteln auf die Jagd gegangen war, sich mit ihren Pfoten und ihrem Miauen einen Weg durch die Menge bahnte und Toms Gesicht abzulecken begann, beruhigte er sich. Eine Weile hörte man nichts außer dem Miauen der Katze. Dann fragte der Journalist: »Was haltet ihr davon, gemeinsam zu frühstücken?« Alle fanden die Idee wunderbar. Die Anwältin ging Kaffee kochen, der Sketchautor den Sekt in die Tiefkühltruhe legen, der Journalist Käse, Honig und Marmelade holen und Sokrat Brot kaufen.

Bevor die Nachbarn zurückkamen, zog sich May um und deckte den Frühstückstisch. In diesem Haus war das gemeinsame Frühstück immer eine fröhliche Angelegenheit, aber an jenem sonnigen Junitag traute sich niemand, das erste Wort zu sprechen. Schwarzes Mädchen sorgte zwar mit ihrem Miauen für allgemeines Lächeln, doch jeder wollte die Verantwortung, das Gespräch zu beginnen, den Nachbarn überlassen. Es fielen banale Sätze wie: »Magst du noch etwas Kaffee?« »Kannst du mir bitte die Butter reichen?« »Ist da noch etwas Marmelade drin?« Aber warum Tom so geschrien und geheult hatte, fragte niemand. Als für alle allmählich die Zeit gekommen war, zur Arbeit zu fahren, sagte Tom: »Jetzt bitte keine unnötige Aufregung, aber ich habe meine Mutter gefunden. Ich muss sofort nach New York fliegen.«

»Das ist ja unglaublich!« murmelte kaum vernehmbar der Sketchautor.

Februar 2020, New York
DAS TREFFEN

Toms Reise nach New York verzögerte sich bis November. Tom beschloss, das Grab des Professors zu besuchen. Zwar hatte ihn dieser Herr Professor Ferdinand Schneider jahrelang geprügelt und gequält, aber derselbe Mensch hatte nach dem Tod des einzigen Schwarzen, den er je gekannt und zu dem er eine Freundschaft aufgebaut hatte, dessen Sohn adoptiert und seine Karriere aufs Spiel gesetzt, indem er hastig die USA verließ. Eine innere Stimme flüsterte ihm zu, dass es ihm guttun würde, einen Blumenstrauß auf Ferdinand Schneiders Grab zu legen, bevor er zu seiner Mutter flog. »Das wird dir auf jeden Fall guttun«, bestätigte May. »Es ist eine gute Entscheidung, auf deine Gefühle zu hören.«

Als sie mit dem Zug in Hamburg ankamen, wurden sie von einem Wetter begrüßt, in dem Wärme, Kälte, Sonne, Wolken, Wind, Traurigkeit und Freude gerecht verteilt waren. Sie übernachteten bei Toms Bruder. Toms Schwägerin war May schon auf den ersten Blick sympathisch. Am nächsten Tag besuchten sie die Gräber von Elisabeth und Ferdinand Schneider. Am darauffolgenden Morgen begleitete May Tom zum Flughafen und fuhr nach Berlin.

Die Vorbereitungen für das Stück, das sie auf drei Kontinenten aufführen wollten, waren gegen Ende des Jahres abgeschlossen. Der Regisseur übernahm die Arbeit in Istanbul und Frankfurt. May flog Mitte Februar nach Buenos Aires. An ihrem letzten Abend in der Stadt führte sie mit Tom ein Videotelefonat. Tom war überglücklich. Es war ein unglaubliches Gefühl, seine Mutter gefunden zu haben. Es war, als ob er plötzlich die Zeit von einem halben Jahrhundert rückwärts durchschritten hätte, wie in dem Film »Der seltsame Fall des Benjamin Button«, wo Button als alter Mann zur Welt kommt und immer jünger wird. Jetzt erschien ihm die Angst, die er all die Jahre hindurch gehabt hatte, sinnlos. Er meinte nicht die Angst vor Eli oder Ferdinand, sondern die Angst vor Zurückweisung. Diese Angst hatte Tom die ganze Zeit daran gehindert, nach seiner Mutter zu suchen. Bis Eli starb, stellte er sich immer eine schwarze Mutter vor. Wenn sich die Mutter in eine Weiße verwandelte, hatte er Schwierigkeiten, sich ein Gesicht vorzustellen und dachte an Sokrats Mutter Sophia. Eine Frau aus dem Mittelmeerraum mit schwarzem Haar und leicht dunklem Teint. Seit er in New York angekommen war, hatte er die ganze Zeit mit seiner Mutter verbracht. Sie hatten sich jedes Detail aus ihrem Leben erzählt. Sie waren nach Alabama gefahren, haben die Klinik gesehen, in der er geboren, das Haus, in dem sein Vater umgebracht wurde und die Universität, an der er mit Ferdinand zusammengearbeitet hatte. Es fühlte sich an, als wären sie in einen Zeittunnel eingetreten, und sie hatten es geschafft, den Tunnel gemeinsam bis zum Ende zu durchlaufen, manchmal weinend, manchmal lachend, manchmal melancholisch.

»Das freut mich sehr, Tom. Ist deine Mutter gerade nicht zu Hause?« fragte May.

Tom sagte, seine Mutter sei nicht zu Hause, könne aber jederzeit kommen, und als sie nach einer Weile immer noch nicht da war, wollte er ihr wenigstens ihre Fotos zeigen. Auf dem letzten Foto, das er zeigte, war die Mutter noch ein junges Mädchen. May hatte das Gefühl, dieses Foto schon einmal gesehen zu haben. Gleich danach war die Verbindung abgebrochen. May öffnete in ihrem Computer den Ordner, der Buenos Aires gewidmet war. Sie hatte sich nicht geirrt. Sie starrte das Foto des dreizehnjährigen Mädchens an, das in ihrer weißen Schuluniform an einem Tisch saß, Hausaufgaben machte und verschmitzt in die Kamera schaute. »Das ist ja unglaublich!« murmelte sie.

Am nächsten Tag wurde sie von Tom und seiner Mutter Selma am Flughafen John F. Kennedy in New York empfangen. Da explodierten ihre Emotionen, und ihre Tränen, die zu fließen begannen, als sie Selma umarmte, hörten erst an der Haustür in Brooklyn auf. Als Tom das Auto in der Garage des Hauses in der East 5th Avenue parkte, sah er im Rückspiegel, wie May mit dem Kopf an Selmas Schulter immer noch schluchzte. Er konnte aber nicht erahnen, dass in dem tiefen Seufzer seiner Freundin auch die Tränen seiner Mutter Selma verborgen waren, die sie damals vergossen hatte, als sie sich von ihren Eltern verabschiedete.

EPILOG
März 2020

Bevor Tom, May und Selma zusammen nach Köln flogen, waren sie überall in New York unterwegs. Im Central Park erinnerte sich Selma an eine Begegnung vor vielen Jahren. Damals hatte sie auf einer Bank gesessen und die Menschen betrachtet, als ein Mann in Lederjacke, mit einer Ledermütze und zwei an seinem Hals baumelnden Kameras sie fragte, wie er nach Washington Heights kommen könne. Seiner Aussprache nach vermutete sie, dass er Deutscher war. An den Namen des Stadtteils, nach dem er damals gefragt hatte, erinnerte sie sich noch, denn dort war Malcolm X umgebracht worden. Der Fotograf hatte gesagt, Selma sei auch im Türkischen ein Frauenname. Er habe sie fotografiert, ohne sie um Erlaubnis gefragt zu haben, hatte er dann gesagt. Wenn sie wolle, könne er ihr das entwickelte Bild schicken, wenn sie das aber nicht wolle, könne er das Foto samt Negativ vernichten. Ein sehr höflicher Mann war das, erinnerte sich Selma. Er hatte ihr seine Visitenkarte gegeben und angeboten, ihr die Gegend zu zeigen, falls sie irgendwann nach Deutschland kommen sollte. »Dieser Fotograf war auch aus Köln«, sagte Selma. »Genau! Das hab ich dir doch gesagt, oder?« sagte Tom aufgeregt zu May. »Habe ich dir nicht gesagt, dieser Mann hat bestimmt auch meine Mutter fotografiert?« Dann berichtete er seiner Mutter, sie hätten diesen Fotografen kennengelernt, und im Frühjahr werde in einem großen Museum in Köln seine Ausstellung »Sankofa« eröffnet. Sogleich beschlossen sie, die Ausstellung gemeinsam zu besuchen.

An dem Tag, als Selma, Tom und May aus New York zurückkehrten, trafen sich Lisa, der Sketchautor und der Oberleutnant mit der künstlerischen Leiterin des Museums, um die Details des Ausstellungskatalogs zu besprechen. Auf dem Cover des Katalogs sollte eine Zeichnung des Vogels Sankofa und ein Halbprofil des Oberleutnants verwendet werden, und auf der Rückseite das Schwarzweißfoto, das der Oberleutnant bei der Trauerfeier für Tayfun Kara aufgenommen hatte.

Wie auch die Ausstellung selbst sollte der Katalog aus fünf Teilen bestehen: DIE FLUCHT, MARIA, SAXARAT, DIE ERMITTLUNG und DER PROZESS. Das Projekt »181 Grabsteine«, das der Sketchautor und der Oberleutnant begonnen hatten, hatte sich am Ende des Jahres, in dem Lisa den NSU-Prozess in München verfolgte, verwandelt und einen politischen Charakter angenommen, und so wurde der fünfte Abschnitt den Fotos und Geschichten der Menschen gewidmet, die von Rechtsextremen ermordet wurden. Sie übergaben der künstlerischen Leiterin eine Liste der Personen, die sie zur Eröffnung einladen wollten. Der Oberleutnant hatte bereits alle informiert, die er für die Ausstellung fotografiert hatte. Maria und Esra hatte er nicht vergessen. Da er nicht wusste, dass Maria Gülsens Nachbarin war, hatte er mehrere Taxiunternehmen angerufen, um sie zu finden. Als er sie ohne Kopftuch sah, war er etwas überrascht. Als er fragte, ob sie das Kopftuch aus Angst vor irgendetwas abgelegt habe, antwortete Maria: »Nein, ich habe einfach keinen Grund mehr, es zu tragen.«

Am Abend waren Lisa, der Oberleutnant und der Sketchautor bei Mahmud Fathi und seiner Familie eingeladen. Lisas langjährige Freundin Miriam war schon da, als sie eintrafen, und half mit, den Tisch zu decken. Aus der Küche duftete es nach Safranreis.

Sie sahen sich die Abendnachrichten an und setzten sich an den Tisch. Die persische Speise Ghormeh Sabzi hatte Mahmud Fathi selbst zubereitet. Er hatte die Bohnen bereits am Vorabend eingeweicht und vor etwa sechs Stunden in einem mittelgroßen Topf das gewürfelte Lammfleisch mit Kurkuma und einer Prise Safran bei schwacher Hitze angebraten. Als das Fleisch leicht zu bräunen begann, hatte er es mit Salz und Pfeffer gewürzt, etwa fünf Tassen Wasser hinzugefügt und die Hitze reduziert, um das Fleisch langsam zu garen. In der Zwischenzeit hatte er drei Kopien seines Manuskripts, das er mit Hilfe seiner Tochter Fürüğ, der Dichterin, fertiggestellt hatte, ausgedruckt, und genau das war der heimliche Grund dieser Einladung. Er fühle sich sehr glücklich und geehrt, sein Glas für Lisa und seine Cousine Miriam zu erheben, die sein Leben gerettet hatten, sagte er. Noch vor dem ersten Schluck stellte Yasmina Fathi ihr Glas auf den Tisch, sprang auf und ging zum Fernsehtisch, auf dem zwei Geschenkpakete lagen. Währenddessen blieben die gehobenen Gläser eine Weile in der Luft hängen. Yasmina reichte Lisa eines der Pakete und Miriam das andere, und sagte immer wieder: »Shokran! Shokran!« Der Sketchautor schaute verwirrt drein. Der Oberleutnant hatte richtig vermutet, dass aus den Paketen das Manuskript der Fluchtgeschichten kommen würde.

Die beiden Frauen öffneten schließlich die Geschenke mit der Widmung: »Ohne zwei Frauen namens Miriam und Lisa wären wir heute nicht am Leben. Tausend Dank!«. Yasmina umarmte zunächst Miriam und schlang dann Lisa ihre Arme um den Hals. Miriam und Lisa wussten nicht, was sie mit so viel »Shokran!« anfangen sollten, und fanden es schwer, Yasminas Begeisterung genauso stürmisch zu erwidern. Sie fanden, dass so viel Überschwang nicht notwendig war, aber offensichtlich hatten ihre Taten vor dreiunddreißig Jahren für das Ehepaar Fathi eine ganz andere Bedeutung.

Als sie vor dreiunddreißig Jahren im letzten Moment die Abschiebung Mahmud Fathis nach Iran verhindert hatten, war die Sache noch nicht erledigt. Mahmud Fathi war nach einer abenteuerlichen Reise nach Istanbul zurückgekommen. Anders als damals, als er nicht das nötige Geld hatte, für seine fünfjährige Tochter Milch zu kaufen, ging es ihm heute gut. Er hatte auch das Geld aufbewahrt, das ihm ein höflicher, feiner Mann aus Ispir mit einem blauen Wagen und in einem blauen Anzug am Busbahnhof in Erzincan gegeben hatte. »Sollte ich eines Tages nach Deutschland kommen und sollten sich unsere Wege wieder kreuzen, kannst du mir deine neue Heimat zeigen«, hatte der Mann gesagt. Doch seitdem hatte Mahmud Fathi nichts mehr von ihm gehört. Selbst wenn jener heute irgendwo in Deutschland sein sollte, wäre es fast unmöglich, ihn zu finden. In welcher Stadt sollte er denn nach ihm suchen? Damit dieser Mann aus Ispir ihn finden konnte, hatte er überall im Internet seinen Namen und seine Adresse hinterlegt, mehrere Facebook-Seiten erstellt und sogar Anzeigen in sämtlichen großen türkischen Zeitungen aufgegeben: »Ich suche den Herrn aus Ispir im himmelblauen Anzug, der am 2. Juli 1987, kurz bevor die Sonne im Zenit stand, an der Kreuzung zum Zentrum von

Doğubayazıt den Iraner, der kurz davor war, vor Erschöpfung in Ohnmacht zu fallen, aufgenommen und bis zum Busbahnhof von Erzincan gebracht, diesem unbekannten iranischen Flüchtling Geld gegeben und ihm gesagt hat: Sollte ich eines Tages nach Deutschland kommen und sollten sich unsere Wege wieder kreuzen, kannst du mir deine neue Heimat zeigen.« Von dem Mann aus Ispir hatte er aber immer noch nichts gehört. Vor vier Jahren, im Juni 2014, war er auf dem Menschenrechtsfestival. Dort war ihm »Die Flucht« von Tayfun Kara, einem der Initiatoren des Festivals, aufgefallen. Er hatte den Roman gekauft und die Geschichte einer Flucht aus dem Gefängnis Erzincan atemlos gelesen.

Mahmud stand auf, nahm aus dem Bücherregal das Buch und begann, das Kapitel »Nach der Flucht« vorzulesen:

»An einem Tag, als er am Ende seiner Kräfte angekommen und bereits von vielen Menschen gesehen worden war, winkte er einem himmelblauen Auto zu, das nach einigen Metern auch anhielt. Tayfun ging auf den Wagen zu und öffnete die Beifahrertür. Am Steuer saß ein gutgekleideter Herr, der um die dreißig sein dürfte. Zu jenem Zeitpunkt war die Nachricht von Tayfuns Flucht aus dem Gefängnis in Şavşeti angekommen, Wohnungen waren durchsucht und Gülsen Kara war festgenommen worden. Man hatte auch Tayfuns Briefe aus dem Gefängnis an Gülsen beschlagnahmt.

Der Wachkommandant in der Kleinstadt, ein Oberleutnant, war ein untypischer Soldat. Er widmete seine ganze Zeit der Lektüre dieser Briefe, die voller Liebe und Sehnsucht geschrieben wurden. Die Briefe gaben ihm die Gewissheit, dass Tayfun auf jeden Fall nach Şavşeti kommen und Kontakt zu seiner Frau aufnehmen würde, falls man ihn nicht unterwegs schnappen sollte. Tatsächlich hatte Tayfun noch vor der Flucht beschlossen, nach Şavşeti zu gehen und Gülsen zu treffen und nicht Richtung Westen zu fliehen, was naheliegend wäre. Gülsen kannte Tayfuns Hartnäckigkeit und vermutete und befürchtete zugleich, dass er nach Şavşeti kommen würde.

Bevor Tayfun in den Wagen einstieg, hatte er sich schon eine Vergangenheit und einen Beruf zurechtgelegt. Der Fahrer in einem himmelblauen Anzug war aus Ispir. Tayfun stellte sich mit dem Namen seines Vaters vor. Der höfliche Herr aus Ispir fragte ihn, was er hier in den Bergen mache. Bienenzucht, antwortete Tayfun. Sein Vater sei besessen von Bienenzucht, und er selbst habe schon als Kind einiges über Bienenzucht gelernt, während er seinem Vater geholfen habe. Den ganzen Weg über unterhielten sie sich über Bienenzucht. Der Fahrer aus Ispir war von Tayfuns umfangreichem Wissen beeindruckt. »Das ist ja unglaublich, mein verehrter Bruder!« unterbrach er Tayfun immer wieder. Als sie an der Kreuzung zu Rize ankamen, waren sie fast Freunde geworden. Der Fahrer wollte Tayfun zu sich nach Hause einladen. Tayfun lehnte dankend ab, mit der Begründung, er wolle seine Schwester und seinen Schwager besuchen. Er verabschiedete sich von seinem Retter, den er auch Jahre später nicht vergessen hat und unbedingt aufsuchen und wiedersehen möchte, wenn er eines Tages in die Türkei zurückkehrt. Er ging weitere hundert Kilometer zu Fuß und kam an einem sonnigen Nachmittag am Schwarzen Meer an. Das Meer und der Himmel waren strahlend blau.«

»Es mag für euch jetzt seltsam klingen«, sagte Lisa, »aber

wir kennen die Helden dieser Geschichte.« Mahmud und Yasmina sahen sie völlig verblüfft an. »Das heißt«, fuhr Lisa fort, »außer dem Mann aus Ispir kennen wir sie alle. Tayfun Kara ist schon tot, wie ihr wisst, aber seine Frau lebt noch und wohnt hier in Köln. Und der untypische Kommandant, der Tayfuns Briefe beschlagnahmt und gelesen, und dann Tayfuns Frau bei der Rückgabe der Briefe gesagt hat, dass Tayfun unbedingt zu ihr kommen wird, sitzt euch gegenüber, rechts neben mir.«

Der Oberleutnant wollte gerade einen Schluck von seinem Wein nehmen. Das Paar Fathi, Miriam und der Sketchautor brauchten mehr als ein paar Sekunden, um zu begreifen, was Lisa gesagt hatte. Dann richteten sich die Blicke auf den Mann, der rechts von ihr saß. Links von Lisa saß der Sketchautor, und er musste sich ziemlich weit nach vorn beugen, um sich zu vergewissern, wer dort saß, konnte aber niemand anderen als den Fotografen sehen. Lisa könnte ja rechts und links verwechselt haben, dachte er für einen Moment, aber links saß doch er selbst, und da er niemals Kommandant gewesen war, fragte er sich, wen Lisa wohl meinte. Und dieser Fotograf Sankofa, der tatsächlich rechts von Lisa saß, könnte alles gewesen sein, aber doch nicht Wachkommandant! So sah er den Oberleutnant fragend an.

Der Oberleutnant nahm einen weiteren Schluck von seinem Wein, ganz so, als ginge es nicht um ihn. Aber da ihn jetzt alle anstarrten, fühlte er sich gezwungen, sich zu äußern.

»So war es«, sagte er schließlich nur. Am Tisch wurde weiter geschwiegen.

»Also, du warst der Wachkommandant, der Tayfun Karas Briefe gelesen hat?« fragte dann der Sketchautor.

»Richtig«, antwortete der Oberleutnant knapp.

»Also«, fragte der Sketchautor weiter, »also bist du derjenige, der nach der Flucht Tayfun Karas aus dem Gefängnis seine Frau Gülsen Kara verhört hat?«

Jetzt antwortete der Oberleutnant etwas ausführlicher. »Ich habe es diesen Briefen zu verdanken, dass ich Lisa kennengelernt habe und Fotograf geworden bin«, sagte er.

»Sag mal!« brummte der Sketchautor. »Das ist ja unglaublich!«

Außer ihm kannten alle den Rest der Geschichte. Als Mahmud Fathi im Juli 1987 nach Istanbul zurückkam, wusste er schon längst, dass er in der Stadt kein neues Leben aufbauen konnte. Er suchte nach einer Möglichkeit, das Land Richtung Europa zu verlassen. Eine ähnliche Suche lief auch in Köln. Miriam und Lisa recherchierten, wie sie die Familie Fathi aus der Türkei herausholen könnten. Sie sprachen mit Chilenen und Argentiniern, die es nach Deutschland geschafft hatten, mit Iranern, die vor dem Regime des Ayatollah Khomeini geflohen waren, und mit den Flüchtlingen, die nach dem Militärputsch in der Türkei im Jahr 1980 nach Deutschland gekommen waren. Doch sie erkannten, dass die Informationen, die sie von all diesen Menschen bekommen hatten, nicht ausreichten, um die Familie Fathi nach Deutschland zu bringen. Ende Juli 1987, als die beiden Frauen nicht weiterwussten, flog Lisa nach Istanbul, nahm zu Yasmina und Mahmud Kontakt auf und kehrte mit Fotos der beiden zurück. In der Zwischenzeit schaffte es Miriam, von einer iranischen Krankenschwester, die in der Uniklinik Köln arbeitete, eine »Geburtsurkunde« zu erhalten, die bescheinigte, dass Lisa im Juni 1982 dort ein Kind zur Welt gebracht hatte. Nach ihrer Rückkehr aus Istanbul beantragte Lisa sofort einen Ausweis für ihre angeblich geborene Tochter. Der zuständige Beamte fragte sie, warum sie dafür fünf Jahre gewartet hatte. Sie antwortete: »Ihr Vater war gestorben, und ich brauchte Zeit, um mich von seinem Tod zu erholen.« In gewisser Weise stimmte das auch. Christian war zwar vor einem Jahr gestorben, nicht vor fünf, aber alle Anzeichen der Trauer waren immer noch auf ihrem Gesicht zu sehen. Zehn Tage später, nachdem sie den Ausweis für ihre Tochter erhalten hatte, kehrte Lisa wieder zum Bürgeramt zurück. Ihr stand wieder der Beamte gegenüber, der den Ausweis für ihre Tochter ausgestellt hatte. Sie hätte ihren Personalausweis und Pass verloren und wolle neue beantragen, gab sie an. Die Trauer in Lisas Gesicht erweckte das Mitgefühl des Beamten. Er bedrängte sie nicht mit tausend Detailfragen. Währenddessen bat Miriam den Literaturlehrer Enver Karagöz, den sie kennengelernt hatte, als sie für ihre Zeitung eine Artikelserie über Folter schrieb, um Hilfe. Dieser Literaturlehrer ließ den meisterhaften Pariser Fälscher die Pässe bearbeiten. In den Pass des verstorbenen Christian wurde Mahmuds Foto eingearbeitet, und in den neuen Pass, den Lisa für sich selbst und ihre angebliche Tochter ausstellen ließ, Yasminas Foto.

Die beiden Frauen flogen im Oktober mit den gefälschten Dokumenten nach Istanbul. Mit der Familie Fathi trafen sie sich im billigsten und schäbigsten Hotel Aksarays, wo nur Flüchtlinge wohnten und übergaben ihnen die Pässe. Sie fanden für Miriam, Yasmina und ihre Tochter Fürüğ einen Flug, der drei Tage später gehen sollte. Am dritten Samstag im Oktober fuhren sie am Nachmittag zum Flughafen, der damals noch Yeşilköy hieß. Nachdem Yasmina, Fürüğ und Miriam die Passkontrolle ohne Probleme passiert hatten, drehten sie sich um und winkten. Auf Miriams Gesicht lag der stolze Ausdruck eines siegreichen Kommandanten.

Mahmud und Lisa warteten am Flughafen, bis die Maschine abgeflogen war, dann kehrten sie nach Aksaray zurück. Da es für einen früheren Flug keine Tickets mehr gab, mussten sie zehn Tage warten. Lisa übernachtete im selben Flüchtlingshotel wie Mahmud. Sie war erschöpft, und das Gefühl der Einsamkeit hatte ihrer Seele und ihrem Körper zugesetzt. Gegen Morgen beschloss sie, an die Südküste zu reisen, um sich von ihrer Erschöpfung und Einsamkeit zu erholen. Um sechs Uhr früh stand sie auf. Sie schob eine kurze Notiz unter die Tür von Mahmuds Zimmer und teilte ihm mit, dass sie am Morgen des 27. Oktober am Flughafen Yeşilköy sein würde. Dann nahm sie ein Taxi zum Busbahnhof Topkapı und machte sich auf den Weg zu einem Städtchen namens Side, von dem sie nichts wusste.

An ihrem zweiten Tag in Side begegnete sie zwischen den Ruinen des Apollon-Tempels dem Oberleutnant. Ein Touristenführer erzählte die Geschichte der Ausgrabung. Lisa hörte ihm eine Weile mit halbem Ohr zu, dachte an Christian und daran, wie schön es wäre, wenn er jetzt hier, mit ihr, diesen Tempel sehen könnte. Da grüßte sie ein ziemlich ansehnlicher Mann mit einer Ledermütze auf Englisch. Während ihrer Unterhaltung erfuhr Lisa, dass der gutaussehende Offizier keine Freundin hatte und war überrascht. Die nächsten Tage verbrachten sie zusammen. Sie fuhren nach Antalya und übernachteten im selben Hotel. Am Morgen des Abschieds frühstückten sie zusammen. Sie umarmten sich am Busbahnhof und wünschten einander Glück. Lisa sah tief in die Augen des Oberleutnants. Vielleicht war es dieser Blick, der den Oberleutnant einen Monat später an ihre Tür in Köln klopfen ließ. Lisa nahm wortlos seine Hand und führte ihn herein. Jetzt, am Tisch, erzählte sie natürlich nicht, dass sie damals ihre ganze Vergangenheit zusammen mit ihren Kleidern auf den Boden fallen ließen, in dieser Nacht jegliche Scham über Bord warfen und beim Tagesanbruch eng umschlungen einschliefen. Sie erwähnte nur, dass sie Mahmud am Flughafen in Istanbul traf und die beiden nach einem dreistündigen Flug in Köln ankamen.

Die Epidemie entwickelte sich zu einer Pandemie und erreichte Ende Februar auch Deutschland. Gegen Mitte März wurde die Situation ernst. Die für den 27. März in Köln geplante Ausstellung »Sankofa« mit dem Untertitel »Schau zurück und gestalte die Zukunft« und die Premieren des Stücks »Die Ermittlung«, die am 25. Mai zeitgleich in Frankfurt, Jerusalem, Buenos Aires und Istanbul stattfinden sollten, wurden in eine unbekannte Zukunft verschoben. Am Tag der geplanten Premieren brachte in Minneapolis ein rassistischer weißer Polizist mit seinem Knie, das allen Schwarzen dieser Welt die Luft abschnürte, George Floyd innerhalb von Achtminutensechsundvierzigsekunden um. Dann ertönte in fast allen Ecken der Erde der Ruf: »Black Lives Matter!«

Im Sujet Verlag erschienen

Madonnas letzter Traum

von Doğan Akhanlı

aus dem Türkischen
von Recai Hallaç

1. Aufl. 2019; 472 Seiten; 24,80 €
Hardcover mit Schutzumschlag
ISBN: 978-3-96202-042-2

Doğan Akhanlı greift in *Madonnas letzter Traum* die Novelle *Madonna im Pelzmantel* des türkischen Dichters Sabahattin Ali auf und schreibt sie neu. Akhanlı macht Ali selbst zur Romanfigur. Auf seinem Weg ins Exil wird er 1948 von Angehörigen des türkischen Geheimdienstes getötet. Unmittelbar vor seinem Ableben gesteht er, Maria Puder sei in Wirklichkeit anders gestorben als in seiner Novelle. *Madonnas letzter Traum* ist der Versuch, die wahre Geschichte des Lebens und Todes von Maria Puder in der NS-Zeit zu entdecken.

„Ein Buch, das deutsche und türkische Geschichte miteinander verknüpft und einen Bogen schlägt von der Nazi-Zeit bis fast in die Gegenwart" Angel Gutzeit

„Doğan Akhanlı hat in einem mächtigen Erzählstrom Geschichte und Geschichten von Opfern erzählt. „Madonnas letzter Traum" ist eine tiefgreifende Auseinandersetzung mit Menschheitsverbrechen und den Auswirkungen für die Nachfahren…" WDR

„Was für ein beeindruckend komplexer Roman. Doğan Akhanlı begibt sich mit seinem Buch stilistisch in die Nähe eines Orhan Pamuk oder Borges." Büchereule

Doğan Akhanlı, 1957 in der Türkei geboren, hat zahlreiche Romane und ein Theaterstück verfasst. Die Tage ohne Vater (dt. 2016) und Madonnas letzter Traum (türk. 2005) wurden zu den wichtigsten Romanveröffentlichungen der Türkei gewählt. 2013 erhielt er den Pfarrer-Georg-Fritze Preis in Köln, 2018 den Europäischen Toleranzpreis in Österreich. 1991 musste er aus der Türkei fliehen und kam als politischer Flüchtling nach Deutschland. Seit 1992 lebt er in Köln. Aufgrund seiner politischen Haltung war er mehrfach in der Türkei inhaftiert; zuletzt wurde er 2017 in Spanien aufgrund eines türkischen Haftbefehls festgenommen und schrieb darüber das Buch Verhaftung in Granada.

Söhne der Liebe
von Ghazi Rabihavi

Roman
1. Aufl. 2022; 500 Seiten; 26,80 €
Hardcover mit Schutzumschlag
ISBN: 978-3-96202-101-6

Gleichgeschlechtliche Liebe im Iran, Aufbegehren gegen überkommene Traditionen und Rollenklischees, Unterdrückung der politischen Opposition, Verfolgung Andersdenkender, die Gefahren der Flucht sowie Ausbeutung und Rechtlosigkeit im erzwungenen Exil, Polizeigewalt, Willkür und Folter – all diese Themen vereint der bewegende Roman Söhne der Liebe von Ghazi Rabihavi. Anhand der Geschichte von Nadji und Djamil zeichnet der Autor ein beklemmendes Bild vom Iran zu Zeiten der islamischen Revolution bis zum Ausbruch des Krieges mit dem Irak. Der seit 1995 im Londoner Exil lebende Rabihavi nimmt die Leserschaft mit auf eine erschütternde wie auch fesselnde Reise in das angespannte und explosive Klima des vorrevolutionären Iran. Gezwungen, die zunehmende Aussichtslosigkeit der sie einengenden Umgebung ihres südiranischen Dorfes zu verlassen, begeben sich die Protagonisten Nadji und Djamil in die nächstgrößere Stadt und schließlich als illegale Einwanderer ins Nachbarland. Auf ihrer Flucht begegnen sie verschiedenen marginalisierten Bevölkerungsgruppen, deren Lebensgrundlagen im Zuge der intensiven gesellschaftlichen Umwälzungen massiv erschüttert werden und die ihren Platz in den neuen sozialen und politischen Verhältnissen erst finden müssen. Söhne der Liebe, ins Deutsche übertragen von Gorji Marzban und Thomas Geldner, beleuchtet einen Wendepunkt in der Geschichte des Iran und greift zugleich universelle Fragen auf, die bis heute nichts an Relevanz eingebüßt haben.

Gewicht der Reue

von Khalil Sweileh

Roman

1. Aufl. 2022; 290 Seiten; 24,80 €

Hardcover mit Schutzumschlag

ISBN: 978-3-96202-092-7

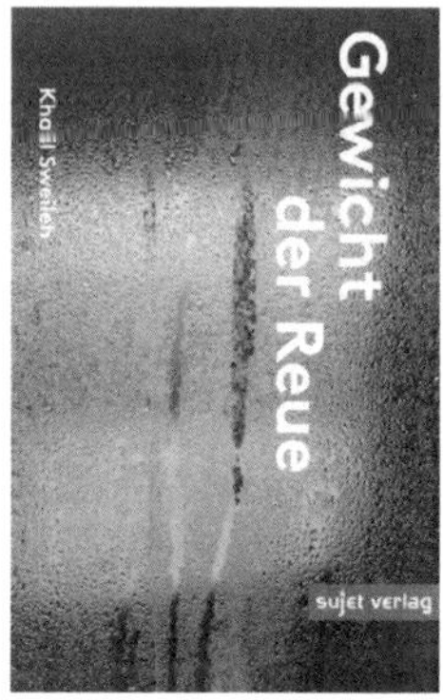

Khalil Sweilehs Roman *Gewicht der Reue* beleuchtet die Tragödie, die das syrische Volk in den letzten Kriegsjahren erlebt hat und die für jeden Menschen aus Syrien nichts als Schmerz bedeutet. Sweileh nimmt den Leser mit auf einen Streifzug durch das geschundene Damaskus. Er geht Erinnerungsspuren nach und stellt die seelischen Konflikte dar, die sich aus der Zerstörung von Ort und Gesellschaft ergeben.

Im Zentrum steht dabei ein Mensch, der sich mit verpassten Gelegenheiten auskennt und der versucht, seine Dämonen zu zähmen. Der Protagonist richtet seine Worte an die alten Gassen von Damaskus, während er drei Frauen am Rande des Lebens folgt: einer Dichterin, einer ehemaligen politischen Gefangenen und einer bildenden Künstlerin. Allmählich entwickelt sich der Roman zu einer Biografie dieser Persönlichkeiten, enthüllt die lebendige Realität in all ihren sozialen Aspekten - die Auswirkungen des Krieges auf unterschiedliche Figuren werden offenbar. Zugleich handelt es sich um einen Liebesroman im Schatten der Zerstörung, inmitten der täglichen Hölle, der Todesnachrichten und der offenen Rechnungen des Hasses, in der unbeschwerte Beziehungen nicht gedeihen können und die Liebe zum Scheitern verurteilt ist.

An den Regen
von Faribā Vafī

Aus dem Persischen
von Jutta Himmelreich

Kurzgeschichten
2. Aufl. 2022; Softcover
210 Seiten; 18,00 €
ISBN: 978-3-96202-122-1
1. Aufl. 2021; Hardcover
219 Seiten; 22,50 €
ISBN: 978-3-96202-099-6

In Kurzgeschichten lassen sich, anders als in Romanen, kritische Entwicklungen oder Begebenheiten in der Gesellschaft darstellen, ohne viel erklären zu müssen und dadurch die Aufmerksamkeit der Zensurbehörde zu wecken. Wie auch in ihren Romanen sind die zentralen Themen der Kurzgeschichten Faribā Vafis die intimen Alltagserfahrungen von Frauen, die versuchen, unabhängig von gesellschaftlichen Beschränkungen ihren eigenen Weg zu gehen. Immer wieder behandeln ihre Geschichten Spannungen zwischen Tradition und Progressivität, zwischen Einsamkeit und dem Wunsch nach Unabhängigkeit.

Faribā Vafi wurde 1962 in Tabriz im Nordwestiran geboren. Sie lebt derzeit in Teheran und zählt zu den beliebtesten zeitgenössischen Autorinnen Irans. Iranische Kritiker verorten sie unter den Top 10 der modernen Schriftsteller des Landes. Sie wurde mit dem renommierten Huschang-Golschiri-Preis sowie dem Yalda-Preis ausgezeichnet, außerdem erhielt sie 2017 den LiBeraturpreis für ihr Werk ***Tarlan***.

Das Schweigen meines Vaters
von Doan Bui

Aus dem Französischen
von Dr. Phillipe Wellnitz

Roman
1. Aufl. 2017; Hardcover
261 Seiten; 21,90 €
ISBN: 978-3-96202-006-4

Kennt man jemals den anderen? Der Vater von Doan, einer jungen Frau, die als Kind vietnamesischer Eltern in Frankreich aufwächst, wird Opfer eines Schlaganfalls und kann nicht mehr sprechen: er lebt jetzt in Schweigen gehüllt, kann nur „O"- und „A"-Laute von sich geben. Da wird Doan bewußt, dass sie eigentlich nichts von ihm weiß, von seiner Vergangenheit, von seiner Herkunft. Jetzt ist es zu spät, um Antworten auf ihre Fragen zu erhalten. Dies ist schicksalhafte Ironie: sie, die von Berufs wegen Fragen stellt, weil sie Journalistin ist, sie, die Migranten aus aller Herren Länder interviewt hat, hat nie ihren eigenen Vater befragt. Sie weiß nichts bzw. hat nie die Geschichte ihrer Familie erforscht, die als Exilanten Vietnam verlassen haben. In ihrer Familie ist das die Regel – man schweigt.

Doan Bui, die 1976 in Le Mans (Frankreich) geboren wurde, ist eine Autorin und Journalistin vietnamesischer Abstammung. Als Chefreporterin der Wochenzeitschrift Le Nouvel Observateur schreibt sie Reportagen, die viel Beachtung gefunden haben. Eine dieser Reportagen, die von Migranten handelt, ist mit dem renommierten Albert-Londres Preis ausgezeichnet worden. Le Silence de mon pére ist ihr erster Roman. 2016 wurde er mit dem Preis littéraire de la porte dorée ausgezeichnet. Bui lebt heute in Paris.

Unendlich ist die Nacht
von Pedro Kadivar

Roman
1. Aufl. 2023; 252 Seiten; 24,80 €
Hardcover mit Schutzumschlag
ISBN: 978-3-96202-117-7

Zwei Geflüchtete in Berlin. Der eine kam aus der DDR, der andere aus Iran. Seit fast zwanzig Jahren sind sie ein Paar auf der Suche: Nach sich selbst, nach einander, nach einer gemeinsamen Sprache. Sie beobachten einander, warten aufeinander, suchen nach einer Formel für die Unendlichkeit des Seins, für die Endlichkeit des Lebens, für die Unmöglichkeiten des Zwischenmenschlichen.
In seinem vielschichtigen Roman erkundet Pedro Kadivar („Das kleine Buch der Migrationen"), was das Menschsein ausmacht, was Flucht, Gewalterfahrungen, Liebe, Nähe und die alltäglichen Unsicherheiten prägt. Geschickt verwebt er die großen Fragen unserer Zeit mit den wichtigsten Denkern aus Philosophie und Literatur.

Pedro Kadivar ist Schriftsteller und Theaterregisseur, wurde im iranischen Shiraz geboren und ging mit sechzehn nach Paris. 1996 ließ er sich in Berlin nieder, 2002 promovierte er über Proust an der Humboldt-Unversität, bevor er sich wieder verstärkt seiner Arbeit am Theater widmete. Seine Stücke wurden in Frankreich und Deutschland präsentiert und gespielt. Für seine Arbeit erhielt er mehrere Preise. Er lebt in Berlin und Paris.

Weltliteratur
Warum wir ein neues
Literaturverständnis brauchen
von Gerrit Wustmann

Essay
1. Aufl. 2021; 164 Seiten; 19,00 €
Hardcover mit Schutzumschlag
ISBN: 978-3-96202-081-1

„Wo Weltliteratur draufsteht, ist Westliteratur drin."
Egal ob es um Rezensionen im Feuilleton geht, um Uni-Seminare, um Bestenlisten der ‚wichtigsten' Werke oder um die Lektüren im Schulunterricht: Das literarische Schaffen von Autor*innen aus Asien, Afrika und Lateinamerika wird meist ausgeklammert – aus Unkenntnis und vielen weiteren Gründen.
In seinem kenntnisreichen Essay zeigt der Schriftsteller und Journalist Gerrit Wustmann nicht nur, was uns dadurch alles entgeht, sondern auch, wie einseitiges Lesen unseren Blick auf die Welt verzerrt.

Gerrit Wustmann, geboren 1982 in Köln, ist freier Schriftsteller und Journalist. Er hat bislang zehn Bücher veröffentlicht und seine Gedichte wurden in zahlreiche Sprachen übersetzt. Für seine literarische Arbeit erhielt er mehrere Stipendien, außerdem den postpoetry.NRW Lyrikpreis 2012 und den Förderpreis für junge Künstler*innen des Landes NRW 2015.

99 zerstreute Perlen
von Halim Youssef

Roman
1. Aufl. 2023; 261 Seiten; 19,80 €
Softcover mit Klappen
ISBN: 978-3-96202-134-4

„Alles endete mit dem Schlag des scharfen Eisens, das auf seinen Kopf niederfuhr. Die Träume waren zu Ende. Hoffnung blieb keine. Das Augenlicht erlosch. Sehnsüchte zerstoben."
Der Mord an Azado, der aus Syrien stammt und als Übersetzer in Deutschland lebt, bildet den Ausgang des Romans. Er übersetzt für Flüchtlinge aus seiner Heimat und wird so mit unterschiedlichsten Schicksalen konfrontiert, die ihn an sein eigenes erinnern. Azados schwierige Kindheit, die Sehnsucht nach seiner Mutter, die bei seiner Geburt starb, seine erste, unerfüllte, Liebe und die Ängste und Probleme von Geflüchteten vertraut er seinem Tagebuch an. Azado versucht, sich in seiner neuen Heimat zurechtzufinden, aber sein Beruf als Übersetzer macht das Ganze spannungsreich. Seine Vergangenheit lässt ihn nicht los. Sie wird auch durch die Gebetskette mit den 99 Perlen symbolisiert, die er von seiner ersten Liebe erhält und die ihn das ganze Leben lang begleitet.

Aus dem Kurdischen übersetzt von Barbara Sträuli.

Ungebremst durch Kermanschah

von Maryam Djahani

Aus dem Persischen von Isabel Stümpel

1. Aufl. 2021; Hardcover
245 Seiten; 24,80 €
ISBN: 978-3-96202-072-9
2. Aufl. 2022; Softcover; 16,80 €
ISBN: 978-3-96202-104-7

Shohre arbeitet in Kermanshah als Taxifahrerin. Während männliche Kollegen und Fahrgäste es zuweilen am nötigen Respekt fehlen lassen, sind Frauen stolz, neben einer Frau am Steuer Platz zu nehmen. Auf ihren Routen hat Shohre immer wieder überraschende Begegnungen und Wortwechsel mit Fahrgästen - sogar mit dem vermeintlichen Mann ihrer Träume. Diese schildert sie auf burschikose, ironische und zugleich sensible Weise. Neben ihrem eigenen klingen diverse andere Frauenschicksale an: So befördert sie eine alte Frau, deren Tochter im Gefängnis sitzt, weil sie sich gegen ihren übergriffigen Chef gewehrt hat; Shohres Nachbarin wurde von ihrem Mann wegen einer jüngeren Frau verlassen. Shohre selbst aber gibt trotz Enttäuschungen nicht auf.

1986 in Kermanshah in eine konservative Familie mit vier älteren Brüdern geboren, musste sich **Maryam Djahani** ein selbstbestimmtes Leben erst erkämpfen. Noch im Gymnasium begann sie zu schreiben, zunächst Lyrik. Anschließend studierte sie Literaturwissenschaften. Bisher hat sie diesen Roman und einen Band mit Erzählungen veröffentlicht.

Symphonie der Toten
von Abbas Maroufi

Aus dem Persischen
von Anneliese Ghahraman-Beck

1. Neuaufl. 2021; Hardcover
523 Seiten; 24,80€
ISBN: 978-3-96202-040-8
Als TB; 20,00€
ISBN: 978-3-96202-139-9

Während Aidin mit Rebellion auf die Strenge des Vaters reagiert, zeigt sich sein Bruder Urhan gefügig. Die zwei grundverschiedenen Söhne führt die familiäre Bindung unter dramatischen Umständen wieder zusammen. Kaum leben sie beide wieder im Elternhaus, steigen die Spannungen zwischen ihnen. Unter anderem sind Tradition und Fortschritt die zentralen Themen von Abbas Maroufis Familiendrama, welches Parallelen zu Kain und Abel aufweist. 2021 konnte die erstmals 1989 erschienene Symphonie der Toten im Sujet Verlag neu publiziert werden.

Abbas Maroufi wurde 1957 in Teheran geboren. Er studierte an der Universität Teheran Dramatische Literatur. 1990 gründete Maroufi die Zeitschrift ***Gardun*** (Himmelsgewölbe), eine Publikation über Literatur und Zeitgeist, die auch kritische Töne anklingen ließ. Die Zeitschrift wurde jedoch schon bald verboten. 1996 wanderte Maroufi nach Deutschland aus. Heute lebt er mit seiner Familie in Berlin, wo er die Buchhandlung ***Hedayat*** gegründet hat.